कमली

राजीव रंजन

notionpress.com
INDIA · SINGAPORE · MALAYSIA

ISBN 979-8-89133-943-9

Cover Page Design
Asai

Photo Credit
Ashu Lathwal

हमारे

देश की

सभी

बेटियों

को

समर्पित

प्रस्तावना

श्री राजीव रंजन और उनके परिवार को मैं पिछले पाँच दशकों से जानता हूँ। इनके बड़े भाई शम्भुनाथ मिश्र, मेरे समवयस्क रहे हैं। बीती सदी के छठवें दशक में उनका परिवार मेरे मोहल्ले, डी ब्लॉक, कदमकुआं में रहता था। शंभुनाथ जी एक कथाकार थे। उन्होंने अपने कथा लेखन से अपने समय में स्पष्ट पहचान बनाई थी और उस समय की साहित्यिक गतिविधियों में सक्रिय रहे। इसी तरह राजीव जी को साहित्य विरासत में मिली। इस विरासत को उन्होंने अपने रचना कर्म से समृद्ध किया है। मुझे प्रसन्नता है कि उनकी सक्रियता आज भी बनी हुई है। यह एक बड़ी बात है और इसकी प्रशंसा की जानी चाहिए।

प्रस्तुत कृति की मुख्य पात्र कमली है। बचपन में ही उसके पिता चले गए। लेकिन माँ ने कमली के भरण-पोषण में जितना बन पाया उतना किया। लेकिन घर में आर्थिक तंगी थी। इसके बावजूद कमली और माँ ने संघर्ष किया। अंततः वह अपनी मेहनत की कमाई से छह वर्ष की पढ़ाई के बाद डॉक्टर बनी। पूरा उपन्यास जिंदगी की कशमकश, प्यार, धोखा और अपनों से बिछड़ने की है। इस तरह अपने बूते पर जिंदगी से लड़ाई लड़ने वाली लड़की पूरे समाज को प्रेरित करती है कमली।

इसके पूर्व राजीव जी तीन पुस्तक लिख चुके हैं। एक कंपनी के शीर्ष पद पर रहने के बावजूद साहित्य के प्रति उनकी निष्ठा एवं समर्पण अनुकरणीय है। भाषा की सहजता एवं सापेक्ष दृष्टि, उनके लेखन की विशिष्टता है। तीन प्रेरणादायक पुस्तकों की रचना के बाद उन्होंने यह उपन्यास लिखा है और बड़े मार्मिक ढंग से कमली का चरित्र गढ़ा है, जो रेखाचित्र का अद्भुत प्रमाण है। मुझे बार-बार महादेवी वर्मा की रचना घीसा याद आ पड़ती है। उपन्यास लिखने की बड़ी ही समृद्ध परंपरा है। राजीव रंजन ने पूरी सहजता के साथ इस परंपरा का निर्वहन कर, उपन्यास को लिखा है।

राजीव रंजन के उपन्यास के लिए मैं हृदय से बधाई देता हूँ और आशा करता हूँ कि यह उपन्यास एक विशाल पाठक वर्ग को अवश्य अभिभूत करेगा।

'छोटा हूँ तो क्या हुआ जैसे आँसू एक,
सागर जैसा स्वाद है तू चखकर तो देख'

मेरी अशेष शुभकामनाएँ।

- सत्यनारायण
अध्यक्ष, हिन्दी प्रगति समिति, बिहार

देश के सबसे विशाल सार्वजनिक उपक्रम के शीर्ष पुरुष रह चुके बंधुवर श्री राजीव रंजन जी उपन्यासकार के रूप में भी जाने जाते हैं। लेखक के रूप में प्रसिद्धि उनको उपन्यास-त्रयी 'असंभव संभव', 'आसमाँ में सुराख' और 'अँधेरा उजाला' जैसे बेस्टसेलर से मिली है। ये सभी उपन्यास कोयला क्षेत्र के जीवन के रंग-बिरंगे अनुभवों पर आधारित हैं।

'कमली' उन तीनों उपन्यासों से पृथक एक सामान्य- सी युवती के चरित्र को लेकर रचा गया है। किस तरह कमली पितृ-विहीन होकर भी इस पुरुष-प्रधान समाज में अपने पांव पर खड़े होने का प्रयत्न करती है और मेडिकल की डिग्री तक हासिल कर लेती है। उसके बाद का उसका जीवन, विवाह और विवाहोत्तर घटनाओं पर है, जो रोचक भी है और प्रेरक भी।

राजीव जी ने कमली के चरित्र को जिस तरह से विस्तार दिया है, वह अप्रतिम है। उनकी लेखनी सूक्ष्म से सूक्ष्म विवरणों को समेटती हुई चलती है, जिसके कारण पूरा उपन्यास जीवंत हो गया है। कमली आत्मनिर्भरता की ओर कदम बढ़ाने वाली हर उद्यमी नारी का प्रतिनिधित्व करती है। सबसे बड़ी बात यह कि विपरीत परिस्थितियों में भी वह निरंतर आगे बढ़ती रहती है और अंततः अपने लक्ष्य को प्राप्त करके ही मानती है। उपन्यास में मेडिकल के तमाम तकनीकों से भरे काम को, राजीव जी ने बहुत ही कुशलतापूर्वक प्रस्तुत किया है

आज हिंदी लेखन में जो नकारात्मकता और अश्लीलता बढ़ गई है, उसमें 'कमली' सीधे प्रेमचंद और रेणु की कहानियों की वारिस लगती है। एक मायने में कमली कथा सम्राट प्रेमचंद के नारी पात्रों का नया अवतार है।

मैं राजीव जी को इतने ललित उपन्यास के लिए बधाई देता हूं और पाठकों से आग्रह करता हूं कि वे इसे अवश्य पढ़ें, जिससे आज की भारतीय नारी स्टार्ट अप इंडिया के दौर में कैसे चुनौतियों का सामना करती है और विसंगतियों पर विजय पाती है, इसका जायजा ले सकें।

-डॉ. बुद्धिनाथ मिश्र
देहरादून

जीवनचित्र का रेखांकन साहित्यिक विधा का एक अभिनव तरीका होने के साथ ही साथ, सजीवता को मुखरित करने का भी एक सलीका है, जो ग्राह्य और प्रेरणादायी भी होता है। इसी विधा का सशक्त इस्तेमाल करते हुए राजीव रंजन जी ने 'कमली', इस जीवन चित्र को बखूबी चित्रांकित ही नहीं, अपितु सरल, सहज, सशक्त एवं सुलभ ढंग से शब्दांकित भी किया है।

'कमली', यह एक अभूतपूर्व जीवन संघर्ष का जीवंत मानव चलचित्र है, जिसके पास परिश्रम का चिरंतन स्रोत है, जो संयम, अनुशासन और विवेक की त्रिवेणी के साथ प्रतिबद्धता से परिप्लावित भी है। संघर्ष उसकी जीवन यात्रा का स्थायी भाव है। न वह विचलित होती है और न ही परेशान। जीवन की दुश्वारियाँ उसके लिए आह्वान है, जिन्हें वह स्वीकृत ही नहीं करती, परंतु उन पर मात कर जीवन पथ पर संयमित ढंग से आगे बढ़ना उसका स्थायी भाव है। कोई कठिनाई उसे भ्रमित नहीं करती। विपरीत परिस्थितियों को बिना कोसे वह उनसे दो दो हाथ करते हुए सदैव अग्रक्रमित होती दीख पड़ती है। ऐसा लगता है कि उसके जीवन की विचार शैली आचार्य रामचन्द्र शुक्ल की इन काव्य पंक्तियों से सहज मेल खाती हुई जान पड़ती है कि-

'जो अडिग रहता है खड़ा,
तूफ़ान में बरसात में,
वही तारा टूट जाता है,
शरद की रात में।
मुक्त जीवन की प्रगति भी
द्वंद में संघात में

फूल काँटों में खिला था
सेज पर मुरझा गया.'

कठिनाइयों के बीच जीवन मार्ग को क्रमित करते हुए निर्धार के साथ गंतव्य प्राप्ति दूभर एवं दुष्कर तो होती है, परंतु वह असंभव नही होती। यह कमली स्थापित करती है और मानो यह स्थापत्य ही एक प्रेरणामयी संदेश है, जो कमली के जीवन रेखांकन के माध्यम से लेखक प्रतिपादित और गेय रूप में प्रस्तुत करना चाहते थे। इसका सशक्त चित्रीकरण उन्होंने लेखनी के माध्यम से इस उपन्यास में सफलता से शब्दांकित ही नहीं अपितु चित्रांकित भी किया है। ऐसा लगता है कि हर पृष्ठ पर शब्द नहीं, एक प्रेरणामयी जीवन गिरता, पड़ता परंतु ध्येय के साथ आगे बढ़ता हुआ निरंतर अपनी मंजिल को प्राप्त करने हेतु बिना थके और बिना झुके कार्यरत दीख पड़ता है। अंततोगत्वा सफलता उसके आगोष में रच बस जाती जान पड़ती है।

सच कहा जाए तो 'कमली' संघर्षमय सफरनामे का एक प्रेरणामयी सफलनामा कहा जा सकता है, जिसका सशक्त वर्णन सटीक शब्दांकन में लेखक ने तन्मयता के साथ सजीवता को चित्रित करने में व्यापक सफलता पायी है, जो सुधी पाठकों के लिए एक अनोखा अनुभव साबित होगा, जिसे लेकर मैं आश्वस्त हूँ।

राजीव रंजन जी ने महज कमली के जीवन को रेखांकित भर नहीं किया है बल्कि एक प्रेरणापुंज को निरूपित किया है। यह मन को सहलाता है, चित्त को सजाता है और बुद्धि को कार्यरत होने की प्रेरणा देते हुए विपरीत परिस्थितियों के सामने घुटने टेकने के बजाय उनपर मात कर गंतव्य प्राप्ति के निर्धारण को बल देने का काम करता है।

यही उपन्यास की सही एवं खरी सफलता है, जिसके लिए राजीव रंजन हार्दिक बधाई एवं साधुवाद के पात्र हैं और मैं यह

विनम्रता से अत्यानंद के साथ अभिव्यक्त करने में धन्यता महसूस करता हूँ।

-डॉ. वेदप्रकाश मिश्रा
प्र-कुलाधिपति,
दत्ता मेघे इंस्टीट्यूट ऑफ
हाइयर एजुकेशन ऐंड रिसर्च, नागपुर

किसी को जानना है तो उसके किए हुए काम से अगर जाना जाए तो यह सबसे ठीक रहता है। उसके नाम से हम उसका सही आंकलन नहीं कर सकते। राजीव रंजन का नाम तो बहुत सुना था, लेकिन कभी न तो मिला और न ही मुलाक़ात हुई। लेकिन कमली नाम की जब किताब हाथों में आई और उसे पढ़ा तो पढ़ता ही चला गया। बहुत संवेदनशील लेखनी है राजीव जी की।

मैं उनकी इस कृति के प्रकाशन पर उन्हें बहुत-बहुत बधाई और शुभकामनाएँ देता हूँ। प्रभु से प्रार्थना करता हूँ, उनकी लेखनी से इसी प्रकार का और भी साहित्य निसृत हो।

-डॉ. विष्णु सक्सेना
दयाल क्लीनिक, हाथरस

कोई कथाकृति कहानी कहने की कला, चित्रण की कला और वर्णन की कला से महत्वपूर्ण बनती है। इस दृष्टि से राजीव रंजन का उपन्यास 'कमली' पठनीय है। उपन्यास की कथानक संरचना ऐसी है, जो पाठक को आरंभ से अंत तक बांधे रखती है। उपन्यास की भाषा शैली में सर्वत्र स्वाभाविकता, सरलता, सजीवता और मार्मिकता है। भाषा में कहीं भी कृत्रिमता नहीं है। राजीव रंजन ग्रामीण परिवेश और

नई चेतना के संघर्ष का स्वाभाविक वर्णन करते हुए कमली नामक लड़की की बचपन से जवानी तक प्रतिकूल परिस्थितियों से लड़ते हुए स्वयं को सिद्ध करने की कहानी कहते हैं।

कमली सुंदर है, लंबी है, गोरी है, तीखे नाक-नक़्शवाली है, चुलबुली है, शरारती है। खेलकूद के साथ ही पढ़ाई में भी तेज है। वह हर साल क्लास में अव्वल आती। बचपन में सिर से पिता का साया उठ गया, किंतु कमली के लालन-पालन में उसकी माँ ने कोई कोर-कसर बाकी नहीं रखी। घर की माली हालत ठीक नहीं थी। घर में ट्यूशन कर कमली ने मेडिकल प्रवेश परीक्षा की कोचिंग ली। बारहवीं बोर्ड में राज्य में प्रथम स्थान पर रही और उसके बाद मेडिकल प्रवेश परीक्षा में उसे राज्य में दूसरा स्थान मिला। मेडिकल की पढ़ाई के पैसों के लिए वह कोचिंग क्लास में टीचर बनी। अपनी मेहनत की कमाई से छह वर्ष की पढ़ाई के बाद वह डॉक्टर बनी। किंतु उसके बाद उसकी जिंदगी कश्मकश से भरी रही। प्यार, धोखा, पीड़ा, अपनों के बिछड़ने की कमली की कहानी मार्मिक ढंग से राजीव रंजन ने कही है।

कहानी कहने की कला में राजीव रंजन को महारथ हासिल है। इसके पहले उन्होंने कोयला कर्मियों की कहानी 'आसमां में सुराख' और 'अंधेरा उजाला' नामक पुस्तकों में प्रामाणिकता के साथ कही थी। कोयला उद्योग में टीम भावना की सच्ची कहानी, उन्होंने 'असंभव संभव' पुस्तक में कही थी। उन तीनों किताबों की पूंजी प्रामाणिकता है।

राजीव रंजन लंबे समय तक कोयला उद्योग से जुड़े रहे। वे सीसीएल, रांची के निदेशक कार्मिक, डब्लूसीएल, नागपुर, एमसीएल, भुवनेश्वर, ईसीएल, आसनसोल के सीएमडी और कोल इंडिया लिमिटेड, कोलकाता के निदेशक कार्मिक रहे। वे कोयला मंत्रालय में

वरिष्ठ सलाहकार भी रहे। कोयला उद्योग में लंबे प्रशासनिक अनुभव के कारण ही वे कोयला कर्मियों की प्रामाणिक कहानी लिख पाए। कदाचित इसीलिए वे तीनों किताबें अमेजन पर बेस्ट सेलर रही हैं। उनके उपन्यास 'कमली' को भी पाठकों का भरपूर स्नेह मिलेगा, यह उम्मीद लाजिमी है।

-कृपाशंकर चौबे
प्रोफेसर एवं अध्यक्ष,
जनसंचार विभाग,
महात्मा गांधी अंतरराष्ट्रीय हिंदी विश्वविद्यालय, वर्धा

मीडिया में अक्सर ऐसी ख़बरें हम देखते-सुनते और पढ़ते रहते हैं कि गरीब ऑटो रिक्शावाला, सब्ज़ी बेचनेवाला, अमीर, बड़े घरों में काम करनेवाली मोलकरीन या दिहाड़ी मज़दूर की संतान ने स्कूल-कॉलेज या प्रतियोगिता परीक्षाओं में टॉप किया है, तो कोई आईएएस, आईपीएस बन गया है। ये ख़बरें हम सभी के दिल को सुकून तो देती ही हैं, भविष्य के प्रति आशान्वित भी करती हैं। लेकिन, ऐसे सुखद समाचारों की उम्र वाकई बहुत कम होती है, क्योंकि वे या तो रूस-यूक्रेन युद्ध की भेंट चढ़ जाते हैं या ब्रेकिंग न्यूज़ के ताज़ा, भयावह दौर में कुछ देर के बाद ही दम तोड़ देते हैं। और, जैसी हमारी इंसानी फ़ितरत होती है-'आउट ऑफ़ साइट:आउट ऑफ़ माइंड'। लेकिन, कुछ संवेदनशील और पारखी नज़रें उन्हें कभी नज़रअंदाज़ नहीं करतीं और उनको अच्छा-ख़ासा तवज़्ज़ो देते हुए उन्हें समाज के समक्ष कुछ इस कदर पेश करते हैं कि वे पात्र या किरदार हमारे जेहन में, हमारी स्मृतियों में स्थाई तौर पर बस जाते हैं और कालांतर में, वे हमारी प्रशंसा और प्रेरणा के मानक और प्रतीक भी बन जाते हैं।

ऐसी ही एक नायाब नज़र का ज़िक्र यहां प्रासंगिक है, जो संवेदनशील भी है और पारखी भी। और, हम सभी इस बात से अच्छी तरह वाक़िफ़ हैं कि संवेदना की दवात में कलम डुबो कर लिखे गये आखर का असर और दायरा एकदम ही अलग और अलहदा होता है। ऐसे ही एक कलमकार ने जब « समवेदना « की दवात में अपनी लेखनी डुबोई और उसे बाहर निकाला, तो हमारे सामने निकल कर आई कमली। जी हां, हमारी कमली, आपकी कमली यानि हम सब की कमली।

आलोच्य पुस्तक के लेखक को जाननेवाले यह अच्छी तरह जानते हैं कि सामाजिक सरोकार, आपसी रिश्तों की अहमियत और किसी भी इंसान को इंसानियत की नज़र से देखनेवाले शख्स का दूसरा नाम है- श्री राजीव रंजन। एक सुपरिचित टेक्नोक्रेट और वरिष्ठ नौकरशाह की सफ़ल भूमिका के दौरान भी वे अपने 'आउट ऑफ़ बॉक्स ' नज़रिया के लिए मशहूर रहे हैं। इसके पूर्व उनकी तीन पुस्तकों ; असंभव संभव, आसमां में सुराख और अंधेरा उजाला में उसकी झलक स्पष्ट दृष्टिगोचर होती है। और,यह भी उल्लेखनीय है कि भारत सरकार की महारत्न कंपनी कोल इंडिया लिमिटेड की विभिन्न अनुषंगी कंपनियों में सीएमडी और निदेशक (कार्मिक) का गुरूतर दायित्व बखूबी निभाने के दौरान आपने कोयला उद्योग को बहुत करीब से देखा और अपने अनुभव को व्यापक फलक प्रदान करते हुए, पुस्तक के रूप में दस्तावेज़ी स्वरूप देकर उन्हें «बहुजन हिताय : बहुजन सुखाय» सबके लिए उपलब्ध करा दिया।

आपसे यह शेयर करते हुए मुझे हार्दिक खुशी हो रही है कि उपरोक्त तीनों पुस्तकें अमेजन पर बेस्ट सेलर रहीं। मुझे खुशी इस बात की भी है कि मैं उन पुस्तकों की सृजन यात्रा का भी सहचर रहा हूं। लेकिन, प्रस्तुत पुस्तक कमली ने तो वाकई मुझे चौंका दिया,

क्योंकि इस शैली का लेखन शायद उनका जौनर नहीं हो। परंतु, श्री राजीव रंजन जी की लेखनी से जो न निःसृत हो जाए, वही कम है।

सो, मैं पूरी तरह आश्वस्त हूं कि मंज़िल नहीं, पड़ाव है यह और कमली भी निश्चय ही कमाल करेगी तथा निकट भविष्य में लेखक हमें अपनी अन्य कृतियों से उपकृत करेंगे।

अनंत शुभकामनाओं के साथ !

-सत्येंद्र प्रसाद सिंह
राष्ट्रीय उपाध्यक्ष (पश्चिम),
पीआरएसआई, नागपुर

आभार

मैंने अब तक तीन किताबें लिखी हैं, लेकिन कभी उपन्यास लिखने के बारे में दिमाग में विचार नहीं आया था। कभी सोचा भी नहीं था कि लिख पाऊँगा, क्योंकि उपन्यास लिखना कोई आसान काम नहीं है। कुछ वर्ष पूर्व मेरे एक दोस्त ने मुझे एक लड़की की आधी-अधूरी कहानी सुनाई थी। उन्हें उस कहानी का अंत नहीं पता था। फिर भी जितनी कहानी उन्होंने मुझे सुनाई थी, वह मुझे अंदर तक झकझोर गयी थी। वह कहानी मेरे जेहन में इस कदर बैठ गयी कि मैं हर बार सोचता कि इस पर एक किताब लिखूँ। यह किताब उपन्यास की तरह होना था, जिसका लिखना कठिन कार्य था।

इस बीच वर्ष 2020 के अंत में मेरी कोयला उद्योग से अड़तीस वर्ष की नौकरी के बाद सेवानिवृत्ति हुई। इसके पूर्व मैं पत्रकारिता से जुड़ा हुआ था, जहां लेखन मेरा प्रमुख कार्य था। हालाकि, कोयला उद्योग की नौकरी के दौरान लेखन कहीं पीछे छूट गया। कई बार कोशिश की, लेकिन समय नहीं मिल पाया।

मेरा आखिरी कार्यकाल वेस्टर्न कोलफील्ड्स लिमिटेड (वेकोलि) का था, जहां मैंने छह वर्षों में कई तरह के प्रयोग किए। सेवानिवृत्ति से कुछ पहले मेरे अंदर का लेखक जागृत हुआ और वेकोलि के उन प्रयोग की पूरी यात्रा पर मैंने 'असंभव संभव' किताब लिखी। वह

किताब एक तरह से संस्मरण के रूप में थी। किताब को काफी लोकप्रियता मिली। मात्र चौबीस घंटे के अंदर वह किताब अमेज़न की बेस्ट सेलर बन गयी। इसकी सफलता और सेवानिवृत्ति के बाद के खाली समय ने मुझे दूसरी किताब लिखने की प्रेरणा दी। उस वक़्त कोरोना की दूसरी और भयावह लहर देश में आई थी। घर के अंदर बंद रह कर मैंने कोयला उद्योग के कोयला कर्मियों की जीवनी के ऊपर अपनी दूसरी किताब 'आसमां में सुराख' लिखी। यह भी किताब अमेज़न की बेस्ट सेलर बनी। कोयला उद्योग की शृंखला की मेरी तीसरी और अंतिम किताब थी 'अंधेर उजाला', जो कोयला कर्मवीरों की कहानी थी। इस किताब को भी बहुत लोकप्रियता मिली।

उसके बाद लगभग एक वर्ष से ज्यादा तक मेरी लेखनी रुक गयी। कई विषय दिमाग में आ रहे थे, लेकिन मन को संतुष्टि नहीं मिल रही थी। इसी बीच अपने दोस्त की कही सच्ची कहानी मेरे दिमाग में आई। उसने मुझे बहुत कम शब्दों में वह कहानी सुनाई थी। उस कहानी को विस्तार रूप देकर एक उपन्यास की शक्ल में लाना कठिन कार्य था। लेकिन मैंने हिम्मत की और इस वर्ष जुलाई महीने की शुरुआत में उपन्यास लेखन का श्री गणेश किया। उस छोटी-सी कहानी की चारों तरफ बहुत ताना-बाना बुनना पड़ा, लेकिन एक बार जब लिखने की शुरुआत कर दी, फिर सभी कुछ आसान लगने लगा। लगभग तीन महीने तक लगातार लिखने के बाद 'कमली' को स्वरूप मिला।

'कमली' सिर्फ एक उपन्यास ही नहीं है, बल्कि एक ऐसी लड़की की कहानी है, जिसने हर विपरीत स्थिति में अपने आप को संभाला और जीवन में आगे बढ़ती रही। उसके जीवन में हर तरह की तकलीफ़ें आयीं, उसने हर तकलीफ का मुक़ाबला किया और सफल रही। मैंने इस कहानी को हमारे देश की बेटियों को समर्पित किया है।

यह कहानी एक डॉक्टर की है। उसकी जीवनी लिखने के लिए मुझे मेडिकल साइन्स के बारे में जानना था। इसमें मेरी मदद मेरे भांजे डॉ॰ राजित कुमार ने की, जो आर्मी में हैं और अभी पीजीआई, चंडीगढ़ से एमडी कर रहे हैं। इसके अलावा हर बार की तरह मेरे वेकोलि के पुराने सहकर्मी श्री सत्येंद्र प्रसाद सिंह और शेखर रायपोरोलु का इस उपन्यास के प्रकाशन में विशेष योगदान रहा। आशीष मिश्र ने अपनी कंपनी 'असाई' के माध्यम से कवर की डिज़ाइन में मुख्य भूमिका निभाई। उपन्यास के ऊपर और पीछे के कवर की तस्वीर आशु लठवाल ने आर्टिफ़िशियल इंटेलिजेंस के प्रयोग से बनाई।

इस उपन्यास के लेखन में मैं लगभग तीन महीने बहुत व्यस्त रहा। मेरी पत्नी अनीता ने इसमें मेरा सहयोग किया। उपन्यास लेखन की यात्रा में जिनका भी सहयोग प्रत्यक्ष या अप्रत्यक्ष रूप से मिला, उन सब का मैं आभारी हूँ। इसके अलावा अपने पूरे परिवार का आभारी हूँ, सभी ने मेरी पिछली तीनों किताबों को सराहा, जिससे आगे लेखन जारी रखने का मुझे प्रोत्साहन मिला। साथ ही कुछ सुधि पाठकों को विशेष धन्यवाद देना चाहूँगा, जिन्होंने अपनी प्रतिक्रिया भेज कर मेरा उत्साह बढ़ाया।

अंत में लेखन क्षेत्र के अपने गुरु, मेरे बड़े भैया और आध्यात्म क्षेत्र के गुरु, मेरे साईं को सादर नमन।

- राजीव रंजन

भूमिका

कमली,

इसी नाम से सभी पुकारते थे, उस चुलबुली-सी लड़की को। बहुत कम लोग जानते थे, उसका असली नाम। उसके दोस्त, रिश्तेदार और यहाँ तक स्कूल में उसके शिक्षक, उसे कमली कहते थे। बड़ी सुंदर थी वह, लंबी, गोरा रंग और तीखे नाक-नक़्श। बचपन से बहुत तेज और शरारती थी। स्कूल में उसके ज़्यादातर दोस्त लड़के थे। उन सब में उसका सबसे करीबी दोस्त अतुल था।

खेलकूद के साथ-साथ कमली पढ़ाई में तेज थी। वह हर साल क्लास में अव्वल आती। बचपन में सिर से पिता का साया उठ जाने के बावजूद, कमली के लालन-पालन में उसकी माँ ने जितना बन पाया, उतना किया। वैसे घर की माली हालत ठीक नहीं थी।

घर में ट्यूशन कर उसने मेडिकल टेस्ट की कोचिंग ली। बारहवीं बोर्ड में राज्य में प्रथम स्थान पर रही और उसके बाद मेडिकल प्रवेश परीक्षा में उसे राज्य में दूसरा स्थान मिला। मेडिकल की पढ़ाई के पैसों के लिए वह कोचिंग क्लास में टीचर बनी। अपनी मेहनत की कमाई से छह वर्ष की पढ़ाई के बाद वह डॉक्टर बनी।

इसके बाद की कहानी, कमली की जिंदगी की कश्मकश, प्यार, पीड़ा, धोखा, अपनों के बिछड़ने की है। बचपन से जवानी तक विपरीत

स्थिति में अपने बूते पर जिंदगी से लड़ाई लड़ने वाली लड़की की कहानी है........कमली।

कमली की कहानी एक ऐसी लड़की की है, जिसने अपने जीवन में कभी हार नहीं मानी। हर परिस्थिति में वह अपने आप को संयत रख कर आगे निकलती रही। कमली ने समाज की परवाह न करते हुए अपने और अपने परिवार के लिए हर काम किए। उसने घर की दहलीज को पार कर समाज में अपनी अलग पहचान बनाई। उसने जो सोचा वह कर दिखाया। चाहे वह पढ़ाई हो, ट्यूशन हो, या कोई बड़ा से बड़ा इम्तहान हो। वह कभी भी नहीं घबड़ाई। जीवन में आगे बढ़ते हुए उसने अपने दाम्पत्य जीवन में भी अपने साथी के धोखे को बर्दाश्त नहीं किया और कड़े कदम लिए। इसके साथ-साथ उसके अंदर गरीबों की सेवा की भावना ने उसके जीवन को एक नया आयाम दिया।

आज के जमाने में हमारे देश में ऐसी लाखों कमली मिल जाएंगी, जिन्होंने अपने पैरों पर खड़ी होकर समाज में अपना अस्तित्व कायम रखा है। अपने देश में प्रगति के हर क्षेत्र में महिलाएं पुरुष से कंधे से कंधा मिला कर चल रही हैं। कई कामों में महिलाएं पुरुष से बेहतर साबित हुई हैं। हालाकि, गाँव में साक्षरता की कमी के कारण अभी भी कई जगह लड़कियों पर बहुत सारी पाबन्दियाँ हैं। हमें इस रूढ़िवादी परंपरा की जंजीर को तोड़ना होगा। सरकार ने इसके लिए कई तरह की योजनाएँ चलाई हैं, जिन्हें जमीन पर सही तरीके से उतारना होगा।

मुझे उम्मीद है, कमली की कहानी पढ़ कर लोगों में नयी चेतना जागृत होगी।

एक

'अरी कहाँ रह गयी थी तुम अबतक, देख नहीं रही, अंधेरा हो चला है। बस दिन-रात सिर्फ धमाचौकड़ी और लड़कों के साथ खेलना। कितनी देर हो चुकी है, तुझे पढ़ाई नहीं करनी और फिर घर का काम भी है। तुझे न अपनी और न घर की फिक्र है। लड़कों की तरह तेरे सिर के बाल हैं, उन्हीं की तरह कपड़े पहनती है और उन्हीं के साथ तेरा उठना-बैठना है। बेटा तू लड़की है, अब बड़ी हो गयी है, कितनी बार कहा, लड़कों के साथ ज्यादा मत खेला कर, लड़कियां भी हैं इस मोहल्ले में, क्यों नहीं उनके साथ उठती-बैठती है। फिर खेलने-कूदने और पढ़ाई के साथ-साथ कभी घर के काम में भी मेरी मदद कर दिया कर। ब्याह कर जब ससुराल जाएगी तो क्या कहेगी तेरी सासु माँ। लड़की की माँ ने बेटी को घर के कामकाज नहीं सिखाये'।

घर के दरवाजे पर उसे देखकर रोज की तरह विमला ने आज भी एक सांस में अपने मन की भड़ास निकाल ली।

लेकिन उसे कहाँ फिक्र थी, इन सब बातों की। उसके लिए इन बातों का सुनना रोज की बात थी। ऐसे समय में वह बस एक काम किया करती, दौड़ कर अपनी माँ के गले लिपट जाती और उसे खूब लाड़-प्यार करती। आज भी अपने पसीने से तरबतर कपड़ों के साथ दौड़ कर वह अपनी माँ के गले लगकर कहने लगी-

'माँ तू क्यों रोज-रोज परेशान होती है। आखिर लड़कों के साथ खेलने में क्या बुराई है, सभी मेरे दोस्त जैसे हैं और फिर अभी मेरी उम्र ही क्या हुई है, मुझे खेलना है और साथ-साथ पढ़ाई भी करनी है। मुझे अभी अपने मन की करने दे, बड़ी होकर घर के काम-काज सीख जाऊँगी, तू चिंता न कर'।

विमला ने लगभग खीझते हुए कहा-

'छोड़ मुझे, यह तेरा रोज का नाटक है। ताड़ जैसी लंबी हो गयी है, लेकिन अभी भी तेरा बचपना नहीं गया। देखो, पास की रमा की शादी हो गयी। तुझसे कुछ साल बड़ी होगी और एक तू है, अभी भी अपने आप को बच्ची समझती है'।

माँ से चिपके-चिपके उसने कहा-

'मैंने कहा न माँ, अभी मैं छोटी हूँ और शादी-वादी की बात तो बहुत दूर की है। मैं पढ़ाई करूंगी, मुझे डॉक्टर बनना है और आपका और पापा का नाम रौशन करना है। वैसे अब दसवीं बोर्ड के इम्तहान नजदीक आ रहे हैं, इसलिए मैं पढ़ाई पर ज्यादा ध्यान दूँगी'।

यह सब सुनने के बाद विमला मुस्कुराती हुई रोज की तरह उसके बाल सहलाने लगी। लगा जैसे उसका गुस्सा एक मिनट में छूमंतर हो गया। उसने उसके बाल सहलाते हुए कहा-

'मेरी प्यारी बिटिया, तेरे पापा के जाने के बाद एक तू ही है मेरी इस संसार में, जिसके लिए मैं जिंदा हूँ। मैं चाहती हूँ, तू हमेशा खुश रहे, खूब पढे-लिखे और ब्याह कर सुखी जीवन बिताए। तू जानती है, हमारे पास सीमित पैसे हैं, लेकिन मुझसे जितना बन पाएगा, मैं तेरे लिए करूंगी। तू बस मेरी बात माना कर'।

कमली,

इसी नाम से सभी पुकारते थे, उस चुलबुली-सी लड़की को। वैसे उसका अच्छा नाम था कमलेश्वरी सिंह, जो उसके पापा ने रखा

था। दरअसल, कमली के जन्म के समय उसके पापा का प्रमोशन हुआ था, इसलिए परिवार वालों ने कहा, घर में लक्ष्मी आई है। माता लक्ष्मी के नाम पर उसका नाम कमलेश्वरी रखा गया। बहुत कम लोग जानते थे, उसका असली नाम। उसके दोस्त, रिश्तेदार और यहाँ तक स्कूल के उसके शिक्षक, उसे कमली कहते थे। कमली को अपना छोटा नाम अच्छा लगता था। बड़ी सुंदर थी वह, लंबी, गोरा रंग और तीखे नाक-नक़्श।

पटना शहर के एक पुराने मोहल्ले आदर्शनगर में अपनी विधवा माँ के साथ रहती थी। पिता मिथिलेश सिंह का देहांत तब हुआ, जब वह छह साल की थी। वे राज्य सरकार के बिजली विभाग में सहायक अभियंता के पद पर काम करते थे। सीधे-सादे ज़िंदादिल इंसान थे। एक दिन काम से लौटते वक्त एक ट्रक ने उनके स्कूटर को टक्कर मार दी। गंभीर हालत में किसी तरह जुगाड़ कर उनके साथ के सहकर्मी उन्हें शहर के अस्पताल में ले जाने की कोशिश करने लगे, लेकिन रास्ते में उनकी मौत हो गयी।

उनके मरने के बाद, उनकी पत्नी विमला पर जैसे दुखों का पहाड़ टूट पड़ा। उसके सामने विकट समस्या थी कि अब घर कैसे चलेगा और छोटी-सी बच्ची का लालन-पालन कैसे होगा। इस सदमे से उबरने में विमला को वक़्त लगा। पति की जगह लोगों ने विमला को नौकरी दिलाने की पहल की, लेकिन विमला इसके लिए तैयार नहीं हुई। वह अपनी बच्ची को घर में अकेली छोड़ने के लिए राजी नहीं थी। पति की कुछ जमा पूंजी थी और मासिक पेंशन के पैसे से किसी तरह घर चलने लगा। अपनी नौकरी के समय में मिथिलेश ने कुछ पैसे बचा कर दो कमरे का एक छोटा-सा घर बनाया था, जहां अब विमला अपनी एकलौती बेटी कमली के साथ रह रही थी।

विमला के पति अपने माता-पिता के एकलौते संतान थे। उनके माता-पिता गाँव में रहते थे। उनकी थोड़ी खेती-बाड़ी थी, लेकिन कुछ

ज्यादा नहीं होने के कारण वे विमला को आर्थिक रूप से मदद करने में सक्षम नहीं थे। वे चाहते थे, पति के गुजर जाने के बाद विमला अपनी बच्ची को लेकर गाँव में रहे और अपने सास-ससुर की सेवा करे। यह विमला के लिए संभव नहीं था। वह अपनी बेटी को पढ़ा-लिखा कर अपने पैरों पर खड़ा करना चाहती थी। कभी-कभार विमला कमली को लेकर अपने ससुराल जाती, लेकिन धीरे-धीरे कमली की पढ़ाई के कारण, वहाँ जाना लगभग बंद हो गया। उसके सास-ससुर ने भी उससे करीब-करीब रिश्ता तोड़ लिया था।

विमला का मायका शहर से लगभग साठ किलोमीटर दूर नारायणपुर गाँव में था, जहां उससे दो साल छोटा, उसका एकलौता छोटा भाई कमल, खेती-बाड़ी संभालता था। वह गाँव के सम्पन्न किसानों में जाना जाता था। उसके पास मारुति की एक गाड़ी थी, जिससे वह यदाकदा शहर अपने काम से आता। उसकी शादी हो चुकी थी, लेकिन बहुत सालों बाद भी, उसकी कोई संतान नहीं थी।

विमला जब बारह साल की थी, तभी उसके माता-पिता का कुछ दिनों के अंतराल में निधन हो गया था। उसने गाँव में रह कर अपने छोटे भाई को पाल-पोस कर बड़ा किया। गाँव में उसके पिता के बड़े भाई और भाभी ने उन्हें सहारा दिया। तेईस वर्ष की उम्र में उसके चाचा ने विमला की शादी कराई। संपत्ति अच्छी होने के कारण उसकी शादी में कोई दिक्कत नहीं हुई। ब्याह कर कुछ दिनों के बाद विमला अपने पति के साथ पटना में एक किराये के घर में रहने लगी। शादी के दो वर्ष बाद कमली का जन्म हुआ।

पति की मौत के समय कमल और उसकी पत्नी लगभग एक महीने तक विमला के घर पर रहे। दरअसल, दोनों ने विमला और छोटी-सी कमली को हर तरह से सहायता दी। उसके बाद कमल महीने में दो-तीन बार विमला के यहाँ आता रहता। जब भी आता, साथ में

दो बोरी अनाज और नए कपड़े-लत्ते लेकर आता। बीच-बीच में वह विमला को पैसों से भी मदद करता। वैसे विमला पैसे लेने से मना करती, लेकिन कमल जबर्दस्ती उसके हाथ में पैसे पकड़ा देता।

बचपन से कमली को अपने मामा से बहुत लगाव था। वह जब भी कमली के घर आता, कमली के लिए कपड़े, खिलौने लेकर आता। उसके साथ कई बार कमली और उसकी माँ बाहर शहर में घूमने-फिरने या होटल में खाने गए। कमली, मामा के आने पर उसके साथ चिपकी रहती, दिन भर दोनों खूब गप्पें मारा करते। कमल की कोई संतान नहीं होने के कारण, वह कमली को अपनी बेटी की तरह प्यार करता था।

बचपन में सिर से पिता का साया उठ जाने के बावजूद कमली के लालन-पालन में उसकी माँ ने जितना हो सका उतना किया। घर की माली हालत उतनी ठीक नहीं थी, इसलिए कमली को प्राइवेट स्कूल में न भेजकर, एक सरकारी स्कूल में भेजना पड़ा, जिससे फीस का बोझ कम हो सके। कमल ने कमली को प्राइवेट स्कूल में पढ़ाने का खर्चे उठाने के लिए अपनी मंशा जाहिर की थी, लेकिन विमला इसके लिए तैयार नहीं हुई।

कमली बचपन से बहुत तेज और शरारती थी। उसके पापा उसे लड़कों के कपड़े लाकर दिया करते और अपनी पत्नी को कहा करते, उसे लड़कों की तरह रखा करे। स्कूल में उसके ज़्यादातर दोस्त लड़के थे, जिनके साथ वह उठना-बैठना किया करती। स्कूल के कपड़ों के अलावा उसका पहनावा लड़कों वाला होता था। सिर के बाल उसने लड़कों की तरह छोटे-छोटे रखे थे। जब कभी उसके बाल बड़े हो जाते, वह अपनी माँ को जिद कर पास के नाई की दूकान में जाकर बाल छोटे-छोटे करा लेती। हालाकि, माँ को उसके छोटे बाल पसंद नहीं थे, लेकिन कमली हर दो महीने पर जिद ठान लेती।

कमली के पापा जब जिंदा थे, तब कमली का जन्मदिन बहुत धूम-धाम से मनाया जाता था। वह जन्मदिन के दिन कमली और उसकी माँ को लेकर कहीं बाहर होटल में खाना खाने जाते और वहीं कमली का बर्थड़े केक काटा जाता। पापा उसके लिए लड़कों वाले खिलौने, जैसे बंदूक, गाड़ी वगैरह लाकर देते। लेकिन उनके जाने के बाद उसका जन्मदिन घर में मनाया जाने लगा। उस दिन उसकी माँ कुछ अच्छा खाना बनाया करती और साथ में कुछ मीठा भी। उसकी माँ कुछ बचाए हुए पैसे से कमली के लिए पास के कपड़े की दुकान से उपहार के तौर पर एक नया ड्रेस लाकर दिया करती। कमली इसी में खुश हो जाती।

खेलकूद के साथ-साथ कमली पढ़ाई में भी तेज थी। वह हर साल क्लास में अव्वल आती, इसलिए सभी टीचर उसे बहुत मानते थे। क्लास में बच्चों के ऊपर उसका पूरा दबदबा था। स्कूल में आठवीं क्लास आते-आते, वह स्कूल के लड़कियों की फुटबाल की टीम में शामिल हो चुकी थी। क्लास में उसका एक ग्रुप था, जिसमें लड़के-लड़कियां, दोनों थे। वह उन सब की लीडर थी। किसी दूसरे ग्रुप से उलझना या क्लास में किसी लड़के या लड़की को सबक सिखाना, वह इन सब में आगे थी। लगभग सभी बच्चे उसका कहा मानते थे। वह आठवीं क्लास में अपने क्लास की मॉनिटर बनाई गई थी।

कमली के क्लास में अतुल था। अतुल सिन्हा। वह पढ़ने में बहुत तेज था। दुबला-पतला भोला-सा सुंदर चेहरा। ज़्यादातर क्लास में कम बोलता और अपनी धुन में रहता। उसकी अगर किसी एक से अच्छी दोस्ती थी, तो वह थी कमली। क्लास के बाकी बच्चे जानते थे, दोनों की अच्छी पटती है। क्लास में वैसे लड़कियां आगे बैठती थीं और लड़के उनके पीछे के बेंच पर, लेकिन क्लास शुरू होने के पहले कमली और अतुल पीछे की बेंच पर आपस में गप्पें मारते दिख जाते थे। क्लास खत्म होने पर दोनों साथ-साथ बाहर निकलते। अतुल का

घर मोहल्ले में कमली के घर के पास था। ज़्यादातर सुबह दोनों साथ-साथ पैदल स्कूल जाते और साथ लौटते। किसी इम्तहान की तैयारी में कभी-कभी दोनों साथ बैठ कर पढ़ा करते थे। दोनों अपने मन की बात एक दूसरे से किया करते।

अतुल के पिता ठेकेदार थे। उनकी बड़ी अच्छी कमाई थी। मोहल्ले में उनका दो तल्ले का बड़ा घर था, जिसमें नीचे के तल्ले में एक और ऊपर तीन कमरे थे। उनके एक ही संतान थी, बेटा अतुल। उनका एक छोटा भाई था, जो दिल्ली में एक कंपनी में नौकरी करता था। कमली की माँ विमला, अतुल के घर उसकी माँ से मिलने महीने में एक-दो बार जरूर जाती थी।

अतुल की माँ अक्सर विमला से कहा करती-

'कमली का पहनावा-ओढ़ावा अब लड़कियों जैसा होना चाहिए। वह बड़ी हो रही है। उसे अपने बाल अब लंबे रखने चाहिए'।

विमला भी कमली के इस तौर-तरीके से अक्सर परेशान रहती। कई बार विमला ने उसे बिठा कर समझाने की कोशिश की, लेकिन कमली थी कि अपनी जिद पर अड़ी रहती।

कमली का घर छोटा-सा एक तल्ले का था। बाहर चारदीवारी और एक गेट। उसके अंदर अहाते के तौर पर जगह थी। उसके बाद एक बड़ा बरामदा था। घर के अंदर दो कमरे, जिनमें बाहर का कमरा बड़ा था। उसमें एक किनारे में लकड़ी का पुराने डिज़ाइन का सोफा और उसके साथ एक टेबल, उसके बगल में एक पलंग, जिस पर दो लोग सो सकते थे। दीवार पर लंबा आईना था। एक कोने में एक मेज पर पुराने डिज़ाइन का छोटा रंगीन टीवी था, जिसे उसके पापा ने कमली के पांचवें जन्मदिन पर खरीदा था। बाहर के कमरे के बाद अंदर जाता एक गलियारा, जिसकी दाहिनी तरफ दूसरा कमरा था। दूसरे कमरे में एक पलंग, एक ड्रेसिंग टेबल और एक गोदरेज

की अलमारी थी। साथ में बैठने के लिए दो कुर्सियाँ। दूसरे कमरे के सामने एक बाथरूम और आगे बढ़कर बाईं तरफ कोने में छोटा किचेन। किचेन के सामने थोड़ी जगह थी, डाइनिंग टेबल रखने की, लेकिन वह जगह खाली रहती थी। वहाँ एक पुराना छोटा फ्रिज था। किचेन के आगे दाहिनी तरफ एक दरवाजा था, जिससे ऊपर छत पर सीढ़ी जाती थी। कोने में एक और दरवाजा था, जो बाहर की ओर खुलता था, जिससे कोई बाहर से भी छत पर सीधा जा सकता था।

घर में खाने में बहुत ताम-झाम नहीं होता था। रोटी या चावल, दाल और एक सब्जी। कभी-कभी घर में खीर बनती थी। घर के बाहर जाकर होटल वगैरह में खाना तभी होता, जब कमली के मामा गाँव से अपनी गाड़ी से आते थे। उसकी माँ कमली की दुविधा समझती थी, लेकिन वह घर की माली हालत को देखते हुए मजबूर थी। कुछ-कुछ बचाकर जमा किए हुए पैसे थे, जिन्हें वह कमली पर ज़्यादातर खर्च करती। अपने पति के समय की गई डिपॉज़िट की रकम उसने कमली की शादी के लिए रखी थी। घर में बहुत सालों से कोई नया फ़र्निचर नहीं आया था। पलंग, सोफा सभी कमली के पापा के समय के थे। बहुत दिनों से कमली की माँ चार कुर्सियों वाला छोटा डाइनिंग टेबल लेना चाहती थी, लेकिन वह हो नहीं पा रहा था।

कमली और उसकी माँ कभी-कभी सुबह या शाम के वक़्त छत पर जाकर बैठा करती। कमली जब छोटी थी, वह अपनी माँ के साथ अंदर के कमरे में सोती। कुछ वर्षों से उसे रात में या सुबह उठ कर पढ़ाई करनी पड़ती थी, इसलिए अब वह बाहर के कमरे में रखे पलंग पर सोती थी। पलंग की दाहिनी तरफ एक छोटा टेबल और एक कुर्सी थी, जिस पर बैठ कर कमली की पढ़ाई होती। दीवार पर उसके किताबों के रखने के लिए एक लकड़ी का छोटा रैक था। घर छोटा था, लेकिन कमली और उसकी माँ के लिए ठीक था। दोनों उसी में खुश थे।

अपने पापा के जाने के बाद कमली कुछ वर्षों तक छोटी होने के कारण घर की हालत समझ नहीं पाती थी। लेकिन जैसे-जैसे उसकी उम्र बढ़ी और उसे समझ आने लगी, तब कमली को यह ज्ञान हुआ कि उसकी माँ के पास ज्यादा पैसे नहीं हैं। इसलिए पिछले कुछ वर्षों में उसने कभी अपनी माँ से कुछ महंगी चीज खरीदने की जिद नहीं की। उसके खर्च सिर्फ स्कूल की फीस और किताब, कॉपी खरीदने में होते थे। उसके पास गिनती के कपड़े थे, लेकिन वह उसी में संतुष्ट रहती। कभी-कभी कोई ड्रेस जब थोड़ा फट जाता, तब माँ खुद अपनी सिलाई मशीन निकालकर उसे ठीक कर देती। वैसे हर वर्ष उसके जन्मदिन पर उसकी माँ एक नया ड्रेस खरीद कर देना नहीं भूलती थी। उसके मामाजी के आने पर वे हर बार कमली के लिए कुछ न कुछ ख़रीदारी जरूर करते। कभी कोई ड्रेस या फिर चप्पल वगैरह।

कमली के मन में अपनी माँ के लिए बहुत प्रेम और आदर था। हालाकि, उसे कभी-कभी अपने पापा की कमी खलती थी। जब कोई ऐसा दिन आता, वह बाहर के कमरे में लगी अपने पापा की तस्वीर के सामने जाकर खड़ी हो जाती और उनसे अपने मन की बात कहती। उसे लगता जैसे पापा ने उसकी बात सुन ली हो। कमली की माँ के लिए भी बस उसकी बेटी उसका सारा संसार थी। उसी के साथ बात करने या घर के काम करने में माँ का सारा दिन निकल जाता था।

चुलबुली होने और लड़कों के साथ उठने-बैठने के बावजूद कमली का मन अंदर से बहुत कोमल था। उसे जरूरत के वक़्त किसी की मदद करने की अच्छी आदत थी। कमली के स्कूल में आठवीं क्लास से हर तीसरे महीने एक दिन का क्लास टेस्ट होने का नियम था। इस क्लास टेस्ट में भाग लेना जरूरी था, क्योंकि इन टेस्ट के कुछ नंबर फ़ाइनल इम्तहान में जोड़े जाते थे।

एक बार का वाक्या है, क्लास का दूसरा टेस्ट था। दिन के दस बजे टेस्ट शुरू होने थे। सभी बच्चे समय से क्लास में पहुँच चुके थे। कमली ने देखा, उसके ग्रुप की एक लड़की रश्मि क्लास में नहीं आई है। रश्मि पढ़ने में बहुत तेज थी और हर टेस्ट में अच्छे नंबर लाती थी। टेस्ट शुरू हो चुका था, लेकिन रश्मि का कोई पता नहीं था। टेस्ट शुरू हुए दस मिनट हो चुके थे। अचानक क्लास के दरवाजे पर रश्मि नजर आई। उसके बाल बिखरे हुए थे और वह थोड़ी घबड़ाई हुई लग रही थी। टीचर की नजर उसपर पड़ी। उसने इशारे से उसे अंदर आने के लिए कहा, नजदीक आने पर उससे पूछा-

'इतनी देर से क्यों आई। तुम्हें पता नहीं था, आज क्लास टेस्ट का दिन है। कहाँ थी तुम अबतक'।

रश्मि सुबकने लगी। कमली ने जब उसे इस तरह देखा, वह अपनी सीट से उठ कर उसके पास गयी। रश्मि ने सुबकते हुए कमली से कहा-

'मेरी माँ की तबीयत कल रात से बहुत खराब है। उसे तेज बुखार और खांसी है। पापा दूसरे शहर में नौकरी करते हैं, उन्हें छुट्टी मिलनी मुश्किल है। किसी तरह पड़ोसी की आंटी को घर पर माँ के पास बिठा कर टेस्ट देने आई हूँ। डर लग रहा है, माँ की तबीयत और न बिगड़ जाये'।

कमली ने उसके कंधे पर हाथ रखते हुए कहा-

'चिंता नहीं करो, माँ को कुछ नहीं होगा, हम सब तुम्हारे साथ हैं, पहले तुम टेस्ट दे दो, फिर हम सब चलेंगे तुम्हारे घर, तुम्हारी मदद के लिए, ठीक है'।

कमली की बात सुनकर रश्मि थोड़ी शांत हुई और अपनी सीट पर जाकर बैठ गयी। कमली वापस आकर टेस्ट देने में मशगूल हो

गयी। बीच-बीच में वह रश्मि की तरफ देख कर उसका हौसला बढ़ाने की कोशिश करती रही। दो घंटे में टेस्ट खत्म हो गया। टीचर ने रश्मि को पंद्रह मिनट का ज्यादा वक़्त दिया। कमली ने अपने ग्रुप के दो लड़कों और एक लड़की को रश्मि के घर चलने के लिए कहा।

उसका घर स्कूल के पास था, सभी पैदल दौड़ पड़े, उसके घर की ओर। घर पहुँचने पर मुख्य दरवाजे पर ताला लगा हुआ दिखा। रश्मि देख कर घबड़ाई। वह दौड़ कर बगल के पड़ोस की आंटी के घर गयी। आंटी घर पर नहीं थीं, उनके लड़के ने बताया, रश्मि की माँ की थोड़ी देर पहले तबीयत ज्यादा खराब हो गयी थी, इसलिए उन्हें मोहल्ले के कुछ लोग पास के सरकारी अस्पताल में ले कर गए हैं। इतना सुन कर रश्मि रोने लगी। कमली उसे पकड़ कर बाहर ले आई और सब दौड़ पड़े अस्पताल की ओर।

अस्पताल पहुँच कर रश्मि बदहवास होकर अपनी माँ को ढूंढने लगी। कमली ने एक नर्स से पूछा। उसने इमर्जेंसी की तरफ इशारा किया। सभी उस तरफ गए। अंदर घुसते-घुसते पड़ोस की आंटी नजर आईं। पास के बेड पर रश्मि की माँ लेटी हुई दिखीं। उन्हें ग्लूकोज चढ़ाया जा रहा था। आंटी ने बताया-

'डॉक्टर देख कर गए हैं। बुखार ज्यादा है, डॉक्टर को टाइफाइड का शक है, पर उसने कहा है, चिंता की कोई खास बात नहीं है। अभी उन्हें महिला वार्ड में ले जाएँगे और शायद अगले दो दिन उन्हें अस्पताल में रहना होगा'।

कमली आगे बढ़ कर रश्मि की माँ के बेड के पास गयी। वह लगभग बेहोशी की हालत में थीं। कमली ने छू कर देखा, उनका बदन तप रहा था। वह कुछ दूर पर बैठी नर्स के पास गयी और उससे रश्मि की माँ के बारे में पूछा। नर्स ने बताया, बुखार उतरने की दवा ग्लूकोज में मिलाकर दी जा रही है, कुछ देर में बुखार कम हो जाना चाहिए।

कमली उस रात रश्मि के साथ अस्पताल में रही। उसने अपनी माँ को जाकर बता दिया था। अगले दिन सुबह जब रश्मि की माँ की तबीयत थोड़ी ठीक हुई और वे बातचीत करने के लायक हो गईं, तब कमली अपने घर लौटी। घर लौट कर उसने अपनी माँ को अस्पताल का सारा हाल बताया। उसकी माँ चिंतित जरूर थी, लेकिन कमली की मदद करने के इस व्यवहार से मन ही मन संतुष्ट थी। एक दिन बाद रश्मि की माँ को अस्पताल से छुट्टी मिल गयी।

क्लास टेस्ट के रिज़ल्ट आ गए और उसमें कमली हमेशा की तरह अव्वल रही, रश्मि के भी अच्छे नंबर आए।

कमली कभी-कभी जब अकेली होती तब अपने भविष्य के बारे में सोचती। उसे माँ का भी ख्याल रहता। उसके मन में बड़ी होकर डॉक्टर बनने की इच्छा थी। इसके साथ-साथ उसे पढ़ाना अच्छा लगता था। क्लास में कभी-कभी किसी बच्चे को वह सवालों के हल निकाल कर मदद करती। इसलिए कभी वह टीचर बनने की सोचती। वह अपने आस-पास गरीबों को देख कर विचलित हो जाती। वह उनकी मदद करना चाहती, लेकिन उसे समझ में नहीं आता था, वह उनकी मदद कैसे करे। कभी-कभी वह अपनी माँ को इसके बारे में बताती थी। माँ यह कह कर टाल देती कि अभी वह छोटी है, बड़ी होने पर इन सब बारे में उसे सोचनी चाहिए। फिर भी कमली अंदर ही अंदर मंथन करती रहती। उसका मन कहता कि वह आगे चल कर डॉक्टर बने और गरीबों की मदद करे। किसी से उसने सुना था कि अच्छा डॉक्टर बनने के लिए बहुत लंबे समय तक पढ़ाई करनी पड़ती है। वह इसके लिए तैयार थी।

दो

दो वर्ष का समय बीत गया। इसी तरह पढ़ते-लिखते, खेलते-कूदते और अपने दोस्तों की मदद करते हुए कमली बड़ी होने लगी। उसके पंद्रह वर्ष पूरे हो चुके थे और वह सोलहवें साल में प्रवेश कर चुकी थी। वह दसवीं क्लास में थी और उसका आधा साल निकल गया था। उसके पुराने कपड़े छोटे पड़ने लगे थे। आस-पड़ोस में जब वह लड़कियों को अच्छे और महंगे कपड़ों में देखती, तब उसे भी अच्छी जीन्स की पैंट और टी शर्ट पहनने का मन होता। लेकिन वह अपने घर की हालत समझती थी। अपनी माँ को उसने कई सालों से कोई नए कपड़े खरीदते नहीं देखे थे।

एक दिन स्कूल से लौट कर कमली घर आई। दिन का खाना खाकर बाहर के कमरे में अपनी माँ से बातें कर रही थी, अचानक दरवाजे की घंटी बजी। कमली ने उठ कर दरवाजा खोला। बाहर बरामदे में अतुल की माँ खड़ी थीं। उन्हें देखकर कमली मुस्कुराई-

'अरे आंटी आप, इस वक़्त, अंदर आइये। देखो माँ, अतुल की मम्मी आईं हैं'।

अंदर आकर अतुल की माँ ने कमली की माँ को देख कर हाथ जोड़ा। सोफ़े पर बैठते हुए उन्होंने कहा-

‘कैसी हैं बहनजी, और कमली तू कैसी है, पढ़ाई तेरी कैसी चल रही है, अब तुम लोग शाम में देर तक खेलना छोड़ो। मैंने अतुल को कहा है, दसवीं क्लास की पढ़ाई थोड़ी कठिन होती है और फिर इम्तहान में अच्छे नंबर भी लाने हैं। तुम पढ़ाई पर अब ज्यादा ध्यान दो और अतुल को भी समझाओ’।

कमली ने कुछ कहा नहीं, सिर्फ उनकी बात सुनकर, सिर झुकाये मुस्कुराती रही।

उसकी माँ कमली की तरफ इशारा कर बोली-

‘आप ठीक कहती हैं बहनजी, मैं इसे समझा-समझा कर थक गई हूँ, पर ये है कि मानती नहीं। दोपहर बाद चार बजते-बजते पता नहीं इन बच्चों को क्या हो जाता है, सीधा दौड़ लगा देते हैं, खेल के मैदान की तरफ’।

कमली ने माँ की बात सुनकर कहा-

‘आंटी, आप लोग चिंता न करें, हम लोगों की पढ़ाई अच्छी चल रही है, इम्तहान नजदीक आने पर शाम का खेलना बंद हो जाएगा’।

दोनों मुस्कुरा कर रह गईं।

कमली की माँ ने अतुल की माँ की ओर देख कर कहा-

‘कहिए बहनजी, क्या हाल है आपका’।

बैठे-बैठे नजदीक आकर अतुल की माँ ने कमली की माँ का हाथ पकड़ कर कहा-

‘दरअसल, आप दोनों को निमंत्रण देने आई हूँ। कल अतुल का सोलहवां जन्मदिन है। अतुल चाहता है, इस साल उसके जन्मदिन में उसके करीबी दोस्त आयें। इसीलिए कल शाम अपने घर में एक छोटी-सी पार्टी रखी है, जिसमें घर के लोगों के अलावा अतुल के कुछ खास दोस्तों को बुलाया है। बाकी लोगों को अतुल ने खुद जाकर कह

दिया, लेकिन आप लोगों से संबंध अलग हैं, इसलिए मैं खुद कहने आई हूँ। कल रात का खाना है, आप दोनों को आना है'।

कमली ने मुस्कुराते हुए कहा-

'आंटी, अतुल का जन्मदिन है और आपने हमें बुलाया है, हम जरूर आएंगे'।

अतुल की माँ कमली की तरफ देख कर मुस्कुराई और जाने के लिए खड़ी हो गयी।

कमली की माँ ने उनका हाथ पकड़ते हुए कहा-

'इतनी जल्दी जा रही हैं, चाय पीकर जाईए'।

'नहीं, अभी दिन का खाना नहीं हुआ है, अतुल स्कूल से आकर सो गया है, जाती हूँ, उसे खाना खिलाना है'।

अतुल की माँ यह कहती हुई दरवाजे से बाहर निकलने लगीं।

कमली की माँ ने उन्हें विदा करते हुए कहा।

'ठीक है, कल हमलोग आ जाएँगे'।

अतुल की माँ के जाने के बाद कमली ने माँ से कहा-

'कल अतुल के यहाँ हमारे कई दोस्त जमा होंगे। मजा आएगा'।

उसकी माँ सोचने लगी, आखिर जन्मदिन में खाली हाथ जाना उचित नहीं होगा। एक गिफ्ट की जरूरत होगी। उसने कमली से कहा-

'कमली, उनके घर खाली हाथ नहीं जाएँगे, अतुल के लिए कुछ लेकर जाना होगा, मैं तुम्हें पैसे देती हूँ, तू पास की दुकान से शाम में अतुल के मन लायक कुछ खरीद लेना'।

शाम में कमली ने अतुल के लिए एक गिफ्ट और जन्मदिन का कार्ड खरीद लिया। रात को सोते वक़्त वह सोचने लगी, उसका सोलहवां जन्मदिन साल के अंत में आएगा, काश उसका जन्मदिन धूमधाम से मनाया जाता और वह अपने दोस्तों को बुला सकती। यह सब सोचते-सोचते वह सो गयी।

अगले दिन शाम को अपने सबसे अच्छे कपड़े पहन कर वह अपनी माँ के साथ अतुल के घर गयी। उसके क्लास के सात-आठ लड़के-लड़कियां वहाँ आए थे। अतुल के परिवार के लोगों ने बाहर के कमरे को गुब्बारों से सजाया था। मेज पर एक बड़ा केक रखा था। कमरे में लगे म्यूजिक सिस्टम पर हल्का संगीत बज रहा था। सभी दोस्त अतुल के कमरे में जाकर बैठ गए और आपस में गप्पें मारने लगे। सारे बुजुर्ग बाहर के कमरे में बैठे रहे। अतुल ने बढ़िया जीन्स की पैंट और टी शर्ट पहना था। कुछ दोस्त अतुल की बीच-बीच में खिंचाई कर रहे थे। कमली को बड़ा मजा आ रहा था। वह भी उनके साथ गप्पें मारने में शामिल थी। लगभग आधे घंटे के बाद अतुल की माँ ने सभी दोस्तों को बाहर के कमरे में बुलाया। सभी के जुट जाने पर अतुल ने मोमबत्ती जलाई और केक काटा। दोस्तों ने मिलकर जन्मदिन का गाना गाया और उसे बधाई दी।

टेबल पर खाना लगा दिया गया। कई तरह के पकवान थे, सभी दोस्तों ने जम कर खाया और फिर खूब बातें की। देर तक यह सिलसिला चला। रात के दस बजे कमली अपनी माँ के साथ घर लौटी। रात को सोते समय कमली के मन में फिर ख्याल आ रहा था, उसका जन्मदिन इसी तरह मनाया जाता, लेकिन वह घर की हालत जानती थी, इसलिए अपने मन की बात उसने मन के अंदर रख ली।

कमली के बोर्ड के इम्तहान के तीन महीने बचे थे। वह थोड़ी समझदार जरूर हो गयी थी, लेकिन आदतन शाम को वह लड़कों

के साथ खेलना-कूदना नहीं छोड़ती। मुहल्ले के लड़कों की फुटबाल की टीम में वह अकेली लड़की थी और सबसे अच्छा खेलती थी। कभी-कभी दो टीमों के मैच में एक टीम की कप्तानी किया करती। स्कूल से लौटकर शाम के वक़्त घर से निकलकर फुटबाल खेलना, उसका रोज का नियम चलता रहा। उसकी पढ़ाई पर कोई असर न हो, इसलिए उसकी माँ हर रोज उसे टोका करती। लेकिन कमली थी कि हर उपाय से अपनी माँ को मना लेती। हालाकि, उसके दिमाग में यह बात आ रही थी कि बोर्ड के लिए अब उसे ज्यादा पढ़ाई करनी होगी। यही सोच कर उसने अपने दोस्तों को एक दिन कहा, कुछ दिनों के बाद अगले दो महीने वह उनके साथ शाम को नहीं खेल सकेगी।

कमली का जन्मदिन दिसम्बर महीने में पड़ता था। जन्मदिन के एक दिन पहले रात में फिर से वह सोचने लगी, यदि उसकी माँ के पास अतुल के परिवार के जैसे पैसे होते, वह अपना जन्मदिन धूमधाम से मनाती। वह जानती थी, उसकी माँ को इसका दुख है, लेकिन वह चाह कर बड़ी पार्टी नहीं कर सकती थी। यह सब सोचते-सोचते उसे नींद आ गयी। सुबह वह थोड़ी देर से सो कर उठी। जैसे ही वह बिस्तर से उठने लगी, उसने अपने सिरहाने में एक छोटा-सा पैकेट रखा देखा। उसने माँ को आवाज लगाई-

'माँ, यह कैसा पैकेट रखा है, मेरे बिस्तर पर, देखो जरा'।

विमला कमरे के अंदर मुस्कुराती हुई घुसी और कमली के पास आकर उसे गले लगाते हुए कहा-

'हैप्पी बर्थडे बेटा। जन्मदिन की तुम्हें बहुत-बहुत बधाई और ढेर सारा आशीर्वाद। तुम इसी तरह हँसती-खेलती रहो, खुश रहो'।

फिर विमला ने उसके सिर को चूमते हुए कहा-

'बेटा, तुम्हारे जन्मदिन के लिए तुम्हारी माँ की तरफ से छोटा-सा तोहफा है, ज्यादा महंगा नहीं है, लेकिन शायद तुमको पसंद आएगा'।

कमली ने झुक कर माँ के पैर छुए। उसकी आँखें डबडबा गयी थीं। लपक कर उसने पैकेट उठाया और उसे खोलने लगी। अंदर एक नीले रंग का कढ़ाई किया हुआ सलवार सूट था। वह देख कर कमली थोड़ा आश्चर्य की नजर से अपनी माँ को देखने लगी। माँ ने उसके मन की बात को समझते हुए कहा-

'बेटा, मुझे पता है, तुम ऐसे कपड़े नहीं पहनती, लेकिन आज तुम सोलह साल की हो गयी, अब तुझे लड़कियों के कपड़े पहनने चाहिए। मैंने बहुत शौक से यह ड्रेस तुम्हारे लिए खरीदा है, तुम पर बहुत जँचेगा'।

कमली ने मुस्कुराते हुए माँ की ओर देखा और सिर्फ 'थैंक यू माँ' कह कर कमरे से बाहर चली गयी। वह संयोग से रविवार का दिन था, इसलिए कमली को स्कूल नहीं जाना था। नहा-धोकर तैयार होकर वह किचेन में गयी। पकवान की अच्छी खुशबू आ रही थी। उसने माँ को पीछे से अपनी बाहों में जकड़ कर कहा-

'बहुत अच्छी खुशबू आ रही है, क्या बन रहा है माँ'।

माँ ने उसे सामने अपनी ओर लाकर कहा-

'तेरे जन्मदिन पर हर साल बढ़िया खाना बनता है, इसलिए आज मैं दिन के खाने के लिए पनीर की सब्जी, गाजर का हलवा बना रही हूँ। तुझे भी पसंद है गाजर का हलवा'।

कमली ने माँ को फिर से गले लगाते हुए कहा-

'वाह, आज खाने में मजा आएगा'।

तभी दरवाजे की घंटी बजी। कमली लपकते हुए गयी और दरवाजा खोला। सामने कोई नहीं था। बाहर बरामदे में दरवाजे से सटे नीचे एक बड़ा मिठाई के डिब्बेनुमा पैकेट रखा था। कमली को आश्चर्य हुआ। पता नहीं कौन रख गया। अभी वह उस डिब्बे को उठाने के लिए झुकने वाली थी, तभी बगल से आवाज आई-

'हैप्पी बर्थडे कमली'।

कमली सकपकाई और अपना सिर उठा कर देखा, सामने उसके कमल मामा खड़े थे। हाथ में ढ़ेर सारा सामान लिए।

'अरे मामाजी आप, मैं डर गयी थी, पता नहीं कौन यह पैकेट यहाँ छोड़ गया है'।

कमली ने हँसते हुए कहा और आगे बढ़ कर अपने मामा के पैर छुए-

'आइए, अंदर आइये मामा। माँ, देखो मामाजी आए हैं।

कमल कमरे में आ गए और कमली का हाथ पकड़ कर कहा-

'एक बार फिर जन्मदिन की बधाई बेटा'।

कमली ने मुस्कुराकर कहा-

'मामा आपको मेरा जन्मदिन याद था, ये सब क्या लेकर आए हैं'।

कमल ने हँसते हुए कहा-

'इस डिब्बे में तुम्हारे जन्मदिन का केक है और ये सब तेरे लिए हैं, जन्मदिन के तोहफे'।

तबतक विमला किचेन से निकलकर बाहर कमरे में आ गयी और कमल को देखकर कहा-

‘अरे कमल, अचानक’।

‘हाँ दीदी, कुछ काम से शहर आना था और मुझे याद था, कमली का आज जन्मदिन है, सोचा आज हम सब मिलकर इसका बर्थडे मनाएँ, बाहर चल कर खाये-पीएँ। मैं रात में यहीं रुकूँगा और कल सुबह वापस गाँव जाऊंगा’।

कमल ने एक सांस में सारी बातें कह डालीं।

कमली की खुशी का ठिकाना नहीं था। उसके प्यारे मामा आज उसका जन्मदिन मनाने आए थे और साथ में केक और ढेर सारा समान लाये थे। उसने मामाजी के हाथ से सामान लिए और सोफ़े की टेबल पर रख कर एक-एक को खोलने लगी। पहले पैकेट में उसके लिए बढ़िया जींस की पैंट और एक बहुत सुंदर टी शर्ट दिखा। कमली उसे देख कर बहुत खुश हुई और अपने मामा की ओर देख कर बोली-

‘मामाजी, आप मेरी पसंद का ड्रेस लेकर आए हैं, मैं बड़े दिनों से इस तरह का जींस लेना चाहती थी। यह मुझे पहनने पर अच्छा लगता है, लेकिन एक माँ है, जो मुझे लड़कियों के ड्रेस में देखना चाहती है’।

कमल ने दूसरा पैकेट अपने हाथ में ले लिया और उसे खोलते हुए कहा।

‘बेटा, माँ ठीक कहती है, अब तू बड़ी हो गयी है, तू इतनी सुंदर है, तुझपर लड़कियों के ड्रेस और अच्छे लगेंगे। देखो इस पैकेट में मैं तेरे लिए बढ़िया सलवार-सूट लेकर आया हूँ, तुम पर खूब जँचेगा। आज शाम को तुम्हें यही ड्रेस पहन कर बाहर घूमने चलना है’।

मामाजी ने सलवार सूट बाहर निकाला। वाकई बहुत सुंदर और महंगा था। कमली ने माँ की तरफ देखा, उसने सुबह कमली को तोहफे में सलवार-सूट दिया था। कमली को लगा, शाम को मामा

का दिया कपड़ा पहनने पर माँ को कहीं बुरा न लगे। माँ आखिर माँ होती है, विमला ने कमली की दुविधा समझ ली और तपाक से कहा-

'हाँ कमली, तेरे मामा का लाया सूट बहुत अच्छा है, तू इसे शाम को पहनना'।

कमली के चेहरे पर कोई भाव नहीं थे। उसे सूट पहनने के ख्याल से अजीब लग रहा था, लेकिन माँ और मामा, दोनों का जोर था।

मामाजी का लाया हुआ सलवार-सूट वाकई बहुत सुंदर था। कमली ने सकुचाते हुए उस को देखा, निहारा फिर अपने बदन पर डाल कर सामने दीवार पर लगे आईने में देखने लगी। वह अंदर से शरमा रही थी, लेकिन उसे कपड़े का रंग अच्छा लगा। आज के दिन उसकी माँ और उसके मामा, दोनों ने सलवार सूट तोहफे में दिये थे। बाकी पैकेट में गुब्बारे, टोपी, सजावट के सामान और मिठाई का एक डिब्बा था। साथ में कमली के लिए एक महंगे पेन का सेट था।

विमला ने सारे सामान को देखते हुए कमल की ओर मुड़ कर कहा-

'इतना सारा सामान खरीदने की क्या जरूरत थी, बहुत पैसे लगे होंगे'।

कमल ने आगे बढ़ कर कमली के सिर पर हाथ रखा और कहा-

'क्या बात करती हो दीदी, मेरी एक ही भांजी है और ऊपर से आज उसका जन्मदिन है, फिर मेरी कोई औलाद है नहीं, तू तो जानती है कि मैं इसी को अपनी बेटी मानता हूँ'।

अपने मामा की यह बात सुनकर कमली भावुक हो गयी और उनसे जाकर लिपट गयी। विमला के आँख डबडबा गए। तबतक

कमली गुब्बारे का पैकेट खोलने लगी। माँ ने कमली का हाथ पकड़ते हुए कहा-

'बेटा अभी नहीं, अभी मैं सब का खाना लगाती हूँ, कमल को भूख लगी होगी, इतनी दूर से आया है। खाकर थोड़ा आराम करना, फिर हम सब मिलकर इस कमरे को तेरे जन्मदिन के लिए सजाएँगे'।

इतना कह कर विमला अंदर किचेन की तरफ बढ़ गयी। कमली ने हाथ पकड़ कर मामा को बिठाया और उनसे बातें करने लगी।

थोड़ी देर में खाना तैयार हो गया और सभी बाहर के कमरे में सोफ़े पर बैठ कर खाने लगे। खाना खत्म कर विमला ने कमल को बाहर के कमरे में आराम करने के लिए कहा और कमली का हाथ पकड़ कर अपने साथ भीतर के कमरे में ले गयी। हालाकि, कमली का मन आराम करने का नहीं था। उसे लग रहा था, जल्द से जल्द वह गुब्बारों को फुलाना शुरू करे।

किसी तरह आधा घंटा लेटने के बाद, कमली बाहर के कमरे में आ गयी। उसके मामा उठ कर बैठे हुए थे। दोनों ने मिलकर गुब्बारे की थैली निकाली और लग गए एक-एक कर गुब्बारे फुलाने। एक बड़ा-सा हैप्पी बर्थडे का गुब्बारा था। एक घंटे में सभी गुब्बारे तैयार हो गए और कमली ने उनका गुच्छा बनाकर कमरे में जगह-जगह लगाना शुरू कर दिया। हैप्पी बर्थडे का गुब्बारा बड़ी दीवार पर अच्छी तरह लगा दिया गया।

शाम हो चली थी, यह तय हुआ, सात बजे तक केक काट कर तीनों बाहर खाना खाने जाएँगे। विमला ने शाम के नाश्ते के लिए कचौड़ी बनाई थी और कमल मिठाई लेकर आया था। कमली बहुत खुश थी। आज उसके पापा के जाने के बाद पहली बार उसका जन्मदिन अच्छी तरह मनाया जा रहा था। एक बार उसका मन हुआ, वह अतुल को शाम को अपने घर बुला ले, लेकिन फिर उसे लगा,

उसके साथ उसके पापा-मम्मी को बुलाना होगा, इसलिए उसने यह इरादा छोड़ दिया और तैयार होने चली गयी।

कमल ने इस बीच बाहर के कमरे में सोफ़े के टेबल पर कमली के बर्थडे का केक रखा और कुछ रंगीन गुब्बारों से सजा दिया। विमला कपड़े बदल कर बाहर के कमरे में आ गयी। सात बज गए थे, दोनों को कमली के तैयार होने का इंतजार था। पाँच मिनट और बीत गए। विमला ने बाहर से कमली को आवाज लगाई-

'क्या हुआ कमली, अभी तक तैयार नहीं हुई, तू और दिन बहुत जल्दी तैयार होती है, आज क्या हुआ, जल्दी कर, हमें केक-वेक काट कर बाहर जाना है, देर हो रही है'।

अचानक कमरे में पर्दे के पीछे से कमली ने अपना चेहरा थोड़ा-सा निकाला। उसका बदन पर्दे से पूरा ढका था। विमला ने उसे देख कर कहा-

'क्या बात है, पर्दे के पीछे क्यों छुपी है, अंदर आओ'।

कमली ने झिझकते हुए कहा-

'माँ मुझे शर्म आ रही है, आप लोग मुझे देख कर हँसना नहीं'।

'क्यों हँसेंगे हमलोग, क्या हुआ है, बाहर तो आ, देखूँ क्या किया है'। विमला ने हँसते हुए कहा।

अचानक कमली ने पर्दा हटाया और कमरे में दोनों के सामने आ गयी। उसने अपना चेहरा दोनों हाथों से छुपाया हुआ था। उसे देख कर उसकी माँ और उसके मामा, दोनों हैरान रह गए। कमली ने मामा का लाया सलवार-सूट पहना था। इतने सालों में पहली बार उसने स्कूल ड्रेस के अलावा लड़कियों का ड्रेस पहना था और वह भी सलवार-सूट। चेहरे से उसने धीरे-धीरे हाथ हटाया। उसने अपने चेहरे पर एक छोटी बिंदी लगाई थी। गले और कान में अपने माँ की मोतियों की

माला और बाली पहन रखी थी। बहुत सुंदर लग रही थी। माँ उसे देख कर तेजी के साथ उसके नजदीक गयी और उसे गले से लगा लिया।

'अरे मेरी बिटिया, तुझे नजर न लगे, कितनी सुंदर लग रही है। तुम पर यह ड्रेस बहुत फब रहा है। अब तू अपने सिर के बाल लंबे रखना शुरू कर दे'। विमला ने डबडबाई आँखों से कहा। आज न जाने कितने दिनों के बाद उसके मुंह से कमली के लिए बिटिया शब्द निकला था।

उसके मामा उसे देख कर खुश हुए और कहा-

'दीदी, देख हमारी बिटिया कितनी सुंदर लग रही है, कमली अब तू इस तरह के ड्रेस पहना कर, तुझपर खूब जंचते हैं'।

कमली शरमाती हुई टेबल के पास आई और सोफ़े पर बैठ गई। वह बार-बार अपने ड्रेस को देख रही थी। माँ भी उसे देख कर लगातार मुस्कुरा रही थीं। उसने केक पर लगी मोमबत्ती जलायी, फिर अपनी माँ और मामा को देख कर, मोमबत्ती को फूँक मार कर बुझाई। मोमबत्ती बुझते ही मामा और माँ ने जन्मदिन का गीत गाना शुरू किया। कमली मुस्कुराती हुई केक काटने लगी। उसने पहले अपने मामा को केक खिलाया, फिर माँ को। मामा और माँ, दोनों ने फिर उसे केक खिलाया। कमली ने माँ और मामा के पैर छुए। माँ ने एक प्लेट में कचौड़ी और मिठाई नाश्ते के लिए तैयार कर दी थी। उसने प्लेट लाकर पहले कमल को, फिर कमली को बढ़ाई। जल्दी-जल्दी सभी ने थोड़ा नाश्ता किया।

कुछ देर बाद घर बंद कर सभी कमल की गाड़ी से बाहर शहर में निकले। बाजार के चक्कर लगाकर वे एक रेस्तरां में गए। रेस्तरां छोटा, लेकिन सुंदर था। अंदर हल्की रोशनी थी और संगीत बज रहा था। करीब दस टेबल में सिर्फ दो खाली थे। तीनों ने कोने में जगह बनाई। वेटर ने मेन्यू कार्ड लाकर दिया। कमली के मामा ने कमली

से खाने के बारे में पूछा। कार्ड में देख कर कमली के पसंदीदा दो-तीन चाइनिज डिश का ऑर्डर दिया गया और उसके पहले पीने के लिए कुछ सॉफ्ट ड्रिंक्स। कमली अभी भी अपने ड्रेस को बार-बार देख रही थी। थोड़ी देर में खाना आ गया। सभी ने जम कर खाया। खाना खाने के बाद आइसक्रीम का ऑर्डर हुआ। रेस्तरां से निकलकर लगभग रात के दस बजे सभी वापस घर आ गए।

कमली के मामा को रात में यहीं रुकना था, इसलिए विमला ने उसकी व्यवस्था बाहर के कमरे में की और खुद कमली के साथ भीतर के कमरे में सोयी। कमली बहुत खुश थी, क्योंकि उसका अबतक का सबसे अच्छा बर्थडे मनाया गया था।

कमली ने जैसा तय किया था, इम्तहान में दो महीने बचने पर वह जी-जान से पढ़ाई में जुट गयी। इम्तहान के लिए स्कूल से छुट्टी मिल चुकी थी। उसकी माँ उसे सुबह-सुबह पढ़ने के लिए जगा देती। कमली लगभग तीन घंटे की पढ़ाई कर उठती और नहा-धोकर थोड़ी देर अपनी माँ के काम में हाथ बंटाती और फिर दोपहर में उसकी पढ़ाई शुरू हो जाती। शाम के वक़्त आदत के अनुसार वह खेलने नहीं जा पाती। उसका मन बार-बार मुहल्ले में अपने दोस्तों से मिलने और उनके साथ फुटबाल खेलने का करता। लेकिन पढ़ाई के कारण वह मन मसोस कर रह जाती।

कभी-कभार किसी विषय में कुछ समझने का होता, तब वह अतुल के घर चली जाती। उसके साथ बैठ कर पढ़ना उसे अच्छा लगता था, लेकिन इम्तहान की तैयारी के वक़्त वह अतुल को ज्यादा तंग नहीं करना चाहती थी। इसके अलावा मन लगाने के लिए शाम में लंबी पढ़ाई से थककर, कभी टीवी देखती या छत पर जाकर रेडियो में कुछ गाने सुनती और फिर पढ़ाई के लिए बैठ जाती।

तीन

दसवीं बोर्ड के इम्तहान शुरू हो चुके थे। कमली ने अपनी तरफ से पूरी कोशिश और लगन के साथ तैयारी की थी। इसके बावजूद उसके अंदर एक डर बैठा था, अच्छे नंबर नहीं ला पाने का। उसकी माँ उसे हर दिन सुबह चार बजे जगा देती, जिससे सुबह-सुबह कमली अच्छी तरह पढ़ सके। उसे चाय देती और उसके पास बगल में बिस्तर पर बैठी रहती। सुबह के वक़्त कमली को पढ़ना अच्छा लगता था।

लगभग बीस दिनों तक पर्चा देने का सिलसिला चला। हर दिन वह इम्तहान देकर आती और दिये गए उत्तर को घर आकर किताब से मिलाती। उसे यह संतोष था कि उसके पर्चे अच्छे जा रहे हैं। उसके बाद वह दुगुने उत्साह से अगले दिन के इम्तहान की तैयारी करने लगती।

आखिरी विषय के इम्तहान के दिन वह बहुत खुश थी, अब उसे कुछ दिनों के लिए पढ़ाई से आजादी मिलने वाली थी। सबसे बड़ी खुशी थी, आज से वह अपने मोहल्ले के दोस्तों के साथ एक बार फिर से खेल के मैदान में जा सकेगी और इसके लिए उसकी माँ ज्यादा टोक-टाक नहीं करेंगी। पर्चा खत्म कर कुछ देर स्कूल में अपने दोस्तों से मिलने के बाद कमली घर जाने के लिए निकल पड़ी। उसने अतुल को ढूंढा, लेकिन वह उसे कहीं नहीं दिखा।

घर लौट कर कमली ने अपने स्कूल के बैग को बाहर के कमरे में छोड़ा और मुड़कर दरवाजे से फिर बाहर निकलने लगी। तभी माँ ने पीछे से आवाज़ लगाई-

'अरी कमली, अभी आई और अभी कहाँ जा रही है। पहले बता, पर्चे कैसे हुए तेरे। इतनी जल्दी में क्यों है, खाना खा ले। मैं कब से तेरे इंतज़ार मैं बैठी थी, कब कमली स्कूल से आएगी और साथ में बैठ कर खाना खाऊँगी, लेकिन एक तू है, बिना खाये-पीये इस दोपहर में घर से बाहर निकल रही है। क्या यह वक़्त है बाहर जाकर खेलने का। खा-पीकर थोड़ा आराम कर ले, फिर दोपहर बाद चली जाना'।

कमली ने माँ की बात सुनकर कहा-

'माँ, मेरा आज का पर्चा सबसे अच्छा हुआ है, मैं बहुत खुश हूँ, मुझे मत रोको, बड़े दिनों के बाद इम्तहान से फुर्सत मिली है, मुझे अपने दोस्तों से मिलने जाना है। मैं उधर किसी के घर खाना खा लूँगी। तू चिंता मत कर। शाम में जल्दी घर आ जाऊँगी'।

इतना कह कर दरवाजे से बाहर निकलकर कमली दौड़ पड़ी मोहल्ले की तरफ। उसके साथ के कई लड़कों के पर्चे आज खत्म हुए थे। कमली सबसे पहले अतुल के घर गयी। दूर से उसे अतुल घर के दरवाजे पर खड़ा दिखा, जैसे उसी के इंतजार में हो। घर के नजदीक जाकर कमली ने उसे हाथ हिला कर इशारा किया और ऊंची आवाज में बोली-

'अतुल, तेरा पर्चा कैसा हुआ, उसके बाद तू दिखा नहीं, मैं सोच रही थी, स्कूल से दोने साथ घर वापस आएंगे'।

कमली उसके घर के गेट के पास आ गयी।

अतुल कुछ कहता, इस बीच उसकी माँ घर के दरवाजे से बाहर आ गयी। उन्हें देख कर कमली थोड़ी सकपकाई, फिर अपने आप को संभालते हुए उनके नजदीक जाकर कहा-

'नमस्ते आंटी, कैसी हैं आप'।

अतुल की माँ ने थोड़ा सिर झुकाया और मुस्कुराते हुए बोली-

'अरे कमली, बहुत दिनों के बाद तुझे देख रही हूँ। कैसे हुए तेरे पर्चे, अच्छे नंबर से पास हो जाएगी न। तू अब अपने बाल लंबे रखना शुरू कर और लड़कियों वाले कपड़े पहना कर। बेटा, अब तू बड़ी हो गयी है। दो साल के बाद तुझे कॉलेज में जाकर पढ़ाई करनी है'।

कमली ने मुस्कुराते हुए जवाब दिया-

'आंटी, मुझे इस तरह रहना अच्छा लगता है। बचपन से आदत पड़ी है। आगे कोशिश करूंगी। फिलहाल जैसा है, ठीक है। इम्तहान में पूरी कोशिश की है, देखें क्या होता है। वैसे अतुल के पर्चे ठीक गए हैं। वह मुझसे बहुत तेज है'।

'मैंने जैसा सोचा था, वैसे मेरे पर्चे उतने अच्छे नहीं हुए हैं, हो सकता है नंबर कुछ कम आएँ'।

अतुल ने झिझकते हुए कहा और घर के दरवाजे के बाहर निकलने लगा।

माँ ने थोड़ा खीझते हुए कहा-

'अरे, इतनी धूप में दोपहर में तुम दोनों किधर निकल लिए, इस वक़्त मैदान में खेलने से तबीयत खराब हो जाएगी। खाना भी नहीं खाया है, अतुल ने। चलो, पहले खाना खा लो, फिर थोड़ा आराम कर दोनों बाहर निकलना। कमली तुमने खाना खाया'।

कमली ने सकुचाते हुए आँख नीची कर ना में सर हिलाया।

माँ ने घर के अंदर जाते हुए कहा-

'चलो दोनों अंदर आओ, मैं खाना लगाती हूँ'

कमली ने अतुल की ओर देखा, फिर दोनों सर झुकाये हुए घर के अंदर चले गए।

माँ ने खाने के टेबल पर खाना परोसा, सभी खाने बैठ गए। खाते-खाते अतुल ने कहा-

'माँ, हम अपने मैदान में फुटबाल का मैच करने की सोच रहे हैं, जिसमें पास के मुहल्ले की टीम के साथ भिड़ंत होगी। इसकी तैयारी आज से शुरू करनी है। कमली तू जल्दी-जल्दी खा ले, फिर हमें तुरंत मैदान में जाना होगा'।

दोनों ने जल्दी-जल्दी कौर मुंह में डाले, खाना खत्म किया और खड़े होकर घर के दरवाजे की तरफ बढ़ गए।

तभी माँ ने पीछे से टोका-

'मैंने कहा न, अभी धूप में मैदान में जाओगे, दोनों बीमार हो जाओगे'।

अतुल ने पलट कर कहा-

'माँ, हमारे इम्तहान अब खत्म हो गए हैं, हमें बाहर जाने दो। अभी खेलना नहीं है, मैदान में पेड़ के नीचे सभी दोस्त जमा होने वाले हैं। मैच की तैयारी करनी है, उनके साथ बात करेंगे, फिर दोपहर बाद खेलने की सोचेंगे'।

इतना कह कर दोनों घर से बाहर निकल पड़े।

चलते-चलते अतुल ने कमली की ओर देख कर पूछा-

'कैसा हुआ तेरा आज का पर्चा, मैंने इम्तहान के बाद तुझे ढूंढने की कोशिश की, लेकिन तू कहीं मिली नहीं'।

'मैंने स्कूल से निकलते वक़्त तुम्हें ढूंढा, लेकिन शायद तुम जल्दी निकल गए थे। दरअसल, मैं थोड़ा इसलिए रुक गयी, क्योंकि आज के बाद स्कूल में और दोस्तों से मुलाक़ात नहीं हो पाती, मैं उनसे एक-एक कर मिल रही थी। अब दसवीं के बाद बहुत लोग आगे

की पढ़ाई के लिए बाहर चले जाएँगे, बुरा लग रहा था, उनका साथ छूट जाएगा। वैसे आज का पर्चा मेरा सबसे अच्छा हुआ, देखें अब रिज़ल्ट क्या होता है'।

अतुल ने मुस्कुराते हुए कहा-

'कमली, तू दूसरों के बारे में कितना सोचती है, शुरू-शुरू में तुझे देखकर मैं समझता था, तू सिरचढ़ी है, लड़कों के बीच ज्यादा रहती है, लेकिन धीरे-धीरे मैंने तुम्हें समझा। तू वाकई भीतर से बहुत अच्छी है, इसलिए तू मुझे अच्छी लगती है'।

अतुल की बात सुन कर कमली के शरीर में पता नहीं क्यों पहली बार एक सिहरन-सी दौड़ गयी। लेकिन उसने अपने आप को संभालते हुए कहा-

'अरे, तू भावुक हो गया अतुल, मैं वैसी नहीं हूँ, जैसा तू सोचता है, हाँ मुझे किसी दूसरे का दुख देखा नहीं जाता, इसलिए मैं जितना हो सकता है, मदद करती हूँ, बस। तू मेरा सबसे अच्छा दोस्त है। अच्छा बता, तुम्हें आगे इसी स्कूल में पढ़ाई करनी है या किसी बड़े स्कूल में जाना है'।

अतुल ने सिर झुकाकर चलते हुए कहा-

'अगर मेरे पापा चाहें, मुझे एक बड़े स्कूल में भेज सकते हैं, लेकिन उनका मानना है, सरकारी स्कूल भी अच्छे होते हैं, इसलिए बारहवीं तक की पढ़ाई, मैं इसी स्कूल में करूंगा। अपना स्कूल बहुत अच्छा है, दूसरे सरकारी स्कूलों की तरह नहीं है। यहाँ के रिज़ल्ट अच्छे होते हैं'।

अतुल का आगे इसी स्कूल में पढ़ने की बात सुन कर कमली को पता नहीं क्यों भीतर से अच्छा लगा और खुशी हुई। कम से कम

अतुल के साथ वह दो साल और पढ़ पाएगी, उसके साथ रह पाएगी। वह मंद-मंद मुस्कुराती हुई आगे बढ़ने लगी।

खेल का मैदान मोहल्ले के बाहर पास में था, जहां बच्चे ज़्यादातर फुटबाल, क्रिकेट खेलते थे। शाम के वक़्त वहाँ सभी का जमावड़ा लगता। सुबह के वक़्त टहलने वालों और व्यायाम करने वालों की भीड़ जुटती थी। मैदान के किनारे एक पीपल का पेड़ था, जिसके नीचे छाँव में बैठने के लिए पत्थर के बेंच थे। वहाँ सुबह-शाम लोग बैठ कर आपस में बातें किया करते।

मैदान के नजदीक आकर कमली तेज कदमों से अतुल से आगे निकलकर जाने लगी। उसे अपने दोस्तों से मिलने की जल्दी थी। अतुल उसके कदम से कदम मिलाने की कोशिश करता हुआ, तेज चल रहा था। दोनों को मैदान में पेड़ के नीचे कुछ लड़के खड़े दिखाई दिये। कमली ने थोड़ी दूर से चिल्ला कर कहा-

'दोस्तों, इम्तहान खत्म हो गए, अब फिर से खेल शुरू। बच्चा पार्टी ज़िन्दाबाद'।

उधर से लड़कों के बीच से आवाज़ आई- 'ज़िन्दाबाद, ज़िन्दाबाद'।

उनके नजदीक जाकर कमली ने सबसे हाथ मिलाते हुए कहा-

'कैसा है रे तू किशोर और राहुल तेरे पर्चे कैसे हुए, गोविंद तू दो महीने में दुबला हो गया'

किशोर ने जवाब दिया-

'हम सब मस्त हैं, तुम दोनों कैसे हो, कैसे हुए तुम्हारे पर्चे'।

अतुल ने पत्थर की बेंच पर बैठते हुए कहा।

'अरे यार छोड़ो अब इम्तहान की बातें, रिज़ल्ट आने पर सब पता चल जाएगा। मैं तुमलोगों को एक सर्प्राइज़ देना चाहता हूँ। मैंने

सोचा है, अगले हफ्ते पास के मोहल्ले की टीम के साथ फुटबाल मैच खेलें, बड़ा मजा आएगा। इसीलिए मैंने तुम सबको यहाँ अभी बुलाया है। तैयारी करनी होगी, हमारी प्रैक्टिस दो महीने से छूटी हुई है। आज से प्रैक्टिस शुरू करनी होगी'।

सभी लड़कों के चेहरे पर खुशी के भाव थे। गोविंद के हाथ में फुटबाल था, उसने उसे अपने हाथ से नचाते हुए कहा-

'वह सब ठीक है, लेकिन इतनी कम तैयारी में क्या हम मैच खेल पाएंगे। फिर हमारा कप्तान विपिन कल छुट्टियों में अपने परिवार के साथ बाहर जा रहा है। इसीलिए वह आज यहाँ नहीं आया। कैसे काम चलेगा बिना कप्तान के'।

राहुल थोड़ा सोचकर कमली की ओर मुस्कुरा कर देखते हुए कहा-

'अरे यार, क्या हुआ अगर विपिन नहीं रहेगा, हमारे पास कमली है न, वह हमारी टीम की कप्तान बन सकती है, वह अपने स्कूल की टीम में खेलती है और कुछ दिनों में टीम की कप्तान बनेगी'।

कमली थोड़ी देर चुप रही फिर कहा-

'नहीं यार, स्कूल में लड़कियों की टीम में खेलना और अपने बीच के मैच में कप्तानी करना अलग बात है, लेकिन बड़ी टीम के साथ मैच की कप्तानी, क्या मैं कर पाऊँगी। तुम लोगों में से कोई एक क्यों नहीं बन जाता कप्तान'।

अतुल ने आगे बढ़ कर कमली का हाथ पकड़ते हुए कहा-

'अरे कमली, तुम हम सबके बीच सबसे अच्छी खिलाड़ी हो और फिर यह भी एक मैच होगा, इसमें घबड़ाने की कोई बात नहीं है। जब हम सबने तुम्हें कप्तान बनाने का सोच लिया है, तब तुम

ही हमारी टीम की कप्तान होगी। बात पक्की हुई। आज से प्रैक्टिस में तुम लीड करना शुरू कर दो'।

वहाँ बैठे बाकी सभी लड़कों ने अतुल की हाँ में हाँ मिलाई।

कमली ने उनको देखकर कहा-

'अब जब तुम सबने सोच लिया है, तब मेरे पास कोई दूसरा चारा नहीं है, वैसे मैंने थोड़ी देर इंतजार किया, कप्तान बनने के लिए शायद कोई और नाम आए। लेकिन तुम सबके पास अब कोई दूसरा नाम नहीं है, तब ठीक है, मैं तैयार हूँ। आज शाम से प्रैक्टिस शुरू होगी ऐसी खबर सभी को कर दी जाये। हमें कम से कम पंद्रह खिलाड़ियों की जरूरत होगी। राहुल और गोविंद सबको खबर करने की जिम्मेवारी लेंगे और अतुल बगल के मोहल्ले के कप्तान से जाकर बात करेगा और अगले हफ्ते के मैच की तारीख तय करेगा। किशोर पूरे मोहल्ले में पोस्टर बना कर लगाएगा, जिससे मैच के दिन यहाँ भीड़ ईकट्ठी हो सके। बाकी लड़कों के आने के बाद मैदान और मैच की तैयारी के काम बाँट दिये जाएँगे'।

अतुल ने मुस्कुराते हुए कहा।

'अरे कमली, लगता है तू बिलकुल तैयार हो कर आई थी। अभी से कप्तान की तरह बातें करने लगी। चलो अच्छा है, आज से कप्तान की तेरी प्रैक्टिस शुरू हो गयी'

धीरे-धीरे मैदान में और लड़के इकट्ठा होने लगे। सबको यह बात बता दी गयी, अगले हफ्ते मैच होगा और कमली टीम की कप्तान होगी। कमली ने बारी-बारी से सभी को उनके हिसाब से मैच की तैयारी का काम सौंपा। उसके बाद उसने सभी को बीच मैदान में इकट्ठा होने के लिए कहा और प्रैक्टिस की शुरुआत कराई।

घर जाकर कमली ने अपनी माँ को कप्तान बनाए जाने की बात बताई। उसकी माँ ने पहले इसके लिए असहमति जाहिर की, लेकिन कमली के बहुत समझाने के बाद वह मान गयी। कमली भीतर से बहुत खुश थी। उसे उसके दोस्तों ने बहुत बड़ी जिम्मेवारी सौंपी थी। लड़कों की टीम में खेलने वाली वह एक मात्र लड़की थी और वह भी कप्तान, यह अपने आप में थोड़ा अलग था। पर कमली के दिमाग में कभी नहीं आया कि वह लड़की होकर लड़कों की टीम में दूसरी टीम के लड़कों के साथ मैच खेलेगी।

अतुल ने पास के मोहल्ले की टीम से बात कर ली थी। उनलोगों ने अगले दस दिनों का वक़्त लिया था, मैच के लिए। शायद उनकी टीम बहुत तैयार नहीं थी। इन दस दिनों की मोहलत के कारण कमली की टीम को पूरी तरह तैयार होने का समय मिला। कमली ने एक कप्तान का रोल निभाया।

जम कर तैयारी हुई। मोहल्ले से किसी तरह कुछ चंदा इकट्ठा कर नया फुटबाल, ट्रॉफी और कुछ जरूरत के सामानों का इंतजाम किया गया। हाथ से लिखे पोस्टर मोहल्ले में लगाए गए, जिसमें सभी को मैच के दिन मैदान में आने का निवेदन किया गया था। हर दिन शाम को प्रैक्टिस के बाद मैदान में पेड़ के नीचे बेंच के आस-पास खिलाड़ियों का जमावड़ा होता, जिसमें खेल की रणनीति के बारे में चर्चा होती। कमली हर तरीके से अपने खिलाड़ियों के मनोबल को बढ़ाने की कोशिश कर रही थी। वह घर पर देर रात तक आने वाले मैच के बारे में सोचती।

रविवार का दिन तय किया गया था, मैच के लिए और वह दिन आ गया। दोपहर तीन बजे से मैच की शुरुआत होनी थी। कमली के मुहल्ले आदर्शनगर का मुक़ाबला पास के डोमनबीघा मोहल्ले से होना था। सुना गया था, डोमनबीघा के खिलाड़ी काफी चुस्त-दुरुस्त हैं। आदर्शनगर की टीम भी अच्छी थी, थोड़े अनुभव की कमी थी।

कमली जोश के साथ मैच के लिए सुबह से तैयारी कर रही थी। उसके पास ज्यादा जोड़ी कपड़े नहीं थे, पर उसी में जो सबसे बढ़िया ड्रेस था, हाल्फ पैंट और टी शर्ट, उसने पहन ली। कपड़े के जूते उसके पुराने हो चुके थे, लेकिन उसने उन्हें साफ कर पहन लिया। विमला उसका उत्साह बढ़ा रही थी।

दोनों टीम के खिलाड़ी मैदान में आ चुके थे। कमली को लड़कों की टीम में खेलता देख डोमनबीघा के खिलाड़ी थोड़े अचंभित थे, पर आदर्शनगर के लोगों के लिए यह कोई नयी बात नहीं थी। उन्होंने कमली को बहुत दिनों से लड़कों के साथ खेलते हुए देखा था।

कमली ने अपनी टीम के सभी खिलाड़ियों को बुलाकर मंत्रणा की और तैयार हो गयी मैदान में उतरने के लिए। मैदान के किनारे धीरे-धीरे मोहल्ले के लोग एकट्ठे हो रहे थे। लगभग पाँच सौ लोगों की भीड़ मैच के शुरू होने के पहले जमा हो चुकी थी। कमली की माँ समय से मैदान में आ कर पेड़ के नीचे लगी बेंच पर बैठ गयी थी। साथ में अतुल के माता-पिता बैठे थे।

रेफरी की सीटी के साथ मैच शुरू हुआ। भीड़ ने ज़ोर से आवाज लगाई। कमली सेंटर फॉरवर्ड से खेल रही थी। बॉल पर उसकी लगातार नजर थी। मैच के पहले मिनट में विपक्षी टीम का आक्रमण हुआ। किसी तरह आदर्श नगर की टीम के गोलकीपर ने गोल होने से बचाया। कमली ज़ोर-ज़ोर से चिल्लाकर अपने खिलाड़ियों का मनोबल बढ़ा रही थी।

अगले पंद्रह मिनट तक बिना कोई गोल के दोनों टीमें बराबरी पर थीं। कुछ मिनट बाद अचानक विरोधी टीम की एक शानदार पहल से आदर्शनगर के विरुद्ध एक गोल हो गया। कमली की टीम थोड़ी विचलित हुई, लेकिन उसने लड़कों को जोश दिलाना बंद नहीं किया। हाल्फ टाइम के चंद सेकंड पहले विरोधी टीम ने दूसरा गोल दाग दिया।

हाल्फ टाइम में आदर्शनगर की टीम के खिलाड़ियों के कंधे झुके हुए थे। कमली ने उन्हें इकट्ठा कर कहा-

'अभी आधा समय बाकी है, हम जी-जान लगा देंगे। तुम सब हिम्मत नहीं हारो, हम जरूर जीतेंगे'।

उसने लड़कों को आपस में तालमेल बिठा कर खेलने के लिए कहा। उसने विरोधी टीम के हरेक खिलाड़ी के पीछे, अपने एक खिलाड़ी को रहने के लिए कहा। खेल के दूसरे भाग की शुरुआत में कमली की टीम के एक अच्छे खिलाड़ी, राहुल को पैर में चोट लग गयी, जिससे उसे बाहर जाना पड़ा और उसकी जगह एक और लड़के ने ली।

कमली को एक दो बार विरोधी खिलाड़ी के पैर से चोट लगी, पर उसने ध्यान नहीं दिया। हालाकि, उसने महसूस किया कि दौड़ने के दौरान उसके दायें तलवे में जमीन के कंकड़ चुभ रहे हैं। खेल के बीच उसने दायें पैर को उठाकर अपने जूते को देखा, जूते का तलवा उघडा हुआ और उसमें एक छेद नजर आया, जिससे कमली के मोजे झांक रहे थे। शायाद लगातार बहुत दौड़ने के कारण कमली ने जो पुराना कपड़े का जूता पहन रखा था, उसने जवाब दे दिया था। इसके बावजूद उसने खेल जारी रखा। उसे महसूस हो रहा था, उसका मोजा फट चुका है और उसका दाहिना तलवा धीरे-धीरे छिल रहा है।

कमली के कहे अनुसार उसकी टीम के खिलाड़ी विरोधी टीम के हरेक खिलाड़ी के पीछे लगे थे, जिससे उन्हें बॉल अपने कब्जे में लेने में मुश्किल हो रही थी।

खेल के दूसरे भाग के दसवें मिनट में कमली को एक पास मिला और वह सामने के खिलाड़ियों को छकाते हुए गोलपोस्ट से थोड़ी दूर जा पहुंची। उसने नजदीक आने पर बॉल छिन जाने के डर से अपने बगल के खिलाड़ी को पास दिया और खुद गोलपोस्ट के

बिलकुल नजदीक चली गयी। उस खिलाड़ी ने किसी तरह बच-बचाकर आगे बढ़ते हुए आखिरी समय में कमली को पास दिया और कमली ने एक तिरछा शॉट मार कर गोल कर दिया। आदर्शनगर के खिलाड़ियों में खुशी की लहर दौड़ गयी। कमली की माँ ज़ोर-ज़ोर से 'वाह कमली, वाह कमली' चिल्लाने लगी। लोग बड़ी देर तक तालियाँ बजाते रहे।

इसके बाद आदर्शनगर की टीम विरोधी टीम पर जैसे हावी हो गयी। अगले पाँच मिनट के बाद कमली को फिर बॉल मिला और उसने मैदान के दायें किनारे से तेजी से आगे बढ़ते हुए किशोर को पास दी। कमली उसी रफ्तार से गोलपोस्ट के नजदीक पहुँच गयी। किशोर खिलाड़ियों को छकाते हुए बॉल को लेकर गोलपोस्ट के दायें किनारे की छोर तक पहुँच गया और वहाँ से उसने गोलपोस्ट के सामने खड़ी कमली को पास दी। विरोधी टीम के खिलाड़ी ने गोलकीपर को आगे बढ़ कर बॉल पकड़ने के लिए आवाज लगाई। गोलकीपर बॉल को पकड़ने के लिए आगे आ गया। गोलपोस्ट खाली हो गया, बगल से विरोधी टीम का खिलाड़ी भी बॉल को पकड़ने के लिए आगे बढ़ा। इसी का फायदा उठा कर कमली ने ज़ोर से किक मारी। बॉल आगे बढ़ते हुए विरोधी टीम के खिलाड़ी के पैर से टकराकर गोल में चला गया। एक बार फिर पूरे मैदान में शोर मचने लगा 'कमली, कमली'। कमली को कुछ क्षण विश्वास नहीं हुआ उसने गोल कर दिया।

अब दोनों टीमें बराबरी पर आ गयी थीं। विरोधी टीम के खिलाड़ियों का मनोबल थोड़ा गिरा हुआ नजर आ रहा था, लेकिन उन्होंने तुरंत पलटवार किया। हालाकि, आदर्शनगर के गोलकीपर की चतुराई से कोई नुकसान नहीं हुआ।

दौड़ते-दौड़ते कमली को अचानक अपने दाहिने तलवे में ज़ोर का दर्द महसूस होने लगा। उसने एक तरफ रुक कर अपना दायाँ पैर उठाकर देखा, जूते के तलवे से दिखते मोजे में खून था। उसने महसूस

किया, उसका तलवा छिल गया है और उसके कारण वह लगभग लंगड़ा रही थी। अतुल की नजर उसपर पड़ी, वह किसी तरह भाग कर कमली के नजदीक आया। उसने जब कमली के पैर देखे, तब वह भी घबड़ा गया। उसने आगे बढ़ते हुए कमली को कहा-

'कमली तू मैदान से निकल जा, हमलोग आगे संभाल लेंगे'।

कमली को एक क्षण के लिए लगा, वह आगे नहीं खेल पाएगी, लेकिन मैच की स्थिति ऐसी थी, वह मैदान छोड़ कर नहीं जा सकती थी। उसने अंदाज किया, अब कुछ मिनट बाकी हैं, मैच खत्म होने में, वह किसी तरह खेल लेगी। मैदान में उसका स्थान ऐसा था कि विरोधी टीम की तरफ जाते हुए हर बॉल के साथ उसे भागना था। वह किसी तरह बच-बचाकर लंगड़ाते हुए खेलने लगी।

अब मैच खत्म होने में सिर्फ एक मिनट बाकी था। ऐसा लग रहा था, मैच का निर्णय एक्सट्रा टाइम में होगा। तभी कमली की टीम के एक खिलाड़ी के आक्रमण को रोकने के लिए गोलपोस्ट के बिलकुल सामने विरोधी टीम के एक खिलाड़ी ने उसे गलत तरीके से रोकने की कोशिश की और अपने हाथ से बॉल को गोलपोस्ट की बाईं तरफ धकेल दिया। रेफरी ने सीटी बजाई और आदर्शनगर की टीम को पेनाल्टी किक मिल गयी। विरोधी टीम के खिलाड़ियों ने इसका विरोध किया, लेकिन रेफरी ने उनकी कोई दलील नहीं मानी।

मैच समाप्त होने में अब सिर्फ चालीस सेकंड बाकी थे। भीड़ 'कमली, कमली' के नारे लगा रही थी। रेफरी ने कमली की ओर इशारा कर किक के लिए तैयार होने के लिए कहा। पेनाल्टी किक के लिए आदर्श नगर की टीम में राहुल बहुत सक्षम खिलाड़ी था। उसने अंदरूनी मैच में इसकी अच्छी प्रैक्टिस की थी। अतुल दौड़ता हुआ कमली के पास आया। उसकी नजर उसके पैर पर पड़ी। कमली अभी

भी लंगड़ा रही थी। दर्द का असर अब उसके चेहरे पर था। उसने कमली को कहा-

‘राहुल को किक लेने दे, तू इस हालत में अब मैदान में जाकर रिस्क मत ले’।

कमली ने चारों तरफ नजर दौड़ाकर देखा, उसे कुछ दूर खड़ा राहुल नजर आया। कमली ने बॉल राहुल की तरफ बढ़ाया। राहुल ने आगे दौड़ कर बॉल अपने हाथों में लिया और नजदीक आकर बोला-

‘कमली, मैंने अपने मोहल्ले के मैच में जरूर पेनाल्टी किक की प्रैक्टिस की है, लेकिन इस तरह के मैच में और ऐसे दबाव में मुझे हिम्मत नहीं हो रही है। शायद मैं गोल न कर पाऊँ। तुमने अबतक दो गोल किए हैं, यह किक तुम्हें लेनी चाहिए’।

अतुल ने झुँझलाते हुए कहा-

‘राहुल, तू देख रहा है, कमली के पैर से खून निकल रहा है, ऐसे में पेनाल्टी किक लेना रिस्की होगा, उसके जख्म बढ़ जाएंगे’।

वैसे टीम के और खिलाड़ी फुसफुसाहट में कमली का नाम ले रहे थे। भीड़ लगातार ‘कमली, कमली’ चिल्ला रही थी। विरोधी टीम इंतजार कर रही थी। रेफरी बार-बार किक लेने के लिए सीटी बजा रहा था।

कमली ने राहुल और अतुल की बात सुनकर पहले अपने पैर की तरफ देखा, फिर मैदान के चारों ओर नजर दौड़ाई, दर्द को सहते हुए आगे बढ़ कर राहुल के हाथ से उसने बॉल ले लिया और कहा-

‘जब पूरे वक़्त मैं इस पैर के साथ खेल चुकी, तब यह आखिरी शॉट लगाने की कोशिश करूंगी। अगर कोई चूक हो जाये तब तुम सब माफ कर देना’।

इतना कहकर कमली बॉल लेकर उसी हालत में लंगड़ाती हुई आगे बढ़ी। भीड़ ने एक बार फिर 'कमली, कमली' की ज़ोर से आवाज लगाई। गोलपोस्ट के नजदीक जाकर कमली ने बॉल को अपनी जगह पर रखा। थोड़ी देर आँख बंद कर उसने अपनी माँ को याद किया। उसने जूते के नीचे से अपने दायें पैर के तलवे देखे, खून रिसना बंद नहीं हुआ था। उसने चारों तरफ नजर दौड़ाई, एक बार ऊपर आसमान की तरफ देख कर अपने पापा का ध्यान किया, फिर सामने गोलकीपर की ओर देखा। वह गोलपोस्ट के बीच में खड़ा था और लगातार अपने आप को दायीं और बाईं ओर झुका रहा था। चारों तरफ भीड़ अचानक शांत हो गयी थी। कमली की टीम के खिलाड़ी सांस रोके, किक का इंतजार कर रहे थे।

रेफरी ने किक मारने के लिए सीटी बजाई। कमली थोड़ी झुकती हुई सीधे आगे बढ़ी। उसकी टीम के खिलाड़ियों को लगा, वह सीधे सामने मारेगी। लेकिन आगे बढ़ने की उसी रफ्तार में उसने अचानक अपने बाएँ पैर को टेढ़ा करते हुए गोलपोस्ट की दायीं तरफ बॉल को ज़ोर से किक मारी। गोलकीपर कमली के आगे बढ़ने के तरीके और बायाँ पैर उठाने के कारण गलतफहमी में आ गया, शायद कमली बाईं ओर बॉल मारेगी। वह बाईं ओर तेजी से लपका, लेकिन जबतक उसकी समझ में आए, तबतक दायीं ओर से बॉल गोलपोस्ट के अंदर चला गया। गोल हो गया। इसी समय रेफरी ने मैच समाप्त होने की सीटी बजा दी।

आदर्श नगर की टीम दो गोल के मुकाबले तीन गोल से मैच जीत चुकी थी। कमली ने हैट्रिक गोल कर अपनी टीम को बड़े रोमांचक मैच में जीत दिला दी थी। भीड़ जैसे पागल हो गयी। चारों तरफ भारी शोर था। लगभग सभी हाथ उठाए 'कमली, कमली' की आवाज लगा रहे थे। इधर कमली के जख्मी हुए दायें पैर में अचानक बहुत ज़ोर का दर्द उठा। वह लड़खड़ा कर वहीं जमीन पर गिर पड़ी।

वह कराह रही थी। उसके कानों में उसके नाम की आवाज आ रही थी, लेकिन दर्द के कारण वह उठ नहीं पा रही थी।

कमली की टीम के सभी खिलाड़ी उसकी ओर लपके। उसके नजदीक जाकर अतुल ने उसे देखा। दर्द की स्थिति में कराहते हुए कमली हंस रही थी। उसकी आँखों में आँसू थे, शायद दर्द के और खुशी के, दोनों। अतुल ने जल्दी से कमली को उठाया और उसे गोद में लेकर बाकी खिलाड़ियों के साथ मैदान के किनारे बेंच की ओर दौड़ पड़ा। मैदान 'कमली, कमली' की आवाज से गूंज रहा था।

मैदान के बाहर लाकर अतुल ने उसे बेंच पर लिटा दिया। कमली की माँ, अतुल के माता-पिता उसकी तरफ दौड़े। कमली को घेर कर सारे खिलाड़ी खड़े थे। माँ ने नजदीक जाकर कमली के पैर देखे, वह घबड़ा गयी। उसने जल्दी से दायें पैर के जूते खोले, मोजे का तलवा फट गया था और खून से लाल हो गया था। मोजा उतारने पर कमली का तलवा काफी छिला हुआ नजर आया।

मैच के लिए वहाँ फ़र्स्ट एड की व्यवस्था थी, जो अस्पताल के एक व्यक्ति के जिम्मे थी। अतुल ने दौड़ कर उसे बुलाया। कमली के तलवे की मरहम-पट्टी की गयी। इन सब के बावजूद कमली के चेहरे पर खुशी थी। पैर में पट्टी लग जाने के बाद खून बाहर आना कम हो गया था। कमली उठ कर बैठी। उसकी माँ ने उसे बोतल से पानी पिलाया। कमली उसी हालत में खड़ी होकर लंगड़ाती हुई चलने लगी। उसकी माँ ने कहा-

'इतनी चोट लगी है तुझे, अभी चल कर मत जा, यहीं पर थोड़ी देर और आराम कर ले'।

कमली ने अपनी माँ की तरफ देख कर कहा-

'ऐसी चोटें खेल में लगती रहती हैं माँ, तू चिंता मत कर, मैं ठीक हूँ, थोड़ा दर्द है, ठीक हो जाएगा'।

अतुल उसे सहारा देकर मैदान में बने स्टेज के पास ले गया, जहां पुरस्कार दिये जाने थे। उसने स्टेज के पास लगी एक कुर्सी पर कमली को बिठा दिया। बगल की कुर्सी पर कमली की माँ बैठीं और फिर उसके बाद अतुल के माता-पिता। स्टेज के सामने और बगल में काफी भीड़ जुटी हुई थी।

पुरस्कार वितरण शुरू हुआ। इलाके के वार्ड पार्षद मुख्य अतिथि थे। चंदे के पैसे से ट्रॉफी खरीदी गयी थी, जो विजेता और उपजेता टीम को दी गयी। कमली को 'प्लेयर ऑफ द मैच' का पुरस्कार दिया गया। कमली ने उसी हालत में स्टेज के नीचे खड़ी होकर मुख्य अतिथि से अपनी ट्रॉफी ली। टीम के खिलाड़ियों ने उसे गेंदे के माले से लाद दिया। सभी ने मिल कर 'हिप-हिप हुर्रे' के नारे लगाए। आदर्शनगर की टीम की यह बड़ी जीत थी, जो कमली के अच्छे खेल के कारण संभव हुई थी। दोनों टीमों के खिलाड़ियों में वह अकेली लड़की थी।

कमली ने अपनी ट्रॉफी माँ के हाथ में दे दी। कमली की माँ उसके साथ-साथ रही और उसे सहारा देती रही। कमली की चोट को लेकर जहां वह एक तरफ परेशान थी, वहीं दूसरी ओर भीतर-भीतर उसे इस बात का गर्व हो रहा था कि इस हालत में खेलकर बेटी ने आज उसका नाम रौशन कर दिया। अतुल के माता-पिता ने कमली को बधाई दी। उसने लपक कर अपनी माँ और अतुल के माता-पिता के पैर छुए।

उस हालत के बावजूद कमली पुरस्कार के बाद सभी खिलाड़ियों को बधाई देना नहीं भूली। अतुल ने उसे घर जाने के लिए एक टेम्पो कर दिया था। शाम के धुंधलके में सबको 'बाई-बाई' कह कर कमली अपनी माँ के साथ घर की ओर बढ़ चली।

घर पहुँच कर वह लंगड़ा रही थी। दायें पैर पर ज़ोर देना मुश्किल था। कमली की माँ ने बाहर के कमरे में सोफ़े के टेबल पर

कमली को मिली ट्रॉफी रखी। कमली को सहारा देकर उसने सोफ़े पर बिठाया। हाथ में एक पैकेट में कमली के जूते थे, उसे बाहर निकाल कर गौर से देखा। जूता काफी पुराना था और दायें पैर का तलवा पूरी तरह फट चुका था। माँ को महसूस हुआ, कैसे कमली ने ऐसी हालत में खेला होगा। आँखें डबडबाकर उसने कमली से कहा-

'तूने पहले कहा होता, जूता पुराना हो चुका है, मैं तुझे नया खरीद देती। ऐसे पुराने जूते पहन कर गयी'।

कमली ने माँ की बात सुनी। वह समझ सकती थी, नए जूते खरीदने में खर्च होते। उसने अपनी माँ का मन रखने के लिए कहा-

'चलो माँ, कुछ दिनों के बाद मुझे नए जूते खरीद देना'।

उसने सोफ़े से उठ कर अपनी ट्रॉफी को उठाया और सामने दीवार पर लगी अपने पापा की तस्वीर के सामने ट्रॉफी को हाथ में पकड़ कर सिर झुकाया। उसकी आँखें भर आई थीं। उसे देखकर उसकी माँ के भी आँखों से आँसू बहने लगे। अपनी साड़ी के पल्लू से आँखों से आँसू पोछते हुए माँ ने कहा-

'बेटा आज तेरे पापा होते, तब कितना खुश हुए होते। तुमने उनका मान बढ़ा दिया। इसी तरह पढ़ाई में भी तुम्हें अव्वल आना होगा'।

'माँ, दसवीं के रिज़ल्ट कुछ दिनों में आ जाएँगे, देखना मैं अच्छे नंबर से पास हो जाऊँगी'। कमली ने माँ से कहा।

माँ ने उसे सहारा देकर बिस्तर पर लिटा दिया। कमली निढाल होकर बिस्तर पर गिर पड़ी। उसके दाहिने पैर में दर्द था। लेकिन जीत की खुशी के आगे पैर का दर्द उसे ज्यादा नहीं लग रहा था। वह बस छत की ओर टकटकी लगाए, आज के मैच के बारे में सोच रही थी। अचानक वह अतुल के बारे में सोचने लगी। कितना ख्याल रखता है

उसका। कैसे उसने बिना कोई देर किए उसे गोद में उठा कर मैदान के बाहर लाकर लिटाया। एक बार फिर अतुल के बारे में सोच कर कमली की देह में सिहरन हुई। उसे फिर समझ में नहीं आया कि वह क्या था, लेकिन यह सब सोचते हुए वह मंद-मंद मुस्कुरा रही थी। थोड़ी देर में उसे नींद आ गयी।

चार

एक महीने का समय बीत गया। कमली के दाहिने तलवे का जख्म अब लगभग ठीक हो चुका था। इस बीच वह घर से बाहर ज्यादा नहीं निकल पायी थी। मैदान में खेलना उसका बिलकुल बंद था। इस मौके का फायदा उठाकर कमली की माँ ने उसे किचेन में खाना बनाना सिखाना शुरू किया। शुरू में वह कमली को अपने पास खड़ी कराकर सिर्फ खाना बनते हुए दिखाती। तीन-चार दिनों बाद उसने कमली को सब्जी या रोटी बनाने की छूट दी। एक दो दिन कमली ने कभी सब्जी जला दी या फिर उसकी बनाई रोटी ज्यादा सिंक गयी, लेकिन उसकी माँ न नाराज होती और न ही हार मानती। वह उसे लगातार खाना बनाने के तरीके बताती रही।

लगभग पंद्रह दिनों की लगातार ट्रेनिंग के बाद कमली की बनाई सब्जी अच्छी बनने लगी। माँ को बहुत खुशी हुई। वह जब उसके खाने की तारीफ करती, तब कमली खुश हो जाती। अब कमली को खाना बनाने और अपनी माँ की मदद करने में सुकून मिलने लगा था। इस उत्साह में अब वह रोज सुबह उठ कर जल्दी से अपने और अपनी माँ के लिए चाय बना लेती। दोनों साथ बैठ कर चाय की चुस्की लेते और देर तक गप्पें मारते। उसके बाद तैयार होकर कमली थोड़ा घर को साफ करने का काम करती और फिर दिन के खाने में

सब्जी बनाने की कोशिश करती। धीरे-धीरे उसे खाना बनाने में मजा आने लगा। किसी-किसी दिन वह माँ को बैठने के लिए कहती और दिन या रात का पूरा खाना खुद बनाती। यह देखकर माँ खुश होती थी।

घर में एक मोबाइल फोन था, जो कमली की माँ का था। कमली के भाई ने उसे अपना पुराना फोन इस्तेमाल करने के लिए दिया था। यह एक साधारण मोबाइल था, जो सिर्फ बातचीत करने के लायक था। हर हफ्ते कमली की माँ अपने भाई से फोन पर उसका हाल-चाल लेती। कमली कभी-कभी अतुल या अपने किसी दोस्त से फोन पर बात कर लेती। खास कर घर के काम से फुर्सत पा कर दिन या शाम के वक़्त वह अतुल को फोन करती और उससे लंबी बातें करती। आजकल वह उसे बता रही थी, कैसे माँ से वह खाना बनाना सीख रही है और कैसे वह धीरे-धीरे घर का पूरा खाना बनाना सीख गयी है। दोनों अपनी छोटी-छोटी बातों को एक दूसरे को बताते और खुश होते।

इस बीच अतुल अपने परिवार के साथ छुट्टियों में पंद्रह दिनों के लिए पहाड़ों पर चला गया। कमली अब उससे बात नहीं कर पा रही थी। शाम के वक़्त उसे खालीपन लगने लगता। मोहल्ले के बाकी लड़के बीच-बीच में उससे घर पर मिलने आते और खेल की बातें करते।

अब कमली के बाल थोड़े लंबे हुए थे, पहले के लड़कों जैसे बाल बड़े होकर, उसके कंधों के ऊपर तक आने शुरू हो गए थे। बढ़े बालों के कारण उसका चेहरा लड़कियों-सा लगने लगा था। उसकी माँ ने उसे टोकते हुए फिर कहा था-

'अब अपने बाल मत कटवाना, इसे बढ़ने दे, देख कैसी सुंदर लगती है तू बड़े बालों में। थोड़े कंधे तक आ जाएँगे, तब और अच्छा लगेगा'।

कमली को भी अपने बढ़े हुए बाल अच्छे लगने लगे थे। वह दिन में कई बार आईने के सामने जाकर अपने आप को निहारती और बालों को देखकर सिर्फ मुस्कुरा कर रह जाती।

एक दिन सुबह कमली बाहर के कमरे में बैठी टीवी देख रही थी, तभी मोबाइल फोन की घंटी बजी। उसने सोचा, अतुल का फोन होगा। उसने दौड़ कर टेबल पर पड़े फोन को उठाया और कहा-

'हैलो'

'कैसी है कमली'। उधर से उसके मामाजी की आवाज थी।

कमली ने हँसते हुए कहा-

'नमस्ते, मामाजी, मैं अब बिलकुल ठीक हूँ, पैर अब पूरी तरह ठीक हो गया है, आप सब कैसे हैं'।

मामाजी ने उधर से पूछा-

'तेरे रिज़ल्ट कब तक आ जाएँगे और तू घर पर खाली बैठी आज कल क्या कर रही है, खेलना शायद तेरा बंद होगा'।

कमली ने जवाब दिया-

'मामाजी, अभी लगभग एक महीना और लगेगा रिज़ल्ट आने में। तब तक माँ से खाना बनाना सीख रही हूँ। वैसे घर में बंद रहने में थोड़ी बोरियत जरूर है। मेरे कुछ दोस्त छुट्टियों में बाहर घूमने चले गए हैं, मैं चाहती थी, कहीं बाहर जाऊँ, पर कहाँ, यह समझ में नहीं आ रहा है'।

कमली के मामा ने उधर से कहा-

'अरे, कुछ दिनों के लिए तुम दोनों यहाँ गाँव आ जाओ, तुम बहुत छोटी थी, तभी यहाँ आई थी, अब तुम्हें यहाँ आ कर अच्छा लगेगा'।

कमली यह सुनकर बिलकुल उछलते हुए बोली-

'वाह मामाजी, यह बहुत अच्छा रहेगा, मुझे गाँव देखना भी है और वहाँ खेतों में घूमना है। मैं माँ से कहती हूँ'।

तभी कमली की माँ किचेन से निकल कर कमरे में आ गयी। उसने कमली की ओर देखते हुए कहा-

'किस से इतनी देर से बातें कर रही है, किसका फोन है'

कमली ने लपकते हुए जवाब दिया-

'मामाजी हैं माँ, हमें अपने गाँव बुला रहे है'। इतना कह कर कमली ने मोबाइल फोन का स्पीकर ऑन कर दिया और कहा-

'मामाजी, माँ आ गयी है और वह आपकी बातें सुन रही है'।

मामाजी ने उधर से कहा-

'दीदी, प्रणाम, कैसी हो। मैं कह रहा था, अभी कमली की छुट्टियाँ चल रही हैं और उसके पैर के जख्म ठीक हो चुके हैं, तुम दोनों कुछ दिनों के लिए मेरे पास गाँव आ जाओ। तुम्हें गाँव आए बहुत साल हो गये हैं। कुछ दिन यहाँ रहने पर तुम्हें और कमली, दोनों को अच्छा लगेगा। कमली सुनकर काफी खुश है। तुम दोनों कल ही चले आओ। तुम्हारे घर के पास से यहाँ के लिए सुबह बस छूटती है, डेढ़ घंटे में यहाँ आ जाओगी, मैं यहाँ तुम्हें उतार लूँगा'।

कमली की माँ ने थोड़ा झिझकते हुए कहा-

'अरे कमल, इतनी जल्दी कल कैसे जा पाऊँगी, बिना कुछ तैयारी के'।

कमल ने उधर से तुरंत जवाब दिया-

‘घर आने के लिए कैसी तैयारी दीदी। आज का पूरा दिन बचा है, जो कपड़े ठीक करने हैं, कर लो और कल सुबह दोनों निकल लो। मैं कोई बहाने नहीं सुनना चाहता, तुम दोनों को आना है, बस’।

कमली ने माँ की तरफ देख कर मिन्नतें करते हुए कहा-

‘माँ, चलो न, मामाजी इतनी जिद कर रहे है, बहुत साल हो गए, मैं नहीं गई गाँव और फिर वह मेरा ननिहाल है, सुनती हूँ बच्चे छुट्टियों में अपनी नानी के घर जाते हैं’।

कमली की इस बात पर माँ के चेहरे पर मुस्कान आ गयी, उसने फोन की ओर झुक कर कहा-

‘ठीक है कमल, अब तुम दोनों की इतनी जिद है, तब देखती हूँ कल कैसे निकल पाती हूँ’।

कमली खुशी के मारे उछल पड़ी, मामाजी को कहा-

‘चलिये मामाजी, माँ तैयार हो गयी, हमलोग कल सुबह आठ बजे की बस से गाँव के लिए निकलेंगे’।

कमल ने उधर से कहा-

‘धन्यवाद दीदी, मैं कल तुमलोगों का इंतजार करूंगा’।

फोन कटने के बाद माँ ने कमली से कहा-

‘अरे, इतने दिनों के बाद वहाँ जाऊँगी, मैं बड़ी हूँ, कमल और उसकी पत्नी के लिए कुछ न कुछ ले जाना पड़ेगा, फिर लंबे दिनों के लिए जाने पर सामान वगैरह ठीक करना होगा, कैसे होगा, यह सब इतनी जल्दी। कमली सबसे पहले तू अपने कपड़े ठीक करना शुरू कर दे। शाम में पास के कपड़े की दुकान जाकर उनलोगों के लिए कुछ कपड़े ले लेंगे। जल्दी कर, समय कम है और बहुत काम करने हैं’।

माँ को चिंता थी, मायके जाने में खर्च होगा, लेकिन फिर उसने कमली के उत्साह को देखा और सोचा, आखिर वह बेटी की खुशी के लिए जिंदा है। जमा किए हुए कुछ पैसों से ख़रीदारी हो सकती थी।

कमली भीतर से बहुत खुश थी। दौड़ कर भीतर के कमरे में गयी और सबसे पहले कमरे में आलमारी के ऊपर रखे सूटकेस को उतारा। साथ में एक पुराना एयरबैग पड़ा था, दोनों को उसने कपड़े से साफ किया। उसके और माँ के कपड़े उन दोनों में आसानी से आ सकते थे। आलमारी खोलकर उसने अपने कपड़े निकालने शुरू किए। माँ को उसने अपने कपड़े ठीक करने के लिए कहा।

शाम के वक़्त दोनों ने पास के कपड़े की दुकान में जाकर कमल के लिए सूती कुर्ता-पैजामा और उसकी पत्नी के लिए एक सूती साड़ी खरीदी। रात होते-होते तक सारा सामान पैक हो चुका था। रात के खाने में माँ ने जल्दी-जल्दी खिचड़ी बना दी थी, वही दोनों ने खाई। कमली इस बीच लगातार अपनी माँ से गाँव के बारे में पूछती रही। उसे वहाँ जाने की बहुत उत्सुकता हो रही थी। अपनी उत्सुकता और अगले दिन छुट्टियों में बाहर जाने की खुशी के बारे में सोचते-सोचते कमली सो गयी।

छुट्टियों के दिन में कमली अमूमन सुबह सात बजे सो कर उठती थी, लेकिन उस दिन उत्सुकता के मारे उसकी नींद सुबह छह बजे खुल गयी। उसने उठकर देखा, माँ किचेन में चाय बना रही थी। वह पीछे से जाकर माँ से लिपटते हुए कहा-

'मेरी अच्छी माँ'।

माँ ने उसका हाथ पकड़ते हुए कहा-

'अब ज्यादा लाड़-प्यार नहीं, जल्दी से चाय पी ले और फटाफट तैयार हो जा, हमलोग सुबह के आठ बजे की बस पकड़ने की पूरी कोशिश करेंगे'।

लगभग एक घंटे के अंदर दोनों तैयार हो गईं। माँ ने जल्दी-जल्दी नाश्ते में पोहा बना दिया था। वही खाकर करीब साढ़े सात बजे तक दोनों माँ-बेटी घर को ताला लगाकर रवाना हो गईं। बस स्टैंड नजदीक था, समान के कारण टेम्पो से जाना पड़ा। दस मिनट में दोनों बस स्टैंड पर थीं। कमली ने आगे बढ़ कर बस की पड़ताल की। किनारे खड़ी एक बस नारायणपुर गाँव की ओर अगले दस मिनट में जाने वाली थी। बस के नजदीक पहुँच कर कमली ने दो टिकट लिए और दोनों बस में सवार हो गईं। बस लगभग खाली थी, इसलिए उन्हें आगे की दो सीटें मिल गईं। सूटकेस को बस के पीछे वाली जगह में रख दिया गया और एयरबैग को सीट के ऊपर समान रखने वाली जगह में डाल दिया गया। कमली बहुत उत्साहित थी।

ठीक आठ बजे बस चल पड़ी। कमली खिड़की वाली सीट पर बैठी थी। बस पहले शहर के रास्तों से होकर गुजर रही थी और थोड़ी देर बाद खेत, खलिहानों के बीच से आगे बढ़ने लगी। कमली ऐसी उत्सुकता से बाहर देखकर खुश हो रही थी, मानो उसने पहली बार खेतों की हरियाली देखी हो। उसकी माँ उसकी इस उत्सुकता को देख कर मुस्कुरा रही थी।

बस चलती रही, इस बीच माँ ने झपकी ले ली, लेकिन कमली लगातार खिड़की से बाहर देखती रही। बीच-बीच में कोई अच्छी जगह दिखने पर वह माँ को झकझोर कर जगा देती और उसे खिड़की से बाहर देखने के लिए कहती। डेढ़ घंटे की यात्रा के बाद लगभग साढ़े नौ बजे बस के कंडक्टर ने आकर कमली की माँ से कहा, नारायणपुर गाँव अगले पाँच मिनट में आने वाला है।

थोड़ी देर में बस सड़क के किनारे रुक गयी, कंडक्टर ने 'नारायणपुर, नारायणपुर' चिल्लाना शुरू किया। कमली और उसकी माँ जल्दी से अपनी सीट से उठ कर खड़ी हो गयी। कमली ने ऊपर रखे

एयर बैग को उतारा और माँ को सहारा देती हुई दोनों बस से नीचे उतर गईं। बस से नीचे उतरते ही दोनों की नजर सामने खड़े कमल पर पड़ी। कमली ने आगे बढ़ कर अपने मामा के पैर छुए। कमल ने कमली के माँ के पैर छुए। बस के खलासी ने पीछे से सूटकेस उतार कर कमली के पास रख दिया था। इसके बाद बस आगे बढ़ गयी। मामा के साथ एक मज़दूरनुमा आदमी था। उसने कमली के हाथ से बैग ले ली। सूटकेस उस आदमी ने अपने कंधे पर रख ली। मामाजी ने कमली के सिर पर हाथ फेरते हुए कहा-

'मुझे बड़ी खुशी है दीदी, तुम इतने सालों बाद गाँव आई हो और उससे ज्यादा खुशी है, हमारी बिटिया साथ आई है। इतनी छोटी-सी थी, जब पिछली बार आई थी'।

कमली अपने मामाजी से लिपटते हुए बोली-

'मामाजी, मुझे पूरा गाँव देखना है, कैसे खेती होती है, यहाँ लोग कैसे रहते है, सभी कुछ'।

कमल ने कमली की ओर देखते हुए कहा-

'अरे, कमली तेरे बाल लंबे हुए हैं, अच्छे लगते हैं लंबे बाल तुम पर'।

कमली मुस्कुराते हुए बोली-

'माँ को लंबे बाल पसंद हैं और आप भी कह रहे हो, अब सोच लिया है, थोड़े लंबे बाल रखूंगी'।

माँ और मामा, दोनों कमली की बात पर मुस्कुरा पड़े। बस रुकने की जगह से कमल का घर सिर्फ दो सौ मीटर पर था, सभी घर की ओर पैदल चल पड़े। दस मिनट में वे सब कमल के घर के सामने थे। पुराने जमाने का दो-तल्ला मकान था। चारों तरफ ऊंची चारदीवारी थी। मुख्य दरवाजे पर लोहे का बड़ा गेट था, जिससे अंदर

घुसने पर घर के सामने अहाता था, जिसकी बाईं तरफ एक शेड के नीचे दो-तीन गायें बंधी थीं। उसके बगल में भूसे का टाल लगा था। अहाते की दायीं तरफ एक ओर ट्रैक्टर खड़ा था और साथ में एक खुले गैरेज में मामाजी की मारुति गाड़ी। अहाते के बीच में गोल करके कई कुर्सियाँ लगी थीं, जिनके बीच में एक गोल ऊंचा टेबल था। अहाता खत्म होने पर सामने दो तीन सीढ़ी चढ़ कर लंबा बरामदा और उसके बाद घर के अंदर जाने का दरवाजा। कुल मिलाकर एक सम्पन्न गृहस्थ के घर का माहौल था।

मुख्य गेट से अंदर आते हुए दूर से सबकी नजर बरामदे पर खड़ी कमल की पत्नी पर पड़ी। सिर पर आँचल लिए, हाथ में आरती की थाल थी। जैसे ही कमली की माँ बरामदे पर चढ़ीं, कमल की पत्नी ने पहले उनकी आरती उतारी, माथे पर हल्दी का तिलक लगाया और झुककर उनके पैर छूते हुए कहा-

'दीदी। आप दोनों लक्ष्मी के रूप में हमारे घर आई हैं, आपका स्वागत है'।

कमली की माँ की आँखें भर आयीं। मायके आने की खुशी अलग होती है, चाहे कितनी उम्र हो गयी हो या भले माँ-बाप जीवित न हों, लेकिन छोटा भाई है। पिछली बार विमला अपने पति और छोटी-सी कमली के साथ यहाँ आई थी। वह समय याद कर विमला की आँखें फिर नम हो गईं। विमला की आरती उतारने के बाद कमल की पत्नी ने कमली की आरती उतारी और उसके माथे पर तिलक लगाया। कमली मुस्कुराती रही। उसने फिर झुककर अपनी मामी के पैर छुए। इन सब के बाद सभी घर के अंदर गए। घर के अंदर बीच में बड़ा-सा आँगन था, जिसके चारों तरफ कमरे बने थे। आँगन के ऊपर कुछ ऊंचाई पर लोहे की पूरी जाली लगी थी, जिससे ऊपरी तल्ले के कमरे नजर आ रहे थे।

कमल की पत्नी आंगन की दायीं ओर नीचे के एक कमरे में कमली और उसकी माँ को ले गयी। अंदर घुसने पर कमरे में एक बड़ा पलंग था, जिसपर पुराने जमाने की तरह मच्छरदानी लगाने के लिए चार मोटे और लंबे डंडे लगे थे, जिसके ऊपर लकड़ी का फ्रेम था। उस फ्रेम के ऊपर मच्छरदानी उठा कर रखी थी। कमरे के एक कोने में पुराने डिज़ाइन का एक सोफा सेट था। कमरे में पलंग के बगल में एक मेज थी, जिसपर एक टेबल लैम्प रखा था। टेबल के बगल में एक दरवाजा था। कुल मिलाकर कमरा काफी अच्छा और बड़ा था। कमली को कमरा बहुत पसंद आया। उनका समान लाकर कमरे में एक किनारे रख दिया गया। सभी वहीं सोफ़े पर और बिस्तर पर बैठ गए। कमल ने कमली की ओर देख कर कहा-

'बिटिया, ये गाँव का पुराना घर है, तुम्हें थोड़ी दिक्कत हो सकती है, फिर भी हमने कोशिश की है, इसे नए जमाने के लायक बनाने का। इसलिए नीचे इस रूम और मेरे रूम में, मैंने कमरे के साथ बाथरूम बनवा दिया है, जिससे आराम हो और रात को बाहर निकलने की जरूरत नहीं पड़े'।

कमली ने तुरंत जवाब दिया-

'मामाजी, इतना बड़ा और इतना सुंदर घर है, मुझे लगता है, मैं यहीं रह जाऊँ, मुझे घर बहुत अच्छा लगा और फिर आप लोगों ने सारी सुविधाएं दे रखी हैं'।

कमल की पत्नी ने कहा-

'दीदी, आप लोग हाथ-मुंह धो लें, अभी चाय-नाश्ता कर लें, फिर थोड़ा आराम कर दिन का खाना होगा'।

दोनों ने जल्दी से बाथरूम में जाकर हाथ-मुंह धोया, तबतक वहीं कमरे में सोफ़े के सामने की मेज पर नाश्ता लगा दिया गया।

नाश्ते में गरम-गरम पूड़ी, सब्जी और जलेबी थी। अलग से एक प्लेट में मिठाई थी।

नाश्ते को देख कर कमली की माँ ने कहा-

'अरे, अभी इस वक़्त इतना सारा नाश्ता, हम दोनों सुबह घर से नाश्ता कर के चले हैं। इतना खा लेंगे, तब दोपहर का खाना कैसे होगा'।

कमल ने मुस्कुराते हुए कहा-

'दीदी, कहाँ ज्यादा है, तुमलोगों के इंतजार में हमने भी सुबह का नाश्ता नहीं किया है, सोचा था, तुम लोगों के साथ करेंगे। गाँव के बाजार में रामप्रसाद हलवाई की दुकान तुम्हें याद है न, उसी के यहाँ से तुम्हारे पसंद की खास गरम जलेबी मंगाई है। मुझे बहुत ज़ोर की भूख लग रही है, चलो सब साथ नाश्ता करते हैं'।

कमली ने मामा के बगल में बैठते हुए कहा-

'हाँ मामाजी, मुझे भी बहुत भूख लगी है'।

चारों लोगों ने जम कर नाश्ता किया, घर के नौकर-चाकर बड़े उत्साह से गरम-गरम पूड़ियाँ तल कर ला रहे थे। कमली को बड़े दिनों के बाद इस तरह का नाश्ता कर बड़ा मजा आया। नाश्ते के बाद कमल और उसकी पत्नी, दोनों को आराम करने की सलाह देकर कमरे से बाहर हो लिए। कमली ने अपनी माँ को पकड़ कर बिस्तर पर लिटाया और खुद सोफ़े पर पसर गयी। थोड़ी देर के बाद उसे मामाजी का पूरा घर देखने की उत्सुकता हुई। वह चुपचाप दबे पाँव माँ को आराम करता छोड़, कमरे से बाहर निकल गयी। आँगन में उसकी मामी एक मोढ़े पर बैठकर थाली में चावल चुन रही थी। वह उनके पास जाकर दूसरे मोढ़े पर बैठ गयी।

मामी ने उसे देख कर कहा-

‘कमली तुम आराम नहीं कर रही हो, थोड़ी देर सो जाओ बेटा, सुबह की जगी हो’।

कमली ने मुस्कुराते हुए कहा-

‘मामी, मैं बिलकुल थकी नहीं हूँ, बल्कि यहाँ आकर मेरी देह में फुर्ती आ गयी है, आपका घर कितना बड़ा है, मैं घूम कर पूरा घर और आसपास देखना चाहती हूँ’।

मामी ने चावल की थाली जमीन पर रखी और उठती हुई बोली-

‘चलो, मैं तुम्हें पूरा घर दिखा लाती हूँ’।

कमली खड़ी होकर उनके पीछे-पीछे चल पड़ी। घर में नीचे तीन कमरे थे, जिसमें दो में सोने के लिए बड़े पलंग लगे थे, उनमें से एक कमरा कमली और उसकी माँ को दिया गया था, एक कमरे में कमल और उसकी पत्नी रहते थे और एक कमरा खाली था। खाली पड़ा कमरा चूंकि किचेन से सटा था, इसलिए उसमें डाइनिंग टेबल लगा दिया गया था। इसके अलावा नीचे एक बड़ा बैठकखाना था, जिसमें दो सोफा सेट लगे थे। बैठकखाना के सामने एक बाथरूम था, जो मिलने आए मेहमानों के लिए था।

किचेन के बगल से सीढ़ी ऊपर जाती थी। ऊपर में दो कमरे और एक बाथरूम था और बड़ी-सी खुली छत थी। कमली को खुली छत बहुत पसंद आई। उसने छत की मुरेड़ से नीचे झांक कर देखा, सामने का अहाता और घर का मुख्य फाटक नजर आया। अहाते में नीचे कुर्सी पर उसके मामाजी बैठे कुछ लोगों से बातें कर रहे थे। वाकई बहुत बड़ा घर था और आज के समय के अनुसार घर में सारी सुविधाएं थीं। इसके साथ उसकी मामी की मदद करने और घर की साफ-सफाई के लिए तीन लोग थे, जिसमें एक महिला थी। कमली पूरा घर देख कर बहुत प्रभावित थी।

रात के खाने के वक़्त कमली के मामा ने कहा-

‘कमली, कल सुबह जल्दी उठ जाना, सात बजे तुम्हें अपने खेत दिखाने ले चलेंगे’।

कमली ने खाते-खाते कहा-

‘बिलकुल मामाजी, मैं सुबह तैयार रहूँगी, मुझे खेतों के अलावा पूरा गाँव देखना है’।

कमल ने जवाब दिया-

‘ठीक है बेटा, एक-दो दिनों में तुम्हें गाँव घुमाने भी ले चलेंगे’।

अगले दिन सुबह-सुबह उठ कर कमली साढ़े छह बजे तक तैयार हो गयी। मामी ने चाय बना दी थी। बाहर दरवाजे पर निकल कर देखा, मामाजी ट्रैक्टर स्टार्ट कर रहे थे। वह दौड़ कर उनके नजदीक गयी। मामाजी ने उसे ट्रैक्टर पर बैठने का इशारा किया। साथ में मदद के लिए एक और व्यक्ति बैठा। कुछ पल बाद ट्रैक्टर मुख्य दरवाजे से निकलता हुआ बाहर गाँव की कच्ची सड़क पर आ गया। कमली बहुत उत्साहित थी। मामाजी उसे देख कर मुस्कुरा रहे थे। अगल बगल खेत खलिहानों से होता हुआ ट्रैक्टर, दस मिनट में एक खेत की मुंडेर पर जाकर रुका। मामाजी ने ट्रैक्टर बंद किया और नीचे उतर गए। कमली को उन्होंने सहारा देकर नीचे उतारा।

खेत की ओर आगे बढ़ते हुए मामाजी ने कहा-

‘देख बिटिया, यहाँ से हमारे खेत शुरू होते हैं और दूर में वह पीपल का पेड़ नजर आ रहा होगा, वहाँ तक सारा का सारा हमलोगों का है। कमली ने नजर दौड़ाई, वाकई बहुत बड़ी जमीन थी।

मामाजी ने नजदीक में लगी फसल की ओर इशारा करते हुए कहा-

'कमली, देखो यह मक्का है। इसके पौधे अब तैयार हो गए हैं और इसमें बालियाँ आ गयी हैं। मक्के के बाद जो छोटे-छोटे पौधे नजर आ रहे हैं, वह ईंख है। अभी इसके पौधे छोटे हैं, अगले चार-पाँच महीने में तैयार हो जाएँगे। उसके बाद सब्जियाँ लगी हैं, जिसमें आलू, प्याज और बहुत तरह की सब्जियाँ हैं। अपने घर में इन खेतों की सब्जियाँ इस्तेमाल होती हैं'।

कमली उत्साह में मक्के के पौधों के बीच खेत में उतर गयी। एक पौधे से उसने बाली तोड़ी और मामाजी को दिखाया। फिर वह खेत के किनारे की मेड़ पर तेज-तेज चल कर आगे निकलने लगी। कमल ने उसे मेड़ पर धीरे-धीरे आगे बढ़ने के लिए कहा, लेकिन कमली उछलती-कूदती मक्के के पौधों को अपने हाथों से छूती तेजी से आगे बढ़ती जा रही थी। उसकी खुशी का ठिकाना नहीं था। मजबूरीवश, मामाजी उसके पीछे-पीछे तेजी से चलने लगे।

कुछ आगे जाकर कमली सब्जियों की खेत की तरफ मुड़ गयी। कुछ भाग में टमाटर के पौधे लगे थे, जिसमें लाल-लाल टमाटर फले थे। कमली ने मेड़ से उतर कर कुछ टमाटर तोड़े। उसके मामाजी उसकी इस हरकत देख कर चुपचाप मुस्कुरा रहे थे। मामाजी जब कमली के नजदीक पहुंचे तब कमली ने मुड़ कर कहा-

'मामाजी, बहुत अच्छा लग रहा है, मन करता है दिनभर इन्हीं खेतों में रहूँ। मैंने पहले कभी भी इस तरह से सब्जियाँ उगते नहीं देखी थीं, अब जबतक यहाँ हूँ, रोज सुबह मैं यहाँ आकर घर के लिए सब्जियाँ तोडूंगी'।

मामाजी ने हँसते हुए कहा-

'अरे बिटिया, अभी तुमने आम के बगीचे नहीं देखे हैं, कल तुम्हें ले कर चलूँगा, वहाँ अब पेड़ों पर आम बड़े हो गए हैं और कुछ दिनों में पक कर खाने लायक हो जाएँगे'।

लगभग एक घंटे तक खेतों में रह कर सभी घर वापस आ गए। मामीजी ने सुबह का नाश्ता तैयार रखा था। बाहर आहाते में कुर्सियाँ लगी थीं, वहीं सबने बैठ कर नाश्ता किया। पूरे नाश्ते के दौरान कमली अपनी माँ को खेत के अपने अनुभव सुनाती रही।

दो दिन बाद मामाजी फिर सुबह-सुबह कमली को अपने आम के बगीचे दिखाने ले गए। वहाँ लगभग सभी पेड़ फलों से लदे हुए थे। कमली अपनी इच्छा को नहीं रोक सकी। उसने जमीन से एक पत्थर उठा कर पेड़ पर मारना चाहा, लेकिन उसका निशाना चूक गया। तब मामाजी ने अपने साथ आए व्यक्ति को एक पेड़ पर चढ़ कर कुछ आम तोड़ने के लिए कहा। वह पेड़ पर चढ़ कर आम तोड़ कर नीचे फेंकता और कमली नीचे एक-एक कर उसे हाथ में पकड़ने की कोशिश कर रही थी। उसे बड़ा मजा आ रहा था। कुल दस कच्चे आम हो गए, जिसे साथ लाई बाल्टी में रखा गया। कमली ने एक आम निकाल कर खाया, थोड़ा कच्चा और खट्टा था, लेकिन उसे अच्छा लगा। मामाजी ने कहा-

'अभी ये आम पके नहीं हैं, ऐसे आम अचार डालने के काम में आते हैं'।

अगले दस दिनों तक कमली का रोज सुबह खेत में या आम के बगीचे में जाने का सिलसिला चलता रहा। इसी बीच एक दिन उसके मामा ने उसे पूरे गाँव की सैर कराई। गाँव में करीब सौ घर थे, जिनमें ज़्यादातर मिट्टी और खपड़ैल के थे। लगभग बीस ऐसे घर थे जो पक्के के बने थे और उनमें से कुछ घर काफी बड़े भी थे। कमली को महसूस हुआ, गाँव में उसके मामा का घर सबसे बड़ा है। वह बड़ी उत्सुकता से अपने मामा के साथ गाँव के अंदर पतली-सी मिट्टी की सड़क पर चलती रही। बीच-बीच में किसी झोपड़ी के पास रुकती और गौर से उसमें रहने वाले लोगों को देखती।

एक जगह एक कच्चे मकान के बाहर खाट पर उसे एक व्यक्ति लेटा हुआ दिखा। वह लगातार ज़ोर-ज़ोर से खाँस रहा था। वह देखने पर बहुत बीमार लग रहा था। कमली से रहा नहीं गया, वह आगे बढ़ कर उसके पास गयी। उसके पास शायद उसकी पत्नी खड़ी थी। कमली ने उससे पूछा-

'क्या हुआ है इन्हें'।

पहले वह कमली के मामाजी को देखकर शरमा गई। उसने अपना मुंह आँचल में छुपा लिया और बस चुप-चाप खड़ी रही, लेकिन जब कमली ने उसके पास जाकर उसका हाथ पकड़ कर उससे पूछा, तब वह अचानक रोने लगी। रोते-रोते उसने बताया, पिछले तीन महीनों से उसका पति बीमार है। गाँव के एक डॉक्टर ने बताया, उसे टीबी है, उसने दवा दी, लेकिन उसकी बीमारी ठीक नहीं हो रही थी। शहर में इलाज के लिए उसके पास पैसे नहीं थे। कमली को यह सुनकर बुरा लगा। उसने अपने मामाजी की तरफ देख कर कहा-

'इस तरह ये मर जाएगा, क्या इस गाँव में कोई अच्छा इलाज करने वाला डॉक्टर नहीं है'।

मामाजी ने कहा-

'बेटा यहाँ गाँव में कुछ ऐसे लोग डॉक्टर बने हुए हैं, जिनके पास कोई डिग्री नहीं है। एक एमबीबीएस डॉक्टर हैं, जो प्राइवेट में मरीजों को देखते हैं, लेकिन उनकी उम्र ज्यादा होने के कारण, वे खुद बीमार रहते हैं। इसके अलावा एक सरकारी चिकित्सालय है, जहां दो डॉक्टर की पोस्टिंग है। कायदे से उन दोनों को गाँव में रहना है, लेकिन दोनों कभी-कभी पटना से आते हैं। यहाँ इस गाँव में पेट की बीमारी और टीबी के मरीज ज्यादा मिलेंगे। जिन में सामर्थ्य होता है, वे शहर जाकर इलाज करा लेते हैं, लेकिन जो बेचारे गरीब हैं, उन्हें इसी सरकारी चिकित्सालय पर निर्भर रहना पड़ता है। मैंने यहाँ

स्थायी डॉक्टर के रहने की बात पर पटना जाकर स्वास्थ्य विभाग में कई बार अर्जी दी है, लेकिन कुछ होता नहीं है'।

कमली को मन ही मन बुरा लगा। इस तरह गाँव में आगे बढ़ते हुए उसे कहीं बच्चे या कहीं बड़े बीमार दिखे। घर लौटने पर वह बहुत देर तक गुमसुम रही। उसने अपनी माँ को सारी बात बताई।

शाम के वक़्त सभी बैठकखाना में चाय पी रहे थे। कमली गुमसुम थी। कमल ने तब उससे कहा-

'बेटा, तू सुबह की बात पर मायूस मत हो। हर गाँव की लगभग यही स्थिति है। गरीब लोगों के उपचार के लिए सरकार की ज्यादा व्यवस्था नहीं है। इसी तरह सब चल रहा है, तुम ज्यादा इसके बारे में मत सोचो'।

'मामाजी, यह सब देख कर मुझे अच्छा नहीं लगा। अभी तक मैं उन बीमार लोगों के चेहरे भूल नहीं पा रही हूँ। बेचारे गरीब आखिर कहाँ जाएँगे। यहाँ के डॉक्टर को उनका ध्यान रखना चाहिए। यह सब देख कर अब मैंने फिर सोचा है, आगे जाकर मैं डॉक्टर बनूँगी और गरीबों की सेवा और उनका मुफ्त इलाज करूंगी'।

कमल ने जवाब दिया-

'बहुत अच्छा सोचा है तुमने बेटा, दसवीं के बाद तुम मेडिकल की पढ़ाई की तैयारी करो, तुम तेज हो, जरूर सफल होगी। तुम्हारे अंदर जो गरीबों के प्रति लगाव है, मुझे पूरा विश्वास है, तुम अपने मिशन में जरूर कामयाब होगी। मैं तुम्हारे मिशन में तुम्हारी मदद करूंगा। इसके अलावा हम सब का आशीर्वाद तुम्हारे साथ है'।

कमली के चेहरे पर मुस्कान लौटी।

पाँच

दो दिन बाद कमली के मामाजी ने बताया, अगले तीन दिनों में दसवीं के रिज़ल्ट आने वाले हैं। यह जानकर कमली थोड़ी व्यग्र हुई। उसने माँ से कहा, अब वापस घर लौटना चाहिए। मामाजी का कहना था, गाँव में दसवीं के रिज़ल्ट देख कर कमली वापस लौटे, लेकिन कमली रिज़ल्ट के दिन अपने दोस्तों के साथ रहना चाहती थी। उसने माँ से जिद की। तय हुआ, अगले दिन सुबह की बस से कमली और उसकी माँ की रवानगी होगी।

अगले दिन सुबह नौ बजे गाँव के बाहर से दोनों ने पटना के लिए बस पकड़ी। चलते समय कमली की माँ कमल से लिपट कर रोने लगी। कमली की आँख में आँसू थे। कमली ने जब अपनी मामी को प्रणाम किया, तब उसने कमली के हाथ में रुपयों से भरा लिफाफा पकड़ा दिया। पहले कमली वह लेने के लिए तैयार नहीं हुई, लेकिन मामा और मामी की जिद के आगे वह कुछ और नहीं बोल सकी। इसके अलावा कमल और उसकी पत्नी ने एक अच्छे सूटकेस में भर कर कमली और उसकी माँ के लिए नए कपड़े, पकवान और मिठाइयाँ दी थीं। लगभग दो घंटे के सफर के बाद दोनों घर सकुशल पहुँच गईं।

दोपहर बाद कमली ने अतुल को फोन लगाया। थोड़ी देर की घंटी के बाद उसकी माँ ने फोन उठाया। कमली पहले सकपकाई, फिर स्थिर होकर बोली-

'आंटी, मैं कमली बोल रही हूँ, आप लोग बाहर घूम कर वापस आ गए, अतुल कहाँ है'।

उधर से अतुल की माँ ने जवाब दिया-

'हाँ बेटा, हमलोग कल वापस लौटे हैं, अतुल को मैं फोन देती हूँ'।

कुछ मिनट के बाद उधर से अतुल की आवाज आई-

'हैलो, कमली, कैसी है। तू बाहर गयी थी, इस बीच। पता है, परसों हमारे रिज़ल्ट आने वाले हैं, मुझे बहुत डर लग रहा है'।

कमली ने तपाक से जवाब दिया-

'तुम्हें डरने की जरूरत नहीं है, तुम्हारे सभी पर्चे अच्छे गए हैं। पता नहीं मुझे क्यों ज्यादा डर नहीं लग रहा। आज दिन में मैं अपने मामाजी के गाँव से लौटी हूँ। वहाँ पंद्रह दिनों तक रहकर बहुत मजा आया'।

अतुल ने उधर से कहा-

'चल, ठीक है, परसों सुबह दस बजे रिज़ल्ट आएंगे, तू मेरे घर चली आना, यहीं पापा के कम्प्युटर पर रिज़ल्ट देख लेंगे'।

इतना कह कर अतुल ने फोन रख दिया। बहुत दिनों के बाद अतुल से बात कर कमली को अच्छा लगा।

आखिर लंबे इंतजार के बाद रिज़ल्ट वाला दिन आ गया। एक रात पहले कमली को पहली बार अपने रिज़ल्ट के लिए थोड़ा डर हुआ। माँ को वह अपने डर के बारे में नहीं बता पा रही थी, लेकिन वह बहुत देर तक सो नहीं पाई। सुबह जल्दी तैयार होकर वह दस बजे के पहले अतुल के घर पहुँच गयी। अतुल नहा-धोकर तैयार बैठा

था। उसके मम्मी-पापा घर में थे। कमली ने दोनों को पैर छू कर प्रणाम किया और कहा-

'आपलोग आशीर्वाद दीजिये, हमारा रिज़ल्ट अच्छा हो'।

अतुल के पापा ने कहा-

'जरूर अच्छा रिज़ल्ट होगा, तुम दोनों ने बहुत मेहनत की है। अभी रिज़ल्ट आने में आधा घंटा है, मैं कम्प्युटर पर देख लूँगा, तबतक तुम दोनों अतुल के कमरे में जाकर बातें करो।

अतुल का कमरा अलग था, कमली उस कमरे में चली गयी। अतुल कमरे में इधर से उधर टहल रहा था। कमली उसे देख कर हंस पड़ी और कहा-

'क्यों इतना नर्वस हो रहे हो, रिज़ल्ट अच्छे होंगे', बैठ जाओ।

उसका ध्यान बंटाने के लिए कमली ने पूछा-

'अच्छा बताओ इसके बाद आगे क्या सोचा है, मैंने तय कर लिया है, मैं मेडिकल लाइन में जाऊँगी। मेरी शुरू से इच्छा है डॉक्टर बनने की'।

अतुल अचानक मुड़ कर कमली को गौर से देखने लगा। थोड़ा मायूस होकर उसने कहा-

'मैं सोचता था, हम दोनों साथ-साथ इंजीनियरिंग का इम्तहान जेईई देकर आगे की पढ़ाई करेंगे, संभव हुआ तब इंजीनियरिंग कॉलेज में साथ-साथ चार साल पढ़ेंगे और फिर एमबीए। मैंने बारहवीं से कोचिंग लेने की सोच रखी है। मेरे पापा चाहते हैं, मैं इंजीनियर बनूँ। पर तू बिलकुल अलग रास्ते पर जाने की सोच रही है'।

अतुल के ये सब कहने से कमली थोड़ी सोच में पड़ गयी। कुछ रुककर उसने कहा-

'अरे यार, तुम कैसे कह सकते हो, दोनों को जेईई करने के बाद एक कॉलेज में एड्मिशन मिले। पहले जेईई निकालना होगा, जो कठिन है। क्या पता, मैं उसमें तुमसे पीछे रह जाऊँ। फिर न मुझे मालूम था, तुम आगे क्या करना चाहते हो, न तुम्हें मेरे बारे में पता था। हमने कभी इस बारे में बात नहीं की। इससे क्या हुआ कि हम अलग-अलग विषय पढ़ेंगे, हम आज भी अच्छे दोस्त हैं और आगे भी रहेंगे। फिर अगले दो साल बारहवीं तक हम साथ-साथ हैं। क्या पता जहां अतुल साहब एमबीए कर नौकरी कर रहे हों, उसी शहर में मैं डॉक्टर बन कर आऊँ'।

इतना कह कर कमली ज़ोर से हंस पड़ी, अतुल भी मुस्कुरा उठा।

तभी अतुल के पापा की आवाज आई-

'चलो बच्चों, अब रिज़ल्ट आ गया होगा'।

आवाज सुनकर दोनों कमरे से बाहर निकलकर अतुल के पापा के कमरे की ओर गए। उसके पापा ने कम्प्युटर ऑन किया और रिज़ल्ट की वेबसाइट निकाली। कमली का कलेजा ज़ोर-ज़ोर से धक-धक करने लगा। पहले अतुल ने अपना रौल नंबर दिया। अतुल के पापा चेहरे से थोड़े घबड़ाये दिखे। उन्होंने अतुल का रौल नंबर टाइप किया। थोड़ी देर में अतुल के मार्क्स सामने स्क्रीन पर आ गए। अतुल ने झुक कर नजदीक से थोड़ी देर तक देखा और हँसते हुए बोला-

'नाइंटी टू परसेंट आया है पापा'।

उसके पापा ने अचानक कुर्सी से उठकर पास खड़े अतुल को गले लगा लिया और कहा-

'वाह, वाह अतुल, बड़े अच्छे नंबर आए हैं तुम्हें, बधाई, शाबास बेटा'।

अतुल ने अपने पापा को कुर्सी पर बिठाते हुए कहा-

'थैंक यू पापा, लेकिन अभी कमली का रिज़ल्ट देखना है'।

अब कमली का रौल नंबर डाला गया। कमली कम्प्युटर पर नजर गड़ाए रही। उसके मार्क्स आ गए थे। कमली ने देख कर मुस्कुराते हुए कहा-

'अरे मुझे तुम्हारी तरह लगभग नाइंटी टू परसेंट आए हैं, तुमसे बस दो मार्क्स कम'।

अतुल के पापा ने कमली को बधाई दी। तबतक अतुल की मम्मी प्लेट में मिठाई लेकर कमरे में आ गयी थीं। उन्होंने अतुल और कमली, दोनों को गले से लगाया और बधाई देते हुए कहा-

'मैंने आते हुए सुना, दोनों के लगभग बराबर नंबर आए हैं, दोनों ने कितने दिनों तक साथ पढ़ाई की और दोनों अच्छे दोस्त हैं, इसलिए रिज़ल्ट एक जैसे हुए हैं'।

कमली ने झुक कर अतुल के पापा और मम्मी के पैर छुए। अतुल की मम्मी ने कमली के सिर पर हाथ फेरते हुए कहा-

'जीती रहो, बेटा। इसी तरह तुम दोनों बारहवीं में रिज़ल्ट लाना'।

कमली को देख कर अतुल ने भी अपने मम्मी-पापा के पैर छुए।

थोड़ी देर अतुल के यहाँ रुक कर कमली अपने घर आ गयी। उसे अपनी माँ को रिज़ल्ट बताने की जल्दी थी। घर के अंदर आकर वह माँ से लिपट गयी और कमरे में उसे नचाते हुए कहा-

'माँ मैं पास हो गयी, अच्छा रिज़ल्ट हुआ है, नाइंटी टू परसेंट'।

माँ ने उससे अलग होकर उसके चेहरे को देखा और दोनों हाथ से उसके चेहरे को भर कर कमली के माथे को चूमा। माँ की आँख भर आई थी। कमली ने कहा-

'अरे, रो क्यों रही है माँ, आज खुशी का दिन है'।

माँ ने कहा-

'अरे पगली, ये खुशी के आँसू है'।

कमली ने अपनी माँ के पैर छुए, फिर माँ के साथ अपने पापा की तस्वीर के पास गयी। उसने हाथ जोड़कर कहा-

'देखो पापा, तुम्हारी कमली अच्छे नंबर से पास हो गयी'।

इतना कहते हुए उसकी आवाज भर्रा गयी थी। उसके बाद कमली ने बगल वाले कमरे में रखी भगवान की तस्वीरों के आगे झुक कर प्रणाम किया। तबतक माँ किचेन से जाकर कमल की दी हुई मिठाई के डिब्बे ले आई और कमली की ओर बढ़ाया। कमली ने पहला टुकड़ा अपनी माँ के मुंह में दिया, फिर एक टुकड़ा खुद खाया। भीतर से बहुत खुश थी कमली, उसके सिर से रिज़ल्ट का बोझ हट गया था। उसे खुशी थी कि अतुल के अच्छे नंबर आए।

रात में सोते वक़्त उसे अतुल की कही हुई बात याद आने लगी। वह चाहता था, कमली बारहवीं के बाद उसके साथ पढ़े। दो वर्ष बाद अतुल से अलग होने की सोच कर कमली के दिल में थोड़ी बेचैनी हुई, लेकिन वह आगे मेडिकल की पढ़ाई के बारे में सोचने लगी। उसे अगर मेडिकल में दाखिले के लिए इम्तहान देने हैं, तब उसे बारहवीं की पढ़ाई के अलावा किसी कोचिंग क्लास में जाना होगा। पता नहीं कोचिंग की फीस कितनी होगी, क्या घर की इस हालत में वह कोचिंग में जा पाएगी। उसने तभी सोचा, उसे दसवीं के सभी विषय की अच्छी पकड़ है और वह बच्चों को इम्तहान की तैयारी करने में मदद कर

सकती है। इसलिए अब वह अपने घर में मोहल्ले के दसवीं क्लास के बच्चों को पढ़ाना शुरू करेगी। शाम के वक़्त का समय निकल जाएगा और घर में चार पैसे आएंगे। इसी सब उधेड़बुन में उसे नींद आ गयी।

कमली का उसी स्कूल में बारहवीं में एड्मिशन हो गया था। नए क्लास में ज़्यादातर बच्चे पुराने थे। अतुल उनमें से एक था। कुछ नए आए थे। अगले दो साल कमली को साइन्स में फ़िज़िक्स, केमिस्ट्री, मैथ, बायोलॉजी, अँग्रेजी और हिन्दी की पढ़ाई करनी थी। दसवीं से ज्यादा भारी था, बारहवीं का सिलेबस।

नई किताबें उसने खरीद ली थीं। साथ में उसे मेडिकल कॉलेज में एड्मिशन के लिए टेस्ट की तैयारी करनी थी। अभी उसे इसकी ज्यादा जानकारी नहीं थी। क्लास में उसके दोस्त पहले दिन से इंजीनियरिंग और मेडिकल में जाने की बातें करने लगे थे। ज़्यादातर बच्चों का झुकाव इंजीनियरिंग की तरफ था। कोई किसी कोचिंग की बात करने लगा था और कोई अलग। कोई आगे पढ़ाई के लिए बैंक से लोन लेने की बात कर रहा था।

कमली ने अतुल से कोचिंग के संबंध में बात की थी। उसने पता कर बताया था, कमली दो साल या एक साल या छह महीने की कोचिंग कर सकती है। सबकी फीस कोचिंग इंस्टीट्यूट के हिसाब से अलग-अलग थी। वैसे अतुल पढ़ाई में तेज था, इसलिए वह बारहवीं में जेईई के लिए एक वर्ष की कोचिंग लेने की सोच रहा था। उसने कमली को यही करने की सलाह दी।

कमली टेस्ट देकर मेडिकल में एड्मिशन लेना चाहती थी और वह भी पटना मेडिकल कॉलेज में। वह अभी अपनी माँ को छोड़ कर कहीं दूसरे शहर में पढ़ाई नहीं कर सकती थी। उसने मेडिकल टेस्ट का पता किया, उसे पटना में एड्मिशन के लिए बिहार प्री-मेडिकल टेस्ट देना था। उस टेस्ट के लिए उसे कोचिंग क्लास करने की जरूरत थी।

एक दिन कमली ने स्कूल के नोटिस बोर्ड पर तीन चार कोचिंग इंस्टीट्यूट के पोस्टर लगे देखे। कोचिंग की फीस देख कर कमली घबड़ा गयी। दो साल की फीस औसतन दो लाख रुपये, एक साल के लिए एक लाख और छह महीने के लिए साठ हज़ार रुपये। अगर वह एक साल की कोचिंग की सोचती है, तब एक लाख रुपये जुटाने मुश्किल होंगे। छह महीने की कोचिंग में पता नहीं उसका काम हो पाता या नहीं।

वह कई दिनों तक इस बारे में सोचती रही। उसके मन में एक बार फिर घर में बच्चों को पढ़ाने की बात उठी। पर क्या उतने बच्चे उसे मिलेंगे, जिससे उसका खर्च निकल सके। उसे क्लास में लड़कों द्वारा बताए गए लोन की बात दिमाग में आई। बैंक से लोन लेने पर हर महीने वह कुछ बच्चों को पढ़ा कर पैसे भर सकती थी। घर की माली हालत के बारे में वह अतुल से ज्यादा खुल कर बात नहीं कर सकती थी। हालाकि, सबसे अच्छा दोस्त होने के कारण, उसने अतुल से राय लेने की सोची। माँ को वह अभी यह सब बात बताना नहीं चाहती थी। उन्हें बेकार की चिंता हो जाती।

अगले दिन स्कूल में कमली और अतुल लंच के समय साथ-साथ बैठ कर खा रहे थे। अगल-बगल कोई नहीं था। कमली ने इसी वक़्त अतुल से बात करने की सोची। उसने अतुल को अपने घर की माली हालत बताई और साथ में कोचिंग के खर्च के बारे में कहा। कमली ने उससे बच्चों को ट्यूशन के लिए तैयार करने में मदद मांगी। अतुल ने बड़े ध्यान से सारी बातें सुनी। उसने कमली का हाथ अपने हाथ में लेकर कहा-

'तू चिंता मत कर कमली, मैं तेरे साथ हूँ। अगर तुझे एक साल की कोचिंग लेनी है, तब वह बारहवीं क्लास में होगी और उसके लिए अभी वक़्त है। वैसे अगर तू ट्यूशन का काम जल्दी शुरू करना

चाहती है, तब मैं अपने ग्रुप के दोस्तों से मोहल्ले के बच्चों के घर जाकर ट्यूशन के लिए बात करने के लिए कहूँगा। पापा से कहूँगा, तुझे कोचिंग के लिए बैंक से लोन लेने में मदद कर दें, उनकी हमारे घर के पास के बैंक में अच्छी जान पहचान है। उनका अकाउंट उसी बैंक में है'।

अतुल की बातें सुनकर कमली का मन शांत हुआ।

घर जाकर कमली ने सारी बातें माँ को बताई। ट्यूशन के नाम पर माँ की नाराजगी हुई। उसने कमली का हाथ पकड़ कर कहा-

'अभी मैं जिंदा हूँ, तेरी पढ़ाई के लिए जो खर्च होगा, वह मैं करूंगी। इसके लिए तुझे ट्यूशन करने की जरूरत नहीं है। वैसे ही तुझे स्कूल और पढ़ाई से फुर्सत नहीं मिलती है, कहाँ से वक़्त निकालेगी। जल्दी थक जाएगी और उससे तेरी पढ़ाई पर असर पड़ेगा। अभी यह रहने दे'।

कमली ने माँ को कुर्सी पर बिठाते हुए कहा-

'माँ, मैं समझती हूँ, आपके रहते मुझे चिंता करने की कोई जरूरत नहीं है, लेकिन कोचिंग और आगे की पढ़ाई के लिए बहुत पैसों की जरूरत पड़ने वाली है और फिर ट्यूशन करना कोई खराब काम नहीं है। मुझे पढ़ाने में अच्छा लगता है, इस बहाने मेरा मन लगा रहेगा और थोड़े पैसे आ जाएँगे। तुम कह रही हो तब कुछ दिन बाद से शुरू करूंगी'।

माँ ने जवाब दिया-

'हाँ, अभी रहने दे, अगर तुम्हारा इतना मन है, तब छह महीने बाद इसके बारे में सोचेंगे'।

कमली के स्कूल में पढ़ाई बड़े ज़ोर-शोर से होने लगी थी। दशहरे की छुट्टियों के पहले तीन महीने का पहला क्लास टेस्ट हुआ।

हर बार की तरह कमली के टेस्ट में अच्छे अंक आए। उसे फिर ग्यारहवीं क्लास में उसके सेक्शन का मॉनिटर बना दिया गया था।

कमली की क्लास के कुछ बच्चों ने इंजीनियरिंग और मेडिकल की कोचिंग में एड्मिशन ले लिया था। कमली उनसे कोचिंग के तरीकों के बारे में जानकारी लेती रहती। कई बच्चों को कोचिंग में जाने के कारण क्लास टेस्ट में अच्छे नंबर आए। कमली ने अब मन बना लिया था, किसी तरह बारहवीं की शुरुआत में वह मेडिकल कोचिंग में एड्मिशन ले लेगी। उसने घर से दो किलोमीटर पर एक कोचिंग इंस्टीट्यूट के बारे में अपने दोस्तों से पूरी जानकारी ले ली थी। वह इंस्टीट्यूट ज्यादा दूर नहीं था, किसी तरह एक साल वह स्कूल की तरह वहाँ जा सकती थी। उसने सोचा, यदि ज्यादा तकलीफ हुई, तब एक साइकिल ले लेगी, जिससे आने-जाने में सुविधा होगी और साथ में समय की बचत। बचपन में मोहल्ले में वह अपने दोस्तों की साइकिल बहुत चलाया करती थी।

दशहरे की छुट्टियों के पहले, स्कूल की तरफ से एक शनिवार को ग्यारहवीं क्लास के बच्चों के लिए पटना से लगभग नब्बे किलोमीटर दूर राजगीर में पिकनिक मनाने का कार्यक्रम बना। कहा गया, जिन्हें पिकनिक में जाना है, उन्हें अगले तीन दिनों में तीन सौ रुपये क्लास टीचर के पास जमा करने होंगे। ग्यारहवीं में दो सेक्शन थे, जिसमें हरेक सेक्शन में तीस-तीस बच्चे थे। कमली की क्लास टीचर ने उसे बुलाकर जिम्मेवारी दी कि वह अपने सेक्शन के सभी बच्चों से पूछ ले, जिसकी पिकनिक में जाने की इच्छा है, उनके नाम एक कागज पर लिख कर, उनसे पैसे लेकर क्लास टीचर के पास जमा करे।

क्लास के लड़के-लड़कियों में पिकनिक जाने का बहुत उत्साह था। कमली बहुत उत्सुक थी। पहली बार अपने दोस्तों के साथ उसे घूमने का मौका मिल रहा था। घर पर उसने अपनी माँ को इसके

बारे में बताया। शुरू में माँ तैयार नहीं हो रही थी, लेकिन कमली ने उन्हें समझाया कि उसके क्लास के बहुत से दोस्त जा रहे हैं और फिर यह दिन भर की बात है। सुबह जा कर शाम को लौटना है। कमली के समझाने पर माँ मान गयी। अब पिकनिक के लिए तीन सौ रुपये देने की बात थी।

कमली के मामाजी ने जो गाँव से चलते वक़्त उसे पैसे दिये थे, वह कमली ने अबतक गिने नहीं थे। लिफाफा उसने माँ को कह कर आलमारी में रख दिया था। उसने जाकर वह लिफाफा निकाला और उसमें रखे रुपये गिने। पूरे पाँच हजार थे। वह हैरान रह गयी, मामाजी ने इतना किया उसके लिए। उसने माँ को पैसे दिखाये। माँ ने इतने रुपये सुनकर आश्चर्य व्यक्त किया और कहा-

'मुझे पहले पता होता, कमल इतने रुपये तुम्हें दे रहा है, तब मैं तुम्हें नहीं लेने देती। अब जब ये आ गए हैं, तुम इन्हें संभाल कर रखो, आगे तुम्हारे काम आएंगे'।

कमली ने उसमें से पाँच सौ रुपये निकाले और बाकी को लिफाफे में बंद कर फिर से अलमारी में रख दिये।

अगले दिन स्कूल में उसने अपने सेक्शन के लड़के-लड़कियों से पिकनिक की बात की। कुल तीस में से बीस बच्चों ने हामी भरी। बाकी का छुट्टियों में परिवार के साथ कहीं और जाने का प्रोग्राम था। सभी बीस लोग पैसों के साथ तैयार होकर आए थे। कमली ने सभी से तीन-तीन सौ रुपये ले लिए। एक लिस्ट बनाई और अपनी क्लास टीचर को दे दी। कमली को खुशी थी, अतुल पिकनिक में जाने के लिए तैयार था।

पिकनिक जाने के एक रात पहले कमली बहुत उत्साहित थी। उसने अतुल से मोबाइल पर बात की। अतुल अपने साथ कैमरा और कुछ गेम्स ले कर चल रहा था। कमली ने अपनी तरफ से वहाँ

लड़के-लड़कियों के बीच कुछ खेल खेलने की बात सोच रखी थी। हाल में अपने मामाजी के दिये हुए ड्रेस को उसने एक बार पहन कर देख लिया था। उसकी माँ ने कहा था, ये ड्रेस उस पर बहुत जंच रहे हैं।

पिकनिक के लिए सभी को सुबह आठ बजे तक तैयार होकर स्कूल पहुँच जाना था। कमली समय के पहले पहुँच चुकी थी। स्कूल के मैदान में सभी को इकट्ठा होना था। वहाँ स्कूल की एक बड़ी बस खड़ी थी। धीरे-धीरे पिकनिक जाने वाले सभी लोग मैदान में आ गए। गिनती के बाद पता चला, कुल पैंतीस लड़के-लड़कियां जाने के लिए तैयार हुए हैं। साथ में स्कूल से तीन टीचर को जाना था। बस में सभी सवार हुए। कमली और अतुल तीनों टीचर की सीट के पीछे एक साथ बैठे। सभी बहुत खुश थे। जैसे ही बस चली, सभी ने मिलकर 'हिप-हिप हुर्रे' कहा। सब अपनी-अपनी पसंद के साथियों के साथ बैठे थे। कुछ देर सभी गपशप करते रहे, उसके बाद पीछे से किसी लड़के ने गाना शुरू किया और फिर उसकी ताल पर उठ कर कई लड़के डांस करने लगे। तीनों टीचर को यह सब देख कर अच्छा लग रहा था। वे चाहते थे, बच्चे मस्ती करते हुए चलें।

अतुल और कमली आपस में यहाँ-वहाँ की बातें कर रहे थे। अतुल ने अचानक कहा-

'कमली मैं कुछ दिनों से सोच रहा हूँ, तू जब मेडिकल में चली जाएगी और मैं इंजीनियरिंग में, तब हमलोग इस तरह नहीं मिल पाएंगे। इतने दिनों में तू मेरी सबसे अच्छी दोस्त बन चुकी है। तू मुझे समझती है, मैं तेरे से अपने मन की सारी बात कहता हूँ। यह सब छूट जाएगा। कितना अच्छा होता, हम दोनों आगे साथ-साथ पढ़ते, साथ नौकरी करते'।

अतुल के इस तरह कहने पर कमली थोड़ी मायूस हुई। उसे महसूस हुआ, अतुल कितना भावुक है। फिर उसने हँसते हुए कहा-

'इतना क्यों सोचते हो अतुल, अभी दो साल हैं, हम रोज मिलते रहेंगे। इसके बाद जहां रहेंगे, फोन से बात होती रहेगी या कभी छुट्टियों में यहाँ अपने घर पर मिल सकते हैं। तू बस अपनी दोस्त को भूलना नहीं'।

इस बात पर अतुल ने कमली का हाथ पकड़ कर मुस्कुराते हुए कहा-

'मैं तुम्हें कभी नहीं भूलूँगा, तुम्हें मेडिकल कॉलेज में जाकर नए दोस्त मिल जाएँगे, ऐसे में तुम अपने इस दोस्त को मत भूल जाना'।

दोनों हंस पड़े।

कुछ देर बाद, बस में बैठे-बैठे आपस में बच्चों ने दो ग्रुप बनाकर अंताक्षरी खेलना शुरू किया। ग्यारहवीं के दोनों सेक्शन की दो अलग-अलग टीम थी। कई बच्चे अच्छा गा रहे थे। तीन में से दो महिला टीचर अंताक्षरी में हिस्सा ले रही थीं। कमली के सेक्शन की जब बारी आती, तब अतुल गाने की याद दिलाता और कमली उसे गा कर सुनाती। लगभग आधे घंटे तक चली अंताक्षरी में आखिर में कमली के सेक्शन की टीम ने जीत हासिल की।

खेल खत्म होने पर कमली की टीचर ने आगे की सीट से पीछे मुड़ कर कहा-

'अरे कमली, तू बहुत अच्छा गा लेती है, मैंने पहली बार सुना, कहाँ से सीखा है'।

कमली ने शरमाते हुए जवाब दिया-

'कहीं से नहीं सीखा, बस रेडियो सुनती हूँ, उसी को सुनकर कभी-कभी गुनगुना लेती हूँ'।

टीचर ने तब खड़े होकर बच्चों की ओर देखते हुए कहा-

‘बच्चों, मैं अंताक्षरी के वक़्त सुन रही थी, कमली बहुत अच्छा गाती है। अब एक दो लाइन से काम नहीं चलेगा, वह अब हमलोगों को एक पूरा गाना गा कर सुनाएगी’।

बच्चों ने ताली बजाई। कमली थोड़ी घबड़ा-सी गयी। आज तक उसने इतने लोगों के सामने गाना नहीं गाया था। घर पर कभी-कभी अपनी माँ के सामने गाती थी, लेकिन माँ के गौर से सुनने पर शरमा कर चुप हो जाती। उसने झिझकते हुए टीचर की तरफ देख कर ना में अपना सिर हिलाया, लेकिन टीचर उठ कर उसके पास आ गयी और उसकी पीठ पर हाथ रख कर बोली-

‘क्या हुआ, तू वाकई अच्छा गाती है, यहाँ कोई तेरा इम्तहान नहीं हो रहा है, बस, एक गाना, जो अच्छी तरह तुम्हें याद है, हमें गा कर सुना दो। तुम सामने की सीट से उठ कर बस के बीच में खड़ी होकर गाओ, जिससे सभी बच्चे तुम्हें अच्छी तरह सुन सकें’।

कमली थोड़ी देर सिर झुकाये बैठी रही, फिर हिम्मत कर उठी। बच्चों ने ज़ोर से ताली बजाई। वह पीछे बच्चों के बीच जाकर खड़ी हो गयी और थोड़ा रुक कर गाना शुरू किया। बहुत सुरीली आवाज थी उसकी, बस की घड़घड़ाहट में उसकी आवाज थोड़ी दब रही थी, इसलिए वह ज़ोर से गाने की कोशिश कर रही थी। पूरे गाने के दौरान सभी बिलकुल चुप्पी साधे कमली का गाना सुन रहे थे। थोड़ी देर में गाना खत्म हुआ। सभी ने खड़े होकर ताली बजाई। कमली ने वाकई बहुत अच्छा गाया था। वह मुस्कुराती हुई वापस अपनी सीट पर चली गयी। अतुल ने उसे वापस आता देख, फिर खड़े होकर ताली बजाई। टीचर ने उठ कर कमली की पीठ ठोंक कर शाबासी दी। कमली के बैठ जाने के बाद अतुल ने कहा-

'मैं नहीं जानता था, तू इतना अच्छा गाती है। मैं आँख बंद कर तेरा गाना सुन रहा था, मुझे ऐसा लगा, जैसे मैं रेडियो सुन रहा हूँ। वाकई तुमने बहुत अच्छा गया। अब से मैं टीचर को कहूँगा, स्कूल के कार्यक्रमों में तुझे गाने का मौका दिया जाये'।

कमली ने शरमा कर दोनों हाथों से अपने चेहरे को छुपा लिया और हंसने लगी।

लगभग दो घंटे में सभी राजगीर पहुँच गए। रास्ते भर बच्चों ने बहुत धमाचौकड़ी मचाई। गाने-बजाने के अलावा बच्चों ने आपस में कई खेल खेले। टीचर ने रास्ते में साथ लाये नाश्ते के पैकेट और पानी की एक-एक बोतल बच्चों में बाँट दी थी। दिन के खाने का पैकेट स्कूल की तरफ से अलग से लाया गया था, जिसे बस में बाद में निकालने के लिए रख दिया गया। बस से उतर कर टीचर ने सभी को एक जगह इकट्ठा किया और आस-पास घूमने का प्लान बताया। उन्होंने कहा, दिन के डेढ़ बजे पास के टीले पर दोपहर का खाना होगा। शाम चार बजे बस वापस पटना के लिए रवाना होगी, इसलिए कोई अकेले या ग्रुप में अलग जाकर घूम रहा हो, वह चार बजे के पहले बस के पास आ जाये।

बताए गए प्लान के अनुसार सभी बच्चे एक साथ आगे की ओर बढ़ चले। बस स्टैंड से सटे एक लाइन से दुकानें थीं, उन दुकानों को देख कर सबसे पहले सब उसी तरफ बढ़े। वहाँ कई दुकानें थीं, जहां छोटे-छोटे गिफ्ट के सामान कम दाम पर मिल रहे थे। कुछ खाने-पीने की दुकानें थीं। बच्चे उन दुकानों में फैल गए। कुछ बच्चे गरम समोसे और जलेबियाँ खाने लगे और कुछ छोटी-मोटी ख़रीदारी करने लगे। अतुल लगातार कमली के साथ रहा। एक दुकान पर अतुल को कलाई की चूड़ियाँ दिखीं। वह आगे बढ़ कर उन्हें देखने लगा। कमली उसके नजदीक जाकर उसकी पसंद आयीं चूड़ियाँ देखने लगी। उसने कहा-

'आंटी के लिए चूड़ियाँ देख रहे हो अतुल, लेकिन ये चूड़ियाँ उनके हाथ में छोटी होंगी, इससे बड़े नाप की लेनी होंगी'।

अतुल ने कमली की ओर मुड़ कर मुस्कुराते हुए कहा-

'मैं माँ के लिए नहीं, तुम्हारे लिए चूड़ियाँ देख रहा हूँ, देखो ये तुम्हारी कलाई पर अच्छी लगेंगी'।

कमली ने मुस्कुराकर कहा-

'तुमने मुझे कभी ऐसी चूड़ियाँ पहनते देखा है, मैंने कभी नहीं पहनीं'।

अतुल ने उसके हाथ पकड़ते हुए कहा-

'कमली अब तुम बड़ी हो गयी हो, बचपन में या अबतक की बात कुछ और थी। मैंने देखा, तुमने अपने बाल लंबे रखने शुरू कर दिये, कितनी अच्छी लगने लगी हो। इसी तरह अब ज्यादा नहीं, एक दो चूड़ियाँ कलाई में पहनोगी, तुम पर अच्छा लगेगा। देखो ये चार चूड़ियाँ कितनी सुंदर हैं, तुम्हारी गोरी कलाई पर खूब जचेंगी। इन्हें पहन कर देखो'।

कमली अतुल की बात सुनकर झेंपने लगी। फिर उसने उन चार चूड़ियों को हाथ में लेकर देखा, वाकई सुंदर थीं। उसने कुछ देर उन्हें उलट-पलट कर देखा, फिर अपनी कलाई में पहनने लगी। किसी तरह उसने एक कलाई में दो चूड़ियाँ पहनीं और हाथ उठा कर देखा। उसके लिए यह अजीब था, लेकिन मन ही मन उसे चूड़ियाँ अच्छी लग रही थीं। उसने बाकी दोनों चूड़ियाँ दूसरे हाथ में पहन लीं। उसने दोनों हाथ ऊपर कर अतुल के चेहरे के सामने किया। अतुल ने अचानक उसका हाथ पकड़ लिया और गौर से उसकी कलाइयों को देख कर बोला-

'देखो, कितनी अच्छी लग रही हैं ये चूड़ियाँ तुम्हारी कलाइयों में'।

कमली मुस्कुराकर कर रह गयी। उसने कंधे पर झूलते अपने छोटे से थैले से पैसे निकालने की कोशिश की, तबतक अतुल ने अपनी जेब से निकालकर दुकानदार को पैसे दे दिये और कहा-

'ये मेरी तरफ से'।

दुकान से बाहर निकल कर दोनों आगे बढ़ लिए। वे ग्रुप से अलग थे। कमली बार-बार अपनी कलाइयों को देख कर खुश हो रही थी। सभी बच्चे विश्व शांति स्तूप देखने गए। ऊपर जाने के लिए रोपवे पर कमली अतुल के साथ बैठी। कमली को अतुल का साथ अच्छा लग रहा था। वह आज के इस मौके को गंवाना नहीं चाहती थी, इसलिए वह उसके साथ-साथ रही। हालाकि, दूसरे सेक्शन के कुछ लड़के-लड़कियों ने, जिन्हें इनकी दोस्ती के बारे में नहीं पता था, उन्हें लगातार साथ देखकर कुछ-कुछ कहना शुरू कर दिया। कमली और अतुल ने उसपर कोई ध्यान नहीं दिया।

दोपहर के खाने के लिए स्कूल से लंच पैक आया था। शांति स्तूप से नीचे आकर सब एक ऊंचे टीले पर जमा हुए और वहाँ बैठ कर खाया। खाने के दौरान बच्चों की चुहलबाजी जारी थी। खाना खाने के बाद अतुल और कमली फिर झुंड से अलग होकर उस टीले के किनारे पर जाकर पेड़ों की झुरमुट के नीचे एक पत्थर पर बैठ गए। अतुल ने पॉकेट से अपना मोबाइल फोन निकाला और उसने अपनी माँ से बात की। उसके बाद कमली ने उससे फोन लेकर अपनी माँ को फोन लगाया और उसे बताया कि वह ठीक है और खूब मजे कर रही है, शाम छह बजे तक घर आ जाएगी। उसके बाद फिर दोनों बातों में मशगूल हो गए। अचानक पीछे से उनके सेक्शन के और बच्चे वहाँ आ गए। उनमें से कमली की एक खास दोस्त ने कहा-

'अरे, तुमलोग फिर अलग होकर बैठ गए, हमारे साथ थोड़ी देर बैठो, अब तो औरों की तरह हमें भी लग रहा है, तुम दोनों के बीच कुछ सिरियस मामला है'।

कमली ने मुस्कुराकर उस लड़की की ओर एक पत्थर फेंका और उठ कर अपने दोस्तों की झुंड में आ गयी। तभी एक लड़के ने गाना शुरू कर दिया और उसकी धुन पर सभी नाचने लगे। अतुल कुछ लड़कों के साथ किनारे खड़ा गाने की धुन पर तालियाँ बजाने लगा। डांस खत्म कर सभी टीले से नीचे आए और अगले दो घंटे में राजगीर की देखने लायक कुछ जगह को देखा। सभी बड़े खुश और उत्साहित थे।

अब साढ़े तीन बज चुके थे। सभी धीरे-धीरे बस के पास की दुकानों के पास आ गए। एक बार टीचर की तरफ से समोसा और कचौड़ी खाने का दौर चला। ठीक चार बजे बस वापसी यात्रा के लिए चल पड़ी। लौटते वक़्त लगभग सभी थक चुके थे। कई बच्चे नींद लेने लगे। अतुल ने थोड़ी देर झपकी ले ली। कमली लगातार बैठ कर बाहर खिड़की से नजारे देखती रही। वह आज अतुल के साथ बिताए दिन और खास कर चूड़ियाँ खरीदने की बात सोच रही थी। उसने एक बार फिर अपनी कलाई की चूड़ियों को देखा, उसके बदन में झुरझुरी-सी हुई। उसने दोनों हाथों से अपने चेहरे को छुपा लिया, जैसे उसे लाज आ रही हो। वह मुस्कुराने लगी।

शाम साढ़े पाँच बजे बस स्कूल पहुँच गयी। सभी ने बस से उतर कर एक दूसरे को 'बाई-बाई' कहा। अतुल और कमली साथ-साथ घर की ओर निकल पड़े। अपने घर के पास आकर कमली ने अतुल को हाथ हिला कर विदा किया। वह उसे दूर तक जाते हुए देख रही थी। अतुल बीच-बीच में पीछे मुड़ कर उसे हाथ हिलाता और आगे बढ़ जाता। जब वह आँखों से ओझल हो गया, तब कमली घर में घुसी। माँ बाहर दरवाजे पर उसका इंतजार कर रही थी। घर में घुसते हुए उसने कमली से पूछा-

'कैसा रहा तुम्हारा पिकनिक, कहाँ-कहाँ घूमी और क्या-क्या खाया'।

कमली ने माँ को बाहर के कमरे में सोफ़े पर बिठाया और कहा-

'सब बताती हूँ माँ, पहले सांस तो ले लेने दे'।

फिर कमली ने बस की यात्रा, उसका गाना सुनाना, शांति स्तूप पर जाना और दिन में टीले पर बैठ कर खाने का पूरा वृतांत माँ को सुनाया। माँ बड़े ध्यान से सब सुन रही थी। अचानक उसका ध्यान कमली की कलाइयों की तरफ गया। चूड़ियों को देखकर वह मुस्कुराई और कहा-

'अरे, ये कहाँ से खरीदा, देख कितनी सुंदर लग रही हैं ये चूड़ियाँ तेरी कलाइयों में। मैं कहती हूँ न, तू अब लड़कियों की तरह रहा कर, कितने की मिलीं'।

कमली ने चेहरे पर हल्की मुस्कान के साथ कहा-

'वहीं राजगीर में बस स्टैंड के पास की दुकान से खरीदी। अतुल को पसंद आई और उसने जबर्दस्ती मुझे इन चूड़ियों को पहनने के लिए कहा। चारो चूड़ियाँ अस्सी रुपये की हैं। मैं पैसे देने जा रही थी, लेकिन अतुल साथ में था, उसने मना करने पर भी अपनी तरफ से पैसे दे दिये। हालाकि, मुझे अच्छा नहीं लगा उसका पैसे देना'।

माँ फिर मुस्कुराई और उसने कमली का हाथ पकड़ कर कहा-

'चलो कोई बात नहीं, अतुल तुम्हारा दोस्त है और उसी के बहाने, कम से कम तुमने चूड़ियाँ पहनने की शुरुआत कर डाली। तुम कभी उसे उसके पसंद की चीज खरीद कर दे देना। अब जल्दी से तू हाथ-मुंह धो ले, मैं तेरे लिए चाय बना कर लाती हूँ'।

माँ उठ कर किचेन की तरफ चली गयी, कमली ने उठ कर शीशे में अपनी कलाइयों को देखा, वाकई चूड़ियाँ अच्छी लग रही थीं। वह शरमा कर गीत गुनगुनाते हुए घर के अंदर चली गयी।

छह

दुर्गा पूजा की छुट्टियाँ स्कूल में हो गयी थीं। पूरे नवरात्र में बारह दिनों के लिए स्कूल बंद था। विजयदशमी के दो दिन बाद स्कूल खुलना था। पटना में दुर्गा पूजा बहुत धूम-धाम से मनाई जाती है। कलकत्ता के साथ-साथ पटना की पूजा का देश में स्थान है। सप्तमी से लेकर दशमी तक हर गली-मोहल्ले में माँ दुर्गा की छोटी-बड़ी मूर्तियाँ बिठाई जाती हैं। तीन दिनों तक लोग परिवार सहित सड़कों पर उतर जाते हैं और सुबह से लेकर देर रात तक जगह-जगह जाकर माँ दुर्गा की मूर्तियों का दर्शन करते हैं। पटना के मध्य और पूर्वी भाग में बड़े-बड़े पंडाल लगाए जाते हैं, जहां दुर्गा माता की बड़ी-बड़ी और भव्य मूर्तियाँ होती हैं। पूरा परिसर और उस ओर जाने वाली सड़क को रंगीन लाइट से सजाया जाता है। पूरा शहर लाउड स्पीकर पर बज रहे भक्ति गीतों से सराबोर रहता है। दशमी के दिन गंगा नदी में मूर्तियों का विसर्जन होता है।

कमली चाहती थी, छुट्टी के शुरु के छह दिन वह घर पर रह कर पढ़ाई करे। स्कूल में ग्यारहवीं के सिलेबस का लगभग तीन चौथाई भाग पढ़ा दिया गया था। उसे पढ़ाये गए हर विषय को एक बार फिर से पढ़ना था। उसी हिसाब से उसने रूटीन बनाई और पढ़ाई

में जुट गयी। बीच-बीच में वह घर के काम के लिए भी समय निकाल रही थी, जिससे माँ की मदद हो सके।

आजकल कमली ने गौर करना शुरू किया था, उसकी माँ जल्दी थक जा रही थी। किचेन में थोड़ा काम करने के बाद वह बिस्तर पर आकर लेट जाती। एक-दो दिन कमली ने उनसे उनकी तबीयत के बारे में पूछा, लेकिन माँ ने कहा- 'बस थोड़ी थकावट है'। ऐसी स्थिति होने पर कमली माँ को बिस्तर पर लिटा कर कभी उसके पैर दबाती और कभी तेल से उसके सिर की मालिश किया करती। वैसे माँ ज्यादा देर बिस्तर पर नहीं रह कर, फिर अपने रोज के काम में लग जाती।

दो दिन बाद कमली के मामाजी का फोन आया। माँ ने फोन उठाया। उधर से मामाजी ने पूछा-

'दीदी, तुम दोनों दुर्गा पूजा के दौरान पटना में रहोगी न, कई साल से हम लोगों ने पटना की पूजा नहीं देखी है, मेरा और मेरी पत्नी का मन है, इस साल सप्तमी से नवमी तिथि तक हमलोग आपलोगों के साथ पूजा का आनंद लें, तुम्हारा क्या कहना है'।

माँ ने पूरी बात सुन कर कहा-

'अरे कमल, इसमें पूछने की क्या बात है, तुम्हारा घर है, जब चाहो आ जाओ। दुर्गा पूजा में तुम लोग आओगे, तब हमलोगों का भी मन लगेगा और कमली शाम की रौशनी में पंडाल घूम पाएगी, तुम लोग जरूर आओ'।

माँ ने फोन पर बात कर कमली को कमल के प्रोग्राम के बारे में बताया। जानकर वह बहुत खुश हुई। पिछले वर्षों में दुर्गा पूजा के दौरान माँ के साथ वह अकेली ज्यादा नहीं घूम पाती थी। ज्यादा से ज्यादा मोहल्ले की एक दो मूर्तियों के छोटे पंडाल में सुबह जाकर दोनों पूजा कर आतीं। शाम के वक़्त माँ अकेली लड़की को लेकर दूर जाना उचित नहीं समझती थी, जबतक साथ में कोई मर्द न हो।

सप्तमी की सुबह नौ बजे के आस-पास कमली के मामा, मामी अपनी गाड़ी से आ गए। उनके आने से घर में रौनक आ जाती थी। कमली ने लपक कर दोनों के पैर छूते हुए कहा-

'अच्छा किया मामाजी, आप दुर्गा पूजा में यहाँ आ गए, सब मिलकर खूब घूमेंगे, मूर्तियाँ और शाम की सजावट देखेंगे, मजा आएगा'।

'हाँ कमली, हमलोगों ने कई वर्षों से पटना की पूजा नहीं देखी है, तुम्हें घुमाने ले चलूँगा, लेकिन उससे पहले तुम्हारे अच्छे रिज़ल्ट के लिए तुम्हें बहुत बधाई और आशीर्वाद। इसी तरह आगे तरक्की करती रहो। तुम्हारे अच्छे रिज़ल्ट के लिए, देखो मैं तुम्हारे लिए क्या लेकर आया हूँ'।

इतना कह कर मामाजी बाहर के कमरे में जमीन पर बैठ गए और अपने साथ लाया हुआ बड़ा सूटकेस खोलने लगे। कमली को उत्सुकता हुई, आखिर क्या लाया है मामाजी ने उसके लिए। माँ भी गौर से देखने लगीं। मामाजी ने सूटकेस से एक बड़ा थैला निकाला और कमली के हाथ में पकड़ा दिया। कमली ने पहले अपनी माँ की तरफ देखा और मेज पर पैकेट को रख कर खोला। पैकेट के अंदर कपड़े की एक थैली में कमली के लिए स्पोर्ट्स शू थे। कमली की आँखें उसे देख कर खिल गईं। उसने जूते अपने हाथ में लेकर माँ को दिखाया। फिर जल्दी से जमीन पर रख कर उसे पहनने लगी। जूते कमली के पैरों में बिलकुल फिट थे और बहुत अच्छे और महंगे थे। उसका पुराना जूता फुटबाल मैच के दौरान फट गया था। उसने मामाजी की ओर देख कर कहा-

'मामाजी, ये स्पोर्ट्स शू काफी महंगा मिला होगा, क्यों आपने इतना खर्च किया'।

मामाजी ने मुस्कुराते हुए कहा-

'अब तू अपनी माँ की तरह बातें करने लगी है। मुझे खबर मिली थी, पिछले मैच के दौरान तेरे जूते फट गए थे और तुम्हारे तलवे छिल गए थे, अब ये जूता काफी टिकाऊ है और बहुत दिनों तक चलेगा, तू जितना चाहे इसे पहन कर खेल सकती है। पैसों की तुमलोग चिंता नहीं किया करो, मेरे पास हैं, तभी मैं खर्च करता हूँ, और अगर तुमलोगों पर नहीं, तब किसपर खर्च करूंगा। अभी अगला पैकेट देख कर फिर मत कुछ कहना, जो लाया हूँ वह तुम्हारे काम की चीजें हैं'।

कमली ने उत्सुकता से पैकेट के भीतर का दूसरा सामान निकाला। थोड़ी देर तक उसे देख कर विश्वास नहीं हुआ। वह एक नया मोबाइल फोन था। अब उसने अपनी माँ की तरफ फिर से देखा। मोबाइल फोन को देख कर अब माँ ने कहा-

'तुम भी हद करते हो कमल, इतने महेंगे सामान लाने की क्या जरूरत थी। एक मोबाइल फोन घर में है, जिससे हम दोनों का काम चल रहा है, फिर अलग से अभी कमली के लिए फोन लाने की क्या जरूरत थी'।

मामाजी ने कमली के हाथ से मोबाइल फोन का डब्बा लेकर उसे खोलते हुए कहा-

'दीदी, अब कुछ दिनों में कमली कोचिंग और उसके बाद कॉलेज में जाएगी। घर से बाहर रहने पर उसे तुम्हारी फिक्र लगी रहेगी। मोबाइल फोन से वह तुमसे बातें कर सकती है। फिर आजकल के जमाने में छोटे-छोटे बच्चे फोन का इस्तेमाल कर रहे हैं। इसमें इंटरनेट होने के कारण कमली दुनिया से जुड़ सकती है और पढ़ सकती है। मैंने बहुत सोच समझ कर उसके लिए ये फोन खरीदा है। अगर उसने नहीं लिया, तब मुझे बुरा लगेगा'।

मामाजी ने डब्बा खोल कर फोन कमली के हाथ में पकड़ा दिया। वह नीले रंग के कवर का सैमसंग का स्मार्ट फोन था। बिलकुल नया और सुंदर। कमली ने फोन हाथ में लेकर अपनी माँ को दिखाया। मामाजी ने बताया, कमली की सुविधा के लिए उसमें एक नया सिम डाल दिया गया है और नया फोन नंबर फोन के डिब्बे के पीछे लिखा है। कमली ने डिब्बे को पलट कर देखा, फोन नंबर लिखा था। उसे देख कर कमली को खुशी हुई, अब यह उसका अपना फोन होगा। उसने फोन की स्विच को दबाकर ऑन किया। थोड़ी देर में फोन चालू हो गया। सबसे पहले उसने अपनी माँ के नंबर मिलाये। बगल के कमरे में माँ का फोन बज उठा। कमली हंस पड़ी। उसके बाद मामाजी ने अपने फोन से उसका नंबर लगाया। कमली का फोन बज उठा। मामाजी ने उसके हाथ से फोन लेकर उसमें इंटरनेट के इस्तेमाल के बारे में बताया। कमली लगातार फोन में कुछ-कुछ करने लगी। तभी माँ ने कहा-

'अब यह फोन तुम्हारे साथ रहेगा, अभी इसे रहने दे, बाद में और अच्छी तरह देखना, मामा और मामी सफर से आए हैं, चल इनके लिए चाय-पानी लेकर आयें'।

कमली शरमाती हुई फोन लेकर भीतर चली गयी। उसके साथ-साथ उसकी मामी किचेन में आ गईं।

कमल ने किचेन में जाकर विमला से कहा-

'दीदी, हम दोनों घर से नहा-धोकर चले हैं और अभी तक कुछ खाया नहीं है। चाय पीकर आप दोनों भी नहा-धोकर तैयार हो लीजिये, मोहल्ले के पूजा पंडाल में जाकर दर्शन कर लेंगे और पुष्पांजलि के फूल चढ़ा देंगे। उसके बाद आकर घर पर नाश्ता करेंगे'।

आधे घंटे में सभी तैयार होकर मोहल्ले में थोड़ी दूर पर बने पूजा के पंडाल में गए। वहाँ बड़ी रौनक थी। बच्चे और बड़े रंग-बिरंगे

कपड़े पहन कर माँ दुर्गा का दर्शन करने आए थे। लाउडस्पीकर पर पंडित जी लगातार मंत्रोच्चार कर रहे थे। उसी भीड़ में जगह बनाते हुए कमली सभी के साथ माँ दुर्गा की प्रतिमा के सामने पहुँच गयी। माँ की बड़ी सुंदर और भव्य मूर्ति थी। मूर्ति के सामने पड़ी टोकरी से सभी ने पूजा के फूल हाथ में ले लिए। पंडित जी ने एक बार फिर पुष्पांजलि के मंत्र पढ़े और सभी ने अपने हाथ के फूल माँ के चरणों मे समर्पित कर दिये। कमली ने सिर झुकाकर हाथ जोड़ कर माँ दुर्गा की मूर्ति को प्रणाम किया।

मूर्ति दर्शन कर सभी पंडाल से बाहर निकले। कमल ने लौटते वक़्त पास की मिठाई की दुकान पर बाहर में गरमा-गरम कचौड़ी और जलेबी छनते देखा। उसने कमली की माँ की ओर देख कर कहा-

'दीदी, बहुत ज़ोरों की भूख लगी है और सामने गरमा-गरम नाश्ता देख कर मुझसे रहा नहीं जा रहा है, हमलोग यहीं बाहर में खड़े होकर कचौड़ी और जलेबी का नाश्ता कर लें'।

कमली ने मामाजी की बात में हाँ में हाँ मिलाते हुए कहा-

'बिलकुल मामाजी, बहुत सालों से इस तरह दुकान के बाहर खड़े होकर खाया नहीं है, चलिये, बड़ा मजा आएगा'।

विमला ने बात मान ली। सभी ने वहाँ रखी दो ऊंची टेबल के सामने खड़े होकर गरमा-गरम नाश्ता किया। वहीं यह तय हुआ, शाम में सभी शहर के पंडाल की मूर्ति के दर्शन के लिए जाएँगे।

शाम होने को आई। कमली रात की रोशनी में बड़ी मूर्तियों को देखने के लिए बहुत उत्साहित थी। वह बाहर के कमरे में मामा और मामीजी से गप्पें लड़ा रही थी। तैयार होने के लिए जब वह अंदर के कमरे में गयी, उसने माँ को बिस्तर पर सोये देखा। अमूमन इस वक़्त माँ बिस्तर पर लेटती नहीं थी। उसने माँ के नजदीक जाकर पूछा-

'क्या हुआ माँ, तुम ठीक हो न, इस वक़्त ऐसे क्यों लेटी हो'।

माँ उठ कर बैठ गयी और कहा-

'कुछ नहीं बेटा, थोड़ी कमजोरी लग रही थी, इसलिए आ कर लेट गई, तू चिंता मत कर, थोड़ी देर में ठीक हो जाऊँगी'।

इस बीच कमली और उसकी माँ की बातचीत सुनकर कमल अंदर के कमरे में आ गए। उसने अपनी दीदी को बिस्तर पर बैठे देख कर पूछा-

'क्या हुआ दीदी, तबीयत ठीक नहीं लग रही है'।

इससे पहले कि माँ जवाब देती, कमली ने बीच में कहा-

'मामाजी, इधर कुछ दिनों से माँ थोड़ा काम कर थक जा रही है। मैंने अक्सर उसे बिस्तर पर देखा है, पर ये है कि जब पूछो, हमेशा कहती है बस थोड़ी थकान है। ये बार-बार थकान होना ठीक नहीं'।

कमली की माँ ने बीच में टोकते हुए कहा-

'अरे बेटा, मुझे कुछ नहीं हुआ है, कभी-कभी ज्यादा काम के बोझ से थकान हो जा रही है, कुछ दिनों में ठीक हो जाएगा'।

कमल ने अपनी दीदी के पास बिस्तर पर बैठ कर कहा-

'दीदी, तू क्यों नहीं किसी डॉक्टर को दिखा लेती'।

माँ ने बिस्तर से उठते हुए कहा-

'मैंने कहा न, मुझे कुछ नहीं हुआ है, बेकार डॉक्टर के यहाँ जाने की जरूरत नहीं है। बस, आज मुझे बाहर घूमने की इच्छा नहीं हो रही है। तुमलोग घूम आओ, मैं घर पर रहूँगी, रात का खाना बना कर रखूंगी। कल शाम को हम सब साथ घूमने चलेंगे'।

कमल ने कहा-

'ऐसी बात है, तब मेरी पत्नी तुम्हारे साथ रह जाएंगी, तुम्हारी मदद करने के लिए। मैं कमली को थोड़ी देर घुमा कर लाता हूँ'।

कमली को माँ का साथ नहीं चलना अच्छा नहीं लगा, उसे लगा, माँ अपनी बीमारी छुपा रही है। उसने मामाजी को कहा-

'चलिये मामाजी, थोड़ी दूर तक घूम कर आ जाते हैं, कल बाकी जगह सबके साथ जाएँगे'।

कमली मामाजी के साथ उनकी गाड़ी से घूमने निकल पड़ी। हालाकि, उसके मन में माँ की तबीयत का ख्याल बार-बार आ रहा था।

कमल ने सोचा, गाड़ी में बैठे-बैठे एक चक्कर लगा लेते हैं। दोनों ने बाहर से कई पंडाल देखे, जो रंगीन लाइट से जगमगा रहे थे। कमली को बाहर से पंडाल में रखी माँ दुर्गा की बड़ी मूर्तियाँ नजर आ रही थीं। वह हर बार झुक कर हाथ जोड़ती। इससे पहले उसने ऐसे बड़े पंडाल और ऐसी बड़ी मूर्तियाँ नहीं देखी थीं। एक जगह रास्ते के किनारे गाड़ी रोक कर दोनों ने आइसक्रीम खाई। लगभग एक घंटे में शहर का चक्कर लगा कर दोनों वापस घर लौट आए। घर के अंदर आ कर कमली सीधे माँ के पास गयी। माँ किचेन में मामीजी के साथ व्यस्त थी। माँ को ठीक-ठाक देख कर कमली को संतोष हुआ। उसने बड़े-बड़े पंडाल के बारे में माँ को बताते हुए कहा-

'माँ मैं बता नहीं सकती, कितने बड़े पंडाल, कितनी बड़ी मूर्तियाँ और रौशनी की कैसी भव्य सजावट थी। आज हमलोगों ने सभी जगह बाहर से पंडाल को देखा। कल सब साथ चलकर, कहीं पास में गाड़ी लगाकर, पंडाल के अंदर की मूर्तियाँ देखेंगे'।

अगले दिन मामाजी के साथ सुबह सभी एक बार फिर मोहल्ले की दूसरी मूर्तियाँ देखने गए। घर वापस आकर दिन भर सब बाहर

के कमरे में बैठ कर यहाँ-वहाँ की बातें करते रहे। कमली अपने पुराने बक्से से लूडो निकाल कर ले आई। एक-दो घंटे चारों बैठ कर खेलते रहे। उसके बाद कमली ने माँ को थोड़ी देर अंदर के कमरे में आराम करने के लिए भेज दिया और खुद मामाजी के साथ फिर गप्पें लड़ाने लगी।

शाम के छह बजे थे। घर में लगभग सभी तैयार हो चुके थे। चारों लोग मामाजी की गाड़ी से घूमने निकले। आज कमली को पंडाल के भीतर जाकर मूर्ति देखनी थी। उसे मूर्तियों को नजदीक से जाकर देखने की उत्सुकता हो रही थी।

गाड़ी कल के रास्ते पर आगे बढ़ी। एक जगह, जहां कई पंडाल एक साथ बने थे, वहाँ कल से ज्यादा भीड़ थी। लोग सड़कों पर बड़ी संख्या में उतर आए थे। गाड़ी आगे बढ़ाने में कमल को मुश्किल हो रही थी। एक जगह आगे बांस की बल्ली लगाकर सड़क को गाड़ियों के लिए बंद कर दिया गया था। सिर्फ पैदल जाने की छूट थी। सभी गाड़ी वाले बगल की गली से आगे बढ़ रहे थे। कमल ने गाड़ी खड़ी करने के लिए जगह देखनी शुरू की। वहाँ खड़े एक पुलिस वाले ने बताया, बाईं तरफ की गली में कुछ हट कर गाड़ी पार्किंग की व्यवस्था है। कमल ने गाड़ी उसी ओर मोड़ ली। गली में आगे जाकर एक मैदान था। उसी में गाडियाँ लगी थीं। कमल ने उन्हीं गाड़ियों के बीच एक अच्छी जगह देखकर अपनी गाड़ी को पार्क कर दिया। वहाँ से पंडाल की दूरी लगभग पाँच सौ मीटर थी। गाड़ी से उतर कर सभी धीरे-धीरे पैदल पंडाल की ओर बढ़ चले। सड़क की दोनों ओर खाने-पीने के कई स्टॉल लगे थे, जहां बड़ी संख्या में खड़े होकर लोग खा रहे थे। सड़क पर भीड़ बढ़ती जा रही थी।

भीड़ के बीच से जगह बनाते हुए चारों लोग आगे बढ़ने लगे। कमली ने अपनी माँ का हाथ पकड़ रखा था। कुछ दूर चलने के बाद

सभी पंडाल में आ गए। अंदर बड़ा भव्य और सुंदर माहौल था। वैसे भीड़ बहुत थी। भीड़ के कारण थोड़ी गर्मी और घुटन-सी थी। फिर भी रास्ता बनाते हुए चारों मूर्ति के नजदीक पहुँच गए। माँ दुर्गा की बड़ी मूर्ति उनके सामने थी। सभी ने हाथ जोड़ कर प्रणाम किया। कमली बड़ी देर तक माँ दुर्गा की प्रतिमा को निहारती रही। ऐसा लगता था, जैसे प्रतिमा बोल उठेगी।

अचानक भीड़ ज्यादा बढ़ गयी। उन्हें लगा, अब जल्दी यहाँ से निकलना चाहिए। कमली माँ का हाथ ज़ोर से पकड़ कर वापस भीड़ में रास्ता बनाने लगी। वह तेजी से बाहर निकलने की कोशिश कर रही थी। बीच में एक दो बार धक्का-मुक्की हुई, लेकिन उसकी परवाह न करते हुए वह माँ को लेकर आगे बढ़ती रही। उसके मामा और मामी भीड़ में उसे नजर नहीं आ रहे थे। किसी तरह बड़ी मशक्कत के बाद वह माँ को लेकर पंडाल के बाहर आ गयी। बाहर आकर दोनों ने सांस ली। माँ थोड़ा झुक कर ज़ोर-ज़ोर से सांस ले रही थी। कमली ने अगल-बगल देखा, पास में उसके मामा दिखाई पड़ गए। उसने चिल्ला कर उन्हें आवाज दी। वे दोनों उनके पास आ गए। तब कमली ने माँ से पूछा-

'माँ तू ठीक है न'

माँ ने सिर हिलाते हुए कहा-

'हाँ मैं ठीक हूँ, अंदर पंडाल में घुटन होने से सांस लेने में दिक्कत हो रही थी, बाहर निकलने पर ठीक लग रहा है'।

कमली ने उनसे पूछा-

'आगे दूसरे पंडाल में चलें, पास में है'।

माँ ने आगे बढ़ते हुए कहा-

'देख लो, इतनी भीड़ में फिर अंदर कैसे जाओगी'।

कमल ने अपनी दीदी को सहारा देते हुए कहा-

'देख लेता हूँ दीदी, अगर भीड़ ज्यादा होगी, तब अंदर नहीं जाएँगे, बाहर से मूर्ति देख कर लौट आएंगे'।

चारों लोग उस पंडाल से करीब दो सौ मीटर पर बने दूसरे पंडाल की तरफ बढ़ चले। कमली की माँ के चलने की रफ्तार धीरे थी। वे चलते-चलते हाँफ रही थीं। फिर भी हिम्मत कर आगे बढ़ती रही।

दूसरे पंडाल में भीड़ थोड़ी कम थी। चारों आसानी से अंदर गए और माँ की भव्य मूर्ति का दर्शन किया। कमली को दूसरे पंडाल की सजावट अच्छी लगी। वह चारों तरफ देख कर खुश हो रही थी। वहाँ फिर भीड़ बढ़ती देख वे सब बाहर आ गए।

कमल ने पूछा-

'अब कुछ खाने-पीने चलें, बहुत दुकानें हैं यहाँ, तुम बताओ कमली क्या खाना है'।

कमली ने कहा-

'मामाजी, आते वक़्त एक स्टॉल पर चाउमिन बनता देखा था, वहीं चल कर खाते हैं'।

सभी आगे बढ़ चले। रास्ते पर लोगों का रेला चल रहा था। उनके बीच से जल्दी से निकलने के कारण कमली अपनी माँ को लेकर तेज-तेज चलने लगी। उसे आगे थोड़ी दूर पर चाउमिन का वह स्टॉल नजर आने लगा था। वह चाह रही थी, जल्दी से भीड़ से निकलकर वहाँ पहुँच जाये। उसके मामा, मामी आगे-आगे चल रहे थे।

अचानक भीड़ का एक और रेला आया। कमली उससे बच कर माँ को लेकर निकलने के लिए तेजी से बाईं ओर मुड़ी। थोड़ी देर

के लिए माँ का हाथ उसके हाथ से छूटा। वह घबड़ाकर पीछे माँ को देखने के लिए मुड़ी। माँ थोड़ा पीछे एक जगह झुक कर खड़ी दिखी। वह दौड़ कर माँ के पास गयी और जैसे ही उसने माँ का हाथ पकड़ना चाहा, माँ जमीन पर गिर पड़ी। कमली चौंक गयी। उसने झुक कर माँ के बदन को हिलाया, जमीन पर उसके बगल में बैठ कर उसने 'माँ, माँ' आवाज लगाई, लेकिन माँ उसी तरह जमीन पर पड़ी रही।

कमली के मुंह से चीख निकल गई। उसने माँ को इस हालत में कभी नहीं देखा था। वह रोने लगी। उसका रोना सुन कुछ लोग वहाँ इकट्ठे हो गए। उनके बीच कमली ने जल्दी से खड़ी होकर आगे जा रहे मामाजी को ज़ोर से पुकारा। मामाजी थोड़ा आगे बढ़ चुके थे, फिर भी कमली उन्हें आगे बढ़ता हुआ देख पा रही थी। वह लगातार ज़ोर-ज़ोर से 'मामाजी, मामाजी' आवाज देने लगी। संयोग से उस वक़्त वहाँ भीड़ थोड़ी कम हो गयी थी। उसके मामाजी को कमली की आवाज सुनाई पड़ी। उन्होंने पलट कर कमली को भीड़ में देख लिया। वे भागते हुए वापस कमली के पास लौटे। कमली ज़ोर-ज़ोर से रोते हुए बोली-

'देखिये न मामाजी, माँ को क्या हो गया, जमीन पर पड़ी है, कुछ बोलती नहीं, एकदम बेसुध पड़ी है'।

कमल ने पास खड़े लोगों को हटाया और झुक कर पहले उसने विमला के बदन को झकझोड़ा, लेकिन कोई असर नहीं होने पर उसने उसे गोद में उठा लिया। उसी स्थिति में कमल ने इधर-उधर देखा। उसे पास की दुकान पर बाहर एक खाट बिछी दिखी, जिस पर एक-दो लोग बैठे थे। वह विमला को गोद में लेकर दौड़ता हुआ वहाँ पहुंचा। उसे इस तरह आता देख खाट पर बैठे दोनों लोग उठ कर खड़े हो गए। कमल ने विमला को खाट पर लिटाया। कमली जल्दी से दुकान से पानी से भरा जग ले आई। वह अब भी रो रही थी। कमल विमला

के तलवे मालिश करने लगा। साथ-साथ उसने उसके मुंह पर पानी का छींटा मारा। कमली माँ के बदन को हिलाने लगी। अचानक, विमला ने अपनी आँखें खोली। कमली 'माँ, माँ' कहकर और जोर से रोने लगी। विमला ने चारों तरफ नजर घुमा कर देखा, उसे समझ में नहीं आ रहा था, वह कहाँ लेटी है। वह कोशिश कर उठ कर बैठ गयी। कमल ने उसे एक ग्लास पानी पिलाया। कमली बार-बार माँ से पूछने लगी-

'क्या हुआ तुझे माँ'

माँ ने उसे रोता देख, उसके सिर पर हाथ रख कर धीरे से कहा-

'पता नहीं कमली, अचानक आँख के आगे अंधेरा छा गया और मैं गिर पड़ी। अब ठीक लग रहा है। चलो घर चलते हैं'।

कमली ने उसे सहारा देकर उठाया। खड़ी होने पर विमला थोड़ी लड़खड़ाई। कमल ने आगे बढ़कर उसे फिर अपनी गोद में उठा लिया। विमला मना करती रही, लेकिन कमल नहीं माना। वह विमला को उसी तरह लेकर गाड़ी की पार्किंग तक ले आया। गाड़ी में पीछे की सीट पर विमला को लिटा दिया गया। कमली उसके साथ बैठी। बाकी दोनों लोग आगे बैठे। थोड़ी देर में सभी घर आ गए। कमली ने माँ को संभाल कर उतारा और घर के अंदर के कमरे में जाकर उसे बिस्तर पर लिटा दिया।

कमल पीछे से कमरे में आया और विमला को देख कर बोला-

'अब कैसा लग रहा है दीदी, तुम अपना ख्याल नहीं रखती हो, अब तुम्हारी एक नहीं चलेगी, कल तुम्हें डॉक्टर के पास ले जाकर दिखाएंगे'।

विमला हल्की-सी मुस्कुराई और कहा-

'मुझे कुछ नहीं हुआ है, वहाँ गर्मी और घुटन के कारण ऐसा हुआ। थोड़ी कमजोरी के अलावा, मैं अब ठीक हूँ'।

कमली ने तब बीच में टोकते हुए कहा-

'ठीक कह रहे हैं मामाजी, कल डॉक्टर के यहाँ चलेंगे और तुम्हारी कमजोरी की दवा लेंगे'।

अगले दिन नवमी तिथि थी। सुबह कमल और उसकी पत्नी ने जाकर मोहल्ले में दुर्गाजी की मूर्ति की पूजा-अर्चना की। कमल ने इस बीच पता कर लिया था, घर से थोड़ी दूर पर एक अच्छे डॉक्टर की क्लीनिक थी, जो सुबह दस बजे खुल जाती थी। कमली ने अपनी माँ को तैयार होने के लिए कहा। लगभग दस बजे कमल अपनी दीदी और कमली के साथ गाड़ी से क्लीनिक गया। डॉक्टर अभी-अभी दाखिल हुए थे। उन्होंने एक मरीज को देखने के बाद विमला को बुला लिया। कमल और कमली साथ में अंदर गए। डॉक्टर ने पहले विमला से सारी जानकारी ली, फिर उन्हें पास के मरीज देखने के टेबल पर लेटने के लिए कहा। पहले डॉक्टर ने ब्लड प्रेशर देखा। उसके बाद उसने ईसीजी मशीन लगाकर जांच की। विमला फिर उठकर वापस कुर्सी पर बैठ गयी।

डॉक्टर ने तब कमल से कहा-

'इनका ब्लड प्रेशर बढ़ा हुआ है, इसी कारण से मैंने हार्ट देखना चाहा, ईसीजी सामान्य नहीं है। बहुत दिनों तक ब्लड प्रेशर बढ़ा रहने के कारण इनके हार्ट पर थोड़ा असर हुआ है। अभी उतनी बुरी हालत नहीं है, मैं कुछ ब्लड टेस्ट लिख देता हूँ, अभी यहीं सैंपल देकर जाइए, शाम में रिपोर्ट मुझे दिखा देंगे। तब तक मैं ब्लड प्रेशर कम करने की दवा लिख देता हूँ और साथ में कुछ विटामिन की गोलियां, ये अभी से शुरू कर दें, शाम में रिपोर्ट आने पर जरूरत पड़ी, तब कुछ और दवा लिखूंगा।

डॉक्टर की बात सुनकर कमली थोड़ा घबड़ाई और उसने कहा-

'डॉक्टर साहब, कोई घबड़ाने की बात नहीं है न, माँ कब तक ठीक हो जाएगी'।

डॉक्टर ने कमली की तरफ देख कर मुस्कुराते हुए कहा-

बेटा, अभी घबड़ाने की उतनी जरूरत नहीं है, लेकिन इन्हें कुछ दिन आराम करना होगा। शाम के ब्लड रिपोर्ट के बाद मैं कुछ और बता पाऊँगा। दस दिनों के बाद एक बार फिर मुझे आ कर दिखा लेंगी'।

विमला ने ब्लड सैंपल दे दिये। पास की दवा की दुकान से कमल ने दवाएं ले लीं और तीनों घर वापस आ गए। कमली ने घर पहुँच कर माँ को भीतर के कमरे में बिस्तर पर लिटाया। माँ ने कहा-

'अरी, मैं बिलकुल ठीक हूँ, बिस्तर पर लेटकर क्या करूंगी, घर में इतना काम है, खाना बनाना है'।

कमली ने उन्हें समझाया-

'सुना नहीं, डॉक्टर ने तुम्हें आराम करने के लिए कहा है, फिर दस दिनों की बात है, उसके बाद घर का काम करना। तबतक मैं घर संभाल लूँगी। तू कहती रहती है, मैं घर के काम नहीं करती, अब मैं तुम्हें वह भी करके दिखाऊँगी'।

इस बीच कमली ने उठकर माँ की लायी हुई दवा निकाली और डॉक्टर के कहे अनुसार उसने माँ को दवा खिला दी।

शाम में कमल अकेले डॉक्टर के यहाँ गया। विमला का ब्लड रिपोर्ट तैयार हो गया था। डॉक्टर ने रिपोर्ट देख कर कहा-

'इनके शरीर में खून की कमी है, इसलिए ये जल्दी थक जाती हैं, बाकी रिपोर्ट ठीक है। सुबह इनका ब्लड प्रेशर बहुत बढ़ा हुआ था, इसलिए इन्हें नियमित दवा खाकर ब्लड प्रेशर कंट्रोल में रखना होगा,

वरना इन्हें हार्ट या ब्रेन की दिक्कत हो सकती है। मैं कुछ और दवा लिख देता हूँ। इनमें से कोई भी दवा बिना मुझसे पूछे छोड़ना नहीं है और अगले दस दिनों तक ज्यादा भारी काम नहीं करना है, आराम करना है। दस दिनों के बाद मैं इन्हें सुबह या शाम घर के बाहर टहलने के लिए कहूँगा, जिससे इनका ब्लड प्रेशर कंट्रोल में रहे'।

कमल ने डॉक्टर की क्लीनिक से निकल कर कुछ और दवा खरीद ली और घर आ गया।

घर में भीतर के कमरे में विमला लेटी हुई थी। कमल की पत्नी विमला के पैर दबा रही थी। कमली माँ के सिरहाने बैठ कर उसका सिर सहला रही थी। कमल बिस्तर पर बैठ गया। सभी कमल की ओर देखने लगे। उसने डॉक्टर की कही हुई पूरी बात बताई।

कमल की बात सुनकर माँ ने कमली की ओर देखकर कहा-

'मैं दस दिनों तक अगर बिस्तर पर रहूँगी, तब तू कैसे घर का सारा काम कर पाएगी, कई तरह के काम होते हैं'।

कमली ने जवाब दिया-

'माँ तू बस देखती जा, मैं कैसे घर का पूरा काम करती हूँ, तू कहती है न, अब मैं बड़ी हो गयी हूँ'।

कमल ने कमली की ओर देख कर हंस कर कहा-

'हमलोग जानते हैं, तू अब बड़ी हो गयी है और घर के काम कर सकती है, फिर भी तुझे तीन दिनों बाद स्कूल जाना होगा, ऐसे में माँ घर में अकेले कैसे रहेगी'।

कमली मामाजी की बात सुन कर सोच में पड़ गयी। उसके दिमाग में स्कूल की बात नहीं आई थी। कमल ने उसकी दुविधा को भाँपते हुए कहा-

'तू चिंता मत कर, तेरी मामी अगले पंद्रह दिनों तक यहाँ रहेगी और दीदी का ख्याल रखेगी, मैं कल सुबह वापस गाँव चला जाऊंगा, बीच-बीच में दीदी का हालचाल लेने आता रहूँगा, तू बेफिक्र होकर स्कूल जा सकेगी'।

कमल की बात सुनकर कमली को अच्छा लगा। उसने मामी को गले लगाते हुए कहा-

'ये अच्छा रहेगा, मामीजी हमलोगों के साथ इतने दिनों रहेंगी, मैं घर के काम में इनकी मदद कर दिया करूंगी। खाली समय में हम दोनों माँ के साथ खूब गप्पें मारेंगे'।

अगले दिन सुबह कमली के मामा गाँव चले गए। कमली ने माँ के बिस्तर के पास दवा की एक लिस्ट बना कर रखी, जिसे देख कर उसने उन्हें समय पर दवा देना शुरू किया। माँ बस बाथरूम तक उठ कर जाती और उसके बाद बिस्तर पर लेट जाती। माँ के नाश्ते और खाने का इंतजाम कमली ने बिस्तर पर कर दिया था। दो दिनों तक कमली घर के काम में अपनी मामी के हाथ बँटाती रही। माँ पूरी तरह आराम कर रही थी। ब्लड प्रेशर की दवा ने असर करना शुरू किया था, उन्हें भीतर से अब बेहतर लग रहा था।

विजयदशमी के दो दिनों बाद कमली के स्कूल खुल गए। स्कूल जाते वक़्त उसने मामीजी को माँ की दवाओं के बारे में बता दिया। आज वह साथ में अपना नया मोबाइल फोन लेकर स्कूल गयी। क्लास में फोन से बात करने की मनाही थी, लेकिन कमली ने उसे बैग में रख लिया, जिससे लंच के समय वह माँ की तबीयत के बारे में जान सके। स्कूल में उसका मन नहीं लगा। बार-बार उसे माँ का ख्याल आता। अतुल को उसने सारी बात बताई। लंच के वक़्त उसने फोन से मामी से बात कर माँ का हाल जाना। वह ठीक थी। कमली स्कूल खत्म कर जल्दी घर आ गयी।

दस दिन बीत गए। कमली की माँ अब अपने आप को ठीक महसूस कर रही थी। उसने किचेन में जाना शुरू कर दिया था। इस बीच कमल का आना हुआ। उसे याद था, विमला को डॉक्टर के पास ले जाना है। डॉक्टर को दिखाया गया। उसने कहा, दवा खाने के कारण अब ब्लड प्रेशर कंट्रोल में है। उसने विमला को रोज आधे घंटे बाहर निकलकर टहलने की हिदायत दी। अब वह घर के काम कर सकती थी। विमला ने कमल को कहा, अब चुकी वह ठीक हो गयी है, इसलिए वह अपनी पत्नी के साथ वापस गाँव जाये। वहाँ उसे दिक्कत हो रही होगी। कमल ने अपनी दीदी की बात मान ली और अगले दिन अपनी पत्नी को लेकर गाँव चला गया।

कमली अब पढ़ाई के साथ-साथ घर के काम में ज्यादा ध्यान देने लगी थी। हालाकि, उसके ग्यारहवीं के इम्तहान अब नजदीक आ रहे थे। स्कूल के अलावा सुबह और शाम वह समय निकालकर दोनों काम करती। कभी-कभी वह रात के वक़्त सोचती, शायद उसकी माँ घर की माली हालत के कारण परेशान रहती है और इसी चिंता में उसे ब्लड प्रेशर की बीमारी हो गयी है। अब माँ की दवाई के अलग से खर्चे होने वाले थे। उनकी दवाएं महंगी थी। अब तक उसके मामाजी ने एक महीने की दवा खरीद कर दे दी थी, लेकिन उसके बाद दवाएं खुद खरीदनी पड़ेंगी। करीब हजार-डेढ़ हजार महीने का दवाओं पर खर्चा आने वाला था। उसने सोचा ग्यारहवीं के इम्तहान के बाद अब वह जल्दी घर में ट्यूशन शुरू करेगी। माँ चाहे जितना मना करे, वह नहीं मानेगी। उसने दसवीं क्लास के बच्चों को ट्यूशन देने की सोची, क्योंकि एक साल पहले की पढ़ाई उसे याद थी और फिर वह पढ़ने में तेज भी थी।

सात

कमली के ग्यारहवीं के इम्तहान शुरू हो गए थे। उसने दो महीनों में घर के काम के अलावा जोरदार पढ़ाई की थी। इसके बावजूद उसने माँ का ख्याल अच्छी तरह रखा। इम्तहान के दौरान उसे पता चला, कोचिंग इंस्टीट्यूट में एक साल का कोर्स पहली फरवरी से शुरू होगा। एड्मिशन के सारे काम जनवरी में पूरे हो जाएँगे। इसका मतलब कमली के पास एक महीना था, पैसों का जुगाड़ करने के लिए।

पंद्रह दिसंबर तक ग्यारहवीं के इम्तहान खत्म हो गए। इम्तहान खत्म होने के दो दिन बाद माँ को बताकर कमली अतुल के घर गयी। अतुल ने उससे कहा था, बैंक लोन की जरूरत होने पर उसके पापा मदद कर सकते हैं। लोन के साथ-साथ उसे अतुल से ट्यूशन के बारे में बात करनी थी। कुल एक लाख रुपये का लोन था। वह जानती थी, बिना ट्यूशन के मेडिकल का इम्तहान निकालना मुश्किल था। वह माँ से घर में जमा किए हुए पैसे नहीं लेना चाहती थी।

अतुल ने अपने पापा से बात की। उन्होंने कहा वह बैंक में बात कर लोन दिला देंगे। इस बात से आश्वस्त होकर वह अतुल के साथ मोहल्ले में निकली। अतुल ने कुछ दोस्तों को फोन कर बुला लिया था। बहुत दिनों के बाद कमली अपने पुराने दोस्तों के साथ

थी। इस बीच माँ की बीमारी और इम्तहान के कारण वह घर से ज्यादा बाहर नहीं निकल पायी थी। उनके बीच जाकर अतुल ने बात की शुरुआत की-

'यार, तुम सबको एक मदद के लिए बुलाया है। कमली अपने घर में दसवीं क्लास के बच्चों को ट्यूशन देना चाहती है। अगले दो जनवरी से सोमवार से शुक्रवार तक। शाम के साढ़े चार बजे से साढ़े छह बजे तक। शनि और रविवार को छुट्टी। अभी दस बच्चों से शुरुआत करना चाहती है, बाद में कुछ और हो जाएँगे। क्या तुमलोग मोहल्ले के घरों में जाकर पूछ सकते हो, इससे कमली की मदद हो जाएगी'।

सभी दोस्तों ने हामी भरी। एक ने पूछा-

'कमली एक बच्चे से महीने का ट्यूशन फीस कितना लोगी'।

कमली पहले थोड़ा झिझकी, फिर सभी दोस्तों को देखते हुए उसने कहा-

'तुम लोग बताओ, कितनी फीस होनी चाहिए'।

एक ने एक हजार कहा, किसी ने सात सौ। जब अतुल की बारी आई तब उसने थोड़ा सोच कर बताया-

'इस मोहल्ले के बच्चे शायद ज्यादा फीस नहीं दे पाएँ, इसलिए अभी चार सौ से शुरुआत करते हैं। दस बच्चों में चार हजार महीने का मिल जाएगा, इससे कमली का काम चल जाएगा। बाद में जरूरत होने पर एक सौ और बढ़ा देंगे'।

सभी ने अतुल की बात मान ली। कमली को अतुल की बात सही लगी। दोनों थोड़ी देर दोस्तों से गप्पें मारकर अपने-अपने घर की ओर चल पड़े। अतुल ने चलते-चलते कहा-

'एक बात बता कमली, क्या तू कोचिंग, स्कूल, ट्यूशन और घर के काम एक साथ कर लेगी। तू अपने ऊपर ज्यादा भार लेने जा रही है'।

कमली ने तब अतुल को माँ की बीमारी और लोन की किश्त के बारे में कहा। उसने अतुल को समझाते हुए कहा-

'मेरे लिए कोचिंग लेना जरूरी है, उसके लिए लोन जरूरी है और उसकी किश्त को चुकाने के लिए, मेरा ट्यूशन लेना जरूरी है। मेरे पास और कोई उपाय नहीं है, मैं माँ पर पैसों का बोझ डालना नहीं चाहती'।

अतुल ने कमली की बात समझ ली। उसने कहा-

'चलो तुम्हारी बात मान ली। बच्चे मिल जाने पर तू काम शुरू कर। ट्यूशन में बच्चों को बिठाने के लिए तुझे बेंच की जरूरत होगी, लेकिन तू चिंता मत कर, यहाँ मोहल्ले में एक बढ़ई है, जहां से मेरे घर का फ़र्निचर बनाया गया है, उससे कम दाम पर तुम्हें बेंच मिल जाएँगे। मुझे अंदाज है ज्यादा से ज्यादा तीन-चार हजार में तीन सेट बेंच मिल जाएँगे'।

कमली ने घर आकर बाहर के बरामदे को गौर से देखा। पहली बार उसे वह बरामदा बड़ा लगा। उसे लगा वह बेंच लगाकर दस बच्चों को पढ़ा सकती है। बरामदे में पंखा लगा था और एक ट्यूबलाइट थी। अतुल ने सही बताया था, उसे तीन-तीन बच्चों के लिए चार सेट बेंच खरीदने होंगे। उसने सोचा बाहर वाले कमरे में बच्चों को बिठाने से माँ को दिक्कत होगी। उसने तय कर लिया, वह बरामदे में बच्चों को पढ़ाएगी। बेंच और ब्लैक बोर्ड वगैरह खरीदने के लिए वह मामाजी के दिये पैसों का इस्तेमाल करेगी। उसने अंदर आकर माँ को सारी बात बताई।

बाकी सब बातों को माँ ध्यान से सुनती रही, लेकिन लोन की बात सुनकर थोड़ा गंभीर हुई। कमली ने उसकी गंभीरता पहले से भाँप कर उसे समझाया कि कई बच्चे कोचिंग के लिए लोन लेते हैं और कुछ वर्षों में हर महीने उसका किश्त चुकाते हैं। वह ट्यूशन से लोन का किश्त चुका लेगी। कमली ने माँ को बताया, उसके लिए कोचिंग कितनी जरूरी है। अंत में माँ ने कमली की बात मान ली।

अतुल हर दूसरे दिन फोन कर ट्यूशन के लिए दोस्तों की कोशिश के बारे में कमली को बताता रहा। कमली के भाग्य से और उसके दोस्तों के प्रयास से मोहल्ले में कुछ लड़के और कुछ लड़कियां ट्यूशन के लिए तैयार हो गए थे। मोहल्ला छोटा होने के कारण बहुत लोग कमली को जानते थे। वे यह भी जानते थे, उसने दसवीं में बहुत अच्छे नंबर लाये हैं। दस दिनों के अंदर कुल बारह लड़के-लड़कियों के नाम आ गए। कुछ और तैयार हो रहे थे, लेकिन अतुल ने दोस्तों को मना कर दिया।

एक दिन सुबह कमली तैयार होकर बाहर के कमरे को ठीक कर रही थी। तभी दरवाजे की घंटी बजी। उसने बाहर निकल कर देखा, अतुल खड़ा था। तह बहुत दिनों के बाद कमली के घर आया था। कमली ने जल्दी से बरामदे का गेट खोलकर उसे अंदर बुलाया। अंदर घुसते-घुसते अतुल ने कहा-

'मैं आज देखने आया था, ट्यूशन के लिए तुझे क्या तैयारी करनी है, साथ में तुझे बताना था कि पापा ने तेरे बैंक का काम कर दिया है'।

कमली उसे घर के अंदर ले आई। बाहर वाले कमरे में सोफ़े पर उसने उसे बिठाया। अतुल ने बैठते हुए कहा-

'पापा ने बैंक से बात कर ली है। तुझे एक लाख रुपये लोन के मिल जाएँगे। पाँच साल का लोन होगा, तुझे हर महीने किश्त के दो

हजार रुपये देने होंगे। कल तुम्हें चलकर बैंक में लोन के कुछ फार्म भरने होंगे और उसके दो दिन बाद तेरा लोन पास हो जाएगा। इसके अलावा, तुम्हें ट्यूशन के लिए बेंच और ब्लैक बोर्ड लेने हैं। तू अभी मेरे साथ चल, बढ़ई की दुकान पर बेंच बनाने के लिए ऑर्डर देना होगा। दो दिनों में तेरे बेंच तैयार हो जाएँगे'।

इन दोनों की बात सुनकर कमली की माँ बाहर के कमरे में आ गयी। अतुल ने उठ कर माँ के पैर छुए। माँ ने उसके सिर पर हाथ रखते हुए कहा-

'कैसे हो अतुल बेटा, बहुत दिनों के बाद आए हो'।

'हाँ, आंटी, कमली से स्कूल में मुलाकात हो जाती है, आज इसकी ट्यूशन की तैयारी के बारे में जानने आया था'।

कमली माँ को बताकर अतुल के साथ मोहल्ले के बाजार के लिए निकल पड़ी। उसने साथ में कुछ पैसे रख लिए थे। बढ़ई की दूकान पर जाकर दोनों ने बेंच की बात की। चार बेंच की कीमत बढ़ई ने पहले चार हजार बताई, लेकिन अतुल के समझाने पर वह तीन हजार में बनाने के लिए तैयार हो गया। कमली ने उसे डेढ़ हजार रुपये एडवांस में दे दिये। दो दिनों में बेंच तैयार हो जाना था। वहाँ से निकल कर कमली ने नए तरह का स्टैंड पर लगा व्हाइट बोर्ड और दो पेन खरीदा, जिससे वह लिख कर बच्चों को पढ़ा पाती। इसके लिए उसने पंद्रह सौ रुपये दिये।

कमली बैंक के लोन का काम साथ में पूरा करना चाहती थी। अगले दिन वह फिर अतुल के साथ घर से निकली। बैंक जाकर वह ब्रांच मैनेजर से मिली। अतुल के पापा ने उससे लोन के बारे में बात कर रखी थी। बैंक के उसी ब्रांच में कमली की माँ के पेंशन जमा होते थे, इसलिए लोन के लिए जरूरी डॉकयुमेंट बैंक के पास मौजूद थे। कमली अपने साथ अपना फोटो वगैरह लेकर गयी थी। उसका एक

नया बैंक अकाउंट खोला गया। ब्रांच मैनेजर ने कमली से कुछ फॉर्म भरवाये, साथ में कुछ कागजात लगाए। उसने बताया अगले तीन दिनों में लोन पास हो जाएगा।

कमली के दो काम हो गए थे। अब तीसरा जरूरी काम कोचिंग सेंटर जाकर एड्मिशन के फॉर्म भरना था। तीसरे दिन लोन की रकम पास हो गयी थी। उसे हर तीन महीने में पच्चीस हजार का लोन मिलना था, जिससे वह कोचिंग सेंटर की फीस भर सके। अब वह कोचिंग सेंटर में पैसे जमा कर सकती थी। उसे बैंक से नए चेकबुक और पासबुक मिल गए। एक बार फिर वह अतुल के साथ कोचिंग सेंटर गयी। अतुल उसी सेंटर से जेईई की कोचिंग लेने वाला था। दोनों ने वहाँ जाकर अपना-अपना फॉर्म भरा। कमली ने लोन में मिले पैसों में से पहले तीन महीने का पैसा वहाँ जमा करा दिया। फरवरी की एक तारीख से कोचिंग शुरू होनी थी, सुबह छह से आठ बजे तक, सप्ताह में पाँच दिन, सोमवार से शुक्रवार तक।

अभी कमली के पास कोचिंग शुरू होने में एक महीने से ज्यादा का समय था। ट्यूशन की क्लास अगले पाँच दिनों में उसे शुरू करनी थी। बढ़ई ने दो दिनों में बेंच बना कर कमली के घर भिजवा दिया। उसने बाहर के बरामदे में उन बेंच को सेट किया। एक बेंच पर तीन बच्चों के हिसाब से बारह बच्चों के बैठने की जगह बन गयी थी। बरामदे के एक छोर पर बेंच के सामने व्हाइट बोर्ड लग गया।

इस बीच कमली ने घर में अपनी माँ के साथ इकतीस दिसंबर को नए साल का जश्न मनाया। घर में पकवान बनाए गए और बाजार से कुछ मिठाई खरीद ली गयी थी। कमली ने रात के बारह बजे फोन कर अतुल को नए वर्ष की बधाई दी।

ट्यूशन शुरू करने का दिन आ गया था। कमली सुबह से बहुत उत्सुक थी। उसने सारी तैयारी कर ली थी। उसे दसवीं के बच्चों को

साइन्स, मैथ और सोशल साइन्स पढ़ाना था। अमूमन इन्हीं विषयों में दसवीं क्लास में दिक्कत आती है। कमली को तीनों विषय में नब्बे प्रतिशत से ऊपर नंबर आए थे। उसे पता था, बच्चों को क्या और कैसे तैयारी करानी है।

शाम के सवा चार बजते-बजते तक सभी बारह बच्चे कमली के घर आ गए। उनमें से छह लड़के और छह लड़कियां थीं। कमली के दोस्तों ने हिसाब से बच्चों को बराबर-बराबर चुना था। कमली बाहर बरामदे में खड़ी थी। उसने सभी को बैठने के लिए कहा। आगे के दो बेंच पर छह लड़कियां और पीछे के दो बेंच पर लड़के।

सबसे पहले कमली ने सबका नाम पूछा और नवीं क्लास के रिज़ल्ट के मार्क्स पूछे। सबसे पूछ कर उसे लगा, सभी बच्चे पढ़ने में तेज थे। कमली ने उन्हें पहले तीनों विषय के कोर्स के बारे में बताया और फिर अगले एक वर्ष में इन तीनों विषयों की पढ़ाई पूरी करने का कलेंडर बताया। उसने बताया, हर तीन महीने पर एक दिन तीनों विषयों का टेस्ट होगा, जिससे पता चले, विषय को किसने कितना समझा। उस हिसाब से उसने पहले क्लास की शुरुआत की।

अगले दो घंटे कमली बच्चों को पढ़ाती रही। बीच-बीच में बच्चों के प्रश्न का जवाब देती रही। क्लास खत्म कर उसने बच्चों से उनकी प्रतिक्रिया जाननी चाही। बातचीत से सभी बड़े खुश और संतुष्ट नजर आए। कमली को लगा वह बच्चों को अच्छी तरह पढ़ा सकती है। क्लास के बाद सभी बच्चों ने चार-चार सौ रुपये कमली को महीने की फीस के दिये। कमली के हाथ में एकमुश्त चार हजार आठ सौ रुपये थे। घर के अंदर आकर कमली ने सबसे पहले उन रुपयों को अपनी माँ के हाथ में दिये। उसकी पहली कमाई थी। माँ थोड़ा भावुक हो गई, उसने रुपये कमली के हाथ में वापस रखते हुए कहा-

'तू इसे अपने पास रख, तुझे लोन की किश्त देनी है, फिर ट्यूशन के लिए कुछ और सामान की जरूरत पड़ेगी'।

रुपये हाथ में लेते वक़्त कमली की आँखों में आँसू थे। वह आगे बढ़ कर माँ के गले लग गयी।

तीन दिनों बाद ग्यारहवीं का रिज़ल्ट आया। सभी बच्चे स्कूल में जमा हुए। क्लास टीचर ने दोनों सेक्शन के बच्चों को एक साथ खड़ा कर रिज़ल्ट की घोषणा की। उसके बाद मार्कशीट दी गयी। कमली के बड़े अच्छे मार्क्स थे। टीचर ने बताया, सभी में कमली को सबसे ज्यादा पंचानवे प्रतिशत नंबर आए हैं और उसने स्कूल में टॉप किया है। अतुल के मार्क्स, उससे दो प्रतिशत कम थे। वह दूसरे स्थान पर था। बाकी बच्चों के मार्क्स भी अच्छे थे। सभी ने बारी-बारी से कमली को बधाई दी। अतुल ने उसे बधाई देते हुए कहा-

'इस बार तू बाजी मार ले गयी। मैं हमेशा से कहता रहा हूँ, तू मुझसे पढ़ने में तेज है। देखना, तेरे बारहवीं में भी अच्छे मार्क्स आएंगे'।

सबसे बातें करने के बाद कमली वापस घर जाने के लिए मुड़ी। तभी पीछे से अतुल ने उसे आवाज दी-

'अरे कमली, ऐसे तुम्हें घर जाने नहीं देंगे, तेरा ट्यूशन शुरू हो चुका है और तेरी पहली कमाई के पैसे तुझे मिल गए होंगे, आज तेरा रिज़ल्ट भी शानदार रहा, तुझे मोहल्ले के अपने दोस्तों को समोसा, जलेबी की पार्टी देनी होगी'।

कमली ने मुस्कुरा कर कहा-

'बिलकुल पार्टी होगी, चलो अभी सभी दोस्तों को इकट्ठा करते है और पार्टी करते हैं'।

दोनों साथ-साथ घर की ओर बढ़ चले। अतुल ने फोन कर के सभी को घर के पास की मिठाई की दुकान पर इकट्ठा होने के लिए कहा। जबतक ये दोनों दुकान पर पहुँचते, तबतक दो दोस्त वहाँ आ

चुके थे। ये लोग कमली के स्कूल में पढ़ते थे। थोड़ी देर में बाकी चार लोग आ गए।

अतुल ने सबको एक जगह इकट्ठा कर कहा-

'आज की पार्टी कमली की तरफ से है। सबसे पहले इसने ट्यूशन की शुरुआत कर दी है और आज ग्यारहवीं में इसने स्कूल में टॉप किया है'।

सभी दोस्तों ने एक साथ 'हिप-हिप हुर्रे' के नारे लगाए।

कमली ने उनलोगों को शांत करते हुए कहा-

'सबसे पहले मैं तुम लोगों को थैंक्स कहना चाहूंगी, तुम्हारी मदद से बारह बच्चों ने ट्यूशन के लिए आना शुरू कर दिया। तुम लोग नहीं होते, तब मैं अकेली इन्हें जुटा नहीं सकती थी। तुम्हारी वजह से मेरी पहली कमाई हुई है, इसलिए ये पार्टी है'।

लगभग आधे घंटे तक उनकी पार्टी चली। सभी ने कमली को बधाई दी। हालाकि, दोस्तों को अफसोस था, शाम के वक़्त ट्यूशन के कारण कमली अब मैदान में खेलने नहीं आ पाएगी। कमली ने उन्हें बताया, शनिवार और रविवार की छुट्टी के दिन वह उनके साथ कुछ समय निकालकर फुटबाल खेल पाएगी।

तीन दिनों बाद कमली का स्कूल खुल गया। ग्यारहवीं के सभी पास हुए बच्चे, बारहवीं में आ गए। अब कमली को सुबह नौ बजे से चार बजे तक स्कूल में पढ़ाई करनी थी और उसके बाद साढ़े चार से साढ़े छह बजे तक ट्यूशन। वह स्कूल खत्म कर सीधा घर आती और चाय पीकर ट्यूशन के क्लास लेना शुरू कर देती। शाम साढ़े छह बजे के बाद थोड़ा आराम कर वह अपनी पढ़ाई में जुट जाती। अगले बीस-पच्चीस दिनों तक ये सिलसिला चलता रहा।

पहली फरवरी के दिन सुबह छह बजे से कमली की कोचिंग क्लास शुरू होनी थी। माँ ने उसे पाँच बजे उठा दिया। सर्दी के दिन

के कारण बाहर अभी तक अंधेरा था। वह जल्दी से नहा-धोकर साढ़े पाँच बजे तक घर से निकल गयी। उस समय तक पौ नहीं फटी थी। माँ को उसे अकेली भेजने में डर लग रहा था, लेकिन तभी अतुल आ गया। उसके जेईई की कोचिंग क्लास सुबह छह बजे से शुरू होनी थी। वह अपनी साइकिल से आया था। कमली के साथ वह पैदल अपनी साइकिल लेकर कोचिंग सेंटर की तरफ निकल गया। सेंटर की दूरी कमली के घर से लगभग दो किलोमीटर की थी। उसे अतुल के साथ वहाँ पहुँचने में बीस मिनट लगे।

कोचिंग सेंटर दो-तल्ले का था, जिसमें नीचे और ऊपर तल्ले को मिलाकर कुल दस बड़े कमरे थे। इस सेंटर में मेडिकल और इंजीनियरिंग, दोनों के इम्तहान के लिए कोचिंग होती थी। कुल ढाई सौ बच्चों को अलग-अलग कमरों में पढ़ाया जाता था। कुछ दो साल की कोचिंग वाले थे और बाकी एक साल वालों की कोचिंग, उसी दिन से शुरू होनी थी। छह महीने की कोचिंग वालों की क्लास शाम के वक़्त लगने वाली थी। शहर के कई स्कूल में पढ़ने वाले लड़के-लड़कियां, इस कोचिंग सेंटर में आते थे। सेंटर के पहले तल्ले पर जेईई की क्लास चला करती थी। कमली की क्लास ग्राउंड फ्लोर के कमरे में होनी थी। एक बैच पच्चीस स्टूडेंट का था, जिसमें लड़के-लड़कियां दोनों शामिल थे। कमली के लिए स्कूल के अलावा कोचिंग क्लास में बैठना एक नया अनुभव था। संयोग से कमली की मेडिकल कोचिंग के बैच में उसकी बारहवीं क्लास के कई दोस्त थे।

पहले दिन के क्लास में टीचर ने सबसे नाम और पढ़ाई की जानकारी ली। कमली के बैच में सभी लड़के-लड़कियों को पता चल गया कि कमली अपने स्कूल की टौपर है। हालाकि, टीचर ने बताया कि बारहवीं के रिज़ल्ट का कोई ज्यादा असर मेडिकल के इम्तहान पर नहीं पड़ना है। सबको मेहनत करनी पड़ेगी। उसके बाद टीचर ने एक साल में कोचिंग दिये जाने के तरीके और मेडिकल इम्तहान के बारे में बताया।

क्लास लगभग सुबह साढ़े सात बजे खत्म हो गया। टीचर ने सभी को कई किताबें लेने की सलाह दी थी, जिसकी जरूरत कमली को आगे कोचिंग में पड़ती। यह भी बताया गया कि अगले दिन से क्लास सुबह छह से आठ बजे तक होगी। बाहर निकल कर कमली ने अतुल का इंतजार किया, लेकिन अतुल की क्लास खत्म होने में देरी थी, इसलिए वह अकेली घर आ गयी। घर आते-आते उसे तुरंत स्कूल के लिए निकलना था। जल्दी से उसने स्कूल ड्रेस पहना। माँ ने तबतक उसका नाश्ता और टिफ़िन तैयार कर दिया था। घर पर आधे घंटे रुक कर वह नाश्ता कर स्कूल चली गयी।

स्कूल में कई ऐसे लड़के-लड़कियां थे, जिन्होंने उसी दिन से कोचिंग क्लास की शुरुआत की थी। सभी ने आपस में अपने-अपने अनुभव बांटे। लंच के वक़्त अतुल ने कमली को अपने अनुभव बताए। उसने कोचिंग के अपने सिलेबस और जेईई इम्तहान के बारे में बताया। कमली को अतुल की बातचीत से आभास हुआ कि जेईई के इम्तहान मेडिकल से ज्यादा कठिन थे। अतुल ने उससे कहा-

'आज से तेरी असल परीक्षा शुरू हुई है। सुबह छह बजे से तुझे शाम के साढ़े छह बजे तक तीन अलग-अलग कामों में लगातार समय देना होगा। साथ-साथ तुझे अपने खाने-पीने और आराम के बारे में सोचना होगा। यह काम उतना आसान नहीं होगा, जितना तू समझ रही है, फिर भी तेरे में लगन है, तू कर सकती है। एक अच्छी बात है कि हर शनिवार और रविवार को तेरी पूरी छुट्टी रहेगी। उन दो दिनों में तू आराम कर सकती है'।

कमली ने अतुल की तरफ देख कर मुस्कुरा कर कहा-

'मैंने तुझे कहा था, मेरे पास दूसरा कोई चारा नहीं है, मुझे कोचिंग के लिए ट्यूशन क्लास लेनी होगी। जबतक कर पाऊँगी, काम चलता रहेगा। हाँ, मुझे लगता है, अब मुझे उतनी सुबह घर से

कोचिंग क्लास जाने के लिए एक साइकिल की जरूरत पड़ेगी। नई साइकिल शायद महंगी होगी, अगर सेकेंड हैंड मिली, तब भी मेरा काम चल जाएगा'।

अतुल ने तुरंत कहा-

'किशोर के घर उसकी बड़ी बहन की साइकिल है। अब उसके बहन की शादी हो चुकी है, इसलिए वह साइकिल यूं ही पड़ी है, वह एक बार उसे बेचने का जिक्र कर रहा था, मैं उससे पूछता हूँ'।

शाम को स्कूल से लौटकर उसने ट्यूशन की क्लास ली। उसके बाद उसने माँ के साथ थोड़ी इधर-उधर की बात की और फिर अपनी पढ़ाई में लग गयी। रात दस बजे जाकर उसका व्यस्त दिन खत्म हुआ। रात को सोने के पहले माँ ने उसके सिर में तेल लगाए। वह थक कर निढाल होकर तुरंत सो गयी।

अगले दिन स्कूल में अतुल ने उसे बताया कि किशोर अपनी बहन की साइकिल कमली को देने के लिए तैयार है, लेकिन वह पैसे लेने से इंकार कर रहा है। कमली ने स्कूल से लौटते वक़्त किशोर को साइकिल लेकर अपने घर पर बुला लिया था। साइकिल लगभग नई थी। कमली ने किशोर के बहुत मना करने पर भी उसके हाथ में डेढ़ हजार रुपये साइकिल के पकड़ा दिये। उसने साइकिल चला कर देखी। उसे कोई दिक्कत महसूस नहीं हुई। अब कमली को सुबह जल्दी से कोचिंग जाने और आने में दिक्कत नहीं होती।

अपनी व्यस्त दिनचर्या के कारण कमली अब घर के काम में सिर्फ शनिवार और रविवार को वक़्त निकाल पा रही थी। उस दिन उसे कपड़े धोने होते, घर की थोड़ी साफ-सफाई करती और फिर दिन या रात का खाना बनाने की कोशिश करती। उसे अंदाजा था, माँ की तबीयत के कारण उनपर घर का ज्यादा बोझ डालना उचित नहीं होगा, लेकिन सप्ताह के पाँच दिन उसके पास बिलकुल वक़्त नहीं

था। किसी-किसी दिन वह रात को सोते वक़्त सोचती, क्या वह इस तरह काम कर पाएगी। लेकिन घर की हालत और अपने करियर का ख्याल आते ही उसमें हिम्मत आ जाती।

कमली के पास अब हर महीने अड़तालीस सौ रुपये आ रहे थे। हर महीने उसे बैंक के लोन के पैसे देने होते थे। इसके अलावा उसने सबसे पहले अपनी कोचिंग की किताब खरीद ली। शाम के वक़्त ट्यूशन में बच्चों को बाहर बरामदे में थोड़ी ठंड लगती थी। कमली ने बरामदे की ग्रिल में प्लास्टिक का कवर खरीद कर लगवाया। माँ के बहुत कहने पर उसने अपना दो नया ड्रेस खरीदा, जिसे पहन कर वह कोचिंग क्लास जाया करती। इन सबके बाद बचे पैसे, वह माँ के हाथ में दे देती।

होली का त्योहार आ गया था। होली की छुट्टी में कोचिंग क्लास को तीन दिनों के लिए बंद किया गया। उसके बाद दो दिन शनिवार और रविवार थे, इसलिए कुल मिलाकर पाँच दिनों की छुट्टी मिली थी। इस दौरान कमली ने ट्यूशन क्लास भी बंद किए थे। स्कूल में होली की एक सप्ताह की छुट्टी थी।

बहुत साल से कमली ने होली ठीक से नहीं खेली थी। दरअसल, कमली के पापा की मौत होली के एक दिन पहले हुई थी, इसलिए उसके घर में कभी होली धूमधाम से नहीं मनाई गयी। किसी-किसी साल माँ उसे रंग, अबीर-गुलाल खरीद कर देती थी, लेकिन कमली का मन नहीं होता। वह बस घर में अपनी माँ को थोड़ा गुलाल लगाकर खुश हो जाती। होली के दिन घर में बढ़िया खाना बनता था। मोहल्ले में होली जम कर खेली जाती।

पाँच दिनों की छुट्टी के कारण कमली अपने आप को हल्का महसूस कर रही थी और खुश थी। उसकी माँ को इसका आभास हुआ तब उसने कमली से कहा-

'तू लगातार इतने महीनों से काम कर रही है, इस बार होली में तेरी पाँच दिनों की छुट्टी है, मैं चाहती हूँ, तू इस बार होली में खूब खुशियाँ मनाए, जम कर होली खेले। हम घर में उस दिन और अच्छे पकवान बनाएँगे'।

कमली को माँ की बात अच्छी लगी। वह पिछले कुछ महीनों से अपने दोस्तों से बिलकुल कट गयी थी। माँ के कहने पर उसने इस बार होली मोहल्ले में अपने दोस्तों के साथ खेलने की सोची। अब उसके हाथ में थोड़े पैसे भी थे। होली के एक दिन पहले सुबह में कमली ने बाजार से रंग, अबीर और पिचकारी ले ली थी। उसी दिन शाम में उसके घर के बाहर बरामदे में सभी दोस्तों ने जुट कर होली खेलने की प्लानिंग की।

होली के दिन सुबह नौ बजते-बजते तक कमली तैयार हो गयी। माँ सुबह से किचेन में पूआ, पूड़ी, सब्जी बनाने की तैयारी कर रही थी। कमली ने पकवान बनाने में माँ की मदद की। दोनों ने मिलकर पूआ, पूड़ी का नाश्ता किया। दस बजे तक जब घर के काम पूरे हो गए, तब कमली ने रंग, अबीर और पिचकारी निकाली। सबसे पहले उसने माँ के गाल पर अबीर लगाई और उनके पैर छुए। माँ ने कमली को अबीर का तिलक लगाया। कमली ने अतुल को फोन लगाया और उसे तैयार रहने के लिए कहा।

कमली अपने साथ रंग, अबीर और पिचकारी लेकर मोहल्ले में निकली। सबसे पहले वह अतुल के घर गयी। वहाँ उसने अतुल के पापा-मम्मी को थोड़ी-थोड़ी अबीर लगाई, उनके पैर छुए, फिर उसने अतुल को अबीर से सराबोर कर दिया। अतुल ने अपने घर में बाल्टी में रंग भर कर रखा था। कमली ने पिचकारी से अतुल और उसकी मम्मी पर रंग डाले। अतुल की मम्मी ने कमली को घर में बनी मिठाई और गुजिया खाने को दी।

थोड़ी देर रंग खेलकर और मिठाई खाकर वह अतुल के साथ मोहल्ले में निकली। तबतक उसके कुछ और दोस्त पहुँच गए थे। सभी ने आपस में एक दूसरे को रंग, अबीर लगाई। उसके बाद सभी ने मोहल्ले में जान पहचान वालों के यहाँ जाकर होली खेली। अबतक कमली पूरी तरह रंग और अबीर से सराबोर हो चुकी थी। एक दोस्त ने होली का गाना शुरू किया। सभी उसपर खूब नाचे। दोपहर एक बजे तक यह सिलसिला चलता रहा। उसके बाद सब अपने-अपने घर लौटे। कमली की माँ ने इतने सालों में पहली बार कमली को इस तरह से होली खेलते देखा था। कमली अंदर से बहुत खुश थी। अपने जीवन में पहली बार उसने ऐसी होली खेली थी।

आठ

अगले तीन महीने के अंदर कमली ने स्कूल की तरह कोचिंग क्लास में भी अपनी धाक जमा ली थी। वह सवालों के जवाब की पूरी तैयारी कर के आती, जिससे क्लास में वह अकेली थी, जो टीचर के सवालों का झट से जवाब देती। इससे सभी टीचर उससे खुश थे। कोचिंग की पहली तिमाही के टेस्ट में कमली को सबसे ज्यादा नंबर मिले। उसे कोचिंग के डाइरेक्टर ने क्लास में आकर शाबासी दी थी। उसके क्लास के लड़के-लड़कियों को क्लास के बाद किसी विषय के प्रश्न के बारे में कोई समस्या होती, तब सभी कमली के पास आते थे। कमली को जितना बन पड़ता, वह सबकी मदद करती। उसकी इस तेज बुद्धि के कारण कोचिंग के उसके साथी उसे 'कमली टीचर' कहने लगे थे।

ट्यूशन की क्लास में लगभग चार महीने पूरे होने पर कमली ने बच्चों के टेस्ट लिए। दो लड़कों को छोड़, सभी ने अच्छे नंबर लाये। वह चाहती थी, उसके पढ़ाये सभी बच्चे उसकी तरह अच्छा रिज़ल्ट करें। जिन दो लड़कों के नंबर थोड़े कम थे, उनपर कमली ने ज्यादा ध्यान देना शुरू किया।

गर्मी की छुट्टी में स्कूल बंद हो जाने के कारण कमली को घर पर पढ़ने के लिए ज्यादा टाइम मिलने लगा। पूरी एक महीने की

छुट्टी थी। इस दौरान उसने न केवल बारहवीं के कोर्स पर ध्यान दिया, बल्कि कोचिंग की क्लास के बाद मेडिकल टेस्ट के पुराने सवाल हल करने शुरू किए। उसने सोच रखा था, उसे किसी हालत में मेडिकल इम्तहान में पास करना है। वह घर में माँ की तबीयत का ख्याल रखने के साथ-साथ उन्हें खाना बनाने में मदद करती रही।

दोपहर बाद किसी-किसी रविवार को दोस्तों के बहुत कहने पर कमली मैदान में जाती और उनके साथ फुटबाल खेल लेती। खेल के बाद शाम तक सब आपस में गप्पें मारते फिर अपने-अपने घर वापस आ जाते। इससे कमली में फुर्ती आ जाती थी।

उन्हीं दिनों अचानक दो-तीन दिनों के लिए कमली के मामाजी अपनी पत्नी के साथ कमली के घर आए। अपने साथ वे अपने बगीचे से एक बड़ी टोकरी में आम भर कर लाये। संयोग से उन तीन दिनों में दो दिन शनिवार और रविवार था, इसलिए कमली पूरे दिन अपने मामा और मामी के साथ बिता सकी। कई महीनों के बाद मामाजी और मामीजी ने कमली को देखा था, इसलिए दोनों ने उसे देखते ही कहा-

'बेटा, तू पहले से कुछ दुबली हो गयी है, क्या बात है, तुझपर पढ़ाई का शायद ज्यादा बोझ पड़ गया है। तू ध्यान रखा कर'।

इससे पहले कमली कुछ जवाब देती, उसकी माँ ने कहा-

'अरे कमल, एक सुबह छह बजे से रात के दस बजे तक कमली या पढ़ाई में जुटी रहती है या ट्यूशन पढ़ा रही होती है। इसका खाने और आराम पर से ध्यान हट गया है। इसपर एक धुन सवार हो गया है'।

कमली ने मामाजी के हाथ पकड़ कर उन्हें बिठाते हुए कहा-

‘मामाजी, यह बारहवीं क्लास का वर्ष है, इसमें हर बच्चे को मेहनत करनी पड़ती है, मैं भी कर रही हूँ। अब कोचिंग और स्कूल से थोड़ा वक़्त मिल जाता है, तब थोड़ा ट्यूशन कर लेती हूँ’।

उसके बाद कमली ने मामाजी को कोचिंग के लोन और उसके कारण ट्यूशन करने के निर्णय के बारे में बताया।

मामाजी ने अपनी दीदी को देखते हुए कहा-

‘दीदी, तुमने मुझसे कहा होता, मैं कोचिंग की फीस दे देता, इसके लिए बेचारी कमली को ट्यूशन क्लास लेनी पड़ रही है, यह मुझे अच्छा नहीं लगा’।

कमली ने मुस्कुराते हुए अपने मामाजी से कहा-

‘पूरे दिन में सिर्फ दो घंटे का ट्यूशन है मामाजी और यह काम मुझे अच्छा लगता है। थोड़ी देर की मेहनत से मेरी कोचिंग की फीस निकल जाती है। आप नाराज न हों, आगे कभी जरूरत हुई, तब आपके सिवा और किस से कहेंगे’।

अगले तीन दिनों में गर्मी के बावजूद कमली ने मामाजी के साथ खूब घुमाई की। मामाजी अपने गाँव वापस चले गए और कमली फिर से अपनी पढ़ाई में जुट गयी।

घर में की गयी जबरदस्त पढ़ाई के कारण कमली को अब कोचिंग क्लास में सहूलियत हो रही थी। बहुत से चैप्टर उसने पहले से पढ़ रखे थे, इसलिए उसे उन्हें समझने में दिक्कत नहीं होती थी। उसके टीचर इस बात का ध्यान रखते थे। किसी-किसी दिन टीचर किसी विषय के लिए कमली को क्लास में लड़के-लड़कियों को समझाने के लिए कहते। कमली यह काम बड़ी सहजता से कर लेती थी। कोचिंग के दूसरे क्लास टेस्ट में कमली को पूरे बैच में सबसे ज्यादा नंबर मिले।

कमली की माँ की दवा चल रही थी। बीच में एक दिन शनिवार को छुट्टी के दिन कमली खुद माँ को डॉक्टर के यहाँ ले गयी। वहाँ उनकी फिर से पूरी जांच हुई। डॉक्टर ने बताया, कमली की माँ का ब्लड प्रेशर कंट्रोल में है, लेकिन उनके हृदय की धड़कन में दिक्कत है। दस धड़कनों के बीच में उनकी दो धड़कन गायब हो जाती थी। डॉक्टर ने उसके लिए अलग से दवा दी और कहा, अगर अगले तीन महीने में वे दवा से ठीक नहीं हुईं, तब उन्हें एक बार किसी हृदय रोग के विशेषज्ञ को दिखाना बेहतर होगा। उन्होंने पास के किसी डॉक्टर के बारे में कमली को बताया। माँ ने उसी दिन से दवा लेनी शुरू कर दी।

गर्मी की छुट्टियों के बाद दिसम्बर तक कमली की दिनचर्या उसी तरह रही। सुबह पाँच बजे उठकर, तैयार होकर कोचिंग क्लास जाना, उसके बाद स्कूल और फिर ट्यूशन। अब उसे इसकी आदत पड़ गयी थी। फिर भी शनिवार और रविवार को वह पूरी तरह आराम करती। इस बीच उसका जन्मदिन आया, चूंकि वह बुधवार का दिन था और उसे अपने काम से शाम में जाकर फुर्सत मिली, इसलिए कमली ने बड़ी सादगी से अपना जन्मदिन घर में मनाया।

इस बीच अतुल अपने जेईई की कोचिंग क्लास में व्यस्त था। वह बारहवीं के इम्तहान की साथ-साथ जबर्दस्त तैयारी कर रहा था। वह शाम को घर पर रह कर पढ़ाई करता। मोहल्ले के उसके दोस्तों में ज़्यादातर का यही हाल था। सभी अपनी-अपनी पढ़ाई में जुटे थे।

कुछ दिनों बाद कमली ने माँ को हृदय रोग के डॉक्टर को जाकर दिखाया। उसने टेस्ट कर बताया, धड़कन में गड़बड़ी के साथ-साथ कमली की माँ के हृदय की धमनियाँ सिकुड़ रही हैं। इसके लिए डॉक्टर ने अलग से नयी दवा लिखी और उन्हें सुबह-शाम टहलने के लिए कहा। उसने फिर तीन महीनों के बाद आकर दिखाने के लिए कहा।

इस बीच ट्यूशन क्लास के एक वर्ष पूरे हो चुके थे। कमली ने इतना बढ़िया पढ़ाया कि सभी बच्चे बहुत खुश थे। आखिरी टेस्ट में सभी ने बहुत अच्छे नंबर लाये। इस बात की खबर उनके द्वारा मोहल्ले और उनके स्कूल में हो गयी थी। अब अगले बैच की तैयारी थी। कमली के दोस्तों को ज्यादा मेहनत नहीं करनी पड़ी। अपने आप इस बार पंद्रह बच्चे ट्यूशन के लिए तैयार हो गए। इस बार कमली के मोहल्ले के बाहर के भी बच्चे आए थे। उसे एक और बेंच की व्यवस्था करनी पड़ी। कमली का अगला बैच पंद्रह जनवरी से शुरू हो गया। नए बैच में कमली को कुल छह हजार रुपये महीने के मिलने लगे। उसने बरामदे में कुछ और बल्ब लगवा दिये थे, जिससे बच्चों को पढ़ने में दिक्कत न हो।

जनवरी के अंत में कमली की कोचिंग क्लास पूरी हो गयी। पूरे एक वर्ष के टेस्ट में कमली फिर पहले नंबर पर रही। आखिर के दो महीनों में कमली ने कई बार कोचिंग की पूरी क्लास ली। आखिरी दिन इंस्टीट्यूट के डाइरेक्टर ने कमली को बुलाकर उसे कोचिंग इंस्टीट्यूट की तरफ से एक सर्टिफिकेट और एक मेडल दिया। पुरस्कार देते वक़्त डाइरेक्टर ने उससे कहा-

'मैंने अब तक कई बैच देखे हैं, कई लड़के-लड़कियों को देखा, लेकिन तुम सबसे अलग निकली। मेरा मानना है, तुम न केवल बारहवीं क्लास में, बल्कि मेडिकल टेस्ट में बहुत अच्छी पोजिशन लाओगी। तुम अगर चाहो तब आगे हम तुम्हें इस इंस्टीट्यूट में मेडिकल की कोचिंग क्लास लेने के लिए बुला सकते हैं'।

कमली बहुत खुश थी। फुटबाल के मैच के अलावा उसे जीवन में दूसरी बार पुरस्कार मिला था। उसने कहा-

'मुझे अभी बारहवीं और मेडिकल टेस्ट की तैयारी करनी है, देखते हैं कैसा रिज़ल्ट होता है, फिर मैं आपको बताऊँगी'।

उसके बाद वह सभी लड़के-लड़कियों से मिलकर घर चली आई। घर पर उसने माँ को अपने पुरस्कार दिखाये। माँ ने उसकी पीठ थपथपाते हुए कहा-

'मुझे तुम पर गर्व है बेटा'।

कमली ने फिर एक बार झुक कर अपनी माँ के पैर छुए।

इम्तहान की तैयारी के लिए स्कूल में छुट्टी हो गयी थी। मार्च में कमली के बारहवीं के इम्तहान थे और मई में मेडिकल टेस्ट। उसे अब सुबह से लेकर दोपहर बाद तक घर में रहना था। शाम को उसके दो घंटे के ट्यूशन क्लास जारी थे। दसवीं की तरह उसने एक बार फिर ज़ोर-शोर से पढ़ाई शुरू कर दी। सुबह चार बजे से उठकर वह पढ़ाई करती, जो सारा दिन जारी रहता। बीच-बीच में नाश्ता और खाना के अलावा बस पढ़ाई। शाम के वक़्त वह किसी तरह टाइम निकालकर ट्यूशन के क्लास कर लेती। वह अतुल से कम मिल पाती थी।

बारहवीं के इम्तहान शुरू हो गए थे। सुबह दस बजे से एक बजे तक इम्तहान होते थे। कमली ने एक-एक कर सारे दिन के विषय पार करने शुरू किए। उसका इम्तहान बहुत अच्छा जा रहा था। हर दिन आकर वह माँ को बताती कि उसने जो पढ़ा था, वही इम्तहान में आया। वह भीतर से संतुष्ट थी। स्कूल जाते या लौटते वक़्त उसकी भेंट अतुल से हो जाती। उसका इम्तहान भी अच्छा जा रहा था।

अब सिर्फ तीन पेपर बचे थे। उसमें एक-एक दिन का अंतराल था। पहले अंतराल वाले दिन जब कमली सुबह उठ कर पढ़ाई करनी चाही, तब उसने महसूस किया कि उसे ठंड लग रही है और उसके सिर में बहुत तेज का दर्द है। वह चाह कर बिस्तर से उठ नहीं पा रही थी। वह उस वक़्त माँ को जगाना नहीं चाहती थी। उसी स्थिति में वह बिस्तर पर लेटी रही। उसका बदन गरम हो रहा था। उसे लगा

जैसे उसे तेज बुखार हुआ है। लगभग साढ़े पाँच बजे रोज माँ उठकर उसके लिए चाय बनाती थी। वह जब कमली के कमरे में उसे देखने आई, तब उसे सोया देख उसने उसे जगाने की कोशिश की। जब कमली के बदन पर उसका हाथ पड़ा, तब वह चौंक गयी। कमली का बदन बुरी तरह तप रहा था।

माँ तुरंत अपने कमरे से थर्मोमीटर लेकर आई। उसने कमली को उठाया और फिर टेंपरेचर देखा। कमली को एक सौ तीन बुखार था। वह ठंड के मारे काँप रही थी। माँ ने जल्दी से उसे मोटा कंबल ओढ़ाया। उसे बुखार उतरने की दवा देनी थी। माँ किचेन में जाकर खाने के लिए बिस्किट ले आई और किसी तरह कमली को उठाकर उसने खिलाई। उसके बाद बुखार उतरने की उसे गोली खिलाई। कमली इस स्थिति के बावजूद उठ कर पढ़ना चाहती थी, लेकिन माँ ने उसे सुला दिया और उसके सिर पर ठंडे पानी की पट्टी देनी शुरू की। माँ को चिंता हो रही थी कि इस वक़्त कमली के बीमार होने से उसके इम्तहान पर असर न पड़े।

लगभग एक घंटे के बाद कमली का बुखार थोड़ा उतर गया। उसे अब कुछ बेहतर महसूस हो रहा था। उसने चाय पी कर कंबल ओढ़े बिस्तर पर पढ़ना शुरू कर दिया। माँ लगातार उसके साथ बैठी रही। अगले पाँच घंटे तक कमली ठीक रही, लेकिन उसके बाद उसका बुखार फिर चढ़ने लगा। उसे हल्की खांसी हो रही थी। अब कमली की माँ को चिंता हुई।

अगले दिन कमली का एक पेपर था। उसने अतुल की मम्मी को फोन किया। उन्होंने तुरंत मोहल्ले के डॉक्टर को फोन किया, जो उनकी पहचान वाले थे। आधे घंटे के अंदर डॉक्टर कमली के घर उसे देखने आ गए। जांच के बाद उन्होंने बताया कि कमली को फ्लू हुआ है और उसका गला खराब है। उसे ठीक होने में तीन-चार दिन लग

जाएंगे। डॉक्टर ने उसे दवा लिख दी। कमली ने किशोर को फोन कर बुला लिया। उसने बाजार से दवा लाकर दी।

कमली ने उसी हालत में दिनभर पढ़ाई की। देर शाम में उसे फिर बुखार आया। डॉक्टर ने कहा था, दो दिनों तक तेज बुखार आता रहेगा। माँ ने उसे दवा दी और उसे आराम करने के लिए कहा। उस दिन कमली की माँ ने ट्यूशन क्लास के बच्चों को कमली की बीमारी के बारे में बता दिया था और उन्हें तीन दिन बाद आने के लिए कहा। कमली ने अतुल से फोन पर पूछा कि इस हालत में वह कल कैसे इम्तहान देगी। अतुल ने कहा, वह कल इम्तहान शुरू होने के पहले जाकर स्कूल के प्रिन्सिपल से मिलकर कमली को किसी अलग रूम में इम्तहान देने की व्यवस्था के लिए राजी करेगा।

अगले दिन सुबह कमली को बुखार था। माँ ने उसे नौ बजे नाश्ता कराकर दवाई खिला दी। साढ़े नौ बजे माँ कमली के साथ स्कूल गयी। कमली को ठंढ महसूस हो रही थी, इसलिए उसने अपनी माँ की शाल ओढ़ ली थी।

स्कूल में अतुल ने प्रिन्सिपल से मिलकर कमली के लिए अलग रूम की व्यवस्था कर ली थी। कमली को उस रूम में इम्तहान के लिए बिठाया गया। उसके सामने कुछ दूरी पर अलग से एक कुर्सी पर उसकी माँ बैठ गईं। एक टीचर को उस कमरे में रखा गया। तीन घंटे के इम्तहान के दौरान बीच-बीच में माँ उसे पानी पिलाती रही। किसी तरह कमली ने तीन घंटे काटे। घर आकर वह फिर आराम करने लगी। अब एक दिन बाद उसका अगला पेपर था।

अगले दिन सुबह तक कमली का बुखार कम हो गया। वह पढ़ाई में जुटी रही। उसे थोड़ी कमजोरी लग रही थी। लेकिन फिर भी उसने हिम्मत नहीं हारी। कमली के बाकी दोनों इम्तहान उसी तरह अलग कमरे में हुए। किसी तरह सारे पेपर खत्म हुए।

अब कमली का बुखार ठीक हो गया था। फिर भी कमजोरी के कारण उसने अगले एक सप्ताह तक आराम करने की सोची। अब उसके सिर पर मेडिकल का इम्तहान था। वह फिर से इम्तहान की तैयारी में जुट गयी। अगले एक महीने तक उसने फिर जोरदार पढ़ाई की।

मई की शुरुआत में मेडिकल के इम्तहान हुए। इस बार पेपर थोड़े आसान थे। कमली का इस तरह टेस्ट देने का पहला अनुभव था, लेकिन कोचिंग क्लास की पढ़ाई के कारण उसे टेस्ट देने में कोई दिक्कत नहीं हुई। उसने अपने हिसाब से लगभग सारे सवाल सही किए थे। वह टेस्ट दे कर संतुष्ट थी। वह बस एक बात को सोच कर थोड़ी डरी हुई थी कि उसने सिर्फ बिहार प्री-मेडिकल टेस्ट का फॉर्म भरा था। दरअसल, माँ के कारण वह पटना में रहकर मेडिकल की पढ़ाई करना चाहती थी। उसके मन में कहीं भरोसा था कि पटना के दो मेडिकल कॉलेज में कहीं न कहीं उसका एड्मिशन हो जाएगा। हालाकि, मन के एक कोने में उसे थोड़ा डर महसूस होता था, लेकिन उसने अपने मन को शांत कर पढ़ाई की ओर ध्यान लगाया। उसके विपरीत अतुल ने जेईई का फॉर्म भरा था, जिसमें देश भर के बहुत सारे कॉलेज में जाने का विकल्प था।

मेडिकल इम्तहान के सात दिनों बाद कमली के बारहवीं के रिज़ल्ट आए। इस बार इम्तहान अच्छा होने के कारण उसे रिज़ल्ट का डर नहीं लग रहा था। इस बार रिज़ल्ट देखने के लिए अतुल ने अपने घर सभी दोस्तों को बुलाया था। अतुल के पापा ने उसे दो दिन पहले एक नया लैपटाप खरीद कर दिया था। अतुल अपने नए लैपटाप पर सबके रिज़ल्ट देखना चाहता था।

एक बार फिर कमली सुबह दस बजे अतुल के घर गयी। वहाँ उसके दोस्त पहले से मौजूद थे। सभी रिज़ल्ट के लिए व्यग्र थे।

लेकिन सभी को कमली और अतुल के रिज़ल्ट का इंतजार था। कोई कमली का ज्यादा नंबर बताता, कोई अतुल का। क्लास में यही दोनों सबसे तेज थे। अतुल के नए लैपटाप की भी उनके बीच चर्चा थी।

दिन के साढ़े दस बजे रिज़ल्ट आ गए। पहले अतुल ने एक-एक कर अपने दोस्तों के रिज़ल्ट देखे। कुल सात लोग थे। पाँच के रिज़ल्ट अच्छे हुए थे। किसी के अस्सी प्रतिशत और किसी के पचासी प्रतिशत। इसी के बीच पांचों के नंबर थे। अब अतुल की बारी थी, उसने अपने रौल नंबर लैपटाप में टाइप किया। उसका रिज़ल्ट आ गया। थोड़ी देर तक नंबर देख कर अतुल ने कहा 'पंचानवे प्रतिशत से थोड़ा ज्यादा'। सभी उछल पड़े। कमली को बहुत खुशी हुई। सभी ने अतुल को बधाई दी। किशोर ने अतुल के नंबर सुनकर कहा-

'कमली, अब अतुल को मात देना तुम्हारे लिए मुश्किल होगा। लगता है अतुल ने बाजी मार ली है'।

कमली ने मुस्कुरा कर कहा-

'हाँ, अब इससे ज्यादा नंबर लाना मेरे लिए मुश्किल है, मैंने अतुल के सामने हार मान ली'।

अतुल ने सबकी बात सुन कर कहा-

'अरे तुमलोग कमली को कम आंक रहे हो, इसके पेपर मुझसे बहुत अच्छे गए हैं, देखना मुझसे ज्यादा नंबर लाएगी'।

इतना कहते हुए अतुल ने कमली के रौल नंबर डाले। उसने सबको कह दिया था कि कमली के मार्क्स सबसे पहले वह देखेगा। कमली के नंबर आ गए थे। अतुल ने गौर से लैपटाप के स्क्रीन को देखा और मुस्कुराने लगा। पहले उसने ना में सिर हिलाया, मानो कमली अतुल से पीछे रह गयी हो, लेकिन अचानक उसने कुर्सी से उछलते हुए कहा-

'अनठानवे प्रतिशत'।

कमली को एक क्षण के लिए विश्वास नहीं हुआ। उसे लगा अतुल उससे मज़ाक कर रहा है। उसने आगे बढ़ कर अपने नंबर देखे। वाकई उसे अनठानवे प्रतिशत आए थे। रिज़ल्ट देख कर उसे विश्वास नहीं हुआ। सभी दोस्तों ने कमली को बधाई दी। अतुल के पापा-मम्मी कमरे में आ गए थे। उन दोनों ने सबको बधाई दी और खास कर अतुल की मम्मी ने कमली के सिर पर हाथ रख कर आशीर्वाद दिया। कमली ने पापा-मम्मी के पैर छुए। अतुल की मम्मी मिठाई लेकर आ गईं। सभी ने अगले एक घंटे तक अतुल के घर में बैठकर धमाचौकड़ी मचाई।

इस बीच अतुल को फोन से पता चला कि कमली ने पूरे राज्य में पहला स्थान प्राप्त किया है। उसने सभी को बताया। सभी ने एक बार फिर कमली को बधाई दी। कमली की खुशी का ठिकाना नहीं था। वह तुरंत अपने घर गयी और माँ को जाकर बताया। उसने फोन से अपने मामाजी को भी अपने रिज़ल्ट के बारे में बताया। सभी ने उसे बधाई दी। कमली की माँ आज बहुत ज्यादा खुश थी कि बीमार होने के बावजूद कमली ने इतना अच्छा रिजल्ट किया। अब कमली के मेडिकल टेस्ट के रिज़ल्ट की बारी थी, जो सबसे जरूरी था।

शाम में कमली अपने घर पर ट्यूशन क्लास ले रही थी, तभी दरवाजे पर उसे दो तीन लोग दिखाई पड़े, जिनमें एक लड़की थी। एक के हाथ में बड़ा-सा कैमरा था। कमली थोड़ी ठिठकी, फिर उसने आगे बढ़ कर उनसे आने का कारण पूछा। पता चला किसी स्थानीय टीवी चैनल से वे आए थे और कमली के राज्य में टॉप करने पर उसका इंटरव्यू लेने आए थे। उनके साथ दो लोग स्थानीय अखबार के थे। कमली को थोड़ा अजीब लगा, उसने बच्चों को बैठने के लिए कहा और बाहर से आए लोगों को लेकर बाहर के कमरे में चली आई।

तबतक माँ अंदर से बाहर के कमरे में आ गयी। कमली ने उसे सारी बातें बतायीं।

मीडिया वालों ने अगले आधे घंटे तक कमली से बातचीत की। उसकी दिनचर्या, उसकी पहले की जिंदगी, उसके कोचिंग क्लास और आगे की पढ़ाई, सभी विषयों पर प्रश्न पूछे। कमली ने सभी का जवाब दिया। उसके कई फोटो खींचे गए। ट्यूशन क्लास के साथ उसके फोटो लिए गए। वह मन ही मन खुश हो रही थी, उसके जीवन में यह पहली बार हुआ था। इंटरव्यू खत्म कर वे चले गए। उन्होंने जाते-जाते बताया, कल सुबह दस बजे स्थानीय चैनल पर कमली का इंटरव्यू दिखाया जाएगा। उनके जाने के बाद वह फिर ट्यूशन क्लास लेने लगी।

अगले दिन अतुल ने सुबह-सुबह कमली को फोन किया और बताया कि कमली की तस्वीर अखबार में छपी है, साथ में उसका लंबा इंटरव्यू भी है। कमली ने अतुल को एक दिन पहले शाम के इंटरव्यू के बारे में बताया। उसने उसे दस बजे टीवी पर इंटरव्यू दिखाये जाने के बारे में भी बताया। अतुल ने इसकी जानकारी फोन से अपने दोस्तों को दे दी। कमली ने तुरंत अपनी साइकिल उठाई और पास की किताब की दुकान से दो हिन्दी अखबार खरीद कर ले आई। दोनों अखबारों के पहले पन्ने पर उसकी तस्वीरें थीं। एक तस्वीर थी, जब वह अखबार के लोगों से बात कर रही थी और दूसरी तस्वीर उसके ट्यूशन क्लास लेते समय की थी। उसके बारे में बड़ा-सा छपा था। माँ ने देख कर कमली को गले लगाकर उसके माथे को चूमा। कमली ने पूरा इंटरव्यू पढ़ा। उसने मामाजी को फोन कर बताया। मामाजी ने कहा कि वे रास्ते में हैं और कमली के घर आ रहे हैं।

कमली ने अखबार लेकर अपने पापा की तस्वीर के सामने हाथ जोड़े। उसकी आँखों में आँसू थे। उसे पापा की बहुत याद आ रही थी। आज वे होते तब अपनी बेटी की सफलता को देख कर गर्व करते।

लगभग दो घंटे के बाद कमली के मामाजी अपनी गाड़ी से आए। कमली ने उनसे पूछा-

'आपको इतनी देर कहाँ लगी, आपने बताया, आप रास्ते में हैं'।

मामाजी ने तुरंत जवाब दिया-

'दरअसल, मैं अपनी भांजी के लिए उसके पसंद की गिफ्ट लेने लगा था'।

उनके हाथ में कागज का एक बड़ा थैला था। उन्होंने उसे कमली को देते हुए कहा-

'बधाई कमली बेटा, तुमने हम सब का नाम ऊंचा कर दिया, यह स्पेशल गिफ्ट तुम्हारी इस बड़ी सफलता के लिए है'।

कमली ने उस थैले को खोल कर देखा, उसमें एक बड़ा डिब्बा था, उसके अंदर खोलने पर कमली अवाक रह गयी। वह एक अच्छी और नामी कंपनी का नया लैपटाप था। कमली ने उसे बाहर निकाला, माँ ने उसे देखा, फिर उसने कमल को देख कर कहा-

'तुम क्यों इतने महंगे सामान लाते हो, कितना पैसा लगा होगा, इसे खरीदने में'।

कमल ने फिर वही पुराना जवाब दिया-

'क्या कहती हो दीदी, बिटिया ने पूरे खानदान का नाम रौशन कर दिया है, इतनी बड़ी कामयाबी के लिए यह मामूली है, आगे इसकी जरूरत इसे पड़ेगी, मैंने बहुत सोच-समझ कर इसे खरीदा है। तुम फिर से पैसों की बात मत उठाओ, मुझे अच्छा नहीं लगता है'।

कमली ने मामाजी को धन्यवाद दिया। उसने उन्हें अखबार में छपी तस्वीर दिखाई। तबतक सुबह के दस बजने वाले थे। कमली ने टीवी खोला। ठीक दस बजे उसका इंटरव्यू आने लगा। वह हरेक

सवाल का निर्भीक होकर जवाब दे रही थी। टीवी पर उसका चेहरा सुंदर लग रहा था। मामाजी ने एक बार फिर कमली को बधाई दी। कुछ देर रुककर, मामाजी दिन का खाना खाकर वापस गाँव चले गए।

जून के पहले सप्ताह में कमली के मेडिकल प्रवेश टेस्ट का रिज़ल्ट आया। इस बार उसे अतुल के यहाँ जाने की जरूरत नहीं पड़ी। बहुत डरते हुए उसने मामाजी के लाये लैपटाप पर अपना रिज़ल्ट देखा। उसे इस बात का डर था कि अगर वह इस टेस्ट में पास नहीं हुई, तब उसे अगले साल तक इंतजार करना पड़ेगा। लेकिन वह न केवल इस टेस्ट में पास हुई बल्कि उसके बहुत अच्छे नंबर आए और वह राज्य में टॉप पाँच लड़के-लड़कियों में दूसरे स्थान पर थी। कमली की मेहनत रंग लायी। उसका एड्मिशन अब पटना मेडिकल कॉलेज में होना तय था। सबसे बड़ी खुशी की बात थी कि वह माँ के साथ पटना में रह कर मेडिकल की अगले पाँच-छह साल पढ़ाई करेगी। अतुल के साथ उसके माता-पिता कमली को घर पर बधाई देने के लिए आए। एक-एक कर उसके सारे दोस्त उससे मिलने आए।

एक दिन बाद अतुल के इंजीनियरिंग टेस्ट का रिज़ल्ट आया। वह आईआईटी के लिए चुन लिया गया था। उसका रैंक बहुत अच्छा था। उसका किसी न किसी आईआईटी में एड्मिशन होना पक्का हो गया था। कमली ने अतुल के घर जाकर उसे बधाई दी। उस दिन कमली से मिलकर अतुल थोड़ा मायूस था। अपने कमरे में उसने कमली का हाथ पकड़ कर कहा-

'कमली, अब यह तय हो गया कि हम दोनों आगे साथ-साथ नहीं पढ़ सकेंगे। अब तुम यहाँ पटना में और मैं न जाने कहाँ रहूँगा। अब सिर्फ छुट्टियों में तुमसे मिल पाऊँगा'।

कमली को बुरा लग रहा था। उसने कहा-

'कोई बात नहीं, हम दोनों फोन से एक दूसरे के संपर्क में रहेंगे'।

अतुल से मिलकर कमली घर वापस आ गयी थी। रात में सोते वक़्त उसे अतुल की कही बात याद आने लगी। पता नहीं क्यों अतुल से दूर होने की बात सोचकर वह मायूस हो रही थी। अतुल बस उसका दोस्त था, खास दोस्त, लेकिन दोनों में कहीं न कहीं एक दूसरे के लिए अजीब-सा अपनापन पनपने लगा था, जिसे दोनों समझ नहीं पा रहे थे। कमली थोड़ी बेचैन हो रही थी। फिर उसने अपना ध्यान दूसरी तरफ कर सोने की कोशिश की।

नौ

कमली ने बारहवीं और मेडिकल टेस्ट के रिज़ल्ट के बारे में सोचा था कि वे अच्छे होंगे, लेकिन उसे अनुमान नहीं था, उसके इतने अच्छे रिज़ल्ट होंगे। वह अभी तक एक के बाद एक मिली सफलताओं पर विश्वास नहीं कर पा रही थी। हालाकि, उसने अपनी तरफ से मेहनत करने में कोई कसर नहीं छोड़ी थी। इस बीच शाम के वक़्त उसकी ट्यूशन क्लास चलती रही। बच्चों को भी अपनी टीचर के रिज़ल्ट पर गुमान था। कई ने कमली को फूलों के गुलदस्ते लाकर उसे बधाई दी।

मेडिकल टेस्ट के रिज़ल्ट के तीन दिन बाद एक बार फिर सुबह अतुल का फोन आया। उसने बताया, कमली की तस्वीर फिर अखबार में छपी है। दरअसल, कमली ने जिस कोचिंग इंस्टीट्यूट से कोचिंग ली थी, वहाँ से पहली बार किसी स्टूडेंट ने मेडिकल टेस्ट में राज्य में दूसरा स्थान लाया था। इसके लिए इंस्टीट्यूट ने कमली की बड़ी तस्वीर के साथ अपने कोचिंग क्लास का इश्तेहार अखबारों में पहले पन्ने पर छपवाया था। उसके साथ उस इंस्टीट्यूट ने जेईई के रिज़ल्ट का इश्तेहार भी लगाया था, जिसमें अतुल और अन्य कई लड़के- लड़कियों की तस्वीरें थीं। कमली ने बाजार से जाकर दो-तीन अखबार खरीदे। वाकई में हर अखबार के पहले पन्ने पर पूर पेज का

इश्तेहार था, जिसमें कमली की बड़ी तस्वीर छपी थी और उसके नीचे लिखा था 'कोचिंग इंस्टीट्यूट की शान'। कमली ने माँ को अखबार की अपनी तस्वीर दिखाई। माँ ने कमली को गले लगाते हुए कहा-

'बेटा, तूने वाकई कमाल कर दिया। मैंने नहीं सोचा था, तेरे इतने अच्छे रिज़ल्ट होंगे। मेरा आशीर्वाद है, आगे तुम और तरक्की करोगी और अपने पापा का नाम रौशन करोगी'।

कमली ने अखबार को ले जाकर अपने पापा की तस्वीर के सामने रखा और कहा-

'देखो पापा, मैं शुरू से सबको कहती थी, बड़ी होकर डॉक्टर बनूँगी, अब समय आ गया है, मेडिकल कॉलेज में एड्मिशन लेने का। देखो, तेरी बिटिया का लोग सम्मान कर रहे हैं। यह बस, आपका और माँ का आशीर्वाद है, जो मैं इतना कर पा रही हूँ'।

इतना कहते-कहते कमली की आँखों में एक बार फिर आँसू थे।

अचानक कमली का फोन बज उठा। उसने सोफ़े के टेबल पर पड़े फोन को उठाया। उधर से एक भारी आवाज थी-

'हैलो, आप कमलेश्वरी जी बोल रही हैं'।

कमली को बहुत दिनों के बाद अपना पूरा नाम सुन कर अटपटा लगा, फिर भी अपने आप को स्थिर करते हुए उसने जवाब दिया-

'जी, मैं कमलेश्वरी बोल रही हूँ, बताइये क्या काम है'।

उधर से आवाज आई-

'मैं कोचिंग इंस्टीट्यूट का डाइरेक्टर बोल रहा हूँ। आपने मेरे यहाँ से मेडिकल की कोचिंग ली थी'।

कमली ने डाइरेक्टर की आवाज पहचान ली और कहा-

'नमस्ते सर, मैंने पहचान लिया आपको, बताइये क्या बात है'।

डाइरेक्टर ने तुरंत कहा-

'सबसे पहले आपको बहुत-बहुत बधाई, आपने न केवल अपने परिवार का बल्कि हमारे कोचिंग इंस्टीट्यूट का नाम ऊंचा कर दिया। हम लोग आपकी इस बड़ी सफलता के लिए कल दिन में ग्यारह बजे इंस्टीट्यूट में आपका सम्मान करना चाहते हैं, आपको आना होगा'।

कमली को डाइरेक्टर की बात सुन कर खुशी हुई। उसने थोड़ा रुक कर कहा-

'सम्मान के लिए आपका धन्यवाद सर। मैं कल समय पर आ जाऊँगी'।

उधर से डाइरेक्टर ने कहा-

'कल साढ़े दस बजे हमारा एक आदमी गाड़ी लेकर आपके घर जाएगा, आप उसी से यहाँ आ जाएंगी, फिर आपको गाड़ी से वापस घर छोड़ देंगे'।

कमली ने धन्यवाद कह फोन रख दिया। वह अंदर से बहुत खुश थी। उसने माँ को सम्मान समारोह के बारे में बताया। वह चाहती थी, उसकी माँ उसके साथ समारोह में जाये। कमली के बहुत समझाने पर माँ जाने के लिए तैयार हो गयी।

अगले दिन वह जल्दी तैयार हो गयी। उसने अपने मामाजी के दिये हुए सलवार सूट पहने। ठीक साढ़े दस बजे गाड़ी आ गयी। बिलकुल नयी चमचमाती गाड़ी थी। कुछ देर रुक कर कमली अपनी माँ के साथ कोचिंग इंस्टीट्यूट के लिए निकल पड़ी। गाड़ी में पीछे की सीट पर वह अपनी माँ के साथ बैठी और आगे ड्राईवर के बगल

की सीट पर इंस्टीट्यूट से आया व्यक्ति बैठा। पाँच मिनट में वे इंस्टीट्यूट पहुँच गए। वहाँ पहुँच कर इंस्टीट्यूट के बाहर के नजारे देख कमली चौंक गयी।

इंस्टीट्यूट के बाहर बैंड बज रहा था। कई लड़के-लड़कियां और उनके साथ टीचर, कमली की आगवानी के लिए हाथों में फूल के गुलदस्ते लेकर खड़े थे। उससे भी ज्यादा, इंस्टीट्यूट के बाहर गेट पर कमली की दो तस्वीरों के बड़े-बड़े कट-आउट लगे थे। कमली और उसकी माँ यह सब देख कर हैरान थीं।

गाड़ी से नीचे उतरते ही कमली पर पहले फूलों की बारिश हुई। उसके बाद आगे बढ्ने पर पहले टीचर और उसके बाद बच्चों ने बारी-बारी से उसे और उसकी माँ को फूलों के गुलदस्ते दिये। बैंड का बजना जारी था। उन सब के बीच गुजरती हुई दोनों ने इंस्टीट्यूट के गेट में प्रवेश किया। गेट के अंदर इंस्टीट्यूट के डाइरेक्टर फूलों का बड़ा गुलदस्ता लेकर खड़े थे। उन्होंने कमली को गुलदस्ता देकर बधाई दी। कमली ने झुक कर डाइरेक्टर को प्रणाम किया।

दोनों को डाइरेक्टर पहले अपने कमरे में ले गए। वहाँ पर उन्हें सोफ़े पर बिठाया गया। थोड़ी देर में वहाँ चाय और नाश्ता आ गया। तबतक बाकी लोग सम्मान समारोह की तैयारी कर रहे थे। कमली को यह सब सपना लग रहा था। उसकी माँ सकुचाई-सी सब कुछ देख रही थी। उसे मन ही मन कमली पर गर्व हो रहा था।

थोड़ी देर में एक टीचर ने आ कर बताया, वे सब तैयार हैं। डाइरेक्टर के कमरे से कुछ दूर पर एक बड़ा हॉल था। सभी उठ कर उसके अंदर गए। वहाँ लगभग तीन सौ लड़के-लड़कियां बैठे थे। उनके सामने की पंक्ति में पाँच-छह सोफ़े लगे थे, जिनमें से एक सोफ़े पर कमली और उसकी माँ को बिठाया गया। कमली के बगल के सोफ़े

पर डाइरेक्टर बैठे। बाकी सोफ़े पर सीनियर टीचर बैठे। सामने एक छोटा-सा स्टेज था, जिसपर दो कुर्सी लगी थी।

स्टेज से एक टीचर ने कमली और डाइरेक्टर को मंच पर आमंत्रित किया। कमली के मंच पर जाते ही हॉल तालियों से गूंज उठा। दोनों मंच पर लगी कुर्सी पर बैठे। सबसे पहले डाइरेक्टर ने कमली को शाल ओढ़ाकर सम्मानित किया। उसके बाद उन्होंने अपना भाषण दिया। उन्होंने कमली की बारहवीं के रिज़ल्ट और फिर मेडिकल टेस्ट में पोजीशन लाने पर बधाई दी। उन्होंने कहा कि अपने जूनियर बच्चों को कमली बताए कि उसने कैसे इम्तहान की तैयारी की और आगे वह अपने करियर को कैसे देखती है। उसके बाद कमली को बोलने के लिए आमंत्रित किया।

कमली के लिए यह पहला मौका था, इतनी बड़ी भीड़ के सामने माइक पर बोलने का। शुरू में वह थोड़ी घबड़ाई। उसने माँ की ओर देखा। माँ ने उसे बोलने का इशारा किया। वह बड़ी हिम्मत जुटा कर माइक के सामने आई और बोलना शुरू किया-

'मैं सबसे पहले इस कोचिंग इंस्टीट्यूट के डाइरेक्टर सर को धन्यवाद देना चाहूंगी, जिन्होंने आज मेरा इतना सम्मान किया है। मुझे नहीं पता मैं इतने सम्मान के लायक हूँ या नहीं। मैंने बस अपना काम किया है। मुझे पता था, मेरे लिए मेडिकल टेस्ट में पास होना कितना जरूरी था। उसी को ध्यान में रख कर मैंने पूरी लगन से पढ़ाई की। मेरे सामने मेडिकल में एड्मिशन लेना मछली की आँख की तरह हो गया था। उसके सिवा मुझे कुछ नहीं दिखता था। बस यही काम आप सबको करना है। एक लक्ष्य लेकर चलना है और उसे पाने के लिए जबर्दस्त मेहनत करनी है। सफलता जरूर मिलेगी। मैं आगे चलकर डॉक्टर बनूँगी और मेरी कोशिश रहेगी कि मैं गरीबों की ज्यादा से ज्यादा सेवा कर सकूँ। मेरी माँ ने मुझे बहुत

प्रोत्साहित किया है और मुझ पर भरोसा रखा। वह मेरी पूरी तैयारी के दौरान मेरे साथ रही। माँ, मैं इसके लिए आपको विशेष धन्यवाद देती हूँ। इस कोचिंग इंस्टीट्यूट में क्लास करके मुझे मेडिकल टेस्ट की तैयारी में बहुत मदद मिली। इसके लिए मैं अपने सभी टीचर और खास कर इंस्टीट्यूट के डाइरेक्टर सर को धन्यवाद देना चाहूंगी। अंत में मैं अपने पापा को याद करना चाहती हूँ, जो मेरे प्रेरणास्रोत रहे हैं। धन्यवाद'।

कमली के भाषण के बाद सभी ने खड़े होकर तालियाँ बजाईं। उसके बाद डाइरेक्टर ने कमली को एक बड़ी-सी ट्रॉफी सम्मान में दी। दोनों स्टेज से नीचे उतर आए। कमली की माँ ने उसकी पीठ ठोंकी। कुछ देर बच्चों के बीच रह कर कमली हॉल से निकल गयी। डाइरेक्टर ने कमली को अपने कमरे में ले जाकर अकेले में कहा-

'आप जैसे लोगों की इस इंस्टीट्यूट को जरूरत है। आपका एड्मिशन चूंकि पटना मेडिकल कॉलेज में होगा और वहाँ क्लास में जाने के पहले आपके पास थोड़ा वक़्त रहेगा, इसलिए मुझे बहुत खुशी होगी, अगर आप सुबह के वक़्त इस इंस्टीट्यूट में आ कर मेडिकल टेस्ट की कोचिंग क्लास लें। आपकी सप्ताह में पाँच क्लास होंगी, जिसके लिए हम प्रति क्लास आपको दो हजार रुपये देंगे। आपको महीने के चालीस हजार से ज्यादा मिल जाएँगे और हमें आप जैसी अच्छी टीचर की मदद मिल जाएगी। मुझे आशा है, आप इस पर विचार करेंगी'।

कमली ने उनकी बात सुनी, फिर कहा-

'सर, अभी मैं आपको कुछ नहीं बोल पाऊँगी, मुझे कुछ दिन और सोचने का मौका दें, अगर वक़्त मिला, तब मैं जरूर इसके बारे में सोचूँगी'।

इतना कह कर कमली और उसकी माँ बाहर निकल कर गाड़ी में बैठीं और घर चली आयीं। घर आकर कमली ने माँ को डाइरेक्टर की कही बात बताई। माँ ने गंभीरता से उसकी बात सुनी। कमली के सामने एक बहुत अच्छा ऑफर था। वह थोड़ी मेहनत कर महीने के चालीस हजार से ज्यादा कमा सकती थी। माँ ने उसे समझाया, अभी उसका मेडिकल कॉलेज में एड्मिशन और वहाँ की पढ़ाई ज्यादा जरूरी है। अगर वहाँ से वक़्त मिला, तब वह कोचिंग क्लास के बारे में सोच सकती है। कमली ने माँ की बात मान ली।

इस बीच एक महीने पहले दसवीं के रिज़ल्ट आ चुके थे। कमली को पता चला कि ट्यूशन क्लास में उसके पढ़ाये लगभग सभी बच्चों को अच्छे नंबर मिले हैं। वे सभी कमली के मोहल्ले के बच्चे थे। कई ने आकर कमली को घर पर धन्यवाद दिया। इधर कमली की तस्वीर दो बार अखबारों में आई। यह देखकर कई बच्चों के माँ-बाप अपने बच्चे के साथ कमली से मिलने उसके घर पर आए। हर रोज, दिन या शाम के वक़्त कोई न कोई परिवार आता रहा। हर कोई मिठाई के डब्बे लेकर आता या कमली के लिए फूलों के गुलदस्ते। कई ऐसे लोग थे, जिससे कमली की माँ पहले नहीं मिली थीं। कमली के पढ़ाये कई बच्चों को नब्बे प्रतिशत से ज्यादा नंबर आए थे। कई माँ-बाप ने कमली को उनके बच्चे के ग्यारहवीं और बारहवीं में ट्यूशन देने की बात कही। कमली को खुशी थी कि उसका पढ़ाया हुआ सार्थक हुआ।

मेडिकल टेस्ट के रिज़ल्ट के दस दिनों बाद कमली को काउंसिलिंग की चिट्ठी मिली। उसे दो दिनों बाद मेडिकल विभाग के स्थानीय ऑफिस में सारे कागजात के साथ बुलाया गया। अब मेडिकल कॉलेज में उसके दाखिले की प्रक्रिया शुरू हो चुकी थी। कमली का डॉक्टर बनने का सपना अब सच होता दिखाई दे रहा था। वह अंदर से बहुत खुश थी। उसने इस बीच इंटरनेट पर मेडिकल की पूरी पढ़ाई के बारे में जानकारी ले ली थी। उसे अंदाजा हो गया था,

अगले छह वर्ष तक, उसे एक बार फिर बहुत मेहनत करनी पड़ेगी। उसने कॉलेज की फीस और पढ़ाई के दौरान किताबों आदि पर खर्च का हिसाब कर लिया था। इसलिए अब वह कोचिंग इंस्टीट्यूट के डाइरेक्टर के दिये गए प्रस्ताव के बारे में गंभीरता से सोचने लगी थी। इसके अलावा उसे कॉलेज जाने-आने के लिए कोई सवारी की जरूरत पड़ने वाली थी। अब साइकिल से उतनी दूर कॉलेज जाना संभव नहीं था। उसने इसके लिए एक स्कूटी लेने की सोची, लेकिन उसके दाम बहुत थे। इन्हीं सब उधेड़बुन में वह पिछले कुछ दिनों से थी।

दो दिन बाद कमली अपने सभी कागजात लेकर काउंसिलिंग के लिए गयी। वहाँ मेडिकल टेस्ट में पास हुए सभी लड़के-लड़कियों को बुलाया गया था। दफ्तर के बाहर बरामदे में एक टेबल लगाकर सूचना डेस्क बनाया गया था। वहाँ सभी को टेस्ट में लाये रैंक के हिसाब से पर्ची दी जा रही थी। चूंकि कमली का टेस्ट में दूसरा रैंक था, इसलिए उसकी पर्ची पर दो नंबर लिखा था। काउंसिलिंग शुरू होने में थोड़ा वक़्त था। तबतक सभी दफ्तर के बरामदे में खड़े होकर अपनी बारी का इंतजार कर रहे थे। अंदर कमरे में एक-एक कर बुलाया जा रहा था। कमली का नाम पुकारे जाने के पहले प्रथम रैंक पर आने वाले लड़के को बुलाया गया। उसका नाम पुकारे जाने के कारण कमली को पता चला कि उसका नाम अविनाश है। वह कमली से कुछ दूरी पर खड़ा था। कमली ने उसे देखा। दुबला-पतला, गोरा रंग था उसका। दिखने में स्मार्ट लग रहा था। उसके बाद कमली ने उस पर ज्यादा ध्यान नहीं दिया। वह अपनी बारी आने के इंतजार में थी।

पहले नंबर के बाद कमली की बारी तुरंत आ गयी। अंदर कमरे में जाकर सबसे पहले उससे सारे कागज मांगे गए। कमली ने एक-एक कर सभी उन्हें दे दिये। उसकी जांच हो जाने के बाद कमली से पूछा गया कि वह बिहार के किस मेडिकल कॉलेज में एड्मिशन चाहती है। उसने पटना मेडिकल कॉलेज का नाम बताया। कमली का

रैंक ऊपर होने के कारण ऑफिस में बैठे व्यक्ति ने कमली के मन के मुताबिक पटना मेडिकल कॉलेज में नामांकन की स्वीकृति दे दी। कमली को बताया गया कि अगले पाँच दिनों में उसे कॉलेज जाकर एड्मिशन लेना होगा और क्लास जुलाई की दस तारीख से शुरू हो जाएँगे। कॉलेज में एड्मिशन के लिए उसे एक पर्ची दी गयी।

कमली वापस घर आ गयी। उसने फीस वगैरह पर खर्च जोड़ कर देखा। उसके पास बस ट्यूशन के पैसे थे। वह बचे हुए पैसे से कॉलेज के एड्मिशन और अन्य फीस दे सकती थी। लेकिन किताब वगैरह के लिए उसे और पैसों की जरूरत होती। वह माँ पर इन खर्चों का बोझ नहीं डालना चाहती थी। इसके अलावा उसे कॉलेज जाने के लिए तुरंत एक स्कूटी की जरूरत थी। वह स्कूटी चलाना नहीं जानती थी, पर उसे उम्मीद थी कि चूंकि वह साइकिल चलाना जानती है, इसलिए स्कूटी चलाने में उसे ज्यादा परेशानी नहीं होगी।

अगले पाँच दिन बाद कमली पटना मेडिकल कॉलेज गई। कॉलेज के परिसर में जाकर उसे बड़ा गर्व महसूस हुआ। उसका बहुत दिनों का सपना पूरा हो रहा था। कॉलेज का परिसर भव्य था। उसने अंदर घुस कर एक स्टूडेंट से कॉलेज के ऑफिस के बारे में पूछा। उसने उसे रास्ता बता दिया। कमली पैदल चल कर थोड़ी देर में ऑफिस पहुँच गयी। वहाँ और लड़के-लड़कियों की भीड़ थी। कुछ नए लोग एड्मिशन के लिए आए थे और कुछ पुराने स्टूडेंट थे, जो नए बैच के लड़के-लड़कियों को शायद देखने आए थे। वे ऑफिस के सामने अपनी मोटरसाइकल लगाकर वहीं खड़े एक-एक को घूर रहे थे।

कमली उसी भीड़ से होती हुई ऑफिस के बाबू के पास गयी। वहाँ दो और लड़के लाइन में लगे थे। कमली की जब बारी आई, तब उसने काउंसिलिंग के समय मिली पर्ची के साथ अपने कागजात दिये, साथ में अपनी दो पासपोर्ट साइज की तस्वीर। ऑफिस के बाबू

ने सभी कागज लेकर, उसे बगल के कमरे में जाकर एड्मिशन और अन्य फीस जमा करने के लिए कहा। कमली अपने साथ पैसे लेकर आई थी। उसने बगल के कमरे में जाकर पैसे जमा किए। वहाँ लाइन लगी थी, लेकिन दस मिनट में कमली का काम हो गया। वहाँ से रसीद लेकर वह वापस ऑफिस के बाबू के पास आई। उसने कमली से एड्मिशन का फार्म भरवाया। थोड़ी देर के इंतजार के बाद कमली को कॉलेज का पहचान पत्र मिल गया। उसपर बकायदा उसकी तस्वीर लगी थी और उसके नाम के साथ उसका रौल नंबर था, दो।

पहचान पत्र के साथ मेडिकल के पहले वर्ष के कोर्स और उसके साथ किताबों की एक सूची दी गयी, जिसे हर स्टूडेंट को खरीदना था। कमली ने किताबों की लंबी फेहरिस्त देख कर अंदाज लगा लिया कि इस पर लंबा खर्च आएगा। फिर भी पहचान पत्र मिलने से कमली बहुत खुश थी। वह बहुत दिनों से चाहती थी कि उसका एड्मिशन पटना मेडिकल कॉलेज में हो। आज उसकी चाहत पूरी हो गयी थी। वह वापस घर आ गयी।

घर आकर उसने अपनी माँ को सारी बात विस्तार से बताई। उसने माँ को अपना पहचान पत्र दिखाया। माँ उसे देख कर बहुत खुश हुई और कहा-

'चलो तेरा बहुत दिनों का सपना पूरा हुआ, अब तू नए रास्ते पर बढ़ चली है, जिसके लिए तुझे बहुत मेहनत करनी पड़ेगी'।

कमली ने शांत से बैठ कर किताब की लिस्ट देखी। उसे लगा कि यह खर्च की बस शुरुआत है। उसे पहले एड्मिशन के नाम पर बड़ी रकम देनी पड़ी। उसके पास अब ज्यादा पैसे नहीं बचे थे। वह थोड़ी चिंतित हुई। उसे लगा, उसे ट्यूशन के अलावा अब कमाई का दूसरा साधन देखना होगा। यह सब सोच कर कमली ने तय किया कि अब इन खर्चों से निबटने के लिए उसे कोचिंग इंस्टीट्यूट में क्लास

तुरंत लेने होंगे। उससे कम से कम महीने के चालीस हजार रुपये घर में आने शुरू होंगे। इतने पैसों से न केवल वह आसानी से अपनी पढ़ाई पूरी कर सकती थी, बल्कि घर में भी कुछ पैसे बच जाते। यह सब सोच कर वह झट से उठी और इंस्टीट्यूट के डाइरेक्टर को फोन लगाया। बहुत देर तक फोन की घंटी बजती रही। थोड़ी देर बाद उधर से आवाज आई-

'हैलो, हाँ कमलेश्वरी जी बताइये कैसे फोन किया'।

कमली ने जवाब दिया-

'सर, आपने उस दिन कोचिंग क्लास के सिलिसिले में बात की थी। मैं क्लास लेने के लिए तैयार हूँ। सुबह छह बजे से साढ़े सात बजे तक का वक़्त मैं निकाल लूँगी। मुझे कब से आना होगा'।

डाइरेक्टर ने तपाक से जवाब दिया-

'धन्यवाद, आपने क्लास लेने की सोची। इसमें कोई देर नहीं करनी है। संयोग से मेरे यहाँ बायोलॉजी के टीचर की कमी हुई है, इसलिए आप उनकी जगह पढ़ा सकेंगी। आप अगले हफ्ते से क्लास शुरू कर सकती हैं। हमलोग हर पाँच दिन पर आपको आपके पैसे देते रहेंगे'।

कमली को कोचिंग इंस्टीट्यूट में बात कर बहुत संतुष्टि हुई। उसे लगा अब वह मेडिकल कॉलेज के खर्चे आराम से उठा पाएगी। अब वह कॉलेज खुलने के पहले एक स्कूटी ले लेगी। उसने अतुल से इस बारे में बात की और अपने साथ स्कूटी के शोरूम में चलने के लिए कहा। थोड़ी देर में अतुल कमली के घर आ गया। कमली ने उसे अपने एड्मिशन की बात बताई, फिर अतुल से पूछा-

'तुम्हारे एड्मिशन का क्या हुआ'।

अतुल ने जवाब दिया-

'मुझे एड्मिशन के लिए तीन आईआईटी से चिट्ठी मिली है। दिल्ली, चेन्नई और खड़गपुर। मैं अभी दुविधा में हूँ, कहाँ जाऊँ। मेरे पापा मुझे खड़गपुर भेजना चाहते हैं, पर मैं दिल्ली जाना चाहता हूँ। एक-दो दिनों में मामला सुलझ जाएगा।

घर पर थोड़ी देर बात करने के बाद कमली अतुल के साथ बाजार निकली। वे दोनों स्कूटी के शोरूम में गए। वहाँ कई मॉडल देखने के बाद दोनों को एक पसंद आई। उसकी कीमत तेईस हजार रुपये थी। कमली ने वहाँ किश्त पर स्कूटी लेने की बात की। उसे अपनी तरफ से पाँच हजार रुपये देने पड़े, बाकी रकम को उसे किश्त पर देना था। सभी कागजात दुरुस्त होने के बाद कमली को उसकी पसंद की स्कूटी मिल गयी।

अतुल स्कूटी चलाना जानता था, इसलिए वह कमली को पीछे बिठा कर घर तक ले आया। कमली ने सबसे पहले आकर स्कूटी माँ को दिखाई। माँ को पसंद आई। अतुल ने कमली को चाभी देकर स्कूटी चलाने के लिए कहा। कमली पहले थोड़ा घबड़ाई, लेकिन फिर हिम्मत कर वह आगे की सीट पर बैठी। अतुल अब पीछे की सीट पर था। कमली ने धीरे-धीरे स्कूटी को आगे बढ़ाना शुरू किया। थोड़ी डगमगाने के बाद वह संभल गयी और फिर उसने गति पकड़ ली। मोहल्ले का एक चक्कर लगाने के बाद जब वह वापस घर आई, तब उसके चेहरे पर मुस्कान थी। उसे स्कूटी चलाना साइकिल चलाने से ज्यादा भारी नहीं लगा। उसकी हिम्मत बढ़ गयी। अब उसने अकेले चलाने का मन बनाया और स्कूटी लेकर फिर मोहल्ले की तरफ चली गयी। अतुल बाहर इंतजार करने लगा। दो-तीन मिनट में कमली वापस आ गयी। वह भीतर से बहुत खुश थी। उसने स्कूटी चलाना सीख लिया था। थोड़ी और प्रैक्टिस की जरूरत थी। उसने मन ही मन सोचा, अब उसे कॉलेज जाने में तकलीफ नहीं होगी।

जुलाई का महीना शुरू हो गया था। माँ के कहने पर कमली ने कॉलेज जाने के लिए अपने कुछ नए ड्रेस खरीदे। इसके साथ-साथ उसने मेडिकल की अपनी नई किताबें खरीद लीं। अब दस तारीख में ज्यादा दिन बाकी नहीं थे, जब कॉलेज के उसके क्लास शुरू होने थे। वह बेसब्री से कॉलेज जाने का इंतजार कर रही थी।

इस बीच कोचिंग इंस्टीट्यूट के डाइरेक्टर से बात हुए एक सप्ताह बीत गए। कमली ने एक बार फिर इंस्टीट्यूट में फोन लगाया और डाइरेक्टर से बात की। उसने बताया कि कमली अगले दिन सुबह से कोचिंग क्लास आ सकती है। चूंकि उसे विशेषकर बायोलॉजी क्लास के लड़के-लड़कियों को पढ़ाना था, इसलिए एक दिन पहले उसने कोचिंग क्लास की अपनी किताबों को दिन भर पढ़ा। अगले दिन सुबह-सुबह उठकर वह अपनी नयी स्कूटी से इंस्टीट्यूट गयी। साथ में उसने बायोलॉजी की किताब और कुछ अपने पुराने नोट्स ले लिए। पहले उसने डाइरेक्टर से उनके चैंबर में मुलाक़ात की। वे उसे क्लास में खुद लेकर गए। क्लास में करीब तीस स्टूडेंट थे, जिनका पिछले छह महीने से क्लास चल रहा था। टीचर के नहीं रहने से उनका बायोलॉजी का क्लास पिछले कुछ दिनों से नहीं हो रहा था। डाइरेक्टर ने क्लास में आकर कहा-

'ये बायोलॉजी की आपकी नयी टीचर हैं। इनका नाम कमलेश्वरी सिंह है और इन्होंने इसी कोचिंग इंस्टीट्यूट से क्लास कर इस साल बिहार प्री-मेडिकल टेस्ट में राज्य में दूसरा स्थान प्राप्त किया है। इसके अलावा इन्होंने बारहवीं क्लास में पूरे राज्य में टॉप किया था। इनका एड्मिशन पटना मेडिकल कॉलेज में हुआ है। आज से यही आपको बायोलॉजी पढ़ाएंगी'।

डाइरेक्टर की बात सुनकर क्लास के सभी लड़के-लड़कियों ने खड़े होकर ताली बजाई। डाइरेक्टर ने सभी को बैठने का इशारा किया

और उसके बाद क्लास को कमली के हवाले कर बाहर चले गए। कमली को ट्यूशन क्लास लेने का अनुभव था, इसलिए वह भीतर से आश्वस्त थी। उसने सबसे पहले सभी का नाम और बारहवीं के रिज़ल्ट के बारे में जाना। उसके बाद उसने अबतक क्लास में पढ़ाये गए चैप्टर के बारे में जाना। फिर उसने क्लास में पढ़ाना शुरू कर दिया। उसके पढ़ाने के तरीके से सभी उत्सुक दिखे। डेढ़ घंटे तक क्लास लेने के बाद कमली ने लड़के-लड़कियों से उनकी प्रतिक्रिया जाननी चाही। सभी ने एक साथ फिर खड़े होकर ताली बजाई। कमली को जवाब मिल गया था। क्लास में पढ़ाकर निकलने के बाद कमली के मन में संतुष्टि हुई। उसे लगा, वह यह काम आसानी से कर सकेगी। उसने घर आकर अपनी माँ को अपनी पहली क्लास का अनुभव बताया। माँ ने उसकी पूरी बात सुनकर कहा-

'बेटा आज से तूने फिर सुबह का क्लास शुरू किया है। कुछ दिनों के बाद तेरे कॉलेज शुरू हो जाएँगे। रोज तेरे क्लास कितने वक़्त तक होंगे यह तुझे अभी पता नहीं। उसके बाद फिर से ट्यूशन की क्लास तू संभाल पाएगी या नहीं, ये तुझे सोचना होगा। मुझे लगता है कि अब जब तुझे कोचिंग क्लास से अच्छे पैसे मिलने लगेंगे, तब तुम्हें आगे ट्यूशन क्लास लेने की जरूरत नहीं पड़नी चाहिए। वैसे भी, मेडिकल का कोर्स कठिन होगा और तुझे घर आकर पूरी पढ़ाई करनी होगी। मेरी मान, अब तू ट्यूशन क्लास लेना बंद कर दे'।

कमली ने ध्यान से अपनी माँ की बात सुनी। एक बार उसे लगा माँ ठीक कह रही है। लेकिन वह ट्यूशन ले रहे बच्चों को बीच में नहीं छोड़ सकती थी। वह आगे भी बच्चों को पढ़ाना चाहती थी। उसने माँ से कहा-

'माँ, मैं आपकी बात से पूरी तरह सहमत हूँ, लेकिन आपने देखा पिछले बैच के बच्चों ने मेरे पढ़ाने के बाद कितने अच्छे नंबर

लाये। उनके माँ-बाप का मेरे ऊपर भरोसा बढ़ गया। ये बच्चे मुझे मेरी फीस दे पाये, लेकिन आसपास ऐसे कई और बच्चे होंगे, जो ज्यादा फीस के कारण ट्यूशन नहीं ले पा रहे होंगे। मैं चाहती हूँ, उन सब की मैं मदद करूँ। इसके अलावा मुझे इस बैच के बच्चों के लिए हर हालत में अगली जनवरी तक ट्यूशन क्लास लेनी होगी, जिससे मैं बच्चों का कोर्स पूरा कर सकूँ। उसके बाद अगले साल मैं गरीब तबके के बच्चों को ट्यूशन पढ़ाना चाहूंगी, जो महीने के चार सौ रुपये फीस नहीं दे सकते। मैं उन्हें मुफ्त में पढ़ाऊंगी। मैं देखूँगी, यह जब तक चल पाएगा, तब तक चलेगा, जब नहीं हो पाएगा, तब बंद कर दूँगी'।

कमली की बात सुनकर माँ के आँख डबडबा गए। उसने कमली के हाथ पकड़ कर कहा-

'बेटा, तेरा दिल कितना बड़ा है। तू अब बड़ों जैसा सोचने लगी है। मुझे तेरी बात पसंद आई। तू बिलकुल वही कर, जो तेरा मन कहता है'।

माँ की बात सुन कर कमली को अच्छा लगा और न जाने क्यों उसने अपने अंदर एक सुकून महसूस किया।

उसी दिन रात में अतुल का फोन आया। उसने फोन पर कहा-

'कमली, मैं कल दिल्ली जा रहा हूँ। मैंने दिल्ली आईआईटी में एड्मिशन लेने की सोच ली है और कल शाम की ट्रेन से मुझे अपने पापा के साथ दिल्ली के लिए निकलना है। एड्मिशन के दो दिन बाद से मेरा कॉलेज खुल जाएगा। तू मुझसे मिलने नहीं आएगी'।

कमली को सुन कर एक झटका लगा। उसका सबसे करीबी दोस्त अब उसे छोड़ कर जा रहा था। पता नहीं उसके मन में एक घुटन-सी हुई। फिर अपने आप को संभाल कर उसने कहा-

'अरे, ये तो बहुत अच्छी बात है, तू देश के अच्छे आईआईटी में पढ़ने जा रहा है। मैं कल सुबह तुमसे मिलने जरूर आऊँगी'।

कमली ने फोन रख दिया लेकिन पता नहीं क्यों उसे खूब ज़ोर ज़ोर से रोने का मन हो रहा था। उसे पता नहीं चल पा रहा था कि यह अतुल का लगाव है कि वह उसको दूर जाता हुआ नहीं देख सकती या फिर कुछ और। वह सोने के वक़्त तक बहुत बेचैन रही।

अगले दिन सुबह वह जल्दी से तैयार होकर दस बजे अतुल के घर गयी। अतुल अपने कमरे में अपने सामान ठीक कर रहा था। उसकी मम्मी उसकी मदद कर रही थीं। कमली ने कमरे में घुसते, पहले अतुल की मम्मी को प्रणाम किया और चुपचाप खड़ी होकर अतुल की ओर देखने लगी। उसे समझ में नहीं आ रहा था कि वह क्या कहे। इस बीच उसकी मम्मी कमरे से बाहर निकल गईं। उनके निकलते ही कमली आगे बढ़ी और अचानक अतुल को पकड़ कर रोने लगी। अतुल उसे इस तरह रोता देख घबड़ा गया। उसने उसे अपने से अलग किया और उसका हाथ पकड़ कर उसने बिस्तर पर बिठाया। अतुल ने कहा-

'अरे क्या हुआ कमली, तुम रो क्यों रही हो, मैं कोई हमेशा के लिए नहीं जा रहा हूँ, बीच-बीच में छुट्टियों में आता रहूँगा और तुमसे मिलता रहूँगा। तुम वैसे ही भावुक हो रही हो'।

कमली ने जवाब दिया-

'पता नहीं अतुल मेरा तुमसे क्या रिश्ता है, लेकिन मुझे तुम्हारा जाना बहुत खल रहा है। एक तुम ही थे, जिससे मैं अपने दिल की बात कह पाती थी, अब किस से कहूँगी। तुम वहाँ जाकर बस मूझे भूलना मत'।

अतुल ने कमली का फिर से हाथ पकड़ कर कहा-

'तुम बिलकुल फिक्र नहीं करना, मैं हमेशा तुम्हारे साथ हूँ और आगे भी रहूँगा, वैसे तुम मेडिकल कॉलेज जाकर मुझे मत भूलना'।

अतुल की बात से कमली के चेहरे पर रोते-रोते मुस्कान आ गयी। वह थोड़ी देर वहाँ अतुल से और बातें करती रही। उसके बाद कमली घर चली आई। घर आकर उसका मन फिर से भारी होने लगा। उसका अतुल अब उससे दूर जा रहा था।

पूरे दिन वह अतुल के बारे में सोचती रही। शाम के वक़्त जब अतुल की ट्रेन का वक़्त हुआ तब कमली ने उसे फोन किया। अतुल ट्रेन में अपने पापा के साथ बैठ चुका था और ट्रेन कुछ देर में खुलने वाली थी। फिर भी अतुल ने कमली से फोन पर बात की। उसने कहा-

'कमली मैं जाड़ों की छुट्टी में आऊँगा, तब हम मिलेंगे। तू ज्यादा मेरे बारे में नहीं सोचना, अपनी पढ़ाई पर ध्यान लगाना'।

कमली इधर से सिर्फ हाँ और ना में जवाब दे रही थी। अंत में कमली ने कहा-

'तुम भी अपनी पढ़ाई पर ध्यान देना। बीच-बीच में मुझे फोन करते रहना'।

इसके बाद कमली ने फोन रख दिया।

अतुल अपने करियर के लिए कमली से दूर जा चुका था। अब कमली को अपने बारे में सोचना था। उसकी मेडिकल की पढ़ाई शुरू होने वाली थी। दोनों के नए जीवन की शुरूआत होने वाली थी। कमली को यह बात समझ में आ रही थी, लेकिन उसका दिल मानने के लिए तैयार नहीं था। उसे अबतक पता नहीं चल पाया था कि अतुल से उसका क्या रिश्ता था, सिर्फ एक दोस्त का या दिल का।

दस

मेडिकल कॉलेज में कमली का पहला दिन। सुबह साढ़े नौ बजे से क्लास थी। उसके पहले कमली कोचिंग इंस्टीट्यूट से क्लास लेकर पौने आठ बजे तक वापस घर लौट चुकी थी। जल्दी-जल्दी तैयार हुई। माँ ने नाश्ता बना दिया था। उसे पहले दिन के क्लास की रूटीन दे दी गयी थी। उस हिसाब से कमली ने किताब और कॉपी अपने बैग में ले ली। कमली आज पहले दिन कॉलेज जल्दी पहुँचना चाहती थी। वह पौने नौ बजे के लगभग अपनी स्कूटी से निकल गयी। जाने के पहले उसने भगवान को प्रणाम किया, फिर माँ के पैर छुए और अपने पापा की तस्वीर को प्रणाम किया। आज से वह एक नई जिंदगी शुरू करने जा रही थी।

अगले पंद्रह मिनट में वह कॉलेज पहुँच गयी। गेट के अंदर लड़के-लड़कियों की भीड़-भाड़ थी। उसने स्कूटर पार्किंग में अपनी स्कूटी लगाई। हेलमेट को हैंडल से लटकाकर वह अपने बैग लेकर आगे बढ़ी। एक बड़े आहाते में कॉलेज की बिल्डिंग थी। प्रशासनिक भवन अलग था और उसके बगल की बिल्डिंग में क्लास होते थे। सीढ़ियाँ चढ़ कर गलियारे बने थे और उसी में कई क्लास रूम थे। इसके अलावा हर विभाग की अलग बिल्डिंग थी। क्लास रूम वाली बिल्डिंग के गलियारे में जत्थे बनाकर लड़के-लड़कियां खड़े आपस में

बातें कर रहे थे। कुछ लड़के-लड़कियों ने एप्रोन पहन रखे थे। उन्हें देख कर लगा कि ये सीनियर क्लास के स्टूडेंट होंगे। कई लड़के कमली को गौर से जाता हुआ देख रहे थे। उनमें से एक ने कमली को टोकने की कोशिश की, लेकिन कमली ने उसपर ध्यान नहीं दिया। उसने सुना, दूसरे लड़के ने कहा-

'अभी नहीं। इन्हें क्लास कर लेने दो, फिर इनसे लंच में मिलेंगे'।

कमली ने अतुल से मेडिकल कॉलेज में रैगिंग की बात सुन रखी थी। उसे अंदर से घबड़ाहट थी, पता नहीं वह रैगिंग कैसे झेलेगी। लेकिन फिलहाल उसकी फिक्र नहीं करके वह उन सीनियर लड़के-लड़कियों के बीच से बिलकुल निडर होकर निकल गयी। एड्मिशन वाले दिन उसने पता कर लिया था, उसके क्लास कहाँ होंगे। वह क्लास रूम की तरफ बढ़ी। क्लास रूम के बाहर लड़के-लड़कियों की भीड़ जमा थी। उन्हें देख कर लग रहा था, वे कमली के साथ के फ़र्स्ट इयर के स्टूडेंट हैं। अभी क्लास शुरू होने में आधे घंटे की देर थी। एक झुंड के पास कमली गयी। वहाँ तीन लड़के और दो लड़कियां खड़ी आपस में बातें कर रही थीं। उनमें से एक लड़के को कमली ने पहचान लिया। वह अविनाश था, जिसे कमली ने काउंसिलिंग वाले दिन देखा था। उसका मेडिकल टेस्ट में राज्य में पहला स्थान आया था और कमली दूसरे नंबर पर थी। कमली ने उन सब के बीच पहुँच कर कहा-

'गुड मॉर्निंग, मेरा नाम कमलेश्वरी है, लोग मुझे प्यार से कमली कहते हैं, मैं भी आज तुमलोगों की तरह फ़र्स्ट इयर का क्लास करने आई हूँ'।

वहाँ खड़े लड़के-लड़कियों में सबसे पहले अविनाश ने अपना हाथ आगे बढ़ाया और कहा-

'कमली, मेरा नाम अविनाश है, मैं तुम्हारे बारे में जानता हूँ, तुमने टेस्ट में सेकंड पोजीशन लाया है। तुम्हारी तस्वीर मैंने अखबारों में देखी थी, तुम्हें बधाई'।

कमली ने आगे बढ़ कर अविनाश से हाथ मिलाया। वह मुस्कुराकर बोली-

'मैंने तुमको काउंसिलिंग वाले दिन देखा था। पूरे राज्य में टॉप करने के लिए तुम्हें भी बधाई'।

वहाँ खड़ी एक लड़की ने चुटकी लेते हुए कहा-

'अरे यार, हम लोग दो टौपर के बीच खड़े हैं, तुम दोनों को बहुत-बहुत बधाई। वैसे मेरा नाम किरण है, और कमलेश्वरी, आज से हम तुम्हें कमली के नाम से पुकारेंगे। बहुत अच्छा और छोटा नाम है। कमलेश्वरी कहने से ऐसा लगता है, किसी टीचर का नाम पुकार रहे हैं'।

इसके बाद कमली ने बाकी सब का नाम जाना।

साढ़े नौ बजने में पाँच मिनट बाकी थे। काफी लोग क्लास में जाकर बैठ चुके थे। कमली अपने ग्रुप के साथ क्लास के अंदर गयी। बड़ा-सा हॉल था, जिसमें दायीं तरफ सीढ़ियों पर कतार में गोलाकार शक्ल में बेंच लगी थीं। दोनों तरफ और बीच से ऊपर जाने का रास्ता था। लगभग दो सौ लोगों के बैठने की जगह थी। आखरी बेंच की ऊंचाई सीढ़ियों के कारण ज्यादा थी। हॉल की बाईं तरफ बड़ा बोर्ड था और टीचर के बैठने के लिए छोटा स्टेज और उसके सामने गोलाकार में लकड़ी की ऊंचाई वाली बेंच थी।

कमली के बैच में एक सौ स्टूडेंट थे। इनमें लगभग चालीस लड़कियां और साथ लड़के थे। लड़कियां हॉल में आगे की बेंच पर बैठ गईं और लड़के पीछे की ओर। कमली को सबसे आगे वाली बेंच पर

बैठने की जगह मिल गयी। उसकी बेंच पर चार लड़कियां बैठीं। अब सभी टीचर के आने के इंतजार में थे। कमली के अंदर पहली क्लास की उत्सुकता थी।

दस मिनट के बाद चार लोगों ने हॉल में प्रवेश किया। सभी उठ कर खड़े हो गए। उनमें से एक की उम्र ज्यादा थी। उन्होंने हाथ के इशारे से सब को बैठने के लिए कहा और बोर्ड के पास रखे टेबल पर से कॉर्ड्लेस माइक को अपनी शर्ट पर लगाया। कुछ क्षण रुक कर उन्होंने कहा-

'गुड मॉर्निंग स्टूडेंट्स, मैं इस कॉलेज का प्रिन्सिपल हूँ और आप सबको आज की इस पहली क्लास में स्वागत करता हूँ। मेरे साथ आपके पहले वर्ष के तीन विषय के तीन टीचर हैं, जो आपको अगले एक वर्ष तक पढ़ाएंगे। आप न केवल अपने देश के बल्कि एशिया के सबसे पुराने मेडिकल कॉलेज में पढ़ने आए हैं। इस कॉलेज का इतिहास बहुत पुराना है। इसकी स्थापना आज से तिरासी साल पहले हुई थी। पहले इसे प्रिंस ऑफ वेल्स मेडिकल कॉलेज के नाम से जाना जाता था। बाद में इसका नाम पटना मेडिकल कॉलेज हॉस्पिटल पड़ा।

प्रिन्सिपल ने आगे बताया-

'अब रही आपके कोर्स की बात, पहले साल आपको तीन विषय पढ़ाये जाएँगे, जिनमें एनाटॉमी, बायोकेमिस्ट्री और फिजियोलाजी होगा और आपके दो सेमेस्टर होंगे। यह साल आपका प्री-क्लिनिकल होगा। हर सेमेस्टर के अंत में क्लास टेस्ट होंगे और साल के अंत में दोनों सेमेस्टर मिला कर यूनिवर्सिटी के इम्तहान होंगे। इसके बाद सेकंड इयर में डेढ़ साल के अंदर तीन सेमेस्टर होंगे। तीसरे और चौथे इयर में दो-दो सेमेस्टर होंगे। आपको चार बार यूनिवर्सिटी के इम्तहान पास कर आखिरी एक साल इंटर्नशिप करना है, जिसके बाद आपको एमबीबीएस की डिग्री मिल जाएगी। इस कॉलेज से कई नामी स्टूडेंट

निकले हैं, जिन्होंने अपने देश के अलावा विदेशों में नाम कमाया है। मुझे आशा है आप पूरी निष्ठा और लगन के साथ यहाँ अगले साढ़े पाँच साल पढ़ेंगे और एक अच्छे डॉक्टर बनेंगे। आज ज़्यादातर हम एक दूसरे का परिचय जानेंगे और क्लास लंच तक होंगे। कल से आपके क्लास सुबह साढ़े आठ बजे से शाम चार बजे तक होंगे। हर दिन थिओरी और प्रैक्टिकल क्लास होंगे। सभी को हर क्लास में रहना जरूरी होगा। आप सभी आज ही अपने लिए एक एप्रोन और एक स्टेथो खरीद लेंगे। कल से कॉलेज में इसे रोज लेकर आना होगा। आप सभी को आपके मेडिकल साइन्स के इस करियर के लिए बहुत-बहुत शुभकामनाएँ, थैंक यू'।

इतना कह कर प्रिन्सिपल ने तीनों टीचर के नाम और उनके अनुभव के बारे में बताया। सभी के लंबे अनुभव थे। उनके परिचय के बाद प्रिन्सिपल और उनके साथ दो टीचर क्लास रूम से बाहर निकल गए। पहली क्लास एनाटॉमी की थी, इसलिए उस विषय के टीचर हॉल में रुक गए। उन्होंने सबसे पहले एटेंडेंस लेना शुरू किया। पूरी क्लास का एटेंडेंस लेने में दस मिनट लगे। इसके बाद टीचर ने अगले पैंतालीस मिनट तक अपने विषय के बारे में विस्तार से बताया। उन्होंने कहा कि अगले दिन से वे एक-एक चैप्टर पढ़ाना शुरू करेंगे। सभी बड़ी उत्सुकता से टीचर को सुन रहे थे। लगभग पौने ग्यारह बजे क्लास खत्म हुई। दूसरी क्लास ग्यारह बजे से थी।

टीचर के बाहर जाने के बाद क्लास रूम में सभी एक दूसरे से बातें करने लगे। पीछे बैठे लड़के आगे आकर लड़कियों से परिचय करने लगे। इस बीच तीसरी लाइन में बैठा अविनाश उठ कर कमली के पास आया। उसने कमली को देख कर पूछा-

'कैसा लगी तुम्हें पहली क्लास'।

कमली ने मुस्कुराकर कहा-

‘अच्छी थी। प्रिन्सिपल सर का कहा अच्छा लगा। आज पहला दिन है, इसलिए सब कुछ नया-नया लग रहा है, धीरे-धीरे इस क्लास और इन विषय की आदत पड़ जाएगी’।

अविनाश ने मुस्कुरा कर कहा-

‘बातों से तुम बहुत गंभीर लगती हो, मैं भी इसी तरह सोचता हूँ, चलो दोस्ती अच्छी रहेगी’।

कमली अविनाश की बात सुनकर मुस्कुराई और फिर अपने पास बैठी लड़की की ओर मुड़कर उससे बातें करने लगी। अविनाश वापस अपनी सीट पर चला गया।

ठीक ग्यारह बजे दूसरे टीचर ने क्लास रूम में प्रवेश किया। अगली क्लास बायोकेमिस्ट्री की थी। दूसरे टीचर ने भी अपने विषय के बारे में बताया। कमली बहुत गंभीरता से टीचर की कही बातों को अपने नोटबुक में लिखती रही। उसे महसूस हो रहा था, मेडिकल में उसे बहुत पढ़ाई करनी होगी। अगले दिन से हर क्लास में उसे बहुत ध्यान देना होगा।

तीसरी क्लास लगभग एक बजे खत्म हो गयी। इसके बाद छुट्टी थी। वैसे कमली ने अपने साथ लंच बॉक्स लाया था, लेकिन अब जब उसकी छुट्टी हो गयी थी, तब उसने जल्दी घर जाने की सोची। लेकिन उसकी साथ की लड़कियां कॉलेज के कैम्पस को देखना चाहती थीं और कैंटीन में बैठ कर खाना चाहती थीं। ज़्यादातर लड़के यही चाहते थे। कमली ने सोचा कैंटीन में खाना खाकर और थोड़ा दोस्तों के साथ घूम कर वह तीन बजे तक घर चली जाएगी। यह सोच कर वह सब के साथ क्लास रूम से धीरे-धीरे बाहर निकलने लगी। वह कुछ लड़कियों के साथ थोड़ी पीछे थी। उसके साथ पीछे-पीछे अविनाश बाहर निकल रहा था। कुछ लोग हॉल के बाहर निकल कर इधर-उधर चले गए, लेकिन जब कमली के साथ के स्टूडेंट बाहर निकलने को

हुए, तब अचानक सात आठ लोग बाहर से आवाज लगाते हुए हॉल के अंदर आ गए और दरवाजा बंद कर दिया। अंदर आकर एक लड़के ने ऊंची आवाज में कहा-

'अब कोई बाहर नहीं जाएगा। सभी अपनी-अपनी जगह पर जाकर बैठ जाओ'।

अचानक इस तरह के व्यवहार से सभी अचंभित रह गए। खास कर लड़कियां सहम गईं। कमली के बैच के कुल पंद्रह स्टूडेंट हॉल में बच गए थे। वे सभी अपनी जगह ठिठक कर खड़े हो गए। तभी बाहर से आए स्टूडेंट में से एक लड़की ने कहा-

'घबड़ाओ नहीं, हम तुम्हारे सीनियर हैं और तुमसे बात करने, तुम्हारा हाल-चाल जानने आए हैं। अब इस कॉलेज में वैसी रैगिंग नहीं होती, जो पहले हुआ करती थी। अब नए नियम आ गए हैं, फिर भी हम सीनियर का यह फर्ज बनता है कि हम तुम लोगों के बारे में जानें। अगले साल तुम लोग सीनियर बन जाओगे। आज कुछ लोगों से हम बात करेंगे, उसके बाद तुम सब घर जा सकते हो। अभी जल्दी से अपनी सीट पर बैठ जाओ'।

एक लड़की के इस तरह कहने से कमली और उसकी दोस्तों का भय थोड़ा कम हुआ। सभी सीट पर बैठ गए। सीनियर आठ की संख्या में थे, जिनमें चार लड़कियां थीं। सभी ब्लैक बोर्ड के पास खड़े हो गए। एक लड़के ने ऊंची आवाज में कहा-

'अब जरा आप लोगों का परिचय जान लें। जिन्हें हम कहेंगे वे एक-एक कर सभी अपना नाम, पता, मेडिकल टेस्ट में अपना पोजिशन और अपनी हॉबी बताएं। उसके बाद हम अलग से कुछ और सवाल करेंगे'।

कमली सबसे सामने बैठी थी। उसके बगल में सिर्फ एक लड़की बैठी थी, किरण। बाकी के स्टूडेंट दूसरी और तीसरी लाइन में बैठे थे। सीनियर में से एक लड़की ने कमली की तरफ इशारा कर कहा-

‘तुम छोटे बालों वाली परी, सबसे पहले तुमसे शुरू करते हैं। तुम खड़ी होकर सबसे पहले अपने सीनियर को ‘गुड आफ्टरनून’ कहोगी, फिर सभी को हाथ जोड़ कर प्रणाम करोगी और उसके बाद अपने बारे में बताओगी। चलो जल्दी से शुरू हो जाओ’।

कमली को अपने स्कूल के दिनों की बात याद आ गयी, जब वह सभी बच्चों पर अपना धौंस जमाती थी। वह निडर होकर खड़ी हो गयी और झुक कर पहले उसने सभी को प्रणाम किया और ‘गुड आफ्टरनून’ कहा। उसकी बोली तेज थी। उसके बाद उसने अपने बारे में बताया-

‘मैं कमलेश्वरी सिंह, सब मुझे कमली के नाम से पुकारते हैं। मैं पटना शहर के आदर्श नगर मोहल्ले में अपनी माँ के साथ रहती हूँ। मुझे बारहवीं में राज्य में प्रथम स्थान मिला था और मेडिकल टेस्ट में मुझे राज्य में दूसरा स्थान मिला। मुझे किताबें पढ़ना और बच्चों को पढ़ाना, गीत सुनना अच्छा लगता है। थैंक यू’।

वह इतना बोलने के बाद खड़ी रही। सीनियर में से एक लड़की ने उससे पूछा-

‘गाना गा लेती हो’।

कमली ने सिर हाँ में हिलाकर जवाब दिया। उस लड़की ने कहा-

‘एक गाने की कुछ लाइनें सुनाओ’।

कमली ने थोड़ा सोच कर बिना घबड़ाये तीन लाइनों का एक गाना गया। आवाज उसकी सुरीली थी।

उस लड़की ने फिर कहा-

‘इसी गाने को अब किशोर कुमार की आवाज में गा कर सुनाओ। जब तक गाना पर्फेक्ट नहीं होगा, तब तक तुम्हें गाना पड़ेगा’।

कमली थोड़ा झिझकी, लेकिन बिना रुके उसने अपनी आवाज भारी कर गाना शुरू किया। सीनियर शांत हो कर उसका गाना सुन रहे थे। तीन-चार लाइन गाकर कमली चुप हो गयी।

अब एक दूसरे लड़के ने कमली से पूछा-

'तुम्हारा कोई बॉयफ्रेंड है, उसके साथ कभी डेट पर गयी हो'।

कमली ने ठान रखी थी, वह किसी बात पर नहीं झिझकेगी। उसने तुरंत जवाब दिया-

'मेरे क्लास में फ्रेंड था, अतुल, जिसके साथ मैं कभी डेट पर नहीं, लेकिन बाजार वगैरह गई हूँ'।

उस लड़के ने तपाक से कहा-

'मेरे साथ डेट पर चलोगी'।

कमली ने उसी तीव्रता से कहा-

'नहीं, आप मेरे दोस्त नहीं हैं, जब कोई बन जाएगा, तब उसके साथ जाने की सोचूँगी'।

सीनियर में से एक लड़की ने कहा-

'तुम्हारे तेवर देख कर अच्छा लगा, तुम हमारी लड़कियों के ग्रुप में आ सकती हो। अब तुम्हारी रैगिंग नहीं होगी। बैठ जाओ'।

कमली मुस्कुराकर अपनी जगह बैठ गयी।

उसके बाद अविनाश का नंबर आया। वह उठ कर थोड़ी देर यूं ही चुप खड़ा रहा। उसे देख कर एक सीनियर लड़के ने कहा-

'सर, आपको बोलने के लिए निमंत्रण भेजूँ। हकले हो क्या। अब तुम्हें अपनी बात जल्दी-जल्दी तीस सेकंड में कहनी होगी। अगर नहीं

बोल सके, तब यहाँ आकर मुर्गा बन जाना। उम्मीद है स्कूल में कई बार मुर्गा बने होगे। अब बोलना शुरू करो, 'योर टाइम स्टार्ट्स नाऊ''।

अविनाश ने जल्दी-जल्दी कहना शुरू किया-

'मैं अविनाश ठाकुर, कॉलेज के पास एक लॉज में रहता हूँ, मेरे माता-पिता पटना से कुछ दूर गाँव में रहते हैं। मुझे मेडिकल टेस्ट में पहला स्थान मिला और मुझे घूमना, बातें करना और फुटबाल खेलना अच्छा लगता है'।

अविनाश ने एक सांस में अपनी सारी बातें कह डालीं। शायद तीस सेकंड से कम रहा होगा, इसलिए सीनियर ग्रुप की एक लड़की ने उससे पूछा-

'तुम्हें अपने ग्रुप की कोई लड़की पसंद आई, जिससे तुम बातें करना चाहोगे'।

अविनाश ने चारों तरफ नजर दौड़ाई। अंत में उसकी नजर कमली पर जाकर रुकी। उसने कहा-

'वैसे सभी अच्छी हैं, लेकिन मैं कमली का दोस्त बन कर उससे बातें करना चाहूँगा'।

कमली अविनाश की इस बात से थोड़ी ठिठकी। तभी एक सीनियर लड़के ने कमली की ओर देख कर कहा-

'क्यों कमली, क्या तुम्हें अविनाश पसंद है। तुम इसकी दोस्त बनोगी'।

कमली ने खड़ी होकर कहा-

'मेरे सभी दोस्त हैं और मैं सब से बात कर सकती हूँ'।

सीनियर लड़के ने कहा-

‘अविनाश तुम्हारा ऑफर कमली ने ठुकरा दिया, अब तुम क्या करोगे’।

अविनाश ने जवाब दिया-

‘मैं अपनी कोशिश जारी रखूँगा और एक दिन कमली मेरी अच्छी दोस्त बनेगी’।

सभी सीनियर ने ताली बजाई। कमली भी मुस्कुराई। एक ने कहा-

‘तुम दोनों से बात कर लगता है, तुम्हारा बैच अच्छा है और उम्मीद है बाकी स्टूडेंट तुम दोनों की तरह होंगे। बाकी से हम कभी बाद में बात कर लेंगे। अब तुम लोग जा सकते हो, लेकिन कल से हमें देख कर ‘गुड मॉर्निंग’ कहना मत भूलना वरना फिर रैगिंग होगी’।

सभी सीनियर हॉल का दरवाजा खोल कर बाहर निकल गए। कमली की जान में जान आई। वह शुरू में रैगिंग से थोड़ी डरी हुई थी। उसने अपना बैग उठाया और बाहर निकलने लगी। अविनाश लपक कर उसके नजदीक आने लगा। कमली ने उसे देखा पर वह उससे बात किए बिना बाहर निकल गयी।

हॉल से निकल कर कमली लड़कियों के साथ कैंटीन की ओर चल पड़ी। चलते-चलते किरण ने व्यंग करते हुए कहा-

‘कमली तू तो पहले दिन से सीनियर के बीच छा गयी। तुम्हारे कारण हमलोगों की रैगिंग नहीं हुई और ये अविनाश का क्या चक्कर है। वह बिलकुल तुम्हारे पीछे पड़ा है। बेचारे से बात कर लिया करो’।

कमली ने मुस्कुराते हुए कहा-

‘मुझे अविनाश से कोई दिक्कत नहीं है, लेकिन आज पहले दिन से उसका इस तरह मेरे पीछे पड़ना, मुझे अच्छा नहीं लगा। आगे देखूँगी’।

थोड़ी देर में सभी लड़कियां कॉलेज की कैंटीन जा पहुँचीं। कैंटीन काफी बड़ी थी। उसमें लगभग सौ लोगों के बैठने की व्यवस्था थी। कमली ने देखा, वहाँ पहले से काफी गहमा-गहमी थी। स्टूडेंट आपस में ग्रुप बना कर अलग-अलग टेबल के चारों ओर बैठ कर खा-पी रहे थे और गप्पें मार रहे थे। ज़्यादातर स्टूडेंट सीनियर क्लास के थे। कमली के बैच के लोग एक कोने में तीन-चार टेबल के आस-पास बैठे थे। उसी कोने में कमली को एक खाली टेबल नजर आया। वह अपनी दोस्तों के साथ वहाँ लगी कुर्सियों पर बैठ गयी। पास में बैठे कुछ सीनियर क्लास के लड़के कमली और उसकी दोस्तों को बड़े गौर से घूर रहे थे। उनमें से एक लड़का आगे बढ़कर कमली की टेबल तक आया और कहा-

'तुम लोग सभी फ़र्स्ट इयर की हो'।

कमली ने सिर हिलाकर हाँ कहा। उस लड़के ने तपाक से कहा-

'तुम्हें सिखाया नहीं गया है कि सीनियर को देखने या बगल से गुजरने पर विश किया जाता है। मैं तुम्हारा सीनियर हूँ, तुम सब मुझे 'गुड आफ्टरनून' कह कर विश करो'।

कमली को पता नहीं क्यों उस लड़के की बात सुनकर हंसी आ गयी। उसने उठ कर कहा-

'यह कैंटीन है, जब कल कॉलेज में आपसे मुलाक़ात होगी, तब मैं आपको विश कर दूँगी'।

कमली के इस जवाब से वह लड़का थोड़ा ठिठका। उसने ऊंची आवाज में पास बैठे अपने दोस्तों की ओर देख कर कहा-

'देखो दोस्तों, ये कॉलेज में नयी लीडर आई हैं, जो सीनियर का कहा मानने से इन्कार कर रही हैं, इनके साथ क्या सलूक किया जाये'।

फिर उसने कमली की ओर मुड़कर कहा-

'अब तुम्हें मुझे 'गुड आफ्टरनून सर' कहना पड़ेगा, वरना तुम्हें आज कॉलेज से बाहर जाने नहीं देंगे'।

इसी बीच लड़के के दोस्तों के बीच से एक लड़का उठ कर कमली के पास आया। उसे देख कर उसने अपने दोस्त को कहा-

'अरे यार, इसकी रैगिंग अभी थोड़ी देर पहले हम लोगों ने कर ली है। यह बहुत तेज और अच्छी है, इसलिए अब आज से इसकी रैगिंग नहीं होगी'।

वह हाथ पकड़ कर उस लड़के को वापस टेबल के पास ले जाने लगा, तभी कमली ने मुस्कुराते हुए कहा-

'गुड आफ्टरनून सर'।

दोनों लड़के उसे देख कर मुस्कुराए और अपने ग्रुप में वापस हो लिए।

कमली ने सब के साथ अपना लंच बॉक्स निकाला। सभी एक दूसरे की टिफिन से बाँट कर खाने लगे। इस बीच कमली को कुछ दूर की टेबल पर बैठा अविनाश नजर आया। वह लगातार कमली की ओर देख रहा था। कमली ने उसे देख कर मुस्कुराया। कमली की मुस्कुराहट देख कर अविनाश उठ कर उसकी टेबल के पास आने लगा। कमली के साथ बैठी लड़कियां अविनाश को आता देख हंसने लगीं। कमली ने हाथ के इशारे से उन्हें शांत रहने के लिए कहा। अविनाश कमली की बगल में एक कुर्सी लेकर बैठ गया। कमली ने उससे पूछा-

'तुमने खाना खाया'।

अविनाश ने कहा-

'मैं लॉज में रहता हूँ और वहाँ से लंच बॉक्स लेकर आना संभव नहीं है। मैं यहीं कैंटीन में कुछ न कुछ खा लिया करूंगा। आज मैंने चावल, दाल और सब्जी खाई। अच्छी थी'।

कमली ने अविनाश की बात सुनकर अपना लंच बॉक्स उसकी तरफ बढ़ाया। अविनाश ने उसमें से रोटी का एक टुकड़ा सब्जी के साथ ले लिया।

थोड़ी देर में खाना खत्म कर सभी कैंटीन से निकल गए। कमली सभी को हाथ हिलाती हुई अपनी स्कूटी की ओर बढ़ गयी। घर लौटने से पहले उसे एप्रोन और स्टेथो लेना था। मेडिकल इन्स्ट्रुमेंट की दुकान कॉलेज के सामने थी। कमली ने दोनों चीजें खरीद लीं। घर लौटकर उसने अपनी माँ से कॉलेज के पहले दिन का हाल बताया। माँ बड़े ध्यान से कमली की बातें सुनती रही।

अब कमली के सामने कोचिंग क्लास, कॉलेज और ट्यूशन की टाइम को सही करने का प्रश्न था। कोचिंग क्लास से वह जल्दी से जल्दी पौने आठ बजे तक घर आ सकती थी। उसके बाद उसके पास सिर्फ आधा घंटा था, तैयार होकर कॉलेज साढ़े आठ बजे तक पहुँचने के लिए। शाम में कॉलेज में कभी देर हो जाने के कारण उसका साढ़े चार बजे से ट्यूशन क्लास लेना संभव नहीं होता। उसने सोचा वह सुबह कोचिंग क्लास जाते समय पूरी तरह तैयार होकर निकलेगी। कॉलेज जाने के पहले उसे घर आकर सिर्फ नाश्ता करने का वक़्त था। उसने शाम की ट्यूशन क्लास को पाँच से सात बजे तक करने की सोची। उसके बाद वह रात दस बजे तक कॉलेज की पढ़ाई कर सकती थी। इस रूटीन से कमली को महसूस हो रहा था कि उसे सप्ताह में पाँच दिन बहुत मेहनत करनी पड़ेगी। फिर भी उसे आराम करने के लिए हर सप्ताह शनिवार और रविवार की छुट्टियाँ थीं।

अगले दिन नई रूटीन के साथ कमली सुबह-सुबह उठ कर नहा-धोकर तैयार हो गयी। उसने सुबह छह से साढ़े सात तक कोचिंग क्लास ली। उसके कोचिंग क्लास करते हुए दस दिन हो चुके थे। उसने इंस्टीट्यूट में कह रखा था कि वह पाँच दिन की जगह हर दस दिन में पढ़ाने के पैसे लेगी। उसे कुल दस क्लास के बीस हजार रुपये मिले। पहली बार उसे अपनी मेहनत के इतने पैसे मिले थे। वह घर वापस आ गयी। उसने सारे पैसे माँ के हाथों में दिये। उसके पास अब आधे घंटे का वक़्त था। जल्दी से उसने नाश्ता किया और अपने बैग ठीक कर वह कॉलेज के लिए निकल गयी।

क्लास रूम में कमली के बैठने की जगह पहले दिन से तय हो गयी थी। वह सीधे वहाँ जाकर बैठी। उसने तीरछी नजर से तीसरी लाइन में बैठे अविनाश को देखा। वह मानो कमली के इंतजार में बैठा था। कमली के देखते ही उसने हाथ उठाया। कमली ने बस हल्की-सी मुस्कुराहट के साथ उसकी ओर देखा और अपनी सीट पर बैठ गयी। ठीक साढ़े आठ बजे से क्लास शुरू हो गए। पहले सभी की हाजरी लगी और उसके बाद टीचर ने पढ़ाना शुरू किया। कमली बहुत तल्लीन होकर टीचर का कहा सुनती रही। वह लगातार अपनी कॉपी में लिखती जा रही थी। बीच-बीच में वह किताब पलट कर देखती। एक घंटे में पहली क्लास खत्म हो गयी। उसके बाद अगले दो घंटे तक दूसरी और तीसरी क्लास लगातार हुई।

तीन घंटे की क्लास के बाद साढ़े ग्यारह से एक बजे तक एनाटॉमी का प्रैक्टिकल क्लास था। सभी ने अपने-अपने एप्रोन पहन लिए। कमली को पहली बार एप्रोन पहनना अच्छा लगा। एनाटॉमी की लैबोरेटरी क्लास रूम की बगल वाली बिल्डिंग में थी। थोड़ी दूर चल कर सभी लैबोरेटरी पहुँच गए। सभी टीचर वहाँ पहले से मौजूद थे। अंदर घुसने पर पहले कमरे से ही ईथर की गंध आने लगी, जो

कमली को अच्छी नहीं लगी। शुरू में उसने रुमाल अपनी नाक पर रखी, लेकिन अचानक टीचर ने उसे देख लिया। उन्होंने कहा-

'अब इस गंध की तुमलोगों को आदत डालनी होगी। कोई अपनी नाक पर रुमाल नहीं रखेगा, थोड़ी देर में यह गंध ठीक लगने लगेगी'।

कमली ने जल्दी से रुमाल अपनी नाक से हटाई। टीचर ने सबसे पहले सभी को एक जगह खड़ा किया। उनका साथ देने के लिए चार अन्य टीचर थे। एक बड़े से बोर्ड पर मानव शरीर की स्केच बनी थी। टीचर ने एक-एक कर मानव के सभी अंगों के बारे में बताया। उसके बाद सभी लड़के-लड़कियों के पच्चीस-पच्चीस के चार ग्रुप बना दिये गए और उन्हें बगल के एक बड़े हॉल में ले जाया गया। कमली के ग्रुप में अविनाश था। कमली ने देखा, वहाँ चार स्ट्रेचर पर सफ़ेद कपड़े ओढ़े कोई-कोई लेटा हुआ था और सबका चेहरा ढंका हुआ था। चारों ग्रुप को एक-एक टीचर के साथ चार अलग-अलग स्ट्रेचर के पास ले जाया गया। कमली का ग्रुप एक स्ट्रेचर के पास गया। स्टूडेंट ज्यादा होने के कारण सभी गोलाई में फैल गए। टीचर ने आगे बढ़ कर स्ट्रेचर के ऊपर की सफ़ेद चादर को हटा दी। कमली देख कर चौंक गयी। वह किसी मरे हुए पुरुष की बॉडी थी, जिसके बदन पर कोई कपड़ा नहीं था। उस बॉडी से बहुत तीखी गंध निकल रही थी। कमली और कुछ और लड़कियों को उबकाई आने लगी। किसी तरह कमली ने अपने आप को संभाला।

टीचर आगे बढ़ कर कुछ देर तक उस बॉडी को छूकर सभी अंगों के नाम बताने लगे। उसके बाद उन्होंने लड़के-लड़कियों में से कुछ को आगे आने के लिए कहा। किसी की हिम्मत नहीं हो रही थी, आगे बढ़ने की। कुछ पल रुककर लड़कों की तरफ से अविनाश आगे आया। उसे देख कर कमली भी बड़ी हिम्मत कर आगे बढ़ी। उसके

बाद तीन और स्टूडेंट आगे आए। टीचर ने सभी को देख कर सबसे पहले अविनाश और कमली को बुलाया। उसने अविनाश के हाथ में एक मेडिकल सर्जरी में काम आने वाला चाकू दिया। कमली के हाथ में दूसरा चाकू पकड़ाया। उसके बाद टीचर ने आगे बढ़ कर उस बॉडी के सीने पर चाकू रख कर उसे काटने का तरीका बताया। कुछ देर के बाद वे पीछे हट गए और अविनाश तथा कमली को आगे बढ़ने के लिए कहा।

कमली ने उस बॉडी को नजदीक से देखा। लगभग पचास साल का कोई व्यक्ति रहा होगा। उसकी आँखें बंद थीं और उसका शरीर लगभग सफ़ेद था। नजदीक जाने पर उस बॉडी से निकलने वाली गंध और तेज हो गयी थी। कमली ने किसी तरह अपने आप को संयत करते हुए अविनाश से पहले चाकू को टीचर के बताए तरीके से बॉडी के सीने में हल्के से गड़ाया। चाकू से वहाँ का चमड़ा थोड़ा दब गया। अविनाश ने भी वही काम किया। तभी टीचर आगे आए और उन्होंने कहा-

'तुम दोनों ने बहुत अच्छे से चाकू को पकड़ा। मैं आज तुमलोगों को एक मानव शरीर के बाहरी अंग दिखाना चाहता था और उसको काटने के लिए चाकू पकड़ने की तकनीक बताना चाहता था। आज के लिए बस इतना काम सबको करना है। कल से इस बॉडी के अलग-अलग भाग को चीर कर उसके अंदर के अंगों के बारे में जानेंगे'।

उसके बाद बाकी स्टूडेंट ने बारी-बारी से वही काम किया। इस क्रम में डेढ़ घंटे निकल गए। एक बजे लंच ब्रेक हुआ। सभी लैबोरेटरी से बाहर आ गए। बाहर की हवा उन्हें ताजी लगी। कमली को अपने कपड़ों से ईथर की गंध लगातार आ रही थी। उसने एप्रोन खोल दिया। उसके बावजूद उसकी नाक में वह गंध बार-बार आ रही थी। उसने जल्दी से लेडिज टॉइलेट में जाकर अपने हाथ-मुंह अच्छी तरह धोये। गंध थोड़ी कम हो गयी। बाकी सभी लड़कियां भी उसके साथ थीं।

लंच का एक घंटे का ब्रेक था। कमली अपने साथ की लड़कियों के साथ कैंटीन की ओर बढ़ चली। रास्ते में कुछ सीनियर मिले, जिन्हें देख कर कमली ने विश किया। कैंटीन में ज्यादा भीड़ नहीं थी। बीच की एक बड़ी टेबल के चारों ओर सभी लड़कियां बैठ गईं। कुछ लड़के भी साथ में बैठ गए। कमली बार-बार अपने हाथ और कपड़ों को सूंघ रही थी। ईथर की कुछ गंध अभी तक उसके कपड़ों से आ रही थी। इस बीच अविनाश कैंटीन के अंदर घुसा। उसने चारों ओर नजर दौड़ाई। कमली को देख कर वह उसकी टेबल की ओर बढ़ा। वहाँ वैसे बैठने की जगह नहीं थी, लेकिन किसी तरह एक कुर्सी लगा कर अविनाश वहीं कमली के सामने बैठ गया। कुछ लड़कियों ने अपने लंच बॉक्स खोले और कुछ ने कैंटीन से खाने का ऑर्डर दिया। अविनाश ने अपना खाना मंगवाया। कमली खाना खाते हुए बार-बार अविनाश की ओर देखने लगती। उसे लगता कि अविनाश वाकई में उससे दोस्ती करना चाहता है। फिर भी उससे सही तरीके से मिले सिर्फ दो दिन हुए थे, इसलिए कमली इसके लिए अभी तैयार नहीं थी।

लंच के बाद दो बजे से तीन बजे तक फिजिओलोजी का प्रैक्टिकल और उसके बाद तीन से चार बजे तक बायोकेमिस्ट्री का प्रैक्टिकल था। धीरे-धीरे सभी फिजिओलोजी विभाग पहुँच गए। वहाँ एक बड़े से वार्ड में कई मरीज लेटे हुए थे। टीचर वहाँ पहले से मौजूद थे। इस बार फिर सभी स्टूडेंट चार ग्रुप में बँट गए। कमली के ग्रुप के इकट्ठे हो जाने के बाद साथ आए टीचर ने कहा-

'इस क्लास में आप सभी को स्टेथो का इस्तेमाल, नब्ज और ब्लड प्रेशर देखना सिखाया जाएगा। यहाँ कुछ मरीज पहले से मौजूद हैं, आप लोग अपने ग्रुप के हिसाब से मरीज के पास जाकर उनको चेक करेंगे। मैं एक मरीज पर आपको इन इन्स्ट्रुमेंट का इस्तेमाल कर दिखाता हूँ'।

इसके बाद टीचर एक मरीज के नजदीक गए। मरीज बिस्तर पर लेटा हुआ था। पहले टीचर ने स्टेथो के उपयोग के बारे में बताया। स्टेथो के एक छोर को कान में लगाकर दूसरी छोर को मरीज के कलेजे पर रखा। उन्होंने मरीज को ज़ोर-ज़ोर से सांस लेने के लिए कहा और बड़े गौर से स्टेथो को कलेजे पर यहाँ वहाँ घुमाते रहे। उन्होंने बताया कि कैसे भीतर की आवाज सुनकर मरीज के अच्छे या बीमार होने का पता लगाया जा सकता है। कमली टीचर के पास खड़ी थी। उन्होंने उसे स्टेथो अपने कान में लगाकर मरीज को देखने के लिए कहा। कमली ने मरीज की छाती पर स्टेथो लगाया। बहुत ध्यान लगाकर सुनने पर उसे मरीज के कलेजे से कुछ आवाज सुनाई पड़ी। उसने टीचर को कहा-

'सर, इनके ज़ोर-ज़ोर से सांस लेने पर कलेजे के नीचे हिस्से से मुझे कुछ घड़घड़ाहट की आवाज आ रही है'।

टीचर ने मुस्कुराकर कहा-

'वाह, बहुत सही, तुमने अच्छा काम किया है। मैंने भी सुना। दरअसल इस मरीज के फेफड़े में कफ जमा है, जिसके कारण सांस लेने पर आवाज सुनाई दे रही है। अगर यह मरीज ठीक होता, तब तुम्हें कोई आवाज सुनाई नहीं पड़ती'।

एक दो लोगों ने आगे बढ़ कर अपने-अपने स्टेथो लगा कर मरीज को देखा। उसके बाद बारी-बारी से अन्य लड़के-लड़कियों ने दूसरे मरीज को चेक किया।

इसके बाद मरीज की नब्ज देखने की बारी थी। टीचर ने बताया-

'दाहिनी या बाईं कलाई पर उंगली रखने से नस का धड़कना महसूस होता है। डॉक्टर को देखना है, घड़ी देख कर एक मिनट में

कितनी बार ऐसा होता है। अमूमन सत्तर से अस्सी बार धड़कना सामान्य होता है। उसके ऊपर या सौ के ऊपर धड़कना बतलाता है कि या मरीज को बुखार है या किसी वजह से उसके दिल की धड़कन तेज हुई है। बुखार के लिए उसके बाद थर्मामीटर लगा कर देखना चाहिए। आप चाहें तब आधे मिनट में भी नब्ज देख उसका दुगुना कर पता लगा सकते हैं कि मरीज की क्या स्थिति है'।

कमली ने आगे बढ़ कर एक मरीज की नब्ज देखी। वह घड़ी देखती रही और मन ही मन गिनती रही। एक मिनट के बाद उसने टीचर को कहा-

'सर, इनकी नब्ज की रफ्तार सत्तर है, इसका मतलब इन्हें बुखार नहीं है'।

सभी ने बारी-बारी से वहाँ मौजूद कई मरीजों की नब्ज देखी। कमली को यह सब करने में बहुत मजा आ रहा था।

उसके बाद टीचर ने ब्लड प्रेशर मशीन निकाली। उन्होंने बताया-

'मरीज की दाहिनी या बाएँ बांह पर ब्लड प्रेशर मशीन का यह बेल्ट लगाते है। बेल्ट बांह मुड़ने वाली जगह से ऊपर बंधी होनी चाहिए। उसके बाद स्टेथो को बांह मुड़ने वाली जगह पर लगाना है। अब उस बेल्ट में हाथ से पम्प कर हवा भरनी है। शुरू में स्टेथो में धड़कन सुनाई पड़ेगी, लेकिन एक सीमा के बाद धड़कन एक बिन्दु पर जाकर गायब हो जाएगी। यहाँ से पम्प में से धीरे-धीरे हवा बाहर निकालनी होती है। एक बिन्दु पर आकर फिर से धड़कन सुनाई देने लगेगी। वह मरीज का ऊपर का ब्लड प्रेशर है, जिसे सिस्टोलिक कहते हैं। उसके बाद फिर धीरे-धीरे हवा कम करने से एक बिन्दु पर धड़कन गायब हो जाएगी। यह मरीज का नीचे का ब्लड प्रेशर है, जिसे

डाइस्टोलिक कहते हैं। किसी भी मरीज का सामान्य ब्लड प्रेशर ऊपर का एक सौ बीस और नीचे का अस्सी होता है'।

एक दो लड़के-लड़कियों ने दो तीन ब्लडप्रेशर मशीन लेकर जाँचना शुरू किया, लेकिन सभी को पहली बार जांच करने में दिक्कत हुई। कमली ने भी एक बार कोशिश की। उसे ऊपर वाली आवाज सुनाई पड़ती थी, लेकिन नीचे पहुँचने पर कभी बेल्ट से हवा जल्दी निकल जाती या फिर वह नीचे धड़कन का गायब होना ठीक से समझ नहीं पाती। टीचर ने कई बार फिर से समझाया और कहा-

'आज जो मैंने आपको यह सब बताया है, यह आपको रोज आकर खुद करना होगा, जिससे आप जल्दी सीख सकें'।

सभी स्टूडेंट वहाँ से निकल कर जल्दी से बायोकेमिस्ट्री विभाग की ओर लपके। सभी विभाग की बिल्डिंग अलग-अलग थी। वहाँ चारों ग्रुप के स्टूडेंट को मानव खून की जांच के बारे में बताया गया। टीचर ने उन्हें बताया कि तरह-तरह के ब्लड टेस्ट कैसे होते हैं और उन्हें कैसे तैयार कर उनकी जांच की जाती है। एक घंटे तक यह क्लास चली।

चार बजे क्लास खत्म हो गयी। दिनभर की क्लास के बाद सभी थके से नजर आ रहे थे। कमली जल्दी घर जाना चाहती थी। उसने अपनी दोस्तों को 'बाई-बाई' कहा और स्कूटर स्टैंड की ओर बढ़ गयी। घर पहुँच कर उसने पहले दिन के अपने प्रैक्टिकल के बारे में माँ को बताया। चाय पीकर और थोड़ी देर आराम कर वह ट्यूशन क्लास के लिए तैयार हो गयी। आज से ट्यूशन क्लास शाम पाँच बजे से सात बजे तक होनी थी।

ग्यारह

कमली की रोज की रूटीन फिर पहले जैसी हो गयी थी। सुबह साढ़े चार बजे उठ कर कोचिंग के लिए तैयार होना। वहाँ से लौट कर कॉलेज जाना और फिर शाम में ट्यूशन। वह शनिवार और रविवार को आराम करने के साथ-साथ घर के काम में माँ का हाथ बँटाती थी। इसके अलावा उसे माँ की सेहत का भी ध्यान था। बीच-बीच में वह माँ की दवाइयाँ खरीद लाती। डॉक्टर ने छह महीने में एक बार जांच के लिए कहा था। अगले महीने कमली की माँ को डॉक्टर से एक बार दिखाना था।

कमली को कोचिंग और ट्यूशन से ठीक-ठाक पैसे मिल रहे थे। कोचिंग क्लास और स्कूटी के लिए लोन की किश्त भरने के बाद अब उसके पास पैसे बचने लगे थे। उसके मन में बहुत दिनों से घर के लिए एक डाइनिंग टेबल लेने की इच्छा थी। उसने पहले माँ को बताया था, लेकिन पैसे की तंगी के कारण माँ उस वक़्त तैयार नहीं हुई थी। अब जब कोचिंग के एक मुश्त बीस हजार रुपये कमली को मिले, तब उसने माँ को मना कर आठ हजार रुपये में चार कुर्सियों वाली डाइनिंग टेबल खरीद ली। इसके अलावा खाने के लिए कुछ चीनी मिट्टी के प्लेट वगैरह की जरूरत थी, वह भी कमली ने खरीद ली। माँ को हमेशा लगता था कि घर में आने वाले पैसे वह कमली

की शादी के लिए जमा करे, लेकिन कमली फिजूलखर्ची नहीं बल्कि घर की जरूरत की चीजों को खरीदने की सोचती थी।

इधर अतुल ने दिल्ली आईआईटी में एड्मिशन ले लिया था। उसे वहाँ के हॉस्टल में एक रूम मिल गया था, जिसमें उसके साथ एक और लड़का था। उसका खाना-पीना हॉस्टल की कैंटीन में होता था। उसके पापा ने शुरू के एक हफ्ते रुक कर उसकी सारी व्यवस्था कर दी थी। अतुल के क्लास शुरू हो चुके थे और वह उसमें व्यस्त हो गया था।

कमली जब घर पर अकेली होती, तब उसे कभी-कभी अतुल की याद आती थी। वह अतुल के बारे में सोचती, पता नहीं वह कैसा होगा। बहुत दिनों से उससे फोन से बात नहीं हो सकी थी। उसके जाने के बाद एक दिन कमली ने फोन मिलाया था, लेकिन उस वक़्त शायद अतुल के व्यस्त होने के कारण, उससे बातें नहीं हो सकीं।

एक दिन देर शाम कमली ने अतुल को फोन मिलाया। बहुत देर की घंटी के बाद उधर से अतुल ने फोन उठाया। उसकी आवाज से लग रहा था, जैसे वह सो रहा था। कमली ने इधर से कहा-

'हैलो अतुल'।

उधर से बहुत धीमे से अतुल ने जवाब दिया-

'हाँ, कौन बोल रहा है'।

कमली को थोड़ा अजीब लगा। अतुल के पास उसका नंबर था, फिर भी पता नहीं क्यों वह इस तरह पूछ रहा था। उसने कहा-

'मैं कमली'।

अतुल ने उधर से थोड़ा रुक कर कहा-

‘अरे हाँ कमली, मैं सो रहा था और अचानक फोन आने पर मैं तुम्हारा नाम नहीं देख सका। कैसी हो तुम’।

कमली ने इधर से कहा-

‘हाँ मैं ठीक हूँ, तुम कैसे हो और इतनी जल्दी सो क्यों रहे हो, तबीयत ठीक है न तुम्हारी’।

अतुल ने उधर से जवाब दिया-

‘कल से मुझे बुखार है, दवा ले ली है, ठीक हो जाऊंगा। यहाँ पढ़ाई का बहुत दवाब है, बिलकुल वक़्त नहीं मिलता है’।

कमली ने कहा-

‘तुम अपना ध्यान रखा करो। कुछ दिनों में सब ठीक हो जाएगा, मुझे देखो, मैं सब कुछ एक साथ कर पा रही हूँ। यहाँ कब तक आना होगा’।

उधर से अतुल ने जवाब दिया-

‘जाड़ों की छुट्टी के पहले यहाँ से निकलना मुश्किल है, उसी समय तुम लोगों से मिलूंगा। अब फोन रखता हूँ, मुझसे ठीक से बात नहीं किया जा रहा है’।

इतना कह कर अतुल ने फोन रख दिया। कमली ने फोन रखने के बाद बहुत देर तक अतुल के बारे में सोचा। पता नहीं वह पढ़ाई के दवाब को क्यों नहीं झेल पा रहा है। उसने सोचा समय बीतने पर सब ठीक हो जाएगा।

अब कमली के कॉलेज में पढ़ाई ज़ोर-शोर से चलने लगी थी। हर दिन तीनों विषय के थिओरी और प्रैक्टिकल क्लास हो रहे थे। कमली बड़े ध्यान से हर क्लास में टीचर की बात सुनती और उसे नोट करती। प्रैक्टिकल में भी वह हमेशा आगे रहती, जिससे वह

जल्दी से जल्दी सीख सके। वह घर आकर ट्यूशन क्लास के बाद रात में कॉलेज मे पढ़ाये गए विषय को फिर से किताब पढ़ कर दुहराती। इसके कारण क्लास में वह टीचर द्वारा पूछे गए प्रश्न का तुरंत जवाब दे देती थी। तीनों विषय के टीचर उससे बहुत खुश थे। स्कूल की तरह वह कॉलेज में भी लड़के-लड़कियों के बीच सबसे तेज मानी जाने लगी थी। कमली सभी की मदद करती रहती। यहाँ तक की बीच-बीच में अविनाश भी आकर कमली से जानकारी लेता था। वह इस बहाने कमली के नजदीक आना चाहता था, लेकिन कमली अभी तक उससे उतनी खुल नहीं पायी थी, जितनी वह अतुल के साथ खुली हुई थी।

तीन महीने बीत गए। कॉलेज में दुर्गा पूजा, दिवाली और छठ की एक साथ एक महीने की छुट्टी होती थी। अभी छुट्टियाँ शुरू होने में कुछ दिन बाकी थे। एक दिन सुबह कमली के मामाजी का फोन आया। बहुत दिनों से कमली की उनसे बात नहीं हुई थी। कमली ने फोन उठाया और कहा-

'प्रणाम मामाजी, कैसे है आप, बहुत दिनों से आपसे कोई बात नहीं हुई है'।

उधर से कमल ने कहा-

'कैसी हो कमली, दीदी की तबीयत कैसी है। दुर्गा पूजा की छुट्टियों में तुम्हारा क्या प्रोग्राम है। अगर तुम्हें तुम्हारे कोचिंग क्लास और ट्यूशन से कुछ दिन की फुर्सत मिल जाये, तब हम इस बार छुट्टियों में वैष्णो देवी के दर्शन के लिए जा सकते हैं। मेरा बहुत दिनों से मन है'।

कमली ने खुश होकर कहा-

'मामाजी, यह बहुत अच्छा रहेगा, मैं कम से कम सात दिन की छुट्टी पूजा में ले सकती हूँ, फिर हम चल सकते हैं। मैं माँ को फोन देती हूँ, आप उनसे बात कर लें'।

कमली की माँ आवाज सुनकर अंदर के कमरे से बाहर आ गयी। फोन लेकर उसने कहा-

'हाँ कमल, कैसे हो, बहुत दिनों से कोई खोज-खबर नहीं मिली तुम लोगों की'।

कमल ने जवाब दिया-

'हाँ दीदी, इधर खेत के काम में थोड़ा ज्यादा व्यस्त हो गया था, इसलिए फोन करना भूल गया। हम दोनों बिलकुल ठीक हैं। मैं दुर्गा पूजा में वैष्णो देवी जाने की सोच रहा था। आप और कमली साथ चलते तब अच्छा रहता। दो दिन जाने और आने में लगेंगे और ज्यादा से ज्यादा दो-तीन दिन और लगेंगे। कुल मिलाकर पाँच दिन में ट्रेन से जाकर वापस आ जाएँगे। आप लोगों के साथ जाना हमें भी अच्छा लगेगा'।

विमला ने जवाब दिया-

'कमल, मैं वैष्णो देवी की उतनी ऊंची चढ़ाई कैसे चढ़ पाऊँगी। तुम लोगों को दिक्कत हो जाएगी। फिर कमली क्या इतने दिनों के लिए कोचिंग और ट्यूशन छोड़ कर बाहर जा पाएगी और वहाँ दुर्गा पूजा के दौरान भीड़ बहुत होगी'। ।

कमल ने कहा-

'मैंने कमली से बात कर ली है। उसे पूजा में सात दिनों की छुट्टी मिल जाएगी। आप के लिए घोड़े की सवारी कर देंगे, जिससे आप आसानी से पहाड़ पर जा सकेंगी। कोई दिक्कत नहीं होगी। बड़े-बूढ़े लोग वहाँ जाते हैं, फिर आप के लिए क्या बात है। भीड़ का कोई मसला नहीं है। मेरी कुछ जान-पहचान है, मैं वहाँ दर्शन के लिए अलग से व्यवस्था कर लूँगा। मैं दिन तय कर आने-जाने की ट्रेन की टिकट ले लेता हूँ। सब साथ चलेंगे'।

विमला ने थोड़ा रुक कर कहा-

'ठीक है, तुम जैसा उचित समझो'।

विमला ने फोन कमली को पकड़ा दिया। कमली ने मामाजी को कहा-

'मामाजी, विजयदशमी से सात दिन पहले की टिकट लेंगे, तब मुझे सुविधा होगी। वहाँ से लौट कर आपलोग अष्टमी और नवमी की पूजा यहाँ देख सकते हैं'।

कमल ने कहा-

'यह अच्छा रहेगा, दोनों काम हो जाएँगे। तुमलोग तीसरी पूजा के दिन जाने की तैयारी करो, मैं टिकट ले लेता हूँ'।

कमल ने फोन रख दिया। कमली ने सोचा कॉलेज बंद हैं और कोचिंग क्लास में दुर्गा पूजा की दस दिनों की छुट्टी है, अब उसे सिर्फ अपनी ट्यूशन क्लास को आठ या दस दिनों के लिए बंद रखना पड़ेगा। उसने सोचा वह आज बच्चों को इसके बारे में बता देगी। वैष्णो देवी जाने की उसे बहुत खुशी थी। बहुत दिनों के बाद वह ट्रेन में लंबी यात्रा करेगी।

कॉलेज में पढ़ाई ज़ोर-शोर से चलने लगी थी। कमली ने अपने कई सीनियर लड़कियों से दोस्ती कर ली थी। कभी-कभी वह उनके साथ लंच के समय बैठ जाती और मस्ती करती। इधर एनाटॉमी के प्रैक्टिकल में चीर-फाड़ करने में कमली कुशल हो गयी थी। उसे अब ईथर की गंध उतनी बुरी नहीं लगती थी। अविनाश अभी भी कॉलेज में उसके नजदीक आना चाहता था। क्लास में लड़के-लड़कियां उन दोनों पर कमेंट करने लगे थे। कमली के साथ की लड़कियां उस पर चुटकी लेती थीं। कमली अब अविनाश से दूर नहीं भागती थी। उसे अविनाश भोला-भाला दिखता था। उसमें उसे अतुल का रूप दिखाई

देने लगा था। लंच के दौरान कैंटीन में अब प्रायः वे साथ-साथ बैठे दिखते थे। कमली के साथ और लड़कियां भी होती थीं।

दुर्गा पूजा की छुट्टियाँ शुरू होने के पहले कॉलेज का आखिरी दिन था। क्लास के लिए बहुत कम लोग आए थे। कमली की दोस्तों में कई लड़कियां नहीं थीं। लंच के पहले के दो क्लास हुए, लेकिन तीसरी क्लास में टीचर के नहीं रहने के कारण पहले छुट्टी हो गयी। लंच के बाद फिर प्रैक्टिकल की क्लास थी। लगभग दो घंटे का समय था। कमली ने कॉलेज के पीछे गंगा नदी के किनारे घाट के बारे में सुन रखा था। उसने सोचा वह लंच के पहले एक घंटा वहाँ जाकर बैठेगी। उसने अपने साथ किरण को साथ चलने के लिए कहा। दोनों हॉल से बाहर निकलीं। तभी अविनाश नजर आया। उसने हाथ हिलाकर कमली को रुकने का इशारा किया। कमली हॉल के बाहर आकर रुक गई। अविनाश ने नजदीक आकर कहा-

'अभी लंच लेने में एक घंटे की देर है, तबतक चलो कहीं चल कर आराम से बैठते हैं। गंगा का किनारा कैसा रहेगा'।

कमली मुस्कुराई और कहा-

'हम दोनों वहीं जा रहे हैं, तुम साथ चलना चाहो तो चल सकते हो'।

अविनाश का चेहरा खिल गया। वह कमली और किरण के साथ हो लिया। तीनों थोड़ी देर में कॉलेज के पीछे नदी के किनारे घाट पर पहुँच गए। वहाँ कई लड़के-लड़कियां जोड़े में बैठ कर बातें कर रहे थे। कॉलेज में इसे 'लव पॉइंट' के नाम से जाना जाता था। कमली ने बहुत दिनों के बाद गंगा नदी को नजदीक से देखा था। पहले वह घाट पर नीचे पानी तक गयी। वहाँ उसने चप्पल खोलकर पानी में अपने पैर डुबोए। फिर हाथ में पानी लेकर उसने अपने ऊपर छिड़का। उसने अविनाश और किरण को भी पानी में आने का इशारा किया।

वे दोनों आकर उसके पास खड़े हो गए। कमली ने उन पर भी पानी छिड़का। कुछ देर तक तीनों वहाँ खड़े रहे। उसके बाद ऊपर आकर घाट की सीढ़ियों पर पेड़ की छाँव में बैठ गए। किरण उससे थोड़ी दूर जाकर बैठ गयी। अविनाश कमली के बगल में बैठा। कमली ने किरण को देख कर कहा-

'तू उतनी दूर क्यों बैठी है, नजदीक आ जा'।

किरण ने मुस्कुराकर जवाब दिया-

'मैं तुम दोनों के बीच कबाब में हड्डी नहीं बनना चाहती। मुझे यहीं अकेले बैठना अच्छा लग रहा है। तुम दोनों साथ-साथ बैठ कर बातें करो'।

कमली सिर्फ मुस्कुराई। थोड़ी देर दोनों चुप हो कर नदी की तरफ देख रहे थे। तब अविनाश ने बात की शुरुआत की-

'यहाँ का माहौल कितना शांत है। मुझे ऐसा माहौल अच्छा लगता है। मैं यहाँ घंटों बैठ सकता हूँ'।

कमली ने सिर्फ सिर हिलाकर अविनाश का जवाब दिया।

अविनाश ने फिर कहा-

'तुम दुर्गा पूजा की छुट्टियों में यहीं रहोगी या कहीं बाहर घूमने जा रही हो'।

कमली ने बताया-

'मैं अपने मामाजी और माँ के साथ वैष्णो देवी जा रही हूँ, पाँच दिनों का प्रोग्राम है। पूजा के अंतिम दो दिन मैं यहीं रहूँगी'।

अविनाश ने कहा-

'तुम्हारे यहाँ कौन-कौन हैं, तुम अपने बारे मे बताओ'।

कमली ने थोड़ा रुक कर जवाब दिया-

'घर में मैं माँ के साथ रहती हूँ। मेरे पिता का निधन बहुत पहले हो गया था। मेरे मामाजी नजदीक के एक गाँव में रहते हैं'।

अविनाश ने उससे पूछा-

'तुम पढ़ाई के अलावा और कुछ करती हो'।

कमली ने कहा-

'हाँ मैं सुबह में पास के एक इंस्टीट्यूट में कोचिंग क्लास लेती हूँ और शाम में दसवीं के बच्चों को ट्यूशन पढ़ाती हूँ'।

अविनाश ने आश्चर्य करते हुए कहा-

'तुम इतना काम करती हो, थकती नहीं हो। बहुत कम उम्र में तुमने घर की जिम्मेवारी ले ली है'।

कमली ने जवाब दिया-

'शुरू के दिनों में थोड़ी दिक्कत होती थी, लेकिन अब मुझे इन सब की आदत पड़ गयी है। तुम अपने बारे में बताओ'।

अविनाश ने सकुचाते हुए कहा-

'मैं क्या बताऊँ, मेरी सीधी सपाट जिंदगी है। मैं घर में अकेला लड़का हूँ। मेरे माता-पिता नजदीक के एक गाँव में रहते हैं। मेरे पिता किसान हैं। गाँव में दसवीं की पढ़ाई के बाद मैं यहाँ आ गया। शुरू में अपने एक रिश्तेदार के यहाँ रह कर मैंने बारहवीं की पढ़ाई की। उसके बाद मैं एक लॉज में शिफ्ट हो गया। वहीं रह कर मैंने मेडिकल का टेस्ट दिया। मुझे शुरू से डॉक्टर बनने की तमन्ना थी। अब कॉलेज के हॉस्टल में रहता हूँ। हर हफ्ते शनिवार और रविवार को गाँव चला जाता हूँ। माता-पिता के साथ दो दिन रह कर वापस आ जाता हूँ।

खेती- बाड़ी बहुत है, इसलिए मेरी पढ़ाई में मुझे पैसों की कोई दिक्कत नहीं हुई। पिताजी सारा खर्च उठाते हैं'।

अविनाश ने आगे कहा-

'मुझे शहर की चकाचौंध ज्यादा पसंद नहीं है। मैं कॉलेज के बाद ज़्यादातर अपने हॉस्टल के रूम में रहता हूँ। कभी-कभी माता-पिता के साथ पहाड़ों पर घूम आता हूँ। मेरे ज्यादा दोस्त नहीं हैं। तुम मुझे अपनी जैसी लगी, इसलिए मैं तुमसे बातें करना चाहता था। अगर तुम्हें ठीक नहीं लगता है, तब कोई बात नहीं'।

कमली ने तपाक से कहा-

'नहीं, ऐसी बात नहीं है। मुझे तुमसे बात करने में कोई दिक्कत नहीं है। शुरू-शुरू में हरेक लड़की को किसी लड़के से बात करने में झिझक होती है। वही झिझक मेरे में भी थी। अब वह थोड़ी-थोड़ी निकल रही है। तुम मुझसे बात कर सकते हो'।

इस बीच किरण अपनी जगह से उठ कर कमली के पास आई और कहा-

'तुमलोगों की बातचीत पूरी हो गयी हो तो हमलोग लंच के लिए चलें'।

कमली मुस्कुराते हुए तुरंत उठ खड़ी हुई। अविनाश भी जल्दी से खड़ा हो गया। तीनों कैंटीन की तरफ निकल लिए।

कैंटीन में तीनों एक साथ बैठे। छुट्टियों के पहले कॉलेज का आखिरी दिन होने के कारण वहाँ बिलकुल भीड़ नहीं थी। अविनाश ने अपना खाना मंगाया। कमली ने अपने लंच बॉक्स को अविनाश की तरफ बढ़ाया और उसके खाने की थाली में से रोटी तोड़ कर खाने लगी। अविनाश ने कमली के लंच बॉक्स में से खाना शुरू किया। अविनाश चटकारे लेते हुए बोला-

'तुम्हारी लाई सब्जी बहुत अच्छी बनी है और साथ में अचार बहुत तीखा, लेकिन बढ़िया है। मजा आ गया खाकर'।

कमली ने कहा-

'माँ ने खाना बनाया है। यहाँ के कैंटीन की थाली का खाना भी स्वादिष्ट है'।

खाना खत्म कर अविनाश ने कहा-

'अब एक महीने के बाद तुम लोगों से भेंट होगी। मैं गाँव चला जाऊंगा'।

लगभग आधे घंटे के बाद तीनों लैबोरेटरी की तरफ बढ़ गए।

कॉलेज में एक महीने की छुट्टी शुरू हो गयी थी। कमली को थोड़ा आराम मिला। अब कोचिंग इंस्टीट्यूट भी पूजा शुरू होने के पाँच दिन पहले बंद होने वाला था। इसका लाभ उठा कर कमली पढ़ाई के साथ-साथ घर में दिन का खाना बनाने लगी, जिससे माँ को थोड़ा आराम मिल जाये। उसने पहले सेमेस्टर के क्लास टेस्ट की तैयारी करनी शुरू कर दी। इस बीच कोचिंग क्लास से मिले पैसे से कमली ने माँ के लिए तीन नयी साड़ियाँ खरीदीं। उसकी माँ ने बहुत दिनों से अपने ऊपर कोई खर्च नहीं किया था। अभी सबको वैष्णो देवी घूमने जाना था, इसलिए माँ के लिए नए कपड़े जरूरी थे।

दूसरी पूजा की शाम में मामाजी और मामीजी कमली के घर आ गए। अगले दिन दस बजे की ट्रेन थी। पटना से सत्ताईस घंटे में सीधा जम्मू जाती थी। कमली ने अपना और अपनी माँ का सामान ठीक कर लिया था। माँ के लिए खरीदी नयी साड़ी उसने रख ली थी। शाम के वक़्त वह मामाजी के साथ गप्पें मारने में लगी रही। उसने मेडिकल कॉलेज के अपने अनुभव उन्हें बताए। रात का खाना खाकर सभी जल्दी सो गए।

अगले दिन अहले सुबह उठकर माँ और मामी ने मिलकर रास्ते के लिए दिन का खाना तैयार कर दिया था। पूड़ी, भाजी और साथ में अचार। उसके बाद सभी जल्दी से तैयार होकर नौ बजे तक दो टेम्पो से स्टेशन की ओर रवाना हो गए। कमली बहुत उत्साहित थी। उसे ट्रेन के लंबे सफर का उत्साह था।

ट्रेन समय पर आ गयी। चारों का एसी टू टियर में रिज़र्वेशन था। एक साथ, एक जगह चार बर्थ मिल गए थे, इसलिए आराम था। ट्रेन समय से खुल गयी। कमली खिड़की के पास बैठ कर बाहर बड़ी उत्सुकता से देख रही थी। बीच-बीच में वह मामाजी से बातें करती। उसे बाहर कुछ अच्छा लगता, तब वह बिलकुल बच्चों जैसी अपनी माँ को दिखाती। बीच-बीच में नाश्ता और चाय वाले आते रहे। एक बार चारों ने चाय पी।

लगभग तीन घण्टे के सफर के बाद दोपहर के खाने का वक़्त हो गया। साथ में लाये खाने को निकाला गया और सीट पर अखबार बिछा कर चारों ने खाना खाया। कमली को इन सब में बहुत आनंद मिल रहा था। बहुत दिनों के बाद वह ट्रेन से सफर कर रही थी और वह भी इतनी लंबी यात्रा। शाम की चाय के बाद रात के खाने का ऑर्डर दे दिया गया। करीब आठ बजे रात का खाना आया। चार थाली थी, जिनमें रोटी, चावल, दाल, दो सब्जी, सलाद, रायता और एक मिठाई। कमली ने बड़े चाव से खाना खाया। बीच-बीच में वह मामाजी और अपनी माँ के बीच पुरानी बातों की बातचीत को गौर से सुनती रहती। खाना खाने की थोड़ी देर बाद मामाजी और कमली ऊपर के बर्थ पर सोने चले गए और बाकी दोनों महिलाएं नीचे की दोनों बर्थ पर सोयीं।

सुबह चाय बेचने वाले की आवाज से कमली की नींद खुली। उसने देखा मामाजी पहले उठ कर नीचे की बर्थ पर माँ से बातें कर

रहे है। तीनों चाय की चुस्की ले रहे थे। कमली के नीचे उतरने पर मामाजी ने कहा-

'गुड मॉर्निंग बेटा, नींद अच्छी आई'।

कमली ने हाँ में सिर हिलाकर जवाब दिया। बाथरूम में हाथ-मुंह धोकर वापस लौटने के बाद कमली के लिए एक चाय ले ली गयी। सुबह के नाश्ते में सभी ने ब्रेड पकौड़ा खाया। दिन के साढ़े बारह बजे ट्रेन जम्मू पहुँच गयी। ट्रेन से उतर कर उन्हें कटरा के लिए बस लेनी थी। स्टेशन के बाहर बस मिल गयी। रास्ता पहाड़ी था और हवा में थोड़ी नमी थी। अगले एक घंटे में वे सब कटरा के बस स्टैंड पर पहुँच गए। मामजी ने कटरा में पहले से होटल की व्यवस्था कर ली थी, जो बस स्टैंड के पास था। सभी थोड़ी देर में होटल पहुँच गए। दो कमरे थे, एक में कमली और उसकी माँ और दूसरे में मामाजी और मामीजी। मामाजी ने कमली के कमरे में आ कर कहा-

'हमलोग कल सुबह-सुबह ऊपर मंदिर के लिए चढ़ाई चढ़ेंगे। अभी नहा-धोकर तैयार होकर दिन का खाना-पीना होगा, फिर थोड़ा आराम कर शाम में कटरा बाजार घूम लेंगे। रात को जल्दी सोना होगा'।

आधे घंटे में सभी नहा-धोकर तैयार हो गए। होटल से सटे एक रेस्तरां में सब ने दिन का खाना खाया। थोड़ी देर आराम कर शाम में सभी कटरा घूमने निकल गए। वहाँ दुकानें बहुत अच्छी थीं। ज़्यादातर रेस्तरां या पूजा की सामग्री की दुकानें थीं। एक जगह चूड़ियों की दुकान में कमली की माँ ने उसके लिए नयी सुंदर चूड़ियाँ खरीदीं। मामाजी ने अपने और कमली के लिए ट्रैक सूट खरीदा। रात को फिर पास के रेस्तरां में जल्दी खाकर वे होटल के कमरे में आ गए और थोड़ी देर में सो गए।

अगले दिन सुबह सभी चार बजे उठ गए। होटल में और लोग भी जग चुके थे। होटल से चाय मँगवा कर पी और पाँच बजते-बजते तक होटल के बाहर यात्रा के लिए तैयार हो गए। कमली ने ट्रैक सूट और मामाजी के दिये कपड़े के जूते पहन रखे थे। सभी ने अपने साथ ऊपर की ठंड के कारण ऊनी कपड़े साथ ले लिए थे। कमली और मामाजी ने जैकेट और माँ तथा मामीजी ने पूरी बांह का स्वेटर लिया था। यात्रा शुरू करने के पहले ऊपर जाने के लिए पर्ची कटाई गयी। मुख्य द्वार पर कमली की माँ के लिए एक घोड़े की सवारी ठीक की गयी। सारे ऊनी कपड़े माँ के पीछे घोड़े पर लाद दिये गए। बाकी तीनों, हाथ में छड़ी लेकर ठीक साढ़े पाँच बजे पैदल घोड़े के पीछे-पीछे चल पड़े। मामाजी ने ज़ोर से आवाज लगाई 'जय माता दी'। बाकी तीनों और साथ चलने वाले लोगों ने उसके जवाब में 'जय माता दी' कहा। कमली की माँ को घोड़े पर इस तरह बैठने की आदत नहीं थी। वह बार-बार अपना संतुलन खोने लगती। घोड़े वाले ने उन्हें नीचे उतार कर सीट पर कुछ और कंबल डाला। उसके बाद बैठने पर माँ को ठीक लगने लगा।

नवरात्र के कारण भीड़ ज्यादा थी, फिर भी किसी को चलने में ज्यादा दिक्कत नहीं हो रही थी। मामाजी लगातार कमली से बातचीत कर रहे थे। कमली को पैदल चढ़ने में मजा आ रहा था। कभी-कभी घोड़े वाला माँ को जल्दी-जल्दी आगे ले जाता। उस वक़्त बाकी तीनों के चलने की रफ्तार भी तेज हो जाती। रास्ते में जगह-जगह पर खाने-पीने की दुकानें थीं, ऐसा नहीं लग रहा था कि वे किसी पहाड़ पर चढ़ रहे हैं।

लगभग एक घंटे की चढ़ाई के बाद उन्हें थोड़ी थकावट महसूस हुई। वहाँ रुक कर सभी ने चाय ली। पूरी चढ़ाई पाँच घंटे से ऊपर की थी। उस हिसाब से अभी इन लोगों ने थोड़ी दूरी तय की थी। वे तुरंत उठ खड़े हुए और फिर आगे बढ़ने लगे। रास्ते भर लगातार सभी

'जय माता दी' के नारे लगाते रहे। मामाजी ने कई बार आगे बढ़ कर अपनी बहन का हाल पूछा। उन्होंने बताया, वे ठीक हैं। इस बार सभी लगातार दो घंटे चलते रहे। बीच-बीच में सांस फूलने के कारण कहीं कुछ पल के लिए बैठना पड़ता, लेकिन उनकी रफ्तार अच्छी थी।

तीन घंटे के पहले उन्होंने आधा रास्ता तय कर लिया। अर्धकुंवारी में रुककर सभी ने सुबह का नाश्ता किया। यहाँ ज़्यादातर श्रद्धालु छोटे-छोटे मंदिरों के दर्शन के लिए रुकते हैं। कमली और बाकी लोग वहाँ आधे घंटे रुके। घोड़े वाले ने घोड़े को तबतक चारा खिला दिया। वहाँ से निकल कर अगले दो घंटे की लगातार चढ़ाई के बाद वे सांझी छत पहुँच गए। वहाँ से माता का मंदिर दूर से थोड़ा-थोड़ा दिखने लगता है। सांझी छत पहुँचने के पहले रास्ते में कई जगह बादल बिलकुल नीचे आ जा रहे थे। थोड़ी देर में कमली को ऐसा लगा जैसे वह बादलों के ऊपर आ गयी हो। वहाँ ठंड थी। घोड़े की पीठ पर से सारे ऊनी कपड़े निकाल कर सभी ने पहन लिए। सब के सिर पर ऊनी टोपी थी।

सांझी छत से आधे घंटे में सभी माँ के दरबार पहुँच गए। रास्ते में रुककर माँ की चुनरी और प्रसाद खरीदा गया। दिन के लगभग साढ़े ग्यारह बज चुके थे। वे पिछले छह घण्टे से चढ़ाई चढ़ रहे थे। अब तक सभी पूरी तरह थक चुके थे, लेकिन एक खुशी थी कि वे माँ के दरबार में आ चुके थे। दरबार में भीड़ काफी थी। उसी के बीच से रास्ता बना कर सभी मंदिर के नजदीक गए। दर्शन के लिए लंबी लाइन लगी थी। मामाजी सभी को एक जगह खड़ा कर खुद दर्शन की जुगाड़ के लिए भीड़ में आगे चले गए। चारों तरफ 'जय माता दी' का शोर था। कुछ लोग माता का भजन गा रहे थे। लाउडस्पीकर से श्रद्धालुओं को उचित रास्ता और दर्शन करने का तरीका बताया जा रहा था। मामाजी पंद्रह मिनट के बाद वापस आ गए। उन्होंने वीआईपी दर्शन के टिकट ले लिए थे। चारों भीड़ से बचते हुए मंदिर के पीछे

की ओर बढ़ने लगे। एक जगह ढेर सारे नलके लगे हुए थे, जहां लोग अपने हाथ-मुंह धो रहे थे। वहीं पर जाकर चारों ने हाथ-पैर धोये। कई लोग वहाँ स्नान कर रहे थे, लेकिन कमली और बाकी तीनों को नहाने की हिम्मत नहीं हुई।

मामाजी भीड़ में से रास्ता बना कर आगे बढ़ते रहे। कुछ दूर पर कमली को कुछ फौज के जवान दिखाई पड़े। मामाजी ने पास जाकर उनके हाथ में पर्ची दी। उन्होंने तुरंत कमली और बाकी लोगों को बुलाया। एक जवान उन्हें मंदिर के थोड़ा पीछे से एक पतले गुफ़ानुमा रास्ते के अंदर ले गया। अंदर थोड़ी गर्मी थी। थोड़ी भीड़ भी थी, लेकिन बाहर की लाइन के मुक़ाबले बहुत कम। लगभग तीन मिनट चलने के बाद कमली को ज़ोर-ज़ोर से 'जय माता दी' की आवाज सुनाई देने लगी। उसे लगा माता की मूर्ति के पास वह पहुँच गयी है। उसने थोड़ा उचक कर देखा। बाईं ओर उसे माता की तीन शिलाएँ नजर आयीं। कमली अपनी माँ का हाथ पकड़े आगे खड़े लोगों के पीछे-पीछे चल रही थी। आगे से लोग दर्शन कर सामने के रास्ते से बाहर निकल जा रहे थे। भीड़ हटने के बाद वे सभी पिंड के सामने थे। फूल और चुनरी से माँ की सजावट की गयी थी। पास में दो पुजारी खड़े थे। दाहिनी तरफ लाइन से आने वालों की भीड़ थी, जिसे थोड़ी देर के लिए रोक दिया गया था। अंदर 'जय माता दी' का जबर्दस्त शोर था।

पिंड के सामने खड़ी होकर कमली की आँखों पर विश्वास नहीं हुआ। उसे समझ में नहीं आ रहा था कि वह क्या करे। बगल में खड़ी माँ ने उसे हाथ जोड़ प्रणाम करने के लिए कहा। वहाँ ज्यादा देर रुकना मना था। फिर भी वे लगभग एक मिनट तक वहाँ रुके। पंडित जी ने तीनों पिंडों के बारे में उन्हें बताया, फिर मंत्रोच्चारण कर चारों से पिंड पर फूल चढ़वाये, फिर साथ लाई चुनरी को पिंड से लगाकर चारों को सिर पर बांधने के लिए कहा। इस बार कमली ने 'जय माता

दी' की ज़ोर से आवाज लगाई। उसने मुड़ कर माँ को देखा। उनकी आँखों में आँसू थे। कमली की आँख भी डबडबा गयी। उसने सिर झुकाकर एक बार फिर प्रणाम किया और उसके बाद सभी आगे बढ़ गए। एक दूसरे रास्ते से चारों मंदिर के बाहर आ गए। कमली को अभी तक विश्वास नहीं था कि इतनी भारी भीड़ में इतनी सरलता से माता के दर्शन हो गए।

दिन के साढ़े बारह बज चुके थे। सभी मंदिर परिसर के बाहर एक जगह आकर खड़े हो गए थे। कमली ने मामाजी से पूछा-

'अब आगे क्या करना है'।

मामाजी ने कहा-

'वैसे माता के दर्शन के बाद भैरों नाथ के दर्शन करना भी जरूरी होता है, लेकिन दीदी वहाँ नहीं जा पाएँगी और हमारी रात ग्यारह बजे की ट्रेन भी है। इसलिए यहीं से उन्हें प्रणाम कर लो। इसके बाद थोड़ा नीचे उतर कर दिन का खाना खा लेंगे और फिर वापसी की यात्रा शुरू करेंगे। उतरने में पाँच घण्टे लगेंगे। हमलोग ज्यादा से ज्यादा सात बजे शाम तक होटल पहुँच जाएँगे। वहाँ दो घण्टे आराम कर रात नौ बजे जम्मू के लिए निकल कर दस-सवा दस तक स्टेशन पहुँच जाएँगे। इस बार कटरा से जम्मू हम टैक्सी से चलेंगे, जिससे आराम मिलेगा'।

पूरा प्रोग्राम जान लेने के बाद सबसे पहले सभी ने हाथ जोड़ कर भैरों नाथ का स्मरण कर प्रणाम किया उसके बाद आगे बढ़ गए। खाने-पीने की एक बड़ी दुकान में सभी ने बैठ कर दिन का खाना खाया। अब तक थकावट थोड़ी कम हो गयी थी। लगभग डेढ़ बजे वहाँ से वापसी की यात्रा शुरू हुई। उतरने में कमली को ज्यादा ज़ोर नहीं लग रहा था। वह तेजी से सबसे आगे बढ़ रही थी। शाम के छह बजे तक वे नीचे पहुँच गए थे। अब असली थकावट महसूस हो रही

थी। होटल में जाकर सभी निढाल होकर बिस्तर पर गिर पड़े। माँ को उतनी दिक्कत नहीं थी, लेकिन घोड़े पर लगातार बैठे रहने के कारण उनकी कमर में थोड़ा दर्द था। कमली के पैर दुख रहे थे। सभी ने दो घण्टे की नींद ले ली। उठने पर थकान थोड़ी कम लग रही थी। आठ बजे के करीब पास के रेस्तरां में जाकर सभी ने खाना खाया और ठीक नौ बजे टैक्सी से जम्मू के लिए रवाना हो गए। करीब सवा दस बजे वे जम्मू स्टेशन पर थे।

रात के ग्यारह बजे की ट्रेन थी। ट्रेन वहीं से शुरू होने वाली थी, इसलिए पहले से प्लैटफ़ार्म पर लगी थी। कमली सबके साथ अपनी बोगी में आ गयी। जल्दी-जल्दी सभी ने अपने बिस्तर बिछाए और कंबल तान कर सो गए।

सुबह सभी ने चाय नाश्ता किया और देवी मंदिर के अनुभव साझा करते रहे। दिन का खाना साढ़े बारह बजे तक हो गया। दिन के दो बजे ट्रेन पटना पहुँच गयी। वे तीन बजने के पहले घर आ गए। सप्तमी तिथि होने के कारण पूरे शहर में माँ के पट खुल गए थे और सड़कों पर दर्शन करने वालों की भीड़ थी। घर पर आकर फिर सभी आराम करने लगे। आज कहीं घूमने जाने का विचार नहीं था। सिर्फ आराम करना था।

कमली के मामजी अष्टमी और नवमी को वहीं रुक गए। अष्टमी की सुबह पास के पंडाल में जाकर सभी ने पूजा की। शाम में मामाजी ने कमली को शहर का एक चक्कर लगा दिया। सजावट पिछले साल से अच्छी थी, पर भीड़ बहुत ज्यादा थी। इस बार कमली ने शाम के वक़्त माँ को बाहर ले जाना उचित नहीं समझा। पिछली पूजा में माँ की तबीयत खराब हुई थी।

विजय दशमी की सुबह मामाजी और मामीजी गाँव के लिए निकल गए। इतने दिनों की चहल-पहल के बाद अचानक घर खाली

लगने लगा था। कमली ने माँ की सेहत को ध्यान में रखते हुए उन्हें खूब आराम करने की सलाह दी। छुट्टी होने के कारण उसने घर का काम संभाल लिया था।

बारह

दुर्गापूजा की छुट्टियों के बाद कॉलेज खुल गए थे। कमली की फिर से पुरानी रूटीन शुरू हो गयी थी। अब वह रात में थोड़ी देर तक जाग कर पहले सेमेस्टर के क्लास टेस्ट की तैयारी करती। वह स्कूल की तरह कॉलेज में भी अव्वल आना चाहती थी। उसका संपर्क मोहल्ले के उसके पुराने दोस्तों से लगभग टूट गया था। बहुत से लड़के बारहवीं के बाद शहर से बाहर पढ़ाई करने के लिए चले गए थे। कभी वह कॉलेज से घर लौटते वक्त मोहल्ले के खेल के मैदान के पास से होकर गुजरती। वहाँ उसे उसके ग्रुप से छोटी उम्र के बच्चे फुटबाल खेलते नजर आते थे। एक दो बार कमली स्कूटी रोककर वहाँ उन्हें गौर से देखना चाहती थी। ऐसा करते वक़्त वह दो-तीन वर्ष पुराने ख्यालों में खो जाती, जब वह बाकी लड़कों के साथ फुटबाल खेला करती थी। अब यह संभव नहीं था। न उसके पास वक़्त था और न ही उसके पुराने दोस्त।

कॉलेज में पढ़ाई फिर से ज़ोर-शोर से चलने लगी थी। कमली ने एक भी क्लास नहीं छोड़ी थी। वह कभी-कभी अपनी दोस्तों या अविनाश के साथ 'लव पॉइंट' चली जाती और वहाँ कुछ देर बैठ कर गप्पें मार लेती। दरअसल, यही उसके दिमाग को आराम देने का वक़्त होता। अविनाश कमली के थोड़ा और नजदीक आने की कोशिश

कर रहा था। कभी किताब देने के बहाने या कभी नोट्स लेने के बहाने वह कमली से बातें करता। अब वह पढ़ाई के अलावा दुनिया-जहान की भी बातें करता। फिर भी कमली उससे उतना नहीं खुल पाई थी, जितना वह अतुल के नजदीक रही।

इस बार दिवाली में कमली ने घर के बाहर बल्ब की लड़ी लगवाई। रोशनी से सजा घर अच्छा लग रहा था। घर के बाहर दीये जलाए और कुछ फुलझड़ियाँ जलायीं। बहुत दिनों के बाद कमली ने ऐसी दिवाली मनाई थी।

पटना में छठ की भी जबर्दस्त धूम होती है। कमली ने कभी छठ में अर्घ्य नहीं दिया था। इस बार मोहल्ले में पास के घर में उसकी माँ की सहेली ने छठ की शुरुआत की थी, कमली वहीं अपनी माँ के साथ छठ पर्व में शामिल हो गयी। पहले खरना के दिन प्रसाद ग्रहण किया और उसके बाद अगले दिन शाम को उनके घर जाकर डूबते सूर्य भगवान को अर्घ्य दिया। वहाँ घर के अहाते में कुंड बनाकर माँ की सहेली ने पानी में खड़ी होकर पूजा की। छठ के गीत सुनना कमली को अच्छा लगता था। अगले दिन सुबह वाले अर्घ्य में नहा-धोकर तैयार होकर सिर्फ कमली ने जाकर भगवान को प्रणाम किया। वहाँ से वह प्रसाद लेकर लौटी और माँ को खिलाया। पहली बार छठ पर्व में शामिल होकर कमली को अच्छा लगा।

दो महीने बीत गए। दिसम्बर का महीना आ गया था। महीने के शुरू में क्लास टेस्ट होने थे। कमली ने अपनी ओर से पूरी तैयारी की थी। टेस्ट के कारण क्लास में सभी बहुत ध्यान से टीचर की सुनते थे। पहले सप्ताह में क्लास टेस्ट हुए। तीन दिनों में सभी पेपर और प्रैक्टिकल के इम्तहान हुए। प्रैक्टिकल मैं कमली ने पहले से महारत हासिल कर रखी थी। उसके सभी इम्तहान अच्छे गए। अविनाश के चेहरे से भी लगा, वह इम्तहान से संतुष्ट था।

कॉलेज में जाड़ों की छुट्टियाँ बीस दिसम्बर से शुरू हो रही थीं। अगले साल जनवरी की दो तारीख को कॉलेज को फिर खुलना था। कॉलेज बंद होने के एक दिन पहले क्लास टेस्ट के रिज़ल्ट आने थे। उस दिन रिज़ल्ट के बाद छुट्टी हो जानी थी। कमली को बहुत उत्सुकता थी, अपना रिज़ल्ट जानने की। रिज़ल्ट के दिन सुबह साढ़े आठ बजे की क्लास में सभी को बैठने के लिए कहा गया। थोड़ी देर में प्रिन्सिपल अपने तीन टीचर के साथ आए। उनके हाथ में एक पैकेट था, जिसमें संभवतः रिज़ल्ट शीट थे। अंदर आकर प्रिन्सिपल ने कहा-

'स्टूडेंट्स, आप लोगों को फ़र्स्ट इयर में लगभग छह महीने पूरे हो गए। आपके टीचर से मिली जानकारी के अनुसार आप में से कुछ को छोड़ कर सभी स्टूडेंट पढ़ाई में बहुत अच्छे हैं। पहले सेमेस्टर के क्लास टेस्ट का रिज़ल्ट भी यही कहता है। कुछ स्टूडेंट ने बेहतरीन रिज़ल्ट किए हैं। जिन्हें कम नंबर मिले हैं, वे थोड़ी और मेहनत करें और अगले सेमेस्टर में अच्छा रिज़ल्ट करें। मैं रौल नंबर के हिसाब से रिज़ल्ट शीट आपको दूँगा। अंत में मैं उस स्टूडेंट का नाम लूँगा, जिसने क्लास टेस्ट में सबसे ज्यादा नंबर लाकर टॉप किया है। हालाकि, इस टेस्ट से सिर्फ आप अपने आप को आंक सकते हैं। असली इम्तहान साल के अंत में यूनिवर्सिटी स्तर पर होंगे, जिनमें आपको अच्छे नंबर लाने होंगे'।

इतना कह कर प्रिन्सिपल ने हाथ में लिए पैकेट खोले। उन्होंने तीन भाग में रिज़ल्ट शीट तीन टीचर को दे दिये। पहले टीचर ने रौल नंबर पुकारना शुरू किया। सबसे पहले रौल नंबर अविनाश का था। उसने आगे बढ़ कर अपना रिज़ल्ट शीट लिया। उसने उसे गौर से देखा फिर अपनी सीट पर चला गया। उसके चेहरे से लगा कि वह रिज़ल्ट देख कर खुश नहीं है। दूसरा नंबर कमली का था। उसने उठ कर अपना रिज़ल्ट लिया। उसे रिज़ल्ट शीट देते वक़्त प्रिन्सिपल के चेहरे पर मुस्कान थी। कमली ने रिज़ल्ट देखा। उसे तिरानवे प्रतिशत

नंबर मिले थे। वह वापस अपनी सीट पर आ गयी। उसके बगल में बैठी किरण ने कमली के हाथ से लेकर रिज़ल्ट देखा। उसने कमली को आहिस्ते से कहा 'बधाई'। धीरे-धीरे कर सभी स्टूडेंट के रिज़ल्ट शीट दे दिये गए। अब प्रिन्सिपल के फिर से बोलने की बारी थी। उन्होंने कहा-

'आप सभी को अपने-अपने रिज़ल्ट मिल गए हैं। आपने देख लिया होगा कि किस-किस को ज्यादा मेहनत करने की जरूरत है। मैं कम नंबर वालों के नाम नहीं लूँगा, लेकिन जिनके साठ प्रतिशत से कम नंबर आए हैं, उन्हें जबर्दस्त मेहनत करने की जरूरत होगी। अब मैं इस क्लास टेस्ट में टॉप करने वाले स्टूडेंट का नाम लूँगा। वह स्टूडेंट है कमलेश्वरी सिंह, जिसे तिरानवे प्रतिशत नंबर मिले हैं। पिछले कुछ वर्षों का पहले सेमेस्टर के क्लास टेस्ट का ये रेकॉर्ड है। कमलेश्वरी आप यहाँ आ जाएँ और सभी स्टूडेंट ताली बजाकर उनको बधाई दें'।

कमली उठकर नीचे प्रिन्सिपल के पास जाकर खड़ी हो गयी। सभी ने ताली बजाकर उसको बधाई दी। उसने हाथ जोड़ कर सबका अभिवादन स्वीकार किया। प्रिन्सिपल और तीनों टीचर ने उससे हाथ मिलाया और उसे बधाई दी। कमली ने प्रिन्सिपल और तीनों टीचर के पैर छुए। इसके बाद प्रिन्सिपल और टीचर क्लास से बाहर चले गए। उनके जाते ही कई स्टूडेंट ने आगे आकर कमली से हाथ मिलाया और उसे बधाई दी। अविनाश भी उनमें से एक था। बाकी सभी हॉल से बाहर निकलने लगे, लेकिन अविनाश कमली के पास खड़ा रहा। कमली ने उससे पूछा-

'तुम्हारा रिज़ल्ट कैसा हुआ'।

अविनाश ने मुंह बिचकाकर जवाब दिया-

'अस्सी प्रतिशत। लेकिन कमली तुमने कमाल कर दिया। पहले इम्तहान में ही तुमने झण्डा गाड़ दिया। वाकई तुम बहुत तेज हो, तुमसे बहुत कुछ सीखना है'।

कमली मुस्कुराकर अपनी दोस्तों के पास चली गयी। सभी हॉल से एक-एक कर बाहर निकल गए। अविनाश फिर उसके पीछे आया। उसने कमली को पुकारा और उसके नजदीक जाकर बोला-

'तुम जाड़ों की छुट्टी में यहीं रहोगी या फिर कहीं बाहर जा रही हो'।

कमली ने कहा-

'मैं कहीं नहीं जा रही हूँ, मुझे कोचिंग और ट्यूशन के अलावा पढ़ाई करनी है'।

अविनाश ने कहा-

'मैं गाँव जा रहा हूँ, साल के अंत में यहाँ आ जाऊंगा, इस बार नए साल का जश्न हमलोग यहीं हॉस्टल में दोस्तों के साथ मनाने जा रहे हैं। अगर तुम्हें मौका मिले, तब तुम भी आ सकती हो। शाम के सात बजे से पार्टी शुरू हो जाएगी। तुम थोड़ी देर के लिए भी आओगी, तब मुझे अच्छा लगेगा। उस जश्न में हमारे बैच की कई लड़कियां भी होंगी'।

कमली ने जवाब दिया-

'घर में अकेली माँ को उतनी रात में छोड़ कर आना मुश्किल होगा, फिर भी देखती हूँ'।

इसके बाद कमली वहाँ से घर की ओर निकल गयी। घर आकर उसने माँ को अपने रिज़ल्ट के बारे में बताया। उसने बताया कि कैसे कॉलेज के प्रिन्सिपल और टीचर ने उसे बधाई दी। माँ ने भी उसे

ढेरों बधाई दी। कमली बहुत देर तक अपने रिज़ल्ट के बारे में सोचती रही। वह अविनाश के बारे में भी सोच रही थी। उसके रिज़ल्ट अच्छे हुए थे, लेकिन उसमें थोड़े से आत्मविश्वास की उसे कमी दिखती थी। कमली ने अविनाश के नए साल के जश्न के ऑफर के बारे में सोचा। मन के किसी कोने में उस जश्न में दोस्तों के साथ शामिल होने का उसका मन था, लेकिन उतनी रात को अकेली कॉलेज के लड़कों के हॉस्टल जाने में उसे संकोच हो रहा था।

इस बीच अतुल जाड़े की छुट्टियों में घर आ गया था। अभी उसे आए दो दिन हुए थे। कमली से उसकी फोन पर बात हुई थी, लेकिन कॉलेज में व्यस्तता के कारण वह उससे मिलने उसके घर नहीं जा पायी थी।

अगले दिन सुबह जल्दी से नहा-धोकर तैयार होकर वह अतुल के घर गयी। बाहर अहाते में जाड़े की धूप में कुर्सी लगाकर अतुल अपने पापा-मम्मी के साथ नाश्ता कर रहा था। कमली को आता देख अतुल अपनी कुर्सी से खड़ा होकर गेट की तरफ बढ़ा। इससे पहले कि वह कुछ कहता कमली ने कहा-

'कैसे हो इंजीनियर साहब, यार तुम बहुत दुबले हो गए हो, क्या दिल्ली में खाना नहीं मिलता था'।

अतुल ने मुस्कुराकर जवाब दिया-

'ऐसी बात नहीं है, मैं बिलकुल ठीक हूँ। वहाँ हॉस्टल की जिम में रोज आधा घंटा एक्सर्साइज़ करता हूँ, इसलिए वजन पहले से कम हुआ है'।

कमली ने आगे बढ़ कर अतुल के पापा-मम्मी के पैर छुए। अतुल की मम्मी ने कहा-

'कैसी हो कमली, बहुत दिनों के बाद तुम्हें देख रही हूँ, तुम्हारी माँ से भी कई हफ्तों से बात नहीं हुई है। आओ हमारे साथ तुम भी नाश्ता करो'।

कमली वहाँ पड़ी एक खाली कुर्सी पर बैठ गयी। नाश्ते में आलू का पराठा, दही और अचार था। कमली ने एक प्लेट में अपने लिए नाश्ता निकाला और खाने लगी।

अतुल ने उससे पूछा-

'तेरा कॉलेज कैसा चल रहा है। तेरे पहले सेमेस्टर के क्लास टेस्ट हुए होंगे, क्या रिज़ल्ट आया'।

अतुल के पापा-मम्मी उसके जवाब के इंतजार में कमली को देखने लगे।

कमली ने मुस्कुराते हुए कहा-

'तिरानवे प्रतिशत'

अतुल ने कहा-

'वाह, बधाई, तब तो तुम्हारा क्लास में पोजीशन आया होगा, कितना था'।

कमली ने कहा-

'हाँ मैं पहले पोजीशन पर रही और प्रिन्सिपल सर ने बताया कि कॉलेज का पिछले कई सालों का रेकॉर्ड मैंने तोड़ा है'।

अतुल ने कुर्सी से खड़े होकर कमली से हाथ मिलाया और कहा-

'तुमने मेडिकल कॉलेज में भी अपना झण्डा गाड़ दिया, सुन कर मजा आ गया'।

अतुल के पापा-मम्मी ने कमली को बधाई दी। नाश्ता खत्म हो गया। चाय पीने के बाद अतुल की मम्मी ने कहा-

'तुम दोनों अंदर जाकर बातें करो'।

दोनों वहाँ से उठ कर अतुल के कमरे में आ गए।

उनके जाने के बाद अतुल की मम्मी ने उसके पापा से कहा-

'इन दोनों की जोड़ी देखी आपने, मेरा बस चले तब मैं अपने अतुल की शादी कमली से करा दूँ। कितनी अच्छी लड़की है और इसके संस्कार कितने अच्छे हैं'।

अतुल के पापा ने अखबार पढ़ते-पढ़ते मुस्कुराकर जवाब दिया-

'अभी दोनों बच्चे हैं, अभी इनकी पढ़ने-लिखने की उम्र है। आजकल लड़की जब तक जॉब नहीं करने लगती, तब तक शादी के बारे में नहीं सोचती है। दोनों के भविष्य का पता नहीं, कहते हैं शादियाँ भगवान तय करते हैं। क्या पता आगे चलकर दोनों को कोई और पसंद आ जाये। अभी इसके बारे में सोचना बेकार है'।

अतुल की मम्मी मुस्कुराकर रह गईं।

इस बीच कमरे में अतुल और कमली के बीच बातें रुक नहीं रही थीं। कमली अतुल को अपने मेडिकल कॉलेज के बारे में बता रही थी और अतुल दिल्ली आईआईटी के बारे में कमली को विस्तार से सुना रहा था। बातों-बातों में कमली ने कहा-

'वहाँ तुम्हारे साथ कई लड़कियां पढ़ती होंगी, कोई गर्लफ्रेंड बनी या नहीं'।

अतुल ने शरमाते हुए कहा-

'हाँ, कई लड़कियां हैं मेरे क्लास में, पर मैं ज्यादा अपनी पढ़ाई पर ध्यान रखता हूँ। वैसे एक लड़की है, जो मुझसे बातें करती है,

लेकिन वह सिर्फ साथ पढ़ने वाली दोस्त है, गर्लफ्रेंड नहीं। तुम्हारा कोई चक्कर है यहाँ, कोई नया बॉयफ्रेंड'।

कमली मुस्कुराई, फिर उसने कहा-

'मेरे क्लास में लड़के बहुत ज्यादा हैं। उनमें से कई मुझसे बातें करने की कोशिश करते हैं, लेकिन एक अविनाश कुछ ज्यादा चिपकने की कोशिश करता है। उसने मेडिकल टेस्ट में टॉप किया था। वैसे वह तुम्हारी तरह सीधा-साधा है। एक दो बार मैंने उससे बात की। वह वहीं कॉलेज के हॉस्टल में रहता है'।

अतुल ने चुटकी लेते हुए कहा-

'उसके चिपकने से तुम उसके साथ नहीं चिपक लेना। वैसे मैं मज़ाक कर रहा हूँ, लेकिन स्कूल और कॉलेज का माहौल बिलकुल अलग होता है। कॉलेज में दोस्त को परखने में वक़्त लगता है। पता नहीं कौन किस मतलब से मिल रहा है'।

कमली ने कहा-

'तुम बिलकुल ठीक कह रहे हो अतुल, मुझे भी कॉलेज में दोस्तों को परखने में थोड़ी परेशानी हो रही है। जैसे अविनाश को अभी मैं पूरी तरह नहीं समझ पायी हूँ'।

इसके बाद अतुल ने कमली से उसकी कोचिंग क्लास और ट्यूशन के बारे में पूछा।

कमली ने जवाब दिया-

'कोचिंग क्लास मैंने अपनी शौक से ज्यादा, पैसों के लिए लेना शुरू किया। वहाँ से महीने के ठीक-ठाक पैसे मिल जाते हैं, जिससे मेरा और घर का काम चल जाता है। जहां तक ट्यूशन की बात है, अब मैंने सोच लिया है, अगले साल जनवरी से मैं दसवीं क्लास के

बच्चों की जगह करीब दस या पंद्रह छोटे गरीब बच्चों को पढ़ाऊंगी और उनसे कोई पैसे नहीं लूँगी। यह मेरा बहुत दिनों का सपना है, जिसे मैं अब पूरा करना चाहती हूँ। तुम और मोहल्ले के कई दोस्त यहाँ आ गए हैं, एक बार फिर तुम सबको उन गरीब बच्चों को ढूंढने में मेरी मदद करनी होगी'।

अतुल ने जवाब दिया-

'तुम्हारी सोच बहुत अच्छी है, ऐसे ट्यूशन से तुम्हारा शौक भी पूरा होगा और गरीबों को मदद भी मिलेगी। हमलोग सभी मिलकर बच्चों को ढूंढने में तुम्हारी जरूर मदद करेंगे'।

अतुल ने आगे कहा-

'मोहल्ले के दोस्तों का क्या हाल है। किसी से मुलाक़ात होती है या नहीं'।

कमली ने जवाब दिया-

'ज़्यादातर लोग पढ़ाई के लिए शहर से बाहर जा चुके हैं। मैंने एक-दो बार कोशिश की, लेकिन किसी से भेंट नहीं हुई'।

अतुल ने कहा-

'चलो इस शनिवार या रविवार को देखते हैं, कौन-कौन इन छुट्टियों में यहाँ आया है, फिर हम सब कहीं मिल लेंगे। वैसे मैंने इस बार नए साल का जश्न अपने दोस्तों के साथ यहाँ अपने घर पर मनाने की सोची है। सभी जुटेंगे, मस्ती करेंगे, मजा आएगा'।

कमली को तुरंत अविनाश के नए साल के जश्न की बात याद आ गयी। क्या थोड़ी देर के लिए वह अतुल के साथ कॉलेज के जश्न में जा सकती है। उसने सोचा वह अतुल से इसके बारे में बाद में बात करेगी। थोड़ी देर बाद कमली अतुल के घर से निकल गयी।

दो दिनों बाद शनिवार की सुबह अतुल ने एक बार फिर कमली को फोन किया। उसने बताया, कुछ दोस्तों से उसकी कमली के ट्यूशन के बारे में बात हुई है और इसके लिए शाम चार बजे सब फुटबाल मैदान में पेड़ के नीचे मिलेंगे। कमली को सुन कर अच्छा लगा। बहुत दिनों के बाद फिर से पुराने दोस्त उसी खेल के मैदान में मिलने वाले थे। कमली समय से पहले मैदान में पहुँच गयी। पुराने दोस्तों में किशोर, राहुल वगैरह वहाँ आ चुके थे। अतुल थोड़ी देर में आ गया। सभी उसी पेड़ के नीचे बेंच पर बैठे। किशोर ने बैठते ही कहा-

'क्या हाल है कप्तान कमली, अब कुछ सालों में डॉक्टर कमली बन जाओगी। अतुल भी इंजीनियर बन जाएगा। कैसा चल रहा है तुम दोनों का। सुना है आजकल कोचिंग क्लास से बहुत पैसे कमा रही हो'।

कमली ने जवाब दिया-

'मैं तो इसी मोहल्ले में अभी भी रह रही हूँ, तुम सब मुझे छोड़ कर बाहर चले गए। मेरी वही पुरानी रूटीन है, सुबह कोचिंग क्लास, दिन में कॉलेज और शाम में ट्यूशन। सुबह पाँच बजे उठ कर कोचिंग क्लास जाती हूँ और वहाँ डेढ़ घंटे पढ़ाने के मुझे पैसे मिलते हैं। मेहनत की कमाई कर रही हूँ। इसके अलावा मैंने कई बार तुम लोगों को ढूंढने की कोशिश की, इस मैदान में भी आई, लेकिन तुम लोग नहीं मिले। अतुल के बारे में पता था, वह दिल्ली चला गया है, लेकिन तुम लोगों के बारे में मुझे कोई जानकारी नहीं है। तुम लोग कहाँ हो'।

किशोर ने बताया-

'मैं छत्तीसगढ़ में रायपुर के इंजीनियरिंग कॉलेज में हूँ और राहुल दिल्ली में अमिटी यूनिवर्सिटी से इंजीनियरिंग कर रहा है। बाकी सब दोस्त ज़्यादातर बाहर चले गए हैं। बस छुट्टियों में सभी यहाँ आ

पाते हैं। अतुल को हमलोगों के बारे में पता है। उससे बीच-बीच में फोन पर बात होती रहती है। तुम भी हमारा फोन नंबर ले लो, हम कभी-कभी बात कर सकते हैं'।

कमली ने वहाँ बैठे चार-पाँच लोगों के फोन नंबर नोट कर लिए। उनलोगों ने बताया कि कमली को ट्यूशन के लिए पास की झुग्गी-झोपड़ी में रहने वाले परिवार से कुछ बच्चे मिल जाएँगे। लेकिन इसके लिए एक बार कमली को दोस्तों के साथ वहाँ चलना पड़ेगा। वे टीचर का चेहरा देखना चाहते हैं। कमली तुरंत जाने के लिए तैयार हो गयी।

सभी दस मिनट के अंदर पैदल पहुँच गए। वहाँ लगभग सौ झोपड़ियाँ थीं। कुछ के ऊपर टीन की छत थी, कुछ के ऊपर खपड़ैल। बगल के छोटे से मैदान में बच्चे खेल रहे थे। झोपड़ियों के बीच के रास्ते बहुत पतले थे और उनके बगल में गंदे पानी की नाली बनी थी। कमली और उसके दोस्त पहले से कुछ चिन्हित झोपड़ियों में गए और वहाँ जाकर बच्चों के परिवार से मुफ्त ट्यूशन देने की बात दुहराई। टीचर के रूप में कमली को देखने के बाद लगभग आधे घंटे में एक-दो को छोड़ कर बाकी तैयार हो गए। कमली ने अंदाजा लगाया, उसके पास पंद्रह बच्चों के नाम आ गए थे, जिनमें छह लड़कियां और नौ लड़के थे। ये सभी छह से आठ साल की उम्र के थे। उनमें से कुछ बच्चे, पास के एक छोटे कामचलाऊ स्कूल में जाते थे, बाकी यूं ही दिनभर मटरगश्ती करते रहते थे।

कमली को लगा इन बच्चों को ट्यूशन पढ़ाने से उन्हें किसी अच्छे स्कूल में एड्मिशन मिलने में सहूलियत होगी। उसने बता दिया, एक फरवरी से उसके घर पर शाम पाँच से साढ़े छह बजे तक आना है। कमली ने यह भी कहा कि वह एक महीने के बाद आकर एक बार फिर सबको याद दिला देगी। सभी परिवार करीब-करीब तैयार

हो गए। कमली संतुष्ट हो गयी। दोस्तों ने कोचिंग क्लास की कमाई के एवज में कमली को समोसा खिलाने के लिए कहा। सभी बाजार में मिठाई की दुकान पर आए और वहाँ समोसा, कचौड़ी की पार्टी हुई। कमली शाम छह बजे घर वापस आ गयी।

पचीस दिसम्बर से दो जनवरी तक कोचिंग और ट्यूशन क्लास में छुट्टी थी। कमली बिलकुल फ्री हो गयी थी। वह पूरी तरह घर के काम में लग गयी थी। उसकी माँ को ठंड के दिनों में कफ की दिक्कत होती थी, इसलिए कमली ने उनको पूरा आराम दिया। वह रोज रात को सोते वक़्त माँ के तलवे में गरम तेल लगा कर मालिश करती। माँ की इस तकलीफ के कारण कमली ने घर में साफ-सफाई, बर्तन और कपड़े धोने के लिए एक लड़की को ढाई हजार रुपये महीने पर रख लिया था। वह सुबह सात बजे आती और बाकी कामों के अलावा माँ को सुबह का नाश्ता बनाने में मदद करती। साढ़े नौ बजे तक वह अपने घर चली जाती। फिर शाम को चार से पाँच बजे तक आकर वह दिन के बर्तन वगैरह धोती। शुरू में माँ इसके लिए तैयार नहीं थी, लेकिन कमली के समझाने और सेहत के कारण वह मान गयी। इससे माँ को आराम मिला।

अतुल की मम्मी ने एकतीस दिसम्बर की सुबह कमली की माँ को फोन किया। उन्होंने कहा-

'बहनजी नए साल मनाने के लिए आज शाम घर पर एक छोटी-सी पार्टी रखी है, जिसमें अतुल के पापा के कुछ दोस्त, मोहल्ले के कुछ लोग और अतुल के दोस्त होंगे। आप लोगों को भी आना होगा। रात नौ बजे से पार्टी शुरू होगी और रात के बारह बजे तक खत्म हो जाएगी। अतुल के छुट्टियों में आने के कारण पहली बार इस तरह की पार्टी रखी है। आप कमली के साथ आएंगी, हमें अच्छा लगेगा'।

कमली की माँ ने इधर से जवाब दिया-

'ठीक है बहनजी, हम दोनों आएंगे, लेकिन इतनी रात तक रहना होगा, हमलोग अकेले घर कैसे लौटेंगे'।

अतुल की मम्मी ने कहा-

'चिंता करने की कोई जरूरत नहीं है, अतुल आप दोनों को घर छोड़ देगा'।

कमली की माँ ने फोन रख कर कमली को इस बारे में बताया। कमली सुन कर खुश हुई कि माँ ने पार्टी में जाने की बात मान ली है। लेकिन तुरंत उसे अविनाश की पार्टी की याद आई। उसने अतुल को फोन किया। उसने फोन पर कहा-

'अतुल उस दिन मैं तुम्हें एक बात बताना भूल गयी थी। अभी आंटी का फोन आया, तब याद पड़ा। आज शाम में मेरे कॉलेज में नए साल की एक पार्टी रखी गयी है। यह पार्टी लड़कों के हॉस्टल के कैम्पस में होगी, जिसमें लड़कियां भी आएंगी। आविनाश ने मुझे भी बुलाया है। मैं रात में अकेले लड़कों के हॉस्टल में नहीं जाना चाहती हूँ और फिर तुम्हारे यहाँ नौ बजे पार्टी में आना होगा। अगर तुम तैयार हो, तब हम दोनों स्कूटी से सात बजे शाम में वहाँ जाकर आठ बजते-बजते तक लौट आ सकते हैं। तुम मेरे साथ रहोगे, तब मुझे कोई दिक्कत नहीं होगी'।

अतुल जवाब देने के पहले थोड़ा रुका, फिर उसने कहा-

'मुझे शाम में एक घंटे के लिए तुम्हारे साथ चलने में कोई परेशानी नहीं है, लेकिन यह तुम्हारे क्लास के ग्रुप की पार्टी होगी, उसमें मैं जाकर क्या करूंगा। पता नहीं वे लोग क्या सोचेंगे'।

कमली ने तुरंत जवाब दिया-

'कुछ नहीं सोचेंगे। वहाँ अभी सब नए-नए हैं। तुम भी मेरी दोस्तों से मिल लोगे। प्लीज थोड़ी देर के लिए मेरे साथ चलो। तुम्हारे सिवा और कोई नहीं है, जिसे मैं कहूँ। मुझे उस पार्टी में जाने का मन है। वहाँ मेरे सभी नए दोस्त आएंगे'।

अतुल ने जवाब दिया-

'अब तुम इतना ज़ोर दे रही हो और तुम्हारा मन है, तब मैं तैयार हूँ, लेकिन सात बजे जाकर ज्यादा से ज्यादा साढ़े आठ बजे तक लौटना होगा। मेरे घर में नौ बजे से मेहमान आने शुरू हो जाएँगे'।

कमली ने खुश होकर फोन रख दिया। उसने अपनी माँ को इस प्रोग्राम के बारे में बताया। माँ अतुल के नाम पर तुरंत तैयार हो गयी। कमली शाम का इंतजार करने लगी। उसने दोनों पार्टियों में जाने के लिए अपने सबसे अच्छे ड्रेस को तैयार किए। माँ के लिए ली गई नई साड़ी निकाल कर रख दी।

शाम में अतुल समय से पहले कमली के घर आ गया। दोनों स्कूटी से पौने सात बजे कॉलेज के लिए निकल गए। कमली स्कूटी चला रही थी और अतुल पीछे बैठा था। ठीक सात बजे दोनों कॉलेज कैम्पस के अंदर लड़कों के हॉस्टल पहुँच गए। वहाँ हॉस्टल के कैम्पस के बीच वाली जगह को लाइट से सजा दिया गया था। म्यूजिक सिस्टम पर धीमे-धीमे गाना बज रहा था। खाने का सामान किनारे टेबल पर सजाया गया था और बीच में कई गोल टेबल लगे थे, जिसके चारों ओर कुर्सियाँ थीं। एक तरफ 'हैप्पी न्यू ईयर' का बैनर लगा था, जिसमें गुब्बारे लगे थे। करीब आठ-दस लड़कियां आ चुकी थीं और उनके साथ करीब दस लड़के थे।

कमली और अतुल बैठे हुए लोगों के पास गए। कमली की कई दोस्त वहाँ थी। उसने सभी से अतुल को मिलवाया। तभी पीछे

से उसके कंधे पर किसी ने हाथ रखा। उसने पीछे मुड़ कर देखा। अविनाश खड़ा था। उसने तुरंत कहा-

'थैंक यू कमली, तुमने मेरा निमंत्रण स्वीकार किया। तुम्हें यहाँ आने में कोई दिक्कत तो नहीं हुई'।

कमली ने जवाब दिया-

'बिलकुल नहीं, मैं अपने दोस्त के साथ यहाँ आई हूँ। इससे मिलो, ये अतुल है, मेरे स्कूल का दोस्त है। हमलोगों ने साथ-साथ बारहवीं क्लास पास की। उसके बाद मैं यहाँ मेडिकल कॉलेज में आ गयी और ये इंजीनियर बनने दिल्ली आईआईटी चला गया। जाड़े की छुट्टियों में यहाँ आया है, मैं अकेली आने में संकोच कर रही थी, इसलिए मैंने इससे साथ चलने को कहा'।

वह अतुल से मिलने पर अविनाश की प्रतिक्रिया देखना चाहती थी। लेकिन उसे अविनाश बिलकुल सामान्य लगा।

अविनाश ने आगे बढ़ कर अतुल से हाथ मिलाया और कहा-

'वेलकम अतुल, बहुत खुशी हुई तुमसे मिलकर, अच्छा लगा जो तुम आज कमली के साथ यहाँ आए'।

अतुल ने मुस्कुराकर कहा-

'कमली ने तुम्हारे बारे में मुझे बताया है'।

अविनाश ने चौंक कर कमली की तरफ देख कर कहा-

'क्या बताया कमली ने, अच्छा या बुरा'।

कमली ने तुरंत जवाब दिया-

'अगर बुरा होता तब मैं यहाँ आज क्यों आती। तुमने मुझे बुलाया और मैं आ गयी। हाँ, हम दोनों यहाँ ज्यादा देर तक नहीं रुक

पाएंगे, क्योंकि नौ बजे से अतुल के घर न्यू इयर की पार्टी है और इसे जल्दी घर पहुँचना पड़ेगा'।

अविनाश ने कहा-

'तुम आ गयी, यही मेरे लिए काफी है, तुम जब चाहो वापस घर जा सकती हो, लेकिन बिना कुछ खाये-पीए मैं तुम दोनों को जाने नहीं दूँगा। थोड़ी देर दोस्तों के साथ बैठकर दोनों बातचीत करो, फिर चली जाना'।

कमली अतुल के साथ अपने दोस्तों के बीच बैठ गयी। कुछ लड़के अतुल से आईआईटी के बारे में पूछने लगे। कमली की दोस्त किरण ने कमली के नजदीक आकर धीरे से कहा-

'अतुल तुम्हारा दोस्त भर है या उससे ज्यादा'।

कमली ने उसे प्यार से धक्का देते हुए कहा-

'तुम लोगों को हर बात में शैतानी सूझती है, मैंने कहा न, ये मेरा स्कूल का दोस्त है, मेरे मोहल्ले में मेरे घर के पास रहता है। इसके सिवा और कुछ भी नहीं है कहने का'।

कमली ने किरण को अतुल से मिलवा दिया। थोड़ी देर गपशप करने के बाद कमली और अतुल ने किनारे लगे खाने के स्टॉल पर जाकर पापड़ी चाट और दहीबड़ा खाया। तबतक आठ बज चुके थे। अतुल ने इशारे से कमली को निकलने के लिए कहा। कमली ने चारों तरफ देखा। अविनाश एक कोने में कुछ लड़कों से बातें कर रहा था। वह उसके पास गयी और कहा-

'अब मुझे निकलना होगा। तुम्हारी पार्टी बहुत अच्छी थी। अब तुम लोग मजे करो। मेरी तरफ से सभी को 'हैप्पी न्यू ईयर''।

अविनाश ने कहा-

'एक बार फिर पार्टी में आने के लिए बहुत धन्यवाद। तुम्हें और अतुल को मेरी तरफ से एडवांस में 'हैप्पी न्यू ईयर'।

उसने अतुल का हाथ पकड़ कर 'थैंक यू' कहा। कमली अपनी सभी दोस्तों से मिल कर अतुल के साथ वहाँ से निकल पड़ी। अतुल निर्धारित समय के पहले अपने घर पहुँच गया। कमली भी अपने घर आ गयी।

रात के नौ बजे कमली अपनी माँ के साथ अतुल के घर गयी। बाहर अहाते में पार्टी की तैयारी की गयी थी। रंग-बिरंगे बल्ब से सजावट की गयी थी। करीब तीस लोग वहाँ आ चुके थे। अतुल के पापा के दोस्त उनके साथ एक टेबल की चारों ओर बैठे थे। उनके दोस्तों की पत्नियाँ अतुल की माँ के साथ दूसरे टेबल के पास बैठी थीं। अतुल के दोस्त एक कोने में दो टेबल जोड़ कर बैठे थे। बहुत अच्छा माहौल था। बड़े लोगों के बीच व्हिस्की का दौर चल रहा था। बाकी जगह जूस और कोल्ड ड्रिंक्स, साथ में खाने के लिए कई चीजें थीं।

कमली की माँ अतुल की माँ के साथ बैठ गईं। कमली दोस्तों के बीच आ गई। अतुल बीच-बीच में खाने-पीने के समान की जुगाड़ में था। उसके बाद अतुल ने म्यूजिक सिस्टम पर एक भड़कीला गाना लगा दिया। टेबल के बीच एक डांस फ्लोर था। अतुल ने सभी दोस्तों को इशारे से वहाँ बुला लिया और सभी गाने की धुन पर नाचने लगे। कमली को शुरू में थोड़ी झिझक महसूस हुई, लेकिन बाकी दोस्तों को नाचते देख वह भी धीरे-धीरे डांस करने लगी। कुछ और महिलाएं डांस में शामिल हो गईं। थोड़ी देर के लिए अतुल के पापा अपने दोस्तों के साथ आ गए। सभी एक के बाद एक गाने की धुन पर थिरक रहे थे।

नाचते-नाचते ग्यारह से ऊपर हो गए। अब सभी को खाने के लिए बुलाया गया। कमली और उसके दोस्तों ने खाना प्लेट में लिया

और फिर अपनी टेबल के पास आ गए। बाकी लोग घूम-घूम कर खाने का मजा ले रहे थे। काफी रौनक हो गयी थी।

खाना-पीना पौने बारह बजे खत्म हो गया। इसके बाद एक टेबल पर एक बड़ा-सा केक रखा गया, जिस पर लिखा था 'हैप्पी न्यू ईयर'। जैसे ही बारह बजे, वहाँ आतिशबाज़ी शुरू हो गयी। अतुल के पापा ने इसके लिए खास इंतजाम किया था। सभी ने एक दूसरे को 'हैप्पी न्यू ईयर' कहा। कमली ने अपनी माँ के पैर छूकर उन्हें नए साल की बधाई दी। इसी बीच केक काटा गया। थोड़ी देर तक सभी आतिशबाज़ी देखते रहे। उसके खत्म होने के बाद धीरे-धीरे सभी वहाँ से विदा होने लगे। कमली भी अतुल और उसके मम्मी-पापा से मिलकर वहाँ से निकल गयी। अतुल की माँ ने अतुल को कमली के साथ भेज दिया। लगभग साढ़े बारह बजे कमली अपनी माँ के साथ घर आ गयी। घर पहुँच कर कमली ने अतुल को एक बार फिर कहा 'हैप्पी न्यू ईयर'। उसके बाद अतुल अपने घर चला गया।

तेरह

जाड़ों की छुट्टी के बाद कमली के कॉलेज खुल गए थे। अतुल नए वर्ष की पार्टी के अगले दिन वापस दिल्ली चला गया था। कमली की कोचिंग और ट्यूशन क्लास की शुरुआत हो गयी थी। इस बार ठंढ बहुत पड़ रही थी। सुबह-सुबह ठंढ और कुहासा के कारण कमली को कोचिंग क्लास जाने में दिक्कत होती थी। वह धीरे-धीरे स्कूटी चलाकर जाती।

दसवीं क्लास के बच्चों के बैच की ट्यूशन का ये आखिरी महिना था। इसके बाद कमली को गरीब बच्चों को पढ़ाना था। उसे उसके लिए तैयारी करनी थी। कमली ने नयी ट्यूशन क्लास के लिए बाजार से कुछ सामान खरीद लिए। जो बच्चे ट्यूशन क्लास में आने वाले थे, उनके माता-पिता के पास कॉपी वगैरह खरीदने के पैसे नहीं थे। उनमें से ज़्यादातर लोग दिनभर मजदूरी कर अपना और अपने परिवार का पेट पालते थे। उनके लिए दो वक़्त की रोटी मुहाल थी। कमली ने सभी बच्चों के लिए नई कॉपी, पेंसिल, रबर, स्केल और पढ़ाने के लिए वर्णमाला के पोस्टर आदि खरीदे। उसे यह सब काम करने में बहुत आनंद आ रहा था। उसके मन में हमेशा से गरीबों की मदद करने की इच्छा होती थी। मुफ्त ट्यूशन के बहाने वह समाज में थोड़ा योगदान करना चाहती थी।

अभी मुश्किल से पाँच दिन बीते होंगे। शनिवार की छुट्टी का दिन था, इसलिए कमली देर तक सोई हुई थी। उस दिन कड़ाके की ठंड थी। साढ़े आठ बजने के बावजूद कमली रज़ाई में दुबकी हुई थी। कमली की माँ ने कई बार उसे उठाने की कोशिश की। घर में काम करने वाली उस ठंड में भी समय पर आ गयी थी। वह कमरों के झाड़ू-पोछा में लगी थी। तभी कमली के मोबाइल फोन की घंटी बजी। उसने उठकर देखा, अतुल का फोन था। इतनी सुबह अतुल के फोन से वह थोड़ी चिंतित हुई। उसने फोन उठा कर कहा-

'हैलो, अतुल। इतनी सुबह-सुबह तुमने फोन किया है। सब कुछ ठीक है न'।

उधर से अतुल थोड़ी देर रुक कर रुँधे हुए गले से कहा-

'कमली, पापा को हार्ट अटैक आया है। उन्हें पास के प्राइवेट नर्सिंग होम में भर्ती किया गया है। माँ वहाँ अकेली है। तुम अपनी माँ के साथ जल्दी से नर्सिंग होम पहुँचो। मैं अभी एयरपोर्ट जा रहा हूँ। साढ़े नौ की फ्लाइट है, ग्यारह बजे तक मैं वहाँ पहुँच जाऊंगा। तुम जल्दी करो'।

कमली रज़ाई हटाकर कूद कर बिस्तर से बाहर निकली। दौड़ कर वह माँ के पास किचेन में गयी और उसने सारी बात बताई। माँ भी घबड़ाकर जल्दी से किचेन से बाहर आ गयी। घर में काम करने वाली को आधे काम में विदा कर दिया गया। आनन-फानन में दोनों तैयार हुईं और घर में ताला लगाकर निकल पड़ीं नर्सिंग होम की तरफ। घर से उसकी दूरी लगभग पाँच किलोमीटर थी। रास्ते भर टेम्पो में कमली की माँ भगवान को याद करती रहीं। इसी बीच अतुल का फिर फोन आया। कमली ने बताया कि वह रास्ते में है और दस मिनट में पहुँच जाएगी। अतुल ने बताया उसकी फ्लाइट आधे घंटे में पटना के लिए निकलेगी।

दस मिनट में दोनों नर्सिंग होम पहुँच गईं। कमली ने जल्दी से टेम्पो वाले को पैसे दिये और दोनों लगभग दौड़ती हुई अंदर गईं। बाहर रिसेप्शन पर कमली ने अतुल के पापा का नाम लिया। रजिस्टर देख कर रिसेप्शन पर खड़ी लड़की ने उन्हें आईसीयू की तरफ जाने के लिए कहा। आईसीयू पहले तल्ले पर था। वे दोनों लिफ्ट से ऊपर गईं। इधर-उधर पूछते हुए दोनों आईसीयू के पास पहुँच गईं। आईसीयू के बाहर गलियारे में वेटिंग हाल था। वहाँ अतुल की माँ खड़ी मिलीं। उनके साथ मोहल्ले के दो और लोग थे। अतुल की माँ बदहवास-सी दिखाई पड़ रही थीं। कमली की माँ को देखते ही वह दौड़ कर आगे बढ़ीं और उनसे लिपट कर सिसकने लगीं। कमली ने पीछे से उन्हें पकड़ लिया और उनके बाल सहलाने लगी। कमली की माँ ने उसी स्थिति में उनसे पूछा-

'अचानक यह सब कैसे हुआ'

अतुल की माँ ने उनसे अलग होकर साड़ी के पल्लू से अपने आँसू पोछते हुए कहा-

'क्या कहूँ बहन जी, ये हर दिन की तरह सुबह साढ़े पाँच बजे पास के खेल के मैदान में टहलने निकले थे। ठंड बहुत थी। मैंने उन्हें ऐसी ठंड में बाहर इतनी सुबह जाने के लिए मना किया था। लेकिन वे नहीं माने। रोज साढ़े छह बजे तक आ जाते थे। जब सात बजे तक नहीं आए, तब मुझे चिंता हुई। तभी मेरे फोन पर उनके फोन से कॉल आया। मैंने सोचा कहीं बैठ गए होंगे। जब फोन उठाया तब कोई और बोल रहा था और उसने बताया कि अतुल के पापा वहाँ मैदान में गिरे हुए पाये गए। वहाँ टहलने वाले मोहल्ले के लोग उन्हें पहचानते थे, उन्होंने उन्हें उठा कर होश में लाने की कोशिश की, लेकिन जब कुछ देर में वे होश में नहीं आए, तब सब उन्हें उठा कर इस नर्सिंग होम में ले आए। मुझे घबड़ाहट में कुछ नहीं सूझा। जिस

तरह से थी, वैसे ही मैं तुरंत यहाँ आ गयी। रास्ते से मैंने सिर्फ अतुल को फोन कर दिया था'।

अतुल की माँ ने साथ खड़े दो लोगों की तरफ इशारा कर बताया-

'यही दोनों उन्हें यहाँ लेकर आए हैं'।

कमली उन दोनों लोगों को पहचानती थी। वे कमली के मोहल्ले के रहने वाले थे। उसने आगे बढ़ कर उन दोनों से पूछा-

'डॉक्टर ने कुछ कहा है'।

उनमें से एक ने कहा-

'अभी पिछले डेढ़ घंटे से तीन डॉक्टर आईसीयू में लगे हैं। बीच में एक बाहर आया था, तब उसने बताया था कि उनकी हालत अच्छी नहीं है और वह अभी कुछ नहीं बता सकता है। उसके बाद अभी तक कुछ पता नहीं चला है'।

कमली ने अतुल की माँ को कुर्सी पर बिठाया, साथ में कमली की माँ उनका हाथ पकड़ कर बैठी रहीं। उनसे थोड़ी दूर पर पीने के पानी के लिए एक कंटेनर लगा था और वहाँ पर कागज के ग्लास रखे थे। कमली ने दौड़ कर एक ग्लास पानी लाकर अतुल की माँ को पिलाया। उसके बाद उसने अतुल को फोन मिलाया। अतुल फ्लाइट में बैठ चुका था। कमली ने अबतक की पूरी बात उसे बताई। अतुल फोन पर सिसकने लगा। कमली ने तब उससे कहा-

'चिंता नहीं करो अतुल, ऊपर वाला सब ठीक करेगा। हम सब यहाँ है। तुम्हारे पापा ठीक हो जाएँगे'।

अतुल ने फोन रख दिया। सभी उसी चिंता की हालत में अगले एक घंटे तक रहे। अतुल की माँ तनाव और उत्सुकता में उठ-उठ कर

आईसीयू के दरवाजे में लगे छोटे शीशे से अंदर झाँकने की कोशिश करतीं। वह बीच-बीच में रोने लगतीं। कमली की माँ उन्हें लगातार सांत्वना देती रहीं।

अचानक आईसीयू का दरवाजा खुला और उसमें से दो डॉक्टर बाहर निकले। अतुल की माँ खड़ी हो गईं। दोनों आगे बढ़ कर अतुल की माँ के पास आए। एक ने कहा-

'आप पेशेंट की पत्नी हैं'।

अतुल की माँ ने सिर हिला कर हाँ कहा।

डॉक्टर ने बताया-

'और कौन आया है आपके साथ'।

कमली ने आगे बढ़ कर कहा-

'हमलोग इनके घर के बगल में रहते हैं और मैं मेडिकल की स्टूडेंट हूँ। डॉक्टर प्लीज आप मुझे बताइये क्या हाल है पेशेंट का'।

डॉक्टर ने कमली को थोड़ा अलग ले जाकर कहा-

'देखिये, पेशेंट की हालत नाजुक है। इन्हें हार्ट अटैक आया है और उसके बाद ये बहुत देर तक बेहोश पड़े रहे, इसके कारण इनके हार्ट के साथ-साथ इनके ब्रेन में ऑक्सिजन की कमी हो गयी, जिससे ये कोमा में चले गए हैं। हमलोग इनको रिवाइव करने की कोशिश कर रहे हैं, लेकिन ये उतना रिस्पोंड नहीं कर रहे हैं। अभी अगले चौबीस घंटे बहुत नाजुक हैं, कुछ भी हो सकता है। हमलोगों ने इन्हें वेंटीलेटर पर रखा है। देखें आगे वे कैसे रिस्पोंड करते हैं। आप सब भगवान से प्रार्थना करें, कोई चमत्कार हो जाये। इस हालत में हम इन्हें यहाँ से बाहर भी नहीं भेज सकते हैं'।

कमली ने डॉक्टर से पूछा-

'क्या इनकी पत्नी अंदर जा कर एक बार उन्हें देख सकती हैं'।

डॉक्टर ने कहा-

'पेशेंट अभी बेहोश हैं, फिर भी दूर से एक बार में एक व्यक्ति उन्हें देख सकता है'।

इतना कह कर दोनों डॉक्टर वहाँ से चले गए। डॉक्टर की बातें सुनकर कमली की आँखें डबडबा गईं। उसे अतुल की माँ को पूरी बात बताने की हिम्मत नहीं हो रही थी, फिर भी उसने कलेजा मजबूत कर आगे बढ़ कर अतुल की मम्मी को गोल-गोल बातों में अतुल के पापा का हाल बताया। अतुल की माँ एक बार फिर रोने लगीं। कमली की माँ ने उन्हें कुर्सी पर बिठाया।

कुछ पल के बाद कमली ने अतुल की माँ को अंदर चलने के लिए कहा। उठते वक़्त वह डगमगा रही थीं। कमली ने उन्हें सहारा दिया और आईसीयू के अंदर ले गयी। वहाँ कई पेशेंट थे। वहाँ खड़ी नर्स ने अतुल के पापा का नाम लेने पर उन्हें दायीं ओर के आखिरी बेड की ओर इशारा कर दिया। कमली अतुल की माॅ को लेकर वहाॅ गयी। अतुल के पापा बिस्तर पर बेहोश लेटे हुये थे। उनकी नाक और मुंह में पाइप लगे थे। बेड की दोनों तरफ मॉनिटर लगे थे। अतुल की माँ उन्हें देख कर रोने लगीं। नर्स ने आकर उन्हें बाहर जाने के लिए कहा। कमली उन्हें सहारा देती हुई बाहर ले आई। एक बार बाहर आने पर अतुल की माँ जोर-जोर से रोने लगीं। कमली की माँ ने उन्हें फिर से चुप कराया। थोड़ी देर में वे शांत हुईं।

इस बीच मोहल्ले से आए दो लोग अपने घर चले गए। कमली उनके साथ नीचे गयी। नर्सिंग होम के कैम्पस में बाहर निकलते वक़्त एक चाय-नाश्ते की दुकान थी। वहाँ थरमस में चाय मिलती थी, जिसे बाद में लौटाना होता था और साथ में कागज की कप। कमली ने

वहीं से चार कप चाय और खाने के लिए कचौड़ी ले ली। ऊपर जाकर उसने अतुल की मम्मी को कहा-

'आंटी, आपने सुबह से चाय तक नहीं पी है। एक कप चाय के साथ कुछ खा लीजिये'।

अतुल की मम्मी ने सिर हिलाते हुए धीरे से जवाब दिया-

'नहीं, मुझे कुछ भी लेने का मन नहीं कर रहा है'।

कमली ने कहा-

'आंटी, अभी चौबीस घंटे इंतजार करने हैं, ऐसे में आप भी बीमार हो जाएंगी। थोड़ी सी चाय और एक कचौड़ी खा लीजिये। अभी थोड़ी देर में अतुल आ जाएगा'।

कमली के बहुत कहने पर उन्होंने थोड़ी चाय ली। कमली की माँ और कमली ने भी उनके साथ चाय ली। कमली ने चार कचौड़ी को वैसे ही पैकेट में कुर्सी पर रख दिये। तीनों के चाय पीने के बाद थरमस में चाय बची थी। कमली ने सोचा अतुल के आने पर वह भी चाय पी लेगा।

थोड़ी देर में नर्स ने आकर कुछ दवाएं लाने के लिए एक पर्ची दी। अतुल की माँ ने अपने पास के पर्स से पैसे निकालकर देने की कोशिश की, लेकिन कमली ने मना कर दिया। कमली ने पर्ची ले ली और नीचे नर्सिंग होम की दवा की दुकान चली गयी।

कमली अपने साथ पैसे लेकर आई थी। दवा लगभग डेढ़ हजार रुपये की हुई। जैसे ही वह दवा लेकर रिसेप्शन के पास से गुजर रही थी, उसने अतुल को वहाँ देखा। उसके हाथ में एक बैग था और वह वहाँ खड़ी एक नर्स से अपने पापा के बारे में पूछ रहा था। कमली ने उसको आवाज दी। अतुल ने मुड़कर कमली को देखा। अतुल के बाल बिखरे थे और उसकी आँखें लाल थीं। अतुल नजदीक आकर बोला-

'कैसे हैं पापा'।

कमली ने उसका हाथ पकड़ा और उसे लिफ्ट की ओर ले जाने लगी। चलते-चलते कमली ने अतुल को सारी बात बताई। अतुल फिर रोने लगा। लिफ्ट से दोनों ऊपर आए। अतुल ने अपनी माँ को दूर से देखा। वह दौड़कर उनकी ओर गया। अतुल की माँ उठ कर खड़ी हो गईं और अतुल से लिपट कर रोने लगीं। अतुल भी रोने लगा। उसने रोते-रोते माँ से कहा-

'क्या हो गया पापा को, माँ। वे तो बिलकुल ठीक थे, अचानक ये सब कैसे हो गया'।

अतुल की माँ ने थोड़ा रुककर उसे सुबह वाली घटना के बारे में बताया। अतुल शांत होकर माँ के बगल की कुर्सी पर उनका हाथ पकड़ कर बैठ गया। कमली उसके बगल में बैठी। थोड़ी देर में अतुल शांत हो गया। वह अपने पापा को अंदर जाकर देखना चाहता था। कमली उठ कर अंदर गयी और उसने नर्स को कहा कि पेशेंट का लड़का बाहर से अभी आया है और वह उन्हें दूर से देखना चाहता है। नर्स मान गयी। अतुल अकेले अंदर गया। वह अपने पापा की बेड से थोड़ी दूर पर खड़ा होकर उन्हें देखता रहा। वह फिर से रो रहा था। कुछ पल रुककर वह बाहर आ गया। कमली ने उसे चाय पीने के लिए दी।

अब तक दिन के साढ़े ग्यारह बज चुके थे। कमली ने अतुल से कहा-

'आंटी सुबह से यहाँ बैठी हैं। बेहतर होगा, वे थोड़ी देर के लिए घर चली जाएँ, मेरी माँ उनके साथ चली जाएंगी। नहा-धोकर और खाना खाकर वे फिर यहाँ वापस आ जाएंगी। उनके आने तक मैं और तुम यहाँ रहेंगे। इनके आने के बाद एक-एक कर हम घर हो आएंगे'।

अतुल की माँ घर जाने के लिए तैयार नहीं थीं। अतुल के बहुत समझाने पर वे तैयार हुईं। कमली ने उन्हें और अपनी माँ को नीचे

जाकर टेम्पो में बिठा दिया। उसके बाद वह ऊपर अतुल के पास आ गयी। उसके पास बैठते ही अतुल ने कमली का हाथ पकड़ लिया और सिर झुकाकर रोने लगा। सिसकते हुए उसने कहा-

'कमली, अभी-अभी नए साल के जश्न में पापा बिलकुल भले चंगे थे। यह अचानक उन्हें क्या हो गया। पता नहीं कमली, पापा ठीक हो जाएँगे न, तुम भगवान से प्रार्थना करो'।

कमली ने उसके कंधे पर हाथ रख कर कहा-

'हिम्मत नहीं हारो अतुल, भगवान सब ठीक करेंगे'।

दोनों एक दूसरे का हाथ पकड़े वहाँ बैठे रहे। अतुल थोड़ी देर बैठने के बाद अचानक उठ कर चहलकदमी करने लगता। वह अंदर से बेचैन था। बीच-बीच में नर्स या डॉक्टर जब आईसीयू से बाहर निकलते, तब वे दोनों बड़ी उत्सुकता से उन्हें देखते। थोड़ी देर बाद कमली फिर नीचे से जाकर चाय ले आई। दोनों ने एक-एक कचौड़ी खाई और चाय पी। तब तक दिन के दो बज चुके थे। कमली ने अपनी माँ को फोन किया। वे नहा-धोकर, खाना खा कर तैयार थीं। अतुल ने इधर अपनी माँ को फोन किया। वे भी तैयार थीं। कमली ने अपनी माँ को अतुल के यहाँ जाकर अतुल की माँ के साथ नर्सिंग होम आने के लिए कहा। दोनों ढाई बजे तक नर्सिंग होम आ गईं। अतुल ने तब कमली से कहा-

'कमली, तू घर चली जा। वहाँ से नहा-धोकर खाना वगैरह खा कर, तू दो घंटे के बाद यहाँ आ जा। तब तक मैं यहाँ रुकता हूँ'।

अतुल की माँ ने अतुल से कहा-

'तुम दोनों अपने-अपने घर चले जाओ। वहाँ से नहा-धोकर तैयार हो कर साथ आ जाओ। हम लोग यहाँ बैठते हैं'।

अतुल शुरू में वहाँ से जाने के लिए तैयार नहीं हुआ, पर माँ और कमली के समझाने पर वह तैयार हुआ। दोनों टेम्पो से घर आ गए। कमली घर आकर जल्दी से तैयार हुई। माँ ने खाना ढँक कर रख दिया था। उसने खाना निकाला, लेकिन उससे ज्यादा खाया नहीं गया। उसे अतुल के पापा की चिंता थी। लगभग डेढ़ घंटे में अतुल भी तैयार हो गया। दोनों फिर एक साथ वापस नर्सिंग होम आ गए।

लगभग पाँच बजे शाम का वक़्त हुआ था। तबतक मोहल्ले के कुछ दो-तीन लोग वहाँ अतुल के पापा का हाल जानने पहुँच गए थे। कुछ लोग पहले आकर निकल गए थे। सभी आईसीयू के सामने वेटिंग हाल में बैठे थे। तभी आईसीयू का दरवाजा खुला और एक नर्स तेजी से निकल कर दूसरी तरफ भागी। अतुल और कमली उसे देख कर चौकन्ने हो गए। थोड़ी देर में दो-तीन डॉक्टर वहाँ आकर आईसीयू के अंदर चले गए। अतुल की माँ घबड़ाकर अतुल को देखने लगीं। अतुल ने उनकी बांह पकड़ ली। उसने कमली को आईसीयू के अंदर जाने का इशारा किया। कमली ने डरते-डरते आईसीयू का दरवाजा खोला। थोड़ा अंदर जाकर उसने झांक कर देखा। सभी डॉक्टर अतुल के पापा की बेड के पास उनपर झुके हुए थे। एक डॉक्टर उनके कलेजे को बार-बार दबा रहा था। कमली ने घबड़ाकर नर्स से पूछा। उसने कोई जवाब नहीं दिया और कमली को बाहर जाने के लिए कहा। कमली बाहर आ गयी। उसने अतुल को इशारे से पास बुलाया और अंदर जो देखा था, उसके बारे में बताया। अतुल ने कमली की बांह पकड़ ली और सिसकने लगा। कमली ने उसे अलग ले जाकर बिठाया।

लगभग आधे घंटे के बाद आईसीयू का दरवाजा खुला। दो डॉक्टर धीरे-धीरे सिर झुकाकर बाहर निकले। वे वेटिंग हाल में कमली के पास आए। अतुल वहीं खड़ा था। तबतक अतुल और कमली की माँ वहाँ आ गईं थीं। डॉक्टर ने पूछा-

‘पेशेंट के साथ कौन है’।

अतुल ने आगे बढ़ कर कहा-

‘मैं हूँ उनका बेटा’।

डॉक्टर ने आगे बढ़ कर अपने दोनों हाथों से अतुल का कंधा पकड़ा और कहा-

‘अभी थोड़ी देर पहले उन्हें दूसरा अटैक आया, हमलोगों ने उन्हें रिवाइव करने की बहुत कोशिश की, लेकिन हम उन्हें बचा नहीं सके। ‘योर फादर इज नो मोर’।

डॉक्टर की बात सुन कर वहाँ खड़े सभी लोग सन्न रह गए। अतुल ने डॉक्टर के हाथ पकड़ कर रोते हुए कहा-

‘डॉक्टर, प्लीज एक बार फिर जांच करिए, वे कुछ दिनों तक बहुत अच्छे थे, उन्हें कोई तकलीफ नहीं थी। शायद आपलोगों से कोई गलती हुई होगी। मैं आपलोगों के हाथ जोड़ता हूँ, एक बार प्लीज उन्हें फिर रिवाइव करने की कोशिश कीजिये। वे बच जाएँगे। मेरे पापा ऐसे नहीं जा सकते’।

इतना कह कर अतुल वहीं जमीन पर बैठ गया और ‘पापा’ कह कर ज़ोर-ज़ोर से रोने लगा। उधर अतुल की माँ बिलकुल पत्थर की तरह खड़ी रहीं। बस आँखें फाड़कर अतुल को देख रही थीं। अचानक वे आगे बढ़ीं और अतुल की बांह पकड़ कर उन्होंने कहा-

‘चल उठ अतुल, तेरे पापा अभी जिंदा हैं, तू क्यों इतना रो रहा है। चल उन्हें एक बार अंदर देख कर आते हैं’।

यह देख कर डॉक्टर ने कमली को एक ओर ले जाकर कहा-

‘इन्हें संभालिए, ये शॉक में चली गयी हैं। इन्हें बताना होगा कि इनके पति अब नहीं रहे’।

कमली की आँख से भी आँसू बहे जा रहे थे। कमली की माँ ने अतुल की माँ को अपनी बांह में कस कर पकड़ लिया और कुर्सी पर ले जाकर बिठाया। कमली ने अतुल को सहारा देकर उठाया और उसकी माँ के पास ले गयी। अतुल की माँ अभी भी बिना पलक झपकाए अतुल को देख रही थीं।

कमली की माँ ने रोते हुए ज़ोर से अतुल की माँ को झकझोड़ा और कहा-

'बहन जी, होश में आइये, अतुल को संभालिए, अतुल के पापा अब इस दुनिया में नहीं रहे'।

अतुल की माँ ने कमली की माँ की तरफ गुस्से से देखा और कहा-

'आप क्यों ऐसा बोल रही हैं, अभी डॉक्टर ने आकर कहा है, वे ठीक हैं, फिर आपको ऐसा नहीं कहना चाहिए'।

कमली की माँ ने तब उनके बदन को एक बार फिर से ज़ोर से हिलाया और कहा-

'आप होश में नही हैं, अतुल को देखिये वह कितना रो रहा है, यहाँ सभी रो रहे हैं, डॉक्टर ने आकर बता दिया है, भाई साहब अब नहीं हैं'।

अचानक अतुल की माँ ज़ोर से चिल्लाई और दहाड़ मार कर रोने लगीं। रोते-रोते वह वहीं कुर्सी पर बेहोश हो गईं। कमली दौड़ कर उनके पास गई। पानी की बोतल से पानी निकालकर उनके मुंह पर छिड़का। अतुल की माँ ने कुछ देर में आँखें खोलीं और फिर ज़ोर-ज़ोर से रोने लगीं। कमली की माँ ने उन्हें अपनी बाहों में पकड़े रखा। अतुल भी उठ कर अपनी माँ के बगल में बैठ गया और उन्हें पकड़ कर एक बार ज़ोर से चिल्लाया-

'पापा, तुम हमें अकेला छोड़ कर कहाँ चले गए'।

कमली यह सुनकर अपने आप को नहीं रोक सकी। वह अतुल के पास जमीन पर बैठ कर उसे पकड़ करे रोने लगी। मोहल्ले से आए दो-तीन लोग भी रो रहे थे। थोड़ी देर में एक नर्स आईसीयू से निकल कर बाहर आई। उसने चारों तरफ देखा, फिर कमली की ओर बढ़ी। उसने कमली को हाथ से पकड़ कर उठाया और एक तरफ ले गयी। उसने कहा-

'आप लोगों को अब निर्णय लेना होगा। हम बॉडी को यहाँ ज्यादा देर तक आईसीयू में नहीं रख सकते हैं। या तो आप सब बॉडी को लेकर घर चले जाएँ या फिर हम इसे रात भर के लिए नीचे शवगृह में रख देंगे। आप सुबह आकर ले जा सकती हैं। अभी ले जाने के लिए हम आपको एम्ब्युलेन्स दे देंगे'।

कमली नर्स की बात सुनकर चिंतित हो गयी। ऐसी हालत में वह अतुल से कैसे कहती। उसने मोहल्ले से आए लोगों से बात की। तबतक अतुल उठ कर उनके पास आ गया। कमली ने उसके कंधे पर हाथ रख कर पहले उसे शांत किया, फिर बोली-

'अतुल, तुम्हें इस वक़्त मजबूत होना पड़ेगा। माँ की हालत तुम देख रहे हो, तुम कमजोर हो जाओगे, तब कैसे होगा'।

फिर कमली ने नर्स की बात अतुल को बताई।

अतुल ने घड़ी देखी। शाम के छह बजे थे। अतुल ने कुछ सोच कर कहा-

'हमलोग पापा को यहाँ अकेला नहीं छोड़ेंगे। उन्हें अभी घर ले जाएँगे'।

कमली ने जवाब दिया-

'ठीक है अतुल, लेकिन इसके लिए घर में तैयारी करनी होगी। मैं यहाँ के सारे काम निपटा कर दो लोगों के साथ आगे चली जाती हूँ और वहाँ सारी व्यवस्था करती हूँ। रात भर के लिए कुछ बर्फ की भी जरूरत पड़ेगी'।

अतुल ने रोते हुए कहा-

'कभी सोचा नहीं था, पापा को ऐसे घर लेकर जाएँगे। ठीक है कमली, तुम दो लोगों के साथ पहले चली जाओ, वहाँ घर खुला है, काम करने वाले दो लोग घर पर हैं। मोहल्ले के एक अंकल यहाँ हैं, मैं इनके साथ पापा को एम्ब्युलेन्स में लेकर आता हूँ'।

कमली ने अपनी माँ के बगल में जाकर उनकी कान में सारी बातें बता दीं। फिर उसने नर्स को बुलाया और पास के एक काउंटर पर अतुल के साथ जाकर नर्सिंग होम के बिल का भुगतान किया। अतुल ने अपने क्रेडिट कार्ड से सारा भुगतान किया। नर्स उसके बाद आईसीयू में बॉडी निकालने की प्रक्रिया करने चली गयी। कमली दो लोगों के साथ अतुल के घर की ओर निकल गयी।

अतुल ने अपने आपको संभाला। उसे महसूस हुआ कि अब आगे उसकी जिम्मेवारी है, सभी काम करने की। उसे अपने पापा की बॉडी लेकर घर जाना है और साथ में माँ को भी संभालना है। वह अपनी माँ के पास गया। उनकी बगल में बैठा और उनसे कहा-

'माँ, अब उठो, पापा को घर लेकर चलना है। तुम्हें मजबूत होना पड़ेगा, वरना मैं कमजोर हो जाऊंगा'।

उसने कमली की माँ को कहा-

'आंटी आप माँ को लेकर नीचे जाइए, मैं आपलोगों से वहीं मिलता हूँ'।

अतुल की माँ अचानक उठीं और अतुल को पकड़ कर कहा-

'बेटा एक बार अपने पापा का चेहरा मुझे दिखा दो, मैं उन्हें देखे बिना यहाँ से नहीं जाऊँगी'।

अतुल ने उन्हें फिर कुर्सी पर बिठाया और आईसीयू के अंदर चला गया। वहाँ एक स्ट्रेचर पर उसके पापा की बॉडी सफ़ेद कपड़े में लिपटा कर बाहर ले जाने के लिए तैयार थी। उसने पहले खुद उनके मुंह से कपड़ा हटाकर देखा। ऐसा लग रहा था, वे सो रहे हैं। वह उन्हें देख कर फफक-फफक कर रोने लगा। फिर उसने अपने आप को काबू में किया और एक वार्ड बॉय के साथ स्ट्रेचर को लेकर बाहर निकला।

उसकी माँ बाहर दरवाजे पर उसका इंतजार कर रही थी। जैसे ही बॉडी बाहर आई अतुल की माँ ने फिर ज़ोर से रोना शुरू कर दिया। कमली की माँ उन्हें पकड़ कर स्ट्रेचर के पास ले गयी। अतुल ने इस बीच अपने पापा के चेहरे से कपड़ा हटा दिया था। अतुल की माँ थोड़ी देर एक तक अपने पति को देखती रहीं, फिर अचानक उनकी देह पर गिर कर दहाड़ मार कर रोने लगीं। कमली की माँ उनके पीछे थीं। करीब दो मिनट तक अतुल की माँ रोती रहीं, फिर अतुल ने उन्हें वहाँ से अलग किया। उसने अपने पापा का चेहरा ढ़का और वार्ड बॉय के साथ लिफ्ट की ओर बढ़ गया। साथ में और लोग भी थे। स्ट्रेचर को एक लिफ्ट में रखा गया और बाकी लोग दूसरी लिफ्ट से नीचे उतरे। बाहर एम्ब्युलेन्स लगी थी। बॉडी को उसमें रख दिया गया। उसी में अतुल और दोनों महिलाएं बैठ गईं। एम्ब्युलेन्स साइरन बजाता हुआ अतुल के घर की ओर रवाना हो गया।

अतुल के घर पर कमली ने पहले पहुँच कर बाहर के बैठकखाने में सोफ़े को किनारे लगाकर बीच में बॉडी रखने की जगह बना दी थी। नीचे दरी बिछाई गयी और उसके ऊपर चादर। मोहल्ले के कुछ लोग वहाँ जुट गए थे। उन्हीं में से दो लोगों ने बरफ की सिल्ली का जुगाड़ कर दिया था। कमली ने अगरबत्ती और धूप की व्यवस्था

कर दी थी। थोड़ी देर में उसे एम्ब्युलेन्स का साइरन सुनाई पड़ा। वह बाहर निकली। अतुल आ गया था। स्ट्रेचर के ऊपर के हिस्से को बाहर निकाला गया। वार्ड बॉय और अतुल ने मिलकर उसे घर के अंदर पहुंचाया। फिर दोनों ने मिलकर बॉडी को बैठकखाने में जमीन पर उत्तर की तरफ सिर कर रख दिया। अतुल ने अपने पापा के मुंह से चादर हटा दी।

अतुल की माँ अपने पति के पास जाकर बैठ गईं और उनके सिर के बाल सहलाने लगीं। बीच-बीच में वह ज़ोर-ज़ोर से रोने लगतीं, फिर अचानक चुप हो जातीं। कमली की माँ उनके बगल में बैठी रहीं।

थोड़ी देर बाद कमली की माँ ने कमली को पास बुलाकर उसके कान में कहा-

'आज यहाँ चूल्हा नहीं जलेगा। सबके लिए रात का खाना मैं अपने घर से बना कर ले आती हूँ। मैं अभी निकलती हूँ'।

कमली ने अपनी माँ को कहा-

'जब खाना तैयार हो जाये, तब मुझे बुला लेना, तबतक मैं यहाँ रह कर इंतजाम देखती हूँ'।

कमली की माँ घर चली गईं। मोहल्ले के कई लोग अतुल के घर पर आ गए थे। अतुल और कमली ने बाहर बरामदे में कुर्सियाँ लगा दी थीं। लोग थोड़ी देर वहाँ बैठते, फिर अंदर आकर अतुल के पापा को देखते, फिर वापस घर चले जाते। रात नौ बजे तक यह सिलसिला चलता रहा। इस बीच अतुल के पापा के छोटे भाई, उनकी पत्नी, दिल्ली से पहुँच गए थे। कमली की माँ ने फोन कर कमली को बुला लिया। कमली घर जाकर खाना लेकर अतुल के यहाँ फिर आ गयी। किसी तरह सबने थोड़ा-थोड़ा खाना खाया। करीब ग्यारह बजे रात में अतुल ने कमली को आकर कहा-

'अब तू घर जा, रात में मैं और चाचाजी संभाल लेंगे। कल सुबह तुम जल्दी आ जाना। नौ बजे तक श्मशान भूमि के लिए निकल जाएँगे, मैंने पंडित जी से बात कर ली है। मोहल्ले के लोग वहाँ आगे जाकर लकड़ी वगैरह की व्यवस्था कर लेंगे'।

कमली घर वापस आ गयी। वह बहुत देर तक जागती रही और अतुल के पापा के बारे में सोचती रही। कैसे कोई अचानक चला जाता है। अभी हाल में नए साल के जश्न में उन्होंने कितना नाचा था और वे कितने खुश थे। उसकी माँ भी थोड़ी-थोड़ी देर पर रोने लगती, जैसे कोई बहुत अपना चला गया हो।

सुबह सात बजे तक कमली तैयार होकर अतुल के घर पहुँच गयी। वह अपने साथ बाजार से ब्रेड, मक्खन, फल वगैरह लेकर गयी, जिससे सभी का सुबह का नाश्ता हो जाये। अगले दो घंटे में पंडित जी ने सभी कार्यक्रम सम्पन्न किए और ठीक नौ बजे अतुल, उसके चाचा और कई मोहल्ले वाले अतुल के पापा की बॉडी लेकर श्मशान के लिए निकल गए। बाहर निकलते वक़्त अतुल की माँ एक बार फिर रोते-रोते बेहोश हो गईं। कमली और अतुल की चाची ने उन्हें संभाला। बॉडी के जाने के बाद बाहर का कमरा धुलवाया गया। अतुल के पापा की एक बड़ी तस्वीर वहाँ रख दी गयी, जिसपर फूलों की माला पहना दी गयी। उसके सामने कुछ अगरबत्ती जला दी गयी।

इधर घाट पहुँच कर अतुल ने अंतिम क्रिया का सारा काम किया। वह बार-बार अपने पापा के चेहरे को देख कर रोने लगता। उसके चाचा उसके साथ लगातार रहे और उसकी मदद करते रहे। अग्नि देने के बाद लगभग दो घंटे तक अतुल और उसके चाचा अतुल के दोस्त और कुछ मोहल्ले वालों के साथ वहाँ बैठे रहे। बाकी लोग वहाँ से एक-एक कर जा चुके थे।

लगभग दो बजे अतुल और उसके चाचा घर वापस आए। कमली की माँ ने दिन का खाना बना कर भेज दिया था। अतुल घर

आकर सीधे अपनी माँ के पास गया। वे बिस्तर पर लेटी हुई थीं। अतुल उन्हें पकड़ कर रोने लगा। बहुत देर तक दोनों रोते रहे। कमली और अतुल की चाची के बहुत समझाने पर दोनों ने उठ कर सभी के साथ दिन का खाना खाया। कमली ने अतुल से कहा-

'अब तुम लोग थोड़ी देर आराम कर लो। मैं भी घर जाती हूँ, शाम को फिर आ जाऊँगी'।

शाम के वक़्त कमली अतुल के यहाँ फिर गयी। वहाँ म्यूजिक सिस्टम पर गीता का पाठ चल रहा था। वह एक बार अतुल की माँ के कमरे में गयी। वे अभी तक बिस्तर पर सोई हुई थीं। अतुल की चाची से पता चला, बहुत बेचैनी के कारण उन्हें नींद की दवा दी गयी थी। कमली बाहर के कमरे में अतुल के पास आकर बैठ गयी। अतुल ने कहा-

'मुझे पूरे कर्म के लिए यहाँ अगले तेरह दिन तक रुकना पड़ेगा। उसके बाद भी मैं माँ को यहाँ अकेले छोड़ कर नहीं जा पाऊँगा। मैं और मेरे चाचाजी ने एक बड़ा निर्णय लिया है। क्रिया-कर्म खत्म होने के बाद मैं माँ को लेकर दिल्ली चला जाऊंगा। वहाँ वे कुछ दिनों तक चाचा जी के यहाँ रहेंगी। मैं हॉस्टल में रहूँगा। एक महीने के अंदर मैं वहाँ तबतक कोई किराये का मकान ढूंढ लूँगा। यहाँ से सारा सामान लेकर हम वहाँ शिफ्ट हो जाएँगे। बाद में इस मकान को बेच कर दिल्ली में कोई मकान ले लेंगे, जहां मैं माँ के साथ रहूँगा'।

कमली बड़े ध्यान से अतुल की बात सुनती रही। अतुल के मोहल्ला छोड़ने की बात सुनकर वह थोड़ी मायूस हुई। उसने अतुल से कहा-

'इसका मतलब अब तुम्हारा इस मोहल्ले से बस कुछ दिनों का रिश्ता है। यहाँ से जाने के बाद हमलोग बीच-बीच में मिल भी नहीं पाएंगे। लेकिन आंटी के लिए यही सही रहेगा'।

अतुल ने जवाब दिया-

'कमली, मुझे भी इस मोहल्ले को छोड़ने में तकलीफ होगी। बचपन से मैं यहीं रहा, पला-बढ़ा, स्कूल गया। लेकिन पापा के अचानक चले जाने के कारण मेरे पास और कोई दूसरा चारा नहीं है। माँ को अकेले नहीं छोड़ सकता हूँ और मैं पढ़ाई छोड़ कर यहाँ उनके साथ नहीं रह सकता हूँ'।

कमली कुछ देर वहाँ बैठ कर घर वापस आ गयी। उसे अतुल की बात बार-बार याद आ रही थी। उसका एकमात्र दोस्त अब यहाँ से हमेशा के लिए जा रहा था। उसे यह सोच कर मन के भीतर घुटन-सी होने लगी थी। किसी तरह उसने अपने आपको मजबूत किया।

अगले दिन से कमली अपनी कोचिंग क्लास, कॉलेज और ट्यूशन में लग गयी। वह हर दिन शाम में ट्यूशन क्लास के बाद थोड़ी देर के लिए अतुल के घर जाती। बारहवीं का कर्म सम्पन्न कर अतुल के घर शाम में ब्रह्म भोज हुआ। मोहल्ले के बहुत से लोग आए। अतुल के पापा के कई दोस्तों को भी अतुल ने बुलाया था।

एक दिन बाद शाम में अतुल अपनी माँ को लेकर दिल्ली चला गया। घर से निकलते वक़्त कमली वहाँ मौजूद थी। अतुल की माँ जब घर से बाहर निकलने लगीं, तब वे मुड़-मुड़ कर घर को निहार रही थीं और रो रही थीं। अतुल की भी आँखों में आँसू थे। इतने दिनों तक घर का साथ एक झटके में छूट रहा था। कमली भी साथ में रोने लगी। उनके जाने के बाद वह घर चली आई, घर आकर वह अचानक फूट-फूट कर रोने लगी। वह अतुल का यहाँ से हमेशा के लिए जाना बर्दाश्त नहीं कर पा रही थी। माँ ने उसे बहुत समझा-बुझा कर चुप करवाया। रात में वह अतुल को याद करते-करते सो गयी।

चौदह

फरवरी का महीना शुरू हो गया था। कमली के दिमाग से अब धीरे-धीरे अतुल की पापा की मौत का हादसा निकलने लगा था। उसके गरीब बच्चों की ट्यूशन क्लास की शुरुआत हो गयी थी।

प्लान के मुताबिक पहले दिन कुल पंद्रह बच्चे आए थे। कुछ-कुछ के माँ-बाप भी साथ में थे, जो उन्हें छोड़ने आए थे। कुछ बच्चे बहुत छोटे और शर्मीले थे। उनकी झिझक मिटाने के लिए कमली ने सबसे पहले बड़े प्यार से उन्हें पीने के लिए शर्बत दिये और साथ में टॉफी। सभी को नयी कॉपी, पेंसिल वगैरह बांटने के बाद कमली ने सभी से उनका नाम पूछा। एक रजिस्टर में उसने सभी का नाम लिखा। उसके बाद उसने सभी को समझाया कि वे वहाँ क्यों आए हैं। उनसे पूछने पर पता चला कि कुछ बच्चे वर्णमाला और पूरी गिनती तक नहीं जानते थे। कुछ ने आगे तक की पढ़ाई की थी। कमली ने बच्चों के ग्रुप बना दिये। एक ग्रुप की शुरुआत उसने चार्ट पर बने क, ख, ग से की और दूसरे ग्रुप को उसने कॉपी पर वाक्य लिखने और छोटे गुणा, भाग करना बताया। कुछ बच्चे शुरू में अनमने-से थे, लेकिन कमली ने उन्हें प्यार से समझा कर पढ़ाई पर ध्यान लगाया।

पहले दिन की क्लास खत्म होने पर कमली को महसूस हुआ कि उन्हें पढ़ाने में उसे बहुत मेहनत करनी होगी। वह चाहती थी

कि वह बच्चों को इतना तक पढ़ा दे, जिससे उनका एड्मिशन किसी अच्छे स्कूल में हो जाये। यही सोच कर उसने पूरे साल के लिए पढ़ाई का कलेंडर तैयार कर लिया था।

कमली के कॉलेज में क्लास अपनी गति से चल रहे थे। अब वह वहाँ के वातावरण में पूरी तरह रम चुकी थी। अब वह अपने ग्रुप या सीनियर ग्रुप की लड़कियों के साथ भी उठती-बैठती थी। क्लास में उसके साथ बैठने वाली लड़की किरण उसकी सबसे अच्छी दोस्त थी। उसके बाद अविनाश का नंबर आता था। कमली मन ही मन अविनाश से दोस्ती बढ़ाना चाहती थी, लेकिन उसके अंदर अभी भी झिझक थी। वह अभी तक उससे अतुल की तरह खुल नहीं पायी थी। दोनों के बीच बस औपचारिक बातें होती थीं।

फरवरी के बीच में वसंत पंचमी और सरस्वती पूजा का त्योहार आने वाला था। पटना में सभी कॉलेज और स्कूल में यह धूम-धाम से मनाया जाता था। मेडिकल कॉलेज में हर साल कॉलेज के किसी हॉस्टल में सरस्वती माँ की पूजा होती थी। एक दिन पहले स्टूडेंट सरस्वती माँ की बड़ी मूर्ति बाजार से लेकर आ जाते थे। देर शाम और रात तक मूर्ति की चारों तरफ पंडाल लगा कर सजावट होती थी। अगले दिन लड़के-लड़कियां तथा अन्य देखने वाले जगह-जगह घूम कर दिन भर मूर्तियाँ और उसकी सजावट देखते थे। रात में कोई सांस्कृतिक कार्यक्रम का आयोजन किया जाता था। अगले दिन दोपहर बाद मूर्ति का गाजे-बाजे के साथ गंगा नदी में विसर्जन कर दिया जाता था। इस त्योहार में वसंत की शुरुआत होने के कारण लोग एक दूसरे को अबीर और गुलाल लगाते थे।

इस बार सीनियर और जूनियर ग्रुप ने मिलकर यह निर्णय लिया कि सरस्वती माँ की मूर्ति वे कॉलेज कैम्पस के बीच में बिठायेंगे। हरेक काम के लिए कमेटी बनाई गयी और उसके ऊपर

सभी काम के संयोजन के लिए एक बड़ी कमेटी बनी। बड़ी कमेटी में फ़र्स्ट इयर से कमली और अविनाश को रखा गया। इसके अलावा छोटी कमेटी में फ़र्स्ट इयर के और स्टूडेंट को लिया गया। पहली बैठक में मूर्ति लाने, सजावट, पूजा, प्रसाद सभी काम की चर्चा की गयी और एक दो लोगों को हरेक काम के लिए विशेष जिम्मेवारी दी गयी। शाम के दो घंटे के सांस्कृतिक कार्यक्रम के लिए तैयारी करने का जिम्मा कमली और अविनाश को दिया गया।

कॉलेज के क्लास के अलावा दोपहर में कैंटीन में लंच के वक़्त पूजा की तैयारी की चर्चा शुरू हो गयी थी। वसंत पंचमी का त्योहार सात दिन बाद था। सांस्कृतिक कार्यक्रम के लिए अविनाश और कमली को बैठ कर तैयारी करनी थी, लेकिन उन्हें एकांत में बैठने की उचित जगह नहीं मिल रही थी। क्लास और कैंटीन में बहुत भीड़ होने के कारण वे आपस में ठीक से बात नहीं कर पा रहे थे। अविनाश ने तब कमली को नदी के किनारे 'लव पॉइंट' चलने के लिए कहा। इस बार दोनों जल्दी से लंच कर वहाँ के लिए निकल लिए। सीढ़ियों पर जाकर दोनों साथ-साथ बैठे। बैठते ही अविनाश कमली से पूछा-

'क्या सोचा है तुमने कार्यक्रम के बारे में। दो घंटे में कितने आइटम रखने चाहिए'।

कमली ने सोच कर बताया-

'इसमें कुछ गाने, डांस, स्किट और ऑर्केस्ट्रा होने पर दो घंटे निकल जाएँगे'।

अविनाश ने तब कमली से पूछा-

'मैंने उस दिन सुना था, तुम बहुत अच्छा गाती हो। तुम्हारे दो गाने होंगे। इसके अलावा बाकी आइटम के लिए नोटिस बोर्ड पर कल पोस्टर लगा देंगे। जिन्हें भाग लेना होगा, वे परसों तक अपना नाम दे दें'।

कमली ने जवाब दिया-

'लड़कों की तरफ से भी गाने होने चाहिए। दरअसल, एक डूएट गाना अच्छा होगा। बाकी तुमने ठीक सोचा है, कल पोस्टर लगा देंगे। मैं घर से पोस्टर बना कर ले आऊँगी'।

अविनाश ने मुस्कुराते हुए कहा-

'वैसे मैं भी ठीक-ठाक गा लेता हूँ और तुम चाहो, तब तुम्हारे साथ डूएट गा सकता हूँ। हाँ, कोई और अच्छा सिंगर मिल जाएगा, तब दूसरी बात है'।

कमली ने मुस्कुराते हुए कहा-

'अगर ऐसा है, तब दो लाइन गा कर सुनाओ'।

अविनाश गंभीर हो गया। उसने जब गाना शुरू किया, तब कमली अचंभित रह गयी। अविनाश ने बहुत अच्छा गया। अविनाश के दो लाइन खत्म होने पर कमली ने अचानक उसके कंधे पर हाथ रख कर कहा-

'तुम तो छुपे रुस्तम निकले। इतना बढ़िया गाना गाया तुमने। तुम मुझसे भी अच्छा गाते हो। प्रोग्राम में हम दोनों जरूर एक डूएट गाएँगे'।

अविनाश ने मुस्कुराकर जवाब दिया-

'मैंने कभी किसी प्रोग्राम में गाना नहीं गाया है, तुम्हें संभालना होगा'।

कमली ने हाँ में सिर हिलाया और कहा-

'अब वापस चलते हैं, तुम्हें यदि कुछ और आइडिया दिमाग में आए, तब मुझे फोन पर बताना। तुम मेरा मोबाइल नंबर ले लो'।

अविनाश ने अपने मोबाइल पर उसका नंबर लिया। वहाँ से उठते-उठते अविनाश ने अचानक कमली का हाथ अपने हाथ में ले कर कहा-

'कमली तुम बहुत सीधी और अच्छी हो'।

कमली ने बस मुस्कुरा भर दिया।

कॉलेज से घर आकर ट्यूशन क्लास के बाद उसने वसंत पंचमी के प्रोग्राम के लिए अच्छा पोस्टर तैयार किया। वह पोस्टर बनाते वक़्त अविनाश के बारे में सोच रही थी। उससे आज मिलने के बाद कमली को लगा कि वह बहुत भोला-भाला है और कमली से सही मायने में दोस्ती करना चाहता है।

अगले दिन कॉलेज में कमली ने प्रोग्राम में भाग लेने वालों के लिए पोस्टर लगा दिया था। लंच के समय तक उन्हें पंद्रह लोगों के नाम मिल गए। इनमें कई फोर्थ इयर, थर्ड इयर और सेकंड इयर के स्टूडेंट थे। फ़र्स्ट इयर से कमली और अविनाश के अलावा दो और लोगों ने अपने नाम दिये थे। अब प्रोग्राम के रिहर्सल की बारी थी। तय हुआ कि कॉलेज के कॉमन रूम में लंच के थोड़ा पहले से रिहर्सल होगा।

रिहर्सल के पहले दिन कमली ने अकेले एक गाना गया और उसके बाद अविनाश के साथ उसने गाया। सभी को गाने पसंद आए। उसके बाद थर्ड इयर की एक लड़की ने कत्थक नृत्य करके दिखाया। वह किसी अच्छे टीचर से डांस सीख रही थी। उसी तरह फोर्थ इयर के लड़के-लड़कियों की ऑर्केस्ट्रा की टीम थी। सेकंड इयर वालों ने दो स्किट तैयार किए थे। फ़र्स्ट इयर की एक लड़की और एक लड़के ने गाना गा कर सुनाया। कुल मिलाकर अब दो घंटे का प्रोग्राम तैयार होने लगा था। अगले पाँच दिनों तक इसी तरह रोज रिहर्सल चलते

रहे। कमली और अविनाश पूरे रिहर्सल के दौरान सभी को बहुत गौर से सुनते।

कॉलेज में सरस्वती माँ की मूर्ति बिठाने के लिए सभी स्टूडेंट से सौ-सौ रुपये का चन्दा लिया गया था। बाकी इंतजाम के लिए कॉलेज प्रबंधन ने अपने सांस्कृतिक फ़ंड से कुछ पैसे दिये थे।

वसंत पंचमी का दिन आ गया। कमली ने माँ को दो दिन पहले बता दिया था कि वह उस दिन सुबह से देर रात तक कॉलेज में रहेगी। माँ के लिए उसने घर में काम करने वाली को बता दिया था कि वसंत पंचमी के दिन उसे दिन से रात के कम से कम दस बजे तक रहना होगा। कमली ने माँ को कहा कि वह दिन में बाहर जाकर शाम में फिर से तैयार होने के लिए घर आ जाएगी।

सुबह जल्दी से नहा-धोकर कमली ने वसंत पंचमी को ध्यान में रख कर पहली बार माँ की एक हल्के पीले रंग की सिल्क की साड़ी पहनने के लिए निकाली। उसने पहले कभी साड़ी नहीं पहनी थी। माँ की मदद से उसने साड़ी बांधी। माँ ने जब उसे साड़ी में सजा-धजा देखा, तब उसने आगे बढ़ कर उसके माथे में पीछे एक काला टीका लगा दिया, जिससे उसे किसी की नजर न लगे। कमली वाकई में साड़ी में बहुत खूबसूरत लग रही थी। उसने भगवान के सामने जाकर सरस्वती माँ की तस्वीर पर फूल और प्रसाद चढ़ाये और प्रणाम किया। माँ ने अबीर निकाल लिया था। पूजा के बाद माँ ने कमली की गाल पर लाल अबीर लगा दिये।

करीब नौ बजे सुबह वह नाश्ता कर घर से स्कूटी से कॉलेज के लिए निकल गयी। रास्ते भर सरस्वती पूजा की चहल पहल थी। लाउडस्पीकर पर जगह-जगह गाने बज रहे थे और लगभग हरेक पाँच सौ मीटर पर माँ की एक मूर्ति का छोटा या बड़ा पंडाल लगा था। उसी भीड़ से निकलते हुए कमली बीस मिनट में कॉलेज पहुँच गयी।

वहाँ की अलग रौनक थी। सरस्वती माँ की बड़ी मूर्ति थी। बहुत बड़ा पंडाल लगा था। म्यूजिक सिस्टम पर हल्की-हल्की शहनाई बज रही थी। कमली ने पंडाल में प्रवेश कर सबसे पहले माँ की मूर्ति के पास जाकर सिर झुकाकर प्रणाम किया। वहाँ टोकरी में रखे फूल में से कुछ फूल लेकर उसने मूर्ति पर चढ़ाये। पीछे मुड़ने पर उसने अपनी दोस्तों को नजदीक आते देखा। ज़्यादातर लड़कियों ने साड़ी पहन रखी थी। कमली की दोस्त किरण ने आकर कमली की कान में कहा-

'आज इतनी सुंदर लग रही हो तुम कि अविनाश तुम्हें देखते ही दीवाना हो जाएगा'।

कमली ने मुस्कुराकर किरण की गाल पर एक थपकी मारी। दोनों साथ आगे बढ़ीं। एक किनारे अविनाश सांस्कृतिक कार्यक्रम में भाग लेने वाले कुछ लड़कों से बातें कर रहा था। कमली उसके नजदीक गयी। तबतक अविनाश वहाँ से निकल कर आगे बढ़ा। उसने कढ़ाई किया हुआ कुर्ता और पैजामा पहन रखा था। उसके ऊपर जवाहर बंडी थी। उसकी नजर कमली पर जैसे ही पड़ी वह कुछ देर तक बस उसे देखता रहा। फिर मुस्कुराकर कहा-

'तुम साड़ी में बहुत सुंदर लग रही हो। आज शाम के प्रोग्राम में तुम इसी ड्रेस में गाना गाओगी तब और अच्छा रहेगा'।

कमली ने मुस्कुराकर जवाब दिया-

'थैंक यू, लेकिन मैं शाम में घर जाकर ड्रेस बदलने का सोच कर आई थी'।

अविनाश ने कहा-

'तुम पर हर ड्रेस अच्छे लगते हैं, लेकिन साड़ी की बात कुछ और है। वैसे तुम जैसा उचित समझो। और हाँ, थोड़ी देर यहाँ रुक

कर यदि तुम चाहो तब हम यूनिवर्सिटी के पास के और कॉलेज में जाकर माँ की मूर्ति देख सकते हैं'।

कमली ने जवाब दिया-

'ठीक है, मैं अभी जरा अपनी दोस्तों से मिल लूँ'।

कमली वहाँ से निकल कर अपनी दोस्तों के बीच चली गयी। वहाँ सीनियर क्लास की लड़कियां भी थीं। किरण ने पास आकर फिर कमली से कहा-

'तुम दोनों का घूमने का प्रोग्राम बन गया। मैं बगल में खड़ी सब सुन रही थी। मैं भी तुम लोगों के साथ चलूँगी। मेरे साथ मेरा दोस्त राकेश जाएगा'।

कमली ने हंस कर आँख तरेरते हुए कहा-

'अच्छा अब यह राकेश कौन है, तुमने कभी मुझे बताया नहीं। अपने क्लास में पढ़ता है या कहीं बाहर का है'।

किरण ने मुस्कुराकर कहा-

'बिलकुल अपने क्लास का है और तुमने उसे देखा भी है। वह आज शाम के प्रोग्राम में मेरे लिए एक गाना गाने वाला है। वह देखो वहाँ खड़ा है अविनाश के साथ'।

कमली ने पलट कर उसे देखा। उसने उसे पहचान लिया। वह ज़्यादातर अविनाश के साथ रहता था।

थोड़ी देर वहाँ सभी ने एक दूसरे को गुलाल लगाए। कमली के बाल में गुलाल लग गए थे। उसने रुमाल से किसी तरह उसे झाड़ा और फिर अविनाश, किरण और राकेश के साथ पैदल घूमने निकल गयी।

आगे-आगे किरण और राकेश एक दूसरे की उँगलियाँ पकड़े जा रहे थे। अविनाश ने कमली को उन्हें दिखाया। उसके बाद उसने भी कमली की उंगली पकड़ ली। कमली मुस्कुराकर रह गयी। बगल के कॉलेज के हॉस्टल में माँ की मूर्ति बिठायी गयी थी। वहाँ पंडाल में जाकर चारों ने मूर्ति के सामने सिर झुकाया। वहाँ खड़ी लड़कियों ने कमली और किरण को अबीर, गुलाल लगाए। एक बार फिर कमली के बालों में गुलाल लग गए। वैसे उसके बाल कंधे तक थे, इसलिए उसपर ज्यादा असर नहीं हो रहा था। वह फिर अपने रुमाल निकाल कर अपने सिर को झाड़ने लगी। छोटे रुमाल के कारण ज्यादा अबीर नहीं निकल पा रहा था। तब अविनाश ने अपने कुर्ते के पॉकेट से बड़ा रुमाल निकाला और कमली के सिर के बाल झाड़ने लगा। किरण यह देख कर मंद-मंद मुस्कुरा रही थी। वहाँ से निकल कर चारों, दो और कॉलेज में गए। हर जगह चहल-पहल थी। ज़्यादातर कॉलेज के स्टूडेंट की हर जगह भीड़ थी। लाउडस्पीकर की तेज आवाज के कारण आपस में बात करना मुश्किल हो रहा था।

अबतक दिन के डेढ़ बज चुके थे। सभी को भूख लग रही थी। अविनाश उन्हें पास के रेस्तरां में ले गया। वहाँ उनलोगों ने चाइनिज खाना खाया। सबके मना करने पर भी अविनाश ने बिल का भुगतान किया।

थोड़ी देर में सभी अपने कॉलेज वापस आ गए। अविनाश ने सभी को शाम के प्रोग्राम वाली जगह चलने के लिए कहा। पंडाल के बगल में मैदान में एक बड़ा स्टेज लगा था, जिसपर शाम का प्रोग्राम होना था। स्टेज के सामने करीब पाँच सौ कुर्सियाँ लगी थीं। उसके आगे सोफ़े की एक कतार लगी थी, जिनपर कॉलेज के प्रिन्सिपल तथा टीचर को बैठना था। बाकी लोगों के खड़े होने की जगह रखी गयी थी। स्टेज पर माइक वाले अभी से तैयारी कर रहे थे। प्रोग्राम की कंपियरिंग राकेश और किरण करने वाले थे। साथ में राकेश को

एक गाना भी गाना था। किरण और राकेश ने मंच पर जाकर माइक की जांच की। अविनाश और कमली ने प्रोग्राम की रूपरेखा एक कागज पर तैयार कर ली। पूरे दो घंटे का कार्यक्रम था। शाम सात बजे से नौ बजे तक।

इन सब काम में लगभग दो घंटे निकल गए। शाम चार बजे कमली ने उनलोगों से विदा लिया और तैयार होने के लिए घर चली गयी। घर पहुँच कर उसने अपनी माँ को सरस्वती माँ की मूर्तियों के बारे में बताया। घर में काम करने वाली माँ के साथ मौजूद थी। कमली ने शाम के प्रोग्राम के लिए पहले सलवार सूट पहनने की सोची थी, लेकिन उसे अचानक अविनाश की बात याद आ गयी। वह धीरे से मुस्कुराई और माँ से पूछा-

'माँ तेरे पास और कौन सी साड़ी है, जिसे मैं अभी शाम के प्रोग्राम में पहन कर जा सकूँ'।

कमली की बात पर माँ हंसी। उसे अच्छा लगा, कमली अब साड़ी पहनना पसंद करने लगी है। वह अंदर के कमरे में गयी और अलमारी खोल कर अपनी शादी के समय की दो-तीन भारी साड़ियाँ निकालकर बिस्तर पर रख दीं। कमली ने अंदर आकर एक-एक साड़ी को बड़े ध्यान से देखना शुरू किया। वह हरेक को अपने बदन पर डालती और अपनी माँ की ओर देख कर इशारे से पूछती। माँ को कमली पर हर साड़ी ठीक लग रही थी। तीन साड़ियों में कमली को एक गहरे नीले रंग की साड़ी अच्छी लगी। उसने उसे अलग रख दी। उसके बाद वह मुंह-हाथ धोने चली गयी। उसके बाल पूरे गुलाल से भरे थे। उसने उसे पहले तौलिये से रगड़-रगड़ कर साफ किया। मुंह-हाथ धोकर थोड़ी देर में वह साड़ी पहन कर तैयार हो गयी। माँ ने फिर उसे एक काला टीका लगा दिया। वह गहरे रंग की इस साड़ी में और भी ज्यादा सुंदर लग रही थी। उसने मोतियों का सेट गले और कान

में पहना। चेहरे पर हल्का मेकअप था और होठों पर हल्के गुलाबी रंग की लिपस्टिक। इन सब तैयारी में डेढ़ घंटे निकल गए। कमली छह बजे के पहले कॉलेज के लिए फिर निकल गयी।

शाम हो चली थी। रास्ते में हर जगह माँ की मूर्ति के पंडालों में रंग-बिरंगी रौशनी जगमगा रही थी। कॉलेज पहुँच कर उसने वहाँ की रौनक देखी। पंडाल दूधिया रौशनी में नहाया हुआ था। प्रोग्राम की जगह स्टेज पर गहमा-गहमी थी। पता नहीं क्यों कमली जल्दी से अविनाश को अपनी ड्रेस दिखाना चाहती थी। इसी बीच किरण मिल गयी। उसने कमली को देख कर उसके पास आकर उसे चिकोटी काटी और कहा-

'आज अविनाश पर बिजली गिरने वाली है'।

कमली ने मुस्कुराकर किरण को फिर गाल पर थपकी दी। तबतक अविनाश वहाँ आ गया। उसने अभी तक सुबह वाली ड्रेस पहन रखी थी। कमली को देख कर उसने सीटी बजाई और उसके नजदीक आकर बोला-

'मेरी बात मानने के लिए थैंक यू। देखो तुम साड़ी में कितनी अच्छी लग रही हो, तिरछी निगाहों से यहाँ सभी जूनियर या सीनियर, तुम्हें ही देख रहे हैं। आज स्टेज पर जाकर तुम गाने और अपनी खूबसूरती के चार चाँद लगा दोगी'।

कमली अविनाश की बात से शरमा गयी और कहा-

'तुम आज मेरी तारीफ कुछ ज्यादा कर रहे हो, ऐसा भी मैंने क्या पहन लिया है'।

अविनाश ने कहा-

'मुझे क्यों कह रही हो, अपनी चारों तरफ देखो, सभी तुम्हें ही देख रहे हैं'।

कमली अविनाश की बात को अनसुना कर स्टेज के पीछे ग्रीन रूम में चली गयी। वहाँ प्रोग्राम में भाग लेने वाले कई लड़के-लड़कियां पहले से तैयार बैठे थे। सात बजने में थोड़ी देर थी। स्टेज के सामने लगभग सभी कुर्सियाँ भर गयी थीं। बहुत से लोग खड़े थे। लगभग सात-साढ़े सात सौ की भीड़ जमा हो गयी थी। कुछ लड़के-लड़कियां पास के कॉलेज से आ गए थे। ऑर्केस्ट्रा वालों ने स्टेज पर जगह ले ली थी और वे लगातार कुछ न कुछ धुन बजा रहे थे। बीच-बीच में राकेश माइक पर जाकर प्रोग्राम सात बजे से शुरू होने की घोषणा कर रहा था। सामने के सोफ़े पर ज़्यादातर टीचर अपनी जगह ले चुके थे। सिर्फ मुख्य अतिथि के रूप में कॉलेज के प्रिन्सिपल के आने की देर थी। वे सात बजने में तीन मिनट पहले अपनी सीट पर आ गए।

ठीक सात बजे किरण और राकेश साथ में स्टेज पर आए। दर्शकों ने तालियाँ बजाईं। उन्होंने आकर पहले स्टेज पर मुख्य अतिथि को बुलाया। उसके बाद सीनियर क्लास की एक लड़की ने उन्हें आकर एक फूलों का गुलदस्ता दिया। दर्शकों ने ताली बजाई। उसके बाद प्रिन्सिपल को दो शब्द बोलने के लिए कहा गया। उन्होंने अपने वक्तव्य में कहा कि पहली बार कॉलेज में सरस्वती पूजा का इतना भव्य आयोजन किया गया है, जिसके लिए उन्होंने सभी स्टूडेंट को बधाई दी। उन्होंने अपना भाषण संछिप्त रखा और उसके बाद वे स्टेज से नीचे आकर सामने सोफ़े पर बैठ गए।

किरण और राकेश ने बोलना शुरू किया। थोड़ी-सी भूमिका के बाद पहले प्रोग्राम की घोषणा हुई। पहला प्रोग्राम सरस्वती वंदना पर एक नृत्य का था, जिसे थर्ड इयर की एक लड़की को पेश करना था। बाद में उसका एक कत्थक नृत्य भी था। पाँच मिनट का नृत्य बहुत मनमोहक था। प्रोग्राम शुरू होने के पहले दर्शकों के ऊपर की लाइट को बंद कर दिया गया था। सिर्फ सामने से स्पॉट लाइट के जरिये स्टेज पर रौशनी जा रही थी। इसके कारण नृत्य का कार्यक्रम बहुत

अच्छा लगा। लोगों ने जोरदार तालियाँ बजाईं। उसके बाद एक दस मिनट का स्किट था। स्किट का आइटम भी लोगों को अच्छा लगा। इसके बाद राकेश का गाना हुआ। उसने अच्छा गाया।

अब कमली के गाने का नंबर था। किरण ने घोषणा की-

'अब हम पेश करने जा रहे हैं, इस कॉलेज की स्वर कोकिला कमलेश्वरी को'।

कमली स्टेज पर आई और उसने सभी को पहले हाथ जोड़ कर प्रणाम किया। फ़र्स्ट इयर के लड़के-लड़कियां 'कमली, कमली' चिल्ला रहे थे। उनके शांत होने पर कमली ने गाना शुरू किया। गाना शुरू होते ही चारों ओर खामोशी छा गयी। कमली तन्मयता से गा रही थी। वह बीच-बीच में पीछे ऑर्केस्ट्रा वालों को इशारा भी करती। अविनाश स्टेज के पीछे खड़ा बड़े ध्यान से कमली को सुन रहा था। गाना खत्म होते ही लोगों ने तालियाँ और सीटियाँ बजानी शुरू कर दीं। बहुत से लोग 'वंस मोर, वंस मोर' चिल्लाने लगे। किरण ने माइक पर आकर स्थिति संभाली। कमली स्टेज से जाने के लिए मुड़ी, तबतक किरण ने उसे रोका और कहा-

'जब दर्शकों की यही इच्छा है, तब आप एक और गाना सुनाएंगी'।

कमली मुस्कुराई। हालाकि, उसने ऑर्केस्ट्रा के साथ एक गाने का ही रिहर्सल किया था। फिर भी दर्शकों की मांग पर वह दूसरा गाना गाने के लिए तैयार हो गयी। उसने ऑर्केस्ट्रा वाले को जाकर गाने के बारे में बताया। दर्शकों ने फिर से जोरदार ताली बजाई। कमली ने अगला गीत गाना शुरू किया। उसकी आवाज में खनक थी। शांत माहौल में म्यूजिक सिस्टम पर ऐसा लग रहा था, जैसे किसी ने गाने का रेकॉर्ड लगा दिया हो। दर्शक मंत्र मुग्ध होकर गीत सुन रहे थे। गीत के खत्म होते ही दर्शक अपनी सीट से खड़े होकर तालियाँ

बजाने लगे। बहुत देर तक तालियाँ बजती रहीं। कुछ दर्शक फिर से 'वंस मोर' कहने लगे। कमली ने झुक कर सभी को हाथ जोड़ कर प्रणाम किया और स्टेज से उतरने के लिए मुड़ी।

इसके बाद का आइटम कत्थक नृत्य का था, लेकिन किरण ने माहौल देख कर कमली को वहीं स्टेज पर रोक कर अविनाश को स्टेज पर गाने के लिए बुला लिया। दर्शकों ने फिर ताली बजाई। किरण ने अविनाश को बुलाते वक़्त कहा-

'अब हम बुलाना चाहते है कमलेश्वरी के सबसे खास दोस्त अविनाश को, जिन्होंने कमलेश्वरी के साथ मिलकर इस पूरे प्रोग्राम को तैयार किया है'।

अविनाश स्टेज पर आया। दोनों ने मिलकर गाना गाया। अविनाश बहुत अच्छा गा रहा था। दोनों में अच्छा तालमेल था। दोनों एक दूसरे को देख कर गा रहे थे। गाना खत्म हुआ। दर्शकों ने बहुत देर तक ताली बजाई। दोनों स्टेज से नीचे आ गए।

इनके आइटम के बाद नृत्य और फिर स्किट और ऑर्केस्ट्रा का आइटम हुआ। प्रिन्सिपल पूरे प्रोग्राम के दौरान बैठे रहे। प्रोग्राम पौने नौ बजे खत्म हुआ। सभी आर्टिस्ट ने स्टेज पर आकर दर्शकों को झुक कर प्रणाम किया। प्रिन्सिपल ने कमली को नीचे इशारे से बुलाया। कमली नीचे आई। प्रिन्सिपल ने उसकी पीठ ठोकते हुए कहा-

'शाबास, तुमने बहुत अच्छा गया। तुम्हारी आवाज बहुत सुरीली है, ऐसा लगता था जैसे मैं रेकॉर्ड सुन रहा हूँ। तुम्हें रेडियो या टेलिविजन के कार्यक्रम में हिस्सा लेना चाहिए'।

कमली ने झुक कर प्रिन्सिपल के पैर छुए। अविनाश पीछे से आ गया। उसे भी प्रिन्सिपल ने अच्छे गाने और अच्छे प्रोग्राम के लिए बधाई दी। उसके बाद एक-एक कर सभी वहाँ से निकलने लगे।

कमली स्टेज के पीछे आई। उसके साथ अविनाश भी था। दोनों ने एक-एक आर्टिस्ट को हाथ जोड़ कर थैंक यू कहा। कमली ने घड़ी देखी। रात के सवा नौ बज चुके थे। उसे घर जाने की जल्दी थी। तभी अविनाश ने कहा-

'इतनी रात को अकेले घर जाना उचित नहीं होगा, चलो मैं तुम्हें घर छोड़ देता हूँ। तुम अपनी स्कूटी चलाओ और मैं अपनी मोटरसाइकल'।

कमली तैयार हो गयी। दोनों घर की तरफ निकले। पंद्रह मिनट में कमली अपने घर के बाहर पहुँच गयी। उसने स्कूटी स्टैंड पर लगाई और अविनाश की ओर बढ़ी। अविनाश अपनी मोटरसाइकल पर बैठा था। कमली के पास आते उसने कहा-

'मैंने कहा था न तुम स्टेज पर चार चाँद लगा दोगी। आज जैसा तुमने गाया, वैसा मैंने कभी नहीं सुना था। मुझे भी गाने का शौक है, लेकिन आज तुम्हारा गाना सुनकर, मैं तुम्हारा बहुत बड़ा फैन हो गया हूँ। दरअसल, तुम मुझे बहुत अच्छी लगने लगी हो'।

उसके बाद उसने अपना हाथ आगे बढ़ा कर कहा-

'क्या तुम मेरी सबसे अच्छी दोस्त बनोगी'।

कमली ने मुस्कुराकर उसका हाथ पकड़ा और कहा-

'तुम्हारा गाना सुन कर मैं उसी समय से तुम्हारी अच्छी दोस्त बन चुकी हूँ। तुमने भी बेहतरीन गाया। अभी इस वक़्त मैं तुम्हें घर नहीं बुला पाऊँगी, लेकिन किसी छुट्टी के दिन तुम घर आ सकते हो। मैं तुम्हें अपनी माँ से मिलाऊंगी। मुझे भी अच्छा लगेगा'।

अविनाश ने मुस्कुराकर कहा-

'ठीक है मेरे सरकार। आपका आदेश सिर आँखों पर। बंदा किसी दिन हाजिर हो जाएगा'।

अविनाश लगातार कमली का हाथ थामे रहा। अब कमली को भी उसका इस तरह हाथ पकड़ना बुरा नहीं लग रहा था। फिर भी रात ज्यादा हो चुकी थी। इसलिए उसने अविनाश से हाथ छुड़ा कर उसे 'बाई' कह कर उसे विदा किया और स्कूटी लेकर अंदर आ गयी।

कमली की माँ जागी हुई थी। सबसे पहले कमली ने काम वाली को घर विदा किया। उसके बाद खाना खाते-खाते उसने शाम के प्रोग्राम के बारे में माँ को विस्तार से बताया। खा-पीकर वह बिस्तर पर सोने आ गयी। बहुत देर तक वह अविनाश के बारे में सोचती रही। वह वैसा नहीं था, जैसा कमली ने उसके बारे में शुरू में समझा था। उसे अविनाश अच्छा लगने लगा था। उसका साथ अब उसे अच्छा लग रहा था।

फरवरी का महीना खत्म होने को चला था। इस बीच एक दिन शुक्रवार की शाम में अतुल ने कमली को फोन पर बताया कि वह अगले दिन सुबह अपनी माँ के साथ आ रहा है। वह तीन दिन रुक कर घर के सामान पैक करेगा और सोमवार के दिन माँ को लेकर वापस चला जाएगा।

अगले दिन सुबह अतुल अपने घर आ गया। कमली उससे मिलने के लिए दोपहर में गयी। तबतक घर के सामान पैक होने शुरू हो गए थे। अतुल की मम्मी बहुत दुबली दिखाई पड़ीं। अतुल के चेहरे का रंग भी कम हो गया था। कमली अगले दो घंटे तक समान पैक करने में अतुल के हाथ बंटाए उसके बाद अतुल के कहने पर वह घर चली आई।

रविवार के दिन चूंकि अतुल के घर के किचेन का सामान पैक होने वाला था, इसलिए कमली की माँ ने अतुल और उसकी माँ के नाश्ते से लेकर रात के खाने का इंतजाम अपने घर से कर दिया था। रविवार की सुबह कमली पहले अतुल के यहाँ नाश्ता लेकर गयी, फिर

दोपहर का खाना। रात के लिए कमली की माँ ने अतुल की मम्मी को फोन कर अपने घर बुला लिया। दोनों घर का सामान पूरी तरह पैक कर रात में कमली के घर खाने के लिए आए। कमली की माँ अंदर के कमरे में अतुल की माँ से बातें कर रही थीं और कमली अतुल के साथ बाहर के कमरे में सोफा पर बैठी थी।

अतुल ने बताया-

'कल दिन की फ्लाइट से हमलोग वापस चले जाएँगे। वहाँ अभी तीन कमरे का एक फ्लैट किराये पर ले लिया है। यह फ्लैट मेरे चाचा जी के घर के पास है। वहाँ से मेरा कॉलेज भी नजदीक है। मैंने यहाँ कुछ लोगों को अपने मकान को बेचने की बात कही है। उम्मीद है एक-दो महीने में वह भी काम हो जाएगा'।

कमली ने कहा-

'कल तुम्हारे जाने के वक़्त मैं कॉलेज में रहूँगी, इसलिए तुमसे मुलाक़ात नहीं हो पाएगी। वैसे अब तुम यहाँ से हमेशा के लिए जा रहे हो। अपना और अपनी मम्मी का ध्यान रखना और हमलोगों को याद करते रहना। बीच-बीच में फोन से बात करना नहीं भूलना'।

अतुल ने कहा-

'अब मेरे ऊपर पूरे घर की जिम्मेवारी आ गयी है। पता नहीं कितना तक कर पाऊँगा। वैसे तुमसे बात होती रहेगी। तुम भी अपनी पढ़ाई में ध्यान लगाना'।

थोड़ी देर बात करने के बाद सभी ने साथ बैठ कर खाना खाया। उसके बाद दोनों विदा हो गए। कमली को अतुल का जाना खल रहा था, लेकिन इस बार उसे भरोसा था कि अब उसके पास एक और दोस्त है, अविनाश, जो उसकी फिक्र करता है और जरूरत पड़ने पर वह मदद कर सकता है।

पंद्रह

जून के महीने का पहला सप्ताह था। कमली ने फ़र्स्ट इयर के दूसरे सेमेस्टर का क्लास टेस्ट दे दिया था। इसके साथ-साथ कुछ दिनों के बाद दोनों सेमेस्टर को मिलाकर यूनिवर्सिटि के इम्तहान हुए। अब दोनों के रिज़ल्ट का इंतजार था। दोनों इम्तहान में कमली और अविनाश ने साथ-साथ तैयारी की थी। अविनाश के पिछले क्लास टेस्ट में कम नंबर आने के कारण वह इस बार कोई रिस्क नहीं लेना चाहता था। उसने कमली से नोट्स लिए और उसके साथ बैठ कर तैयारी की। इस दौरान कमली ने अविनाश में पढ़ने की और सीखने की ललक देखी। वह जितना अविनाश के साथ बैठती, उतना ही उसके मन में अविनाश के प्रति आकर्षण बढ़ रहा था। अब दोनों कॉलेज में साथ-साथ घूमने और आपस में बातें करने लगे थे। बीच-बीच में उनका 'लव पॉइंट' जाना जारी था। कई बार क्लास नहीं होने के कारण वे घंटों नदी के किनारे बैठे मिलते थे। अविनाश उससे दुनिया जहान की बातें करने लगा था।

क्लास टेस्ट का रिज़ल्ट पहले आ गया। रिज़ल्ट वाले दिन फिर प्रिन्सिपल ने आकर रिज़ल्ट की घोषणा की। कमली को इस बार चौरानवे प्रतिशत नंबर मिले थे। अविनाश ने पिछली बार के अस्सी प्रतिशत से छलांग लगा कर इस बार नब्बे प्रतिशत नंबर लाये थे।

कमली एक बार फिर क्लास में फ़र्स्ट आई थी। इस रिज़ल्ट के दो दिनों के बाद यूनिवर्सिटी के रिज़ल्ट आए। कमली ने वहाँ भी नब्बे प्रतिशत से ज्यादा नंबर लाये और क्लास में अव्वल रही। अविनाश को सतासी प्रतिशत नंबर मिले। वह उसी में खुश था। रिज़ल्ट के बाद एक महीने के लिए कॉलेज में गर्मी की छुट्टी हो गयी।

कमली को कोचिंग क्लास में पढ़ाते हुए एक साल हो गए थे। इस बार उसके पढ़ाये हुए बैच में से ज्यादा लड़के-लड़कियों ने मेडिकल टेस्ट के इम्तहान पास किए। एक लड़के और एक लड़की को राज्य में पहला और दूसरा स्थान मिला। कई और स्टूडेंट को बहुत अच्छे पोजीशन मिले। कोचिंग क्लास के डाइरेक्टर ने कमली के परफॉर्मेंस से खुश होकर उसके प्रति क्लास की फीस दो हजार से बढ़ा कर ढाई हजार रुपये कर दी। अब कमली को महीने के पचास हजार रुपये से ऊपर मिलने वाले थे। उसके और उसकी माँ के लिए इतने पैसे काफी थे।

इस बीच भीषण गर्मी में कमली ने अपने घर में महसूस किया था कि ऊपर छत खुली होने के कारण घर के नीचे का इलाका ज्यादा तप जाता था, जो रात तक ठंढा नहीं होता था। ऐसे में पंखे की हवा में भी गर्मी लगती थी। उसके यहाँ कमरों में न कूलर था और न ही एसी। अब तक उनके पास पैसे की किल्लत थी, इसलिए ये समान खरीदे नहीं जा सके। लेकिन अब जब कमली को कोचिंग क्लास से हर महीने अच्छे पैसे मिल रहे थे, तब वह कम से कम एक कमरे में एसी और एक कमरे में कूलर लगा सकती थी। उसने माँ से बात की।

माँ ने कहा-

'अबतक हमारा काम चल रहा था, लेकिन अगर तुम चाहती हो तब दोनों कमरों में कूलर लगा लो। अभी एसी पर खर्च करने की जरूरत नहीं है। आगे देखा जाएगा। वैसे भी एसी में सोने से सुनती हूँ कफ की शिकायत ज्यादा रहती है। मुझे वैसे भी बहुत कफ होता है'।

कमली ने मुस्कुराकर माँ को कहा-

'एसी से यह सब कुछ नहीं होता। अच्छी नींद आती है। वैसे तुम कह रही हो तब मैं दो कूलर खरीद कर दोनों कमरों में लगवा लेती हूँ'।

कमली ने अगले दिन दो कूलर खरीद कर लाये और दुकान वाले ने कुछ पैसे लेकर दोनों कूलर दोनों कमरों में लगा दिये। कूलर की हवा में उस रात कमली बहुत चैन से सोयी।

इस बार गर्मी में आम बहुत फले थे। पटना की सड़कों पर आम की बहार थी। इसी बीच कमली के मामाजी ने फोन कर कमली और उसकी माँ को कुछ दिनों के लिए गाँव आने के लिए कहा। उन्होंने बताया इस बार आम का बगीचा फल से लदा पड़ा है। कमली खुद आकर बगीचे से पका आम तोड़ कर खा सकती है। कमली को यह सुनकर गाँव जाने का मन हो गया। उसने अपनी माँ से कहा-

'मेरी गर्मी की छुट्टी है। कोचिंग क्लास और ट्यूशन भी दस दिनों के लिए बंद होंगे। ऐसे में चार-पाँच दिनों के लिए हम गाँव जा सकते हैं। वहाँ आम खा लेंगे और साथ में ढ़ेर सारा ले आएंगे'।

माँ ने कहा-

'अभी इतनी गर्मी में जाने पर बीमार पड़ जाओगी, साल के अंत में जाड़ों में चलेंगे'।

कमली ने तुरंत जवाब दिया-

'सुबह की बस में गर्मी नहीं लगेगी और फिर मामाजी के यहाँ कमरों में एसी भी है'।

माँ बहुत मनाने पर तैयार हो गयी। चार दिन बाद दोनों सुबह की बस से निकल गईं। कमली ने मामाजी को एक दिन पहले फोन

पर बता दिया था। इस बार फिर वह गाँव के बस स्टैंड पर कमली को लेने आ गए थे।

कमली पहले दिन घर पहुँच कर मामाजी के साथ आम के बगीचे में गयी। गाँव में शहर के मुक़ाबले गर्मी कम थी। आम के पेड़ फल से लदे हुए थे। बहुत से आम पक कर जमीन पर गिरे हुए थे। कमली की हाथ की पहुँच पर आम के पके फल थे। मामाजी के साथ आए आदमी ने बाल्टी में पानी रखा था। कमली आम तोड़ती और उसे पानी में धोकर चूस कर खाती। उसे बड़ा मजा आ रहा था। थोड़ी देर में उसने कई आम खा लिए। अब उसका पेट भर गया था। मामाजी ने कुछ और पके आम तुड़वा कर ट्रैक्टर में रख लिए।

पाँच दिनों के भीतर कमली एक बार फिर गाँव घूमने गयी। इस बार मेडिकल स्टूडेंट होने के कारण उसे चीजें अच्छी तरह समझ में आ रही थीं। उसने कई बीमार लोगों के घर पर जा कर उनसे बात की। इस बार फिर वही डॉक्टर की कमी की स्थिति थी। कमली ने सोचा वह डॉक्टर बनने के बाद कुछ दिनों तक इस गाँव में रह कर लोगों का मुफ्त इलाज करेगी।

मामाजी और मामीजी ने कमली और उसकी माँ का बहुत ख्याल रखा। मामीजी और उनके लोगों ने सभी दिन तरह-तरह के पकवान बना कर खिलाये। कमली खेतों में भी घूमने गयी। पाँच दिनों तक गाँव में रहने के बाद कमली अपनी माँ के साथ वापस पटना आ गयी। उसके मामाजी ने आते समय एक टोकरे में आम भर कर दिये।

कमली के कोचिंग और ट्यूशन की छुट्टियाँ अभी भी बाकी थीं। वह अपनी पढ़ाई में फिर से लग गयी थी, उसने नए सेमेस्टर के लिए किताबें खरीद ली थीं।

एक दिन सुबह अविनाश ने कमली को फोन किया। हाल-चाल जानने के बाद उसने कहा, वह शाम में कमली के घर उससे मिलने

आ रहा है। कमली ने उसे रात के खाने पर बुला लिया। दिन में बाजार जाकर कमली ने खाने-पीने की कुछ चीजें खरीद लीं। उसने माँ को अविनाश के बारे में बताया। कमली ने माँ के साथ मिलकर रात के खाने के लिए कई पकवान बनाए। कमली को पता नहीं क्यों अंदर से खुशी हो रही थी कि अविनाश उसके घर आ रहा है। उसने अपना सबसे अच्छा सलवार-कुर्ता निकाल कर पहन लिया था।

शाम के साढ़े सात बजे दरवाजे की घंटी बजी। कमली इंतजार में थी। उसने जल्दी से दरवाजा खोला। बरामदे में अविनाश खड़ा था। उसके हाथ में फूलों का एक गुलदस्ता और साथ में मिठाई का एक पैकेट था। कमली ने अविनाश को अंदर बुलाया। अविनाश ने फूलों का गुलदस्ता कमली को दिया।

कमली ने मुस्कुराकर कहा-

'तुम बिलकुल मेहमान की तरह मिठाई वगैरह लेकर आए हो। इस की क्या जरूरत थी। मैं तुम्हारी दोस्त हूँ'।

अविनाश ने जवाब दिया-

'क्या करूँ, मेरे माता-पिता ने बचपन से मुझे यही सिखाया है कि किसी के यहाँ जब खाने के लिए जाओ, तब खाली हाथ मत जाओ। फिर यह मिठाई का डब्बा तुम्हारे लिए नहीं, आंटी के लिए है'।

कमली ने माँ को आवाज देकर बुलाया। कमली की माँ बाहर के कमरे में आयीं। अविनाश ने उनके पैर छू कर प्रणाम किया। कमली ने माँ को कहा-

'माँ, ये अविनाश है। मेरे क्लास में पढ़ता है और मेरा दोस्त है। ये कॉलेज के हॉस्टल में रहता है। ये अच्छा गाता भी है। अभी सरस्वती पूजा के दिन जो शाम का प्रोग्राम हुआ था, उसे इसने पूरा संभाला'।

अविनाश बड़े सोफ़े पर बैठ गया। दो छोटे सोफ़े पर एक पर कमली की माँ बैठीं और एक पर कमली। कमली की माँ ने अविनाश से उसके माता-पिता के बारे में पूछा। अविनाश ने अपने बारे में विस्तार से माँ को बताया। उससे बात करने के बाद माँ ने कहा-

'अविनाश से बात कर लगता है, जैसे अतुल से बात कर रही हूँ। इसके बात करने का तरीका अतुल से मिलता है'।

माँ ने सोफ़े से उठते हुए कहा-

'अब तुम लोग बैठकर बातें करो, मैं खाने-पीने के लिए कुछ लाती हूँ'।

माँ के जाने के बाद कमली ने अविनाश से कहा-

'अब सेकंड इयर के तीन सेमेस्टर की पढ़ाई शुरू होगी। इसमें हमें बहुत मेहनत करनी पड़ेगी'।

अविनाश ने कमली को बीच में टोकते हुए कहा-

'आज पढ़ाई की बात छोड़ो कमली, वह हम कॉलेज में डिस्कस कर लेंगे। आज मैं तुमसे तुम्हारे पसंद की चीजों के बारे में बात करूंगा। तुम्हें क्या पसंद और नापसंद है, जिससे मुझे पता चल सके'।

कमली ने कहा-

'मेरी आदतें बहुत सामान्य हैं। मैं थोड़ी सी चीज में खुश हो जाती हूँ। मुझे ज्यादा ताम-झाम पसंद नहीं है। मैं सामने वाले से खुल कर बात करती हूँ, मन में कुछ नहीं रखती हूँ। मुझे किसी का झूठ बोलना बिलकुल पसंद नहीं है। मुझे अच्छा खाना और अच्छा पहनना पसंद है। मेरे घर की माली हालत उतनी अच्छी नहीं रही, लेकिन अब मुझे कोचिंग क्लास से अच्छे पैसे मिल रहे हैं, अब कोई दिक्कत नहीं है'।

अविनाश कमली की बात सुनकर मुस्कुराया और कहा-

'मेरी जिंदगी बहुत साधारण रही है। मेरे माँ बाप मुझसे थोड़े अलग स्वभाव के हैं। मुझे शहर की चकाचौंध पसंद नहीं है। मैं शांत स्वभाव का हूँ और ज़्यादातर अपने में सीमित रहता हूँ। तुम में मुझे अपनों जैसी बात दिखी, इसलिए शुरू से मैंने तुमसे दोस्ती करनी चाही। कॉलेज में एक तुम हो, जिस पर मैं आँख मूँद कर भरोसा करता हूँ। लोग चाहे जो भी कहें, मैं तुमसे अपनी दोस्ती बनाए रखूँगा'।

कमली ने कहा-

'सच कहूँ, शुरू में तुम जब मेरे पीछे आते थे, तब मुझे अच्छा नहीं लगता था। लेकिन धीरे-धीरे मैंने तुमको जाना और उसके बाद मुझे लगा कि तुम एक अच्छे इंसान हो। तभी मैंने तुम्हारे आगे दोस्ती का हाथ बढ़ाया। हमारे शौक भी बहुत मिलते-जुलते हैं। तुमसे दोस्ती अच्छी जमेगी'।

अविनाश ने आगे बढ़ कर कमली का हाथ पकड़ा और कहा-

'चलो आज से हमारी दोस्ती पक्की हुई'।

इसके बाद दोनों यहाँ-वहाँ की बातें करने लगे। थोड़ी देर बाद माँ ने आ कर बताया कि खाना उसने टेबल पर लगा दिया है। तीनों ने साथ बैठ कर खाना खाया। बीच में अविनाश ने कमली की माँ से कहा-

'आप बिलकुल मेरी माँ जैसी लगती हैं और उन्हीं की तरह खाना बनाती हैं। मुझे खाना बिलकुल अपने घर के जैसा लगा'।

कमली की माँ ने मुस्कुराकर अविनाश की प्लेट में और खाना डालना चाहा। तब अविनाश ने कहा-

'बस आंटी, मैं वैसे भी कम खाता हूँ, आज बहुत दिनों के बाद घर का खाना नसीब हुआ है, इसलिए पहले ही ज्यादा खा चुका हूँ। अब और नहीं खाया जाएगा'।

खाना खत्म होने के बाद सभी बाहर वाले कमरे में सोफ़े पर बैठे। कमली की माँ ने अविनाश और कमली को कटोरी में खीर लाकर दी। सभी ने साथ बैठ कर मीठा खाया। थोड़ी देर तक बातें करने के बाद अविनाश जाने के लिए खड़ा हो गया। उसने एक बार फिर कमली की माँ के पैर छुए। कमली उसे बाहर तक छोड़ने गयी। अविनाश अपनी मोटर साइकल से आया था। जाते-जाते उसने कमली से कहा-

'अब तो तुमसे दोस्ती पक्की समझूँ'।

कमली ने जवाब दिया-

'बिलकुल पक्की'।

अविनाश चला गया। अंदर आकर कमली की माँ ने कमली से कहा-

'मुझे तुम्हारा दोस्त बहुत अच्छा लगा, बिलकुल अतुल के जैसा है और बहुत संस्कारी है'।

कमली मुस्कुराकर रह गयी। सोते वक़्त उसने अविनाश के बारे में फिर सोचा। उसे अविनाश के साथ उठना-बैठना अब अच्छा लगने लगा था। उसने किरण से प्यार के बारे में सुना था। वह राकेश से प्यार करने लगी थी। उसी तरह कमली को यह महसूस होना शुरू हुआ था, लेकिन वह अभी भी यह मानने के लिए तैयार नहीं थी। उसे अविनाश के मन की बात नहीं मालूम थी। यह सब सोच कर वह अचानक खुद से शरमाने लगी थी।

गर्मी की छुट्टियों के बाद कॉलेज खुल गए थे। अब कमली सेकंड ईयर में जा चुकी थी। अब उसके ग्रुप से जूनियर का लेबल हट चुका था। फ़र्स्ट इयर के नए बैच के आने की तैयारी हो चुकी थी।

क्लास के पहले दिन प्रिन्सिपल के साथ पाँच टीचर हॉल में आए। उन्होंने बताया कि सेकंड इयर डेढ़ साल का होगा और इसमें तीन सेमेस्टर होंगे। इनमें पाँच विषय पढ़ाये जाएँगे, जिनमें फोरेंसिक मेडिसिन, पैथोलौजी, माइक्रोबायोलॉजी, फ़ार्माकोलौजी और कम्यूनिटी मेडिसिन शामिल होंगे। इनके थिओरी और प्रैक्टिकल क्लास होंगे। पिछले साल की तरह इस बार भी हर सेमेस्टर में क्लास टेस्ट होंगे और डेढ़ साल के बाद तीन सेमेस्टर के एक साथ यूनिवर्सिटी इम्तहान लिए जाएँगे। अब धीरे-धीरे मरीजों को देखना भी सिखाया जाएगा।

सेकंड ईयर के क्लास ज़ोर-शोर से चलने लगे थे। सुबह से तीन घंटे तीन विषय के थिओरी के क्लास होते थे, उसके बाद प्रैक्टिकल। अगले दिन दो और विषय पढ़ाये जाते थे और फिर प्रैक्टिकल। फोरेंसिक मैडिसिन के प्रैक्टिकल में किसी मुर्दे का पोस्ट्मॉर्टेम करना बताया जाता था। पैथोलौजी में खून की जांच होती थी, फार्माकोलौजी में दवाओं के बारे में बताया जाता था, माइक्रोबायोलॉजी में पेशाब और मल की जांच होती थी। कम्यूनिटी मैडिसिन में आस-पास की आबादी में होने वाले रोग के बारे में बताया जाता था। इसका प्रैक्टिकल इंटर्नशिप के दौरान होना था।

अब फ़र्स्ट इयर का बैच आ गया था। कमली के कुछ दोस्तों ने पहले दिन उनकी रैगिंग का प्लान बनाया। कमली और अविनाश उनके साथ नहीं जाना चाहते थे, फिर भी दोस्ती के कारण उन्हें जाना पड़ा। सभी ने निर्णय लिया कि रैगिंग की बस औपचारिकता पूरी करेंगे। पहले दिन के परिचय का क्लास खत्म हुआ था और फ़र्स्ट इयर के स्टूडेंट लंच के लिए हॉल से बाहर निकल रहे थे। उसी वक़्त कमली और उसके दोस्त हॉल में घुसे। उन्होंने दरवाजा बंद नहीं किया। सिर्फ ज़ोर से आवाज देकर सभी को सीट पर बैठने के लिए कहा।

सबसे पहले किरण ने बात की शुरुआत की। उसने अपने ग्रुप के सभी का परिचय दिया और कहा-

'हमलोग तुम्हारे ग्रुप के सिर्फ दो लोगों से बात करेंगे, एक लड़की और एक लड़का। पहले लड़की से शुरू करते हैं'।

उसने सामने की सीट पर बैठी एक खूबसूरत लड़की की ओर इशारा किया। वह खड़ी हो गयी। तब किरण ने उससे नाम पूछा और अपने बारे में बताने के लिए कहा। लड़की ने थोड़ी घबड़ाते हुए सभी बातें बतायीं। तब किरण ने कहा-

'तुम लोगों को घबड़ाने की जरूरत नहीं है। हमलोग बस तुमसे दोस्ती करने आए हैं। कुछ सवाल पूछेंगे और उसके बाद तुम सब लंच के लिए चले जाना'।

किरण ने उस लड़की से कुछ उलूल-जुलूल सवाल किए। किसी लड़के के साथ दोस्ती के सवाल पर लड़की झेंप गयी। उसके बाद अविनाश ने एक लड़के से कुछ सवाल किए। दस मिनट में रैगिंग खत्म हो गयी।

सेकंड इयर में कमली को गए अब तीन महीने बीत गए थे। अविनाश के साथ उसकी नज़दीकियाँ जारी थीं। बीच-बीच में वह अतुल से फोन पर बात करने की कोशिश करती, लेकिन अतुल नए परिवेश में कुछ ज्यादा व्यस्त हो गया था। वह बहुत कम बार कमली के फोन उठाता था। उसने अपनी तरफ से फोन करना लगभग बंद कर दिया था।

एक बार उसने फोन उठाया तब कमली ने उससे कहा-

'क्या बात है अतुल, मुझसे कोई गलती हुई है, तुम बिलकुल फोन नहीं करते हो। वहाँ सब ठीक है न'।

अतुल ने झुँझलाते हुए जवाब दिया-

'मुझे अब कॉलेज के अलावा घर के काम भी करने पड़ रहे हैं। इस बीच मम्मी बीमार पड़ गईं। मुझे चार दिन क्लास छोड़ना पड़ा। सारा बाजार का समान मुझे लाना पड़ता है। इसी में क्लास टेस्ट भी आ गया है। मुझे बिलकुल वक़्त नहीं मिल रहा है। अब ऐसी स्थिति में मैं तुमसे कैसे बात करूँ। अभी मुझे बाहर जाना है, मैं फोन रखता हूँ'।

अतुल के फोन रखने पर कमली ने सोचा, अतुल ने एक बार भी कमली का हाल-चाल नहीं पूछा। वह पहले ऐसा नहीं था। फिर कमली ने सोचा कि शायद घर की परेशानी के कारण अतुल ठीक से बात नहीं कर रहा हो। फिर भी अतुल के बात करने के लहजे से कमली के दिल को चोट लगी।

दुर्गा पूजा और दीपावली की छुट्टियाँ नजदीक आ रही थीं। एक दिन अविनाश ने कमली से कहा-

'इस बार इन छुट्टियों में कहीं बाहर घूमने चलते हैं। एक-दो दिन का ट्रिप बनाते हैं और घूम कर आते हैं'।

कमली ने कहा-

'मैं रात में माँ को अकेली नहीं छोड़ सकती, इसलिए एक दिन का प्रोग्राम बनाने से अच्छा रहेगा'।

अविनाश ने जवाब दिया-

'नजदीक जाने के लिए एक जगह राजगीर है और दूसरी जगह बोध गया। राजगीर हम मोटर साइकल से भी चल सकते हैं, मजा आएगा। सुबह जाकर शाम में वापस आ जाएँगे। इसके अलावा मेरे पास एक अच्छा आइडिया है। तुम मेरे गाँव चल सकती हो। यहाँ से ज्यादा दूर नहीं है, दरअसल राजगीर से उसकी दूरी कम है, लेकिन बहुत खूबसूरत है, मेरा गाँव। वहाँ मेरे घर के पास से नदी बहती है।

वहाँ चल कर हमलोग दिन का खाना खाएँगे और शाम में वापस आ जाएँगे'।

अविनाश की बात सुनकर पहले कमली को लगा कि क्या उसका अविनाश के गाँव जाना उचित होगा, फिर अविनाश से गाँव की खूबसूरती के बारे में सुनकर उसने मन बना लिया। वैसे भी उसे गाँव का माहौल अच्छा लगता था। उसने अविनाश को कहा-

'तुम्हारे गाँव जाने का आइडिया बहुत अच्छा है। अगर तुम्हें कोई परेशानी न हो तब मैं किरण को कहती हूँ, वह भी राकेश के साथ उसकी मोटर साइकल से चल सकती है। चार लोगों के साथ अच्छा रहेगा'।

छुट्टी शुरू होने के अगले दिन शनिवार को चारों अविनाश के गाँव के लिए सुबह सात बजे रवाना हो गए। कमली ने माँ को पूरी बात बता दी और यह भी कहा कि वह सुबह जा कर शाम में आ जाएगी। कमली अविनाश के साथ और किरण राकेश के साथ मोटरसाइकल पर बैठी। कमली को अविनाश के साथ बैठना अच्छा लग रहा था। वह रास्ते में कमली से मुड़-मुड़ कर बातें भी कर रहा था। कमली अविनाश की कमर में हाथ डाल कर बैठी थी। कहीं-कहीं झटका लगने पर वह अविनाश को ज़ोर से पकड़ लेती। रास्ते में एक जगह सभी चाय पीने के लिए रुके। डेढ़ घंटे में वे सब गाँव पहुँच गए।

हाईवे से अंदर लगभग दो किलोमीटर पर अविनाश का गाँव था, तारापुर। वह बिलकुल गंगा नदी के किनारे था। हाइवे से गाँव तक की पक्की सड़क थी। उन्हें अविनाश के घर तक पहुँचने में कोई दिक्कत नहीं हुई। गाँव में घुसते वक़्त कमली को लगा कि अविनाश का गाँव समृद्ध है। यह मामाजी के गाँव की तरह नहीं था। लगभग सभी पक्के मकान थे और कुछ मकान दो तल्ले भी थे। गाँव के अंदर की सड़क भी पक्की थी।

अविनाश का घर पक्के का दो तल्ले का था। बिलकुल नए डिज़ाइन का घर था। उसे देख कर लगता नहीं था कि यह गाँव का घर है। मकान के ऊपर सोलर लाइट के पैनेल लगे थे। सामने अहाते में दो गाडियाँ लगी हुई थीं और कई नौकर-चाकर काम कर रहे थे। एक बड़ा-सा सुंदर लॉन था, जिसमें बेंत की कई कुर्सियाँ लगी थीं। गेट के अंदर घुसने पर थोड़ी दूर पर सामने शर्ट और जीन्स के पैंट में एक अधेड़ उम्र के व्यक्ति दिखाई पड़े। उनकी कड़क मूछें थीं, उनके हाथ में एक छड़ी थी और वे पाइप पी रहे थे। अविनाश ने बाकी तीनों को धीरे से कहा-

'ये मेरे पिताजी हैं'।

कमली ने उन्हें दूर से देखा। उसे अविनाश की बात याद आई, जब उसने कहा था कि उसके पिता किसान हैं। अविनाश ने कमली के चेहरे से समझ लिया था कि वह दुविधा में है। उसने आगे बढ़ते-बढ़ते कहा-

'मेरे पिता मॉडर्न युग के किसान हैं और खेतों में भी जीन्स पैंट और टोपी लगा कर जाते हैं। वे और्गैनिक खेती भी करते हैं। मैं तुम लोगों को चल कर दिखाऊँगा'।

चारों अविनाश के पिताजी के नजदीक पहुँच गए। कमली ने आगे बढ़ कर उनके पैर छूने की कोशिश की। उन्होंने पीछे हटते हुए कहा-

'अरे बेटा, ये पैर-वैर छूना नहीं है। मुझसे हाथ मिलाओ। मुझे अविनाश ने तुमलोगों के बारे में बता दिया था। आओ, 'वेल्कम टू तारापुर'। तुमलोग इसे अपना घर समझो'।

कमली झिझकी, फिर उसने उठ कर उनसे हाथ मिलाया। किरण और राकेश ने भी उनसे हाथ मिलाया। अविनाश उनके पैर

छूने की जगह उनसे गले मिला। इस बीच अविनाश की माँ घर के अंदर से बाहर आ गईं। उन्हें देख कर कमली और भी अवाक रह गयी। उसकी माँ कहीं से गाँव की महिला नहीं दिख रही थीं। उनके बाल कमली की तरह छोटे थे और उन्होंने मेकअप के अलावा होठों पर लिपस्टिक लगा रखी थी। वह एक मॉडर्न परिवार की महिला नजर आ रही थीं। कमली के मन में अब वाकई में दुविधा थी। कोई किसान का परिवार इतना मॉडर्न कैसे हो सकता है। तबतक अविनाश की माँ उनके नजदीक आ गईं। कमली ने डरते-डरते उनके पैर छूने की कोशिश की, लेकिन वे भी सिर्फ गले मिलीं। अविनाश की माँ ने कहा-

'अरे भई, तुम लोग इतनी दूर से आए हो। पहले हाथ-मुंह धो कर फ्रेश हो जाओ, फिर मैं तुम सब का नाश्ता लगाती हूँ'।

अविनाश की माँ ने एक व्यक्ति को सबको अंदर ले जाने के लिए कहा। अविनाश संभवतः अपने कमरे में चला गया। अंदर जाकर कमली को लगा जैसे वह किसी शहर के आलीशान मकान में आई है। घर के अंदर जमीन में सुंदर टाइल्स लगे थे। जिस गेस्ट रूम में इन्हें भेजा गया, उसमें नए डिज़ाइन का पलंग, सोफा सेट और बहुत कुछ थे। बाथरूम बिलकुल आधुनिक तरीके का था। कमली लगातार दुविधा में थी। एक सीधा-सादा किसान इस तरह कैसे रह सकता है। तीनों फ्रेश होकर बाहर लॉन में आए। वहाँ टेबल पर नाश्ता लगा था। नाश्ते में ब्रेड, अंडा के अलावा साउथ इंडियन नाश्ता और पराठे भी थे।

अविनाश अपने कमरे से फ्रेश होकर आ गया। उसके माता-पिता कुर्सी पर बैठे थे। उनके आने पर अविनाश की माँ ने कहा-

'मुझे तुम लोगों की पसंद का पता नहीं था, इसलिए मैंने तीनों तरह का नाश्ता बना दिया है। तुम लोग नाश्ता करो और उसके बाद हम सब नदी किनारे घूमने चलेंगे'।

चारों ने प्लेट उठा कर नाश्ता लिया और बैठ कर खाने लगे। तब अविनाश ने कहा-

'तुम सब को मेरे पापा और मेरी मम्मी को देख कर आश्चर्य हो रहा होगा। मैं अब तुम्हारे सामने खुलासा कर देता हूँ। मेरे पापा आर्मी में ब्रिगेडियर के पद पर थे। वहाँ से रिटायर होने के बाद इन्होंने अपने गाँव में बसने और मॉडर्न खेती करने की सोची। मेरे पापा ने अपने घर को पूरा नया बना दिया और खेती करने लगे। इनकी उपज अब एक्सपोर्ट होने लगी है। इन्हें खेती से बहुत लाभ हो रहा है। इन्होंने मुझे भी अपने साथ खेती करने के लिए कहा था, लेकिन मैं डॉक्टर बनना चाहता था, इसलिए मैं यहाँ से पढ़ने पटना चला गया। मुझे माफ करना, मैंने अपने परिवार के बारे में तुम सबको पहले कुछ नहीं बताया था। मैं शहर में साधारण जीवन जीता हूँ'।

कमली अविनाश की बात सुन कर दंग रह गयी। उसने अविनाश को देख कर कभी सोचा नहीं था कि उसके माता-पिता ऐसे होंगे'।

नाश्ता करने के बाद अविनाश के पापा ने अपनी जीप को गेट के पास लगाया। उन्होंने कहा-

'अभी दिन के दस बजे हैं। तुम सब अपनी-अपनी मोटरसाइकल यहाँ रखो, हम सब जीप से पहले खेत देखने चलेंगे। एक घंटा घूम कर नदी के किनारे चलेंगे। वहाँ मछली पकड़ेंगे और फिर दिन का खाना बनाकर खाएँगे। उसके बाद तुम सबको गाँव का एक चक्कर लगा कर विदा करेंगे'।

कमली को अविनाश के पापा का प्रोग्राम सुन कर अच्छा लगा। सभी जल्दी से जीप में बैठ गए। आगे अविनाश के पापा जीप चला रहे थे और उनके बगल में अविनाश की मम्मी बैठीं। बाकी चारों लोग

पीछे बैठे। एक और गाड़ी से नदी के किनारे खाना का जुगाड़ करने के लिए तीन लोग आगे निकल गए।

घर से निकलने के दस मिनट के बाद एक खेत के किनारे जीप रुकी। सब नीचे उतरे। वहाँ खेत में प्लास्टिक के कवर के अंदर ऑर्गैनिक खेती हो रही थी, जिसमें सब्जियों के अलावा अच्छी क्वालिटी के फूल उगाये जा रहे थे। कमली ने अंदर जाकर फूल के एक-एक पौधे को देखा। अविनाश के पापा ने बताया कि ये सारे फूल इस गाँव से बाहर पास के शहरों में अच्छे दाम पर बेचे जाते हैं। ऑर्गैनिक सब्जी की खपत एक्सपोर्ट के लिए थी। खेत में ही एक छोटा पैकेजिंग प्लांट लगा था, जहां से डिब्बा बंद होकर सब्जियाँ बाहर के देशों में जाती थीं।

वहाँ थोड़ी देर रुकने के बाद सभी पास की दूसरी खेत में गए। वहाँ बड़े इलाके में गन्ने, मकई और अच्छी क्वालिटी के धान के पौधे थे। इसके अलावा खुले में सब्जियाँ भी लगी हुई थीं। वहाँ की फसल को भी बाहर भेजा जाता था। कमली ने अंदाज लगाया, अविनाश के पापा के पास लगभग बीस बीघा से ज्यादा की जमीन थी, जिस पर वे तरह-तरह से खेती कर रहे थे। खेतों में ट्रैक्टर के अलावा पानी देने और फसल काटने के लिए नई तरह के उपकरण लगे थे। बिल्कुल आधुनिक तरीके से खेती हो रही थी। एक ओर अविनाश के पापा के खेतों में तालाब भी था, जिसमें मछली पालन का काम होता था। इसके अलावा वे मधुमक्खी पालन का भी काम करते थे। अविनाश के पापा ने बातों-बातों में बताया कि कुल खेती और बाकी कामों से उन्हें साल में लगभग चालीस लाख रुपये की आमदनी होती है। इसके अलावा उन्हें सरकार से अच्छी पेंशन मिलती थी।

खेतों में लगभग एक घंटा बिताने के बाद सब नदी के किनारे पहुंचे। कमली को वहाँ का माहौल बहुत अच्छा लगा। बिलकुल पानी

से सटे नदी के किनारे दो आर्मी की तरह के टेंट लगा दिया गए थे। घर से आए तीन-चार लोग खाना बनाने की तैयारी में जुटे थे।

अविनाश के पापा ने जीप से उतर कर कहा-

'तुम चारों नदी के किनारे जाकर बातचीत करो, तबतक मैं और मेरी पत्नी इस तरफ बैठ कर नदी से मछली पकड़ते हैं'।

कमली ने जवाब दिया-

'अंकल, मैं भी आपके साथ बैठ कर मछली पकडूंगी। मैंने आज तक ऐसे कभी मछली नहीं पकड़ी है'।

अविनाश की मम्मी ने कहा-

'अच्छा है बेटा, तुम हम लोगों के साथ थोड़ी देर मछली पकड़ लो, फिर उधर चली जाना'।

अविनाश वहीं कमली के साथ रुक गया। उधर किरण तथा राकेश दूसरी तरफ चले गए। अविनाश के पापा ने नदी से सट कर चार फोल्डिंग कुर्सियाँ लगाईं। दो पर दोनों पति पत्नी बैठे और दो पर कमली और अविनाश। कुर्सी पर बैठने पर नदी का पानी पैरों से छू रहा था। कमली को यह सब बहुत अच्छा लग रहा था। उसके बाद अविनाश के पापा ने मछली पकड़ने वाली डंडी के धागे को पानी में डाला और डंडी को उन्होंने कमली को पकड़ा दिया। वे खुद सिर पर टोपी डाल कर कुर्सी पर बैठ गए।

अविनाश की मम्मी ने कमली से बात करना शुरू किया-

'मुझे तुम्हारे बारे में अविनाश ने बताया है। तुम पढ़ने में बहुत तेज हो। अविनाश तुम्हें अपना सबसे करीबी दोस्त मानता है। तुम्हारे परिवार में कौन-कौन हैं बेटा'।

कमली ने कहा-

'मैं शहर में अपनी माँ के साथ रहती हूँ। पिताजी का देहांत बहुत पहले हो गया था। एक मामाजी हैं, जो गाँव में रहते हैं। हमलोगों का परिवार बहुत साधारण है'।

अविनाश की मम्मी ने जवाब दिया-

'परिवार साधारण है तो क्या हुआ, व्यक्ति अपने विचारों और संस्कारों से बड़ा होता है। तुम्हारे संस्कार बहुत अच्छे हैं। हमलोग भी बहुत सरल और साधारण हैं। हमें ऐसे ही लोग अच्छे लगते हैं। बनावटी लोग मुझे बिलकुल पसंद नहीं हैं। अविनाश ने बताया तुम बहुत अच्छा गाती हो। अगर दिक्कत न हो तो हमें भी कुछ लाइनें सुनाओ, तुम्हारे अंकल और मुझे गाना सुनना बहुत पसंद है'।

कमली ने अविनाश की ओर देखा फिर थोड़ी सोच कर एक गाने की चार लाइनें सुनाईं। अविनाश के पापा ने गाना सुन कर कहा-

'बेटा, तुम्हारे गले में माँ सरस्वती का वास है। तुम वाकई बहुत अच्छा गाती हो'।

इस दौरान वह मछली की डंडी को पकड़ी रही। अचानक उसे डंडी भारी लगने लगी। उसने अविनाश के पापा को बताया। उन्होंने कमली को डंडी ज़ोर से अपनी ओर खींचने के लिए कहा। कमली ने ज़ोर लगाई और बड़ी मुश्किल से वह डंडी की दूसरे छोर को पानी से बाहर निकाल पायी। कमली के आश्चर्य का ठिकाना नहीं था। डंडी की दूसरी छोर पर एक बड़ी मछली फंसी थी। कमली उसे बाहर निकाल कर खुशी के मारे खुद ब खुद ताली बजाने लगी। अविनाश और उसकी मम्मी दोनों कमली को देख कर मुस्कुराए। इसके बाद अविनाश के पापा ने कहा-

'जब तक यह मछली बनाई जाती है, तब तक तुम दोनों भी नदी के उस भाग से होकर आ जाओ। वहाँ से नदी और चौड़ी दिखती है'।

कमली अविनाश के साथ वहाँ से उठ कर चली गयी। जाते वक़्त अविनाश ने कमली की उंगली पकड़ रखी थी। चलते-चलते अविनाश ने कहा-

'कैसा लग रहा है कमली तुम्हें यहाँ आकर'।

कमली ने जवाब दिया-

'मैंने अपने जीवन में ऐसा माहौल पहले कभी नहीं देखा था। अंकल, आंटी बहुत सरल और अच्छे हैं। उन्हीं के गुण तुम्हें मिले हैं। मुझे बहुत अच्छा लग रहा है यहाँ आकर। मन होता है कुछ दिन यहीं रह जाऊँ'।

अविनाश ने कहा-

'हमलोग बीच-बीच में यहाँ दिन भर के लिए आ सकते हैं। यह जगह पटना से ज्यादा दूर भी नहीं है'।

बातें करते-करते वे फिर नदी के किनारे पहुँच गए। कमली ने दूर से देखा, नदी के पानी में पैर डाल कर राकेश और किरण बैठे हुए थे। किरण ने राकेश के कंधे पर अपना सिर रखा हुआ था।

कमली चुपके से किरण के पीछे जाकर खड़ी हो गयी और कहा-

'दो प्रेमी क्या सोच रहे हैं'।

किरण जल्दी से राकेश से अलग हुई और पीछे मुड़ कर देखा। वह मुस्कुरा रही थी। उसने कहा-

'तुम दोनों ने हमें अकेला छोड़ दिया था, फिर हम क्या करते, यहाँ आकर साथ बैठ गए'।

उनकी बगल में कमली और अविनाश भी बैठ गए। वहाँ से नदी का चौड़ा पाट दिखता था। कमली ने बैठते ही कहा-

'कितनी शांति और कितना सुकून है यहाँ। मन करता है यहीं नदी के किनारे आकर बस जाऊँ'।

किरण कमली से सट कर बैठी थी और अविनाश थोड़ी दूर पर था। किरण ने कमली की कान में धीरे से कहा-

'होने वाली सासु माँ से बातें हो गईं। बहुत पसंद हो तुम उन्हें'।

कमली ने मुस्कुराकर कहा-

'तुम्हें बस यही सब सूझता रहता है'।

थोड़ी देर वहाँ गप्पें मारने के बाद सभी उठ कर खाने वाली जगह लगी टेंट के पास आ गए। टेंट के अंदर एक लंबी टेबल थी और बैठने के लिए जमीन पर छोटे-छोटे गद्दे लगे थे। उसी टेबल पर खाना परोसा गया। सभी छह लोगों ने बैठ कर खाना खाया। बहुत कम समय में बहुत स्वादिष्ट और बहुत तरह के व्यंजन बनाए गए थे। खाते-खाते अविनाश के पापा सेना के समय की लड़ाई के किस्से सुना रहे थे।

खाना खाने के बाद सभी ने वहाँ थोड़ी देर आराम किया। तबतक दिन के दो बज चुके थे। अविनाश के पापा ने कहा-

'अब चलो तुम लोगों को गाँव घुमा कर लाते हैं'।

सभी जीप पर बैठे और गाँव घूमने चले गए। कमली ने देखा गाँव में सड़कें अच्छी थीं और सबसे जरूरी वहाँ मेडिकल की अच्छी सुविधा थी। अविनाश के पापा ने बताया कि गाँव की स्थिति अच्छी होने और शहर से नजदीक होने के कारण यहाँ चार-पाँच डॉक्टर रोज रहते हैं। इसलिए यहाँ के गरीब लोगों को भी चिकित्सा की सुविधा मिल जाती है। कमली को जानकर खुशी हुई। उसने सोचा कि शायद उसके मामाजी का गाँव उतना विकसित नहीं होगा, इसलिए वहाँ डॉक्टर नहीं टिकते होंगे।

लगभग चार बजे चारों गाँव से विदा हो गए। चलते वक़्त अविनाश की मम्मी ने कमली और किरण को उपहार में अच्छे ड्रेस दिये। राकेश को भी एक गिफ्ट मिला। शाम छह बजे तक अविनाश ने कमली को उसके घर छोड़ दिया। कमली ने घर आकर अपनी माँ को अविनाश के माता-पिता के बारे में बताया। उसे उन लोगों का रहन-सहन बहुत अच्छा लगा। उसे महसूस हुआ कि इतने पैसे वाले माँ-बाप होते हुए भी अविनाश शहर में कितनी सादगी से रहता है।

सोलह

दो वर्ष से ज्यादा का समय बीत गया था। कमली ने सेकंड और थर्ड ईयर के इम्तहान एक बार फिर बहुत अच्छे नंबर से पास कर लिए थे। अब वह फोर्थ ईयर में थी। अविनाश के भी सभी रिज़ल्ट अच्छे हुए। इस बीच दोनों में नज़दीकियाँ और बढ़ गईं थीं। अब अविनाश अक्सर कमली के घर चला आता। कमली की माँ अविनाश से बहुत प्रभावित थीं। अविनाश भी उनसे यहाँ-वहाँ की बातें खुल कर किया करता। बीच-बीच में कमली को अविनाश की माँ का फोन आता। वह उसका हाल-चाल लेतीं। कई बार उन्होंने कमली को अपनी माँ के साथ गाँव आने के लिए कहा था।

कई बार किसी शनिवार या रविवार को अविनाश और कमली शहर में यूं ही घूमने निकल जाते। कभी किसी रेस्तरां में बैठ कर खाना खाते या कभी थिएटर में पिक्चर देख लेते। दोनों की दोस्ती बहुत गहरी हो गयी थी। अब कमली अविनाश से मिले बिना नहीं रह पाती थी। अविनाश भी कमली से दूर नहीं रह पाता था। वह अक्सर कमली के लिए कोई गिफ्ट लेकर आता।

इस बीच कमली का संपर्क अतुल से लगभग खत्म हो गया था। उससे एक-दो महीने में कभी एक मिनट के लिए बात होती। वह हर बार अपने आप को व्यस्त बताता। कमली को महसूस होने

लगा था कि यह वो अतुल नहीं था, जिसे कमली स्कूल के समय में जानती थी। उसका मन अब अतुल से धीरे-धीरे उचाट होने लगा था।

कॉलेज में पढ़ाई का सिलसिला आगे बढ़ चुका था। थर्ड और फोर्थ इयर में पढ़ाये जाने वाले विषय सबसे कठिन थे। इसमें मेडिकल के दो प्रमुख विषय मेडिसिन और सर्जरी पढ़ाये जा रहे थे। इसके साथ और भी विषय थे। सर्जरी के प्रैक्टिकल में उसके क्लास के सभी स्टूडेंट को बारी-बारी से ऑपरेशन थिएटर में जाकर किसी मरीज के ऑपरेशन में सीनियर डॉक्टर की मदद करनी होती थी। कमली को दो दिन में एक बार वहाँ जाना होता था। उसे ऑपरेशन करने का पूरा तरीका समझना होता था।

इसके अलावा अब उसे ओपीडी में डॉक्टर के साथ बैठना पड़ता था। मरीज के आने पर डॉक्टर उसे कैसे देखते हैं, कैसे कोई रोग के बारे में बताते हैं और क्या टेस्ट या दवा बताते हैं, यह सभी चीजें कमली सीख रही थी। उसे अब धीरे-धीरे रोग और दवाओं का ज्ञान होने लगा था।

इधर कमली के कोचिंग इंस्टीट्यूट के रिज़ल्ट हर साल अच्छे हो रहे थे और उसके लिए कमली की फीस में हर साल इजाफा हो रहा था। उसे एक क्लास के साढ़े तीन हजार रुपये मिलने लगे थे। अब उसके पास पैसे की कमी नहीं थी।

कमली की ट्यूशन क्लास में गरीब बच्चों की भीड़ बढ़ गयी थी। पहले साल की पढ़ाई के बाद उसके पढ़ाये कई बच्चों को उनकी उम्र के मुताबिक पास के सरकारी स्कूल में एड्मिशन मिल गया था। इससे प्रभावित होकर पास के अन्य झुग्गी-झोपड़ी के रहने वाले लोगों ने अपने बच्चों को कमली के यहाँ पढ़ाई के लिए भेजना शुरू कर दिया था। अब कमली के पास पच्चीस बच्चे पढ़ने आते थे। छोटे

बच्चों के बैठने के लिए उसने बेंच के सामने दरी लगा दी थी। उसे इन गरीब बच्चों को मुफ्त में पढ़ाना अच्छा लगने लगा था।

फरवरी के महीने में कमली की मामीजी का फोन आया। उन्होंने बताया कि कमल पिछले कुछ दिनों से बीमार हैं। उन्हें टाइफ़ाइड हो गया है। डॉक्टर ने उन्हें कुछ दिनों तक आराम करने के लिए कहा है। कमली की माँ ने जब यह सुना तब उन्हें एक बार कमल को देखने का विचार मन में आया। उन्होंने कमली से कहा-

'बेटा, हमारे कष्ट के दिनों में कमल हमेशा मौजूद रहता है। अभी वह खुद बीमार है, ऐसे में मुझे उसे जा कर देखना चाहिए'।

कमली ने जवाब दिया-

'आपने बिलकुल ठीक सोचा है माँ, आपको मामाजी को देखने जरूर जाना चाहिए। लेकिन इस बार मैं आपके साथ नहीं जा पाऊँगी। मैं अभी एक दिन के लिए भी कॉलेज नहीं छोड़ सकती हूँ। दरअसल अब कुछ दिनों तक शनिवार को भी क्लास होंगे। आपको यहाँ से सुबह वाली बस पर बिठा देंगे। कोई वहाँ आपको उतार लेगा। आप चाहें तब कल चले जाइए और तीन-चार दिन रह कर आ जाइएगा'।

कमली की माँ ने कहा-

'लेकिन तुम्हारे खाने-पीने का क्या होगा, तुम अकेले सब कैसे कर पाओगी'।

कमली ने तुरंत जवाब दिया-

'मैं यहाँ अकेले सब संभाल लूँगी। सुबह का नाश्ता काम करने वाली बना दिया करेगी, दिन में मैं कॉलेज की कैंटीन में खा लूँगी और रात को मैं कुछ न कुछ खुद बना लूँगी। आप मेरी बिलकुल चिंता नहीं करें'।

अगले दिन शनिवार था। कमली ने माँ को स्कूटी पर ले जाकर बस स्टैंड पर उतार दिया। सुबह आठ बजे की बस से माँ गाँव चली गईं। जाने के पहले उन्होंने कमली के लिए नाश्ता तैयार कर दिया था। कमली तैयार होकर कॉलेज चली गयी।

दो क्लास खत्म होने के बाद कमली को बहुत तेज ठंड लगने लगी और सिर तेज दुखने लगा था। उसका बदन गरम हो गया था। उसे लगा उसे बुखार हुआ है। वह किसी तरह तीसरी क्लास में बैठ पायी। उसके बाद कॉलेज की छुट्टी थी। वह बारह बजे दिन में घर चली आई। घर आकर उसने थर्मामीटर से बुखार नापा। उसे एक सौ दो डिग्री बुखार था। उसने किसी तरह सुबह का बचा हुआ नाश्ता खाया और दवा ले ली। उसने काम वाली को फोन कर घर बुला लिया। दो कंबल ओढ़ने के बावजूद उसे ठंड लग रही थी। बहुत देर तक वह कंबल में दुबकी रही। तबतक उसकी काम वाली आ चुकी थी। कमली ने उससे कहा-

'यदि संभव हो तो तुम यहाँ कुछ देर रुक जाओ और मेरे लिए रात का खाना बना दो, मुझसे इस बुखार में नहीं हो पाएगा'।

काम वाली घर के काम में लग गयी। इस बीच अविनाश का फोन आया। उसने कमली से पूछा-

'आज तुम बहुत जल्दी घर चली गयी। हमलोग मिल भी नहीं पाये'।

कमली ने अविनाश को बताया-

'कॉलेज में मेरी तबीयत खराब हो गयी, मुझे तेज बुखार आया है, इसलिए मैं जल्दी चली आई। माँ भी यहाँ नहीं हैं, मामाजी के पास गाँव गईं हैं'।

अविनाश ने कहा-

'अरे, फिर घर में तुम अकेले इस तेज बुखार में कैसे रहोगी। रात में तबीयत ज्यादा खराब हो जाने पर क्या करोगी'।

कमली ने कहा-

'ज्यादा घबड़ाने की बात नहीं है। शायद फ्लू हुआ है, एक-दो दिनों में ठीक हो जाएगा। काम वाली साथ में है। जरूरत पड़ी तब मैं उसे रात में रहने के लिए रोक लूँगी, तुम चिंता मत करो'।

अविनाश ने कहा-

'ठीक है, अपना ख्याल रखना और जब भी जरूरत पड़े मुझे फोन कर लेना'।

तीन बजते-बजते कमली का बुखार सौ डिग्री तक आ गया। उसे अब ठंड कम लग रही थी। फिर भी उसने कंबल ओढ़े रखा। काम वाली अब किचेन में रात का खाना बनाने में लगी थी। कमली ने एक-दो बार उठ कर किचेन में जाने की कोशिश की, लेकिन बुखार के कारण वह जा नहीं सकी।

शाम के छह बजने तक कमली को फिर ठंड लगनी शुरू हुई। उसका बदन फिर से तपने लगा। थोड़ी देर में उसने बुखार नापा। इस बार बुखार फिर से एक सौ दो डिग्री था। वह थोड़ी घबड़ा गयी। उसने सोचा वह रात में अकेली इस हालत में कैसे रहेगी। उसने काम वाली से कहा-

'मुझे बहुत तेज बुखार है और माँ भी यहाँ नहीं है। तुम रात में मेरे साथ रुक जाओगी, तब अच्छा रहेगा'।

काम वाली ने कहा-

'मैं रुक जाऊँगी, लेकिन मुझे एक बार घर जाना पड़ेगा। मैं जाकर रात में आ जाऊँगी'।

वह थोड़ी देर में खाना बना कर चली गयी। इस बीच कमली का बदन पूरी तरह तपने लगा था। उसे लगा उसका बुखार और ज्यादा बढ़ा है। शाम के सात बज चुके थे। तभी अविनाश का फोन आया। उसने पूछा-

'अब कैसा है बुखार'।

कमली तेज बुखार में ठीक से बोल नहीं पा रही थी। फिर भी उसने थोड़ा रुक कर कहा-

'मुझे फिर से तेज बुखार हुआ है और ठंड बहुत ज्यादा लग रही है'।

अविनाश ने उधर से कहा-

'काम वाली है न साथ में और अब तुम फिर से बुखार उतारने की दवा ले लो'।

कमली ने बताया-

'काम वाली अभी घर गयी है, रात में आएगी'।

अविनाश ने उधर से जवाब दिया-

'मैं तुम्हारे घर आ रहा हूँ, चिंता मत करो'।

अविनाश बीस-पच्चीस मिनट के अंदर आ गया। उसके हाथ में बिस्किट और कुछ नमकीन के पैकेट थे। कमली बाहर के कमरे में बिस्तर पर लेटी थी। अंदर आकर अविनाश ने पहले कमली का बुखार नापा। अभी भी बुखार एक सौ दो था। उसने सबसे पहले कमली को हाथ से सहारा देकर उठाया और कुछ बिस्किट खिलाये। उसके बाद उसने बुखार उतरने की दवा खिलाई। वह घर के अंदर किचेन में गया और एक मग में फ्रिज से पानी ले आया। उसने अपने पॉकेट से रुमाल निकाला और कमली के सिरहाने बैठ कर उसके सिर पर ठंडे

पानी की पट्टी देने लगा। कमली बेसुध होकर आँख मूँद कर लेटी हुई थी। करीब एक घंटे तक अविनाश कमली के सिर पर पट्टी देता रहा। वह बीच-बीच में उसके माथे को छू कर देखता।

रात के नौ बजे काम वाली आ गयी। बुखार उतरने की दवा और सिर पर ठंडे पानी की पट्टी से कमली का बुखार थोड़ा कम हुआ। वह उठ कर बैठ गयी। उसने अविनाश को कहा-

'मेरे कारण तुम्हें भी परेशानी हो रही है। अब बुखार कम हो गया है। काम वाली आ गयी है। वह रात भर रहेगी। तुम वापस हॉस्टल चले जाओ'।

अविनाश ने कहा-

'इसमें परेशानी की क्या बात है। तुम्हें काफी तेज बुखार था। वैसे में तुम अकेले क्या करती। लेकिन दवा का असर खत्म होने पर यदि बुखार बढ़ा, तब तुम क्या करोगी। रात में कोई मिलेगा भी नहीं। इसलिए मुझे कहीं नहीं जाना। आज रात मैं यहीं सोफ़े पर सो जाऊंगा। काम वाली यहीं नीचे बिस्तर लगा कर सो जाएगी। मैं कल सुबह चला जाऊंगा'।

कमली ने अविनाश को जाने के लिए फिर कहा, पर वह नहीं माना। काम वाली ने टेबल पर खाना लगा दिया। अविनाश ने कमली के लिए प्लेट में खाना निकाल कर बिस्तर पर प्लेट उसके हाथ में दे दी। उसने खुद सोफ़े पर बैठ कर थोड़ा खाया। दस बजे तक सभी अपनी-अपनी जगह सो गए। वैसे अविनाश रात में कई बार उठ कर कमली के माथे को छू कर देखता रहा। रात के चार बजे फिर कमली का बुखार बढ़ा। अविनाश ने उठ कर फिर उसके सिर पर पट्टी देना शुरू किया।

सुबह कमली की जब नींद खुली तब उसने देखा काम वाली घर में झाड़ू कर रही थी। अविनाश उसके सिरहाने में कुर्सी पर बैठा

सो रहा था। उसने कमली का हाथ पकड़ा हुआ था। धीरे से कमली ने उसके हाथ से अपना हाथ छुड़ाया। अविनाश की नींद खुल गयी। कमली ने उसे देख कर कहा-

'तुम इसी तरह रात भर सोये। बहुत दिक्कत हुई होगी तुम्हें'।

अविनाश ने जम्हाई लेते हुए कहा-

'कोई दिक्कत नहीं हुई। तुम्हारे हाथ की गर्मी से मुझे बड़ी अच्छी नींद आ गयी। वैसे अब तुम्हें कैसा लग रहा है'।

कमली ने उसी हालत में चुटकी लेते हुए कहा-

'तुम्हारे हाथ की ठंडक ने मेरे बुखार को डाउन कर दिया है। रात भर तुमने मेरे माथे पर इतनी पट्टी डाली कि बुखार भी डर गया। तुमने मेरे लिए इतना किया। मुझे अच्छा लगा'।

अविनाश ने कमली का हाथ पकड़ कर कहा-

'मैं तुम्हारे लिए कुछ भी कर सकता हूँ। मैं नहीं जानता हूँ क्यों, लेकिन बस तुम मुझे अपनी लगती हो'।

अविनाश की बात सुन कर कमली की आँखें डबडबा गईं। उसने कहा-

'कोई अपना ही इस तरह कर सकता है। मुझे भी तुम्हारा साथ अच्छा लगता है'।

कमली ने आगे कहा-

'अब तुम जल्दी से हाथ-मुंह धोकर चाय पी लो और हॉस्टल चले जाओ। आज रविवार छुट्टी का दिन है, कुछ देर सो लेना। मुझे अगर जरूरत पड़ी, तब मैं तुम्हें फोन कर दूँगी'।

काम वाली ने दो कप चाय और कुछ बिस्किट लाकर रख दिये। कमली ने बुखार नापा। अभी उसका बुखार कम था। अविनाश के हाथ-मुंह धोने के बाद वह भी हाथ-मुंह धो कर अविनाश के साथ चाय पीने बैठ गयी। थोड़ी देर बाद कमली को दवा खिला कर अविनाश चला गया। उसके जाने के बाद कमली को लगा कि वाकई अविनाश बहुत अच्छा है। उसने कमली का रात भर कितना ख्याल रखा।

रविवार को दिन भर दवा खा लेने के कारण कमली का बुखार कम रहा। अविनाश ने तीन घंटे के बाद फोन कर उसका हाल जाना। उसने कहा, वह शाम में कमली को देखने आएगा। शाम को कमली ठीक थी। काम वाली रात के लिए जल्दी आ गयी थी। अविनाश शाम में करीब दो घंटे कमली के पास बैठा। जब उसे लगा कि कमली अब पहले से बेहतर है, तब वह चला गया।

अगले दिन कमली काफी ठीक हो चुकी थी, लेकिन वह कोचिंग क्लास और कॉलेज नहीं गयी। उसने माँ को फोन कर हाल-चाल पूछा। उसने अपनी बीमारी के बारे में माँ को फोन पर कुछ नहीं बताया। माँ ने बताया, अब मामाजी पहले से बेहतर हैं। वह दो दिनों बाद पटना आ जाएंगी।

दो दिनों बाद माँ घर वापस आ गईं। कमली तब तक ठीक हो चुकी थी। घर आने पर कमली ने अपनी बीमारी के बारे में उन्हें बताया। यह भी बताया कि कैसे अविनाश ने पूरी रात उसकी तीमारदारी की। माँ ने कमली से कहा-

'बेटा, मुझे अविनाश बहुत अच्छा लड़का लगता है। तुमने बताया उसका परिवार भी बहुत अच्छा है। क्या तुम्हें अविनाश पसंद है'।

कमली माँ के अचानक पूछे गए इस सवाल से थोड़ी झिझकी, फिर उसने कहा-

'माँ, अविनाश मेरा अच्छा दोस्त है और मेरा ख्याल रखता है। इस हिसाब से अविनाश मुझे पसंद है'।

इतना कह कर कमली ने शरमा कर माँ के कंधे पर अपना सिर रख दिया। माँ मुस्कुराने लगी। उन्हें कमली की बात और उसके शरमाने से यह बात समझ में आ गयी कि दोनों एक दूसरे को चाहते हैं।

होली की छुट्टी में अविनाश अपने गाँव जा रहा था। इसी बीच उसकी माँ ने कमली की माँ को फोन कर कम से कम एक दिन के लिए गाँव आने का निवेदन किया। अविनाश कमली के घर आया। उसने भी कमली की माँ से गाँव चलने के लिए कहा। कमली की माँ के मन में वैसे भी अविनाश के माँ-बाप से मिलने की इच्छा थी। वे तैयार हो गईं।

दो दिनों बाद होली की छुट्टी शुरू हुई। अगले तीन दिन बाद होली थी। सुबह के वक़्त आठ बजे एक टैक्सी से कमली और उसकी माँ अविनाश के साथ उसके गाँव के लिए रवाना हो गईं। कमली ने जानबूझ कर गाँव जाने और आने के लिए एक टैक्सी रिजर्व कर ली थी। थोड़े पैसे ज्यादा लगे थे, लेकिन इससे सभी को आराम मिलता। अविनाश को वहीं रह जाना था और वापसी में सिर्फ कमली और उसकी माँ को आना था। कमली की माँ ने जाने के पहले कमली के साथ जाकर दो-तीन डिब्बे मिठाई, फल और अविनाश के माता-पिता के लिए कुछ गिफ्ट खरीद लिए।

एक घंटे में सभी अविनाश के घर पहुँच गए। गेट पर अविनाश के पापा और मम्मी ने कमली की माँ का स्वागत किया। कमली ने अविनाश के पापा और मम्मी के पैर छुए। सभी बाहर के लॉन में बैठे। वहाँ टेबल पर नाश्ते का जबर्दस्त इंतजाम था। कमली की माँ ने गिफ्ट, मिठाई और फल के पैकेट अविनाश की मम्मी को दिये। अविनाश की मम्मी ने उतने सारे पैकेट देख कर कहा-

'अरे बहन जी, आप मेहमान की तरह गिफ्ट वगैरह ले कर आई हैं। हम लोग आपको अपने परिवार का समझते हैं'।

कमली की माँ ने जवाब दिया-

'पहली बार आ रही थी, इसलिए खाली हाथ आना उचित नहीं लगा। हमलोग भी अविनाश को अपने परिवार का हिस्सा मानने लगे हैं। वह बहुत अच्छा लड़का है'।

इसके बाद सभी ने जमकर नाश्ता किया। अविनाश की मम्मी ने कमली को अपने पास बिठाया था। नाश्ते के समय अविनाश के पापा ने बताया कि दिन का खाना उनके खेतों के बीच होगा। उसके बाद सभी नदी किनारे कुछ देर के लिए जाएँगे। नाश्ते के बाद अविनाश की मम्मी ने कहा-

'अविनाश, जा तू कमली को अपना पूरा घर दिखा दे'।

अविनाश कमली के साथ उठ कर घर दिखाने चला गया। अविनाश की माँ ने कमली की माँ से उनके परिवार के बारे में पूछा। थोड़ी देर की गपशप के बाद कमली की माँ ने अविनाश की माँ से कहा-

'बहन जी, अगर बुरा न मानें तो एक बात मेरे दिल में कुछ दिनों से है। मैं आज आपसे कहना चाहती हूँ'।

अविनाश की माँ ने मुस्कुराते हुए कहा-

'मेरे दिल में भी एक बात है, लेकिन पहले आप अपनी बात बताइये'।

कमली की माँ ने थोड़ा सकुचाते हुए कहा-

'अविनाश और कमली एक दूसरे के बहुत अच्छे दोस्त हैं और शायद मन ही मन एक दूसरे को पसंद करते हैं। अगर आप लोगों को उचित लगे तब क्यों न इन दोनों को हम एक बंधन में बांध दें'।

अविनाश की मम्मी और उसके पापा, दोनों मुस्कुराए। अविनाश की मम्मी ने कहा-

'मैं इसी बात के लिए आपको बार-बार यहाँ बुला रही थी। पिछली बार जब कमली यहाँ आई थी, तभी से हम दोनों ने अपने मन में सोच रखा था कि कमली को अपनी बहू बना कर अपने घर लाएँगे। वैसे मेरे घर में वह बहू नहीं, बेटी की तरह रहेगी'।

कमली की माँ की आँखें डबडबा गईं। उन्होंने बगल में बैठी अविनाश की मम्मी का हाथ पकड़ कर कहा-

'आप दोनों को बहुत धन्यवाद। कमली को बहू बना कर आप हमलोगों पर बहुत बड़ा उपकार करेंगे। हम लोग बहुत साधारण घर के हैं। फिर भी जो बन पाएगा, मैं कमली के लिए करूंगी'।

इस बार अविनाश के पापा ने जवाब दिया-

'अरे, इसमें उपकार कैसा बहन जी। दरअसल, कमली जैसी बहू पाकर हमलोग धन्य हो जाएँगे। आपको बस अपनी बेटी को विदा करना है। बाकी सभी इंतजाम हमलोग करेंगे'।

अविनाश के पापा ने थोड़ा सोच कर कहा-

'अब यह सोचना है कि इनकी शादी कब हो। मुझे लगता है अगर ये राजी हुए, तब भी बिना एमबीबीएस पास किए, दोनों शादी के लिए तैयार नहीं होंगे। अगर ये तैयार हों, तब इस साल जाड़ों में हम इनका एंगेजमेंट कर दें और अगले साल रिज़ल्ट निकलने के बाद जाड़ों में शादी। इनसे पूछ कर आज ही तय कर लेते हैं। आज मौका अच्छा है'।

थोड़ी देर में अविनाश कमली को लेकर लॉन में वापस आ गया। अविनाश की माँ ने कमली से पूछा-

'बेटा, कैसा लगा घर। पसंद आया'।

कमली ने मुस्कुराकर कहा-

'घर के अंदर देख कर विश्वास नहीं होता है कि मैं गाँव में हूँ। आप लोगों ने इसे पूरी तरह मॉडर्न घर बना दिया है। मुझे बहुत अच्छा लगा'।

अविनाश की मम्मी ने कहा-

'ये घर अब तुम्हारा भी होने वाला है'।

कमली ने आश्चर्य से अविनाश की मम्मी को देखा। उन्होंने आगे कहा-

'आज तुम दोनों की माँ यहाँ बैठी हैं। तुम दोनों अपनी-अपनी माँ का कहा बहुत मानते हो। आज हम दोनों ने यह सोचा है कि तुम दो दोस्तों को एक बंधन में बांध दिया जाये। बताओ कमली कैसा रहेगा'।

कमली ने अपनी माँ की तरफ देखा और मुस्कुराकर चुप बैठी रही। तब अविनाश के पापा ने अविनाश से कहा-

'अरे तू कुछ बोलेगा, हमलोग तुम दोनों की शादी की बात कर रहे हैं। मैं जानता हूँ कि तुम लोग अभी तैयार नहीं होगे, लेकिन हमलोग इस साल के अंत में तुम दोनों का एंगेजमेंट कर देना चाहते हैं और अगले एक साल के बाद शादी। क्या तुम दोनों को मंजूर है'।

अविनाश और कमली एक दूसरे की तरफ देखने लगे। अविनाश ने कुछ देर रुक कर कहा-

'मुझे इसके बारे में कुछ नहीं कहना है, आपलोग जो बेहतर समझें। वैसे कमली क्या चाहती है, यह जानना जरूरी है'।

यह सुन कर कमली की माँ ने कमली से कहा-

'बेटा, मैं बहुत दिनों से तुम दोनों को देख रही हूँ। तुम दोनों एक दूसरे को पसंद करते हो और एक दूसरे के बिना रह नहीं पाते। लेकिन शायद तुम दोनों यह बात एक दूसरे से बोल नहीं पा रही हो। इसलिए आज हम बड़े लोगों ने इसे देख कर तुम दोनों की शादी की बात सोची है। हमलोग तुम दोनों की मर्जी के बिना कुछ नहीं करेंगे। अब मैं तुम्हारी राय जानना चाहती हूँ'।

कमली ने अपनी माँ की बात सुन कर सिर्फ सिर झुका लिया और बहुत देर तक कुछ नहीं बोली। माँ के दोबारा पूछने पर उसने कहा-

'माँ मैं आपकी बात नहीं टाल सकती। आपलोग जो उचित हो वह करें, लेकिन अभी हमलोगों को पहले अपनी पढ़ाई पूरी करने दें'।

अविनाश के पापा ने कहा-

'हमलोग तुम दोनों की पढ़ाई में बाधा नहीं डालना चाहते हैं, इसलिए मैंने पहले कहा, इस साल दिसम्बर में तुम दोनों का एंगेजमेंट हो जाये और उसके एक साल बाद दिसम्बर में एमबीबीएस का रिज़ल्ट निकलने पर शादी। बताओ बच्चों, तुम दोनों तैयार हो'।

कमली ने अविनाश की ओर देखा। अविनाश ने तब कुछ सोच कर मुस्कुराकर कहा-

'ठीक है'।

अविनाश की मम्मी ने उठ कर टेबल से मिठाई का प्लेट उठाया और कमली की माँ की तरफ बढ़ाकर कहा-

'बधाई हो बहन जी, रिश्ता पक्का हुआ, लीजिये मुंह मीठा कीजिये'।

कमली की माँ ने मिठाई का एक टुकड़ा उठा कर पहले अविनाश की मम्मी को मुंह में खिलाया और कहा-

'आप दोनों को भी बधाई। आपको बहुत धन्यवाद'।

अविनाश के पापा ने उठ कर कमली और अविनाश को एक साथ गले लगाया, फिर मिठाई के प्लेट से एक टुकड़ा उठाकर पहले कमली और अविनाश को खिलाया, फिर उन्होंने बचा हुआ टुकड़ा खुद खाया। उसके बाद उन्होंने कमली की ओर देख कर कहा-

'हमारी कोई बेटी नहीं है। मुझे बहुत खुशी है कि हमें तुम जैसी बेटी मिलने जा रही है'।

माँ के इशारे पर कमली ने अविनाश के पापा और मम्मी के एक बार फिर पैर छुए। अविनाश ने कमली की माँ का पैर छुआ। इस बीच अविनाश की मम्मी घर के अंदर से जाकर एक छोटा-सा गिफ्ट का पैकेट ले आईं। उन्होंने कमली को बुलाकर उसके हाथ में देते हुए कहा-

'बेटा ये शगुन के तौर पर हमलोगों की तरफ से एक छोटा-सा गिफ्ट है, तुम्हारे लिए। मैंने पहले ही इसे खरीद लिया था। इसे खोल कर देखो, शायद तुम्हें पसंद आएगा'।

कमली ने गिफ्ट खोल कर देखा। उसमें एक हीरे जड़ा पेंडेंट था, जो सोने की चेन में लगा था। कमली ने माँ की ओर देखा। उन्होंने आँख से इशारा कर उसे रखने के लिए कहा। कमली की माँ ने भी अपने पर्स से रुपयों का एक लिफाफा निकाला और अविनाश को नजदीक बुलाकर उसके हाथ में दिया। कमली की माँ की आँखों में आँसू थे। उन्हें देख कर अविनाश की माँ ने कहा-

'अरे बहन जी, यह तो खुशी का मौका है, आप रो क्यों रही हैं'।

कमली की माँ ने कहा-

'खुशी के मारे मेरी आखें नम हो गईं'।

थोड़ी देर बाद सभी जीप से खेतों की ओर चले गए, जहां दिन के खाने का कार्यक्रम था। तीनों बड़े लोग वहाँ लगी टेंट में कुर्सी लगा कर बैठ गए। कमली अविनाश के साथ खेत में लगी फसल देखने के लिए आगे बढ़ गयी।

चलते-चलते अविनाश ने कमली से कहा-

'इस फैसले से तुम खुश हो'।

कमली ने सिर झुकाकर सिर्फ हाँ में सिर हिलाया। अविनाश ने उसके हाथ पकड़ कर कहा-

'मैं आज बहुत खुश हूँ। मुझे तुम जैसी जीवन साथी मिलने जा रही है'।

कमली ने कहा-

'मैं भी तुम जैसा कोई अपने जीवन में चाहती थी, जो मुझे समझ सके'।

दोनों एक खेत की मेड़ पर बैठ गए। कमली ने अपना सिर अविनाश के कंधे पर रख दिया। उसके बाद दोनों बहुत देर तक बातें करते रहे।

दिन का खाना खाते-खाते तीन बज गए। सभी वापस अविनाश के घर आ गए। अब कमली के निकलने का वक़्त हो गया था। टैक्सी तैयार थी। अविनाश की मम्मी ने कमली की माँ के लिए साड़ी का एक गिफ्ट दिया, साथ में अपनी तरफ से मिठाई और फल का टोकरा भी टैक्सी में रखा गया। कमली ने चलते वक़्त अविनाश के पापा-मम्मी को प्रणाम किया। दोनों टैक्सी में बैठ कर चार बजे तक वहाँ से रवाना हो गए। साढ़े पाँच बजे तक दोनों घर आ गए थे। कमली ने अविनाश को फोन कर बता दिया कि वह घर पहुँच गयी है।

अचानक हुए इस फैसले को कमली अपने गले के नीचे नहीं उतार पा रही थी। रात को सोते वक़्त वह अविनाश के घर पर हुई बातों को सोचती रही। उसे अविनाश पसंद था, लेकिन इतने दिनों पहले शादी तय हो जाने की उसने नहीं सोची थी। फिर भी वह यह सब सोच कर खुश हो रही थी। उसे अब महसूस हो रहा था कि वह मन ही मन अविनाश से प्यार करने लगी थी।

होली के बाद कॉलेज खुल गए थे। अविनाश वापस अपने हॉस्टल आ गया था। इस बीच कमली से उसने कई बार फोन से बात की। कॉलेज खुलने के एक दिन पहले अविनाश ने कमली को फोन कर पूछा-

'क्या हमें कॉलेज में अपने करीबी दोस्तों को शादी की बात बतानी है'।

कमली ने जवाब दिया-

'कुछ खास दोस्तों को नदी के किनारे 'लव पॉइंट' पर जाकर एक साथ बता देंगे'।

कमली को पहले दिन कॉलेज में कुछ अटपटा-सा लग रहा था। वह जब भी अविनाश की ओर देखती, उसके मुंह से हंसी निकल जा रही थी। अविनाश भी कमली को देख कर मुस्कुरा देता। कमली की दोस्त किरण ने दोनों को मुस्कुराते एक साथ देख लिया था। वह कमली के बगल में बैठी थी। उसने कमली को अपनी कोहनी मारी और धीरे से पूछा-

'क्या बात है दोनों बहुत खिल रहे हो, होली की हुड़दंग में कुछ खास प्यार हो गया तुम दोनों में'।

कमली ने मुस्कुराकर उसे भी कोहनी मारी और कहा-

'हाँ, होली में कुछ खास हुआ है, तुम्हें बाद में बताऊँगी'।

किरण ने उसकी तरफ आँख तरेर कर देखा और कहा-

'मुझसे रहा नहीं जा रहा है, जल्दी बताओ'।

कमली ने जवाब दिया-

'अभी नहीं लंच के समय बताऊँगी, अभी पढ़ाई में ध्यान लगाओ'।

लंच के समय कैंटीन में खाना खाते वक़्त किरण बहुत व्याकुल थी। वह जल्दी से कमली की वह खास बात सुनना चाहती थी। कमली उसे देख कर बस मुस्कुरा भर दे रही थी। अविनाश दूसरे टेबल पर अपने दोस्तों के साथ बैठा था। वह बार-बार कमली की ओर देख कर मुस्कुरा देता।

कैंटीन से लंच खत्म कर अविनाश अपने दोस्तों के साथ और कमली अपनी दोस्तों के साथ नदी के किनारे 'लव पॉइंट' पहुंचे। वहाँ अविनाश ने सबसे पहले बात शुरू की। उसने कहा-

'दोस्तों, आज हम आपके सामने अपने और कमली के बारे में कुछ बताने जा रहे हैं। हमारे माता-पिता ने यह तय किया है कि अगले साल दिसम्बर में हम दोनों की शादी होगी। उसके पहले इस साल दिसम्बर में एंगेजमेंट होगा'।

सभी ने जोरदार तालियाँ बजाईं। किरण ने कहा-

'तुम लोगों की होली बहुत जोरदार रही, इतनी जल्दी सब कुछ तय कर लिया और हमलोगों को कानो-कान खबर तक नहीं हुई'।

कमली ने कहा-

'हमलोग इतनी जल्दी तैयार नहीं थे, लेकिन माँ-बाप का कहना मानना जरूरी था'।

अविनाश के एक दोस्त ने कहा-

'इतनी बड़ी बात, बिना पार्टी के नहीं मानेंगे'।

अविनाश ने कहा-

'बिलकुल पार्टी होगी, कल दोपहर बाद क्लास नहीं होने वाले हैं। हम सब लंच के लिए कहीं बाहर चलेंगे'।

सभी दोस्तों ने बारी-बारी से कमली और अविनाश को बधाई दी।

अगले दिन अविनाश सभी को लेकर एक अच्छे रेस्तरां में गया। करीब दस लोग थे। वहाँ सब ने जम कर पार्टी की। अविनाश और कमली के लिए एक दोस्त ने केक का इंतजाम किया था। खाने-पीने के बाद दोनों ने केक काटा। लगभग दो घंटे के बाद सभी वहाँ से निकले।

अविनाश कमली के पीछे-पीछे उसके घर तक छोड़ने गया। घर के बाहर पहुँच कर वे दोनों वहाँ बहुत देर तक बातें करते रहे। कमली के ट्यूशन क्लास का वक़्त होने लगा था। वह अविनाश को विदा कर घर आ गयी।

सत्रह

नवंबर का महीना आ गया था। इस बीच कमली की माँ ने कमल को कमली के एंगेजमेंट और उसकी शादी तय करने की बात बता दी थी। कमल ने उनसे कहा था कि एंगेजमेंट की तैयारी करने के वक़्त वे पटना आ जाएँगे।

इधर कमली फोर्थ इयर के आखिरी दो सेमेस्टर के इम्तहान की तैयारी कर रही थी। अब अविनाश ज़्यादातर कमली के यहाँ शाम में आ जाता और दोनों साथ-साथ इम्तहान की तैयारी करते। कमली की माँ ने धीरे-धीरे एंगेजमेंट की तैयारी शुरू कर दी थी। कमली ने इसके लिए अपनी कमाई से कुछ पैसे निकाल कर अलग कर लिए थे।

एक दिन छुट्टी वाले दिन अचानक सुबह के वक़्त कमली के मामाजी आये। अपनी दीदी को देख कर उसने कहा-

'अरे दीदी, आपने चुपचाप बड़ी जल्दी कमली की शादी तय कर ली। लड़का कैसा है'।

कमली की माँ ने कहा-

'मैंने सिर्फ अपने मन में सोचा था, लेकिन अचानक उस दिन अविनाश के घर जाने का मौका मिला और वहाँ दस मिनट में शादी

पक्की हो गयी। अविनाश कमली के साथ पढ़ता है और बहुत अच्छा है। अभी थोड़ी देर में वह आ जाएगा, तब तुम उसे देख लेना'।

कमल ने कमली को कहा-

'बेटा, तुम्हारी शादी की बात सुनकर मैं बहुत खुश हूँ। मैं आज इसीलिए आया हूँ कि तुमलोगों को बाजार ले जाकर एंगेजमेंट की तैयारी करूँ। तुमलोग जल्दी से तैयार हो जाओ'।

थोड़ी देर में अविनाश कमली के घर आ गया। कमली ने मामाजी को देख कर अविनाश से कहा-

'ये मेरे मामाजी हैं, मैंने तुम्हें इनके बारे में बताया था'।

अविनाश ने आगे बढ़ कर कमल के पैर छुए। दोनों आपस में बातें करने लगे। थोड़ी देर बाद कमल अपनी गाड़ी से कमली, उसकी माँ और अविनाश को लेकर बाजार निकल गया। सबसे पहले एंगेजमेंट के दिन कमली के ड्रेस के लिए एक अच्छी दुकान पर सभी गए। कई कपड़ों को देखने के बाद सभी को एक बहुत खूबसूरत लहंगा पसंद आया थ। कमली ने जब कपड़े की दुकान में उसे पहन कर दिखाया था, तब अविनाश उसे देखता रह गया था। लहंगा कुछ ज्यादा महंगा था। कमली ने पहले मना कर दिया, लेकिन कमल के बहुत ज़ोर देने पर वह तैयार हुई। इसके बाद अविनाश के लिए कुछ ड्रेस खरीदे गए। इन सब के पैसे कमली ने दिये। कमल ने अपनी तरफ से पैसे देने का बहुत ज़ोर दिया, लेकिन कमली नहीं मानी।

अब एंगेजमेंट के लिए अंगूठी लेने की बारी थी। जौहरी की दुकान पर कमली को अविनाश के लिए एक हीरे की अंगूठी पसंद आयी। इस बार अंगूठी महंगी होने के कारण अविनाश ने मना कर दिया। लेकिन इस बार कमल नहीं माना। उसने दोनों के मना करने के बावजूद अंगूठी अपनी तरफ से खरीद ली। इसके साथ-साथ अविनाश

के पापा-मम्मी के लिए कपड़े लिए गए। अविनाश के रिश्तेदारों के लिए अलग से कुछ गिफ्ट खरीदे गए। तीन-चार घंटे की ख़रीदारी के बाद सभी घर वापस लौट आए। कमली की माँ ने अविनाश को दिन का खाना खिलाकर भेजा।

इस बीच एक दिन अविनाश ने फोन किया कि उसके पापा-मम्मी एंगेजमेंट की ख़रीदारी के लिए शहर आ रहे हैं और वे कमली के घर पर आना चाहेंगे। अविनाश ने इसके लिए खास कर शनिवार का दिन चुना था, जिससे कमली की छुट्टी रहे। वैसे कमली की माँ यह सुनकर थोड़ी घबड़ा गयी थी कि पता नहीं यहाँ छोटे से पुराने घर को देख कर वे लोग क्या सोचें। अविनाश को कमली की माँ ने यह बात बताई थी। अविनाश ने हँसते हुए कहा था कि उसके पापा-मम्मी बहुत साधारण लोग हैं और उन्हें कमली का घर अच्छा लगेगा।

शनिवार को लगभग ग्यारह बजे अविनाश के पापा-मम्मी कमली के घर आए। अविनाश भी साथ में था। कमली और उसकी माँ ने घर को अपने हिसाब से सजा दिया था। वे लोग इस बार फिर अपने साथ बहुत सारी मिठाइयाँ और फल लेकर आए थे। कमली के लिए अलग से साड़ी थी। कमली ने दोनों के पैर छुए।

बाहर वाले कमरे में सभी के बैठ जाने के बाद अविनाश के पापा ने कहा-

'हमलोग यहाँ एंगेजमेंट की खरीदारी के साथ-साथ आपलोगों से मिलने आए हैं। मुझे अविनाश ने बताया था कि कमली यहाँ गरीब बच्चों को मुफ्त में ट्यूशन पढ़ाती है। मुझे सुन कर बहुत अच्छा लगा। इसके साथ-साथ वह सुबह कोचिंग क्लास भी जाती है। मैं हैरान हूँ कि इस उम्र में कमली इतना कुछ कर रही है। हमलोग आपके परिवार से रिश्ता जोड़ कर वाकई बहुत खुश हैं'।

अविनाश के पापा ने तब कमली से ट्यूशन और कोचिंग क्लास के बारे में विस्तार से जाना। कमली ने उन्हें एक-एक बात बताई। उसके बाद अविनाश की मम्मी ने कमली की माँ से कहा-

'बहन जी, आप एंगेजमेंट को लेकर बिलकुल परेशान न हों। हमलोग बीच-बीच में आकर सारी तैयारी कर लेंगे। आपको और कमली को बस उस दिन आना है। हमने पंडित जी से दिन दिखाकर दिसम्बर की चौबीस तारीख तय की है। रविवार का दिन है, इसलिए किसी को आने में तकलीफ नहीं होगी। आज हमलोगों ने यहाँ के एक होटल के हॉल को एंगेजमेंट के लिए बुक कर दिया है। हमारी तरफ से मेरे कुछ रिश्तेदार और इनके कुछ दोस्त होंगे, बाकी अविनाश और कमली अपनी तरफ से तय कर अपने दोस्तों को बुला लेंगे। आप के रिश्तेदार होंगे। मुझे लगता है करीब सौ लोग रहेंगे'।

कमली की माँ ने अविनाश की मम्मी का हाथ पकड़ कर कहा-

'आपलोग हमलोगों के लिए इतना कर रही हैं, मैं क्या कहूँ, आप हमारे लिए भगवान बन कर आई हैं'।

कमली की माँ ने काम वाली और कमली के साथ मिलकर सबके लिए दिन का खाना बनाया था। सभी ने बाहर के कमरे में सोफ़े पर बैठ कर खाया। खाने के बाद अविनाश की माँ कमली को अपने पास बिठाकर उससे उसकी पसंद-नापसंद के बारे में पूछ रही थीं। कमली ने दोनों को अपना घर घूम कर दिखाया। बाहर ट्यूशन के क्लास की जगह भी उन्हें दिखाई। शाम की चाय पीने के बाद वे दोनों अविनाश के साथ विदा हो गए।

इस बीच कमली ने एक दिन सोचा कि वह अतुल को अपनी शादी की बात बता दे। उसने अतुल को फोन किया। कई बार फोन करने पर अतुल ने उठाया। कमली ने कहा-

‘कैसे हो अतुल’।

अतुल ने उधर से जवाब दिया-

‘मैं यहाँ ठीक हूँ, तुम कैसी हो, बहुत दिनों से तुमसे बात नहीं कर सका, वहाँ सब कैसे हैं’।

कमली ने कहा-

‘मैं ठीक हूँ, मैं तुम्हें एक बात बताना चाहती हूँ, अगली चौबीस तारीख को मेरा एंगेजमेंट हो रहा है, अविनाश के साथ’।

अतुल थोड़ा रुका, फिर उसने कहा-

‘अरे, अचानक, मुझे पहले नहीं बताया, शादी कब है’।

कमली ने जवाब दिया-

‘मेरे एमबीबीएस के रिज़ल्ट के बाद शादी अगले साल दिसम्बर में होगी’।

अतुल ने कहा-

‘मैं बहुत खुश हूँ, तुम्हें अविनाश जैसा लड़का मिला। तुम दोनों को बधाई। मुझे शादी में बुलाना मत भूलना’।

कुछ देर बात करने के बाद कमली ने फोन रख दिया।

नवंबर के आखिरी सप्ताह में कमली और अविनाश के फोर्थ इयर के यूनिवर्सिटी के इम्तहान हुए और दिसम्बर की पंद्रह तारीख तक रिज़ल्ट निकल गए। दोनों का एक बार फिर रिज़ल्ट बहुत अच्छा रहा। कमली के साथ इम्तहान की तैयारी करने के कारण अविनाश के नब्बे प्रतिशत से ज्यादा नंबर आए। कमली को पंचानवे प्रतिशत नंबर मिले।

कमली और अविनाश दिसम्बर की बीस तारीख तक कॉलेज के अपने नजदीकी दोस्तों को फोन से एंगेजमेंट का निमंत्रण दे चुके थे।

कमली की माँ ने कमल को अपनी पत्नी के साथ गाँव से एंगेजमेंट के दो दिनों पहले आने के लिए कहा था, इसलिए दोनों बाईस तारीख की सुबह-सुबह पहुँच गए। दो दिनों में कमल ने कमली की माँ के साथ मिलकर मिठाई, फल की ख़रीदारी और गिफ्ट वगैरह की पैकिंग कर ली थी।

एंगेजमेंट के दिन सुबह अविनाश ने कमली को फोन कर बताया कि होटल में शाम साढ़े छह बजे तक पहुँच जाना है। कमली के घर से सभी लोग साढ़े पाँच बजे तक तैयार हो गए थे। कमली ने उस दिन के लिए खास कर खरीदा गया लहंगा पहना। वह बहुत खूबसूरत दिख रही थी। उसके बाल भी अब कंधों तक थे। खुले बाल और मेकअप में कमली की सुंदरता और निखर गयी थी। माँ ने उसे एक बार फिर काला टीका लगा दिया था। कमली को लहंगा पहनने की आदत नहीं थी। लहंगा लंबा होने के कारण वह बार-बार उसे संभालती। कमली ने घर से निकलते वक़्त पूजा के स्थान पर जाकर सिर झुकाया। उसके बाद उसने अपने पापा की तस्वीर के सामने हाथ जोड़े। प्रणाम करते-करते उसकी आँखों से आँसू छलक आए थे। अपनी ओढनी के कोने से आँसू पोंछ कर वह घर के बाहर निकल गयी। छह बजे सभी कमल की गाड़ी से रवाना हो गए।

अविनाश के पापा-मम्मी कमली और उसकी माँ की आगवानी करने के लिए होटल के रिसेप्शन पर खड़े थे। अविनाश की मम्मी ने कमली का स्वागत फूलों का गुलदस्ता दे कर किया। कमली के लिए उनलोगों ने होटल में एक कमरा बुक करा दिया था। वे उसे उस कमरे में लेकर गए।

इधर होटल के हॉल में अविनाश के पापा ने बहुत अच्छी सजावट कराई थी। हॉल में दो भाग में कुर्सियाँ लगी थीं, जिन पर हल्के गुलाबी रंग के कवर चढ़े थे। कुर्सियों के सामने एक बड़ा-सा

स्टेज बनाया गया था, जिसके पीछे फूलों की सजावट थी। स्टेज पर दो बड़ी-बड़ी कुर्सियाँ रखी थीं। दूसरे कोने में खाने-पीने का इंतजाम था। हॉल में मधुर संगीत बज रहा था।

सात बजे के थोड़ी देर बाद मेहमान आने शुरू हो गए। कमली की सहेलियों को सीधे उसके कमरे में भेज दिया गया। कमली की माँ, मामाजी और मामीजी हॉल में आ गए। अविनाश अपने दोस्तों के साथ बैठा था। उसने आज के लिए खास शेरवानी पहन रखी थी। हौल में मेहमानों के लिए स्नैक्स और जूस वगैरह दिये जा रहे थे।

लगभग सभी मेहमान के आ जाने के बाद कमली को कमरे से नीचे बुलाया गया। वह अपनी चार दोस्तों के साथ आई। कमली के आने पर अविनाश ने उसका हाथ थामा और उसे स्टेज पर ले गया। दोनों कुर्सी पर बैठ गए। अविनाश के पापा ने एक पंडित जी को इस अवसर के लिए बुला लिया था। पंडित जी ने पहले स्टेज पर बैठ कर कमली और अविनाश से पूजा कराई। करीब आधे घंटे में उनकी पूजा खत्म हुई। उसके बाद अविनाश और कमली की माँ स्टेज पर गईं। उनके साथ वहाँ मौजूद और लड़कियां भी एक-एक कर स्टेज पर चली गईं। अब दोनों को आपस में एंगेजमेंट की अंगूठी पहनाने की बारी थी। सभी मेहमान स्टेज के सामने खड़े हो गए। अविनाश के पापा सबसे सामने थे। लड़की वालों की तरफ से कमली की माँ, उसकी मामीजी और कमली की कुछ दोस्त थीं। अविनाश की तरफ से उसकी मम्मी और उनके रिश्तेदार की तरफ से महिलाएं थीं।

अंगूठी को दोनों तरफ से एक-एक प्लेट में फूलों के बीच रखा गया था। पहले अविनाश की तरफ से पहल हुई। उसकी मम्मी ने कमली को पहनाने वाली अंगूठी का प्लेट उसकी तरफ बढ़ाया। अविनाश ने डिब्बे से अंगूठी निकाली। कमली की दोस्तों ने कमली को हाथ बढ़ाने से पहले मना कर दिया। उनका कहना था, अविनाश पहले

घुटने पर बैठे और कमली से उसका हाथ मांगे। अविनाश मुस्कुराया, फिर वह अपने घुटने पर बैठा और बड़े फिल्मी अंदाज में उसने कमली की तरफ हाथ बढ़ाया। कमली ने सकुचाते हुए अपना हाथ आगे बढ़ा दिया। अविनाश ने कमली के बाएँ हाथ की तीसरी उंगली में अंगूठी पहना दी। हाल में सभी ने ताली बजाई। उसके बाद कमली की बारी थी। उसने प्लेट में रखे डिब्बे को खोला और उसमें से अविनाश की अंगूठी निकाली। अविनाश तब तक वैसे ही घुटनो पर बैठा था। कमली ने मुस्कुराते हुए अपना हाथ आगे बढ़ा कर पहले उसे खड़ा किया, उसके बाद उसने अविनाश के दायें हाथ की तीसरी उंगली में अंगूठी पहना दी। एक बार फिर मेहमानों ने ताली बजाई।

अविनाश की मम्मी ने आगे बढ़ कर कमली की माँ को गले लगाया। कमली की माँ की आँखों में आँसू थे। उन्होंने बड़ी मुश्किल से अपने आप को संभाला और आगे बढ़ कर अपनी तरफ से लाये गिफ्ट के पैकेट अविनाश की मम्मी के हवाले किए। उसी तरह अविनाश की मम्मी ने भी कमली और उसके परिवार वालों के लिए लाये तोहफे कमली की माँ के हाथ में दिये। दोनों तरफ से लायी गयी मिठाई, मेवे और फल की टोकरियों का भी आदान-प्रदान हुआ।

अविनाश और कमली ने खड़े होकर अकेले अलग-अलग पोज़ में फोटो खिंचाए। उसके बाद दोनों ने बारी-बारी से स्टेज पर मौजूद सभी बड़ों के पैर छुए। तबतक अविनाश के पापा भी स्टेज पर आ चुके थे। उन्होंने दोनों को आशीर्वाद दिया। दोनों के साथ पहले अविनाश के परिवार वालों के फोटो हुए और उसके बाद कमली के परिवार के लोगों के साथ तस्वीरें ली गईं। बाद में बाहर से आए मेहमानों ने एक-एक कर दोनों को बधाई दी। इस बीच कमली की दोस्तों ने अविनाश के साथ चुहलबाजी शुरू कर दी थी। किरण ने कमली को अलग हटाकर अविनाश के साथ कुर्सी पर बैठ कर तस्वीर खिंचाई।

लगभग आधे घंटे के बाद स्टेज का माहौल शांत हुआ। अविनाश और कमली स्टेज से नीचे आ गए और मेहमानों से मिलने लगे। उसके थोड़ी देर बाद खाना-पीना शुरू हुआ। अविनाश और कमली अपने दोस्तों के साथ एक टेबल पर बैठे। उसी तरह अविनाश के पापा-मम्मी और कमली की माँ, मामाजी और मामीजी ने एक टेबल पर बैठ कर खाना खाया। पूरा कार्यक्रम रात के ग्यारह बजे तक चला।

कमली और अविनाश के एंगेजमेंट की बात कॉलेज में लगभग सभी को पता चल गयी थी। छुट्टियों के बाद कॉलेज खुलने पर जूनियर क्लास के स्टूडेंट के अलावा कई टीचर ने कमली को बधाई दी थी।

अब एमबीबीएस कोर्स का आखिरी साल था। एक साल तक इंटर्नशिप करना था। इसके अंतर्गत एक साल में पहले तीन महीने में कम्यूनिटी मेडिसिन की ट्रेनिंग थी। उसके बाद दो महीने के लिए सर्जरी, जिसमें शरीर के मुख्य अंगों के अलावा हड्डी रोग भी शामिल था, फिर दो-दो महीने सामान्य मेडिसिन और महिला रोग की ट्रेनिंग थी। इसके बाद पंद्रह-पन्द्रह दिन की ट्रेनिंग में बच्चो का रोग, आँख, कान, नाक, गला तथा त्वचा रोग शामिल था। इन सब में सभी स्टूडेंट को बकायदा अस्पताल के वार्ड में ड्यूटी करनी थी। आखिरी पंद्रह दिनों में स्टूडेंट की ड्यूटी एमर्जेंसी वार्ड में लगाई जाती थी। इस तरह पूरे एक साल की ट्रेनिंग के बाद एमबीबीएस की डिग्री दी जाती थी। इसके साथ मेडिकल काउंसिल में रजिस्ट्रेशन कराना जरूरी था। इंटर्नशिप के दौरान स्टूडेंट को प्रति महीना छह हजार रुपये दिये जाते थे। इन सब ट्रेनिंग के लिए पूरे बैच को चार ग्रुप में बाँट दिया गया था। एक ग्रुप में पच्चीस स्टूडेंट थे। कमली और अविनाश का एक ग्रुप था।

सबसे पहले कम्यूनिटी मैडिसिन की ट्रेनिंग थी। इसके तहत अलग-अलग ग्रुप को पास के गाँव के प्राथमिक स्वास्थ्य केंद्र में

जाकर वहाँ के लोगों की बीमारी के बारे में जानना और उनका इलाज करना था। इसके अलावा बच्चों को पोलियो का टीकाकरण तथा अन्य टीके लगाने का काम भी था।

अविनाश ने अपनी तरफ से पहल कर अपने ग्रुप की ट्रेनिंग अपने गाँव में करा ली। कमली के लिए यह नया अनुभव था। उसे गाँव में गरीबों का इलाज करना अच्छा लगता था। पहले दिन दोनों अपने ग्रुप के साथ बस से सुबह सात बजे रवाना हुए। एक घंटे में वे गाँव पहुँच गए। प्राथमिक केंद्र सुबह नौ बजे खुलता था। इस बीच अविनाश ने अपने घर से गाड़ी बुला ली थी। वह कमली को लेकर अपने घर चला गया। कमली को इस बार अविनाश के घर आना अच्छा लग रहा था। अविनाश के मम्मी-पापा उन्हें देख कर बहुत खुश हुए। जल्दी से अविनाश की मम्मी ने उन्हें नाश्ता करा दिया। उसके बाद दोनों स्वास्थ्य केंद्र पहुँच गए।

प्राथमिक स्वास्थ्य केंद्र पर मरीजों की लंबी लाइन लगी थी। वहाँ पहले से दो डॉक्टर मौजूद रहते थे। कमली और उनके ग्रुप में दो डॉक्टर के नेतृत्व में मरीजों का बंटवारा हो गया। हर ग्रुप में पाँच स्टूडेंट थे और उनके जिम्मे शुरू में दस मरीज थे। डॉक्टर ने ग्रुप के सभी स्टूडेंट को मरीज देखने का तरीका पहले समझा दिया था। कमली और अविनाश के जिम्मे पहली मरीज एक महिला थी, जिसे सर्दी, खांसी के साथ बुखार था। कमली ने पहले उससे उसकी बीमारी की बात की। फिर उसकी नब्ज देखी और स्टेथो से उसके कलेजे की जांच की। अविनाश ने गले वगैरह की जांच की। उसके बाद दोनों ने डॉक्टर को मरीज के बारे में बताया। डॉक्टर ने उनकी बात सुन कर मरीज के लिए दवा लिख दी। इस तरह से बाकी मरीजों की जांच ग्रुप के पांचों स्टूडेंट ने मिलकर की। कमली के लिए यह नया अनुभव था। वह मरीजों से बहुत अच्छी तरह बात कर रही थी। उसे महसूस

हुआ कि उसके मामाजी के गाँव में यह सुविधा नहीं के बराबर थी। उस हिसाब से अविनाश का गाँव स्वास्थ्य सेवा में बहुत आगे था।

कमली और अविनाश के ग्रुप में किरण और राकेश भी थे। स्वास्थ्य केंद्र में साढ़े बारह से ढाई बजे तक लंच की छुट्टी होती थी। अविनाश ने किरण और राकेश को भी अपने घर लंच पर बुला लिया। कमली और किरण लंच के बाद बहुत देर तक अविनाश की मम्मी से गप्पें लड़ाते रहे। कमली ने अपनी माँ से फोन कर उनका हाल-चाल जान लिया था। लंच के बाद फिर मरीज देखने का सिलसिला चला। पहले दिन कमली के ग्रुप ने कुल बीस मरीज देखे। पाँच बजे अविनाश और कमली वापस शहर के लिए निकल गए।

शहर से सुबह गाँव आकर मरीज देखना और शाम को वापस लौटने का सिलसिला चलता रहा। कमली ने इस बीच कई तरह के मरीज देखे, जिन्हें कई अलग तरीके के रोग थे। उसे महसूस हुआ कि गाँव में बीमारी को लेकर अभी भी मरीजों में लापरवाही थी।

इधर कुछ दिनों से कमली की माँ की थकावट की बीमारी फिर से शुरू हो गयी थी। थोड़ा सा काम करने पर वे हाफनें लगतीं और जल्दी थक जाती थीं। कमली की रोज की ड्यूटी के कारण उन्होंने अपनी तकलीफ उससे नहीं बताई। कमली को थोड़ा आभास जरूर हुआ था। उसने माँ से पूछा भी था, लेकिन वे बात को टाल गयी थीं।

गाँव जाने के कार्यक्रम का तीन महीना पूरा होने में पाँच दिन बाकी थे। रोज की तरह कमली और अविनाश सुबह गाँव के लिए निकल गए थे। उस दिन मरीजों की भीड़ ज्यादा थी। कमली सुबह से एक-एक कर उन्हें देख रही थी। उसने अपनी मोबाइल को अपने पर्स में रख दिया था।

इधर कमली की माँ काम वाली की मदद से किचेन में दिन का खाना बना रही थीं। काम लगभग पूरा होने वाला था। तभी उनकी

आँखों के सामने अंधेरा-सा छाने लगा। उन्हें लगा कि वे अब गिर जाएंगी। काम वाली ने उन्हें इस हालत में देखा। उसने उन्हें सहारा दिया और उन्हें लेकर उनके कमरे में आ गयी। उसने उन्हें बिस्तर पर लिटा दिया। कमली की माँ को बहुत कमजोरी महसूस हो रही थी। उन्होंने बहुत देर तक अपने आप को संभालने की कोशिश की। काम वाली ने उनके तलवे रगड़ने शुरू किए। जब उन्हें लगा कि उनकी तबीयत ठीक नहीं है, तब उन्होंने काम वाली को कमली को फोन करने के लिए कहा। उसने कमली की माँ के फोन से कमली को फोन मिलाया।

कमली मरीज देखने में व्यस्त थी। उसे फोन की घंटी सुनाई नहीं दी। लगभग आधे घंटे के बाद मरीज थोड़े कम हुए। कमली पसीने से तरबतर थी। उसने अपने पसीने को पोछने के लिए पर्स खोल कर रुमाल निकालना चाहा। उसका फोन पर्स से नीचे गिर गया। उसने फोन उठाया तब उसे पता चला कि उसकी माँ के पाँच मिस्ड कॉल थे। वह घबड़ा गयी। वह वहाँ से उठ कर बाहर निकली। उसने तुरंत फोन लगाया। उधर से माँ की जगह काम वाली ने फोन उठाया। कमली तभी समझ गयी, कुछ ठीक नहीं है। उसने पूछा-

'क्या बात है, माँ कहाँ है'।

काम वाली ने कहा-

'उनकी तबीयत ठीक नहीं है, वे बिस्तर पर लेटी हैं, मैं उन्हें फोन देती हूँ'।

काम वाली ने कमली की माँ को फोन दिया। उन्होंने लेटे-लेटे फोन लेकर कहा-

'हाँ कमली, मुझे आज कमजोरी थोड़ी ज्यादा लग रही है, मुझसे बात नहीं किया जा रहा है और चक्कर आ रहे हैं'।

कमली ने घबड़ाकर कहा-

'मैं अभी यहाँ से निकलती हूँ। मैं एक घंटे में आ जाऊँगी, तुम चिंता नहीं करो, काम वाली को अभी घर जाने नहीं देना'।

कमली फोन रख कर अविनाश के पास गयी। उसने उससे सारी बात बताई। दोनों ने डॉक्टर से जाकर बात की और वहाँ से तुरंत निकल गए। बस मिलने में आधे घंटे की देर हुई। दोनों कमली के घर एक बजे दिन तक पहुँच गए। कमली दौड़ कर माँ के कमरे में गयी। माँ बिस्तर पर लेटी हुई थीं। कमली ने उनसे कहा-

'माँ, मैं आ गयी हूँ। अब कैसी तबीयत है'।

माँ ने धीरे से कहा-

'पहले से कुछ ठीक लग रहा है। तुम्हें बेकार की तकलीफ दी। लेकिन शुरू में ऐसा लग रहा था, जैसे मैं बेहोश हो जाऊँगी। मैंने इसीलिए तुम्हें घबड़ाकर फोन कर दिया। अविनाश के पास ब्लड प्रेशर मशीन थी। कमली ने अपनी माँ के ब्लड प्रेशर देखे। वह बहुत बढ़े हुए थे। कमली ने अपनी माँ से पूछा-

'तुमने ब्लड प्रेशर की दवा सुबह खाई थी'।

कमली की माँ ने कहा-

'दरअसल दो दिनों से मेरी दवा खत्म हो गयी थी, मैं रोज तुम्हें बताना भूल जाती थी'।

कमली ने ज़ोर से कहा-

'माँ तुम मुझे सब चीजों की याद दिलाती हो, फिर तुम इतनी जरूरी दवा के बारे में कैसे भूल गयी'।

कमली ने अविनाश को स्कूटी से जाकर दवा लाने के लिए कहा। थोड़ी देर में अविनाश दवा ले आया। कमली ने माँ को दवा

खिला दी। उसने अविनाश से माँ के बारे में बात की। दोनों ने तय किया कि अगले दिन माँ को मेडिकल कॉलेज ले जाकर डॉक्टर से दिखाना है।

अगला दिन शनिवार था और कमली और अविनाश को गाँव के स्वास्थ्य केंद्र में नहीं जाना था। दोनों माँ को लेकर हॉस्पिटल गए। उन्हें हृदय रोग के डॉक्टर से दिखाना था। वहाँ जान-पहचान होने के कारण डॉक्टर ने माँ को तुरंत देख लिया। पूरी जांच करने के बाद उन्होंने कमली को बताया-

'इनका ईसीजी नॉर्मल नहीं है। ब्लड प्रेशर भी बढ़ा हुआ है। ये जल्दी थक जा रही हैं और थोड़ा-सा काम करने पर इनकी सांस फूलती है। लगता है इनके हृदय की नसें ब्लॉक हो रही हैं। ऐंजिओग्राफी करके देखना होगा, क्या स्थिति है। बेहतर होगा, तुम इनकी ऐंजिओग्राफी एक दो दिनों में करा लो। इसी हॉस्पिटल में हो जाएगा, मैं कर दूँगा'।

कमली ने डॉक्टर से कहा-

'डॉक्टर, मैं इस स्थिति में देर नहीं करना चाहती, आप चाहें तो आज ही ऐंजिओग्राफी कर सकते हैं'।

डॉक्टर तैयार हो गए। कमली ने अविनाश के साथ मिलकर माँ को ऑपरेशन थिएटर में पहुंचाया। थोड़ी देर में डॉक्टर तैयार होकर ऑपरेशन थिएटर के अंदर गए। मेडिकल स्टूडेंट होने के कारण डॉक्टर ने कमली और अविनाश को ऑपरेशन थिएटर के अंदर बुला लिया। ऐंजिओग्राफी की प्रक्रिया शुरू हुई। सामने लगे मॉनिटर पर डॉक्टर हृदय की नसों को देख रहे थे। थोड़ी देर बाद उन्होंने बताया-

'इनके हृदय की नसों में कैल्शियम ज्यादा जमा है, जो अमूमन इतना ज्यादा नहीं होता है। इसके कारण इनकी नसें जाम हो रही हैं।

ऐसे में हम चाह कर भी इनकी ऐंजिओप्लास्टी नहीं कर सकते हैं। ऐसे में इन्हें बाईपास सर्जरी करानी होगी'।

कमली ने डॉक्टर से पूछा-

'क्या दवा से यह ठीक नहीं हो सकती हैं'।

डॉक्टर ने कहा-

'तुम दोनों मेडिकल स्टूडेंट हो, तुम समझ सकती हो कि दवा से इसका ठीक होना मुश्किल है। वैसे कुछ दिनों के लिए मैं दवा लिख देता हूँ, लेकिन अगले एक-दो महीने में इनकी सर्जरी कराना बेहतर होगा'।

डॉक्टर ने दवा लिख दी। वहीं की दुकान से दवा खरीद कर कमली अविनाश के साथ माँ को घर वापस ले आई। घर आकर कमली ने अविनाश से बातचीत की। इस सर्जरी का मतलब था, कमली को कॉलेज से कम से कम पंद्रह दिन की छुट्टी लेनी पड़ती। कमली ने सोचा कि वह गाँव से मामा और मामीजी को बुला लेगी। दोनों ने मिलकर तय किया कि दो महीने बाद जब सर्जरी की ट्रेनिंग खत्म हो जाएगी, तब माँ का ऑपरेशन होगा।

अब कमली के सामने माँ को दिनभर घर में अकेला छोड़ने की समस्या थी। उसने बहुत सोच कर अपनी काम वाली से बात की। कमली को सुबह से लेकर रात तक के लिए किसी महिला की जरूरत थी, जो घर में रहकर तीनों टाइम का खाना बना दे। कुछ ज्यादा पैसों पर काम वाली रहने के लिए तैयार हो गयी। अब कमली दिन में कॉलेज जा सकती थी। उसने मामाजी को माँ के ऑपरेशन के बारे में विस्तार से सारी बात बता दी। वे ऑपरेशन के समय और उसके बाद कुछ दिनों के लिए कमली के घर पर रुकने के लिए तैयार थे।

अगले तीन दिनों तक कम्यूनिटी मेडिसिन के लिए कमली और अविनाश को गाँव जाना पड़ा। कमली वहाँ जाकर भी बीच-बीच में माँ से बातें करती रहती थी। उसके बाद सर्जरी की ट्रेनिंग शुरू हुई। इसमें उसे लगातार ऑपरेशन थिएटर में रह कर डॉक्टर को ऑपरेशन में मदद करनी पड़ रही थी। इसके अलावा उसे ऑपरेशन के बाद मरीज की देखभाल भी करनी पड़ती थी। बीच में कभी उसकी नाइट ड्यूटी लगती थी, तब वह अविनाश को घर पर रात में रहने के लिए भेज देती।

सर्जरी की ट्रेनिंग अब खत्म होने वाली थी। एक दिन ऑपरेशन थिएटर में बाईपास सर्जरी का मरीज आया। उसका रोग कमली की माँ के रोग से मिलता था। उसकी नाड़ियाँ कैल्शियम के ज्यादा जमने से कड़ी हो गयी थीं। डॉक्टर ने ऑपरेशन शुरू किया। कमली लगातार डॉक्टर को देख रही थी। एक समय अचानक मरीज की नब्ज कम होने लगी। उसका ब्लड प्रेशर भी नीचे उतरने लगा। डॉक्टर उसे देख कर विचलित नहीं हो रहे थे, लेकिन कमली मॉनिटर की ओर देख कर घबड़ाने लगी। एक और जूनियर डॉक्टर ने उसका हाथ पकड़ कर इशारे से उसे शांत होने के लिए कहा। थोड़ी देर के ऑपरेशन के बाद मरीज सामान्य हुआ। ऑपरेशन लगभग छह घंटे चला। कमली को समझ आई कि यह ऑपरेशन थोड़ा कठिन है। ऑपरेशन खत्म होने के बाद उसने डॉक्टर से पूछा-

'इस ऑपरेशन का सफल होने का कितना चांस होता है'।

डॉक्टर ने सोच कर जवाब दिया-

'यह ऑपरेशन कठिन है। यह पूरी तरह डॉक्टर पर निर्भर करता है कि वह किस तरह से ऑपरेशन कर रहा है। मेरे साथ एक बार ऐसा हुआ है कि मरीज को बचाया नहीं जा सका। उस केस में मरीज को हार्टअटैक आया था और उसके कुछ दिनों बाद ऑपरेशन हो

रहा था। ऐसे केस में हार्ट कमजोर हो जाता है और मरीज ऑपरेशन बर्दाश्त नहीं कर पाता है। इसलिए मरीज को बताया जाता है कि हार्ट अटैक होने के पहले यदि हृदय के नस के बारे में पता हो, तब जल्दी से उसका इलाज करा लेना चाहिए। तुम्हारी माँ का केस वैसा ही है। तुम्हें उनकी बाईपास सर्जरी कराने में ज्यादा देर नहीं करनी चाहिए'।

कमली ने अविनाश से बात की। दोनों ने तय किया कि अगले पंद्रह दिनों के बाद कुछ दिनों के लिए गर्मी की छुट्टी होगी, उसी में माँ का ऑपरेशन करा लेंगे। कमली ने माँ को ऑपरेशन की बात बता दी। वे पहले से ही ऑपरेशन के बारे में जानकर घबड़ायी हुई थीं। इसके कारण उनका ब्लड प्रेशर दवा खाने के बावजूद बढ़ा रहता था। कमली ने एक ब्लड प्रेशर मशीन खरीद कर रख ली थी और वह माँ को सुबह शाम चेक करती थी। कमली अभी माँ के कमरे में उनके साथ सोती थी। उस रात माँ को घबडाहट के मारे नींद नहीं आ रही थी। कमली ने देर रात उठकर उन्हें एक नींद की गोली खाने को दी।

एक दिन अचानक सुबह के वक़्त कमली के मामाजी और मामीजी गाँव से आए। मामाजी को शहर में दो दिनों का काम था। कमली की उस दिन रविवार की छुट्टी थी। कमली ने मामाजी को अपनी माँ के ऑपरेशन के बारे में बताया। कमली की माँ कमल के आने की खुशी में उस दिन बिस्तर से उठ कर किचेन में काम करने गईं। दिन भर सभी ने खूब गप्पें मारी। शाम में कमल ने बाहर जाकर खाने का प्रस्ताव रखा। कमली ने माँ से पूछा। उनकी तबीयत ठीक लग रही थी। सभी पास के एक रेस्तरां में खाने के लिए गए। रात दस बजे तक सभी वापस घर आ गए। कमली की माँ जल्दी सोने चली गईं। कमली बाहर के कमरे में मामाजी से बातें करती रही। करीब साढ़े ग्यारह बजे कमली अंदर के कमरे में सोने गयी। उसने माँ को बिस्तर पर बैठे हुए देखा। उसने माँ से पूछा-

'क्या हुआ माँ, तबीयत ठीक है'।

माँ ने जवाब दिया-

'लगता है बाहर के खाने से पेट में गैस हुई है, इसलिए छाती में भारीपन लग रहा है। कोई गैस की दवा मुझे दे दो'।

कमली ने तुरंत माँ को दवा दे दी। दवा खाने के बहुत देर बाद भी माँ बिस्तर पर बैठी रहीं। कमली उनकी पीठ सहलाती रही। थोड़ी देर बाद वे सो गईं। कमली भी नींद से सो गयी।

रात करीब-करीब बीत चुकी थी। सुबह के लगभग साढ़े चार बजे होंगे। कमली की नींद अचानक खुल गयी। उसने माँ को कराहते हुए सुना। कमली ने जल्दी से रूम की लाइट जलाई। माँ बिस्तर पर बैठी अपने कलेजे को सहला रही थीं और बहुत बेचैन थीं। कमली ने घबड़ाकर पूछा-

'क्या बात है माँ, क्या तकलीफ हो रही है'।

माँ ने धीरे से जवाब दिया-

'सीने के बीच में तेज दर्द हो रहा है और सांस नहीं ली जा रही है'।

कमली ने माँ को जल्दी से पीने के लिए पानी दिया। उसने माँ का सर छू कर देखा। उनके माथे पर पसीना था। कमली ने दौड़ कर बाहर के कमरे में सोये मामाजी को जाकर जगाया। उसे अंदाज हो गया था कि माँ को हार्ट अटैक आया है। उसने माँ को तुरंत अस्पताल ले जाने की सोची। उसने जल्दी से अविनाश को फोन किया। उसने थोड़ी देर में फोन उठा लिया। कमली ने उसे सीधा अस्पताल पहुँचने के लिए कहा। मामाजी ने तबतक जल्दी से तैयार होकर गाड़ी बाहर निकाल ली थी।

कमली ने माँ को सहारा देकर उठाया। मामीजी ने भी उन्हें सहारा दिया। अभी अंदर के कमरे से वे लोग बाहर निकले थे, तभी माँ ने वहीं पर उल्टी कर दी। कमली उन्हें लेकर बाथरूम में गयी। वहाँ माँ को फिर उल्टी हुई। कमली अब देर नहीं करना चाहती थी। उसने मामाजी को बुलाया और माँ को गोद में उठा कर ले जाने के लिए कहा। मामाजी अंदर आए। उन्होंने माँ को गोद में उठाने की कोशिश की। जैसे ही उन्होंने उन्हें उठाया, वे बेहोश हो गईं और उनकी गर्दन एक तरफ लटक गयी। कमली माँ को देख कर रोने लगी। मामाजी ने उसी हालत में उन्हें गाड़ी में लाकर पीछे की सीट पर लिटाया। कमली उनके साथ पीछे बैठ गयी और गाड़ी अस्पताल की ओर चल पड़ी।

कमली रोती हुई लगातार माँ को हिलाकर उठाने की कोशिश कर रही थी, लेकिन उनकी तरफ से कोई जवाब नहीं था। तब कमली ने माँ की नब्ज देखी। उनकी नब्ज नहीं मिल रही थी। कमली घबड़ाई। उसने माँ की गर्दन के पास हाथ लगाकर धड़कन देखने की कोशिश की। वहाँ भी कोई धड़कन नहीं थी। कमली ज़ोर-ज़ोर से रोने लगी। उसने मामाजी को गाड़ी तेज चलाने के लिए कहा।

दस मिनट में वे अस्पताल पहुँच गए। अविनाश बाहर में स्ट्रेचर लेकर खड़ा था। उसके साथ दो और लोग थे। जल्दी से माँ को गाड़ी से निकाल कर स्ट्रेचर पर लिटाया गया। अविनाश और कमली उनको लेकर अंदर एमर्जेंसी की ओर दौड़े। अविनाश ने पहले से डॉक्टर को तैयार कर दिया था। दो डॉक्टर वहाँ खड़े थे। उन्होंने जल्दी से कमली की माँ को देखना शुरू किया। पहले नब्ज देखी, फिर ब्लड प्रेशर मशीन लगाकर देखा। उनकी आँख की पुतलियाँ देखीं। उसके बाद डॉक्टर ने उनके सीने को कई बार दबाया। तीन-चार बार दबाने के बाद दोनों डॉक्टर ने आपस में बात की और एक ने आगे बढ़ कर कमली के कंधे पर हाथ रख कर कहा-

'ये अब नहीं रहीं। थोड़ी देर पहले इनका निधन हो चुका है'।

कमली ने ज़ोर से रोते हुए जल्दी से आगे बढ़ कर माँ को देखा। उसने फिर एक बार उनकी नब्ज देखी, फिर ज़ोर-ज़ोर से रोते हुए उनके शरीर को हिलाते हुए कहा-

'माँ, उठो न, क्यों सोई हुई हो अब तक'।

उसके मामाजी भी कमली की माँ के शरीर को पकड़ कर रो रहे थे। कमली रोते-रोते वहीं जमीन पर बैठ गयी। अविनाश ने उसे सहारा देकर उठाया। पास में रखी कुर्सी पर उसने कमली को बिठाया। कमली बार-बार माँ की आवाज लगाकर ज़ोर-ज़ोर से रो रही थी। अविनाश की भी आँखों में आँसू थे। उसने स्ट्रेचर को एक तरफ लगा दिया। लगभग आधे घंटे तक कमली बैठ कर रोती रही। अविनाश हिम्मत कर उसके नजदीक गया और कहा-

'कमली, अब इन्हें लेकर घर चलना है। तुम्हें मजबूत होना होगा। चलो अब उठ जाओ'।

कमली ने अविनाश का हाथ पकड़ कर कहा-

'विश्वास नहीं होता माँ चली गईं। कल तक बिलकुल ठीक थीं, शाम में हमलोगों के साथ घूमने गयी थीं, पता नहीं अचानक क्या हुआ। हमें इनका ऑपरेशन पहले करा लेना चाहिए था'।

अविनाश ने कहा-

'होनी को कौन टाल सकता है कमली, इनका जाना आज लिखा था'।

अविनाश ने एक एम्ब्युलेन्स का इंतजाम कर लिया था। कमली की माँ की बॉडी एम्ब्युलेन्स में रखी गयी। कमली और अविनाश पीछे बैठे। मामाजी ने अपनी गाड़ी निकाली। थोड़ी देर में

वे घर पहुँच गए। माँ के शरीर को बाहर के कमरे में सोफ़े को पीछे कर जमीन पर रखा गया। कमली लगातार रो रही थी। वह बार-बार रोते हुए कहती-

'माँ तुम क्यों इतनी जल्दी चली गयी। अभी तुम्हें इतने काम करने थे, अब मैं अकेली क्या करूंगी'।

अब उसके साथ मामीजी भी रो रही थीं। घर में रोने की आवाज से मोहल्ले के लोग कमली के घर आने लगे थे। अविनाश ने फोन कर अपने पापा-मम्मी को बता दिया था। कॉलेज से कमली और अविनाश के कई दोस्त कमली के घर पर आ गए थे। किरण कमली को संभाल रही थी। अगले दो घंटे तक घर में मोहल्ले की महिलाओं का आना जारी था। कमली लगातार अपनी माँ के शरीर के पास बैठी रही। कभी वह उनके बाल सहलाती, कभी कपड़े से उनके मुंह पोछती। कई बार वह रोते-रोते बेहोश होने की स्थिति में आ गयी थी। किरण बीच-बीच में उसे पानी पिला रही थी।

अब तक दिन के दस बज चुके थे। इस बीच मामाजी धीरे-धीरे अंतिम क्रिया की तैयारी में लग गए थे। अविनाश के दोस्त ने पास के मंदिर से एक पंडित को बुला लिया था। उनकी देख-रेख में काम हो रहा था। मामाजी ने निर्णय लिया कि वे अपनी बहन का अंतिम संस्कार करेंगे। उन्होंने कमली को अपनी इच्छा बता दी। अविनाश बाहर से आए लोगों की देखभाल कर रहा था।

करीब एक बजे तक घर की सारी रस्में पूरी हो गईं। अविनाश ने बाजार से चाय और कुछ खाने के लिए मंगाया था। घर वालों ने बस चाय पी। कमली ने कुछ नहीं लिया। इस बीच अविनाश के पापा-मम्मी गाँव से आ गए। उसके बाद सभी शव यात्रा पर निकले। शव को फूलों से सजा दिया गया था। शव यात्रा के लिए अविनाश ने एक गाड़ी ले ली थी। उसे भी फूलों से सजाया गया था। घर से निकलते

वक़्त कमली बार-बार माँ के शरीर पर रोते हुए गिर जाती। उसने भी शव यात्रा में जाने की जिद कर दी। वह माँ के शव के साथ पीछे गाड़ी में बैठ गयी। बाकी सभी गाड़ी या मोटरसाइकिल से निकले।

आधे घंटे में सभी घाट पर पहुँच गए। कमली के मामाजी ने सारे कर्म किए। कमली उनके साथ-साथ लगी रही। अग्नि देने के बाद परिवार और कमली के दोस्त घाट पर मौजूद रहे। करीब तीन घंटे के बाद शाम के छह बजे सभी घर लौट आए। राकेश और किरण भी कमली के घर पर आ गए। किरण ने कमली से पूछ कर माँ की एक पुरानी तस्वीर अलमारी से निकाल कर बाहर के कमरे में टेबल पर रख दी। उसके सामने कुछ फूल डाले और अगरबत्ती जला दी।

कमली के आँसू नहीं रुक रहे थे। घर लौटकर जब भी वह माँ के कमरे में जाती, वह उनके कपड़ों को पकड़ कर ज़ोर-ज़ोर से रोने लगती। किरण उसके साथ लगातार बनी रही। अविनाश एक बार फिर बाजार से रात का खाना लेकर आ गया। कमली को किरण ने बहुत ज़ोर देकर कुछ खिलाया। रात में राकेश, किरण और अविनाश कमली के घर पर रुक गए। अविनाश के पापा-मम्मी पास के एक होटल में चले गए।

अठारह

कमली की माँ के श्राद्ध कर्म के तेरह दिन पूरे हो गए थे। पूरा कर्म कमली के मामाजी ने किया। बीच में वे दिनभर के लिए गाँव जाकर अपने और अपनी पत्नी के कपड़े ले आए थे। अविनाश पूरे तेरह दिन घर पर लगातार आता रहा। गर्मी की छुट्टियों के बावजूद वह अपने गाँव नहीं गया था। कई-कई दिन वह रात में भी कमली के घर रुक जाता।

कमली जैसे सुन्न हो गयी थी। वह हर समय अपनी माँ को याद कर रोती रहती। उसे इस बात का मलाल था कि उसने अपनी माँ का इलाज समय पर नहीं करवाया, वरना वह बच जातीं। उसका दिल कचोटता था। तेरहवीं के दिन ब्रह्म भोज में मोहल्ले के बहुत से लोग आए। अविनाश के पापा-मम्मी भी गाँव से आकर शामिल हुए। संयोग से यह छुट्टियों का समय था, इसलिए कमली के कॉलेज जाने की कोई समस्या नहीं हुई।

कमली के मामा तेरहवीं के बाद भी कुछ दिनों तक रुके। अविनाश कमली को लगातार सांत्वना देता रहा। माँ के जाने के बीस दिनों बाद कमली को घर की सुध आई। अब उसे घर में अकेले रहना था। उसने काम वाली को सुबह से लेकर रात तक के लिए पहले से रख लिया था, फिर भी रात में कमली को अकेला रहना पड़ता।

मामाजी ने उससे कहा कि वह रात के लिए भी किसी को कम से कम कुछ दिनों तक रख ले, जिससे उसे अकेलापन महसूस नहीं होगा। कमली ने काम वाली से बात की। उसने अपने जान पहचान की एक महिला को कमली के घर रखवा दिया। पैसे थोड़े ज्यादा देने थे, लेकिन इसके सिवा कोई चारा नहीं था। अब सुबह से रात तक काम वाली को और रात से सुबह तक एक और महिला को घर में रहना था।

मामाजी और मामीजी गाँव वापस जा चुके थे। कमली का कॉलेज अब खुल गया था। कोचिंग और ट्यूशन की क्लास भी अब शुरू हो चुकी थी। इन सब गतिविधियों के बावजूद कमली को माँ के बिना अकेलापन महसूस हो रहा था। वह अपनी माँ को भूल नहीं पा रही थी। अब भी कभी-कभी अकेले में बैठ कर वह रोने लगती। अब उसके बाहर वाले कमरे में उसके पापा की तस्वीर के साथ माँ की तस्वीर भी लग गयी थी। वह रोज सोने के पहले उन तस्वीरों के सामने खड़ी होकर चुपचाप उन्हें निहारती रहती। अविनाश इस बात को गौर कर रहा था कि कमली अभी तक नॉर्मल नहीं हुई थी। उसने अगले शनिवार और रविवार को किरण और राकेश के साथ अपने गाँव का प्रोग्राम बनाया। उसने कमली को कॉलेज में कहा। कमली जाने के लिए तैयार नहीं हुई, लेकिन किरण और अविनाश के बहुत मनाने पर वह तैयार हुई।

शनिवार की सुबह चारों मोटरसाइकल से गाँव के लिए निकल गए। कमली ने रात में वहाँ रुकने के लिए कुछ कपड़े एक छोटे से बैग में रख लिए थे। वैसे उसके मन में पिछली बार की तरह उत्साह नहीं था। रास्ते भर वह याद करती रही कि कैसे पिछली बार वह अपनी माँ के साथ आई थी। अभी भी माँ की याद आने पर उसकी आँखें भर जा रही थीं। एक घंटे में सभी गाँव पहुँच गए। इस बार पता नहीं क्यों कमली अविनाश की मम्मी के गले लिपट कर बहुत रोई। उसे

उन्हें देख कर अपनी माँ की याद आ गयी थी। अविनाश की मम्मी ने उसे समझा-बुझा कर बाहर लॉन में बिठाया। कमली लॉन में बैठने के बाद भी बहुत गुमसुम थी। तब अविनाश के पापा ने कहा-

'बेटा, अब तुम्हें अपने आप को मजबूत करना होगा। आगे पूरा जीवन पड़ा है और फिर हमलोग तुम्हारे साथ हैं। तुम हम दोनों को माँ-बाप समझो। कभी शहर में मन न लगे तब यहाँ चली आया करो'।

थोड़ी देर वहाँ बैठने के बाद अविनाश कमली को लेकर नदी के किनारे चला गया। वहाँ दोनों काफी देर तक बैठे रहे। अविनाश लगातार कमली को समझाता रहा। थोड़ी देर बाद कमली नॉर्मल हुई। दोनों वापस घर आ गए। इस बीच किरण और राकेश भी घूमने निकल गए थे। दिन के खाने के पहले अविनाश के पापा ने कमली को बुला कर कहा-

'देखो बेटा, अभी यह समय नहीं है, इन सब बातों का, लेकिन तुम दोनों यहाँ हो, इसलिए मैं तुम दोनों से बात करना चाहता हूँ। बहन जी के निधन के बाद मैंने सोचा कि अब इस साल दिसम्बर में तुम दोनों की शादी नहीं हो पाएगी। कम से कम एक साल रुकना पड़ेगा। लेकिन मैंने गाँव के पंडित को बुलाकर बात की। उन्होंने कहा कि अगले साल होलिका दहन के बाद शादी हो सकती है। उनके अनुसार अप्रैल की सोलह तारीख को अच्छा मुहूर्त है। इसलिए हमलोगों ने उस दिन को शादी के लिए तय कर दिया है। तबतक तुम दोनों का मेडिकल का कोर्स भी पूरा हो जाएगा। वैसे एमबीबीएस करने के बाद तुम दोनों का क्या प्लान है'।

कमली ने थोड़ा रुक कर कहा-

'मैं कुछ दिन रुक कर एमडी में एड्मिशन के लिए इम्तहान दूँगी। तीन साल एमडी करने के बाद कहीं जॉइन करूंगी या खुद की प्रैक्टिस करूंगी'।

अविनाश ने कहा-

'मैंने अभी इस बारे में ज्यादा नहीं सोचा है। अगर किसी अच्छे हॉस्पिटल में नौकरी लग गयी, तब ठीक है, वरना मैं राज्य सरकार की नौकरी के लिए कोशिश करूंगा। उसके बाद शायद साल भर बाद मन होने पर मैं एमडी के लिए कोशिश करूँ'।

शाम में कमली मन लगाने के लिए खेतों में चली गयी। चारों वहाँ बहुत देर तक बैठ कर गप्पें मारते रहे। रात के वक़्त गर्मी के कारण बाहर लॉन में खाने का इंतजाम था। सब वहीं बैठ कर आपस में बातें कर रहे थे। अविनाश के पापा कमली का मन लगाने के लिए चुट्कुले सुना रहे थे। रात होते-होते तक कमली बिलकुल नॉर्मल हो चुकी थी। रात में कमली और किरण एक रूम में सोयी और अविनाश के कमरे में राकेश सोया। अगले दिन सुबह नाश्ता करने के बाद चारों शहर की ओर वापस निकल गए।

कमली अब अपने आप को नॉर्मल कर पूरी तरह इंटर्नशिप की ट्रेनिंग में लग गयी थी। उसकी दिनचर्या पहले की तरह हो गयी थी। अब वह माँ के कमरे में सोती थी। अहले सुबह उठकर वह कोचिंग क्लास लेने जाती। वहाँ से लौटकर नहा-धोकर तैयार हो जाती। काम वाली उसके लिए नाश्ता बना दिया करती थी। नाश्ता करके वह सीधा कॉलेज चली जाती। वार्ड या ऑपरेशन थिएटर की ड्यूटी के बाद वह दिन का खाना अविनाश के साथ कैंटीन में खा लेती। शाम में वह फिर ट्यूशन क्लास लेती। वह अब ज्यादा अस्पताल में रात की ड्यूटी में रहा करती। खाली समय में वह वार्ड में जाकर मरीजों की देखभाल करती और उनके इलाज के बारे में डॉक्टर से समझती। उसके काम से उसके टीचर बहुत प्रभावित थे। अविनाश भी अब कमली को ज्यादा समय दे रहा था। वह कॉलेज में उसके साथ रहता और बीच-बीच में

उसके घर पर आकर उसका हालचाल ले लेता। इस बीच कमली ने अपने मामाजी को अप्रैल की शादी की बात बता दी थी।

दिसम्बर में कमली का इंटर्नशिप खत्म हो गया। उसे एमबीबीएस की डिग्री मिल गयी। अविनाश और कमली ने मेडिकल काउंसिल में अपना रजिस्ट्रेशन करवा लिया। अब कमली डॉक्टर बन चुकी थी। अविनाश अपने हॉस्टल से निकल कर वापस पुराने लॉज में चला गया था।

एक दिन अचानक कमली को अतुल का ख्याल आया। कई महीनों से उससे बात नहीं हुई थी। कमली ने रात में फुर्सत के समय उसे फोन लगाया। थोड़ी देर घंटी बजने के बाद अतुल ने फोन उठाया। कमली ने कहा-

'क्या हाल है इंजीनियर साहब, आप कहाँ रहते हो, कितने महीने हो गए तुमसे बात किए'।

अतुल ने हँसते हुए जवाब दिया-

'हाँ डॉक्टर कमली, अविनाश के आने से तुम मुझे भूल गयी। वैसे मैं यहाँ ठीक हूँ, माँ भी अच्छी हैं। तुम्हें कभी-कभी याद करती हैं'।

कमली ने कहा-

'माँ को मेरा प्रणाम कहना और उन्हें बताना कि उनकी दोस्त इस दुनिया से चली गईं'।

अतुल ने उधर से कहा-

'अरे, यह अचानक कैसे हुआ'।

कमली ने जवाब दिया-

'माँ इधर कुछ दिनों से बीमार थीं। डॉक्टर ने उनकी बाइपास सर्जरी के लिए कहा था। मई में एक दिन अचानक उन्हें बहुत जबर्दस्त हार्ट अटैक आया और हम उन्हें बचा नहीं सके'।

अतुल ने उधर से कहा-

'सुनकर बहुत अफसोस हुआ। अब तुम अकेले घर में कैसे रहती हो। तुमने मेडिकल कब पास किया'।

कमली ने कहा-

'मैंने दिनरात के लिए घर में काम वाली रख ली है। अभी हाल में मुझे मेरी डिग्री मिली है। अब मैं डॉक्टर बन गयी हूँ। तुम बताओ तुम्हारा क्या हाल है'।

अतुल ने जवाब दिया-

'मैंने दिल्ली आईआईटी से चार वर्ष में इन्फॉर्मेशन टेक्नालजी में इंजीनियरिंग की डिग्री लेने के बाद दो वर्ष के एमबीए कोर्स में अपना दाखिला दिल्ली की अमिटी यूनिवर्सिटी में करा लिया है। अब एमबीए के छह महीने बचे हैं और मैंने मार्केटिंग विषय लिया है। एक खास बात और है। मेरे कैम्पस इंटरव्यू में मुझे एक मल्टीनेशनल कंपनी का ऑफर मिला है, जो मेडिकल साइन्स में काम कर रहे हैं। उनके देश में कई हॉस्पिटल हैं। लगता है मैं भी तुम्हारी तरह अब हॉस्पिटल में काम करूंगा। तुम्हारा आगे का क्या प्लान है'।

कमली ने अतुल को बधाई देते हुए कहा-

'मैं अभी कुछ दिनों के बाद एमडी के कोर्स के लिए इम्तहान दूँगी। तबतक किसी प्राइवेट हॉस्पिटल जॉइन करने की कोशिश करती हूँ। एमडी करने के बाद देखूँगी, अगर किसी अच्छे हॉस्पिटल से ऑफर आया तब ठीक है, वरना खुद की प्रैक्टिस करूंगी। अब मेरी शादी अगले साल अप्रैल में होगी। वैसे तुम्हारा क्या सीन है शादी करने का'।

अतुल ने ज़ोर से हँसते हुए कहा-

'मैं तुम्हारी तरह तेज नहीं हूँ। तुम मुझसे पढ़ाई में भी आगे थी और अब शादी करने में भी। तुम मेरे लिए नहीं रुकी, वरना मैं तुम्हीं से शादी करता। वैसे मैं मज़ाक कर रहा हूँ। दरअसल, मैंने अभी शादी के बारे में नहीं सोचा है। हाँ, एमबीए कोर्स में मेरे साथ एक लड़की पढ़ती है, प्रिया नाम है उसका। उससे मेरी अच्छी दोस्ती हो गयी है। देखता हूँ आगे क्या होता है'।

कमली ने कहा-

'अरे वाह, इंजीनियर साहब भी प्यार के चक्कर में आखिर पड़ ही गए। कभी मेरी प्रिया से बात कराना। मैं तो तुम्हारे हाथ से निकल गयी, लेकिन तुम अब जल्दी से सब कुछ तय करके शादी कर लो। नौकरी अच्छी मिल ही गयी है और लड़की सामने है, फिर किस चीज की देरी'।

अतुल ने कहा-

'देखता हूँ, अभी सिर्फ मम्मी उसके बारे में जानती हैं। उसने अभी अपने घर में बात नहीं की है। वह यहीं दिल्ली की रहने वाली है। सोचता हूँ एक दिन उसके घर चला जाऊँ'।

कमली ने हँसते हुए कहा-

'हाँ इन बातों में देर नहीं करनी चाहिए, देखो मेरी शादी कितनी जल्दी ठीक हो गयी। अगर जरूरत पड़े तब मुझे बुला लेना'।

कमली ने बात खत्म कर फोन काट दी। वह थोड़ी देर अतुल के बारे में सोचने लगी। शायद अतुल ने कमली से शादी की बात कह कर अपने मन की बात कह डाली थी। हालाकि, कमली ने कभी अतुल को उस नजर से नहीं देखा था। वह उसे अपना सबसे करीबी दोस्त मानती थी, लेकिन उससे प्यार करने की स्थिति आने के पहले

वह यहाँ से जा चुका था और अविनाश कमली के जीवन में तेजी से आ गया था।

दो दिनों बाद कमली जब सुबह कोचिंग क्लास गयी तब उसके डाइरेक्टर ने क्लास के बाद उसे अपने चैंबर में बुलाया। कमली के डॉक्टर बनने पर उसे बधाई देते हुए कहा-

'मुझे खुशी है कि आप मेरे इंस्टीट्यूट से पढ़ कर आज डॉक्टर बन गईं। उसके अलावा आप इतने दिनों से यहाँ क्लास ले रही हैं। आपकी क्लास से सभी स्टूडेंट और मैं बहुत खुश हूँ। हमने हर साल आपकी फीस बढ़ाई है। इस बार चूंकि रिज़ल्ट और अच्छे हुए हैं और स्टूडेंट की मांग है कि आपकी क्लास जारी रहे, इसलिए हमलोग आपकी फीस में इस बार फिर इजाफा कर रहे हैं। अब आपकी प्रति क्लास फीस पाँच हजार रुपये होगी'।

डाइरेक्टर ने आगे कहा-

'इसके अलावा मैं आपके सामने एक और प्रस्ताव रखना चाहता हूँ। मैंने एक साल पहले कुछ दोस्तों के साथ मिलकर एक बड़ा प्राइवेट हॉस्पिटल खोला है। यह दो सौ बेड का हॉस्पिटल है और यहाँ अभी हमारे पास लगभग पंद्रह डॉक्टर हैं। हमें कुछ और डॉक्टर की जरूरत है। मैं चाहता हूँ कि आप जैसी प्रतिभावान स्टूडेंट मेरे हॉस्पिटल को जॉइन करें। अभी शुरुआत में हम आपको पचहत्तर हजार रुपये महीने देंगे, उसके बाद हर साल इजाफा होगा। इसके अलावा आपकी नजर में आपके बैच के और कोई डॉक्टर हों, तो मुझे बताइएगा'।

कमली ने कहा-

'बधाई देने और कोचिंग क्लास की फीस बढ़ाने के लिए धन्यवाद। दरअसल, मैं आगे भी पढ़ाई करना चाहती हूँ। मैं एमडी के इम्तहान में बैठना चाहती हूँ और तीन वर्ष में एमडी कर किसी

हॉस्पिटल को जॉइन करूंगी। वैसे अभी जब तक मैं इम्तहान पास कर एमडी की पढ़ाई नहीं जॉइन करती हूँ, तबतक मैं आपके हॉस्पिटल में काम कर सकती हूँ। इसके अलावा मेरे बैच के मेरे दोस्त हैं, अविनाश, जिनसे जल्द ही मेरी शादी होने वाली है। अगर आप चाहें तब उन्हें भी अपने हॉस्पिटल का काम दे सकते हैं'।

डाइरेक्टर ने मुस्कुराते हुए कहा-

'ये तो बहुत अच्छी बात होगी, आप दोनों जॉइन करें, मुझे बहुत खुशी होगी। आप दोनों चाहें तब अगले सोमवार से हॉस्पिटल जॉइन कर सकती हैं'।

कमली धन्यवाद कहकर उनके चैंबर से बाहर निकल गयी। उसे खुशी हो रही थी कि पास करने के तुरंत बाद उसे और अविनाश को एक अच्छे हॉस्पिटल से ऑफर मिल गया। उसने घर आकर सबसे पहले अविनाश को फोन किया। डाइरेक्टर से हुई बात उसने अविनाश को बताई। अविनाश भी सुनकर बहुत खुश हुआ।

तीन दिन बाद सोमवार को कमली सुबह कोचिंग क्लास के बाद पहली बार नए हॉस्पिटल में अपनी ड्यूटी जॉइन करने के लिए गयी। शहर के थोड़ा बाहर बहुत बड़े इलाके में वह हॉस्पिटल बना था। पाँच-पाँच तल्ले की उसकी दो बिल्डिंग थी। कमली सबसे पहले रिसेप्शन पर गयी। वहाँ उसने अपना नाम और आने का कारण बताया। उसे तुरंत एक नर्स के साथ पहले तल्ले पर भेज दिया गया। वहाँ उसे हॉस्पिटल के डाइरेक्टर से मिलना था। वह उनके चैंबर के बाहर थोड़ी देर बैठी रही। बाहर लगे बोर्ड से पता चला कि वह डॉक्टर था। तबतक वहाँ अविनाश भी आ गया। दोनों को डाइरेक्टर ने अपने चैंबर में बुलाया। कमली ने देखा वह एक अधेड़ उम्र का व्यक्ति था, जिसने ऐप्रोन पहन रखा था। उसने दोनों को बिठाया और कहा-

'आप दोनों के बारे में मुझे पहले से बता दिया गया है। मुझे खुशी हुई कि आपलोगों ने इस हॉस्पिटल को जॉइन किया। आपको यहाँ रोज सुबह नौ बजे से शाम चार बजे तक रहना है। कुछ दिनों बाद रात की ड्यूटी भी करनी पड़ेगी। यह दो सौ बेड का हॉस्पिटल है और यहाँ आपको सीखने का पूरा मौका मिलेगा। इसी तल्ले पर ओपीडी है। हर सात दिन में आप दोनों को किसी सीनियर डॉक्टर के साथ बैठना होगा। बाद में आप को ऑपरेशन वगैरह में काम करना होगा'।

कमली और अविनाश ने डाइरेक्टर की बात बहुत ध्यान से सुनी और उसके बाद उनके चैंबर से बाहर निकल आए। बाहर खड़ी नर्स ने उन्हें उनकी केबिन दिखा दी। दोनों को अलग-अलग केबिन दिये गए थे। केबिन छोटा, लेकिन अच्छा था। बैठने के लिए एक बड़ी और ऊंची कुर्सी थी। सामने एक टेबल और उसके पीछे दो कुर्सियाँ। टेबल की दूसरी तरफ मरीज के बैठने के लिए एक स्टील का स्टूल था। बगल में मरीज को लिटा कर देखने के लिए एक बेड लगा था। कमरे के बाहर दोनों के नाम के प्लेट पहले से लगे थे। अविनाश ने पहले कमली को उसकी कुर्सी पर बिठाया, फिर वह अपनी केबिन में चला गया। कमली जब पहली बार केबिन में कुर्सी पर बैठी तब उसे माँ की याद आई। आज वह होतीं तब कितनी खुश हुई होतीं। कमली को लगा, उसके डॉक्टर बनने का सपना आज पूरा हो गया। अब वह खुद मरीजों को देख सकेगी।

पहले सात दिनों के लिए कमली को एक सीनियर सर्जन डॉक्टर के कमरे में उनके साथ बिठाया गया। मरीज के आने पर पहले कमली उसकी पूरी जांच करती, फिर सीनियर डॉक्टर को पुर्जे पर लिख कर देती। डॉक्टर उस मरीज के लिए टेस्ट और दवाई लिख देते। किसी-किसी को तुरंत ऑपरेशन की जरूरत होती, तब डॉक्टर

उसे वार्ड में भेज देते। कमली के साथ के सीनियर डॉक्टर ने उसे बहुत अच्छी तरह हर चीज को समझाया। उसने कहा-

'आज तुम्हें मेरे साथ बिठाया गया है। कुछ दिनों के बाद तुम्हें दूसरे स्पेशलिस्ट के साथ काम करना होगा। इसी तरह रोटेशन में तुम्हें काम कर सीखना होगा। अभी तुम स्पेशलिस्ट नहीं बनी हो, इसलिए जब पूरी ट्रेनिंग लेकर कभी अकेले मरीज देखोगी, तब पूरी जांच कर दवा लिखना और उसे किसी स्पेशलिस्ट के पास जरूर भेजना। कुछ दिनों के बाद तुम मरीज को संभालना सीख जाओगी। इस ट्रेनिंग से तुम्हें पोस्ट ग्रेजुएट में खास फील्ड के चयन में दिक्कत नहीं होगी। वैसे तुमने आगे क्या सोचा है'।

कमली ने जवाब दिया-

'मैं इस साल एमडी के लिए इम्तहान दूँगी। अगर चयन हो गया, तब मैंने बच्चों के रोग के लिए पेडियाट्रिक्स लेने की सोची है। मुझे गाँव के बच्चों का इलाज करना है'।

डॉक्टर ने मुस्कुराकर कहा-

'ऑल द बेस्ट'।

कमली लंच के पहले सीनियर डॉक्टर के साथ ओपीडी में रही और उसके बाद उनके साथ वार्ड में उन मरीजों को देखने गयी, जिनका हाल में ऑपरेशन हुआ था। इंटर्नशिप के दौरान उसे मरीजों को संभालना आ गया था। उसे इस बार कोई खास दिक्कत नहीं हुई।

इधर अविनाश को हड्डी रोग के स्पेशलिस्ट के साथ बिठाया गया। लंच के समय उसकी कमली से भेंट हुई थी। पहले दिन का काम खत्म कर कमली अविनाश के साथ घर आ गयी। उसका पहले दिन का अनुभव बहुत अच्छा रहा। अविनाश के भी अनुभव अच्छे रहे।

कमली ने अविनाश को एक घंटे बैठने के लिए कहा। तबतक उसने ट्यूशन की क्लास को पूरा किया। अविनाश पहली बार कमली को ट्यूशन की क्लास लेते हुए देख रहा था। क्लास खत्म कर कमली अविनाश के साथ सोफ़े पर आराम से बैठ गयी। तभी अविनाश ने कहा-

'कमली तुम इतना काम कर थकती नहीं हो। मैं देख रहा था, छोटे बच्चों को पढ़ाना आसान नहीं है। मुझसे यह नहीं हो सकेगा'।

कमली ने मुस्कुराकर कहा-

'अब इसकी आदत पड़ चुकी है। शुरू में मुझे भी दिक्कत हुई थी'।

इसके बाद कमली ने अविनाश से आगे के प्लान के बारे में जानना चाहा। उसने अविनाश से पूछा-

'क्या तुम सचमुच इस साल पोस्ट ग्रेजुएट के लिए इम्तहान नहीं दोगे, क्या सोचा है तुमने'।

अविनाश ने थोड़ा सोच कर कहा-

'दरअसल इम्तहान के लिए फिर जबर्दस्त पढ़ाई करनी पड़ेगी, जिसके लिए मैं अभी तैयार नहीं हूँ। मैंने सोचा है कि अगले साल इसके लिए कोशिश करूंगा। तबतक इस हॉस्पिटल में आज से शुरुआत हो गयी है। अभी यहीं काम करूंगा। वैसे तुमने क्या सोचा है'।

कमली ने कहा-

'मैं इम्तहान की पढ़ाई करने के लिए तैयार हूँ। बेहतर होता हम साथ-साथ तैयारी कर इम्तहान देते'।

अविनाश ने कहा-

‘मैं तुम्हें भी इस साल के लिए मना करूंगा। इस साल अप्रैल में हमारी शादी है। उसके बाद कुछ दिनों के लिए हम बाहर घूमने जाएँगे, ऐसे में तुम्हारी पढ़ाई का क्या होगा। अगले साल दोनों साथ तैयारी कर इम्तहान देंगे’।

कमली ने कहा-

‘तुम ठीक कह रहे हो, लेकिन मैं इस साल भी इम्तहान देकर देखना चाहती हूँ। अगर पास हो गयी तब आगे बढ़ जाऊँगी, वरना तुम्हारे साथ अगले साल फिर से इम्तहान दे दूँगी’।

अविनाश ने कहा-

‘अगर तुमने सोच लिया है, फिर मुझे कोई दिक्कत नहीं है’।

कमली ने कुछ सोच कर कहा-

‘अविनाश, अब तीन महीने के बाद हमारी शादी है। मैं शादी कर कुछ दिनों के लिए तुम्हारे पापा-मम्मी के साथ गाँव में रह लूँगी, लेकिन उसके बाद हमें यहाँ शहर में आना होगा, फिर हम कहाँ रहेंगे, इसके बारे में तुमने क्या सोचा है’।

अविनाश ने कुछ सोच कर जवाब दिया-

‘हम कहीं एक फ्लैट ले लेंगे। अब हम दोनों की नौकरी लग चुकी है’।

कमली ने कहा-

‘अगर तुम्हें कोई दिक्कत न हो तो क्या हम इस मकान में रह सकते हैं। मैं यहाँ अकेली हूँ। मेरी माँ की यादें भी इस मकान से जुड़ी हैं। हमलोग इसी मकान को थोड़ा और सुंदर बना कर रह सकते हैं’।

अविनाश ने तुरंत जवाब दिया-

'अरे कमली, तुमने मेरे मुंह की बात छीन ली। मैं संकोचवश तुम्हें इस मकान के बारे में नहीं बोल पा रहा था, लेकिन यहाँ रहने पर मुझे भी अच्छा लगेगा'।

कमली ने कहा-

'तुमने मेरे मन का बोझ हल्का कर दिया अविनाश। मैं इस बीच इस मकान को बाहर से ठीक कराती हूँ। मैं बाहर बरामदे में एक ड्राइंग रूम बनाना चाहती हूँ, जिससे ये कमरा फ्री हो जाये। बरामदे और चारदीवारी के बीच बहुत जगह है, वहां एक शेड डाल कर ट्यूशन के लिए जगह निकल जाएगी'।

अविनाश ने कहा-

'तुमने बिलकुल ठीक सोचा है। मेरी जान-पहचान के एक सिविल इंजीनियर हैं। मैं उन्हें एक-दो दिनों में लेकर आ जाऊंगा। वे तुम्हें सही सलाह दे देंगे। अगले तीन महीने के अंदर यह काम हम पूरा कर लेंगे'।

कमली ने मुस्कुराते हुए अविनाश का हाथ पकड़ कर कहा-

'तुम बहुत अच्छे हो अविनाश, मेरा कितना ख्याल रखते हो'।

अविनाश ने कहा-

'अभी से तुम्हारी बात मान कर शादी के बाद की प्रैक्टिस कर रहा हूँ'।

कमली बस मुस्कुराकर रह गयी। थोड़ी देर में अविनाश वापस चला गया। शादी के बाद इसी घर में रहने के फैसले से कमली को सूकून मिला। उसने अपने पापा और माँ की तस्वीर के सामने जाकर हाथ जोड़े और कहा-

'देखो माँ और पापा, तुम्हारी कमली अब डॉक्टर बन गयी और आज से उसने नौकरी करनी शुरू कर दी। सबसे अच्छी बात हुई है कि आपकी कमली शादी के बाद अविनाश के साथ इसी घर में रहेगी। आप दोनों इसी तरह अपना आशीर्वाद मुझ पर बनाए रखें'।

कमली की आँखों में आँसू थे। उसने उसी वक़्त अपने मामाजी को फोन किया। मामाजी ने उधर से तुरंत फोन उठा लिया और कहा-

'हाँ कमली बेटा, कैसी हो'।

कमली ने जवाब दिया-

'मामाजी प्रणाम, मैं ठीक हूँ। आज से एक बड़े हॉस्पिटल में नयी नौकरी शुरू की है, इसलिए आपको फोन किया है'।

मामाजी ने उधर से जवाब दिया-

'वाह कमली, बहुत अच्छा, तुम्हें बहुत-बहुत बधाई और आशीर्वाद। मैं तुम्हें फोन करने वाला था। अब शादी में ज्यादा दिन नहीं है। हम दोनों वहाँ आकर तुम्हारे साथ शादी की तैयारी के लिए ख़रीदारी करना चाहते हैं। मैं अगले एक सप्ताह के बाद शुक्रवार को आऊँगा, जिससे तुम्हारी छुट्टी रहे'।

कमली ने कहा-

'मामाजी एक और अच्छी बात हुई है। शादी के बाद अविनाश इसी घर में रहने के लिए तैयार हो गया है। इसलिए मैं अब इस घर में अगले दो महीने में कुछ काम कराना चाहती हूँ। इसके लिए आपकी मदद की जरूरत होगी। पैसे हैं मेरे पास, सिर्फ आपको कुछ दिनों के लिए गाँव से एक भरोसे के आदमी को यहाँ घर पर रहने के लिए भेजना होगा, जो दिनभर घर की मरम्मत का काम देख सके। मुझे सिर्फ शनिवार और रविवार को छुट्टी मिलेगी'।

मामाजी ने उधर से जवाब दिया-

‘इसमें कोई दिक्कत नहीं है। मैं अगले सप्ताह अपने घर में काम करने वाले एक आदमी को लेकर आ जाऊंगा। तू उसके भरोसे घर को खुला छोड़ कर भी जा सकती है’।

कमली ने कहा-

‘वाह मामाजी, आपने मेरी सारी परेशानी हल कर दी। अब आपके आने का इंतजार रहेगा’।

बात खत्म होने के बाद कमली ने फोन रख दी। रात के दस बज चुके थे। रात में रहने वाली काम वाली आ गयी थी। कमली ने खाना खाया और सोने चली गयी।

दो दिनों बाद अविनाश शाम में सिविल इंजीनियर को लेकर घर आ गया। उसने कमली से बात कर घर के मरम्मत की सारी जानकारी ली। कमली ने बाहर एक रूम और ट्यूशन के लिए शेड के अलावा भीतर घर को भी ठीक करने के लिए कहा। दोनों बेडरूम में वह अब एसी और बाहर ड्राइंग रूम में कूलर लगवाना चाहती थी। पूरे काम में लगभग डेढ़ महीने का वक़्त लगने वाला था। कमली ने पाँच दिनों बाद काम शुरू करने के लिए कहा। कमली के पास इस बीच कोचिंग क्लास से जमा किए हुए पैसे थे, इसलिए घर की मरम्मत में उसे पैसों की दिक्कत नहीं थी।

चार दिन बाद शुक्रवार की शाम में कमली के मामा और मामी तय कार्यक्रम के अनुसार आ गए। उनके साथ उनके घर में काम करने वाला एक आदमी भी था, जो अगले डेढ़ महीने तक कमली के घर की मरम्मत देखने वाला था। मामाजी ने शादी की ख़रीदारी के लिए लंबी लिस्ट बनाई हुई थी। कमली ने भी अपनी तरफ से सोच कर सामान की एक लिस्ट बना ली थी। हालाकि, माँ के नहीं रहने से उसे काफी दिक्कत हो रही थी।

अगले दिन सुबह सभी तैयार होकर सबसे पहले शादी की जगह ढूंढने निकले। घर के पास में एक नया कम्यूनिटी हॉल, इसी काम के लिए बनाया गया था। मामाजी ने उसके मैनेजर से बात की और सोलह अप्रैल की तिथि के लिए उसे बुक कर दिया। इसके बाद बैंड बाजा और लाइट वालों को बुक कर उन्हें बयाना दे दिया गया। अब शादी के लिए कई तरह के कपड़ों की ख़रीदारी थी। कमली के शादी वाले दिन के ड्रेस के लिए खास ख्याल रखा जा रहा था। इसके अलावा अविनाश और उसके परिवार के लोगों को देने के लिए कपड़े खरीदे गए। सबसे ज्यादा वक़्त कमली के गहने खरीदने में लगे। कई दुकानों में जाने के बाद अंत में एक बड़ी और नामी दुकान में उन्हें गहने पसंद आए।

दो दिनों तक सुबह से लेकर शाम तक तीनों की ख़रीदारी चलती रही। दूसरे दिन अविनाश भी उनके साथ हो लिया था। उसने और कमली ने मिलकर शादी के कार्ड तय किए। हाथ के बनाए कार्ड बहुत सामान्य थे। इन्हें दो महीने बाद मार्च महीने में प्रिंट के लिए भेजने का निर्णय लिया गया।

कमली और अविनाश अब हॉस्पिटल के काम में मशगूल हो गए थे। सुबह से लेकर शाम चार बजे तक उनका दिन मरीजों और डॉक्टर के साथ कटता था। अब कमली की नाइट ड्यूटी भी किसी-किसी रात होने लगी थी। उसने हॉस्पिटल के लोगों से कह कर अविनाश के साथ नाइट ड्यूटी करा ली थी। दोनों रात में इमरजेंसी में बैठा करते और नए मरीजों को देखा करते। इसके अलावा उन्हें कभी-कभी जरूरत पड़ने पर वार्ड में किसी सिरियस मरीज को देखना पड़ता था। रात की ड्यूटी के बाद अविनाश अपने लॉज चला जाता, लेकिन कमली सुबह हॉस्पिटल से कोचिंग क्लास चली जाया करती थी। उसके बाद घर आकर वह नहा-धोकर आराम करती। उस दिन

उसे हॉस्पिटल नहीं जाना होता था। दोपहर बाद नींद पूरी कर वह खाना खाती और फिर शाम में ट्यूशन क्लास लिया करती।

अगले दो महीने घर की मरम्मत चलती रही। मामाजी के आदमी ने पूरे घर का ख्याल रखा। कमली शनिवार या रविवार को मरम्मत का काम देख पाती थी। सिविल इंजीनियर ने अच्छा काम कराया था। बाहर बरामदे के एक हिस्से को घेर कर एक कमरा बनाया गया, जिसमें कमली ने अंदर के कमरे के सोफ़े को लगा कर उसे ड्राइंग रूम बना दिया था। उसके साथ एक छोटा-सा बाथरूम भी बनाया गया। बरामदे और चारदीवारी के बीच में शेड डाल कर ट्यूशन के लिए अच्छी जगह निकल आई थी। उसमें लगभग पचास बच्चों के बैठने की व्यवस्था थी।

अंदर के कमरों में फर्श पर नए टाइल्स लगाए गए और दोनों कमरों की छत को सुंदर बना कर उनमें नई तरह की लाइट लगवाई गयी थी। बाहर वाले कमरे से सोफा निकल जाने के कारण कमरा अब बड़ा लगने लगा था। अंदर किचेन को मॉडर्न डिज़ाइन का बनाया गया। पूरे घर में अंदर और बाहर से रंग-रोगन कराया गया। कुल मिलाकर पुराने घर को नए परिवेश में डालने की कोशिश की गयी। अब घर अच्छा लगने लगा था। कमली ने घर के बाहर गेट पर मामाजी के कहने पर अपने नाम की पट्टी लगवाई। उसपर लिखा था 'डॉ॰ कमलेश्वरी सिंह, एमबीबीएस।

इस बीच अविनाश के पापा-मम्मी भी एक शनिवार को दो दिनों के लिए शादी की ख़रीदारी करने शहर आए थे। उन्होंने दोनों दिन कमली और अविनाश को अपने साथ ले लिया था। अविनाश की माँ ने कमली की पसंद से उसके लिए कपड़े खरीदे। इसके अलावा कमली के मामा, मामी के लिए भी उन्होंने कपड़े खरीदे। उन्होंने कमली के लिए महंगे गहने भी खरीदे, जिसे कमली ने पसंद किए।

कमली उन दोनों को थोड़ी देर के लिए अपने घर ले आई। उन दोनों को मरम्मत के बाद का घर बहुत अच्छा लगा। कमली और अविनाश ने उन्हें शादी के बाद उसी घर में रहने का अपना फैसला सुनाया। अविनाश के पापा-मम्मी ने इसके लिए कोई ऐतराज नहीं किया।

कमली की तरफ से शादी की तैयारी लगभग पूरी हो चुकी थी। कुछ छोटे-मोटे काम बचे थे, जिसे उसे शादी के पहले, अप्रैल में पूरे करने थे। शादी की तैयारी में कमली के बहुत मना करने पर भी उसके मामाजी ने दिल खोल कर पैसे खर्च किए। कमली की जमापूंजी से भी पैसे खर्च हुए। जैसे-जैसे शादी का दिन नजदीक आ रहा था, कमली की बेचैनी बढ़ती जा रही थी। एक ही सही बात थी कि वह अब अविनाश को अच्छी तरह जान चुकी थी। उसे अविनाश पर पूरा भरोसा था। उसके पापा-मम्मी भी कमली को बहुत प्यार करते थे। उसे इस बात की खुशी थी कि शादी के बाद वह अपने पापा-माँ के घर में रहेगी।

इस बीच कमली ने एमडी के इम्तहान के लिए पढ़ाई शुरू कर दी थी। उसके इम्तहान जून में होने वाले थे। उसे अंदाजा था कि वह शादी के कारण पूरे अप्रैल और मई के बीच तक पढ़ाई नहीं कर पाएगी। उसने इम्तहान के लिए ऑनलाइन सिलेबस निकाल लिया था और उसके लिए किताबें भी खरीद ली थीं। वह इस बार बहुत ज्यादा तैयारी के बिना इम्तहान देकर देखना चाहती थी। हालाकि, उसका मन कहता था कि वह पहली बार में पास हो जाएगी।

उन्नीस

कमली की शादी में अब पाँच दिन बाकी थे। अविनाश शादी की तैयारी के लिए अपने गाँव चला गया था। पंद्रह दिन पहले कमली ने अपने दोस्तों के साथ मिलकर शादी के कार्ड भेज दिये थे। मोहल्ले में उसने खुद जाकर घर-घर कार्ड बांटा था। इसके अलावा कॉलेज के कुछ दोस्त, कोचिंग क्लास के उसके कुछ सहयोगी टीचर और नए हॉस्पिटल के कुछ जूनियर और सीनियर डॉक्टर को बुलाया गया था। उम्मीद थी कि कमली की तरफ से लगभग तीन सौ लोग शादी में शामिल होंगे। शादी के दो दिन पहले मंडप बनना था और उसके एक दिन बाद हल्दी की रस्म थी। हल्दी के दिन रात के खाने के लिए भी मेहमानों को बुलाया गया था।

कमली ने अतुल को भी शादी का कार्ड भेजा था। अतुल ने उससे पहले कहा था कि वह शादी में जरूर शामिल होगा। लेकिन उसका फोन आया और उसने बताया कि उसकी माँ की तबीयत अचानक खराब हो जाने के कारण न वह उन्हें साथ ला सकता है और न ही उन्हें अकेले छोड़ कर आ सकता है। उसने शादी में शामिल नहीं होने का अफसोस जाहिर किया।

कमली के मामाजी और मामीजी गाँव से आ चुके थे। कमली का बस इतना सा ही परिवार था। कमली ने अपने दादा-दादी को भी

शादी का कार्ड भेज दिया था, लेकिन उसे वहाँ से किसी के आने की उम्मीद नहीं थी। इसके अलावा किरण और राकेश तथा कमली के कॉलेज की तीन और दोस्त ने लड़की वाले के परिवार का पक्ष चुना था।

मामाजी ने गाँव से घर में काम करने के लिए तीन लोगों को लाया था। पाँच दिन पहले से बाहर के अहाते में हलवाई को बिठा दिया गया था, जो सुबह के नाश्ते से लेकर बीच-बीच में चाय और रात के खाने तक की व्यवस्था देख रहा था। कमली की एक दोस्त को हलवाई का जिम्मा दिया गया था। राकेश घर की सजावट का काम देख रहा था। बाहर चारदीवारी और बरामदे के बीच शेड को लेकर शामियाना लगाया गया था। उसी में शेड के बाहर शामियाने में लंबा टेबल लगाकर खाने-पीने की व्यवस्था थी। हल्दी के दिन रात के खाने के लिए छत पर एक बड़ा पंडाल लगाया गया था। छत पर जाने के लिए बाहर के रास्ते को अच्छी तरह साफ कर दिया गया था। पूरे घर को बाहर से रंगीन बल्ब से सजा दिया गया था। घर के अंदर म्यूजिक सिस्टम पर शहनाई बजती थी। घर पूरी तरह शादी के रंग में रंग चुका था।

रस्म के अनुसार शादी के तीन दिन पहले से कमली का घर से बाहर निकलना वर्जित कर दिया गया था। कमली ने हॉस्पिटल और कोचिंग क्लास में पंद्रह दिन की छुट्टी की अर्जी डाल दी थी। ट्यूशन क्लास के बच्चों को भी उसने पंद्रह दिन नहीं आने के लिए बता दिया था। बाजार का ज़्यादातर काम मामाजी और किरण साथ कर रहे थे।

मामीजी और कमली की दोस्तों के द्वारा कमली को रोज दिन सुबह के वक़्त हल्दी का उपटन लगाया जा रहा था। उपटन लगाते वक़्त आपस में नोंक-झोंक होती थी और सभी एक दूसरे की गाल में उपटन लगाने की कोशिश करतीं। मामीजी अकेले शादी के लोक गीत गाती रहती थीं। कभी-कभी किरण भी गाने में उनका साथ दे देती थी।

शादी के दो दिन पहले बाहर शेड में मंडप बनाया गया। उसके बनते समय भी मामीजी ने लोक गीत गाये। राकेश ने फूल वाले को बुलाकर मंडप को अच्छी तरह से सजा दिया था। कमली की तीन दोस्त अपने-अपने सामान के साथ उसके घर में शादी के दिन तक के लिए आ चुकी थीं। राकेश भी कमली के घर में रात में रह रहा था। मामाजी अंतिम समय की ख़रीदारी में व्यस्त थे। मामीजी घर के कामकाज देख रही थीं। हलवाई के रखने से सभी को खाना समय पर मिल रहा था। कमली शादी के दिन के अपने ड्रेस को ठीक करने में लगी थी। उस दिन के लिए उसके लिए ज़री के काम वाली बनारसी साड़ी ली गयी थी।

हल्दी के दिन सुबह से मेहमानों के रात के खाने का इंतजाम किया जा रहा था। अंदाज था कि लगभग दो सौ लोग होंगे। ऊपर छत पर टेबल और कुर्सियाँ लगा दी गयी थीं। नीचे भी शामियाने के अंदर करीब पचास कुर्सियों की व्यवस्था की गयी थी। यह सारा काम राकेश के जिम्मे था और वह बिना आराम किए अपने काम में लगा था। कमली बीच-बीच में बाहर निकल कर इंतजाम देख रही थी। उसे कभी-कभी अपनी माँ की याद आ जाती। तब उसकी आँखें भर आतीं। वह सोचती, माँ की कितनी इच्छा थी, इस शादी को देखने की।

शाम में हल्दी की रस्म शुरू हुई। कमली के कई दोस्त आ चुके थे। मोहल्ले की कई महिलाएं पहले आ गयी थीं। कमली को मंडप पर बिठाया गया। उसके मामा और मामी उसके साथ बैठे। दरअसल, शादी के दिन उन्हीं दोनों को कन्यादान करना था। पंडित जी ने पूजा कराई और उसके बाद एक-एक कर लोगों ने कमली को हल्दी लगानी शुरू की। मोहल्ले की कुछ महिलाएं शादी के गीत गा रही थीं। कमली की कुछ दोस्तों ने उसे हल्दी लगाते वक़्त उसके मुंह को हल्दी से ढँक दिया था। आपस में भी दोस्तों ने एक दूसरे को मज़ाक में हल्दी लगाई।

इस बीच मेहमान ज्यादा आ चुके थे। रात के आठ बजने वाले थे। मामाजी से पूछ कर राकेश ने मेहमानों को खाने के लिए पीछे के रास्ते से छत पर भेजना शुरू किया। राकेश खुद ऊपर मेहमानों की देखभाल के लिए चला गया और नीचे किरण ने मोर्चा संभाल लिया। ऊपर मेहमानों को खिलाने के लिए अलग से वेटर बुला लिए गए थे। नीचे हलवाई के पास से खाने के सामान को ऊपर पहुंचाने के लिए मामाजी के आदमी काम कर रहे थे। कमली हल्दी की रस्म को पूरा कर घर के अंदर चली आई। वह एक बार अंदर के रास्ते से छत पर भी गयी। वहाँ वह मेहमानों के खाने की व्यवस्था को देख रही थी। माँ के नहीं रहने के कारण वह खुद सबसे हाल-चाल पूछ रही थी।

रात के ग्यारह बजे तक मेहमानों का खाना-पीना चलता रहा। उसके बाद घर के लोगों ने ऊपर जाकर खाना खाया। खाना खाने के बाद देर रात तक कमली और उसके दोस्त बातें करते रहे। कमली के लिए भी शादी के पहले की यह आखिरी रात थी। रात में बाहर के कमरे में पलंग पर मामा और मामी सोये और नीचे जमीन पर गद्दी चादर बिछा कर राकेश सोया। अंदर के कमरे में पलंग पर कमली और किरण और जमीन पर कमली की दो दोस्त सोयीं। सोते-सोते रात के दो बज गए थे।

सुबह सात बजे दरवाजे की घंटी बजी। मामाजी और मामीजी जग गए थे। मामाजी ने दरवाजा खोला। सामने अविनाश खड़ा था। मामाजी कुछ पल के लिए उसे देखते रहे, फिर पूछा-

'अरे अविनाश बेटा, इतने सवेरे-सवेरे। कुछ खास बात है'।

अविनाश ने मामाजी के पैर छूते हुए कहा-

'कोई खास बात नहीं है मामाजी। मुझे यहाँ शहर में कुछ ख़रीदारी करनी थी, इसलिए मैं सुबह उठ कर गाँव से अपनी गाड़ी से आ गया। कमली कहाँ है'।

मामाजी ने कहा-

'अरे पहले अंदर आकर बैठो, मैं उसे बुलाता हूँ। कल सोने में बहुत देर हो गयी, इसलिए शायद वह अभी सो रही है'।

आवाज सुनकर राकेश जग गया। मामीजी ने अंदर जाकर कमली को जगाते हुए कहा-

'अरे बेटा, तुम लोग उठ जाओ। बाहर आकर देखो कौन आया है'।

कमली जग चुकी थी। वह जल्दी से उठ कर बिस्तर से उतर कर खड़ी हो गयी। उसने मामीजी से पूछा-

'कौन आया है'।

तबतक अविनाश ने बाहर से जवाब दिया-

'मैं हूँ अविनाश'।

कमली जल्दी से उसी हालत में बाहर आ गयी। उसने अविनाश को देख कर मुस्कुराया। उसके पीछे किरण भी बाहर आ गयी। उसने अविनाश को देख कर मुस्कुराकर कहा-

'तुमसे एक दिन कमली को बिना देखे नहीं रहा गया। बड़ी बेचैनी है'।

अविनाश ने मुस्कुराते हुए कहा-

'ऐसी बात नहीं है, मैं यहाँ कुछ काम के लिए आया था, सोचा शाम के प्रोग्राम के बारे में मामाजी से बात कर लूँ'।

अविनाश और मामाजी बिस्तर पर बैठ गए और कमली अपने दोस्तों के साथ जमीन पर बिछे गद्दे चादर पर बैठी। अविनाश ने बताया-

‘शाम का प्रोग्राम है कि हमलोग लगभग छह बजे गाँव से चलेंगे। वहाँ से हमलोग परिवार सहित दस लोग होंगे। हमलोग शादी वाली जगह से थोड़ी दूर पहले रुक जाएँगे। यहाँ शहर से बारात में पचास लोग और जुट जाएँगे। उसके बाद बैंड बाजे के साथ हमलोग आठ बजे तक शादी के स्थल तक पहुँच जाएँगे। पंडित जी ने बताया है कि शादी का लग्न रात भर है, इसलिए कोई जल्दबाज़ी नहीं रहेगी। सभी को खिला-पिला कर विदा करेंगे और उसके बाद परिवार के लोग और दोस्तों के बीच शादी शुरू होगी। शादी खत्म होने के थोड़ी देर बाद हमलोग कमली को लेकर गाँव के लिए निकल जाएँगे। आपलोग हमारे मेहमानों की चिंता नहीं करेंगे। पापा ने कहा है कि वे अकेले उन्हें संभाल लेंगे’।

अविनाश की बात खत्म होने पर मामाजी ने कहा-

‘बेटा हमलोग लड़की वाले हैं और बारात की खातिरदारी करना हमारा फर्ज बनता है। हमारी तरफ से लगभग दो सौ लोग होंगे। हमलोग मिलजुल कर संभाल लेंगे। तुमने इतनी सुबह आकर हमें सारा प्रोग्राम बताया, यही हमारे लिए बहुत है’।

उसके बाद अविनाश कमली की दोस्तों के साथ बातें करने लगा। तबतक कमली मुंह-हाथ धोकर बाहर आ गयी। सबने मिलकर नाश्ता किया। उसके बाद अविनाश चला गया। मामाजी ने कमली को कहा-

‘बेटा तू बड़ी भाग्यवान है कि तुझे अविनाश जैसा लड़का मिला। आज के युग में ऐसे लड़के कम मिलते हैं’।

कमली मुस्कुराकर रह गयी। उसे भी अविनाश की यह पहल अच्छी लगी। लेकिन अपनी विदाई की बात सुनकर उसकी आँखों में फिर से आँसू आ गए।

दोपहर बाद साढ़े तीन बजे किरण कमली को लेकर पार्लर चली गयी। कमली को वहाँ तैयार होने में दो घंटे लगे। उसके घर लौटने पर जब मामाजी और मामीजी ने उसे देखा तो देखते रह गए। कमली साड़ी और मेकअप में बहुत खूबसूरत लग रही थी। मामीजी ने कमली के माथे चूमे और उसे एक काला टीका लगा दिया। कमली को उस वक़्त अपनी माँ की याद आ गयी। उसकी आँखें फिर डबडबा गईं। उसने अपने आप को बहुत रोकने की कोशिश की, लेकिन अचानक मामीजी के गले लग कर वह रोने लगी। मामीजी ने उसके बाल सहलाते हुए उसे चुप कराया। किरण ने मज़ाक में कहा-

'इतने पैसे से किया हुआ मेकअप को आँसू से मत खराब करो। आज खास दिन है। बस मुस्कुराती रहो'।

कमली ने अपने आँसू पोछे। मामाजी ने भी कमली को समझाया। उसके बाद छह बजते-बजते तक मामाजी और राकेश गाड़ी से शादी के स्थल की ओर निकल गए। बाकी लोगों के जाने के लिए दो गाड़ी की व्यवस्था मामाजी ने कर दी थी। कमली भी अपनी दोस्तों और मामीजी के साथ साढ़े सात बजे शादी वाले घर के लिए निकल गयी। वहाँ हॉल के अलावा ऊपर में पाँच कमरे मिले थे। उन्हीं में से एक कमरे में कमली को ले जाया गया।

इधर अविनाश बारात लेकर शादी के घर से कुछ दूर पर सात बजे तक आ चुका था। वहाँ से वे लोग बारात लेकर तय समय से साढ़े सात बजे निकल गए। आठ बजे वे शादी के घर के सामने पहुँच गए। वहाँ बहुत देर तक अविनाश के दोस्तों ने नाच-गाना किया। गेट पर कमली की तरफ के मेहमान हाथ में माला लिए खड़े थे। कमली की कई दोस्त वहाँ खड़ी थीं। बैंड बाजा की आवाज सुनकर कमली ऊपर के कमरे से अपनी दोस्तों के साथ निकल कर बाहर बाल्कनी में आ गयी थी। वह वहाँ से गाड़ी में बैठे अविनाश को देखने की कोशिश

कर रही थी। उसकी दोस्त उसके साथ चुहलबाजियाँ कर रही थीं। नाच-गाना खत्म होने के बाद मामाजी ने बारात की आगवानी की। वे अविनाश के पापा को माला पहनाकर गले मिले। बाकी बारातियों को भी माला पहना कर स्वागत किया गया। उसके बाद अविनाश के स्वागत के लिए पूजा की गयी।

कुछ देर में अविनाश को अंदर हॉल में ले जाया गया। हॉल काफी बड़ा था। उसमें पाँच सौ लोग खा-पी सकते थे। उसकी एक छोर पर बड़ा-सा स्टेज बना था, जिसे रंग-बिरंग के फूलों से सजाया गया था। स्टेज के सामने सोफ़े की कई लाइनें थीं। उसके बाद रंगीन कपड़े में ढकीं कुर्सियाँ थीं। एक तरफ खाने-पीने का इंतजाम था। वेटर हाथ में स्नैक्स और कोल्ड ड्रिंक्स लेकर घूम रहे थे। कमली की तरफ के मेहमान हॉल के अंदर कुर्सियों पर जाकर बैठ चुके थे। अविनाश को स्टेज पर रखी दो कुर्सियों में से एक पर बिठाया गया। उसके पीछे-पीछे पूरी बारात के लोग हॉल के अंदर आ गए। अविनाश के पापा और उसकी मम्मी अपने परिवार के बुजुर्गों के साथ सामने के सोफ़े पर बैठ गए। बाकी बाराती भी कुर्सियों पर बैठ गए। करीब दस वेटर उनके सामने स्नैक्स और कोल्ड ड्रिंक्स लेकर आ गए।

थोड़ी देर में हॉल में गहमा-गहमी शुरू हुई। कमली को नीचे लाया जा रहा था। वह अपनी दोस्तों से घिरी थी। चार अन्य दोस्त उसके ऊपर फूलों की चाँदनी लेकर आगे बढ़ रहे थे। धीमे-धीमे शहनाई बज रही थी। कमली धीमे पाँव आगे बढ़ती हुई स्टेज के पास आ गयी। अविनाश उसे देख कर अपनी जगह से खड़ा हो गया। कमली स्टेज की सीढ़ियों से चढ़ती हुई अपनी दोस्तों के साथ अविनाश के पास वाली कुर्सी तक पहुँच गयी। कमली की तरफ के दोस्त उसके साथ खड़े हो गए और अविनाश की तरफ के उसके साथ। अब जयमाल की बारी थी। पहले अविनाश ने जयमाल लेकर कमली के गले में आहिस्ते से डाली उसके बाद कमली ने अविनाश

को हार पहनाया। जयमाल डालने में दोनों तरफ से कोई खींचातानी नहीं हुई। दोनों ने बड़े शालीन तरीके से एक दूसरे को हार पहनाया। उसी वक़्त स्टेज पर ऊपर से फूलों की बारिश की गयी। सभी लोगों ने तालियाँ बजाईं।

जयमाल के बाद दोनों अपनी-अपनी कुर्सियों पर बैठ गए। सबसे पहले अविनाश के पापा-मम्मी उठ कर स्टेज पर गए। अविनाश और कमली ने उनके पैर छुए। उसके बाद कमली के मामा-मामी की बारी थी। उनके भी दोनों ने पैर छुए। इस दौरान कैमरे की लाईटें चमक रही थीं। उसके बाद मेहमानों का स्टेज पर आने का सिलसिला शुरू हुआ। वह लगभग एक घंटे तक चला। इस दौरान कई ग्रुप फोटो भी लिए गए। स्टेज खाली होने पर कमली और अविनाश की विभिन्न पोज़ में तस्वीरें ली गईं।

इन सब काम में रात के दस बज गए। अब सभी मेहमान खाने की टेबल की तरफ बढ़ चुके थे। ग्यारह बजते-बजते तक बाहर से आए करीब सारे मेहमान जा चुके थे। अब हॉल में सिर्फ कमली और अविनाश के परिवार वाले और उनके दोस्त बचे थे। अविनाश और कमली के साथ परिवार वालों और दोस्तों ने खाना खाया।

करीब बारह बजे रात में शादी की रस्म के लिए स्टेज के बगल में बने मंडप में अविनाश को ले जाया गया। तबतक कमली ऊपर कमरे में अपनी दोस्तों के साथ बैठी रही। अविनाश के साथ रस्म खत्म कर कमली को बुलाया गया। कमली अपनी दोस्तों के साथ नीचे आई। अविनाश और कमली दोनों मंडप पर बैठे। कमली के बगल में मामा और मामी बैठे। उन दोनों को कन्यादान करना था। मंडप के सामने कुर्सी लगाकर अविनाश के पापा-मम्मी और उनके परिवार के लोग बैठे थे। कमली और अविनाश के दोस्त मंडप की दूसरी तरफ जमीन पर बिछे गद्दे पर बैठे थे। वे लगातार कमली और अविनाश को

कुछ न कुछ बोलकर हँसाने की कोशिश कर रहे थे। किरण अविनाश को 'जीजू, जीजू' कह कर चिढ़ा रही थीं। अविनाश और कमली उसे देख कर बस मुस्कुरा भर दे रहे थे।

कन्यादान की रस्म पूरी हुई। कन्यादान के अंत में जब मामाजी ने कमली का हाथ अविनाश के हाथ में देकर अपना हाथ हटाया, तब उनकी आँखों में आँसू थे। कमली भी उन्हें देख कर रोने लगी। उसके बाद दोनों ने सात फेरे लिए। सबसे आखिर में सिंदूरदान की रस्म हुई। उसी वक़्त अविनाश ने कमली के गले में मंगलसूत्र पहना दिया। सिंदूरदान के वक़्त फिर कमली के मामा-मामी की आँखों में आँसू थे। कमली की भी आँखें भर आई थीं। करीब तीन घंटे में शादी की रस्म पूरी हो गयी। सभी ने दोनों के ऊपर फूल और अक्षत डाले। कमली और अविनाश ने वहाँ बैठे सभी बड़ों के पैर छुए। अविनाश अब ऊपर कमरे में जाने के लिए अपने जूते खोजने लगा। पता चला जूता चुराई की रस्म में कमली की दोस्तों ने जूते छुपा दिये थे। उनकी मांग पैसों की थी। बहुत देर की नोक-झोंक के बाद अविनाश ने अपने पापा से लेकर पैसे दिये, तब जाकर उसके जूते उसे वापस मिले।

अविनाश के पापा ने तय किया कि तीन-चार घंटे यहीं ऊपर के कमरों में आराम कर, वे सात बजे गाँव के लिए निकलेंगे। अविनाश और कमली के लिए एक कमरा अच्छी तरह तैयार कर दिया गया था। दोनों जब कमरे के दरवाजे पर पहुंचे तब कमली की दोस्तों ने उनका रास्ता रोक लिया। उन्हें पहले अविनाश से गाना सुनना था। अविनाश मुस्कुराया और उसने जल्दी से दो लाइनें उन्हें गाकर सुना दीं। दोस्तों ने कमरे का दरवाजा खोल कर उन्हें अंदर किया और दरवाजा बंद कर दिया। बाकी सभी भी वहाँ के दूसरे कमरों में जमीन पर बिछे गद्दे पर पसर गए।

कमली पूरे दिन और रात की भागदौड़ के कारण पूरी तरह थक गयी थी। रात के साढ़े तीन बज रहे थे। वह जमीन पर बिछे गद्दे पर

सिकुड़ कर बैठ गयी। अविनाश भी उसकी बगल में बैठ गया। उसने कमली का हाथ पकड़ कर कहा-

'तुम बहुत थक चुकी होगी। सुबह गाँव पर भी दिनभर लोगों के मिलने का तांता लगा रहेगा और तुम आराम नहीं कर पाओगी, इसलिए अभी थोड़ी देर सो जाओ'।

कमली वहीं जमीन पर बिछे गद्दे पर लेट गयी। अविनाश थोड़ी देर बैठा रहा। उसके बाद वह भी उसकी बगल में आकर लेट गया। दोनों थोड़ी देर में सो गए।

सुबह दरवाजे पर दस्तक से उनकी नींद खुली। अविनाश ने घड़ी देखी। सुबह के सात बजे थे। अविनाश ने दरवाजा खोला। बाहर किरण और राकेश खड़े थे। किरण ने अविनाश को देख कर मुस्कुराते हुए कहा-

'क्यों जीजू, नींद आई या आप दोनों सारी रात जगे रहे'।

अविनाश मुस्कुराया। इस बीच किरण रूम के अंदर आ गयी। कमली बाथरूम में थी। किरण ने रूम के उसके सामान जल्दी से ठीक किए। एक सूटकेस कमली का और एक अविनाश का था। थोड़ी देर में कमली कमरे में आ गयी। किरण ने उसे देख कर कहा-

'नींद आई तुम्हें'।

कमली ने कहा-

'मैं इतनी थक गयी थी कि कब नींद पड़ गयी पता नहीं चला'।

किरण ने मुस्कुराते हुए अविनाश की तरफ देख कर कहा-

'फिर तो हमारे जीजू हाथ मलते रह गए होंगे'।

अविनाश मुस्कुराया।

किरण ने कहा-

'नीचे सब तैयार हैं, बस तुम दोनों का इंतजार है'।

किरण ने जल्दी से कमली के बाल वगैरह ठीक कर दिये। चेहरे पर हल्का मेकअप कर दिया। इस बीच अविनाश भी बाथरूम से बाहर निकल कर तैयार हो गया। अब तक बाहर दरवाजे पर उसकी मामीजी आ चुकी थीं। कमली बाहर निकली। अविनाश भी पीछे-पीछे आया। दोनों सभी के साथ नीचे उतरे। अविनाश की मम्मी ने कमली के नजदीक आकर उसे गले लगाया। अविनाश के पापा मामाजी से बातें कर रहे थे। उन्होंने कमली को देख कर कहा-

'चलो बेटा, अब घर चला जाये'।

अब कमली की विदाई का वक़्त था। सभी हॉल से धीरे-धीरे बाहर निकलने लगे। मामीजी और किरण कमली के साथ थीं। मामीजी के आँखों से आँसू निकल रहे थे। उन्होंने शगुन के लिए हाथ में चावल से भरा एक कटोरा लिया हुआ था। कमली के आँखों में भी आँसू थे। बाहर गाड़ी के पास पहुँच कर कमली से रहा नहीं गया। वह मामीजी को पकड़ कर रोने लगी। मामीजी भी साथ में रो रही थीं। कमली ने उनके पैर छुए। उसके बाद मामाजी के पैर छूने के लिए वह आगे बढ़ी। मामाजी भी रोने लगे। कमली बहुत देर तक उनके गले लगी रही। किरण और कमली की अन्य दोस्त भी रो रही थीं। कमली उन लोगों से भी मिली। इस बीच इन्हें देख कर अविनाश के पापा ने कहा-

'क्यों रो रही हो बेटा, कुछ दिन गाँव में रह कर तुम्हें फिर अपने घर में आकर रहना है। फिर सब कुछ पहले जैसा रहेगा'।

गाड़ी में बैठने के पहले कमली किरण और सभी दोस्तों के गले लगी। फिर उसने मामीजी को अलग बुला कर कहा-

'आप और मामाजी मेरे वापस लौटने तक घर पर ही रहेंगी। सारा सामान बिखरा पड़ा है। मैं आपके भरोसे जा रही हूँ'।

मामीजी ने कहा-

'तुम बिलकुल चिंता मत करो बेटा, तुम्हारे आने तक हम यहीं हैं। सब ठीक रहेगा'।

मामीजी ने कमली के हाथ में थोड़ा चावल दिया और कहा-

'बेटा, गाड़ी में बैठते समय इस चावल को अपने पीछे फेंक कर बैठना'।

चार गाडियाँ थीं। एक में कमली और अविनाश को बैठना था और दूसरे में अविनाश के पापा-मम्मी को। बाकी दो गाड़ियों में परिवार के छह लोग बैठे। कमली गाड़ी की खिड़की से मामीजी और अपनी दोस्तों को देख रही थी। वह अब भी रो रही थी। रस्म के अनुसार कमली की गाड़ी को तीन बार आगे पीछे किया गया। उसके बाद गाड़ी आगे बढ़ गयी। अविनाश ने कमली का हाथ अपने हाथों में लेकर कहा-

'अब चुप हो जाओ। ज्यादा रोने से तबीयत खराब हो जाएगी। कुछ दिनों में हम फिर यहाँ आ जाएँगे'।

कमली थोड़ी देर में शांत हो गयी।

कमली की गाड़ी को रास्ते में एक जगह ढाबे पर रुकना था। उस बीच अविनाश के पापा-मम्मी और बारात के अन्य लोगों को सीधे गाँव जाना था, जिससे वहाँ पहले पहुँच कर नई बहू के स्वागत का इंतजाम हो सके। आधे घंटे के बाद कमली की गाड़ी रास्ते के एक ढाबे में रुक गयी। वहाँ अविनाश और कमली ने चाय और बिस्किट लिए। लगभग आधे घंटे तक ढाबे पर रुकने के बाद वे गाँव की ओर बढ़े।

अविनाश के गाँव के घर को दुल्हन की तरह सजाया गया था। बाहर गेट पर फूलों की लड़ियाँ लगी थीं। बाहर लॉन में शामियाना लगा था। अहाते में काफी गहमा-गहमी थी। उस दिन शाम में कमली और अविनाश की शादी का रिसेप्शन रखा गया था। गाँव और शहर के कुछ लोगों को बुलाया गया था।

अविनाश और कमली की गाड़ी मुख्य फाटक से अंदर जाकर बाहर के बरामदे के सामने जाकर रुकी। अविनाश की मम्मी अपने परिवार और गाँव की कुछ महिलाओं के साथ वहाँ आरती की थाल लेकर खड़ी थीं। कमली और अविनाश के गाड़ी से उतरने पर अविनाश की मम्मी ने दोनों की आरती उतारी। उसके बाद बाहर दरवाजे पर चावल से भरा एक कलश दरवाजे की चौकठ पर रखा गया। उसके आगे एक थाल में लाल रंग का पानी रखा था। अविनाश की माँ ने कमली को उस कलश को अपने पैर से गिराने के लिए कहा और फिर थाल में दोनों पैर डाल कर उसे घर के अंदर जाना था। कमली ने वैसा ही किया। अविनाश की मम्मी दोनों को लेकर अविनाश के कमरे में गईं। कमरा फूलों से सजाया गया था। वहाँ थोड़ी देर कमरे की दीवार पर कमली और अविनाश के दोनों हाथ की छाप लेकर पूजा की गयी। उसके बाद कमली को वहीं फूलों से ढके बिस्तर पर बिठा दिया गया।

थोड़ी देर बाद घर और गाँव की महिलाएं एक-एक कर कमरे में आकर कमली से मिलकर और लिफाफे में कुछ रुपये देकर चली जा रही थीं। अविनाश की मम्मी कमली के साथ लगातार बैठी रहीं। यह सिलसिला लगभग एक घंटे तक चला। उसके बाद अविनाश की मम्मी ने कमली को नहा-धोकर तैयार होने के लिए कहा। कमली और अविनाश जल्दी से नहा-धोकर तैयार हो गए। घर के डाइनिंग रूम में सभी का नाश्ता लगा था। खा-पीकर कमली को कमरे में आराम करने के लिए भेज दिया गया। कमली कमरे में आकर सो गयी। अविनाश इस बीच बाहर परिवार वालों से बातें करता रहा। दोपहर का खाना

कमली और अविनाश ने बाहर लॉन में लगे शामियाने में परिवार लोगों के साथ खाया।

अब शाम के रिसेप्शन की तैयारी शुरू हो गयी थी। कमली के लिए अविनाश की मम्मी ने नई साड़ी लाकर दी। शाम के सात बजे से मेहमान आने शुरू हो गए। लॉन में बने एक छोटे स्टेज पर अविनाश और कमली को बिठा दिया गया। लोग एक-एक कर आकर दोनों से मिलकर उन्हें गिफ्ट पकड़ाकर चले जा रहे थे। रात के दस बजे दोनों ने फ्री होकर परिवार के लोगों के साथ खाना खाया। उसके बाद अविनाश और कमली अपने कमरे में सोने चले गए।

अगले दिन सुबह बाहर से आए परिवार के सारे लोग एक-एक कर विदा हो गए। अब घर में सिर्फ चार लोग बचे थे। कमली तैयार होकर अपने कमरे से बाहर किचेन में गयी। अविनाश की मम्मी नाश्ते के लिए पूड़ियाँ तल रही थीं। कमली ने उनकी मदद की। सुबह के नाश्ते का इंतजाम बाहर लॉन में किया गया था। अविनाश के पापा ने नाश्ता करते हुए कमली से कहा-

'बेटा मैंने पहले कहा था, तुम यहाँ बहू नहीं बेटी बन कर आओगी। इसलिए इसे अपना घर समझना और किसी चीज का संकोच नहीं करना। मैंने तुम दोनों के हनीमून के लिए कश्मीर जाने का इंतजाम कर दिया है। सात दिनों बाद पटना से तुम दोनों की फ्लाइट है। एक सप्ताह वहाँ रह कर तुम दोनों शहर के अपने घर में चली जाना। इस बीच तीन दिन बाद तुम दोनों यहाँ से शहर चली जाना। अविनाश अब यहाँ की एक गाड़ी अपने साथ ले जाएगा और उसे अब वहीं अपने साथ रखेगा। तुम दोनों को घूमने-फिरने में सुविधा होगी। वहाँ घर में तीन दिन रह कर सभी व्यवस्था कर कश्मीर के लिए निकलना। वैसे वहाँ से लौट कर तुम दोनों का क्या प्रोग्राम है'।

कमली ने कहा-

'पापा, हम लोग हॉस्पिटल जॉइन कर लेंगे। फिर जून में मेरा एमडी में एड्मिशन के लिए इम्तहान होगा, जिसकी मुझे तैयारी करनी है। अविनाश इस साल इम्तहान नहीं देगा। अगर मेरा चयन हो गया, तब मैं हॉस्पिटल छोड़ कर एमडी का कोर्स जॉइन कर लूँगी'।

अविनाश के पापा ने कहा-

'तुम लोग बीच-बीच में हमलोगों से मिलने गाँव आती रहना। हमें भी जब मौका मिलेगा, हम आ जाएँगे'।

अविनाश की मम्मी ने कहा-

'बेटा कश्मीर जाते वक़्त ज्यादा गहने अपने साथ मत ले जाना। आज कल समय ठीक नहीं है। तुमने अपनी तरफ से शादी के लिए गहने बनवाए थे। इसके अलावा यहाँ भी तुम्हारे लिए बहुत गहने हैं। तुमलोग वापस जाकर जल्दी से बैंक में एक लॉकर लेकर गहने उसी में रख देना। सिर्फ रोज के पहनने वाले गहने साथ में लेकर जाना'।

अगले तीन दिनों तक अविनाश के पापा कमली को अपने खेत और ऑर्गैनिक खेती दिखाते रहे। बीच में एक दिन नदी के किनारे टेंट लगाकर दिन का खाना-पीना हुआ। तीन दिन बाद सुबह के वक़्त दोनों गाड़ी से वापस शहर की ओर निकल गए।

घर पर कमली के मामा और मामी ने दोनों का स्वागत किया। अंदर वाले कमरे को मामीजी ने सजा दिया था। कमली के लिए नयी पलंग लगाई गयी थी। उसकी दोनों तरफ साइड टेबल और उसपर लैम्प रखा गया था। साथ में नयी अलमारी और ड्रेसिंग टेबल। पुराने पलंग को लपेट कर बाहर रख दिया गया था और कमरे के बाकी पुराने सामान को बाहर के कमरे में रख दिया गया था। कमली को

दो दिन में ही अपना घर बदला-बदला सा लग रहा था। छत और बाहर का शामियाना हट चुका था।

कमली ने सबसे पहले आकर अपने पापा-मम्मी की तस्वीर को प्रणाम किया। उसके बाद उसने अविनाश से कमरे में आकर कहा-

'अब यही हमलोगों का घर है। तुम भी बताना इसे और अच्छी तरह कैसे सजाया जा सकता है'।

दो दिनों के बाद मामाजी और मामीजी गाँव के लिए निकल गए। अब घर में सिर्फ कमली और अविनाश बच गए। उन दोनों ने कश्मीर जाने की तैयारी शुरू कर दी। कमली ने अपने पुराने बैंक में जाकर एक लॉकर ली और अपने सारे भारी गहने उसमें रख दिये। कमली ने एक और जरूरी काम किया। घर के बाहर गेट पर उसने अपने नाम के ऊपर अविनाश के नाम का प्लेट लगवा दिया, जिस पर लिखा था 'डॉ॰ अविनाश ठाकुर, एमबीबीएस'।

इसी बीच कश्मीर जाने के एक दिन पहले किरण और राकेश कमली और अविनाश से मिलने घर पर आए। दरअसल कमली ने दोनों को फोन कर रात के खाने पर बुलाया था। दोनों अपने साथ दो फूलों का गुलदस्ता लेकर आए थे और साथ में दोनों के लिए गिफ्ट। कमली और अविनाश ने दोनों का स्वागत किया। सभी के बैठने पर किरण ने अविनाश से पूछा-

'क्यों जीजू, कैसी लगी हमारी कमली। हनीमून में आपलोग कहाँ जा रहे हो। देश में या विदेश'।

अविनाश ने मुस्कुराकर कहा-

'कमली शुरू से बहुत अच्छी है। इसकी इसी अदा पर मैं फिदा हो गया। हमारा देश क्या कुछ कम सुंदर है कि हमें हनीमून मनाने

के लिए विदेश जाना पड़े। हमलोग कल दोपहर को दिल्ली होते हुए सात दिनों के लिए कश्मीर जा रहे हैं'।

कमली ने किरण से पूछा-

'अब तू बता तुम्हारा और राकेश का क्या सीन है, शादी-वादी कब करनी है और आगे का क्या प्रोग्राम है'।

किरण ने राकेश की तरफ देख कर मुस्कुराते हुए कहा-

'मैं भी तुम्हारे पीछे-पीछे चल रही हूँ। हम दोनों की शादी भी तय हो गयी है। इसी जून में यहीं से होगी'।

कमली ने कहा-

'अरे यह तो बहुत अच्छी खबर है, मजा आएगा तुम दोनों की शादी में। तुम दोनों पोस्ट ग्रेजुएट इम्तहान के लिए क्या सोच रहे हो'।

किरण ने कहा-

'हम दोनों ने सोचा है कि दिल्ली के एम्स से एमडी करें। इसके लिए जून के अंत में इम्तहान होंगे। अगर पास हो गए तब दोनों तीन साल के लिए दिल्ली चले जाएँगे। उसी इम्तहान की तैयारी में हम दोनों लगे हैं, इसलिए कहीं किसी हॉस्पिटल में जॉइन नहीं किया'।

कमली ने कहा-

'इसका मतलब तुम दोनों हमलोगों को छोड़ कर दिल्ली चले जाओगे। चलो अच्छा है। वहाँ ज्यादा अच्छी पढ़ाई और सुविधा है'।

चारों रात में बहुत देर तक बातें करते रहे। खाना खाकर वे ग्यारह बजे रात में निकले। कमली और अविनाश ने रात में थोड़ी देर और जग कर अपना सामान ठीक किया। कश्मीर में ठंड होने के कारण दोनों ने अपने गरम कपड़े भी साथ में ले लिए।

अगले दिन टैक्सी से वे एयरपोर्ट गए। दोपहर एक बजे की फ्लाइट दिल्ली की थी और फिर वहाँ से दो घंटे के बाद श्रीनगर की फ्लाइट थी। दोनों छह बजे शाम तक श्रीनगर पहुँच गए। वहाँ अविनाश के पापा ने उनके लिए हाउस बोट में रहने का इंतजाम किया था। तीन दिन दोनों श्रीनगर में रहे। इस दौरान डल झील में शिकारे पर घूमे। मुग़ल गार्डेन, शंकराचार्य मंदिर वगैरह देखा। शाम में वे शहर में खाने-पीने निकल जाते थे।

हाउस बोट में उन्हें होटल से ज्यादा अच्छा लग रहा था। रात के वक़्त वहाँ एकदम शांति हो जाती थी। दोनों बोट में बाहर लेटकर हाथों में हाथ लिए ऊपर खुले आसमान को निहारते हुए बातें करते रहते। कमली के लिए यह बिलकुल अलग अनुभव था। उसे लग रहा था, जैसे वह दूसरी दुनिया में आ गयी थी। साथ रह कर दोनों ने एक दूसरे को और करीब से जाना। अविनाश कमली का बहुत ख्याल रख रहा था। कमली भी बहुत खुश थी। दोनों वैसे भी घंटों बैठ कर यहाँ-वहाँ की बातें करते रहते थे। अविनाश ने कमली के लिए कई कश्मीरी ड्रेस खरीदे। दोनों में बहुत प्यार था।

दो दिन पहलगाम और दो दिन सोनमर्ग में भी दोनों रात में रुके। सोनमर्ग में उन्होने बर्फ पर स्कीइंग की। कमली ने पहली बार इस तरह से जमी हुई बर्फ को देखा था। सातवें दिन वे श्रीनगर से दिल्ली आ गए। दिल्ली में वे दो दिन रुके। कमली पहली बार दिल्ली आई थी। वह अतुल और उसकी माँ से मिलना चाहती थी, लेकिन वहाँ घूमने और ख़रीदारी करने के कारण समय नहीं मिल पाया। दो दिन बाद वे घर वापस आ गए।

बीस

घर लौटकर कमली और अविनाश ने दो दिनों बाद हॉस्पिटल की ड्यूटी जॉइन कर ली। कमली की कोचिंग क्लास और ट्यूशन भी शुरू हो गए। अब वह ट्यूशन के क्लास नए बने शेड में ले रही थी। उसने अब एमडी के इम्तहान की तैयारी भी ज़ोर-शोर से शुरू कर दी थी। इम्तहान में अब एक महीना बचा था। घर में दिन के वक़्त की काम वाली ने पहले की तरह अपना काम शुरू कर दिया था। रात में रहने वाली काम वाली को कमली ने हटा दिया था।

अब घर में गाड़ी रहने के कारण अविनाश और कमली को घूमने-फिरने में दिक्कत नहीं होती थी। शनिवार या रविवार में से एक दिन दोनों बाहर किसी रेस्तरां में खाने जाते। इस बीच अविनाश के कहने पर कमली ने भी गाड़ी चलाने की प्रैक्टिस शुरू कर दी थी। शनिवार और रविवार की सुबह कमली को सिखाने के लिए एक ट्रेनर आता था। कमली दस दिनों में गाड़ी अच्छी चलाने लगी थी।

जून के महीने में कमली के एमडी में एड्मिशन के लिए इम्तहान हुए। वह पटना मेडिकल कॉलेज से एमडी करना चाहती थी। इस बार उसने बहुत कम तैयारी की थी, फिर भी उसके पेपर अच्छे गए थे। अविनाश को उसने इस बार इम्तहान में साथ-साथ बैठने

के लिए कहा था, लेकिन वह तैयार नहीं हुआ। वह अगले साल पूरी तैयारी के साथ इम्तहान देना चाहता था।

इस बीच जून के आखिर में किरण और राकेश की शादी थी। कमली उस शादी में जाने के लिए बहुत उत्सुक थी। किरण का घर कमली के घर के पास में था। संयोग से शादी रविवार को हो रही थी, इसलिए कमली और अविनाश को शनिवार और रविवार को किरण की शादी में भाग लेने में कोई परेशानी नहीं हुई।

शादी के सभी कार्यक्रम एक होटल से हो रहे थे। दिन में मेहंदी के लिए होटल का लॉन बुक किया गया था। पूरी जगह को पीले कपड़ों से सजाया गया था। कमली और अविनाश मेहंदी की रस्म में शामिल हुए। कमली ने भी अपने हाथों में मेहंदी लगवाई। उसने उस दिन सभी दोस्तों के साथ खूब डांस किया। किरण भी उनके साथ शामिल हुई। कुछ देर के लिए राकेश भी आ गया था। सभी ने उसे हल्दी के रंग से सराबोर कर दिया। दिन में खाना वगैरह के बाद सभी वापस आ गए। अगले दिन शादी में कमली और अविनाश किरण के घर जल्दी पहुँच गए। पूरी रात दोनों ने शादी देखी। अगले दिन सुबह किरण की विदाई के बाद दोनों घर लौटे।

जुलाई के पहले सप्ताह में कमली के एमडी के इम्तहान का रिज़ल्ट आया। वह पास हो गयी थी। अविनाश ने उसे बधाई दी। अब कमली को मेडिकल कॉलेज में तीन साल तक एमडी की पढ़ाई करनी थी। उसे हॉस्पिटल के काम को छोड़ना था। हालाकि, उसे एमडी की पढ़ाई के दौरान हर महीने एक लाख रुपये स्टाइपेंड के मिलने वाले थे।

रिज़ल्ट निकलने के दस दिनों के बाद कमली को काउंसिलिंग के लिए बुलाया गया। कमली ने पटना मेडिकल कॉलेज में पेडियाट्रिक्स विभाग चुना। उसके पाँच दिन के बाद से उसके क्लास शुरू हो गए।

क्लास में थिओरी बिलकुल नहीं के बराबर और प्रैक्टिकल ज्यादा था। उसे ज़्यादातर छोटे बच्चों का इलाज करना पड़ रहा था। अब अविनाश सुबह गाड़ी से हॉस्पिटल चला जाता और कमली स्कूटी से कॉलेज जाती। दोनों शाम में घर पर मिल पा रहे थे। कमली कॉलेज में हुई हर बात अविनाश को बताती।

इस बीच कमली के पास किरण का फोन आया। वह अपने ससुराल जाकर वापस पटना आ गयी थी। किरण ने बताया कि उसका और राकेश का चयन एम्स में एमडी के लिए हो गया है। उसने बताया कि दोनों ने कमली की तरह पेडियाट्रिक्स विषय को चुना है और वे अगस्त में दिल्ली चले जाएँगे। दोनों को हॉस्टल में भी जगह मिल गयी थी। कमली ने किरण को बधाई दी।

तीन महीने बीत गए। कमली कॉलेज में बच्चों के इलाज की ट्रेनिंग लेती रही। उसे कभी ऑपरेशन थिएटर में किसी बच्चे के ऑपरेशन में या कभी लेबर रूम में किसी महिला की डिलिवरी में रहना पड़ता था। कई बार उसे रात की ड्यूटी मिलती थी या कभी इमरजेंसी में भेजा जाता था। बाकी दिन उसे बच्चों के वार्ड में जाकर उनकी हालत का जाएजा लेना पड़ता था। हर छह महीने पर कॉलेज के सेमेस्टर के इम्तहान थे। सबसे आखिरी इम्तहान तीन साल बाद यूनिवर्सिटी के स्तर पर होना था।

कमली ने गाड़ी चलाना अच्छी तरह सीख लिया था। वह कभी-कभी कॉलेज खुद गाड़ी चलाकर जाती। उस दिन अविनाश स्कूटी लेकर हॉस्पिटल जाता था। इस बीच दशहरे की छुट्टियों में अविनाश और कमली अविनाश के गाँव तीन दिन के लिए गए थे। कमली खुद गाड़ी चला कर गयी। वहाँ अविनाश की मम्मी ने उन्हें तीनों दिन तरह-तरह के पकवान बना कर खिलाये। अविनाश के पापा भी दोनों के आने से बहुत खुश थे। कमली ने उन्हें दशहरे के आखिरी तीन दिनों में शहर आने के लिए कहा। वे मान गए।

सप्तमी के दिन सुबह में अविनाश के पापा-मम्मी कमली के घर आए। इस बार वे वहीं रुके। कमली ने उनके स्वागत में कोई कसर नहीं छोड़ी। सप्तमी से लेकर नवमी तक तीनों दिन शाम में चारों, शहर में पंडाल घूमने जाते। वहीं से रात का खाना खा कर लौटते। अविनाश के पापा-मम्मी को वहाँ रहना बहुत अच्छा लगा। विजयदशमी के अगले दिन सुबह वे अपने गाँव चले गए।

इस बीच एक दिन अतुल का फोन आया। कमली बहुत दिनों से उससे बात नहीं कर पायी थी। अतुल ने कहा-

'क्या हाल हैं तुम दोनों के। शादी के बाद तुमने फोन करना छोड़ दिया है'।

कमली ने जवाब दिया-

'वैसी बात नहीं है, मैंने एमडी का कोर्स जॉइन कर लिया है। सुबह कोचिंग क्लास के बाद दिनभर कॉलेज में निकल जाता है। शाम में ट्यूशन के बाद घर का काम होता है। इसलिए फुर्सत नहीं मिल पाती है। हम दोनों ठीक हैं। अविनाश अभी एक नए हॉस्पिटल में काम कर रहा है, जिसमें पहले मैं काम करती थी। तुम कैसे हो'।

अतुल ने जवाब दिया-

'मैंने तुम्हें बताया था, एमबीए के दौरान मुझे एक मल्टीनेशनल कंपनी ने अपने नए हेल्थ प्रोजेक्ट में नौकरी का ऑफर दिया था। मैंने एमबीए करने के बाद वही कंपनी जॉइन कर ली है। दिल्ली में उन्होंने एक सुपरस्पेशियलिटी हॉस्पिटल बनाया है, जिसका मुझे डाइरेक्टर बनाया गया है। कुछ महीनों से मैं वहीं काम कर रहा हूँ'।

कमली ने उसे बधाई दी और कहा-

'अच्छा है, तुम भी मेरी तरह मेडिकल की लाइन में आ गए हो। कभी दिल्ली आने का मौका मिले, तब तुमसे और आंटी से आकर मिलूँगी'।

बात खत्म होने पर कमली ने फोन रख दिया।

कुछ दिन और बीत जाने पर अविनाश हॉस्पिटल में अकेलापन महसूस करने लगा था। कमली के रहने से वह काम के दौरान कई बार उससे मिल लेता था। उसकी रूटीन भी पुरानी चल रही थी। किसी सीनियर डॉक्टर के साथ उसे बिठाया जाता, जो अब भी जारी था। उसे अकेले काम करने का मौका नहीं मिल पा रहा था। उसे अब इस बात का अफसोस था कि वह कमली के साथ एमडी का इम्तहान दे देता। बिना एमडी किए, हॉस्पिटल में उसका कोई खास महत्व नहीं था। इसके कारण उसका मन उचाट हो रहा था। वह अंदर ही अंदर घुटने लगा था। अब वह कभी सुबह हॉस्पिटल देरी से जाता या कमली के कॉलेज जाने के बाद किसी-किसी दिन घर पर ही पड़ा रहता। उसके काम करने के इस तरीके को देख कर हॉस्पिटल के डाइरेक्टर ने उसे कई बार बुला कर चेतावनी दी थी, लेकिन अविनाश का वही रवैया था। अविनाश ने कमली को इसके बारे में ज्यादा नहीं बताया था, लेकिन अविनाश के व्यवहार में कमली को कुछ बदलाव महसूस हुआ था। अब वह पहले की तरह बहुत खुश नजर नहीं आता था। चुपचाप रहता था। कमली ने एक-दो बार उससे पूछा भी था, लेकिन अविनाश ने सिर दर्द का बहाना कर बात को टाल दी थी।

फरवरी का महीना था। एक दिन शाम में कमली घर जल्दी आ गयी थी। अविनाश अमूमन पाँच बजे तक आ जाता था, लेकिन उस दिन वह छह बजे घर आया। वह चेहरे से परेशान लग रहा था। उसकी कमीज के ऊपर के दो बटन टूटे हुए थे, उसके होठों पर खून था और बाल बिखरे थे। कमली उसे देख कर घबड़ा गयी। बाहर के कमरे में बैठने के बाद कमली ने पहले उसे एक ग्लास पानी पीने के लिए दिया, फिर पूछा-

'क्या हुआ अविनाश, तुम इतने परेशान क्यों लग रहे हो और ऐसी हालत कैसे हो गयी तुम्हारी'।

अविनाश ने कहा-

'आज हॉस्पिटल में एक घटना हो गयी। ओपीडी में सीनियर डॉक्टर नहीं आए थे। मुझे वहाँ नौ बजे पहुँचना था। मैं घर से देर से निकला। वहां पहुँच कर देखा ओपीडी में एक मरीज अचानक बैठे-बैठे बेहोश हो गया था। वह वहाँ दो घंटे से बैठा था। सीनियर डॉक्टर और मेरे नहीं रहने के कारण कोई उसे देख नहीं पाया। उसके साथ आए कुछ लोग उसके बेहोश होने के बाद हल्ला करने लगे। मैंने जल्दी से उसे स्ट्रेचर पर डाल कर उसकी जांच की, लेकिन तब तक वह मर चुका था। उसके बाद उसके साथ आए लोगों ने मेरे साथ मारपीट करनी शुरू कर दी। मेरे कालर को पकड़ कर मुझे मारने की कोशिश की। उसी में मेरे शर्ट के ऊपर के दो बटन टूट गए और एक बार मेरे होठों पर भी लगा। बहुत मुश्किल से सेक्युर्टी गार्ड ने आकर मुझे बचाया। बाद में स्थिति शांत होने पर मैं अपने काम में लग गया। शाम में जांच करने के बाद डाइरेक्टर ने मुझे अपने कमरे में बुलाया और मुझे बहुत बुरा-भला कहा। मैंने अपनी गलती मानी और उन्हें बहुत समझाने की कोशिश की, लेकिन उन्होंने मेरी नहीं सुनी। उन्होंने उसी वक़्त मुझे नौकरी से निकाल दिया'।

कमली अविनाश की बात सुन कर सन्न रह गयी। वह कुछ देर चुप हो कर बोली-

'ऐसा कैसे हो सकता है कि एक घटना के लिए तुम्हें नौकरी से निकाल दिया गया। मैं अभी डाइरेक्टर से बात करती हूँ'।

कमली ने बात करने के लिए अपना फोन उठाया, लेकिन अविनाश ने उसका हाथ पकड़ लिया और कहा-

'मैंने तुम्हें पहले नहीं बताया था। कुछ दिनों से मुझे हॉस्पिटल में काम करने में मन नहीं लग रहा था, इसलिए कभी-कभी मैं देर से जाता था या नहीं जाता था। डाइरेक्टर ने मुझे एक-दो बार चेतावनी

दी थी, लेकिन मैंने नहीं सुनी। आज की घटना के लिए वाकई मैं ज़िम्मेवार हूँ। मैं यदि समय से वहाँ पहुँच जाता, तब शायद उस मरीज की जान बच जाती। अब डाइरेक्टर को फोन करने का कोई फायदा नहीं है। गलती मेरी है'।

कमली ने अविनाश का हाथ पकड़ कर कहा-

'मैंने इसीलिए तुम्हें एमडी का इम्तहान देने के लिए कहा था, लेकिन तुमने मेरी उस वक़्त नहीं सुनी। अब भी देर नहीं हुई है। तीन महीने के बाद दुबारे इम्तहान होंगे। तुम अभी से उसकी तैयारी शुरू कर दो। मैं तुम्हारी पूरी मदद करूंगी'।

अविनाश ने कहा-

'बिना किसी काम के दिनभर घर में बैठ कर तीन महीने पढ़ाई करना मुश्किल होगा। मैं देखता हूँ, किसी और हॉस्पिटल या नर्सिंग होम में काम मिल जाये'।

कमली ने कहा-

'नहीं भी मिला, तब कोई बात नहीं है। वैसे तुम कोशिश करो, मुझे लगता है तुम्हें कहीं काम मिल जाएगा'।

तीन-चार दिनों में कई हॉस्पिटल और नर्सिंग होम के चक्कर लगाने के बाद अविनाश को एक छोटे नर्सिंग होम में काम मिल गया। वहाँ उसे पैसे कम मिल रहे थे, लेकिन इसके सिवा और कोई चारा नहीं था। वहाँ उसे दिन भर के काम के अलावा जरूरत पड़ने पर रात में भी जाना था। बड़े हॉस्पिटल से निकाले जाने के बाद अविनाश को झटका लगा था। उसने अपनी नयी नौकरी में किसी तरह की सुस्ती नहीं दिखाने की कसम खाई।

कमली को अविनाश की नई नौकरी से खुशी मिली। अब अविनाश को किसी तरह एमडी का इम्तहान पास करना था। उसपर

इम्तहान का जुनून सवार हो गया था। वह दिनभर नर्सिंग होम में काम कर शाम से लेकर देर रात तक पढ़ाई करता। लेकिन बीच-बीच में वह अपने आप को कमजोर भी महसूस करता था। उसका अपने ऊपर से भरोसा उठ रहा था। वह कमली को अपने अंदर की हर बात बताता।

कमली अविनाश की इस हालत को देख कर अंदर से परेशान हो गयी थी। वह चाहती थी, उसकी तरह अविनाश भी आगे बढ़े। कभी-कभी अविनाश के हतोत्साह होने पर वह अविनाश का हौसला लगातार बढ़ाती थी। एमडी के इम्तहान के लिए खरीदे गए सारे किताब उसने अविनाश को पढ़ने के लिए दे दिये। वह उसके साथ देर रात तक जग कर उसे पढ़ाने लगी। अविनाश भी अपनी तरफ से पूरी कोशिश करने लगा। कमली ने कुछ दिनों तक अपने ट्यूशन क्लास को बंद कर दिया था। वह उस वक़्त अविनाश के साथ बैठ कर इम्तहान के बारे में बातें करती या अविनाश को किसी विषय के बारे में समझाती।

तीन महीने के बाद जून में अविनाश एमडी के इम्तहान में बैठा। उसने तैयारी पूरी की थी, लेकिन बीच-बीच में वह नर्वस होता और तब सारी याद की हुई पढ़ाई भूलने लगता। इम्तहान का इतना दबाव उसने अपने ऊपर ले लिया था कि पेपर लिखते वक़्त वह किसी-किसी सवाल पर नर्वस होकर बैठ जाता। उसके हाथ काँपने लगते। बहुत देर तक वह यूं ही बैठा रहता। उसके बाद वह अगले सवाल को देखता। इस कारण से उसके पेपर उतने अच्छे नहीं हुए। फिर भी कमली ने उसका हौसला बनाए रखा। इम्तहान और रिज़ल्ट के बीच किसी-किसी दिन रात को वह अचानक सोते हुए उठ कर बैठ जाता। वह पसीने से नहाया हुआ होता। घबड़ाहट के मारे उसे नींद नहीं आती थी। कमली तब उसे थपकी देकर सुलाती थी।

जुलाई के पहले सप्ताह में रिज़ल्ट आया। शनिवार का दिन था। कमली घर पर ही थी। दोनों ने मिलकर लैपटॉप पर रिज़ल्ट देखा। अविनाश पास नहीं हो सका। कमली को झटका लगा। उसने अविनाश की तरफ देखा। रिज़ल्ट देख कर अविनाश बहुत देर यूं ही चुपचाप बैठा रहा। कमली ने उसे पानी पीने के लिए दिया। अविनाश ने अचानक पानी पीते-पीते ग्लास जमीन पर पटक दिया और खड़े होकर ज़ोर से चिल्लाया। वह बहुत देर तक चिल्लाता रहा। कमली उसे देख कर डर गयी। उसने उसे हाथ पकड़ कर बिठाया और उसके गले लग कर उसे शांत करने की कोशिश करती रही। बहुत देर बाद अविनाश शांत हुआ। उसके बाद वह सो गया।

शाम में जब वह सो कर उठा तब बिलकुल चुपचाप, शांत था। कमली ने उससे बात करने की कोशिश की, लेकिन उसने कुछ नहीं कहा। कमली उसके पास लगातार बैठी रही। अचानक वह कमली की गोद में सिर रख कर रोने लगा। उसने रोते हुए कहा-

'मैं हार गया कमली। मैंने इतनी मेहनत की थी, लेकिन पता नहीं कहाँ चूक रह गयी। मैं अब कभी आगे नहीं पढ़ पाऊँगा और अब इसी तरह मेरी जिंदगी कटेगी'।

कमली ने उसके बाल सहलाते हुए कहा-

'इतनी जल्दी हार नहीं मानते हैं अविनाश, तुम अगले साल फिर से इम्तहान दोगे और जरूर पास होगे। तबतक तुम नौकरी करते रहना। मैं तुम्हारे साथ हूँ, तुम्हें ऐसे हिम्मत नहीं हारने दूँगी'।

अविनाश बहुत देर तक यूं ही बैठा रहा। कमली ने धीरे-धीरे उसे शांत कराया।

रिज़ल्ट निकले एक महीना हो गया था। एक दिन अविनाश नर्सिंग होम से लौटा। कमली भी घर आ गयी थी। अविनाश का चेहरा

उस दिन अच्छा लग रहा था। वह कमली को देख कर मुस्कुरा रहा था। कमली ने उसे देख कर कहा-

'क्या बात है डॉक्टर साहब, बहुत दिनों के बाद आज बड़े खुश लग रहे हैं'।

अविनाश ने कमली का हाथ पकड़ कर उसे बिठाया फिर कहा-

'मैंने इस बीच बिहार सरकार में नौकरी के लिए आवेदन दिया था। मुझे कल इंटरव्यू के लिए बुलाया गया है। उन्हें जिला स्तर पर एमबीबीएस डॉक्टर की जरूरत है। वेकेंसी बहुत है, इसलिए संभावना है, मेरा चयन हो जाएगा। मैंने आज सचिवालय में इस संबंध में स्वास्थ्य विभाग के एक अधिकारी से बात की है, जो मेरे दोस्त के बड़े भाई हैं। उन्होंने बताया कि इसके लिए पहले कोई टेस्ट या इम्तहान नहीं होगा, सीधे इंटरव्यू से चयन होगा। मैं भी शुरू से चाहता था कि मुझे सरकारी नौकरी मिले'।

कमली ने कहा-

'ये तो बड़ी अच्छी खबर तुमने सुनाई। मेरा मन कहता है कल तुम इंटरव्यू में जरूर चुन लिए जाओगे। फिर भी आज इंटरव्यू की थोड़ी तैयारी कर लो, मैं भी तुम्हारी मदद कर दूँगी'।

अविनाश ने कहा-

'एक ही परेशानी हो सकती है, कहीं यहाँ से बाहर का कोई जिला मिला, तब मुझे वहाँ जाना पड़ेगा'।

कमली ने कहा-

'अभी इतना मत सोचो, जो होगा अच्छे के लिए होगा'।

अविनाश ने दिन भर इंटरव्यू की तैयारी की। कमली उसके सामने बैठ कर उससे सवाल पूछती और वह जवाब देता। अविनाश

का इससे हौसला बढ़ा गया। अगले दिन अविनाश तैयार होकर इंटरव्यू के लिए गया। कमली ने भगवान के सामने हाथ जोड़ कर उसके लिए प्रार्थना की। कमली भी कॉलेज चली गयी। दोपहर में लंच के वक़्त अविनाश का फोन आया। वह सेलेक्ट हो गया था। उसके दोस्त के बड़े भाई की मदद से उसे पटना जिला मिला था। उसकी पोस्टिंग कुछ दिनों बाद होनी थी।

शाम में कमली घर आई। अविनाश आते ही उसे गोद में उठा कर खुशी के मारे चारों तरफ घूमने लगा। कमली ने उसे रोका और नीचे उतर कर कहा-

'तुम्हें बहुत-बहुत बधाई। देखो मेहनत का नतीजा तुम्हें मिल गया। अभी एमडी न सही, तुम्हें सरकारी नौकरी मिल गयी। इसी में काम करते हुए तुम अगले साल जरूर एमडी के इम्तहान में पास हो जाओगे'।

अविनाश ने कहा-

'मैं अभी तुम तक नहीं पहुँच पाया हूँ, लेकिन नर्सिंग होम से यह बेहतर नौकरी होगी। देखते हैं मेरी पोस्टिंग कहाँ होती है'।

दोनों ने मंदिर जाकर भगवान को प्रसाद चढ़ाया।

सात दिनों बाद अविनाश को जॉइनिंग की चिट्ठी मिल गयी। उसे मेडिकल ऑफिसर के रूप में शहर से चालीस किलोमीटर दूर फूलपुर गाँव के प्राथमिक चिकित्सा केंद्र में भेजा गया था। उसकी सैलरी पचास हजार रुपये मासिक तय की गयी थी। उसे अगले दो दिनों के बाद नयी जगह जाना था। कमली थोड़ी मायूस हुई थी। उसे अब घर पर अकेले रहना था। शायद बीच-बीच में छुट्टियों में अविनाश का आना हो सकता था, लेकिन अभी जैसी बात नहीं थी। फिर भी वह भीतर से बहुत खुश थी। वह अविनाश के करियर के बारे में चिंतित हो गयी थी। अब कम से कम उसे एक रास्ता मिला था।

दो दिनों बाद अविनाश अपनी नई जगह के लिए निकल गया। उसके साथ दो सूटकेस में सामान था। वह अपने साथ गाड़ी ले गया। उसे घर से गाँव जाने में एक घंटे का वक़्त लगा। मुख्य सड़क से गाँव की दूरी तीन किलोमीटर थी। वहाँ पहुँच कर उसे पता चला कि वहाँ एक और डॉक्टर की पोस्टिंग हुई है। अविनाश उस डॉक्टर से सीनियर होने के कारण प्राथमिक केंद्र का इंचार्ज बनाया गया था।

अविनाश ने पहले दिन ऑफिस पहुँच कर सबसे पहले केंद्र के बड़ा बाबू से बात की। बड़ा बाबू ने अविनाश को बताया कि प्राथमिक केंद्र के कैम्पस में डॉक्टर के लिए दो क्वार्टर बने हैं। इसके अलावा वहाँ एक छोटा-सा गेस्ट हाउस है, जिसमें दो रूम हैं। क्वार्टर में शिफ्ट करने के पहले डॉक्टर कुछ दिनों के लिए वहाँ रहते हैं। बड़ा बाबू ने बताया कि पहले के दो डॉक्टर का हाल में तबादला हुआ है। दोनों डॉक्टर अकेले गेस्ट हाउस में रहते थे। उन्होंने क्वार्टर नहीं लिया था। वे दोनों सप्ताह में पाँच दिन ड्यूटी कर शुक्रवार की शाम को तीन दिनों के लिए पटना चले जाते थे। शनिवार और रविवार को वहाँ रहकर, सोमवार की सुबह वापस गाँव आ जाते थे।

बड़ा बाबू ने आगे बताया कि यहाँ सुबह नौ बजे से ओपीडी की शुरुआत होती है, जो साढ़े बारह बजे तक चलती है। लंच के बाद फिर तीन बजे से पाँच बजे तक मरीज देखने का काम होता है। अमूमन केंद्र में रोज तीस से चालीस मरीज आते हैं। छोटी-मोटी बीमारी का इलाज वहाँ हो जाता है, लेकिन गंभीर रोग के लिए मरीज को पटना के सरकारी हॉस्पिटल में भेज दिया जाता है। वहाँ केंद्र में एक एम्ब्युलेन्स भी था। बीच-बीच में गाँव में स्वास्थ्य केंद्र लगता था, जिसके लिए एम्ब्युलेन्स से मरीजों को लाया जाता था या किसी गंभीर मरीज को पटना भेजने के लिए एम्ब्युलेन्स का उपयोग होता था।

अविनाश गेस्ट हाउस के एक कमरे में चला गया। दूसरा डॉक्टर दोपहर बाद पहुंचा। वह अविनाश के ही कॉलेज का था, पर उससे एक साल जूनियर था। वह अविनाश को जानता था। पहले दिन ज्यादा मरीज नहीं आए, लेकिन अविनाश के लिए खुद मरीज देख कर दवा लिखने का नया अनुभव था।

इधर कमली घर में फिर अकेले रह गयी थी। उसने ट्यूशन के क्लास फिर से शुरू कर दिये थे। कॉलेज में वह बहुत व्यस्त हो गयी थी। आए दिन उसे किसी न किसी ऑपरेशन में शामिल होना पड़ता था।

एक दिन कमली के साथ अजीब वाकया हुआ। सुबह नौ बजे से एक तीन साल के बच्चे के हार्ट का ऑपरेशन था। उसके हार्ट का एक भाग बचपन से ज्यादा काम नहीं करता था, जिसके कारण बड़ा होने पर वह खेलते हुए जल्दी थक जाता था। उसकी सांस फूलती थी। डॉक्टर को उसके हार्ट के उस भाग को ऑपरेशन कर ठीक करना था। ऑपरेशन काफी लंबा चलने वाला था। सर्जन ने ऑपरेशन शुरू किया। पूरे हार्ट को खोल कर उसे दूसरे रास्ते से सपोर्ट पर रखा गया। इस बीच उसके हार्ट को ठीक किया जा रहा था। ऑपरेशन लगभग आठ घंटे चला।

ऑपरेशन खत्म कर टांके वगैरह लगाते समय अचानक बच्चे का ब्लड प्रेशर नीचे उतरने लगा और उसकी नाड़ी कम होने लगी। कमली दूर से खड़ी उसे देख रही थी। सर्जन थोड़े घबड़ाये। बच्चा किसी भी तरह ठीक नहीं हो रहा था। अचानक मॉनिटर में दिखा, उसकी नाड़ी चलनी बंद हो गयी और ब्लड प्रेशर भी खत्म हो गया। डॉक्टर ने उसके कलेजे को पम्प करना शुरू किया। दो तीन बार के पम्प के बाद भी बच्चे में जान नहीं आई। अब डॉक्टर उसे मृत घोषित करने वाले थे। बाहर उस बच्चे के माँ-बाप खड़े थे।

पता नहीं कमली को क्या सूझा। वह बच्चे के पास गयी और उसके बाएँ हाथ को अपने हाथ में लेकर उसकी हथेली को ज़ोर-ज़ोर से सहलाने लगी। एक डॉक्टर होते हुए भी बच्चे की हालत देख कर कमली की आँखों में आँसू आ गए थे। सर्जन उसे गौर से देख रहे थे। उन्होंने सिर हिलाकर नहीं का इशारा किया। कमली उसके हाथ को लगातार सहलाती रही। अचानक मॉनिटर पर फिर से बच्चे की नाड़ी चलती दिखाई देने लगी। ब्लड प्रेशर भी आ गया। कमली ने जब यह देखा तब वह हैरान रह गयी। वह बच्चे के हाथ को अपनी गाल से सटाकर रोने लगी। बच्चा जी उठा था।

कमली ने उसके हाथ को छोड़ दिया। सर्जन ने कमली को गले लगा लिया। उन्हें भी समझ में नहीं आया, यह चमत्कार कैसे हुआ। कमली ने सोचा, शायद बच्चा उसके स्पर्श को अपनी माँ का स्पर्श समझ रहा होगा। बाहर आकर सर्जन ने उसके माँ-बाप को सारी बात बताई। कमली के बाहर निकलने पर बच्चे की माँ उससे लिपट कर रोने लगी। कमली ने ऊपर सिर उठाकर भगवान को प्रणाम किया।

पाँच दिनों बाद शुक्रवार की शाम में अविनाश घर आया। उसने कमली को वहाँ की एक-एक बात बताई। कमली को महसूस हुआ कि अविनाश नई नौकरी से खुश है। अविनाश शनिवार और रविवार को घर पर रह कर सोमवार की सुबह फिर फूलपुर चला गया। शनिवार की शाम में दोनों बाहर घूमने निकले थे और रात का खाना एक रेस्तरां में खा कर लौटे।

अविनाश के छुट्टियों में आना-जाने का सिलसिला चलता रहा। उसने वहाँ के क्वार्टर का रंग-रोगन करा दिया और घर से कुछ सामान लेकर वहाँ शिफ्ट हो गया। दूसरा डॉक्टर अभी भी गेस्ट हाउस में रह रहा था। उसने वहाँ से किसी दूसरे जगह तबादले की अर्जी डाली थी। वह उसी के इंतजार में था।

तीन महीने बीतने पर कमली ने अविनाश को याद दिलाया कि उसे जून महीने में फिर से एमडी के एड्मिशन के इम्तहान में बैठना है। अविनाश में इम्तहान देने की उतनी उत्सुकता दिखाई नहीं पड़ी। वह गाँव की नौकरी के कारण किताबों से दूर हो गया था। वह भीतर से चाहता था, लेकिन उसके पास गाँव में दिन में पढ़ने की बिलकुल फुर्सत नहीं थी। कमली के कहने पर उसने ऑफिस में एक महीने की छुट्टी की अर्जी दी। सात दिनों के बाद उसकी छुट्टी मंजूर हो गयी।

कमली ने अविनाश के लिए दिन भर की रूटीन बना दी थी। वह सुबह-सुबह उसे पढ़ने के लिए उठा देती। वह भी अविनाश के साथ उठ कर चाय बनाकर उसे देती और खुद भी पीती थी। उसके बाद वह तैयार होकर कोचिंग क्लास के लिए निकल जाती थी। वहाँ से लौटकर दोनों साथ नाश्ता करते थे। कमली नौ बजे कॉलेज चली जाती थी। कमली के कॉलेज जाने पर अविनाश दिन में पढ़ता रहता। कभी ऊब जाने पर वह बाजार के चक्कर लगा कर आ जाता। हालाकि, पता नहीं क्यों वह इम्तहान के लिए बहुत आश्वस्त नहीं था। बहुत दिनों से पढ़ाई छूट जाने के कारण उसका मन जल्दी उचाट हो जा रहा था।

किसी तरह एक महीने के बाद अविनाश ने इम्तहान दिया। पिछले बार की तरह वह फिर इस बार पेपर देने में नर्वस हुआ। कमली के लाख उत्साह बढ़ाने का भी उसके ऊपर ज्यादा असर नहीं हुआ। अब वह समझ चुका था कि इस इम्तहान को पास करना उसके बस की बात नहीं थी। इम्तहान खत्म कर उसने फिर ड्यूटी जॉइन कर ली। एक महीने के बाद रिज़ल्ट निकला। इस बार भी अविनाश पास नहीं हो सका था। उसने कमली से कहा कि अब वह कभी इस इम्तहान में नहीं बैठेगा। वह जहां है, वहीं खुश है। इसी में वह आगे अपने करियर की तलाश करेगा। कमली भी समझ चुकी थी कि एमडी का इम्तहान अब अविनाश के बस के बाहर है।

इक्कीस

कुछ महीने बीत गए। कमली के एमडी कोर्स का पाँचवाँ सेमेस्टर हो गया था। अब कोर्स का छह महीना बाकी था। इसी बीच कमली को कॉलेज की तरफ से पेडियाट्रिक्स पर एक इंटरनेशनल सेमिनार में भाग लेने के लिए चुना गया। जनवरी के अंत में तीन दिनों का सेमिनार पाँच दिनों बाद दिल्ली में था। कमली को सोमवार की शाम में जाकर शुक्रवार को लौटना था। उसके रहने के लिए वहाँ होटल की व्यवस्था कर दी गयी थी। उसी होटल में सेमिनार होना था।

अविनाश के घर आने पर कमली ने उससे दिल्ली जाने की बात कर ली। सोमवार की सुबह अविनाश गाँव के लिए निकला और कमली इधर दोपहर की फ्लाइट से दिल्ली चली गयी। एयरपोर्ट से होटल पहुँच कर उसने पहले अविनाश को अपने सकुशल पहुँचने की जानकारी दे दी। उसके बाद अचानक उसे अतुल का ख्याल आया। इस बार वह अतुल और उसकी माँ से जरूर मिलना चाहती थी। उसने अतुल को फोन किया। अतुल ने तुरंत फोन उठाया। कमली ने कहा-

'कैसे हो अतुल, मैं आज ही दिल्ली आई हूँ, एक इंटरनेशनल सेमिनार में मुझे शामिल होना है। मैं यहाँ तीन दिनों तक रहूँगी। तुमलोगों से कब मुलाक़ात हो सकती है'।

अतुल ने कहा-

'जिस सेमिनार की तुम बात कर रही हो, उसमें अपने हॉस्पिटल की तरफ से मैं भी शामिल रहूँगा। हमलोगों ने उस सेमिनार को स्पॉन्सर किया है। अच्छा है, तुमसे वहीं मुलाक़ात हो जाएगी। किसी दिन शाम में मैं तुम्हें अपने घर लाकर माँ से मिलवा दूँगा'।

कमली ने कहा-

'चलो यह अच्छा है। तुम अगले तीन दिनों तक कम से कम दिन भर मेरे साथ रहोगे'।

उसके बाद कमली ने किरण को फोन किया। संयोग से किरण ने भी बताया कि वह सेमिनार में एम्स की तरफ से राकेश के साथ शामिल हो रही है। कमली निश्चिंत हो गयी।

अगले दिन कमली सुबह उठ कर जल्दी तैयार हो गयी। सेमिनार के लिए सुबह साढ़े नौ बजे जाना था। कमली ने अतुल और किरण को अपना रूम नंबर बता दिया था। नौ बजे किरण और राकेश उसके रूम में आ गए और उसके पाँच मिनट बाद अतुल पहुंचा। कमली ने देखा, अतुल इस बीच थोड़ा मोटा हो गया था। कमली ने अतुल को किरण और राकेश से मिलवाया। वे एक बार पहले नए साल के जश्न में थोड़ी देर के लिए अविनाश के हॉस्टल में मिले थे। सभी ने जल्दी से रूम में चाय बना कर पी। ठीक साढ़े नौ बजे वे सब नीचे सेमिनार हॉल में पहुँच गए। दिनभर सेमिनार चला। लंच टाइम में चारों ने एक टेबल पर बैठ कर खाना खाया। अतुल ने कमली को बता दिया था कि वह शाम में उसे अपनी माँ से मिलवाने ले जाएगा।

शाम के पाँच बजे सेमिनार का पहला दिन खत्म हुआ। किरण और राकेश को विदा कर कमली जल्दी से तैयार होकर अतुल के साथ गाड़ी से निकल गयी। गाड़ी ड्राईवर चला रहा था। अतुल और कमली पीछे बैठे थे। अतुल ने कहा-

'तुम्हें एक गुड न्यूज़ देना है। मेरी शादी प्रिया के साथ तय हो गयी है। अगले महीने की बीस तारीख को है। तुम्हें शादी में आना होगा'।

कमली ने मुस्कुराकर जवाब दिया-

'यह तो बहुत अच्छी खबर है। तुम्हें एडवांस में बधाई। प्रिया से मुझे भी मिलाओ'।

अतुल ने कहा-

'मैं कल कोशिश करता हूँ। वह एक दूसरी कंपनी में काम करती है। देखता हूँ कल शाम में वह कब फ्री होती है, फिर हम साथ डिनर के लिए चलेंगे'।

आधे घंटे में कमली अतुल के घर पहुँच गयी। अतुल ने माँ को पहले खबर कर दी थी। कमली घर के अंदर गयी। उसने अतुल की माँ को पैर छू कर प्रणाम किया। अतुल की माँ ने कमली से कहा-

'अरे बेटा, कितने दिनों बाद तुमसे मुलाक़ात हुई है, तुम्हारी माँ के बारे में अतुल से पता चला। मुझे बहुत अफसोस हुआ। मेरी अच्छी सहेली थीं। तुम्हारी शादी पर भी तबीयत खराब होने के कारण नहीं आ पायी। तुम कैसी हो और अविनाश कहाँ है'।

कमली ने जवाब दिया-

'आंटी मैं बिलकुल ठीक हूँ। अभी एमडी की पढ़ाई कर रही हूँ। अविनाश सरकारी नौकरी में है। उसकी पोस्टिंग पास के एक गाँव में है'।

अतुल ने कमली को अपना घर दिखाया। यह घर अतुल को उसकी कंपनी की तरफ से मिला था। घर काफी बड़ा था और बहुत अच्छी तरह सजाया हुआ था। घर में काम करने के लिए दो लोग थे। कमली ने अतुल को देख कर कहा-

'तेरे तो बड़े ठाठ हैं अतुल। प्रिया के बारे में कुछ बताओ'।

अतुल ने कहा-

'कोई ठाठ-वाठ नहीं है। यह सब कंपनी का दिया हुआ है और उसके लिए मुझे बहुत मेहनत करनी पड़ती है। दिन-रात काम में लगा रहता हूँ'।

उसने आगे बताया-

'प्रिया दिल्ली की रहने वाली है। उसके पिता बिज़नेस करते हैं और काफी पैसे वाले हैं। प्रिया मेरे साथ एमबीए में पढ़ती थी। वैसे उसके वहाँ कई दोस्त थे, लेकिन पता नहीं क्यों उसे मुझमें क्या दिखा। वह थोड़ी मॉडर्न ख्याल की लड़की है और फास्ट लाइफ पर विश्वास करती है। पता नहीं मैं उसकी दौड़ में कितनी दूर तक चल पाऊँगा'।

कमली ने कहा-

'तुम दोनों एक दूसरे से प्यार करते हो, फिर कोई परेशानी नहीं है। प्यार में बहुत ताकत होती है'।

अतुल कमली की बात सुनकर मुस्कुराकर रह गया। उसने कहा-

'मेरी शादी में तुम्हें और अविनाश को जरूर आना है। तुम दोनों कहीं बाहर नहीं, मेरे घर पर रहोगे। सभी रस्मों में तुम्हें रहना है। आखिर तुम मेरी सबसे अच्छी दोस्त हो। संयोग से शादी शनिवार को है, इसलिए तुमलोगों को छुट्टी की भी दिक्कत नहीं होगी'।

अतुल की माँ ने रात का खाना डाइनिंग टेबल पर लगवा दिया था। खाना खाते वक़्त कमली ने अतुल की माँ से कहा-

'आंटी नयी बहू के आने के लिए आपको अग्रिम बधाई। मुझे अतुल की शादी की बहुत खुशी है'।

फिर कमली ने पूछा-

'आप अपनी होने वाली बहू से मिली हैं'।

अतुल की माँ ने कहा-

'मेरे मन में शुरू से था कि तुम मेरे घर की बहू बन कर आओ। अतुल के पापा भी यही चाहते थे। लेकिन अतुल के भाग्य में प्रिया लिखी थी। अब भाग्य को कौन बदल सकता है। एक दिन अतुल उसे लेकर घर आया था। मुझे वह बहुत खुले विचारों वाली लगी। पता नहीं वह हमारे तौर-तरीकों में रह पाएगी या नहीं। वैसे तुमलोगों ने आगे का क्या सोचा है। बच्चे-वच्चे की क्या प्लानिंग है'।

कमली ने झेंप कर अतुल की ओर देखा फिर कहा-

'आंटी, अभी तो मेरी पढ़ाई चल रही है। आगे देखेंगे'।

रात का खाना खत्म कर कमली वापस होटल जाने के लिए तैयार हुई। अतुल ने अपने ड्राईवर को बता दिया। कमली अतुल की गाड़ी से वापस होटल लौटी।

अगले दिन दोपहर में अतुल ने कमली को बताया कि पास के एक रेस्तरां में शाम में उसने डिनर रखा है, जिसमें प्रिया भी रहेगी। कमली की उससे वहीं मुलाक़ात हो जाएगी।

शाम में अतुल जल्दी अपने घर चला गया। कमली सेमिनार के बाद थोड़ी देर आराम कर रेस्तरां के लिए आठ बजे निकली। उसने कैब कर लिया था। पंद्रह मिनट में वह रेस्तरां में थी। अतुल आ गया था। प्रिया के आने का इंतजार था। अतुल और कमली कोने की एक टेबल पर बैठ गए थे। उस रेस्तरां में लोग ड्रिंक्स भी ले रहे थे।

अतुल लगातार रेस्तरां के दरवाजे की ओर देख रहा था। थोड़ी देर में रेस्तरां का दरवाजा खुला। अतुल ने अपनी जगह से खड़ा होकर हाथ हिलाया। कमली ने मुड़ कर देखा, एक छोटे बालों वाली तीखे नाक-नक्श की सुंदर-सी लड़की उसकी टेबल के नजदीक आ रही थी। उसने काले रंग की घुटने से ऊपर तक की चुस्त ड्रेस पहन रखी थी। आँखों पर उसने काला चश्मा लगा रखा था। नजदीक आकर उसने अतुल को 'हाय' कहा। अतुल ने उसका परिचय कमली से कराया। कमली ने जबतक अपना हाथ बढ़ाकर उससे हाथ मिलाने की कोशिश की, तबतक उसने कमली को भी हाथ उठाकर 'हाय' कहा। वह अतुल की बगल वाली कुर्सी पर बैठ गयी। उसने पूरा मेकअप किया हुआ था। बैठते ही उसने अतुल से अँग्रेजी में कहा-

'हमलोग यहाँ क्यों आ गए, यह बहुत छोटा रेस्तरां है। किसी फाइव स्टार होटल में चलना चाहिए था। यहाँ कैसे-कैसे लोग बैठे हैं'।

अतुल ने कमली की ओर देख कर हिन्दी में कहा-

'अरे क्या बुरा है, मैं यहाँ अक्सर आता हूँ। यहाँ का खाना अच्छा है'।

प्रिया ने तुरंत अँग्रेजी में जवाब दिया-

'पता नहीं तुम्हारी पसंद कैसी है। शादी के बाद तुम्हें अपनी पसंद बदलनी पड़ेगी'।

अतुल प्रिया की बात सुनकर सकुचा गया। कमली ने भाँप लिया कि अतुल को प्रिया की कही बात अच्छी नहीं लगी।

कमली ने प्रिया से पूछा-

'कैसी चल रही है तुम्हारी शादी की तैयारी'।

प्रिया ने अपने चश्मे को उतार कर कमली से कहा-

'शादी की तैयारी पापा-मम्मी कर रहे हैं। मैं रोज अपनी दोस्त के साथ सिर्फ शॉपिंग के लिए जाती हूँ। पापा की मर्सिडीज गाड़ी मेरे साथ रहती है'।

कमली ने प्रिया की गाड़ी की बात पर भोलेपन से पूछा-

'तुम्हारे पास मर्सिडीज गाड़ी है। वह तो बहुत महंगी होगी'।

प्रिया ने कमली से कहा-

'मेरे पाप के पास चार गाडियाँ हैं। सभी विदेशी हैं'।

कमली प्रिया के जवाब के बाद चुप हो गयी। अमित ने खाने के पहले कोल्ड ड्रिंक्स और कुछ स्नैक्स का ऑर्डर किया। प्रिया ने कहा-

'यह क्या बच्चों जैसे कोल्ड ड्रिंक्स का ऑर्डर कर रहे हो। मैं हार्ड ड्रिंक्स लूँगी। तुम दोनों भी अगर चाहो तो वाइन या वोड्का ले सकते हो'।

अतुल ने कमली की ओर देख कर कहा-

'मैं हार्ड ड्रिंक्स नहीं लेता हूँ और मुझे पता है कमली भी नहीं लेती है। हम लोग कोल्ड ड्रिंक्स ही लेंगे'।

थोड़ी देर बाद वेटर ने प्रिया के लिए हार्ड ड्रिंक्स और अतुल तथा कमली के लिए कोल्ड ड्रिंक्स लाकर दिये। स्नैक्स में कुछ वेज और कुछ नॉन-वेज था।

अगले एक घंटे तक सिर्फ प्रिया बोलती रही। अपने पापा के बिज़नस, उसकी ड्रेस, उसकी नौकरी, इन्हीं सब पर वह बात करती रही। कमली को लगा ऐसी लड़की के साथ अतुल जैसा लड़का कैसे रह पाएगा। पता नहीं दोनों में प्यार कैसे हुआ।

रात का खाना ग्यारह बजे खत्म हुआ। तबतक प्रिया ने शराब के कई पेग ले लिए थे। वह बाहर निकलने में थोड़ी डगमगा रही थी।

अतुल उसे देख कर कमली के सामने संकोच में था। कमली ने आँख के इशारे से अतुल को प्रिया के साथ जाने के लिए कहा। वह खुद एक कैब कर होटल आ गयी।

अगले दिन फिर चारों सेमिनार में साथ-साथ रहे। अतुल ने राकेश और किरण को भी अपनी शादी की बात बता दी और उन्हें शादी में आने के लिए कहा। दोपहर में खाने के वक़्त अतुल ने कमली को अलग ले जाकर कहा-

'कमली मैं कल रात के प्रिया के व्यवहार से बहुत छुब्ध हूँ। मुझे समझ नहीं आ रहा है कि यदि इसको अपनी अमीरी का इतना घमंड है, तब यह कैसे मेरे या माँ के साथ रह पाएगी। फिर भी मैं उसे समझाने की कोशिश करूंगा। तुम कल की उसकी बातों का बुरा नहीं मानना। जितना मैंने उसे जाना है, वह भीतर से खराब लड़की नहीं है'।

कमली ने कहा-

'मैंने कहीं उसकी बात का बुरा नहीं माना। मैं तो खुश हूँ कि वह अपने ख़यालों से तुम्हें थोड़ा मॉडर्न कर देगी। तुम इतने बड़े ओहदे पर आकर भी इतने साधारण से रहते हो'।

अतुल ने मुस्कुराकर कहा-

'तुम ठीक कहती हो, शायद अब मुझे ही बदलना होगा'।

शाम के पाँच बजे सेमिनार खत्म हो गया। कमली की अगले दिन सुबह की वापसी की फ्लाइट थी। शाम में वह किरण और राकेश के साथ घूमने चली गयी। तीनों बहुत रात तक घूमते रहे, गप्पें मारीं और फिर एक रेस्तरां में खाना खाकर वापस लौटे। कमली अगले दिन सुबह की फ्लाइट से वापस घर आ गयी। उसका दिल्ली का सफर बहुत अच्छा रहा। सेमिनार के बहाने सभी पुराने दोस्तों से उसकी

मुलाक़ात हो गयी। वह घर आकर भी प्रिया के स्वभाव के बारे में सोच रही थी। उसे अतुल की चिंता थी।

अविनाश उसी दिन शाम में फूलपुर से आया। कमली ने आराम से बैठ कर उसे दिल्ली की सारी बातें बताई। उसने अतुल की शादी में जाने का भी जिक्र किया, लेकिन अविनाश ने उसपर ज्यादा ध्यान नहीं दिया।

अगले एक महीने तक कमली कॉलेज में बहुत व्यस्त हो गयी थी। वह अब देर शाम कॉलेज से लौटती थी। किसी-किसी दिन उसे ट्यूशन की क्लास बंद करनी पड़ रही थी। अब उसे शनिवार को भी कॉलेज जाना पड़ता था। अविनाश का सप्ताह के अंत में आना जारी था। इस बीच अतुल की शादी का कार्ड आ गया था। कमली प्रिया के उस रवैये के कारण शादी में जाने से घबड़ा रही थी और फिर अविनाश ने भी अतुल की शादी की बात पर बहुत ध्यान नहीं दिया था। कमली ने सोचा वह शादी में नहीं जाएगी और अतुल से अपना या अविनाश की बीमारी का कुछ बहाना बना देगी।

होली का त्योहार नजदीक आने वाला था। कमली कॉलेज में अपने एमडी के कोर्स के आखिरी सेमेस्टर में थी। अतुल की शादी हो चुकी थी। कमली शादी में नहीं जा सकी थी। इधर अविनाश अपने काम में लगा हुआ था।

इसी दौरान एक दिन शाम को कमली के मामाजी का फोन आया। उन्होंने कमली से कहा-

'बेटा, तुमलोग शादी के बाद यहाँ गाँव कभी नहीं आए हो। एक बार तुम लोगों का यहाँ आना बनता है। हमें बहुत खुशी होगी। मैं अविनाश को भी फोन कर कहूँगा। अगर संभव हो तो तुमलोग किसी शनिवार को आकर रविवार को वापस चली जाना'।

कमली ने जवाब दिया-

'मामाजी, मैं भी बहुत दिनों से आपके यहाँ आने की सोच रही थी। मैं चाहती हूँ कि जब हम दोनों आपके यहाँ आयें तब वहाँ एक मेडिकल कैंप लगाएँ, जिसमें गरीब लोगों की जांच कर उन्हें मुफ्त दवा दें। मैं जब भी आपके गाँव गयी हूँ, मुझे वहाँ के लोगों की तकलीफ देखी नहीं जाती है'।

मामाजी ने कहा-

'यह तो बहुत अच्छा विचार है तुम्हारा। तुम मुझे आने की तारीख बता दो, मैं यहीं अपने अहाते में शामियाना लगाकर दो दिनों के कैंप की व्यवस्था कर दूँगा। गाँव में पहले खबर भी करा दूँगा। जहां तक मुफ्त दवाओं का सवाल है, वह मेरी तरफ से होगी। तुम बस वहाँ से दवाएं खरीद कर लेती आना'।

कमली ने कहा-

'ठीक है मामजी, मैं अविनाश से बात करती हूँ। उम्मीद है हम अगले शनिवार को आपके पास आएंगे'।

कमली ने तुरंत अविनाश को फोन लगाया। कमली ने मामाजी से हुई सारी बात उसे बताई। मेडिकल कैंप की बात सुनकर वह भी खुश हुआ। वह गाँव जाने के लिए तैयार हो गया। कमली ने मामाजी को फोन कर बता दिया। मामाजी ने भी अविनाश को फोन कर उसे गाँव आने का न्योता दे दिया।

अविनाश से बात कर शुक्रवार को कमली ने दिन में जाकर लगभग पच्चीस हजार रुपये की दवाइयाँ खरीद लीं। शाम में अविनाश आ गया। अगले दिन दोनों सुबह-सुबह सात बजे मामाजी के गाँव के लिए गाड़ी से निकल गए। साढ़े आठ बजे तक वे गाँव पहुँच गए। मामाजी ने अपने अहाते में बड़ा-सा शामियाना लगा दिया था और

वहाँ कमली और अविनाश के बैठने के लिए दो अलग टेबल लगाए थे। मरीजों के बैठने के लिए कुछ कुर्सियाँ थीं और कुछ बेंच लगाए गए थे। शामियाने में पीछे मेडिकल कैंप का पोस्टर लगा था, जिसमें एक तरफ अविनाश की और दूसरी तरफ कमली की तस्वीर लगाई गयी थी। नीचे दोनों के नाम लिखे थे। माइक और लाउडस्पीकर का भी इंतजाम था। मरीजों के लिए पीने के पानी और हल्के नाश्ते के पैकेट का इंतजाम मामाजी ने किया था। कैंप का समय दस बजे का था।

मामाजी और मामीजी ने कमली और अविनाश का जोरदार स्वागत किया। दोनों की आरती उतारी गयी और माला पहनाया गया। उसके बाद दोनों को कमरे में ले जाया गया। वहीं सबने साथ बैठ कर नाश्ता किया। तब तक गाँव वालों का आना शुरू हो गया था। कमली ने गाड़ी से दवा के चार बड़े डिब्बे उतार कर शामियाने में रखवा दिये। मामाजी ने कमली से दवा के दाम पूछ कर उसे लिफाफे में पूरे पैसे पकड़ा दिये।

ठीक दस बजे कमली और अविनाश शामियाने में अपनी-अपनी कुर्सी पर बैठ गए। मामाजी और उनके लोग मरीजों को लाइन में बिठा कर एक-एक कर दोनों के पास भेजने लगे। अब तक लगभग दो सौ लोग वहाँ आ गए थे। मामाजी के प्रचार से आस-पास के गाँव के भी लोग वहाँ आ गए थे। कमली और अविनाश की मदद के लिए तीन-चार लोग थे। ज़्यादातर लोगों को पेट की बीमारी थी। गाँव के पानी के दूषित होने के कारण लोगों के पेट खराब रहते थे। कुछ लोगों को पुरानी खांसी थी या कुछ लोगों को आँख से धुंधला दिखाई पड़ता था। अविनाश और कमली सभी मरीजों को ध्यान से देखने के बाद जरूरत के हिसाब से कुछ दिनों की दवा दे रहे थे। बाकी दवा के लिए वे उन्हें पर्ची बनाकर दे रहे थे, जिससे बाद में वे गाँव की दुकान से खरीद सकें। भीड़ बढ़ने लगी। अब मामाजी ने माइक पर लोगों को अपनी जगह बैठने के लिए कहना शुरू किया।

दोपहर में एक घंटे का लंच टाइम था, उसके बाद फिर दोनों शाम के पाँच बजे तक मरीजों को देखते रहे। शाम तक लगभग पाँच सौ मरीज आ चुके थे। अविनाश और कमली दिन भर शामियाने में बैठने के कारण थक चुके थे। लेकिन उनके अंदर खुशी थी कि दोनों ने मिलकर दिन भर में पाँच सौ मरीजों को देखा था।

दूसरे दिन के कैंप में भीड़ थोड़ी कम थी। फिर भी दिन भर में दोनों ने करीब तीन सौ मरीजों को देखा। चार बजे तक कैंप खत्म हो गया। अविनाश और कमली के लौटने का वक़्त हो गया था। मामा और मामीजी ने अविनाश और कमली के लिए गिफ्ट और साथ में बहुत सारी मिठाइयों के पैकेट दिये। गाँव से निकल कर दोनों शाम के छह बजे तक अपने घर पहुँच गए। अविनाश इस कैंप से बहुत खुश हुआ था। कमली के मन में भी संतोष था कि थोड़ी सी मेहनत कर कम से कम दो दिनों के लिए भी वे गरीबों की सेवा कर सके।

घर पहुँच कर अविनाश के मन में अचानक एक विचार आया। उसने कमली से कहा-

'दो दिनों बाद होली है। उसके बाद तुम्हारी कोचिंग क्लास, ट्यूशन और कॉलेज की छुट्टी चार दिनों तक रहेगी। क्यों नहीं तुम मेरे साथ होली के अगले दिन फूलपुर चलती हो। अगर तुम्हारा वहाँ मन लग गया, तब हर बार की तरह शुक्रवार को मेरे साथ लौट आना, वरना मैं बीच में भी तुमको यहाँ शाम में आकर छोड़ सकता हूँ। वहाँ के घर को भी तुम रहने लायक बना देना'।

कमली को अविनाश का आइडिया अच्छा लगा। वह तुरंत तैयार हो गयी।

कमली ने अविनाश के साथ होली मनाई। उसने काम वाली के साथ मिलकर घर में कई पकवान बनाए। शाम में ट्यूशन क्लास में

पढ़ने वाले कुछ बच्चे कमली को अबीर लगाने आ गए। कमली ने सभी को बिठा कर पकवान खिलाये।

अगले दिन सुबह दोनों फूलपुर के लिए निकल गए। एक घंटे में दोनों पहुँच गए। अविनाश कमली को अपने क्वार्टर में ले गया। दो बेडरूम का क्वार्टर था। उसके अलावा एक ड्राइंग रूम, एक डाइनिंग रूम, किचेन, आगे बरामदा और पीछे बरामदा था। दोनों रूम में पलंग और गद्दे लगे थे। ड्राइंग रूम में एक सोफा सेट था और डाइनिंग रूम में एक डाइनिंग टेबल। डाइनिंग हाल में एक पुराना फ्रिज भी था। दोनों बेडरूम में कूलर लगे हुए थे। यह सारा सामान सरकारी था। पीछे सब्जी वगैरह लगाने की जगह थी। आगे कम्पाउण्ड में एक छोटा-सा लॉन था। खाना बनाने के लिए एक कुक था और घर की साफ-सफाई के लिए एक महिला थी। उस क्वार्टर के बगल में दूसरा उसी की तरह क्वार्टर था और उसके बगल में गेस्ट हाउस था। कम्पाउण्ड की दूसरी तरफ प्राथमिक स्वास्थ्य केंद्र था।

कमली को क्वार्टर पसंद आया। अंदर अविनाश के बेडरूम में समान फैला हुआ था। कमली ने घुसते ही रूम को ठीक करना शुरू कर दिया। कुछ घंटों में घर व्यवस्थित हो गया। दोनों ने बाहर बरामदे में बैठ कर चाय पी। अविनाश थोड़ी देर बाद तैयार हो कर अपने ऑफिस चला गया। उसने कमली को भी पीछे से आने के लिए कहा।

कमली थोड़ी देर किचेन में दिन के खाने के बारे में कुक को समझा कर तैयार होकर प्राथमिक केंद्र गयी। वहाँ अविनाश मरीजों की जांच कर रहा था। उसके साथ दूसरा डॉक्टर भी था। अविनाश ने उस डॉक्टर का परिचय कमली से कराया। थोड़ी देर कमली वहाँ बैठी रही। मरीजों के निकल जाने के बाद तीनों आपस में बातें करने लगे। सभी वहाँ लंच तक बैठे रहे। अविनाश ने इस बीच ऑफिस का काम निपटाया।

कमली लंच के बाद आराम करने लगी। अविनाश तीन बजे फिर वापस ऑफिस चला गया। शाम में वापस लौटने पर दोनों ने लॉन में कुर्सी निकाल कर बहुत देर तक बातें की। कमली को वहाँ शांति का अनुभव हो रहा था। ऊपर आकाश भी बिलकुल साफ था और किसी मोटर गाड़ी वगैरह की आवाज नहीं आ रही थी। रात में दोनों जल्दी सो गए।

सुबह उठ कर दोनों गाँव घूमने गए। उस गाँव की स्थिति भी कमली के मामाजी के गाँव जैसी थी। वहाँ बहुत गरीबी थी और लोगों का स्वास्थ्य भी अच्छा नहीं था। कमली ने अविनाश को वहाँ भी मेडिकल कैंप लगाने की सलाह दी।

अविनाश के यहाँ दो दिनों तक रह कर कमली ने पूरे घर को ठीक कर दिया। उसने अविनाश को किचेन और घर के जरूरी सामानों की लिस्ट बना कर दी। पीछे उसने एक छोटा किचेन गार्डेन तैयार करा दिया। बाहर लॉन में भी उसने कुछ फूल के पौधे लगवाए। इन सब काम को पूरा करने के बाद कमली को वहाँ बोरियत महसूस होने लगी। उसने अविनाश को वापस चलने के लिए कहा। तीसरे दिन शाम में अविनाश ऑफिस से जल्दी आकर कमली के साथ वापस शहर आ गया। वह रात भर घर पर रुका और अगली सुबह वापस गाँव चला गया।

अब कमली के एमडी के इम्तहान नजदीक आने लगे थे। दो महीने के बाद उसका यूनिवर्सिटी का इम्तहान था। उसने ट्यूशन क्लास बंद कर दिया था और कॉलेज से शाम में लौटकर पढ़ाई में लग जाती। अविनाश हर बार की तरह शुक्रवार को घर आता। अब कमली पढ़ाई के कारण शनिवार और रविवार को घर पर रहकर पढ़ाई करती।

उसी दौरान एक दिन कोचिंग क्लास के डाइरेक्टर ने उसे बुलाया। उसने कहा-

'आप एमडी के बाद फिर से मेरे हॉस्पिटल को जॉइन कर लें। मैंने वहाँ बात कर ली है। वे आपको हॉस्पिटल मैनेजमेंट का वाइस प्रेसिडेंट बनाना चाहते हैं। आप कोर्स खत्म कर तुरंत जॉइन कर सकती हैं'।

कमली को इस ऑफर से खुशी हुई। उसने ऑफर के लिए वहीं हाँ कह दी।

इस बीच अविनाश के साथ काम करने वाला डॉक्टर वहाँ से अपनी नयी पोस्टिंग की जगह चला गया था। उसकी जगह एक दिन सुबह अविनाश को अपने कुक से पता चला कि एक दिन पहले शाम में एक लेडी डॉक्टर वहाँ आई हैं। उन्हें गेस्ट हाउस के एक कमरे में ठहराया गया है।

अविनाश ऑफिस के लिए तैयार होकर अपने क्वार्टर से समय से नौ बजे निकला। थोड़ी देर में मरीजों के आने का सिलीसिला शुरू हो गया। तभी एक लड़की ने उसके कमरे में प्रवेश किया। अविनाश मरीज को छोड़ कर उसे देखने लगा। वह बहुत सुंदर और स्मार्ट दिख रही थी। उसने जीन्स की पैंट और काले रंग की एक टॉप पहन रखी थी। उसने बताया कि वह डॉक्टर है और उसकी नयी पोस्टिंग हुई है। वह वहाँ जॉइन करने के लिए आई है। अविनाश ने उसे सामने वाली कुर्सी पर बैठने के लिए कहा।

मरीज को देख कर विदा करने के बाद अविनाश ने उस डॉक्टर से कहा-

'आप अपने बारे में बताइये'।

डॉक्टर ने कहा-

'मेरा नाम अंकिता शर्मा है। मैंने दरभंगा मेडिकल कॉलेज से इसी साल एमबीबीएस किया है। मैं मूलतः पटना की रहने वाली हूँ'।

अविनाश ने कहा-

'आपने पास करने के बाद पटना के किसी प्राइवेट हॉस्पिटल में नौकरी क्यों नहीं की। यहाँ इस गाँव में आने का कारण'।

अंकिता ने कहा-

'मैं शुरू से सरकारी नौकरी करना चाहती थी। मुझे गाँव में काम करने में कोई दिक्कत नहीं होगी'।

अविनाश ने उससे उसके परिवार के बारे में पूछा।

अंकिता ने बताया कि उसके माँ-बाप का निधन पहले हो चुका है। वह अभी अविवाहित है। एक छोटा भाई है, जो पटना में रह कर पढ़ाई कर रहा है। अविनाश ने भी उसे अपने बारे में बताया।

अविनाश ने उससे कुछ कागज पर साइन करने के लिए दिये और उसके बाद उसे बगल के कमरे में जाकर बैठने के लिए कहा। वह थोड़ी मॉडर्न थी। जाते-जाते उसने अविनाश को कहा-

'यहाँ आने के पहले मैं सोच रही थी कि पता नहीं दूसरा डॉक्टर कहीं कोई बूढ़ा-खूसट न निकले। तब मुझे यहाँ काम करने में मन नहीं लगता। लेकिन आप मुझसे सिर्फ दो साल सीनियर हैं, यंग और स्मार्ट हैं, इसलिए आपके साथ काम करने में मजा आएगा। मैंने रात में पता कर लिया था। आपके बगल वाला क्वार्टर खाली है। मैं भी चाहती हूँ कि वहाँ जल्दी से शिफ्ट हो जाऊँ। मेरा छोटा भाई भी छुट्टियों में यहाँ आता रहेगा'।

अविनाश उसके जाने के बाद फिर से मरीजों को देखने में व्यस्त हो गया। वह मन ही मन डॉक्टर अंकिता के बारे में सोचने लगा। उसे महसूस हुआ कि वह कुछ ज्यादा बोल्ड लड़की है।

शाम के वक़्त अविनाश अपने क्वार्टर में लौटकर बाहर लॉन में बैठ कर चाय पी रहा था। तभी उसने अंकिता को घर के कैम्पस की

गेट में घुसते हुए देखा। वह अपनी कुर्सी से उठ कर खड़ा हो गया। वह उसके नजदीक आ गयी। उसने लाल रंग के टॉप के साथ जीन्स की पैंट पहनी थी। अविनाश ने उसे सामने की कुर्सी पर बैठने के लिए कहा। अविनाश ने उससे पूछा-

'आप चाय लेंगी'।

अंकिता ने तुरंत कहा-

'सर, मैं आपसे जूनियर हूँ। आप मुझे आप कह कर नहीं बुलाएँ। मेरा नाम अंकिता है, इसलिए आप मेरा नाम लेकर बुलाएँ। मैं चाय ले लूँगी'।

अविनाश ने वहीं से अपने कुक को आवाज देकर एक कप और चाय लाने के लिए कहा।

अंकिता ने चारों तरफ देख कर कहा-

'आप शाम को लौटकर अकेले क्या करते हैं'।

अविनाश ने कहा-

'ज़्यादातर मैं किताबें पढ़ता रहता हूँ या खाली समय में टीवी देखता हूँ'।

अंकिता ने कहा-

'तब तो आप कभी-कभी बोर हो जाते होंगे। चलिये अब मैं आ गयी हूँ। मैं रोज शाम में आपके साथ बैठ कर गप्पें मारूँगी। मुझे बातें करना अच्छा लगता है'।

अविनाश मुस्कुराकर रह गया।

अंकिता ने फिर पूछा-

'आप ड्रिंक्स नहीं लेते हैं'।

अविनाश ने कहा-

'साल में कभी एक-दो बार किसी पार्टी में ले लेता हूँ, वैसे नहीं'।

अंकिता ने कहा-

'अकेलेपन का वह सबसे अच्छा साथी है। मैं कभी-कभी जब बहुत खाली महसूस करती हूँ, तब ले लेती हूँ'।

उसके बाद वह अविनाश से उसकी हॉबी और उसकी पत्नी के बारे में पूछने लगी। लगभग एक घंटे बैठने के बाद वह गेस्ट हाउस चली गयी। अविनाश रात को सोते समय अंकिता के बारे में सोचता रहा।

अगले दिन ऑफिस में अंकिता अपना काम खत्म कर अविनाश के कमरे में आ गयी। वह अविनाश के साथ उसके घर लंच भी करने गयी। शाम में फिर वह अविनाश के साथ लगभग दो घंटे बैठी। अविनाश को भी उसके साथ बातें करने में अच्छा लग रहा था।

कुछ दिन इसी रूटीन में निकल गए। अविनाश का शहर आना-जाना लगा हुआ था। अंकिता किसी-किसी रविवार को शहर जाती थी। अविनाश के वहाँ रहने पर वह हर दिन शाम को आकर उसके साथ बैठती। अब वह अविनाश से खुलने लगी थी। अविनाश को भी उससे बातें करना अच्छा लगने लगा था।

एक दिन अंकिता ने अविनाश से कहा-

'आप हर शुक्रवार को शहर चले जाते हैं। कभी यहाँ छुट्टियों में रह कर देखिये। हमलोग आस-पास कहीं घूमने जा सकते हैं, बड़ा मजा आएगा'।

अविनाश ने अंकिता को देख कर कहा-

'मैं जिम्मेवारी के कारण हर शनिवार को शहर जाता हूँ। मेरी पत्नी को भी सप्ताह में सिर्फ दो दिनों की छुट्टी मिलती है। इन दो दिनों में मैं उसके साथ रहता हूँ, तब उसे भी अच्छा लगता है'।

अंकिता ने कहा-

'कभी हमलोगों के लिए भी यहाँ रुक सकते हैं'।

अविनाश बस मुस्कुराकर रह गया।

बाईस

कमली के इम्तहान में अब पाँच दिन बाकी थे। इम्तहान के कारण उसके कॉलेज बंद हो गए थे। उसने कोचिंग क्लास से भी एक महीने की छुट्टी ले ली थी। अविनाश शुक्रवार की शाम में आ गया था। शनिवार की सुबह चार बजे का कमली ने अलार्म लगा रखा था। वह पंद्रह दिनों से इसी समय सुबह उठ कर पढ़ने बैठ जाती थी। सुबह लगातार आठ बजे तक पढ़ती और उसके बाद उठ कर ब्रश कर चाय पीती थी।

घड़ी के अलार्म बजे। बगल में सोये अविनाश की नींद न खुल जाये, इसलिए उसने जल्दी से अलार्म को बंद कर दिया। वह उठ कर जैसे ही बाथरूम की तरफ जाने लगी उसके सिर में चक्कर आया। वह वहीं बिस्तर पर बैठ गयी। उसे लगा अचानक उठने के कारण उसे चक्कर आया है। वह थोड़ी देर बैठी रही, फिर उसने उठने की कोशिश की। उसे फिर तेज चक्कर आया। इस बार वह फिर से बिस्तर पर लेट गयी। उसने अपनी नाड़ी देखी। वह ठीक चल रही थी। उसे और कोई दूसरी परेशानी नहीं हो रही थी। सिर्फ थोड़ा जी मिचला रहा था।

थोड़ी देर बिस्तर पर लेटे रहने के बाद वह फिर से उठी। अब उसे चक्कर नहीं आ रहे थे, लेकिन उसका जी मिचलाना जारी था। उसने बाथरूम में जाकर मुंह-हाथ धोया, फिर बगल के कमरे

में लाइट जलाकर पढ़ने बैठ गयी। उसने सोचा कि पिछली रात को उसने बाहर से खाना मांगा कर खाया था, जो नहीं पचा है। उसने पढ़ना जारी रखा।

सात बजे अविनाश उठ कर बाहर के कमरे में आ गया। वह वहीं बैठ कर सुबह का अखबार पढ़ने लगा। कमली बीच में उठ कर बगल के कमरे में जाने लगी, तब उसे फिर चक्कर महसूस हुआ। उसने अविनाश को बताया। अविनाश ने उसे बाहर के कमरे में बिस्तर पर लेटने के लिए कहा। उसने ब्लड प्रेशर मशीन निकाल कर कमली का ब्लड प्रेशर चेक किया। वह नॉर्मल था।

थोड़ी देर बाद कमली नॉर्मल हो गयी। वह उठ कर चाय बनाने चली गयी। अविनाश थोड़ी देर सोचता रहा, फिर वह कमली से बात करने किचेन में गया। उसने कमली के पास जाकर उसके कान में कुछ कहा। कमली सुनकर मुस्कुराई, फिर किचेन से चाय लेकर बाहर कमरे में आ गयी। दोनों बैठ कर चाय पीने लगे। कमली ने तब अविनाश से मुस्कुराते हुए कहा-

'तुम क्या सोच रहे हो, कुछ खास होने वाला है, इसीलिए ये चक्कर आ रहे हैं। ऐसा नहीं है, मैं तीन-चार रात से ठीक से सोयी नहीं हूँ, इसलिए शायद ऐसा हो गया होगा'।

अविनाश ने भी मुस्कुराकर कहा-

'इसमें सोचने की क्या बात है। बाजार में इसके लिए एक किट आता है, दवा की दुकान खुल गयी होगी, मैं अभी जाकर ले आता हूँ, तुम जांच कर देख लो। अगर तह नहीं हुआ, तब मैं मान लूँगा कि तुम्हें थकान के कारण चक्कर आ रहे हैं'।

चाय पीकर अविनाश स्कूटी से दवा की दुकान चला गया। इधर कमली वहीं कुर्सी पर बैठ कर सोचने लगी। उसे भी लगने लगा

कि शायद अविनाश की बात सच हो। दस मिनट में अविनाश किट लेकर वापस आ गया। कमली किट लेकर बाथरूम गयी। थोड़ी देर बाद वह वापस बाहर के कमरे में आई। अविनाश वहीं कुर्सी पर बैठा था। उसने कमली की ओर देखा। कमली अचानक आ कर उसके गले से लिपट गयी। अविनाश ने मुड़ कर उसके चेहरे को देखा। वह मुस्कुरा रही थी। अविनाश ने उससे इशारों में पूछा। उसने मुस्कुराकर हाँ में सिर हिलाया। अविनाश अचानक खड़ा हो गया और कमली को कमर से उठा कर गोल-गोल घुमाने लगा। कुछ पल बाद उसने कमली को नीचे उतार दिया और गले से लगा लिया। गोल-गोल घूमने के कारण कमली को फिर चक्कर आने लगे थे। वह बिस्तर पर बैठ गयी। अविनाश उसके बगल में बैठ कर उसके हाथ पकड़ कर कहा-

'कमली आज मैं बहुत खुश हूँ। यह मेरे जीवन की सबसे बड़ी खुशी है। हमारा बच्चा आने वाला है। मैं कैसे बताऊँ, मुझे कितनी खुशी हो रही है'।

कमली ने अविनाश से कहा-

'मुझे भी बहुत खुशी है, लेकिन अभी कुछ दिनों के बाद ये सब होता, तब मैं इम्तहान आराम से दे पाती। इस तरह की स्थिति में मुझे पढ़ने या इम्तहान देने में परेशानी होगी'।

अविनाश ने कहा-

'इसमें कोई घबड़ाने की बात नहीं है। ऐसा होता है। मैं आज ही तुम्हें डॉक्टर के पास ले चलूँगा। तुम दवा लेना शुरू करना, सब ठीक हो जाएगा। तुम अपना इम्तहान भी दे पाओगी'।

कमली उठ कर दूसरे कमरे में चली गयी। दस बजे तक नहा-धोकर दोनों गाड़ी से मेडिकल कॉलेज की एक महिला डॉक्टर के यहाँ गए। वह कमली को जानती थी। उसने कमली को कॉलेज में पढ़ाया

था। उसने कमली को अंदर ले जाकर पूरी जांच की। अविनाश बाहर उनके चैंबर में बैठा रहा। थोड़ी देर बाद कमली बाहर आई। डॉक्टर ने आकर अविनाश से कहा-

'सब नॉर्मल है। इस समय सुबह में इस तरह की दिक्कत होती है। यह कुछ दिनों में वैसे भी ठीक हो जाता है, लेकिन चार दिनों बाद इसका इम्तहान है, इसलिए मैंने कुछ हल्की दवा लिख दी है, इससे ठीक हो जाएगी। इसे अब अपने खाने-पीने और बीच-बीच में आराम पर ध्यान रखना होगा। हर महीने आकर इसे जांच करानी होगी। अभी छह-सात महीने तक यह काम कर सकती है, उसके बाद इसकी जांच कर मैं इसे बताऊँगी। अगले साल जनवरी के अंत तक या फरवरी के शुरू में डिलीवरी होने की उम्मीद है। आपको इसका खास ख्याल रखना होगा'।

अविनाश कमली को लेकर घर आ गया। दोनों बहुत देर तक बाहर के कमरे में एक दूसरे का हाथ पकड़े बातें करते रहे। कमली ने बाद में पूजा के स्थान पर जाकर हाथ जोड़े और उसके बाद अपनी माँ और पापा की तस्वीर को प्रणाम किया। अविनाश ने खुशी में तुरंत फोन कर अपने घर में अपनी मम्मी को बताया। कमली ने भी उनसे बात की। उन्होंने कहा कि कमली के इम्तहान के बाद वह अविनाश के पापा के साथ वहाँ कमली से मिलने आएंगी। कमली बहुत देर तक इस खबर से नॉर्मल नहीं हुई थी। अविनाश लगातार उसके साथ रहा।

इस बार अविनाश सोमवार को घर से निकलते वक़्त कमली को बहुत सारी हिदायत दे कर गया। उसने कहा वह सप्ताह के बीच में भी किसी दिन आ जाया करेगा। उसने कमली को दिन भर में दो-तीन बार फोन से बात करने के लिए कहा। अविनाश के जाने के बाद कमली अपनी दुनिया में खो गयी। माँ बनने का एहसास से वह अंदर से रोमांचित हो रही थी। एक नया जीवन उसके अंदर पनपने

लगा था। यह सब सोच कर वह खुश हो रही थी। वह फिर अपनी पढ़ाई में लग गयी।

दो दिनों बाद कमली के इम्तहान शुरू हो गए। कुल तीन दिनों तक पेपर थे। डॉक्टर की दवा खाने से उसके चक्कर आने बंद हो गए थे। अब उसका जी भी नहीं मिचलाता था। कमली के सभी पेपर अच्छे गए। आखिरी दिन घर आकर उसे लगा कि अब पढ़ाई से उसका पीछा छूटा। उसने उस दिन घर में पूरा आराम किया।

अगले दिन उसे नए हॉस्पिटल से फोन आया। वहाँ के डाइरेक्टर ने उससे कहा कि चूंकि उसके इम्तहान खत्म हो गए हैं, इसलिए रिज़ल्ट का इंतजार किए बिना वह अगले दिन से नए पोस्ट पर ड्यूटी जॉइन कर सकती है। कमली ने अविनाश से बात की। अविनाश को उस हॉस्पिटल के नाम से चिढ़ था, फिर भी उसने कहा कि अगर कमली की तबीयत ठीक लग रही है, तब वह जॉइन कर सकती है।

एक दिन बाद कमली नए हॉस्पिटल में जॉइन करने के लिए गयी। उसे वादे के अनुसार वाइस प्रेसिडेंट बनाया गया था। तीसरे तल्ले पर उसे बड़ा चैंबर मिला था। साथ में काम करने के लिए उसे स्टाफ भी मिले थे। उसे चैंबर में बिठाने के लिए खुद हॉस्पिटल के डाइरेक्टर मौजूद थे। कमली जब पहली बार अपनी कुर्सी पर बैठी तब उसकी आँखें डबडबा गईं। उसे अपनी माँ और अपने पापा की याद आई। आज कमली की इस सफलता को देख कर दोनों कितने खुश हुए होते।

कमली की तनख़ाह पाँच लाख रुपये प्रतिमाह तय की गयी थी। उसके जिम्मे पूरे हॉस्पिटल का मैनेजमेंट था और उसके साथ उसे मरीजों को भी देखना था। उसकी ड्यूटी सुबह नौ बजे से शाम के पाँच बजे तक की थी। कमली को लगा कि अब उसे कोचिंग क्लास और शाम की ट्यूशन क्लास बंद करनी होगी। क्योंकि उसकी इस हालत में

उसे आराम की भी जरूरत थी। उसने यह भी सोचा कि अगले साल डिलीवरी के पहले और बाद उसे हॉस्पिटल से लंबी छुट्टी लेनी होगी।

पहले दिन घर आकर उसने अपने मामाजी को फोन किया। उसने उन्हें अपनी नयी नौकरी की जानकारी दी। वे बहुत खुश हुए। फिर कमली ने मामीजी से बात कर अपनी हालत के बारे में बताया। मामीजी ने कमली को बहुत बधाई दी और उससे कहा कि वह डिलीवरी के पहले और बाद में कमली के साथ आकर लंबे समय तक रहेगी। मामाजी ने भी फोन लेकर कमली को बधाई दी। उन्होंने कहा कि वे दोनों कमली से जल्दी मिलने आएंगे।

अविनाश तय प्रोग्राम के तहत सप्ताह के बीच में एक दिन शाम को घर आ गया। कमली ने अपनी नयी पोस्टिंग के बारे में उसे विस्तार से बताया। अविनाश उस हॉस्पिटल का नाम सुनकर कमली की बातों पर बहुत ज्यादा ध्यान नहीं दे रहा था। उसके बाद दोनों देर रात तक अपने आने वाले बच्चे के बारे में बातें करते रहे। अविनाश लड़की चाहता था, जबकि कमली का मन लड़के का था।

अगले दिन अविनाश वापस चला गया। उसने अंकिता को कमली के बारे में बताया कि वह माँ बनने वाली है और उसे एक नए हॉस्पिटल में वाइस प्रेसिडेंट का पद मिला है। उसने यह भी कहा कि अब उसे हर सप्ताह के बीच में भी एक दिन के लिए शहर जाना होगा।

शाम को अंकिता हर दिन की तरह अविनाश के घर आई। उसने एक लंबा ब्लू रंग का फ्रॉक पहना हुआ था। उसके हाथ में एक थैला था। अविनाश बाहर लॉन में बैठा चाय पी रहा था। अविनाश ने अंकिता को देख कर उसे सामने वाली कुर्सी पर बैठने के लिए कहा। अंकिता ने कुर्सी खींच कर अविनाश के बिलकुल बगल में कर ली। उसने बैठते हुए कहा-

‘क्या सर, आप इतनी अच्छी खबर चाय पी कर सेलेब्रेट कर रहे है। देखिये मैं आपके लिए क्या लेकर आई हूँ’।

अंकिता ने थैले में हाथ डालकर उसमें से एक बोतल निकाली। वह व्हिस्की की बोतल थी। अविनाश उसे देख कर थोड़ा ठिठका। उसने अंकिता से कहा-

‘मैंने तुम्हें बताया था न कि मैं साल में कभी-कभार किसी पार्टी में थोड़ी बहुत ले लेता हूँ। ऐसे बैठ कर पीना मुझे अच्छा नहीं लगता और फिर तुम्हें यह बोतल कहाँ से मिली, इस राज्य में शराब पीना वर्जित है’।

अंकिता ने अविनाश का हाथ पकड़ कर कहा-

‘सर, पीने वालों के लिए हर जगह जुगाड़ हो जाता है। आज इतनी अच्छी खबर के लिए मेरी तरफ से पार्टी है। आपको आज मेरा साथ देना होगा। आपको थोड़ी व्हिस्की पीनी होगी। अगर यहाँ नहीं पी सकते, तब हम अंदर चलते हैं, वहीं डाइनिंग टेबल पर साथ बैठ कर पार्टी करेंगे। आपको मेरी कसम है, आप ना नहीं करेंगे’।

अविनाश कुछ देर यूं ही बैठा रहा फिर उसने अंकिता से कहा-

‘ठीक है, तुम कहती हो तब मैं थोड़ी सी ले लूँगा, लेकिन एक बार से ज्यादा नहीं’।

अंकिता ने कहा-

‘पहले शुरू तो करें सर’।

दोनों उठ कर घर के अंदर चले गए। अविनाश ने अपने कुक को डाइनिंग टेबल पर कुछ स्नैक्स बना कर देने के लिए कहा। अंकिता ने दो ग्लास में थोड़ी-थोड़ी व्हिस्की डाली। उसने अविनाश को एक ग्लास पकड़ाई। फिर उसने अविनाश के ग्लास से अपने ग्लास को सटा कर कहा-

'चीयर्स सर, आपके आने वाले बच्चे के लिए और आपकी पत्नी की नयी पोस्ट के लिए'।

अविनाश ने थोड़े अनमने होकर 'चीयर्स' कहा। उसने पहली घूंट ली। व्हिस्की इंपोर्टेड थी। तबतक कुक ने डाइनिन टेबल पर एक प्लेट में भुनी हुई मूँगफली और सिंके हुए पापड़ रख दिये थे। अंकिता ने भी पीना शुरू कर दिया। थोड़ी देर पीने के बाद उसने कहा-

'सर, आपने आज एक अच्छी और एक खराब खबर सुनाई'।

अविनाश उसकी तरफ देखने लगा। उसने याद किया कि उसने आज खराब खबर क्या सुनाई थी। उसने अंकिता से पूछा-

'अच्छी खबर तो मैं समझ गया, लेकिन खराब खबर क्या है'।

अंकिता ने मुस्कुराकर कहा-

'खराब खबर यह है कि अब आप सप्ताह के बीच में भी शहर जाओगे। मैं वैसे ही शनिवार और रविवार को आपके बिना अकेलापन महसूस करती हूँ, अब उसमें एक और दिन जुड़ जाएगा'।

अविनाश ने कहा-

'मैंने अच्छी खबर के साथ-साथ तुम्हें यह भी बताया था कि मुझे अभी कमली का ध्यान ज्यादा रखना है। इसलिए मुझे बीच में भी शहर जाना पड़ेगा'।

अंकिता ने तुरंत जवाब दिया-

'अगर आपको बुरा न लगे तब एक बात कहूँ। आपकी पत्नी खुद एक डॉक्टर हैं और समझदार हैं। फिर आपके वहाँ बीच में जाने से क्या फर्क पड़ जाएगा। बल्कि आपके जाने से उन्हें ज्यादा काम करना पड़ेगा। आप चाहें तब पंद्रह दिन में भी एक बार जाकर उन्हें

देख सकते हैं। अभी आपकी वहाँ ज्यादा जरूरत नहीं है। आपकी ज्यादा जरूरत डिलीवरी के वक़्त होगी'।

अविनाश तब तक अपनी ग्लास आधी कर चुका था और अंकिता ने पूरी ग्लास पी ली थी। अंकिता की बात पर अविनाश सोचने लगा। तबतक अंकिता ने फिर कहा-

'आपसे मैंने कहा था कि आज आप मेरा पीने में साथ देंगे। अब तक आप आधी ग्लास में उलझे हुए हैं। देखिये मैंने अपनी ग्लास खत्म कर दी। आप जल्दी से एक घूंट में इसे खत्म करें, तभी मेरा साथ दे पाएंगे'।

अविनाश ने कहा-

'नहीं, मैं एक से ज्यादा नहीं लूँगा, तुम ले लो'।

अंकिता सामने से उठकर अविनाश के पास आई और उसके कंधे पर हाथ रख कर कहा-

'एक पेग दुश्मन लेते हैं, आप तो मेरे दोस्त हैं, आपको एक और लेना होगा। आप जल्दी से अपनी ग्लास खत्म करिए'।

इतना कहकर अंकिता ने अविनाश के ग्लास को उठा कर उसके मुंह से लगा दिया। अविनाश एक घूंट में पूरी पी गया। अंकिता ने इस बार दोनों के लिए थोड़ा बड़ा पेग बनाया। तबतक कुक गरम-गरम पकौड़े तल कर ले आया।

अविनाश को थोड़ा सुरूर आने लगा था। अंकिता अब उससे सट कर उसकी बगल की कुर्सी पर बैठ गयी थी। अविनाश बीच-बीच में बात करते-करते अंकिता के हाथ पकड़ लेता। अंकिता भी बेबाक होकर कभी उसके कंधे पर सर रख देती। अविनाश को शराब के नशे में यह सब अच्छा लग रहा था।

अब दूसरा पेग खत्म होने को था। अंकिता ने अविनाश को छेड़ने के लिए कहा-

'आप अपनी शादी से खुश हैं। आपकी बीवी अब आपसे ज्यादा पढ़ी लिखी हो गयी हैं और ऊंचे ओहदे पर भी हैं'।

अविनाश को पूरा नशा चढ़ चुका था। उसने ग्लास को फिर एक घूंट में खाली कर कहा-

'मुझे एक ही बात का अफसोस है कि मैं एमडी के इम्तहान में दो बार में भी पास नहीं हो सका। कमली मुझसे आगे निकल गयी। वह मुझसे हर मामले में बेहतर है। उसकी कमाई ज्यादा है। उसका खुद का घर है। मैं तो वहाँ मेहमान की तरह रहता हूँ। मुझे जिंदगी भर उसके पीछे-पीछे चलना होगा। कभी-कभी लगता है लानत है ऐसी जिंदगी पर'।

अविनाश के मन की भड़ास शराब पीने के बाद निकलने लगी थी। अंकिता ने फिर कहा-

'आप क्या उससे कम हैं। आपकी सरकारी नौकरी है। उसकी प्राइवेट है। जब चाहें उसे नौकरी से निकाल सकते हैं। आप अपने आप को कमजोर मत समझिए। आप अपनी पत्नी के भरोसे नहीं हैं। आप भी उसे बताइये कि आप उससे कम नहीं हैं। इसलिए मैं कहती हूँ आप बार-बार शहर जाकर ठीक नहीं कर रहे हैं। आखिर आपकी भी नौकरी है। बार-बार जाने से आदमी की कद्र कम होती है। कभी महीना पंद्रह दिन पर जाइए, जिससे आपकी कद्र बनी रहे'।

अंकिता ने फिर से अविनाश और अपनी ग्लास भर दी। अविनाश ने अंकिता का हाथ पकड़ कर कहा-

'तुम जितना मेरे बारे में सोचती हो उतनी मेरी पत्नी नहीं सोचती। तुम कितनी अच्छी हो। एक बात और, तुम मुझे आज से

सर कहना बंद करो। मुझे अविनाश कह कर बुलाया करो। आखिर अब हम अच्छे दोस्त बन गए हैं'।

अंकिता ने उसके हाथ पकड़े-पकड़े कहा-

'ठीक है सर, सॉरी अविनाश। आपको शायद नहीं पता मैं इतने दिनों में ही आपकी बहुत इज्जत करने लगी हूँ। आप मुझे शुरू से बहुत अच्छे लगते हो। आप चिंता न करें मैं आपका ध्यान रखूंगी'।

अविनाश ने नशे में उठ कर अंकिता को गले से लगा लिया। अंकिता भी उससे लिपट गयी। कुक के बीच में आ जाने से दोनों अलग हुए।

अविनाश ने उस रात बहुत पी। उसे शराब पूरी तरह चढ़ गयी थी। उसने किसी तरह खाना खाया। अंकिता ने उसे सहारा देकर उसके रूम में बिस्तर पर लिटाया। उसके बाद वह अपने घर चली गयी।

सुबह अविनाश देर से सो कर उठा। उसके सिर में तेज दर्द हो रहा था। उसने चाय पीकर दवा ली। उसे लगा, वह रात में पहली बार ज्यादा पी गया था। उसे अंकिता की भी कुछ-कुछ बातें याद आयीं। उसने उन बातों पर ज्यादा ध्यान नहीं दिया, लेकिन कमली के बारे में वह जरूर सोचता रहा। उसे लगा कि जिस हॉस्पिटल से उसे निकाला गया था, उसी जगह कमली ने नौकरी के लिए हाँ कह दी। वह सोचने लगा, ऊंचे पोस्ट पर जाकर कहीं ऐसा न हो की कमली बदल जाये। उसके अंदर कहीं न कहीं कमली के प्रति थोड़ी ईर्ष्या की भावना पनपने लगी थी।

शुक्रवार को जब अविनाश शहर आया तब वह कमली से बहुत ज्यादा घुल-मिल नहीं रहा था। वह ज़्यादातर गुमसुम रह रहा था। कमली जब भी अपने नए काम के बारे में उससे बात करती, वह दूसरी बात करने लगता। कमली ने सोचा शायद फूलपुर में काम का

प्रेशर होगा। फिर भी उसने अविनाश से चुप रहने की वजह पूछी। कई बार पूछने पर अविनाश ने कहा-

'मैं जब भी घर आता हूँ, तुम सिर्फ अपने बारे में बातें करती हो। मैं कैसा हूँ यह जानने की कोशिश नहीं करती। मुझे भी बहुत काम करना पड़ता है और सप्ताह में अब दो बार आना पड़ रहा है। मैं थक जा रहा हूँ'।

कमली ने अविनाश की बात सुनकर कहा-

'घर में जब कुछ नया होता है, तब मैं तुम्हें बताने की कोशिश करती हूँ। इसी में मैंने अपनी नई नौकरी के बारे में बताया। मैं समझती हूँ कि तुम पर काम का बोझ है। लेकिन मैं तुम्हारे सिवा किस से बातें करूंगी। तुम ही तो मेरे सबसे करीब हो'।

अविनाश को लगा कमली बुरा मान गयी। उसने कहा-

'मेरा कहना वह नहीं था। तुम बेशक अपने बारे में मुझे बताओ, लेकिन मेरे बारे में भी पूछा करो'।

कमली ने कहा-

'हाँ, मुझसे गलती हुई है। अब से मैं इसका ध्यान रखूंगी'।

उसके बाद कमली ने अविनाश के गले में बांह डालते हुए कहा-

'कैसे हैं आप मेरे पति-परमेश्वर'।

अविनाश मुस्कुराकर रह गया।

इस दौरान अविनाश और कमली की छुट्टियाँ देख कर दो दिनों के लिए अविनाश के पापा-मम्मी उनसे मिलने आए। दोनों घर पर ठहरे। उसके बाद एक दिन शाम में मामाजी आए। साथ में मामीजी भी थीं। दोनों कमली और अविनाश के लिए ढेर सारा सामान लेकर

आए थे। मामीजी ने कमली से फिर कहा कि वह डिलिवरी के समय उसके पास कुछ दिनों के लिए आ जाएंगी।

दो महीने के बाद कमली का एमडी का रिज़ल्ट आ गया। वह बहुत अच्छे नंबर से पास हो गयी थी। हॉस्पिटल में उसके पास होने पर उसके साथ काम करने वाले डॉक्टर और स्टाफ ने शुक्रवार की शाम में एक छोटी-सी पार्टी रखी थी। इस पार्टी में हॉस्पिटल के और डॉक्टर के अलावा डाइरेक्टर को भी आना था। कमली को लगा कि उस दिन अविनाश घर आता है और पार्टी देर शाम तक चलेगी। उसने अविनाश को फोन किया और कहा-

'अविनाश मेरे पास होने की खुशी में हॉस्पिटल में शुक्रवार की शाम में एक पार्टी है। उस दिन तुम घर आओगे। तुम्हें देर शाम तक अकेला रहना होगा। मैं सोचती हूँ की तुम भी उस दिन मेरे साथ पार्टी में आओ'।

अविनाश थोड़ी देर चुप रहा फिर उसने कहा-

'कमली तुम भी क्या बात करती हो, मुझे उस हॉस्पिटल से निकाला गया था। अब मैं सिर्फ तुम्हारा मन रखने के लिए तुम्हारी पार्टी में आऊँ, यह मुझसे नहीं होगा। तुम्हें मेरी इज्जत का भी ख्याल रखना चाहिए। इससे बेहतर होगा कि मैं इस शनिवार की छुट्टी में घर न आऊँ'।

कमली को पहली बार अविनाश के कहे बोल कड़े लगे। उसने कहा-

'मैंने वह सब बात नहीं सोची थी। मैं सिर्फ तुम्हें घर पर अकेला नहीं छोड़ना चाहती थी। अगर ऐसी बात है, तब मैं इस पार्टी को कैंसिल करा देती हूँ। तुम शुक्रवार को जरूर आओ'।

अविनाश ने कहा-

'नहीं, तुम उस पार्टी में जरूर जाओ। एक शनिवार मैं वहाँ नहीं आऊँगा तो क्या होगा। मैं अगले किसी दिन आ जाऊंगा'।

इतना कह कर अविनाश ने फोन काट दिया। कमली को कुछ अच्छा नहीं लगा। उसे महसूस हुआ कि अविनाश के मन में उसके प्रति कुछ है, जो वह बता नहीं रहा है।

शुक्रवार की शाम कमली पार्टी में गयी। उसका वहाँ बहुत स्वागत हुआ। सभी स्टाफ ने उसे मिलकर गिफ्ट दिया। हॉस्पिटल के डाइरेक्टर ने भी पार्टी के शुरू में उसके बारे में अच्छा बोला। बहुत से सीनियर डॉक्टर भी आए थे, जिन्होंने कमली के एमडी पास करने की बधाई दी। खाना वगैरह खत्म होते-होते रात के दस बज गए। कमली वापस घर साढ़े दस बजे तक पहुंची।

शुक्रवार को जब अंकिता को पता चला कि अविनाश शहर नहीं जा रहा है, तब उसने शनिवार की शाम में अविनाश के यहाँ अड्डा जमाया। वह फिर व्हिस्की की बोतल लेकर आ गयी। अविनाश ने उसे मना किया, लेकिन अपनी कसम देने लगी। अविनाश उसकी मीठी-मीठी बातों में उलझ जाता था। उसे धीरे-धीरे उसकी बातें अच्छी लगने लगी थी। उसे महसूस होने लगा था कि अंकिता उसका ख्याल रखती है, जो शायद कमली उतना ज्यादा नहीं रख पा रही थी। अविनाश कमली से नफरत नहीं करता था। वह चाहता था कि कमली उसपर ध्यान दे, उसकी तारीफ करे। अविनाश के अंदर एक बात गहरी बैठ गयी थी कि कमली उससे हर मामले में आगे है। वह ज्यादा पढ़ी लिखी है और उससे ज्यादा कमाई करती है। वह कमली की माँ बनने की खबर से भी खुश था, लेकिन अंकिता के उकसाने पर वह शराब पीकर भड़क जाता था।

इधर अंकिता अविनाश पर धीरे-धीरे लट्टू हुई जा रही थी। उसे अविनाश अच्छा लगने लगा था। वह उसके और नजदीक आना चाहती

थी। इसके पहले उसका एक बॉयफ्रेंड हुआ करता था, जिसके साथ वह बहुत खुल चुकी थी, लेकिन उसका बॉयफ्रेंड नौकरी के सिलिसिले में दूसरे शहर चला गया। अंकिता का उससे संपर्क टूट गया। वह अब अविनाश में अपना बॉयफ्रेंड तलाश रही थी। बिंदास स्वभाव की होने के कारण वह किसी कीमत पर अविनाश के नजदीक आने की कोशिश करने लगी थी। शराब इसका एक सरल माध्यम था। वह अविनाश को उसी समय उसकी पत्नी के बारे में बोलकर उकसाती थी, जिससे अविनाश अपनी पत्नी से दूर हो सके और अंकिता के करीब आ सके। कमली इन सब बातों से अनभिज्ञ अपने काम में लगी थी।

इस बीच एक दिन कमली को अतुल का फोन आया। कमली ने फोन उठाकर कहा-

'कैसे हो अतुल, प्रिया कैसी है। बहुत दिनों से तुमसे बातें नहीं हो सकीं'।

अतुल ने कहा-

'प्रिया ठीक है, सिर्फ माँ से बीच-बीच में उसकी नोक-झोंक होती रहती है। उसके खुले विचारों के कारण उसकी माँ से नहीं बन पा रही है'।

कमली ने कहा-

'मैं तुम्हें एक अच्छी खबर दे रही हूँ। मैं माँ बनने वाली हूँ'।

अतुल ने उधर से कहा-

'अरे ये तो बहुत अच्छी खबर है, तुम्हें और अविनाश को बधाई। कबतक होने की बात है'।

कमली ने कहा-

'अगले साल जनवरी के अंत में या फरवरी के शुरू में'।

अतुल ने कहा-

'क्या संयोग है, प्रिया भी प्रेग्नेंट है और उसको भी डॉक्टर ने तुम्हारे ही लगभग डेट बताया है'।

कमली ने कहा-

'अरे वाह, ये तो बहुत अच्छी बात है। तुम्हें और प्रिया को भी बधाई'।

अतुल ने कहा-

'प्रिया इस नयी स्थिति को झेल नहीं पा रही है। उसने बार-बार मुझपर अबौर्शन का दबाव बनाया, पर मैंने नहीं माना। इस कारण से वह चिड़चिड़ी हो गयी है। उसे कुछ परेशानी भी हो रही है। मैंने डॉक्टर को दिखाया है। उसने कहा है कि उसे ज्यादा आराम करना होगा। मैं दिनभर ऑफिस में रहता हूँ। अकेली माँ से सारा कुछ संभालना संभव नहीं होगा, इसलिए कुछ दिनों के बाद उसे अपने पापा-मम्मी के घर भेज दूँगा। वहीं सारा कुछ होगा'।

कमली ने कहा-

'यह तुमने ठीक सोचा है। उसके मायके में उसे ज्यादा सहूलियत होगी। यहाँ भी मैं कुछ दिनों बाद अपनी मामीजी को गाँव से बुला लूँगी। वे मेरे साथ लंबे समय तक रहेंगी'।

दोनों की बात खत्म हो गयी। कमली सोचने लगी, अगर आज माँ होती तब उसे अभी इस स्थिति में अकेले नहीं रहना पड़ता।

इधर कमली के पास किरण का भी फोन आया। उसने बताया कि वह एमडी करने के बाद वहीं एम्स में असोसिएट प्रोफेसर की नौकरी करने लगी है। राकेश ने भी एम्स जॉइन किया है। कमली ने

किरण को अपने बारे में बताया। किरण बहुत खुश हुई। उसने बताया कि वह अगले महीने पटना आकर कमली से मिलेगी।

इस बीच कमली हर महीने डॉक्टर के पास खुद जाकर अपनी जांच कराती। डॉक्टर ने उससे कहा कि उसके बच्चे का ग्रोथ नॉर्मल है, लेकिन शायद कुछ मानसिक चिंता के कारण उसका ब्लड प्रेशर थोड़ा बढ़ गया था। डॉक्टर ने उसे कुछ प्राणायाम करने की सलाह दी। कमली को अंदर से एहसास था कि उसे क्या चिंता है। वह इधर अविनाश के रवैये से परेशान रहती थी। उसने सप्ताह के बीच में आना बंद कर दिया था। शुक्रवार को आने पर भी वह पहले की तरह कमली से बात नहीं करता था। कमली बहुत कोशिश करती उसे खुश रखने की, लेकिन अविनाश पर उसका असर नहीं हो रहा था।

तेईस

आठ महीने का समय बीत गया। जनवरी का आधा महीना निकल गया था। इस बीच सितंबर महीने में कमली ने अपने लिए किश्तों पर एक गाड़ी खरीद ली थी। वैसे उसे ऑफिस से गाड़ी मिली हुई थी, लेकिन छुट्टियों के दिन या रात में कहीं बाहर अकेले निकलने के लिए उसे गाड़ी की जरूरत होती थी। उसने अविनाश से बात की थी। वह भी गाड़ी लेने की बात पर राजी हो गया था। कमली ने ऑफिस से छुट्टी ले ली थी। उसे डॉक्टर ने ज्यादा आराम करने की सलाह दी थी। कमली अविनाश से रोज फोन से संपर्क पर थी।

अविनाश बीच में महीने के कई शनिवार को नहीं भी आता था। वह धीरे-धीरे अंकिता के मोह-जाल में फँसता जा रहा था। जिस शनिवार को वह गाँव में रह जाता, उस दो दिन वह अंकिता के साथ गाड़ी से कहीं बाहर घूमने निकल जाता। कई बार दोनों ने साथ मिलकर पास की नदी के किनारे पिकनिक किया था। अंकिता अब अविनाश से बिलकुल खुल चुकी थी। एक दो बार उसने अविनाश को इशारों-इशारों में बता दिया था कि वह उससे प्यार करने लगी है। अविनाश भी उसकी तरफ आकर्षित हो गया था। दोनों कभी शाम में हाथ में हाथ डाले घूमने निकल जाते थे। हर तीसरे दिन दोनों की शराब के दौर पर बैठकी जमती थी। दोनों शराब के नशे में एक

दूसरे के गले मिलते और प्यार की बातें करते। इन सब के बावजूद अविनाश जब किसी शनिवार को कमली के पास जाता, तब वह उसका हो कर रहता था। दरअसल, अब वह कमली और अंकिता के बीच दोहरी जिंदगी जी रहा था।

इस बीच दिसम्बर के आखिर में कमली की गोद भराई की रस्म हुई। अविनाश के पापा-मम्मी और कमली के मामा और उसकी मामी को भी इस रस्म में बुलाया गया था। वे सभी सुबह गाड़ी से आ गए थे। मोहल्ले की कुछ महिलाएं आई थीं। अविनाश गाँव से छुट्टी लेकर आ गया था। सुबह के वक़्त रस्म की शुरुआत हुई। कमली को बिठा कर सभी महिलाओं ने उसकी गोद में फल और मिठाइयाँ रखीं। कमली के सिर पर सभी ने तिलक लगाया। कमली बहुत खुश नजर आ रही थी। रस्म के बाद सभी को दिन का भोजन कराया गया। शाम में अविनाश के पापा-मम्मी और मामाजी वापस चले गए। कमली की मामीजी वहीं रुक गईं। अब उनको कमली के साथ उसकी डिलिवरी और उसके बाद तक रहना था।

जनवरी के आखिरी दो दिन बचे थे। शाम का वक़्त था। उस दिन सुबह से बिना मौसम की बरसात हो रही थी। कमली को अपने पेट में हल्का दर्द महसूस हो रहा था। उसने थोड़ा इंतजार किया, लेकिन जब उसे लगा कि अब उसे कुछ घंटों बाद हॉस्पिटल जाना होगा, तब उसने अविनाश को फोन किया। अविनाश कमली से बात कर वहाँ से तुरंत निकल गया। तबतक कमली ने अपने डॉक्टर को फोन कर दिया था। अविनाश दो घंटे में आ गया। कमली उसके साथ हॉस्पिटल चली गयी। वहाँ पहुँच कर डॉक्टर ने उसकी जांच की। उसने बताया कि अब से थोड़ी देर में नॉर्मल डिलिवरी हो जानी चाहिए। कमली को अंदर ऑपरेशन थिएटर में ले जाया गया। अविनाश बाहर में खड़ा बेचैनी से टहल रहा था।

आधे घंटे के बाद डॉक्टर बाहर निकली। अविनाश उसकी तरफ लपका। डॉक्टर ने अविनाश को कहा-

'बधाई हो, लड़का हुआ है। माँ और बच्चा दोनों ठीक हैं। आप अंदर जाकर मिल सकते हैं'।

अविनाश भागता हुआ अंदर गया। कमली बिस्तर पर आँख बंद कर लेटी थी और कपड़े में लिपटा हुआ बच्चा बगल के पालने में था। अविनाश के पैरों की आवाज सुनकर कमली ने आँखें खोलीं। अविनाश उसके बगल में गया। वहाँ रखे स्टूल पर वह बैठ कर उसने कमली के हाथ पकड़े। कमली उसे देख कर मुस्कुराई। अविनाश भी उसे देख कर मुस्कुराया। अविनाश ने आगे झुक कर कमली के माथे को चूमा और कहा-

'कैसी हो, बधाई, बहुत सुंदर बेटा हुआ है हमारा'।

कमली ने मुस्कुराकर कहा-

'किसके जैसा है, मेरे या तुम्हारे'।

अविनाश ने कहा-

'बिलकुल तुम्हारे जैसा है, गोरा और सुंदर'।

तबतक कमरे में नर्स आ गयी। अविनाश ने उसकी मदद से बच्चे को अपनी गोद में लिया। उसने उसके चेहरे को फिर गौर से देखा और कमली की तरफ उसे झुकाते हुए कहा-

'देखो, बिलकुल तुम्हारी तरह है'।

कमली ने थोड़ा उठ कर बच्चे को गौर से देखा और मुस्कुराकर फिर वापस लेट गयी।

थोड़ी देर में डॉक्टर वापस आई। उसने अविनाश से कहा-

'अभी रात हो जाने के कारण बेहतर होगा कि माँ और बच्चा सुबह घर जाएँ। मैं बगल में एक रूम ठीक करा देती हूँ, वहीं रात भर नर्स की निगरानी में दोनों रहेंगे। सुबह दस बजे के बाद आप इन्हें घर ले जा सकेंगे। आप या और कोई चाहे तब उस रूम में रुक सकता है'।

अविनाश ने कमली से कहा-

'मैं घर जाकर तुम्हारे कुछ कपड़े और खाना लेकर आता हूँ। मामीजी को भी बता दूँगा'।

अविनाश घर चला गया। उसने रास्ते से अपने पापा को फोन कर बताया। घर पहुँच कर उसने मामीजी को बताया। एक घंटे में खाना खाकर और साथ में कमली के लिए खाना और कपड़े वगैरह लेकर अविनाश हॉस्पिटल पहुँच गया। कमली को उसने बैठ कर खाना खिलाया। उसके बाद कमली की बेड के बगल में लगे एक सोफ़े पर जाकर लेट गया। कमली थोड़ी देर में सो गयी। अविनाश रात भर उठ-उठ कर बच्चे को देखता रहता। रात में दो बार बच्चा जग कर रोने लगा, तब कमली की नींद खुली। अविनाश ने नर्स को बुलाकर बच्चे को कमली की बगल में लिटाया। बच्चा दूध पीकर फिर शांत हो गया।

अगले दिन सुबह अविनाश कमली को लेकर घर गया। घर के दरवाजे पर कमली की मामीजी आरती का थाल लेकर खड़ी थीं। उन्होंने कमली और बच्चे की आरती उतारी। उसके बाद दोनों को लेकर भीतर के कमरे में गईं। दिनभर कमली ज़्यादातर कमरे में रही। वह बच्चे को निहार कर खुश हो रही थी। अविनाश भी लगातार उसके साथ रहा। मामीजी बच्चे का ध्यान रख रही थीं। रात में कमली के साथ मामीजी सोयीं। अविनाश बाहर वाले कमरे में सोया। बच्चा बार-बार रात में उठता, तब मामीजी उसकी देखभाल करती थीं।

अगले दिन अविनाश ने कमली से बात की। वह वापस गाँव जाना चाहता था। कमली ने उसे एक दिन और रुकने के लिए कहा।

अविनाश राजी हो गया। दिन में अविनाश कमली के साथ था। कमली ने उससे पूछा-

'बेटे का क्या नाम रखा जाये'।

अविनाश ने मुस्कुराकर कहा-

'तुम बेहतर बतला सकती हो'।

कमली ने थोड़ा सोच कर कहा-

'मेरे दिमाग में दो नाम आ रहे हैं, एक करन और दूसरा यश'।

अविनाश ने कहा-

'यश नाम अच्छा रहेगा, यश आनंद'।

कमली ने कहा-

'मैं पुकारने के लिए इसे बाबा बुलाने लगी हूँ, तुम कोई और पुकार का नाम रखना चाहोगे'।

अविनाश ने कहा-

'नहीं बाबा ठीक है'।

कमली की मामी तबतक कमरे में आ गईं। उन्होंने कहा-

छह दिन बाद छठी की पूजा करनी होगी, जिसमें घर के और लोग रहें, तो बेहतर होगा, वैसे अविनाश का रहना जरूरी है। अविनाश ने अपने पापा-मम्मी को फोन कर छठी की बात बताई और उन्हें उस दिन आने के लिए कहा। कमली ने भी मामाजी को उस दिन का न्योता दे दिया।

अगले दिन सुबह अविनाश फूलपुर चला गया। कमली दिन भर बच्चे के साथ लगी रही। कभी उसके कपड़े बदलने, कभी दूध पिलाना

और कभी उसे गोद में लेकर सुलाना। मामीजी भी उसकी लगातार मदद करती रहीं।

कमली ने इस बीच किरण को फोन कर बच्चे के बारे में बता दिया। इस बीच अचानक शाम में अतुल का फोन आया। कमली उसको फोन कर बताने वाली थी। उसने फोन उठाया। उधर से अतुल ने कहा-

'प्रिया को तीन दिन पहले लड़का हुआ है। तुम्हारा क्या हाल है। डॉक्टर ने कब तक का डेट दिया है'।

इधर से कमली ने कहा-

'कैस संयोग है अतुल, तीन दिन पहले मुझे भी लड़का हुआ है। इसका मतलब ये हुआ कि दोनों की पैदाइश एक ही दिन की है। हमने उसका नाम भी रखा है यश'।

उधर से अतुल ने ज़ोर से हँसते हुए कहा-

'सिर्फ पैदाइश दोनों की एक दिन की नहीं है, दोनों के नाम भी एक हैं। हमने दो नामों में से यश चुना'।

कमली ने कहा-

'सही में, यह अजीब संयोग है, प्रिया कैसी है'।

अतुल ने कहा-

'वह ठीक है, अभी हॉस्पिटल में है। बच्चे की डिलिवरी में कुछ दिक्कत आई थी, इसलिए उसका ऑपरेशन करना पड़ा। बच्चे को एक दिन आईसीयू में रखना पड़ा था। उसे सांस लेने में तकलीफ हो रही थी। अब ठीक है। डॉक्टर ने माँ के साथ-साथ बच्चे पर भी ध्यान देने के लिए कहा है। उसे बीच-बीच में डॉक्टर को दिखाना पड़ेगा'।

कमली ने अतुल को बधाई देकर फोन रख दिया।

छह दिन बाद छठी का रस्म था। अविनाश के पापा-मम्मी गाँव से सुबह में आ गए थे। वे होटल में रुके थे। कमली के मामाजी भी आ गए। अविनाश छठी के एक दिन पहले आ गया। छठी के दिन के लिए खाने-पीने की तैयारी उसने की। शाम में छठी की पूजा हुई। कुछ मोहल्ले वालों को भी बुलाया गया था। अविनाश ने रात के खाने के लिए कैटरर किया था। बाहर अहाते में पर्दा घेर कर खाने की व्यवस्था की गयी थी। अविनाश के पापा-मम्मी ने बच्चे और कमली को सोने की चेन गिफ्ट में दी। कमली के मामाजी ने भी बच्चे के लिए बहुत सारे समान लाकर दिये। पार्टी देर रात तक चली। अगले दिन सभी वापस चले गए। अविनाश भी दिन में फूलपुर वापस चला गया।

कमली का सारा दिन बच्चे की देखभाल में निकल जाता था। वह खुद एक बच्चों का डॉक्टर होने के कारण बच्चे की तकलीफ समझती थी। बच्चे से फ्री होकर वह मामीजी के साथ गप्पें लड़ाया करती। बीच-बीच में वह किरण से फोन पर बात कर लेती।

इधर अविनाश फिर अंकिता के साथ व्यस्त हो गया। अब दोनों रोज शाम में मिला करते। कभी-कभी अविनाश अंकिता के घर चला जाता। वहाँ से देर रात लौटता। अब उन दोनों की नजदीकी की चर्चा स्वास्थ्य केंद्र के स्टाफ के बीच होने लगी थी। दोनों ज़्यादातर ऑफिस में भी साथ रहा करते।

एक दिन सोमवार की शाम में अंकिता ने अविनाश को अपने घर बुलाया। उस दिन अंकिता का जन्मदिन था। अविनाश को यह बात पता थी। उसने अंकिता को ऑफिस में फूलों के एक गुलदस्ते के साथ बधाई दे दी थी। अंकिता ने दिन में अविनाश से कहा था कि वह जन्मदिन की पार्टी सिर्फ उसके साथ करना चाहती है। अविनाश दिन में शहर से लौटा था। उसने अंकिता के लिए एक हीरे का पेंडेंट

और उसके साथ सोने की चेन गिफ्ट में ली थी। उसके साथ अविनाश ने एक बड़ा-सा केक भी ले लिया था।

ऑफिस से वापस आकर अविनाश शाम के सात बजे सज-धज कर अंकिता के यहाँ गया। अंकिता ने अपना ड्राइंग रूम बैलून से सजा रखा था। उसने लाल रंग के घुटनों तक के भड़कीले कपड़े पहन रखे थे। रूम में धीमी लाइट थी और म्यूजिक सिस्टम पर हल्की आवाज में संगीत बज रहा था। अविनाश की आगवानी के लिए अंकिता बाहर खड़ी थी। अविनाश ने उसके नजदीक जाकर उसके हाथ अपने हाथ में लेकर उसे फिर एक बार बधाई दी। अंकिता ने अचानक आगे बढ़ कर अविनाश के गाल चूम लिए। अविनाश थोड़ा चौंका। कमरे के अंदर जाते वक़्त अंकिता डगमगा रही थी। अविनाश को लगा कि अंकिता ने शाम से ही शराब पीनी शुरू कर दी है।

कमरे के अंदर जाकर अविनाश ने साथ लाये पैकेट में से अंकिता की गिफ्ट निकाल कर उसे दी। अंकिता ने गिफ्ट खोली। वह गिफ्ट देख कर अचानक अविनाश से आकर लिपट गयी। फिर उसने अविनाश को वह हार पहनाने के लिए कहा। वह अविनाश की तरफ पीठ करके खड़ी हो गयी। अविनाश ने वह हार अंकिता को पहनाया। हार पहन कर वह फिर एक बार अविनाश से लिपट गयी। अविनाश आगे बढ़ कर सोफ़े पर उसके साथ बैठ गया। उसने केक को टेबल पर रखा। उसमें एक मोमबत्ती जलायी और अंकिता को केक काटने के लिया कहा। अंकिता ने आगे बढ़ कर पहले मोमबत्ती बुझाई फिर उसने केक काटा। अविनाश ने बर्थड़े का गाना गया। अंकिता ने केक का एक टुकड़ा अविनाश को खिलाया और उसी टुकड़े को अविनाश ने अंकिता को खिलाया। उसके बाद अंकिता ने अविनाश के लिए ड्रिंक्स बनाया।

अगले एक घंटे तक दोनों ड्रिंक्स लेते रहे और आपस में बातें करते रहे। अब अविनाश को भी नशा आने लगा था। अंकिता अब तक

पूरे नशे में आ चुकी थी। वह बार-बार अविनाश के गले लग जाती, उसके गालों को चूमती। रात का खाना खाने तक अविनाश पूरे नशे में आ चुका था। वह बार-बार सोफ़े पर सो जा रहा था। उससे चला नहीं जा रहा था। दोनों ने किसी तरह खाना खाया और उसके बाद अविनाश सोफ़े पर पसर गया। अंकिता भी नशे में थी, लेकिन उसने अविनाश की तरह अपना होश नहीं खोया था। उसने अविनाश को सहारा देकर उठाया और अपने बेड रूम में ले आई। अविनाश नशे में बड़बड़ा रहा था। अंकिता ने अविनाश को अपने बिस्तर पर लिटा दिया और खुद भी कपड़े बदल कर उसके बगल में सो गयी। अविनाश बीच-बीच में जग कर अंकिता का नाम पुकारता। वे कब एक दूसरे से लिपट गए, दोनों को पता नहीं चला।

सुबह अविनाश की नींद दरवाजे की घंटी से खुली। वह जब जागा तो उसने बगल में अंकिता को सोया हुआ देखा। वह आधी चादर ओढ़ कर गहरी नींद में सोयी हुई थी। वह उसे देख कर घबड़ाया। उसने अपने बदन को देखा। उसके बदन के कपड़े बगल में उतरे हुए थे। अंकिता भी खुले बदन सो रही थी। अविनाश को महसूस हुआ कि कल रात शराब के नशे में उससे गलती हो गयी। उसने जल्दी से अपने कपड़े पहने और भाग कर बाहर का दरवाजा खोला। स्वास्थ्य केंद्र के बड़ा बाबू दरवाजे पर थे। इतनी सुबह अविनाश को वहाँ देख कर वे चौंके और कहा-

'सर, मैं आपके घर की घंटी बहुत देर तक बजाता रहा। आप नहीं सुने इसलिए यहाँ मैडम के यहाँ आ गया। दिन के ग्यारह बज रहे थे और केंद्र पर मरीजों की भीड़ लगी थी इसलिए मैं आप लोगों को बुलाने आ गया। तबतक पीछे से नाइट गाउन में अंकिता आ गयी। बड़ा बाबू ने उसे भी देखा। अंकिता बड़ा बाबू को देख कर तुरंत अंदर चली गयी। अविनाश वहाँ से जल्दी से अपने घर गया। उसे रात की घटना के बारे में सोच कर आत्मग्लानि हो रही थी। फिर भी वह

तैयार होकर ऑफिस चला गया। अंकिता एक घंटे के बाद ऑफिस पहुंची। वह अविनाश को देख कर मुस्कुरा रही थी। अविनाश उससे आँखें चुरा रहा था।

इस घटना को हुए तीन महीने गुजर गए थे। अविनाश अंकिता के प्रेमजाल में ऐसा फँसता गया कि वह धीरे-धीरे कमली और अपने बच्चे को भूलने लगा। अब वह किसी-किसी शनिवार को शहर नहीं जाता था। वह दिनभर अंकिता के साथ या तो अपने घर में या उसके घर में पड़ा रहता। उसे भी अब अंकिता से प्यार हो गया था।

कमली अविनाश के नहीं आने से चिंता में रहती। उसके व्यवहार में भी फर्क आने लगा था। अब वह अपने बच्चे पर भी उतना ध्यान नहीं देता था। कमली से भी वह उखड़ा-उखड़ा रहता था। कमली की मामीजी अभी भी उसके साथ थीं। उन्होने पूरी तरह बच्चे को संभाल लिया था। कमली ने फिर से हॉस्पिटल की ड्यूटी जॉइन कर ली थी। वह सुबह जाकर लंच के समय भी घर आकर बच्चे को देख जाती। शाम में वह जल्दी घर आ जाती थी।

कमली सोचती रहती कि आखिर मामीजी को वह कितने दिनों तक रख सकती है। वहाँ गाँव में मामाजी को परेशानी हो रही थी। इसको ध्यान में रख कर कमली ने हॉस्पिटल से पूरे समय के लिए एक नर्स रख लिया, जो बच्चे की देखभाल कर सके। इसके अलावा उसने रात में रहने के लिए फिर से पुरानी काम वाली को बुला लिया। वह रात के नौ बजे से सुबह आठ बजे तक रहती थी। वह भी बच्चे को संभालने में नर्स की मदद करती थी। मामीजी ने उसे सारा काम समझा दिया था। कुछ दिनों के बाद मामीजी गाँव चली गईं। नर्स बच्चे की देखभाल अच्छी तरह करने लगी। वह कमली के नहीं रहने पर भी बच्चे को संभाल लेती थी।

एक दिन शनिवार को अविनाश नहीं आया था। उस दिन उसने तबीयत खराब होने का बहाना बना दिया था। उस दिन सुबह में

कमली के फोन पर एक अंजान नंबर से फोन आया। कमली ने फोन नहीं उठाया। उसके बाद कई बार उस नंबर से फोन आने पर कमली ने फोन उठाया। उधर से आवाज आई-

'हैलो, मैं फूलपुर स्वास्थ्य केंद्र का बड़ा बाबू बोल रहा हूँ। आप डॉक्टर मैडम बोल रही हैं'।

कमली अचानक फूलपुर से फोन की बात सुनकर घबड़ा गयी। अविनाश ने तबीयत खराब होने की बात कही थी। उसे लगा अविनाश की तबीयत कहीं ज्यादा खराब हो गयी है। उसने तुरंत कहा-

'हाँ मैं बोल रही हूँ, क्या बात है डॉक्टर साहब ठीक हैं न'।

बड़ा बाबू ने कहा-

'जी मैडम वे बिलकुल ठीक हैं। मैंने आपको चुपचाप फोन किया है। आपका नंबर बड़ी मुश्किल से डॉक्टर साहब की मोबाइल से चोरी से निकाला है। मैं कई दिनों से आपसे बात करना चाहता था'।

कमली ने कहा-

'बताइये क्या बात है'।

बड़ा बाबू ने कहा-

'मैडम मुझे कहने में अच्छा नहीं लग रहा है, लेकिन आपके कारण बता रहा हूँ। आप पिछली बार यहाँ आई थीं। आप स्वभाव से मुझे बहुत अच्छी लगीं। लेकिन डॉक्टर साहब का यहाँ ठीक नहीं चल रहा है। यहाँ एक लेडी डॉक्टर हैं अंकिता। डॉक्टर साहब और वो दोनों खुले आम एक दूसरे के साथ रहते हैं। कई बार डॉक्टर साहब उन्हीं के घर सोते हैं या वो डॉक्टर साहब के घर। डॉक्टर साहब शराब भी बहुत पीने लगे हैं। यहाँ लगभग हर शाम वे नशे में धुत रहते हैं। अब ऑफिस पर भी उनका कम ध्यान है। यहाँ के सारे स्टाफ दोनों के

बारे में बातें करते हैं, जो मुझे अच्छा नहीं लगता है। आप किसी तरह या तो डॉक्टर साहब की पोस्टिंग यहाँ से दूसरी जगह करा दीजिये या उनसे बात करिए। मैंने आपको फोन किया है, यह बात डॉक्टर साहब को पता नहीं चलनी चाहिए'।

इतना कह कर बड़ा बाबू ने फोन रख दिया।

कमली को लगा जैसे उसे काठ मार गया हो। वह बहुत देर तक उसी तरह खड़ी शून्य में देखती रही। वह सपने में भी अविनाश के बारे में ऐसा नहीं सोच सकती थी। उसे लगा, उसके पैरों तले से किसी ने जमीन खींच ली हो। वह यह सब बात मामाजी या किसी और को बता नहीं सकती थी। बहुत देर तक वह उसी अवस्था में रही। उसके बाद उसने तय किया कि वह अगले दिन रविवार को फूलपुर जाएगी।

पूरे शनिवार को कमली परेशान रही। अब उसे समझ में आ रहा था, अविनाश के व्यवहार में अचानक क्यों परिवर्तन हुआ था। वह बड़ा बाबू की कही बातों से खुद में शर्म महसूस कर रही थी। अविनाश के साथ काम करने वाले स्टाफ क्या सोचते होंगे, जबकि वे यह जानते थे कि अविनाश शादी-शुदा है और उनलोगों ने कमली को पिछली बार वहाँ देखा भी था। कमली रात भर ठीक से सो नहीं सकी।

अगले दिन सुबह उसने नर्स को समझा दिया कि वह कुछ जरूरी काम से पाँच-छह घंटे तक घर से बाहर रहेगी। उसके पीछे उसे बच्चे का अच्छी तरह ध्यान रखना है। दिन में आने वाली काम वाली को भी उसने समझा दिया था। दोनों को काम बताकर कमली खुद गाड़ी चलाकर फूलपुर के लिए निकल गयी। रास्ते भर वह यह सोचती रही कि अविनाश से जब उसका सामना होगा, तब वह क्या करेगा। एक घंटे में कमली वहाँ पहुँच गयी।

सुबह के दस बजे थे। कमली सीधे घर के अंदर अविनाश के कमरे में गयी। अविनाश अभी भी सो रहा था। बिस्तर पर उसके

बगल में भी एक चादर वैसे पड़ी थी, जैसे अभी कोई उसमें से सो कर उठा हो। उसके बगल की टेबल पर शराब की बोतल रखी थी और वहाँ दो खाली ग्लास रखे थे। कमली ने अविनाश के शरीर को हिलाकर उसे जगाया। अविनाश नींद में बोल उठा-

'अरे अंकिता, मुझे सोने दो, तुम भी आकर फिर से मेरे पास सो जाओ'।

कमली ने चिल्लाकर कहा-

'मैं अंकिता नहीं, कमली हूँ। उठो'।

कमली की ज़ोर की आवाज सुनकर अविनाश हड़बड़ा कर उठा। उसने आँख मल कर देखा। सामने कमली खड़ी थी। उसे विश्वास नहीं हुआ। उसने फिर अपनी आँख मली। कमली को फिर देख कर वह अचानक बिस्तर से कूद कर खड़ा हो गया। उसी अवस्था में उसने आगे बढ़ कर कमली का हाथ पकड़ कर कहा-

'अरे कमली, तुम अभी इस वक़्त यहाँ। क्या बात है। घर में सब ठीक है न। बाबा कहाँ है'।

कमली ने उससे अपना हाथ झटक कर छुड़ा लिया और कहा-

'मेरा तो सब ठीक है, लेकिन यहाँ तुम्हारा क्या चल रहा है। और यह अंकिता कौन है, जिसका नाम तुम नींद में भी ले रहे थे। वह तुम्हारे बिस्तर पर क्या कर रही थी'।

अविनाश उसी तरह खड़ा रहा। थोड़ी देर रुक कर उसने कहा-

'तुम क्या कह रही हो, मुझे कुछ समझ में नहीं आ रहा है। तुम्हें कोई भ्रम हुआ है। अंकिता यहाँ लेडी डॉक्टर है और मेरे साथ काम करती है। इससे ज्यादा कुछ नहीं। वह कहाँ है यहाँ'।

कमली ने ज़ोर से कहा-

'वह तुम्हारे साथ काम भी करती है, तुम्हारे साथ रोज शराब भी पीती है और अब तुम्हारे साथ सोती भी है। मुझे कहने में भी शर्म आ रही है। तुम तो ऐसे नहीं थे अविनाश। तुम्हें अचानक यह क्या हो गया। तुमने लोक-लाज की भी परवाह नहीं की। मेरे बारे में भी नहीं सोचा। चलो मेरे बारे में न सही, अब तो तुम्हें अपने बच्चे के बारे में सोचना चाहिए था। यहाँ के लोग तुम्हें देख रहे हैं और तुम दोनों की करतूत पर शर्मिंदा हो रहे हैं। लेकिन तुम दोनों को शर्म नहीं आ रही है'।

अविनाश बहुत देर सिर झुकाये कमली की बातें सुनता रहा। अचानक उसने ज़ोर से चिल्लाकर कहा-

'तो क्या करूँ, तुम्हारे पीछे-पीछे घूमूँ। तुम्हें मेरी परवाह कहाँ है। अब तो तुम बड़े ओहदे पर चली गयी हो, मुझ जैसे छोटे लोगों की तुम्हें कहाँ फिक्र है। अंकिता कम से कम मुझे समझती है। वह मेरे अंदर के दर्द को जानती है। इसलिए मैं उसके साथ रहता हूँ। अब तो माँ बनने के बाद तुम्हारा ध्यान मेरे ऊपर से और भी ज्यादा हट गया है। मैं यह सब बर्दाश्त नहीं कर पा रहा हूँ'।

कमली ने भी ज़ोर से कहा-

'बच्चा मैंने खुद नहीं किया और हरेक पति-पत्नी के जीवन में बच्चे होते हैं। इसमें नयी बात नहीं है। बच्चे के पालन-पोषण में माँ का ध्यान ज्यादा लगता है। इस कारण से वह दूसरी जगह ध्यान कम दे पाती है। इसका मतलब यह नहीं हुआ कि हर पति किसी दूसरी महिला के साथ रहने लगे। यह सब तुम्हारे मन और शरीर की कमजोरी है, जो पहले तुम्हारे में नहीं थी। लेकिन मैं यह सब बर्दाश्त नहीं कर सकती। या तो तुम्हें यहाँ से दूसरी जगह जाना होगा या फिर तुम्हें उस लेडी डॉक्टर को छोड़ना होगा'।

इसी बीच अंकिता अपने घर आकर तैयार हो रही थी। अचानक अविनाश के घर एक गाड़ी लगी हुई देख कर उत्सुकतावश अंकिता अविनाश के घर फिर गयी। बाहर दरवाजे से होती हुई अंकिता अविनाश के घर के अंदर आई। कमली और अविनाश बेडरूम में थे। अंकिता भी बेडरूम में आ गयी। कमली ने मुड़ कर उसे देखा। अविनाश ने अंकिता को बाहर जाने का इशारा किया। तबतक कमली ने कहा-

'देखो इसको इतना भी नहीं ज्ञान है कि किसी के बेडरूम में इस तरह नहीं घुसते हैं। तुमने इसे इतनी छूट दे रखी है कि यह तुम पर हावी हो गयी है। बेहतर होगा इसे अभी यहाँ से जाने के लिए कहो, वरना मेरे मुंह से इसके लिए भी कुछ निकल जाएगा'।

अंकिता बेडरूम से बाहर निकलती हुई बोली-

'अपने पति पर कंट्रोल नहीं है और मुझे ज्ञान दे रही हो। अगर इतना ही प्यार है तुम्हें अविनाश से तब यह क्यों मेरे नजदीक आया। अविनाश कमजोर नहीं है। तुम कमजोर हो'।

कमली मुड़ कर कुछ कहने जा रही थी, तबतक अविनाश ने अंकिता को पकड़ कर घर के दरवाजे से बाहर जाने के लिए कहा। अंकिता बड़बड़ाती हुई चली गयी। कमली ने अविनाश को कहा-

'बात इतनी आगे बढ़ गयी है कि यह लड़की मुझे कमजोर कह रही है। मेरी कमजोरी यही है कि मैंने तुमसे प्यार किया, लेकिन तुम्हें आज उसकी कद्र नहीं है। एक अदना-सी लड़की के लिए तुम इतने दिनों के रिश्ते को तार-तार कर रहे हो। अब बहुत हो गया। मैंने अपनी आँखों से देख लिया। अब तुम्हें निर्णय लेना होगा कि तुम मेरे साथ जीवन बिताओगे या इसके साथ'।

कमली इतना कह कर बाहर निकल गयी। अविनाश ने उसे रोकने की कोशिश की, लेकिन कमली गाड़ी स्टार्ट कर चली गयी। अविनाश बाहर सोफ़े पर सिर पकड़ कर बैठ गया। उसे समझ में नहीं आ रहा था कि कमली को यह सब बात कैसे पता चली। वह बहुत देर तक कमली और अंकिता के बारे में सोचता रहा। उसे लगा कुछ बातें कमली ने सही कही। शायद अंकिता के लुभाने पर वह ही कमजोर हो रहा है।

इधर कमली रास्ते भर रोती रही। उसे समझ में नहीं आ रहा था कि उसके प्यार में कहाँ कमी हुई। उसने अविनाश को दिलो-जान से चाहा, लेकिन अविनाश ने उसके प्यार का यह सिला दिया। वह अंदर से अपने आपको टूटता हुआ महसूस कर रही थी। वह घर पहुँच कर दिन भर बिस्तर पर लेटी रही और अविनाश और अपने बारे में सोचती रही।

तीन दिन बाद शाम में अविनाश घर आया। कमली ने उसपर ज्यादा ध्यान नहीं दिया। अविनाश बच्चे के पास बैठकर उसके साथ खेलता रहा। कमली दूसरे कमरे में बैठ कर टीवी देखती रही। रात में उसने अविनाश का बिस्तर बाहर के कमरे में लगा दिया। वह खुद अंदर के कमरे में बच्चे के साथ सोयी।

अगले दिन अविनाश और कमली की छुट्टी थी। अविनाश ने उठ कर बाहर के बाथरूम में मुंह-हाथ धोया। कमली ने काम वाली से उसे चाय भिजवा दी। कमली लगातार अंदर के कमरे में बच्चे के साथ रही। अविनाश नहा-धोकर तैयार हो गया। कमली भी तबतक तैयार हो गयी। अविनाश अंदर के कमरे में घुसा। कमली उसे देख कर कमरे से बाहर निकलने लगी। अविनाश ने उसका हाथ पकड़ लिया और कहा-

'बैठो कमली मुझे तुमसे कुछ बात करनी है'।

कमली ने उसका हाथ झिटक कर कहा-

‘लेकिन मुझे तुमसे कोई बात नहीं करनी है’।

अविनाश ने तब कमली के आगे हाथ जोड़ कर कहा-

‘मुझे माफ कर दो, मुझसे गलती हो गयी। आगे से मैं अपने आप को सुधारने की कोशिश करूंगा, लेकिन तुम्हें भी मुझ पर ध्यान देना होगा’।

कमली कमरे से बाहर निकलते हुए रुक गयी। उसने कहा-

‘तुम नहीं जानते हो अविनाश, मैं तुम्हें कितना चाहती हूँ, तुम्हारा हर छुट्टी के दिन इंतजार करती हूँ कि तुम कब आओगे, लेकिन तुम्हारी इस गलती ने मुझे अंदर से झकझोर दिया है। मुझे नॉर्मल होने में थोड़ा समय लगेगा। लेकिन तुम मुझसे वादा करो कि तुम उस लड़की का साथ छोड़ दोगे’।

अविनाश ने कहा-

‘मैं अब यह कोशिश करूंगा कि मेरा तबादला उस जगह से कहीं दूसरी जगह हो जाये’।

कमली ने कहा-

‘उसमें मेरी भी मदद चाहिए, तब मैं करने के लिए तैयार हूँ’।

कमली अविनाश के बगल में बैठ गयी। अविनाश ने उसका हाथ पकड़ कर कहा-

‘तुम्हें अब कुछ सोचने की जरूरत नहीं है। कुछ दिनों में सब ठीक हो जाएगा’।

कमली कुछ देर अविनाश के साथ बैठ कर कमरे से बाहर निकल गयी।

अविनाश अगले दिन सुबह गाँव वापस चला गया। कमली भी नर्स को सारी बातें समझा कर हॉस्पिटल चली गयी। वह वहाँ अविनाश के बारे में सोचती रही। उसने सोचा कि अविनाश की बात पर उसे एक मौका देना चाहिए।

चौबीस

पाँच महीने का समय और निकल गया। हॉस्पिटल में कमली पर काम का बोझ ज्यादा हो गया था। वह अब लंच के समय घर नहीं जा पाती थी। सुबह में उसे कई छोटे बच्चों का इलाज करना पड़ता था। कभी-कभी उसे ऑपरेशन में शामिल होना पड़ता था। वह देर शाम को घर लौट पाती थी।

इधर यश अब थोड़ा-थोड़ा बैठने लगा था। दिन के वक़्त कमली के नहीं रहने पर उसकी पूरी देखभाल नर्स और काम वाली मिलकर करती थी। कमली हॉस्पिटल से लौटने के बाद पूरा वक़्त बच्चे के साथ बिताती थी। वह उसकी आवाज सुनकर खुश हो जाती। अविनाश पहले की तरह हर शुक्रवार को आ जाता था। शनिवार और रविवार को दोनों बच्चे के साथ खेलते थे। अब कमली बच्चे को लेकर अविनाश के साथ बाहर रेस्तरां में खाने के लिए भी चली जाती थी।

इस बीच एक दिन अतुल का फोन आया। कमली हॉस्पिटल में व्यस्त थी। वह फोन नहीं उठा पायी। अतुल ने दो-तीन बार फोन किया। कमली ने काम से फुर्सत पाकर अतुल को फोन किया। अतुल ने कहा-

'क्या बात है कमली, बहुत ज्यादा व्यस्त हो गयी हो। मैं अभी इस वक़्त तुम्हें फोन नहीं करना चाहता था, लेकिन बात ही कुछ ऐसी है कि मुझे फोन करना पड़ा'।

कमली ने पूछा-

'कुछ खास बात है, घर में सब ठीक है न'।

अतुल ने कहा-

'यहाँ कुछ ठीक नहीं है। बच्चे के जन्म के कुछ दिनों बाद प्रिया मेरे घर आ गयी। आने के पहले दिन से ही उसका मिजाज उखड़ा-उखड़ा था। वह हर बात पर मुझसे और माँ से लड़ पड़ती थी। एक दिन इसी लड़ाई में उसने कह दिया कि अब वह मेरे साथ नहीं रह सकती। उसने कहा कि वह बच्चा भी इतनी जल्दी नहीं चाहती थी। मैंने उसके बारे में पता किया, मालूम हुआ कि वह अपने पुराने बॉयफ्रेंड से मिलने लगी है'।

अतुल ने आगे कहा-

'तीन दिन पहले उसने हद कर दी। सुबह-सुबह उसने माँ से लड़ाई की और उसके बाद वह बच्चे को छोड़ कर सामान लेकर अपने बॉयफ्रेंड के घर चली गयी। कल उसने फोन कर बताया कि वह मुझसे तलाक चाहती है। आज उसने अपने वकील से तलाक के कागज भी भेज दिये हैं। मुझे समझ में नहीं आ रहा है कि मैं क्या करूँ। इधर बच्चे की हालत खराब है। माँ उसकी देखभाल कर रही है। मैंने यहाँ पास में एक डॉक्टर को दिखाया था। उसने बताया कि बच्चे का हार्ट जन्म से कमजोर है। उसे लंबे समय तक दवा देनी होगी। अगर दवा से बात नहीं बनी, तब उसका हार्ट ट्रांसप्लांट कराना होगा। तुम बच्चों की डॉक्टर हो, तुम यहाँ किसी अच्छे डॉक्टर के बारे में बताओ, मैं उससे जाकर मिलूंगा'।

कमली ने अतुल की बात सुनकर कहा-

'मुझे पहले दिन से लगता था कि तुम्हारी प्रिया से नहीं बनेगी। तुम उसकी चिंता मत करो। उसे जहां जाना था, वह चली गयी। तुम्हें

कोई और मिल जाएगी। अभी तुम्हें बच्चे पर ध्यान देना है। जहां तक यश का सवाल है, किसी-किसी बच्चे में यह बीमारी होती है। अभी घबड़ाने की जरूरत नहीं है। इसकी दवा एक-दो साल तक चलती है। बच्चे के बड़े होने के साथ उसका हार्ट नॉर्मल होने लगता है। वैसे तुम किरण को जानते हो। वह अभी एम्स में बच्चों की डॉक्टर है। राकेश भी वहीं है। तुम जाकर किरण से मिल सकते हो। वह तुम्हें सही सलाह देगी। जरूरत पड़ी तब वह तुम्हें किसी हार्ट स्पेशलिस्ट से भी मिलवा देगी। वैसे तुम यश के सारे रिपोर्ट मुझे मेल कर दो, मैं भी यहाँ देख लूँगी'।

अतुल ने फोन रख कर थोड़ी देर में कमली को सारे रिपोर्ट भेज दिये। कमली ने उन रिपोर्ट को गौर से देखा। उसे लगा कि वाकई में अतुल के बच्चे के हार्ट की हालत अच्छी नहीं है। वह डॉक्टर की दवा से सहमत थी। उसने फिर अतुल को फोन कर उसी दवा को खिलाने के लिए कहा। कमली अतुल के बच्चे की हालत से थोड़ी चिंतित हुई।

इधर अविनाश फिर दोहरी जिंदगी के बीच झूल रहा था। कमली से किए गए वादे के मुताबिक उसने स्वास्थ्य विभाग में अपने तबादले की अर्जी दी थी, लेकिन उस पर कोई सुनवाई नहीं हुई। अंकिता का उसके प्रति लगाव वैसे ही बना रहा। वैसे अविनाश अब उसके यहाँ जाने से कतराता था, लेकिन अंकिता अक्सर अविनाश के घर आ जाती। उनके बीच किसी-किसी दिन शराब का दौर भी जारी था। अविनाश चाह कर भी अंकिता से दूर नहीं हो पा रहा था। हालाकि, उसे अंदाज हो गया था कि स्वास्थ्य केंद्र के किसी आदमी ने कमली को उसके और अंकिता के संबंध के बारे में बताया होगा। इसलिए अब वह बहुत सतर्क होकर अंकिता से मिलता था। जब रात भर अंकिता अविनाश के घर रहती तब अविनाश कुक की छुट्टी कर देता था। उसने मान लिया था कि उसे अब दोहरी जिंदगी जीनी पड़ेगी। वह कमली के साथ धोखा कर रहा था, लेकिन परिस्थिति

उसके वश में नहीं थी। शहर में जाने पर वह कमली का होकर रहता, लेकिन वापस फूलपुर आने पर वह अंकिता के मोहजाल में फंस जाता।

इस रूटीन जीवन से ऊब कर अविनाश ने दशहरे की छुट्टियों में कमली के साथ कहीं बाहर घूमने का प्रोग्राम बनाया। उसने कमली से बात की। अब यश बड़ा होने लगा था, इसलिए उसे लेकर बाहर निकलने में कोई परेशानी नहीं थी। कमली तैयार हो गयी। उसके हॉस्पिटल में एक सप्ताह की छुट्टी थी। अविनाश ने अपने पापा-मम्मी से पूछा। वे भी उनके साथ जाने के लिए तैयार हो गए। सभी ने मिलकर शिमला का प्रोग्राम बनाया।

दस दिनों बाद सभी पटना से दिल्ली हवाई जहाज से गए और फिर वहाँ से वे ट्रेन से कालका गए। अविनाश की मम्मी के साथ रहने के कारण कमली को यश को लेकर कोई परेशानी नहीं हुई। कालका से वे छोटी ट्रेन में शिमला गए। छह घंटे की यात्रा बड़ी अच्छी रही। शिमला में ठंड बहुत थी। सभी वहाँ होटल में रुके। अगले तीन दिनों तक वे शिमला की चारों तरफ घूमते रहे। अविनाश ने कमली और यश का बहुत ख्याल रखा। रात में यश के जागने पर अविनाश उठ कर उसे देखता। कभी यश को अविनाश अपनी माँ के हवाले कर कमली के साथ घूमने निकल जाता था। कमली को यह देख कर लगा कि अविनाश अब बदल गया है। चार दिन रुकने के बाद वे वापस दिल्ली होते हुए पटना आ गए। अविनाश के पापा की वापसी में तबीयत खराब हो गयी। वे पटना आकर तीन दिन और रुके। अविनाश ने अपने ऑफिस से छुट्टी ले ली थी। वह अपने पापा के साथ-साथ यश की भी देखभाल कर रहा था।

एक दिन कमली ने अविनाश से कहा-

'मुझे खुशी है अविनाश कि तुम अब बदल गए हो। मैंने इसी अविनाश से प्यार किया था'।

अविनाश मन ही मन सोचता रहा कि एक तरफ कमली उस पर फिर विश्वास करने लगी है और दूसरी तरफ वह उसके साथ धोखा कर रहा है। कमली की बात सुनकर उसे आत्मग्लानि हुई, लेकिन उसका मन उसके वश में नहीं था।

इस बीच कमली एक शनिवार को अविनाश और यश के साथ अपने मामाजी के यहाँ भी गयी। दोनों एक रात वहाँ रुके। मामाजी ने अविनाश की बहुत खातिरदारी की। मामाजी यश को लेकर अपने खेत घुमाने ले गए। कमली को वहाँ दो दिनों तक रहना बहुत अच्छा लगा। उसे हर बार यह महसूस होता था कि वह उस गाँव में बस जाये और गरीबों की सेवा करे।

जनवरी में यश का पहला जन्मदिन बहुत धूमधाम से मनाया गया। अविनाश ने एक होटल के हॉल में जन्मदिन की व्यवस्था की थी। अविनाश के पापा-मम्मी और कमली के मामाजी और मामीजी भी शामिल हुए थे। मोहल्ले के कुछ छोटे बच्चों को कमली ने बुलाया था। उनके माता-पिता भी साथ में आए थे। करीब सौ लोगों का जमावड़ा था। यश के लिए अविनाश ने खास ड्रेस खरीदे थे। यश भी बच्चों के साथ घुलमिल गया। कमली ने सभी बच्चों को जाते वक़्त गिफ्ट दिये।

कमली को उसके हॉस्पिटल में प्रमोशन देकर सीनियर वाइस प्रेसिडेंट बना दिया गया। अब उसकी तनख़ाह सात लाख रुपये प्रति माह कर दी गयी थी। हालाकि, उसकी जिम्मेवारी पहले से ज्यादा बढ़ गयी थी। हॉस्पिटल में काम आने वाले सभी सामानों को मंगाना, सभी डॉक्टर की ड्यूटी तय करना, मरीजों की सुविधा का ध्यान रखना के अलावा, उसे हर दिन बीस से तीस मरीजों को खुद देखना पड़ता था।

इस बीच किरण ने फोन कर कमली को बताया था कि अतुल के बच्चे को उसने देखा। उसे एक हार्ट स्पेशलिस्ट से भी दिखाया

गया। डॉक्टर ने उसे अभी दवा से काम चलाने के लिए कहा है। एक साल बाद वह उसकी जांच कर देखेंगे कि उम्र बढ़ने के साथ उसके हार्ट में कोई परिवर्तन हुआ या नहीं।

अविनाश और अंकिता को पटना एक मीटिंग के लिए बुलाया गया था। अविनाश ने सोचा कि अगर वह अंकिता को साथ लेकर गया, तब वह कमली से नहीं मिल पाएगा। इसलिए उसने कमली को इस बारे में नहीं बताया। उसे अंदर से अच्छा भी लगा कि वह अंकिता के साथ दो दिन अकेले रहेगा। अंकिता भी खुश थी। दोनों अविनाश की गाड़ी से सुबह मीटिंग के लिए पटना रवाना हुए। अविनाश गाड़ी चला रहा था। अंकिता बीच में उसका हाथ पकड़ लेती, या बात करते-करते उस पर झुक जाती। अविनाश ने पटना में अपने घर से दूर एक होटल देखा था। दोनों वहीं होटल में एक कमरे में रुके। दिन में मीटिंग के बाद अंकिता ने गहने खरीदेने की जिद कर दी। अविनाश उसे लेकर बाजार गया। वह कोशिश कर रहा था कि कोई जान-पहचान का आदमी उसे अंकिता के साथ नहीं देखे। उसने एक मॉल के सामने गाड़ी खड़ी की और सबकी नजरों से बचता हुआ अंकिता के साथ जौहरी की दुकान में चला गया।

इधर कमली अपने हॉस्पिटल का समान लेने के लिए कुछ लोगों के साथ बाजार गयी थी। संयोग से वह उसी मॉल में गयी, जहां अविनाश अंकिता के साथ था। कमली अपने हॉस्पिटल की गाड़ी में थी और पीछे दूसरी गाड़ी में उसके दो स्टाफ थे। मॉल की पार्किंग में जब कमली की गाड़ी खड़ी होने लगी, तभी उसे लगा जैसे तीन गाड़ियों के बाद अविनाश के जैसी गाड़ी खड़ी है। उसने सोचा कि शायद एक तरह और एक रंग की गाड़ी होने के कारण उसे भ्रम हुआ है। सप्ताह के बीच में अविनाश यहाँ क्यों आएगा। फिर भी उसने उस गाड़ी के पास जाकर देखा। उसके नंबर को देख कर वह चौंक गयी। वह अविनाश की ही गाड़ी थी। इसका मतलब अविनाश शहर आया

है और उसने कमली को नहीं बताया था। कमली ने अपने स्टाफ को दुकान में जाने के लिए कहा और खुद अपने चेहरे को रुमाल से ढकती हुई मॉल में गयी।

मॉल दो तल्ले का था। कमली ने पहले ध्यान से नीचे के तल्ले में दुकानों को देखा। उसे अविनाश कहीं नजर नहीं आया। वह एस्कलेटर से ऊपर के तल्ले में गयी। जैसे ही वह ऊपर पहुंची सामने जौहरी की दुकान में उसे अविनाश नजर आया। वह एक खंभे के पीछे छुप गयी। वहाँ से उसने अंदर दुकान में देखा। अविनाश के साथ अंकिता भी थी। थोड़ी देर खड़ी रहने के बाद उसने देखा अविनाश अंकिता के गले में एक हार पहना रहा है। कमली उसे देख कर हैरान रह गयी। अविनाश ने उससे कसम खाई थी कि वह अंकिता से दूर हो जाएगा। कमली ने जानबूझ कर अविनाश को फोन किया। वह अविनाश को फोन उठाते हुए देख रही थी। कमली ने अविनाश से पूछा-

'कैसे हो अविनाश। अभी घर पर हो या स्वास्थ्य केंद्र में'।

अविनाश ने चारों तरफ देखते हुए जवाब दिया-

'मैं स्वास्थ्य केंद्र में मरीज देख रहा हूँ। इस वक़्त तुमने फोन किया, कोई खास बात'।

कमली ने जवाब दिया-

'कोई खास बात नहीं, अचानक तुम्हारी याद आ गयी थी'।

अविनाश ने हंस कर जवाब दिया-

'इसी तरह बीच-बीच में याद कर लिया करो'।

कमली ने फोन रख दिया। अविनाश का झूठ पकड़ा गया था। कमली को भीतर से दुख भी हो रहा था और अविनाश पर गुस्सा भी

आ रहा था। उसने कमली को फिर धोखा दिया था। कमली बहुत देर तक वहाँ खड़ी रही। उसने अपने मोबाइल फोन से दोनों की तस्वीर खींच ली। करीब पंद्रह मिनट के बाद दोनों हाथ में हाथ डाले दुकान से बाहर निकले। अविनाश अंकिता को लेकर तेजी से नीचे उतरने लगा। कमली उसके पीछे-पीछे गयी। अविनाश मॉल से बाहर निकल कर अपनी गाड़ी में बैठ गया। कमली ने सोचा वह अविनाश का पीछा करेगी।

कमली ने अपने ड्राईवर को अविनाश के गाड़ी के पीछे-पीछे चलने के लिए कहा। भीड़-भाड़ वाले इलाके में अविनाश का पीछा करने में कमली को दिक्कत हो रही थी, फिर भी उसके ड्राईवर ने अविनाश की गाड़ी के पीछे अपनी गाड़ी को लगाए रखा। करीब पंद्रह मिनट के बाद अविनाश की गाड़ी होटल में रुकी। अविनाश ने गाड़ी पार्क कर दी और अंकिता के साथ होटल में चला गया। कमली को लगा कि दोनों इसी होटल में ठहरे है। उसे अब पूरा विश्वास हो गया कि अविनाश ने अभी तक अंकिता को नहीं छोड़ा है और वह कमली को अबतक बेवकूफ बना रहा था।

कमली ने मॉल में आकर सामान खरीदा और हॉस्पिटल वापस चली गयी। वह दिन भर अविनाश की करतूतों के बारे में सोचती रही। थोड़ी देर सोचने के बाद उसने फैसला ले लिया कि अब वह अविनाश की चिकनी-चुपड़ी बातों में नहीं आएगी और इस बार अविनाश के आने पर फैसला लेकर रहेगी।

अगले शुक्रवार को अविनाश घर आया। कमली ने उससे बात नहीं की। वह आकर यश के साथ खेलने लगा। बहुत देर तक जब कमली ने उससे बात नहीं की, तब अविनाश ने कमली से पूछा-

'क्या बात है, आज तुम इतनी चुप क्यों हो, तबीयत ठीक है न'।

कमली ने कोई जवाब नहीं दिया। अविनाश थोड़ी देर उसे देखता रहा, फिर बोला-

'क्या तुम मुझसे नाराज हो, मैं एक सप्ताह के बाद आया हूँ और तुम मुझसे कुछ बात नहीं कर रही हो, पूछने पर कोई जवाब भी नहीं दे रही हो, क्या बात है, मुझसे कोई गलती हुई है'।

कमली अंदर से भरी पड़ी थी, अचानक फट पड़ी-

'गलती तुमसे नहीं, मुझसे हुई है, तुम्हें पहचाने में और तुम पर आँख मूँद कर विश्वास करने में। मुझे पहली बार समझ जाना चाहिए था कि तुम बदलने वाले नहीं हो। मैं मूर्ख थी, जो तुम्हारी बातों में आ गयी। दरअसल, प्यार में लोग एक दूसरे पर आँख मूँद कर विश्वास करते है, मैंने भी वही किया। लेकिन तुमने न केवल उस विश्वास को तोड़ा है, बल्कि मुझे फिर से धोखा दिया है'।

अविनाश ने अंजान बनते हुए कहा-

'अब मैंने क्या गलती कर दी, जो तुम मुझसे नाराज हो रही हो। अब तो मैंने अंकिता से मिलना भी कम कर दिया है। सिर्फ ऑफिस में मिलता हूँ'।

कमली ने छिलाकर कहा-

'क्यों झूठ पर झूठ बोल रहे हो, तुम्हें शर्म नहीं आती। तुमने अंकिता को कभी नहीं छोड़ा, बल्कि तुम उसे लेकर बाहर घुमाने भी लगे हो, उसे गहने खरीद कर दे रहे हो और साथ में होटल में रह रहे हो'।

अविनाश का चेहरा पीला पड़ गया। उसने कहा-

'किसने बताया तुम्हें ये सब'।

कमली ने अपने मोबाइल फोन से उस दिन की तस्वीर निकाल कर अविनाश के सामने की और कहा-

'मुझे किसी ने नहीं बताया। भगवान भी चाहते थे कि तुम्हारा धोखा देना मेरी नजर में आ जाये, इसलिए उस दिन मुझे उन्होंने उसी मॉल में भेजा, जहां तुम अंकिता के लिए हार खरीद कर उसे पहना रहे थे। उसके बाद मैंने तुम दोनों को एक होटल में जाते देखा। अब तुम्हें कितनी सबूत चाहिए। तुम्हारा झूठ अब बेनकाब हो गया है। तुम मेरी नजर में गिर चुके हो। अब मुझे तुमसे कोई रिश्ता नहीं रखना है। तुम अपने बच्चे से रिश्ता रख सकते हो, लेकिन मुझसे कोई उम्मीद नहीं करना। अगर वह भी न चाहो, तब तुम अंकिता के साथ अलग जिंदगी जी सकते हो'।

अविनाश सिर पकड़ कर बैठ गया। उसने एक शब्द नहीं कहा। थोड़ी देर वह यूं ही बैठा रहा, फिर उसके बाद वह अपना सामान लेकर गाड़ी से वापस गाँव चला गया।

कमली दिन भर रोती रही। वह सोचने लगी कि उसने अविनाश पर कितना भरोसा कर उससे शादी की थी। उस भरोसे को अविनाश ने तोड़ दिया था। उसने सोच लिया अब वह अकेले अपने बच्चे के साथ रह लेगी, लेकिन अविनाश को अपने नजदीक नहीं आने देगी।

अगले दो शुक्रवार अविनाश घर नहीं आया। कमली ने उससे फोन पर भी बात नहीं की। वह अपने काम में लगी रही। अविनाश वहाँ जाकर एक बार फिर शराब में डूब गया। अब वह दिन में भी पीने लगा था। उसने अंकिता से कमली के साथ हुए झगड़े की बात बता दी थी।

एक दिन अंकिता रोज की तरह शराब की बोतल लेकर अविनाश के घर आ गयी। अविनाश ने दिन में भी अपने घर में शराब पी ली थी। अंकिता ने पेग बनाकर अविनाश को दिया। वह खुद भी पीने लगी। दोनों हाथ में हाथ लेकर साथ बैठे थे। एक दो पेग के बाद अचानक अंकिता अविनाश के बिलकुल नजदीक आकर बोली-

'तुम क्यों एक ऐसी औरत के साथ रहना चाहते हो, जो तुम्हारी कद्र नहीं करती है और हमेशा तुमसे झगड़ती रहती है। तुमने क्या ऐसा कर दिया है। प्यार के लिए बहुत लोग ऐसा करते हैं। मुझसे तुम्हारी ये हालत देखी नहीं जाती। तुम जानते हो मैं तुम्हारे प्यार में पागल हो चुकी हूँ। अब मुझे तुम्हारे बिना एक पल भी अच्छा नहीं लगता है। मैं तुमसे शादी करना चाहती हूँ, तुम किसी तरह अपनी पत्नी से पीछा छुड़ा लो। अब सही समय आ गया है, जब तुम तलाक की अर्जी दे दो'।

अविनाश बहुत देर गुमसुम बैठा रहा फिर उसने कहा-

'मैं उससे तलाक ले लेता, लेकिन अपने बच्चे के लिए ऐसा नहीं कर पा रहा हूँ। मैं अपने बच्चे को बहुत चाहता हूँ। कुछ दिन और देख लेता हूँ, फिर निर्णय लूँगा'।

जब अगले पूरे महीने अविनाश घर नहीं आया तब कमली ने निर्णय लिया कि वह अविनाश के पापा-मम्मी से मिलकर उन्हें अविनाश के बारे में बताएगी। वह यश को नर्स के साथ लेकर एक दिन शनिवार की सुबह अविनाश के गाँव गयी। एक घंटे में बिना रुके कमली वहाँ पहुँच गयी। बाहर अहाते में अविनाश के पापा खड़े मिले। कमली को अचानक देख अविनाश के पापा चौंके। उन्होंने कमली से पूछा-

'क्या बात है बेटा, अचानक बिना कोई खबर के तुम यहाँ। अविनाश कहाँ है'।

कमली ने कहा-

'पापा, अविनाश फूलपुर में है। मैं अकेले यश के साथ आई हूँ। मुझे आप लोगों से कुछ बात करनी थी, इसलिए अचानक आ गयी'।

अविनाश के पापा ने अपनी पत्नी को आवाज लगाई-

'अरे देखो, कमली बेटा यश के साथ आई है, बाहर आओ'।

कुछ पल में अविनाश की मम्मी बाहर आयीं। वह यश को देख कर बहुत खुश हुईं। उन्होंने उसे अपनी गोद में ले लिया। अविनाश के पापा लॉन में कुर्सी पर जाकर बैठ गए। कमली भी अविनाश की मम्मी के साथ वहाँ बैठ गयी। कमली ने नर्स को घर के अंदर जाने के लिए कहा। अविनाश के पापा ने कहा-

'तुम कुछ बात कहना चाहती थी, घर पर सब ठीक है न'।

कमली ने थोड़ा रुक कर कहा-

'पापा घर पर ठीक नहीं है, इसीलिए मैं आज आपलोगों से खास कर मिलने आई हूँ। मुझे अविनाश के बारे में आपलोगों से बात करनी है'।

अविनाश की मम्मी ने कहा-

'क्या हुआ अविनाश को, उसकी तबीयत तो ठीक है न'।

कमली ने बताना शुरू किया-

'अविनाश कुछ दिनों से घर नहीं आ रहा है। वह फूलपुर में एक लेडी डॉक्टर के साथ रहने लगा है। उसके प्यार के चक्कर में पहले वह बहुत दिन मुझसे झूठ बोलता रहा। मैंने उसे बहुत समझाया। वह कुछ दिन ठीक लगा। मैं भी नॉर्मल हो गयी। लेकिन उसके बाद एक दिन मैंने उसे और उस लेडी डॉक्टर को पटना में साथ घूमते हुए देख लिया। उस दिन जब मैंने उससे उस लड़की के बारे में पूछा, तब उसके पास कोई जवाब नहीं था। वह उस दिन के बाद घर नहीं आया है। अब आप लोग मुझे बताइये कि मैं उसके साथ कैसे रहूँ, जब वह किसी और के प्यार में पागल हो चुका है'।

अविनाश के पापा ने सिर झुकाकर कहा-

'बेटा, तुम्हारी बात सुनकर मुझे शर्मिंदगी महसूस हो रही है। मुझे अंदाज है कि तुम पर क्या बीत रही होगी। अविनाश ने बहुत गलत किया है। तुम्हारे जैसी सुंदर और होनहार लड़की को छोड़ कर वह कैसे दूसरी लड़की के चक्कर में पड़ गया, समझ में नहीं आ रहा है। मैं उससे बात करता हूँ'।

कमली ने कहा-

'पापा मैंने उससे कई बार बात की, लेकिन वह नहीं बदला है। अब आपके कहने से क्या फर्क पड़ेगा। मैं आज आपलोगों के पास इसलिए आई हूँ कि इन सब बातों को देखते हुए अब अविनाश के साथ रिश्ता रखना मेरे लिए मुश्किल हो रहा है। मैं आप दोनों की बहुत इज्जत करती हूँ। आप दोनों मेरे बाप-माँ के समान हैं, लेकिन आप ही बताइये, ऐसी हालत में मैं अविनाश के साथ कैसे रह सकती हूँ। मैंने उससे कहा है कि मेरा और उसका नाता अब नहीं रहेगा। वह चाहे तब बच्चे से मिलने आ सकता है'।

अविनाश की माँ यह सब सुनकर रोने लगीं। उन्होंने रोते हुए कहा-

'कितनी धूम-धाम से हमलोगों ने तुम दोनों की शादी कराई। यह अविनाश को अचानक क्या हो गया। हम दोनों उसे यहाँ बुला कर समझाने की कोशिश करते हैं'।

कमली ने कहा-

'मम्मी उसकी आँख पर उस लड़की ने प्यार की जबर्दस्त पट्टी बांध दी है। मैंने भी कोशिश करके देख ली, लेकिन अविनाश का मन अब उसके काबू में नहीं है। वैसे आप लोग भी कोशिश कर के देख लें, लेकिन मुझे नहीं लगता है वह बदलेगा'।

कमली वहाँ एक घंटे रुकी और उसके बाद वह वापस शहर आ गयी। रास्ते में वह अविनाश के बारे में सोचती रही। कितना अच्छा था अविनाश। वह मन ही मन उससे बहुत प्यार करने लगी थी। उसने आगे के कई सपने देखे थे। अविनाश ने उन सभी सपनों को चूर-चूर कर दिया था।

अविनाश के मम्मी-पापा को पूरी बात बताकर उसका मन हल्का लग रहा था। उसने अब मन ही मन सोच लिया था कि वह अपने बेटे के साथ अकेली जिंदगी जी लेगी। वह अब अविनाश से कोई सरोकार नहीं रखना चाहती थी। उसने सोचा कि अगर अविनाश उससे तलाक भी चाहेगा, तब वह दे देगी। इन सब बातों को ध्यान में रख कर वह यश की देखरेख और हॉस्पिटल के काम में व्यस्त हो गयी थी।

एक दिन कमली के मामाजी का फोन आया। उन्होंने कहा-

'बेटा, कैसी हो तुम और यश कैसा है। अविनाश का क्या हाल है'।

कमली ने कहा-

'हमलोग ठीक हैं मामाजी। आपलोग कैसे हैं'।

मामाजी ने उधर से कहा-

'बेटा, हमलोग दोनों ठीक हैं, लेकिन गाँव की हालत ठीक नहीं है। मैं गाँव के कई घरों में इस बीच गया था। यहाँ कुछ दिनों से बच्चे बहुत बीमार रह रहे हैं। उन्हें पेट दर्द के साथ बुखार रह रहा है। यहाँ प्राथमिक स्वास्थ्य केंद्र में जो दो डॉक्टर थे, उनमें से एक का तबादला हो गया है और दूसरे यहाँ कम आते हैं। कई गाँव वालों ने आकर मुझे फिर से मेडिकल कैंप लगाने की विनती की है। मैने सोचा तुम अब बच्चों की खास डॉक्टर बन गयी हो। अगर तुम एक

बार फिर अविनाश के साथ यहाँ दो दिन का मेडिकल कैंप लगा लो, तब बेहतर होता'।

कमली ने जवाब दिया-

'मामाजी कैंप लगाने से कुछ ज्यादा फायदा नहीं होगा। बीमारी से बचाव के लिए वहाँ बीच-बीच में डॉक्टर का रहना जरूरी है। फिर भी आपने कहा है, तब मैं एक बार दो दिनों के बाद शनिवार को आ जाती हूँ और वहाँ की स्थिति देख कर निर्णय लूँगी'।

मामाजी ने कहा-

'ठीक है बेटा, मैं अगले शनिवार को गाँव में तुम्हारे साथ जाने की तैयारी करता हूँ'।

दो दिनों बाद कमली यश और नर्स को लेकर मामाजी के गाँव चली गयी। वहाँ पहुँच कर उसने यश और नर्स को मामीजी के हवाले किया और मामाजी के साथ गाँव की ओर निकल गयी। मामाजी ने अविनाश के बारे में पूछा, लेकिन कमली बात को टाल गयी। वह गाँव के कई घरों में गयी। छोटे बच्चों में पेट खराब और उसके साथ बुखार की शिकायत थी। कुछ बड़े लोगों में भी यह बीमारी थी। कमली तीन-चार घंटे गाँव में घूमती रही और घर-घर में जाकर बच्चों को देख कर दवाएं लिखती रही। वापस आकर उसने मामाजी से कहा-

'इस गाँव का पानी दूषित हुआ है। जिनके घर में चापानल है वे सुरक्षित हैं, लेकिन जिनके यहाँ गाँव की टंकी से पानी मिल रहा है, उनके परिवार में दिक्कत हुई है। इसे ठीक करने के लिए गाँव के पानी की टंकी की सफाई करनी पड़ेगी और उसमें बीच-बीच में ब्लीचिंग पाउडर डालना पड़ेगा। इसके अलावा यहाँ लगातार डॉक्टर की जरूरत है'।

मामाजी ने कहा-

‘पानी की टंकी का काम तो मैं करा दूँगा, लेकिन डॉक्टर कहाँ से लाऊं’।

कमली सोच कर बोली-

‘मैं बहुत दिनों से गाँव में काम करने की सोच रही हूँ। मेरी शनिवार और रविवार की छुट्टी रहती है। अगर आप अपने अहाते में मेरे बैठने का इंतजाम कर दें, तब मैं हर हफ्ते दो दिनों के लिए यहाँ आ जाऊँगी और यहाँ के मरीजों को देख सकूँगी’।

मामाजी ने मुस्कुराते हुए कहा-

‘बेटा, तुमने मेरे दिल की बात कह दी। मैं भी चाहता था कि तुम अगर आकर यहाँ प्रैक्टिस करो, तब तुम्हारे लिए भी अच्छा होगा और गाँव के लोगों के लिए भी। मैं आज ही से अहाते में तुम्हारी क्लीनिक बनवाने के लिए काम शुरू कर देता हूँ। ज़्यादातर गाँव वाले तुम्हारी फीस भी दे देंगे’।

कमली ने कहा-

‘मुझे अपनी फीस की चिंता नहीं है। मैं इलाज मुफ्त में करना चाहती हूँ’।

मामाजी ने कहा-

‘बेटा, मुफ्त के इलाज पर आजकल गाँव वाले विश्वास नहीं करते हैं। तुम ज्यादा से ज्यादा पचास रुपये फीस भी रखोगी तब चलेगा’।

कमली ने कहा-

‘ठीक है मामाजी, यदि आप कहते हैं, तब यही सही। आप गाँव में खबर करा दें। कल रविवार और फिर हर शनिवार और रविवार को

मैं यहाँ आ जाऊँगी। जबतक क्लीनिक तैयार नहीं होता है, तब तक आपके बरामदे में बैठ कर मैं मरीजों को देख लूँगी'।

मामाजी ने तुरंत अपने साथ के लोगों को गाँव में खबर करने के लिए कहा। कमली वहीं रुक गयी। रात में जब खाना खाते वक़्त अविनाश की चर्चा चली, तब कमली ने मामाजी और मामीजी को अविनाश की पूरी बात बताई। दोनों सुन कर बहुत दुखी हुए।

अगले दिन कमली सुबह जल्दी तैयार हो गयी। वह साढ़े आठ बजे अंदर डाइनिंग रूम में नाश्ता कर रही थी, तभी मामाजी अंदर आए। उन्होंने मुस्कुराते हुए कहा-

'बाहर निकल कर देखो बेटा, तुम्हारा एक कैंप करने के बाद कितना नाम हो गया है'।

कमली ने नाश्ता खत्म किया और हाथ धोकर बाहर बरामदे में आई। उसे देखकर आश्चर्य हुआ। उस वक़्त तक लगभग पचास मरीज आ चुके थे। मामाजी ने सबके बैठने के लिए बेंच और कुर्सी की व्यवस्था की थी। कमली देर न करते हुए तुरंत बरामदे में लगी कुर्सी पर बैठ गयी। उसने मरीजों को देखना शुरू कर दिया। इस बार वह सादे कागज पर दवाएं लिख रही थी। उसने सोचा अगली बार से वह अपना पैड तैयार कर लाएगी। सभी मरीज पचास रुपये मामाजी के आदमी के पास जमा कर रहे थे। मरीज देखते वक़्त अगर कमली को लगता कि वह आदमी बहुत गरीब है, तब वह चुपचाप उसके पचास रुपये वापस करवा देती।

दोपहर के खाने तक कमली पचास मरीजों को देख चुकी थी। उसके बावजूद लोग लाइन में बैठे थे। खाना खाकर वह फिर जल्दी से आकर बरामदे में बैठ गयी। शाम के चार बजे मरीजों का सिलसिला खत्म हुआ। कुल अस्सी मरीजों को कमली ने देखा था। मामाजी के आदमी ने अंत में आकर कमली को फीस के साढ़े तीन हजार रुपये

हाथ में दिये। कई गरीब मरीजों से कमली ने पैसे नहीं लिए थे। कमली ने वे पैसे मामाजी के हाथ में दिये और कहा-

'इन पैसों से आप गाँव की टंकी को साफ करा कर, उसमें ब्लीचिंग पाउडर डलवा देंगे'।

कमली पाँच बजे वहाँ से शहर की ओर निकल गयी। रास्ते में उसे अंदर से सुख की अनुभूति हुई। वह इसी तरह गाँव में गरीबों का कम पैसों में या मुफ्त में इलाज करना चाहती थी।

अगले दो महीनों में कमली चार बार गाँव घूम आई। हर बार उसके मरीजों की संख्या बढ़ रही थी। गाँव की पानी टंकी की सफाई कर उसमें ब्लीचिंग पाउडर डाल दिया गया था। मामाजी ने अहाते में एक क्लीनिक के लिए एक शेड बना दिया था, जिसमें कमली के बैठने की अच्छी व्यवस्था कर दी गयी थी। कमली ने मामाजी के साथ के एक लड़के को अपने साथ क्लीनिक में जोड़ लिया था। अब उस क्लीनिक में जरूरत पड़ने पर मरीजों को पानी भी चढ़ा दिया जा रहा था। कमली हर बार फीस के मिले पैसे मामाजी के हाथ में दे देती थी।

इधर अविनाश दो महीने के बाद एक दिन यश से मिलने घर आया। कमली घर पर ही थी। उसने अविनाश से कोई बात नहीं की। अविनाश ने उससे बात करने की कोशिश की, लेकिन कमली तैयार नहीं हुई। कमली ने काम वाली के हाथों अविनाश को चाय और नाश्ता भिजवा दिया। वह बहुत देर तक यश के साथ खेलता रहा, उसके बाद वापस चला गया।

पच्चीस

डेढ़ वर्ष का समय निकल गया। यश का तीसरा जन्मदिन आ गया था। अब वह खुद से चलने लगा था और बहुत चंचल हो गया था। वह कमली को माँ कहता था और अविनाश को बाबा। कमली की पूरी दुनिया यश में सिमट गयी थी। अब कमली उस पर ज्यादा ध्यान देने लगी थी। उसके हॉस्पिटल जाने पर यश उसे बेचैनी से खोजता था। इसलिए कमली दोपहर के खाने के वक़्त भी घर आ जाया करती थी। उसने यश के पसंद के बहुत से खिलौने लाकर उसे दिये थे। छुट्टियों के दिन अब कमली यश को अपनी गाड़ी में आगे की सीट पर बिठा कर घुमाने ले जाती थी। कभी मॉल में या कभी किसी पार्क में वह उसे अकेले लेकर घूमती रहती। अब कमली को यश के साथ बाहर निकलने पर किसी नर्स की जरूरत नहीं पड़ती थी। सिर्फ घर में कमली के नहीं रहने पर यश की देखभाल के लिए अब एक दूसरी महिला आ गयी थी, जो सुबह से लेकर देर शाम तक रहती थी। यश बीच-बीच में अविनाश को भी याद करता था। उस वक़्त कमली उसका ध्यान दूसरी तरफ लगा देती थी।

इधर अविनाश महीने दो महीने पर एक बार यश से मिलने आ जाता था। वह जब भी आता, यश के लिए खिलौने लेकर आता। कभी-कभी गलती से उसकी कमली से बात हो जाती, लेकिन ज़्यादातर

कमली उसके आने पर दूसरे कमरे में रहा करती। अविनाश अब फूलपुर में अंकिता के साथ ही रहता था। वहाँ के स्टाफ भी उनके संबंध के बारे में जान गए थे। अविनाश की शराब की लत बढ़ गयी थी। उसके पापा ने कमली की बात सुनकर अविनाश से बात की थी। उसने कहा था कि वह बदलने की कोशिश करेगा, लेकिन उसका रवैया वही रहा। अंकिता अविनाश पर पटना तबादले का दबाव बना रही थी। दोनों ने उस गाँव से तबादले के लिए अर्जी दी थी, लेकिन अब तक उसपर कोई सुनवाई नहीं हुई थी।

कमली का सप्ताह में दो दिन मामाजी के गाँव जाना जारी था। अब वहाँ आस-पास के गाँव के भी मरीज आने लगे थे। उसे उसी पचास रुपये की फीस में अब दिन भर में लगभग पाँच हजार की कमाई हो जाती थी। वह हर बार मामाजी के हाथ में पैसे रख कर आती। उसकी क्लीनिक में गाँव की दो लड़कियों को नर्स के तौर पर रख लिया गया था। मामाजी ने शेड को बनवा कर बड़ी क्लीनिक बना दी थी। उसमें कमली के बैठने के रूम के अलावा एक रूम में चार बेड लगा दिये गए थे, जिनपर कभी मरीज को पानी चढ़ाने या छोटे-मोटे जख्म के इलाज के लिए रखना पड़ता था। इसके अलावा बाहर एक बड़ा बरामदा निकाला गया था, जहां कुर्सियाँ और बेंच लगी थीं। वहाँ मरीज बैठ कर अपनी बारी का इंतजार करते थे। क्लीनिक के बाहर कमली के नाम का बड़ा बोर्ड लगा दिया गया था। क्लीनिक का नाम कमली ने अपनी माँ के नाम पर 'विमला चिकित्सा केंद्र' रखा था।

इधर अतुल के बच्चे की तबीयत पहले से ज्यादा खराब हो गयी थी। अतुल इस बीच अपने बच्चे को डॉक्टर से दिखाने के लिए गया था। उसे सांस लेने में तकलीफ होती थी। डॉक्टर ने देख कर कहा कि अब बच्चे का हार्ट और भी कमजोर हो गया है और उसका हार्ट ट्रांसप्लांट कराना होगा। इसके लिए डोनर की जरूरत थी। अतुल

इसके लिए किरण से भी मिला था। किरण ने उससे कहा था कि जब भी उसे किसी डोनर की खबर मिलेगी, वह अतुल को बताएगी।

अविनाश की माँ की तबीयत भी इस बीच खराब रहने लगी थी। उनकी किडनी पूरी तरह काम नहीं कर रही थी। इसके लिए उन्हें बीच-बीच में इलाज के लिए पटना आना पड़ता था। वे लोग कमली के घर पर ही ठहरते थे। अविनाश कभी बीच में आ जाया करता था। अविनाश की माँ मन से चाहती थी कि दोनों में सुलह हो जाये, लेकिन अविनाश के आचरण के कारण कमली तैयार नहीं हुई।

इधर कमली को अतुल से खबर मिली कि उसका प्रिया से कोर्ट में तलाक हो गया है। प्रिया ने बच्चे को अतुल के हवाले कर दिया है और खुद अपने बॉयफ्रेंड के साथ रहने लगी है। दोनों जल्दी शादी करने वाले हैं। अतुल अपने बच्चे को लेकर मायूस था।

इस बार यश का तीसरा जन्मदिन कमली ने घर में मनाने की सोची। अविनाश की मम्मी की तबीयत खराब होने के कारण वे दोनों जन्मदिन में नहीं आ पा रहे थे। कमली के मामाजी भी खेत के काम में व्यस्त होने के कारण नहीं आ पाये। कमली ने एक दिन पहले घर को अच्छी तरह बैलून वगैरह से सजा दिया था। उसने यश के लिए नया ड्रेस लिया था। कमली ने जन्मदिन पर यश के लिए खिलौने भी खरीदे थे। अविनाश जन्मदिन के एक दिन पहले शाम में आ गया था। उसने भी अपने साथ यश के लिए ढेर सारे खिलौने और चॉकलेट वगैरह लाये थे। उसने जन्मदिन का केक भी अपने साथ लाया था। यूं तो कमली अविनाश से कम बातें कर रही थी, फिर भी दोनों ने मिलकर बाहर के कमरे को सजाया।

उस दिन रात में कमली को अतुल का फोन आया। उसने बताया कि एक रात पहले उसके बच्चे की तबीयत अचानक ज्यादा खराब हो गयी। वह उसे लेकर एम्स आया है। रात में ही बच्चे को

हॉस्पिटल के आईसीयू में भर्ती कर लिया गया। डॉक्टर ने जांच कर बताया है कि बच्चे को तुरंत हार्ट ट्रांसप्लांट की जरूरत है। डॉक्टर ने हॉस्पिटल में पता किया, लेकिन इस तरह का कोई डोनर नहीं था। डॉक्टर ने कहा है कि हर एक-दो दिनों में ऐसे मरीज दिल्ली के किसी हॉस्पिटल में आते हैं। वह इस बात की खबर सारे बड़े हॉस्पिटल में कर देंगे। जैसे ही कोई डोनर मिलेगा, उसके बेटे का ऑपरेशन कर दिया जाएगा। अतुल वहीं अपने बेटे के साथ हॉस्पिटल में रह रहा है। कमली ने अतुल की बात सुनकर, उसे धैर्य रखने के लिए कहा।

जन्मदिन की सुबह अविनाश की मम्मी ने विडियो कॉल पर यश से बातें की और उसे बधाई दी। वे यश से बात करते-करते रोने लगीं। उनकी तबीयत ज्यादा खराब थी। अविनाश को अगले दिन उन्हें देखने के लिए अपने गाँव जाना था। अविनाश की माँ ने कमली से भी बात की। उन्होंने रोते हुए कहा-

'बेटा, यश से मिलने का बहुत मन कर रहा है। मैं तबीयत खराब रहने के कारण वहाँ नहीं आ पायी। अगर संभव हो तो तुम कल अविनाश के साथ यश को ले कर यहाँ कुछ घंटों के लिए भी आ जाओ। थोड़ी देर रुक कर चली जाना। मैं यश से मिल लूँगी'।

कमली ने कहा-

'मम्मी, कल मुझे हॉस्पिटल में एक बहुत जरूरी ऑपरेशन में रहना है। मैं शायद नहीं निकल पाऊँगी। देखती हूँ दो-तीन दिनों में यदि संभव हुआ, तब यश के साथ आपसे मिलने आऊँगी'।

फोन रखने के बाद अविनाश ने कमली से कहा-

'यदि तुम कहो, तब मैं कल सुबह यश को लेकर गाँव में मम्मी से मिलवा लाता हूँ, कुछ घंटों में फिर वापस आ जाऊंगा'।

कमली ने कहा-

'अकेले यश को कैसे ले जाओगे। वह रास्ते में तुम्हें तंग करेगा, तुम्हें गाड़ी चलानी होगी। फिर उतनी देर वहाँ उसे कौन देखेगा'।

अविनाश ने कहा-

'यश अब बड़ा और समझदार हो गया है, मैं उसे संभाल लूँगा। वहाँ कई लोग हैं उसे संभालने के लिए। फिर कुछ घंटों की तो बात है'।

कमली ने कहा-

'ठीक है, लेकिन तुम्हें उसका लगातार ध्यान रखना होगा। वह चंचल है, इधर-उधर दौड़ता रहता है'।

अविनाश कमली की बात सुन कर खुश हो गया।

यश के जन्मदिन में मोहल्ले के करीब पंद्रह बच्चे आए। कुछ बिलकुल छोटे बच्चों के साथ उनके माता-पिता भी थे। सभी बच्चों के सिर पर टोपी लगा दी गयी थी। ठंड बहुत होने के कारण कमली ने दोनों कमरों में हीटर लगा दिया था। बाहर बरामदे को पर्दे से घेर दिया गया था, जिससे लोगों को ठंड न लगे। यश बहुत खुश था। उसे कमली ने लाल रंग की जैकेट और जीन्स की पैंट पहनाई थी। वह इन कपड़ों में बहुत सुंदर लग रहा था। वह बच्चों के साथ इधर-उधर भाग-दौड़ कर रहा था। कमली बार-बार उसे एक जगह बैठने के लिए कहती, लेकिन वह बैलून लेकर बच्चों के साथ खेलने लगता।

ठीक सात बजे कमली और अविनाश ने यश के हाथों केक कटवाया। सभी को केक खिलाया गया और उसके बाद बाहर बरामदे में टेबल लगाकर रात का खाना खिलाया गाय। अविनाश मेहमानों की अच्छी तरह देखभाल कर रहा था।

खाना खत्म कर बच्चों के जाते-जाते रात के साढ़े नौ बज गए। यश थक कर सो गया था। अविनाश ने उसे गोद में उठा कर

अंदर के कमरे में बिस्तर पर सुला दिया था। अविनाश और कमली ने मिलकर घर को व्यवस्थित किया। सब काम खत्म करते-करते रात के ग्यारह बज गए। अविनाश बाहर के कमरे में और कमली यश के साथ भीतर के कमरे में सोयी।

अगले दिन सुबह कमली देर से उठी। बाहर बहुत ठंड थी। वह रज़ाई में बहुत देर तक दुबकी रही। काम वाली आ चुकी थी। उसने चाय बना कर अविनाश और कमली को दी। अविनाश चाय पीने के बहाने अंदर के कमरे में कमली और यश के पास आकर बैठ गया। यश अभी भी गहरी नींद में सो रहा था। अविनाश ने कमली से कहा-

'मैं चाहता हूँ कि दस-साढ़े दस बजे तक यश को लेकर गाँव के लिए निकल जाऊँ। एक घंटे में वहाँ पहुँच जाऊंगा। वहाँ दो-तीन घंटे रुक कर, दिन का खाना खाकर, फिर दो बजे निकल कर तीन बजे तक वापस आ जाऊंगा। तुम भी साथ चलती तब अच्छा रहता'।

कमली ने कहा-

'मुझे हॉस्पिटल ग्यारह बजे तक पहुँच जाना पड़ेगा। बारह बजे दिन से मुझे एक जरूरी ऑपरेशन में रहना है, इसलिए मेरा जाना मुश्किल होगा'।

अविनाश चाय पी कर जल्दी से तैयार होने के लिए चला गया। कमली ने भी यश को जगाया। उसके साथ थोड़ा खेली, फिर मुंह-हाथ धोने चली गयी। यश की देखभाल करने वाली यश का मुंह-हाथ धुलाने लगी। काम वाली ने इस बीच नाश्ता तैयार कर दिया।

दस बजे तक अविनाश और कमली नाश्ता करने डाइनिंग टेबल पर बैठ गए। यश को भी दूध वगैरह पिला कर तैयार कर दिया गया। नाश्ता करते-करते कमली ने अविनाश को यश के लिए बहुत सी हिदायत दे डाली।

साढ़े दस बजे सभी बाहर आ गए। दिन के उस वक़्त भी बाहर बहुत ठंड थी। कुहासा के कारण सूर्य की रोशनी नजर नहीं आ रही थी। कमली के हॉस्पिटल की गाड़ी आ चुकी थी। अविनाश की गाड़ी पर ओस पड़ी थी। उसने कपड़े से गाड़ी को अच्छी तरह साफ किया। कमली ने यश को अविनाश की गाड़ी के आगे की सीट पर बिठा दिया। उसने सीट बेल्ट अच्छी तरह लगा दिया। यश बहुत खुश था। कमली ने उसके गाल को चूम कर उसे एक चॉकलेट निकाल कर खाने को दी। साथ में उसके हाथ में कुछ खिलौने भी दे दिये। उसने अविनाश को बीच-बीच में फोन करने के लिए कहा। अविनाश ने अपना ईयर फोन कान में लगा लिया, जिससे गाड़ी चलाते हुए उसे फोन से बात करने में परेशानी न हो। उसने अपने पापा को फोन कर बताया कि वह घर से निकल रहा है।

कुछ देर में अविनाश यश को लेकर चला गया। कमली पहली बार यश को अकेले बाहर भेज रही थी। उसके मन में थोड़ा अजीब लग रहा था। पता नहीं अविनाश से वह संभल पाएगा या नहीं। फिर वह भी अपनी गाड़ी में बैठ कर हॉस्पिटल चली गयी।

हॉस्पिटल पहुँच कर कमली को तुरंत ऑपरेशन थिएटर में जाना पड़ा। वहाँ एक बच्चे के ब्रेन का ऑपरेशन था। ऑपरेशन बड़ा था, इसलिए उसकी लंबी तैयारी चल रही थी। कमली वहाँ से बाहर निकल आई। यश को घर से निकले आधा घंटा बीत गया था। कमली ने अविनाश को फोन किया। अविनाश ने थोड़ी देर में फोन उठाया। कमली ने कहा-

‘कहाँ तक पहुँच गए। यश ठीक है न’।

अविनाश ने जवाब दिया-

‘यश ठीक है और वह बिलकुल तंग नहीं कर रहा है। आज कुहासा ज्यादा है, सड़क पर थोड़ी दूर के बाद कम दिख रहा है,

इसलिए गाड़ी धीरे चला रहा हूँ। अभी गाँव पहुँचने में लगभग पैंतालीस मिनट और लगेंगे। मैं गाँव के नजदीक पहुँच कर तुम्हें फोन कर दूँगा। तुम यश की चिंता मत करो। वह खुश है और अपने खिलौनों से खेल रहा है'।

कमली ने फोन रख दिया। वह वापस ऑपरेशन थिएटर में चली गयी। उसने अपने मोबाइल को वाइब्रेशन पर रख दिया। मरीज को ऑपरेशन के लिए तैयार कर दिया गया था। डॉक्टर ने ऑपरेशन शुरू कर दिया। कमली वहाँ नजदीक में खड़ी देख रही थी। उसके अलावा वहाँ दो डॉक्टर, नर्स और टेकनीशियन थे। बीच-बीच में नर्स कुछ सामान लाने के लिए वहाँ से बाहर भी जा रही थी। दो डॉक्टर ऑपरेशन करने में तल्लीन थे।

कमली ने घड़ी देखी। अविनाश से बात हुए उसे पैंतालीस मिनट हो गए थे। वह बाहर निकली और उसने फिर अविनाश को फोन किया। अविनाश ने फोन उठा कर कहा-

'बस अब पाँच मिनट में गाँव की सड़क पर आ जाएँगे। यहाँ सब ठीक है। यश भी मजे में है'।

कमली का मन निश्चिंत हुआ। अब अविनाश अगले दस मिनट में यश को लेकर अपने घर पहुँच जाएगा। वह वापस अंदर चली गयी। ऑपरेशन जारी था।

लगभग आधे घंटे के बाद कमली का फोन घनघनाया। कमली ने एप्रोन के पॉकेट से फोन निकाल कर देखा। अविनाश के पापा का फोन था। कमली ने सोचा शायद अविनाश और यश के वहाँ पहुँचने पर उन्होंने फोन किया है। कमली बाहर निकली। उसने फोन उठाया। उधर से अविनाश के पापा ने कहा-

'बेटा, अविनाश का कोई फोन तुम्हें आया था। अबतक घर नहीं पहुंचा है। आधे घंटे पहले उसने फोन पर बताया था कि वह पंद्रह

मिनट में घर पहुँच रहा है, लेकिन अब तक उसका कोई पता नहीं है। उसका फोन भी नहीं लग रहा है'।

कमली घबड़ा गयी। उसने अविनाश के पापा का फोन काटा और तुरंत अविनाश को फोन लगाया। अविनाश का फोन स्विच ऑफ बता रहा था। उसने उसे फिर फोन लगाया। एक बार फिर उसका फोन बंद मिला। कमली के हाथ काँपने लगे। उसने तुरंत अविनाश के पापा को फोन लगाकर कहा-

'पापा, उसने आधे घंटे पहले कहा था कि वह पाँच मिनट बाद गाँव की सड़क पर आ जाएगा। इसका मतलब वह घर से नजदीक है। आप तुरंत गाड़ी ले जाकर देखिये क्या हुआ है। शायद उसकी गाड़ी खराब हो गयी हो और उसका फोन चार्ज नहीं हो। मुझे चिंता लग रही है। आप तुरंत निकल जाइए। वह आपसे ज्यादा दूर नहीं है'।

अविनाश के पापा तुरंत अपनी गाड़ी में ड्राईवर और एक और काम करने वाले को लेकर निकल गए। उन्हें अंदर से चिंता हो रही थी। गाँव की सड़क पर वह अगल-बगल देखते जा रहे थे। अविनाश की गाड़ी वहाँ नजर नहीं आई। गाँव की सड़क खतम कर वे हाईवे पर आ गए। अभी कुछ मीटर आगे जाने पर एक जगह उन्हें सड़क के दायें किनारे में लोगों की भीड़ दिखाई पड़ी। उन्होंने अपनी गाड़ी जल्दी से आगे बढ़ाई। आगे जाने पर उन्हें एक ट्रक खड़ा दिखा, जिसकी चारों तरफ लोग खड़े थे। वे अपनी गाड़ी से नीचे उतरे और भीड़ में रास्ता बनाते हुए आगे बढ़े। कुछ लोगों के बीच से उन्हें ट्रक के पीछे दबी हुई एक गाड़ी नजर आई। उन्होंने नजदीक जाकर देखा। वह अविनाश की गाड़ी थी। वे दौड़कर गाड़ी के नजदीक गए। उन्होंने जब नजदीक से गाड़ी को देखा, तब उनके पैर डगमगा गए। आधी गाड़ी ट्रक के पीछे घुस गयी थी। उन्होंने आगे की सीट पर अविनाश को दबा देखा। उसके बगल में यश भी दबा हुआ था।

लोग गाड़ी के दरवाजे को तोड़ कर अविनाश और बच्चे को निकालने की कोशिश कर रहे थे। अविनाश के पापा के साथ आए दो लोग भी दरवाजे को खोलने की कोशिश करने लगे। थोड़ी देर की मशक्कत के बाद किसी तरह लोग आगे वाले दायें दरवाजे को खोल पाए। दो लोगों ने अविनाश और यश को खींच कर बाहर निकाला। अविनाश के सिर से बहुत खून बह रहा था। यश के सिर में भी चोट लगी थी और खून बह रहा था। दोनों बेहोश थे।

अविनाश के पापा ने ड्राईवर और उनके साथ के आदमी की मदद से जल्दी से दोनों को गोद में लेकर भीड़ से निकल कर अपनी गाड़ी की पिछली सीट पर लिटाया। वे खुद पीछे अविनाश और यश के साथ बैठे और दूसरा आदमी आगे ड्राईवर के साथ बैठा। उन्होंने ड्राईवर को गाड़ी जल्दी ले चलने के लिए कहा। वे तेजी से शहर की ओर निकल गए। उन्हें कमली का फोन हर एक मिनट पर आ रहा था। अविनाश और यश को गाड़ी से बाहर निकालने के कारण वे फोन का जवाब नहीं दे पा रहे थे। गाड़ी में बैठने के बाद उन्होंने कमली को फोन किया। उसको सारी बातें बतायीं। कमली फोन पर ज़ोर-ज़ोर से रोने लगी। अविनाश के पापा भी रोने लगे। कमली ने रोते हुए अविनाश के पापा को सीधा पटना मेडिकल कॉलेज हॉस्पिटल पहुँचने के लिए कहा।

कमली को जब अविनाश की गाड़ी के एक्सिडेंट की खबर मिली, तब वह बदहवास-सी होकर हॉस्पिटल से बाहर निकली। वह रो रही थी। उसे अविनाश के साथ-साथ यश की चिंता थी। उसे लगातार बुरे ख्याल आ रहे थे। वह उसी बदहवासी में पटना मेडिकल कॉलेज की ओर निकली। रास्ते भर वह लगातार अविनाश के पापा से बातें करती रही। वहाँ पहुँच कर उसने इमरजेंसी में जाकर डॉक्टर से बात की। उसने डॉक्टर को बताया कि थोड़ी देर में दो मरीज गंभीर हालत में आ रहे हैं। उसने अपनी तरफ से सारी तैयारी कर ली। उसने अविनाश के पापा को फिर फोन किया और उनसे पूछा-

'पापा, उन दोनों की क्या स्थिति है। दोनों की साँसे चल रही हैं या नहीं'।

अविनाश के पापा ने हाँफते हुए बताया-

'सांसें दोनों की धीरे-धीरे चल रही हैं। दोनों बेहोश हैं। अविनाश को ज्यादा चोट आई है। उसके माथे से बहुत खून बह रहा है और उसका सिर एक तरफ से दब गया है। मैंने गमछे से उसका सिर बांध दिया है। यश के भी माथे से खून आ रहा है। गाड़ी के सामने वाले शीशे के टूटने से टूटा हुआ काँच का टुकड़ा दोनों के चेहरे में लगा है'।

कमली ने रोते हुए पूछा-

'आपको और कितनी देर लगेगी, उनका यहाँ जल्दी पहुँचना जरूरी है'।

अविनाश के पापा ने कहा-

'हम लोगों को पंद्रह मिनट और लगेंगे'।

कमली ने फोन रख दिया।

शहर के अंदर का रास्ता थोड़ा जाम रहने के कारण गाड़ी को हॉस्पिटल पहुँचने में बीस मिनट लग गए। गाड़ी तेजी से हॉस्पिटल के पोर्टिको में जाकर रुकी। कमली वहीं खड़ी थी। वह भाग कर गाड़ी के पास आई। उसके साथ चार आदमी भी दो स्ट्रेचर के साथ थे। अविनाश और यश को स्ट्रेचर पर रखा गया और सभी भागते हुए इमरजेंसी पहुंचे। वहाँ तीन डॉक्टर पहले से मौजूद थे। दोनों को उन्होंने दो-तीन मिनट देखा। अविनाश का ब्लड प्रेशर देखते समय उसकी सांस उखड़ने लगी। डॉक्टर ने तुरंत ऑक्सिजन का मास्क उसके मुंह पर लगाया। अचानक एक मिनट के बाद अविनाश ज़ोर-ज़ोर से सांस लेने लगा। ऐसा लगा जैसे उसे सांस लेने में तकलीफ हो रही हो। कमली उस ओर दौड़ी। डॉक्टर भी उसके नजदीक गए।

अचानक अविनाश ने अपना कलेजा एक बार सांस लेने के लिए ऊपर उठाया। उस स्थिति में कुछ सेकंड रहने के बाद उसका शरीर नीचे स्ट्रेचर पर आकर शिथिल हो गया। डॉक्टर ने जल्दी से उसकी नब्ज देखी। फिर उसका ब्लड प्रेशर देखा, फिर कमली की ओर देख कर उसने ना में सिर हिलाया। अविनाश के शरीर में जान नहीं थी। वह मर चुका था।

कमली ज़ोर-ज़ोर से रोने लगी। अविनाश के पापा भी आगे बढ़ कर अविनाश के शरीर को पकड़ कर रोने लगे। कमली रोती हुई बगल के स्ट्रेचर पर लेटे यश के पास गई। उसने यश को पकड़ कर कहा-

'डॉक्टर इसे बचा लीजिये'।

दूसरे डॉक्टर ने यश की जांच की और उसे ऑक्सिजन का मास्क लगा कर तुरंत उसे लेकर ऑपरेशन थिएटर की तरफ भागे। कमली अविनाश के पापा को उसी हालत में छोड़ कर यश के पीछे भागी। वह भी ऑपरेशन थिएटर के अंदर गयी। सबसे पहले यश के चेहरे से काँच के टुकड़े एक-एक कर बाहर निकाले गए। कमली लगातार यश पर नजर लगाए हुए थी। वह लगातार रो रही थी। यश अब भी बेहोश था। कमली ने डॉक्टर से बात की। डॉक्टर ने कहा-

'सिर की चोट के कारण यह अभी बेहोश है। इसका ब्लड प्रेशर थोड़ा ज्यादा है। नब्ज भी तेज चल रही है, इसकी हालत भी गंभीर है। अगले कुछ घंटे इसके लिए क्रिटिकल हैं। जब तक यह न पता चले कि सिर की चोट कितनी है, तबतक कुछ कहा नहीं जा सकता है। इसके लिए इसका तुरंत सिटी स्कैन कराना होगा। बाकी शरीर में चेहरे के अलावा इसके दोनों हाथ में भी चोट है'।

यश को तुरंत सिटी स्कैन के लिए ले जाया गया। कमली फिर वापस भाग कर इमरजेंसी में आई। उसे समझ में नहीं आ रहा था कि वह क्या करे। एक तरफ उसके पति का मृत शरीर पड़ा था और

दूसरी तरफ उसका बच्चा जिंदगी और मौत के बीच झूल रहा था। वहाँ अविनाश के पापा अभी भी अविनाश के पास खड़े होकर रो रहे थे। कमली भी अविनाश के चेहरे को पकड़ कर रोने लगी। अविनाश के पापा ने रोते हुए यश का हाल पूछा। कमली ने उन्हें डॉक्टर से हुई सारी बात बता दी। अविनाश के पापा ने रोते हुए कहा-

'ये क्या हो गया बेटा, हमलोग अविनाश को नहीं बचा सके। मेरी भी कैसी किस्मत है, बेटे को अपने सामने जाते हुए देख रहा हूँ। मैं इसकी माँ से क्या कहूँगा। कैसे इसे अपने घर लेकर जाऊंगा। तू भी क्या करेगी, ये समझ में नहीं आ रहा है। यश की हालत देख कर मैं तुम्हें घर भी नहीं ले जा सकता हूँ'।

कमली ने रोते हुए कहा-

'पापा पता नहीं क्यों मेरे सारे अपने मुझे अकेला छोड़ कर जा रहे हैं। पहले माँ गयी और अब अविनाश। हमें यश को किसी हालत में बचाना है'।

अविनाश के पापा ने कहा-

'हमलोग एक गाड़ी ठीक कर अविनाश को गाँव ले कर जा रहे हैं। मैं वहीं सारे क्रिया-कर्म करूंगा। तुम यहाँ यश को संभालो। मैंने अपना एकलौता बेटा खो दिया, अब अपने पोते को नहीं खो सकता'।

कमली अविनाश के पापा को पकड़ कर ज़ोर-ज़ोर से रोने लगी। उसने कहा-

'मैं भी कैसी अभागन हूँ, जो अपने पति के क्रिया-कर्म में शामिल नहीं हो पा रही हूँ'।

इस बीच अविनाश के पापा के आदमी अविनाश की बॉडी को ले जाने के लिए गाड़ी लेकर आ गए। कमली उन्हें देख कर फिर रोने लगी। वह अविनाश की बॉडी के पास गयी और उसके कलेजे पर सिर

रख कर ज़ोर-ज़ोर से रोने लगी। थोड़ी देर में अविनाश के पापा ने उसे वहाँ से उठाया। कमली ने अविनाश के पैर छुए और हाथ जोड़ कर कहा-

'मुझसे कोई गलती हो गयी हो तो मुझे माफ कर देना अविनाश। हमारा तुम्हारा साथ इतने ही दिनों का था'।

इतना कह कर वह रोते हुए ज़ोर से चिल्लाई 'अविनाश' और वहीं जमीन पर बैठ गयी। अविनाश के पापा ने दौड़ कर कमली को उठाया और उसे कुर्सी पर बिठाया। तीन लोग अविनाश की बॉडी को स्ट्रेचर से उठा कर बाहर खड़ी गाड़ी में रखने के लिए ले गए। कमली अपना हाथ जोड़े उन्हें देखती रही। अविनाश के पापा ने जाने के पहले कमली के सिर पर हाथ रखा और कहा-

'बेटा, यश का ध्यान रखना। अब सिर्फ वह ही बचा है, हमारे खानदान में। मैं चलता हूँ। तुम अपना ध्यान रखना। यश के ठीक हो जाने पर हम मिलेंगे'।

कमली ने रोते हुए अविनाश के पापा के पैर छुए। वे कमली को रोता हुआ छोड़ वहाँ से निकल गए। कमली बहुत देर तक उन्हें जाती हुई देखती रही। वह बार-बार हाथ जोड़ कर अविनाश को याद कर प्रणाम करती। अविनाश ने भले उसके साथ धोखा किया था, लेकिन कमली के मन में उसके लिए हमेशा प्यार था। उसने सोचा था कि शायद कुछ समय बाद अविनाश बदल जाएगा और सब कुछ ठीक हो जाएगा। इसी ख्याल में उसने अविनाश को यश से मिलने की इजाजत दे रखी थी। लेकिन कमली को अविनाश ने मौका नहीं दिया। बदलने की जगह वह अब इस दुनिया से जा चुका था, कमली और अपने बच्चे को अकेला छोड़कर। इन सब बातों को सोच कर कमली की आँखों के आँसू रुक नहीं रहे थे।

छब्बीस

अविनाश को ले जाने के बाद भी कमली बहुत देर तक हॉस्पिटल के दरवाजे पर बैठी रही। वह बीच-बीच में रोती और सामने देखने लगती, जैसे अविनाश को खोज रही हो। अचानक उसे यश का ध्यान आया। उसने अपनी आँखों के आँसू पोछे और खड़ी होकर वह हॉस्पिटल के अंदर भागी, जहां यश का सिटी स्कैन हो रहा था। वह स्कैन के मॉनिटर रूम के अंदर चली गयी। अभी तक यश का स्कैन जारी था। डॉक्टर सीधे मॉनिटर पर देख कर रिपोर्ट लिख रहे थे। थोड़ी देर में स्कैन खत्म हुआ। डॉक्टर ने स्कैन की फिल्म देख कर कमली से कहा-

'इसके ब्रेन में काफी खून जमा हो गया है और चोट के कारण अंदर खून रिस भी रहा है। इसके कारण इसके कई अंग काम नहीं कर रहे हैं और इसे होश नहीं आ रहा है। ऐसे में ब्रेन का ऑपरेशन कर खून को निकालने की कोशिश की जा सकती है, लेकिन उसमें भी रिस्क है'।

कमली को पता था कि इस तरह का ऑपरेशन पटना में होना मुश्किल था, फिर भी उसने डॉक्टर से इसका उपाय पूछा।

डॉक्टर ने कहा-

‘आपको पता है, यहाँ इस हॉस्पिटल में ब्रेन का खास ऑपरेशन होना मुश्किल है, जिसमें जमा हुए खून को भी निकाल लिया जाये और अंदर का खून रिसना भी बंद कर दिया जाये। इसके लिए मरीज को दिल्ली या बंबई के किसी बड़े हॉस्पिटल में ले जाना होगा, जहां ऐसे डॉक्टर हों और उस तरह के ऑपरेशन की सुविधा हो’।

कमली ने कहा-

‘क्या अभी मरीज की स्थिति ऐसी है कि इसे यहाँ से दिल्ली या दूसरे शहर ले जाया जा सके’।

डॉक्टर ने कहा-

‘मरीज की स्थिति उतनी अच्छी नहीं है, फिर भी देर करने से कोई फायदा नहीं है। इसे एयर एम्ब्युलेन्स से ले जाया जा सकता है, जिसमें सभी उपकरणों के साथ एक डॉक्टर भी साथ में रहेंगे। लेकिन इससे पहले देखना होगा कि इस तरह का ऑपरेशन कहाँ अच्छा हो पाएगा। तबतक मरीज को हम आईसीयू में रखते हैं। आप सोच कर बताएं’।

कमली डॉक्टर की बात सुनकर घबड़ा गयी। हालाकि, उसे भी पता था कि सिटी स्कैन में क्या आया है और इसका इलाज यहाँ इस हॉस्पिटल में संभव नहीं होगा। वह थोड़ी देर सोचती रही। अविनाश की मौत और यश की इस हालत ने कमली के दिमाग पर असर किया था। उसे बहुत सी बातें जल्दी याद नहीं आ रही थीं। फिर वह बिलकुल अकेली भी थी। वह किसी से राय-विचार भी नहीं कर सकती थी। अचानक उसे किरण की याद आई। उसने तुरंत किरण को फोन लगाया। उधर से किरण ने कहा-

‘अरे कमली कैसी हो, बहुत दिन बाद फोन किया। वहाँ सब ठीक है न’।

कमली किरण की आवाज सुनकर फिर से रोने लगी। किरण ने उसके रोने की आवाज सुनकर कहा-

'क्या बात है, तुम रो क्यों रही हो'।

कमली ने इधर से रोते हुए कहा-

'किरण, अविनाश हमें छोड़ कर चला गया। यश की भी हालत बहुत नाजुक है। मैं यहाँ बिलकुल अकेली हूँ, मुझे समझ नहीं आ रहा है मैं क्या करूँ'।

किरण ने ज़ोर से कहा-

'अरे यह सब कैसे हुआ'।

कमली ने उसे एक्सिडेंट की सारी बात बताई और यश की हालत के बारे में भी बताया।

किरण ने थोड़ा सोच कर उधर से कहा-

'यहाँ एम्स में यश का ऑपरेशन हो सकता है। तुम बिलकुल चिंता नहीं करो। मैं न्यूरो सर्जन से यहाँ बात कर लेती हूँ और साथ में एयर एम्ब्युलेन्स का भी इंतजाम करती हूँ। कल सुबह तक एयर एम्ब्युलेन्स तुम्हारे पास आ जाएगा। तुम यश को लाने की तैयारी करो। मैं राकेश को अभी शाम की फ्लाइट से पटना भेज देती हूँ। तुम अकेली हो, वह आज तुम्हारे साथ हॉस्पिटल में रहेगा और कल तुम्हारे साथ यहाँ आ जाएगा'।

कमली फोन रख कर यश के पास आईसीयू में गयी। यश के बेड की चारों तरफ कई मॉनिटर लगे हुए थे। कमली उसके पास बैठ कर उसका हाथ पकड़ कर उसकी उँगलियाँ सहला रही थीं। यश बिलकुल बेहोश था। उसके शरीर में कोई हरकत नहीं थी। कमली बीच-बीच में यश का हाथ पकड़ कर रोने लगती। उसे अविनाश की

याद आई। उसे अफसोस था कि वह उसकी अंतिम क्रिया में शामिल नहीं हो सकी। उसे अचानक ध्यान आया कि उसने अबतक मामाजी को कुछ नहीं बताया है। उसने उन्हें फोन लगाया। कमली ने सारी बातें मामाजी को फोन पर बतायीं। वे तुरंत गाँव से कमली के पास आने के लिए निकल गए।

इधर अविनाश के पार्थिव शरीर को लेकर उसके पापा गाँव पहुंचे। अविनाश की माँ का रो-रो कर बुरा हाल था। उनकी तबीयत वैसे भी खराब थी, उसमें वह रोते-रोते बार-बार बेहोश हो जा रही थीं। घर के लोग उन्हें संभाल रहे थे। अविनाश के पापा ने पहले अविनाश के शरीर को अंदर घर में रखा। जिन गाँव वालों को पता चला, वे एक-एक कर अविनाश के पापा से मिलने आए। दोपहर बाद अविनाश का क्रिया-कर्म नदी के किनारे कर दिया गया। अविनाश के पापा ने सारा कर्म किया। कमली को फोन पर विडियो कॉल से अविनाश के अंतिम दर्शन करा दिये गए। कमली भी फोन पर अविनाश के क्रिया-कर्म के समय रोती रही। उसे याद आया कि कभी इसी नदी के किनारे वह अविनाश के साथ बैठा करती थी।

मामाजी एक घंटे में हॉस्पिटल पहुँच गए। उनके साथ कमली की मामीजी भी थीं। कमली उन दोनों को देख कर फिर एक बार ज़ोर-ज़ोर से रोने लगी। उसने मामाजी को अविनाश के एक्सिडेंट की पूरी बात बताई। मामाजी ने हॉस्पिटल के बाहर से लाकर कमली को कुछ खाने के लिए दिया। उनलोगों से मिलकर कमली फिर आईसीयू में यश के पास चली गयी। मामाजी आईसीयू के बाहर बैठे रहे।

देर शाम राकेश दिल्ली से आ गया। इस बीच किरण ने कमली को फोन कर बताया कि एयर एम्ब्युलेन्स का इंतजाम हो गया है। अगले दिन सुबह दस बजे कमली को यश को लेकर दिल्ली के लिए निकलना होगा। कमली ने हॉस्पिटल के डॉक्टर को यह बात बता दी।

मामाजी के बहुत कहने पर कमली थोड़ी देर के लिए घर गयी। वहाँ मामाजी ने कमली से कहा कि वे भी कमली की सहायता के लिए दिल्ली जाएंगे। एयर एम्ब्युलेन्स में जगह नहीं रहने के कारण मामाजी ने वहीं घर से मोबाइल पर अगले दिन के सुबह की फ्लाइट की टिकट ले ली। कमली ने अपना कुछ सामान एक छोटे बैग में रख लिया और तुरंत हॉस्पिटल वापस आ गयी। उसे यश को देखे बिना चैन नहीं था। रात में कमली और राकेश आईसीयू के बगल के एक कमरे में रुके।

अगले दिन सुबह-सुबह कमली यश को देखने के लिए आईसीयू में गयी। उसकी हालत वैसी ही थी। करीब नौ बजे कमली और राकेश यश को लेकर एम्ब्युलेन्स से एयरपोर्ट की ओर निकले। इस बीच मामाजी अपनी पत्नी को वहीं कमली के घर में छोड़ कर सुबह की दिल्ली की फ्लाइट के लिए एयरपोर्ट निकल गए।

ठीक दस बजे एयर एम्ब्युलेन्स से कमली और राकेश यश को लेकर दिल्ली के लिए रवाना हो गए। साथ में हॉस्पिटल की तरफ से एक और डॉक्टर को भेज दिया गया था। दो घंटे में वे दिल्ली पहुँच गए। तहाँ एम्स का एम्ब्युलेन्स एयरस्ट्रिप पर पहले से तैयार था। दोनों यश को लेकर तुरंत वहाँ से निकल गए। हॉस्पिटल के बाहर पोर्टिको में किरण स्ट्रेचर के साथ मौजूद थी। यश को लेकर सभी अंदर आईसीयू में ले गए। एक न्यूरोसर्जन के अलावा तीन डॉक्टर ने यश की जांच की। थोड़ी देर बाद सर्जन ने बताया कि जिस तरह यश के मस्तिष्क में खून जमा है, ऑपरेशन बहुत कठिन होगा। फिर भी डॉक्टर ने बताया कि वह दोपहर बाद ऑपरेशन करेंगे।

कमली किरण को देख कर एक बार फिर भावुक हो गयी। दोनों राकेश के साथ आईसीयू के बाहर बैठे रहे। इस बीच मामाजी वहाँ पहुँच गए। दोपहर एक बजे यश को लेकर डॉक्टर ऑपरेशन थिएटर

ले गए। कमली का दिल घबड़ा रहा था। थोड़ी देर के लिए वह भी ऑपरेशन थिएटर के अंदर गयी। किरण को भी ऑपरेशन में रहना था। कमली थोड़ी देर बाद बाहर आकर मामाजी और राकेश के साथ बैठ गयी। मामाजी लगातार कमली को ढाढ़स बंधा रहे थे।

ऑपरेशन शुरू होने के तीन घंटे के बाद किरण ने देखा, डॉक्टर कुछ परेशान दिख रहे हैं। थोड़ी देर के लिए डॉक्टर रुक गए थे। किरण ने डॉक्टर से बात की। डॉक्टर ने बताया कि खून इतना ज्यादा निकल रहा है कि उसे बंद करना मुश्किल है। यश का मस्तिष्क अब काम नहीं कर रहा है। अब जांच करने से लगता है कि यह 'ब्रेन डेड' का केस है। ऐसे में इसका बचना मुश्किल होगा। इसकी खबर बाहर बैठी इसकी माँ को कर देनी चाहिए। अब ऑपरेशन यहीं बंद कर ब्रेन का स्टिच कर देना होगा। किरण यह सुनकर घबड़ा गयी कि वह बाहर बैठी कमली को यश के बारे में कैसे बताएगी।

कमली बार-बार ऑपरेशन थिएटर के दरवाजे तक जा रही थी। कुछ पल में किरण बाहर निकली। उसकी आँखें डबडबाई हुई थीं। कमली उसके सामने खड़ी थी। किरण की हिम्मत नहीं हो रही थी कि वह कमली को अंदर की बात बताए। उसने आगे बढ़ कर कमली को पकड़ लिया और रोने लगी। कमली ने घबड़ाकर उससे कहा-

'क्या बात है, क्या हुआ यश को। तुम कुछ बोल क्यों नहीं रही हो। इतनी जल्दी ऑपरेशन कैसे खत्म हो गया'।

इतना कह कर कमली अंदर ऑपरेशन थिएटर में घुस गयी। सामने न्यूरोसर्जन खड़े थे। पीछे यश का बेड था। कमली ने डॉक्टर से पूछा-

'क्या हुआ डॉक्टर, आपने ऑपरेशन क्यों बंद कर दिया'।

डॉक्टर ने थोड़ा रुक कर कहा-

'इसका ऑपरेशन करने पर पता चला कि खून पूरे ब्रेन में फैल चुका है। इसके कारण इसके ब्रेन ने काम करना बंद कर दिया है। 'इट इज ए केस ऑफ ब्रेन डेड'। इसे आर्टिफ़िश्यल सपोर्ट पर हमलोगों ने रख दिया है। लेकिन अब ज्यादा देर तक यह जिंदा नहीं रह पाएगा'।

कमली दौड़ कर यश के पास गयी। उसने उसके चेहरे को देखा। फिर उसके बगल में रखे स्टूल पर बैठ गयी। उसने उसका हाथ अपने हाथ में ले लिया और उसे ज़ोर-ज़ोर से सहलाने लगी। उसे अपने हॉस्पिटल के उस बच्चे की याद आ गयी, जो कमली के इस तरह सहलाने से बच गया था। कमली रो रही थी और यश का हाथ सहलाते हुए कह रही थी-

'बाबा उठो, माँ आई है। कितनी देर सोये रहोगे। अब जिद नहीं करो उठ जाओ, देखो मैं तुम्हारे लिए चॉकलेट ले कर आई हूँ'।

कमली उसकी देह पर गिर कर ज़ोर-ज़ोर से रोने लगी। वह कभी यश के गाल पकड़ती, कभी आगे बढ़ कर उसका माथा चूमती। किरण ने पीछे से आकर उसे संभाला। उसने कमली को वहाँ से उठाया और ऑपरेशन थिएटर के बाहर ले आई। बाहर मामाजी भी रोने लगे। कमली बाहर आकर रोते-रोते कुर्सी पर गिरकर बेहोश हो गयी। किरण ने जल्दी से पानी की बोतल लाकर उसके ऊपर पानी छिड़का। कमली को थोड़ा होश आया। किरण ने उसे पानी पिलाया। वह बहुत देर तक कमली को पकड़ कर बैठी रही। कमली चुप होकर एक टक ऑपरेशन थिएटर के दरवाजे की तरफ देख रही थी। थोड़ी देर में शांत होकर वह फिर अंदर गयी। यश को वहाँ से आईसीयू में ले जाने की तैयारी हो रही थी।

यश को उसी हालत में आईसीयू में शिफ्ट कर दिया गया। कमली लगातार उसके पास बैठी रही। वह उसका हाथ पकड़ कर लगातार सहलाती रही। उसे अभी भी किसी चमत्कार की उम्मीद

थी। वह बीच-बीच में रोने लगती। इस बीच किरण उसके पास आकर उसे आईसीयू से बाहर लेकर गयी। बाहर कुर्सी पर बैठ कर किरण ने कमली से कहा-

'कमली, अब तुम्हें एक बड़ा फैसला लेना है। तुम जानती हो कि अब यश के पास वक़्त कम है। वह चंद घंटों का मेहमान है। मैं तुम्हें कोई ज़ोर नहीं दे रही हूँ, लेकिन ऐसे केस में माँ-बाप बच्चे का अंगदान करते हैं। इससे यश की न सही, इसके जैसे किसी दूसरे बच्चे की जान बच सकती है। तुम यदि कहो, तब उसकी तैयारी की जाएगी'।

कमली ने किरण की ओर देखा। वह खुद एक डॉक्टर थी, इसीलिए उसे यह बात पता थी। वह एक बार फिर रोने लगी। रोते-रोते उसने किरण को कहा-

'मैं यश को तो नहीं बचा पायी, लेकिन इसकी मदद से कोई दूसरा बच्चा बच जाएगा। तुम ले जाओ इसे'।

इतना कहकर कमली फिर रोने लगी। किरण आईसीयू के अंदर गयी और बाहर निकल कर कमली से कुछ कागज पर दस्तखत लिए। कागज लेकर वह फिर अंदर गयी और कुछ देर में वह यश को स्ट्रेचर पर लेकर ऑपरेशन थिएटर से बाहर आ गयी। कमली दौड़ कर यश के स्ट्रेचर के पास गयी। वह उसकी देह पर गिर कर ज़ोर-ज़ोर से रोने लगी। उसे मालूम था कि अब वह यश को आखिरी बार जिंदा देख रही थी। किरण फिर एक बार कमली के पास आई। उसने उसे वहाँ से अलग किया और यश को लेकर आगे बढ़ गयी। कमली उसके पीछे-पीछे दौड़ती रही। एक जगह जाकर वह फिर जमीन पर बेहोश होकर गिर पड़ी। मामाजी ने आकर कमली को संभाला। किरण ऑपरेशन थिएटर के अंदर जा चुकी थी।

लगभग एक घंटे के बाद किरण ऑपरेशन थिएटर से बाहर आई। उसके साथ स्ट्रेचर पर सफ़ेद चादर में ढँकी यश की बॉडी थी। कमली उसे देख कर चिल्लाई और फिर उसकी देह पर गिर कर रोने लगी। मामाजी भी वहाँ खड़े होकर रोने लगे। कमली बार-बार कहती-

'मुझे सब एक-एक कर यहाँ अकेला छोड़ गए। अब मैं भी नहीं जीना चाहती हूँ। भगवान बाबा के साथ मुझे भी उठा लो'।

किरण कमली के साथ-साथ रही। थोड़ी देर में मामाजी ने कमली से कहा-

'बेटा, यश चला गया। उसका-तुम्हारा इतने दिनों का ही साथ था। अब उसकी आत्मा तुम्हें रोती हुई देखेगी, तब वह भी बेचैन हो जाएगी। अब तुम्हें शांत होना है और आगे की सोचना है'।

कमली मामाजी की बात सुनकर अपनी आँखें पोछती हुई खड़ी हो गयी। मामाजी ने राकेश से अलग जाकर क्रिया-कर्म की बात की। राकेश ने श्मशान ले जाने के लिए एक गाड़ी का इंतजाम कर लिया। बाकी लोगों के लिए राकेश की गाड़ी थी। सभी यश की बॉडी को लेकर दिल्ली के निगमबोध घाट गए। कमली रास्ते भर रोती रही। वहाँ यश का दाह संस्कार मामाजी ने किया। कमली दूर से यश को पंचतत्व में विलीन होते हुए देख रही थी। वह वहाँ बहुत देर तक बैठी रही। अंत में वह रोती हुई हाथ जोड़ कर वहाँ से सबके साथ चली आई।

इस बीच अतुल अपने बेटे के साथ दो दिन एम्स हॉस्पिटल में रहा। हालाकि, उसे कमली के बारे में कोई जानकारी नहीं थी। उसके बच्चे की तबीयत में कोई सुधार नहीं था। दूसरे दिन उसके डॉक्टर ने आकर अतुल को बताया कि एक डोनर मिला है और ऑपरेशन तुरंत करना पड़ेगा। अतुल के बच्चे को डॉक्टर ऑपरेशन थिएटर में ले गए। अतुल वहाँ बाहर में बैठा रहा। ऑपरेशन लगभग आठ घंटे

चला। डॉक्टर ने ऑपरेशन खत्म करने के बाद बाहर आकर अतुल को बताया कि ऑपरेशन सफल रहा।

कमली और मामाजी को लेकर किरण अपने घर चली गयी। कमली बिलकुल चुप हो गयी थी। वह किसी की बात का जवाब नहीं दे रही थी। किरण ने रात का खाना बाहर से मंगवाया था, लेकिन किरण ने अन्न का एक दाना भी मुंह में नहीं रखा। वह जैसे पत्थर की हो गयी थी। अगले दिन पटना के लिए दोपहर की फ्लाइट का टिकट मामाजी ने ले लिया था। वह किरण को लेकर पटना आ गए।

मामाजी ने अविनाश के पापा को फोन कर यश के बारे में बता दिया। कमली से बात कर मामाजी ने यश के श्राद्ध कर्म का काम पटना से करने का तय किया। कमली घर आकर भी बिलकुल पत्थर की तरह बैठी रहती थी। वह अंदर से बिलकुल टूट चुकी थी। बीच-बीच में वह यश के कपड़े या उसके खिलौने को लेकर पागलों की तरह 'बाबा, बाबा' कहती रहती। न उसे खाने-पीने की सुध थी, न ही वह रात में सो पाती थी। कई बार रात में भी उठ कर वह 'बाबा, बाबा' कहने लगती। मामाजी उसकी इस हालत से चिंतित थे। वे रोज यश के श्राद्ध कर्म का काम अकेले कर रहे थे।

अविनाश के कर्म का आखिरी दिन आ गया था। अविनाश के पापा ने मामाजी को फोन कर कहा-

'अगर संभव हो तो कल थोड़ी देर के लिए भी कमली यहाँ आ जाये तब अविनाश के द्वादश कर्म की पूजा में वह शामिल हो जाएगी'।

मामाजी ने कहा-

'ठीक है मैं कोशिश करता हूँ'।

फोन रख कर मामाजी कमली के पास दूसरे कमरे में गए। वह अब भी यश के खिलौनों को पकड़ कर रो रही थी। मामाजी ने कमली को फिर समझाया कि उसके रोने से यश की आत्मा बेचैन रहेगी। मामाजी ने अविनाश के पापा से हुई बात कमली को बताई। कमली थोड़ी देर चुप रही, फिर वह अविनाश के गाँव जाने के लिए तैयार हो गयी।

अगले दिन सुबह मामाजी अपनी गाड़ी से कमली को लेकर अविनाश के गाँव गए। कमली को देख कर अविनाश की माँ फिर ज़ोर-ज़ोर से रोने लगीं। बीमारी के कारण और बेटे के दुख में, उन्होंने बिस्तर पकड़ लिया था। कमली भी उनके साथ रोने लगी। दोनों बहुत देर तक उसी हालत में बैठी रहीं। अविनाश का कर्म दिन के बारह बजे तक खत्म हो गया। उसके बाद गाँव वालों को ब्रह्म भोज में बुलाया गया था। कमली ने पूजा के वक़्त अविनाश की तस्वीर पर फूलमाला डाल कर उसे प्रणाम कर लिया था। करीब तीन बजे वह मामाजी के साथ वापस घर के लिए निकल गयी।

यश का द्वादश कर्म एक दिन बाद था। मामाजी ने कमली की हालत देख कर बाहर के लोगों को नहीं बुलाया था। सिर्फ अविनाश के पापा उस दिन सुबह आ गए थे। कमली द्वादश कर्म की पूजा में बैठी रही। अंत में उसने यश की तस्वीर पर फूल चढ़ा कर प्रणाम किया। वह बिलकुल शांत बैठी रही। अविनाश के पापा ने कमली को आकर कहा-

'बेटा, अविनाश तो चला गया, लेकिन अभी हमलोग जिंदा हैं। तुम्हारे लिए मेरा घर हमेशा खुला रहेगा। तुम्हें जब इच्छा हो, तुम वहाँ आ कर रह सकती हो'।

कमली ने उनकी बात सुनकर सिर्फ हाथ जोड़ा। अविनाश के पापा शाम में अपने गाँव के लिए निकल गए।

कमली से रात में खाना खाते वक़्त मामाजी ने पूछा-

'अब आगे का क्या करना है बेटा'।

कमली ने थोड़ा सोच कर कहा-

'मामाजी, अब इस घर में मैं नहीं रह पाऊँगी। मुझे हर जगह यश नजर आता है। मुझे यहाँ उसकी हर पल याद आ रही है। ऐसे में मैं यहाँ अकेले कैसे रहूँ, मुझे समझ में नहीं आ रहा है। कुछ दिन मैं यहाँ रह कर देखती हूँ, अगर मुझे अच्छा नहीं लगा, तब मैं कहीं और जाने की सोचूँगी'।

मामाजी ने कहा-

'हमलोगों के रहते तुम कहीं और जाने का क्यों सोच रही हो। यश के लिए सच्ची श्रद्धांजली होगी, अगर तुम हमारे गाँव में रह कर बच्चों की सेवा करो। तुम्हारी क्लीनिक वहाँ बनी हुई है। तुम हमलोगों के साथ रहोगी'।

कमली ने थोड़ा सोच कर कहा-

'आपका ये विचार मुझे अच्छा लग रहा है। मैं अब यहाँ हॉस्पिटल में काम नहीं कर सकती। मेरा यहाँ अकेले में मन भी नहीं लगेगा, इसलिए मैं आपके गाँव जाने के लिए तैयार हूँ। मैं वहीं गाँव में गरीब लोगों के इलाज में अपना आगे का जीवन बिताऊँगी। जरूरत पड़ी तो इस घर को बेच दूँगी। बस आपलोगों को मेरे कारण कोई दिक्कत न हो'।

मामाजी ने कहा-

'तुम भी कैसी बात करती हो बेटा। हम दोनों ने हमेशा तुम्हें अपनी बेटी माना है। हमें हमारी बेटी मिल जाएगी, इससे अच्छी बात हमारे जीवन में और क्या हो सकती है। दो तीन दिन में तुम

अपनी सारी तैयारी कर लो। हमलोग अब तुम्हें यहाँ से साथ लेकर ही जाएँगे'।

तीन दिनों के अंदर कमली ने पहले अपना इस्तीफा हॉस्पिटल को भेज दिया। उसके बाद उसने अपना सामान ठीक किया। मामाजी ने उसकी मदद करने के लिए गाँव से एक आदमी को बुला लिया था। सामान ज्यादा होने के कारण मामाजी ने एक और गाड़ी किराये पर कर ली थी। सभी सामान रख कर तीनों गाँव के लिए रवाना हो गए। कमली अपने मामाजी और मामीजी के साथ बैठी और गाँव से आया हुआ आदमी दूसरी गाड़ी में सामान के साथ बैठा। घर से निकलते वक़्त कमली ने अपने पापा और माँ की तस्वीर अपने साथ ले ली थी। बाहर निकल कर उसने मुड़ कर घर को देखा। बड़े शौक से उसके पापा ने यह घर बनवाया था। उस घर से कमली की कितनी यादें जुड़ी हुई थीं। बाहर अभी भी अविनाश और कमली के नाम का बोर्ड लगा हुआ था। क्या-क्या सपने देखे थे कमली ने। अचानक एक स्वर्ग-सा घर देखते-देखते उजड़ गया। गाड़ी में बैठते वक़्त कमली की आँखों में आँसू थे।

कमली डेढ़ घंटे में गाँव पहुँच गयी। रास्ते भर वह अपने घर और यश के बारे में सोचती रही। कभी-कभी वह बीच में यश को याद कर रोने लगती। उसने कभी नहीं सोचा था कि वह इस तरह यश को खो देगी। कितने सपने बुने थे उसने यश के पैदा होने के वक़्त। वह उसे पढ़ा-लिखा कर अपने और अविनाश के जैसा डॉक्टर बनाएगी। पहले कमली के सपने अविनाश के अंकिता से जुडने के कारण टूटे और अब यश के जाने के बाद वह बिलकुल टूट कर बिखरने की स्थिति में आ गयी थी। उसे अपने घर छोड़ने का भी दुख था। बहुत शौक से उसने अपने घर को सजाया था। वह आगे उस घर को दो तल्ले का बनाने की सोच चुकी थी। उसके सारे सपने टूट कर बिखर

गए थे। वह अपने मामाजी के गाँव जा रही थी, लेकिन उसे आगे का कुछ नहीं सूझ रहा था।

गाँव पहुँच कर मामाजी ने कमली को नीचे का बड़ा कमरा रहने के लिए दे दिया। उन्होंने गाँव में कमली के आने की खबर करा दी। अगले दिन घर के बाहर कमली के नाम का बोर्ड लगा दिया गया। क्लीनिक का नाम भी बदल कर अब 'विमला-यश चिकित्सा केंद्र' रख दिया गया। कमली अब अपने आपको गरीबों का इलाज करने में लगा देना चाहती थी।

कमली की क्लीनिक में फिर से मरीजों की भीड़ इकट्ठा होने लगी। वह सुबह के नौ बजे से दोपहर के एक बजे तक और फिर दोपहर के तीन बजे से शाम के छह बजे तक मरीजों को देखती थी। रोज लगभग सत्तर से अस्सी मरीज आ रहे थे। कमली ने अपनी फीस वही पचास रुपये रखी थी और गरीब मरीजों का वह मुफ्त में इलाज करती थी। वह बीच-बीच में गाँव के अंदर मरीज के घर जाकर भी उसका इलाज करती थी।

अगले एक सप्ताह में कमली के यहाँ मरीजों की संख्या बढ़ गयी। लोगों को जब पता चला कि कमली अब हमेशा के लिए वहाँ आ गयी है, तब उन्हें उस पर और ज्यादा विश्वास हो गया। इधर कमली अभी भी यश को याद कर रो लेती थी। उसे अब बाकी दुनिया से मतलब नहीं था। उसके फोन में लगी सिम में गाँव में सही से बात नहीं हो पाती थी, इसलिए उसने गाँव में फोन का नया नंबर ले लिया था। इसके कारण अब वह वैसे भी बाकी दुनिया से कट चुकी थी। उसने सिर्फ एक बार किरण को फोन कर अपने नए नंबर के बारे में बताया था और उससे कहा था कि वह कमली के बारे में किसी को नहीं बताएगी। किरण भी उसे कम फोन करती थी।

सत्ताईस

दो वर्ष का समय गुजर गया। कमली, जो एक बार यश के गुजर जाने के बाद अपने मामाजी के गाँव आई थी, फिर वह पिछले दो वर्षों में कहीं बाहर नहीं गयी। उसे गरीबों की सेवा करने का धुन सवार हो गया था। अब वह सुबह से लेकर देर शाम तक मरीजों को देखती रहती। कभी गाँव में अंदर जाकर लोगों के घरों में गंभीर मरीजों को देखती। उसकी वेशभूषा बिलकुल साधारण हो गयी थी। वह अब सूती साड़ी पहनने लगी थी। बाल बिखरे रहते थे। चेहरे पर कोई मेकअप नहीं। एक साधारण चप्पल पहन कर वह मरीजों को देखा करती। गाँव वह पैदल जागा करती थी। इसके कारण उसके पैर धूल-मिट्टी से सने रहते थे। वह बहुत दुबली भी हो गयी थी। क्लीनिक से फुर्सत मिलने पर वह अपने कमरे में मेडिकल की किताबें पढ़ा करती। उसकी मामाजी और मामीजी से भी कम बात हुआ करती।

इधर कमली ने अपना पटना का मकान बेच दिया था। वह बीच में कुछ दिनों के लिए वहाँ मामाजी के साथ जाकर समान वगैरह को भी मोहल्ले के लोगों में बेच दिया। कुछ जरूरत के सामान लेकर वह गाँव आ गयी थी।

इस बीच क्लीनिक को बड़ा किया गया था। उसमें दो कमरे और जोड़े गए। दरअसल, कमली को इस तरह गरीबों की सेवा करते

देख उस गाँव की एक लड़की, जिसने हाल में एमबीबीएस पास किया था, कमली की क्लीनिक से जुड़ गयी। उसे भी कमली की तरह गरीबों की मदद करने का जुनून सवार था। एक दिन वह कमली से आकर मिली और उसने कमली के साथ काम करने की इच्छा जताई। उसी गाँव की होने के कारण कमली तैयार हो गयी। अब वहाँ एक की जगह दो डॉक्टर थीं। दूसरी डॉक्टर के आ जाने से कमली का बोझ कुछ हल्का हो गया था । अब वह बीच-बीच में पास के दूसरे गाँव में भी जाकर मरीजों को देख आती थी। दूसरी डॉक्टर के लिए एक अलग कमरा बना और एक और कमरे में मामाजी ने एक दवा की दुकान खोल ली। इस दुकान में जेनरिक दवाएं मिलती थीं, जो दूसरी दवाओं से लगभग आधे दाम की थीं। इसके लिए मामाजी ने दवा बेचने का बाकायदा लाइसेन्स लिया। मरीजों की बढ़ती संख्या के कारण दवा की दुकान भी अच्छी चलने लगी थी। क्लीनिक में मरीजों के बैठने के लिए एक अलग शेड लगा दिया गया था।

इन सब के बावजूद कमली अब तक यश का जाना नहीं भूल पायी थी। उसने अपने सोने के कमरे के अलावा क्लीनिक में भी यश की तस्वीर लगा रखी थी। वह रोज सुबह क्लीनिक में काम शुरू करने के पहले एक कपड़े से यश की तस्वीर पोछा करती थी। ऐसा करते समय हर दिन उसकी आँखें भर जाती थीं। मामाजी ने कई बार उसे समझाने की कोशिश की थी, लेकिन कमली उस हादसे को भूल नहीं पाती थी।

दूसरी तरफ, मरीजों के बीच वह इतना रम गयी थी कि वह बाहरी दुनिया से बिलकुल कट गयी थी। अब वह अपने मोबाइल फोन का भी इस्तमाल नहीं करती थी। शुरू के दिनों में कभी दो महीने पर उसकी किरण से सिर्फ बात हो जाती थी, लेकिन पिछले डेढ़ वर्ष से उसने उससे बात नहीं की थी। अतुल से बात किए हुए उसे दो साल

से ऊपर हो रहे थे। कभी-कभी अविनाश के पापा का फोन आ जाता था। वे बीच में एक बार कमली से मिलने गाँव भी आए थे।

मामाजी कमली को देख कर चिंतित रहा करते थे। उन्हें महसूस होता था कि यश के जाने के सदमे को कमली अब तक अपने अंदर से निकाल नहीं पायी है। इसके कारण वह सामान्य जिंदगी नहीं जी रही थी। वह एक धुन में मरीजों के लिए काम करती जा रही थी। उसे अपनी सुध-बुध नहीं थी। उसे खाने-पीने का भी होश नहीं था। बस हर समय मरीजों के बारे में सोचना। मामाजी उसकी आगे की जिंदगी के बारे में सोचते थे। अभी कमली की उम्र भी ज्यादा नहीं हुई थी। इतना लंबा सफर वह अकेली कैसे काट पाएगी। उन्होंने एक बार कमली को बिठा कर बात करनी चाही, पर उसने बात टाल दी।

एक दिन अचानक अविनाश के पापा कमली से मिलने गाँव आए। उनके साथ अविनाश की मम्मी भी थीं। कमली अपनी क्लीनिक में व्यस्त थी। मामाजी ने दोनों को बिठाया। अविनाश के पापा क्लीनिक में कमली से मिलने गए। कमली उन्हें देख कर जल्दी से क्लीनिक से बाहर आ गयी। उसने उनका पैर छू कर प्रणाम किया। कमली ने उन्हें कहा कि वह एक घंटे में फ्री हो जाएगी।

दिन के खाने पर सभी एक साथ बैठे। अविनाश की माँ ने कमली से कहा-

'बेटा, तुमने अपनी क्या हालत बना ली है। मैंने तुम्हें दो वर्षों के बाद देखा है। तुम्हें अपना ख्याल रखना पड़ेगा'।

अविनाश के पापा ने कहा-

'बेटा, ऐसे जिंदगी नहीं चलती है। हमें आभास है कि अविनाश और यश के जाने के बाद तुम्हारे ऊपर क्या गुजरी होगी। लेकिन समय बहुत बड़ा होता है। समय के साथ-साथ सब कुछ ठीक हो

जाता है। तुम्हें भी अब उससे उबर कर अपनी एक नयी जिंदगी शुरू करनी चाहिए। अभी तुम्हारी उम्र ही क्या हुई है। तुम्हें आगे के लिए एक नया जीवन साथी चाहिए। हमलोग चाहते हैं कि तुम अब नयी जिंदगी शुरू करो। मैंने तुम्हें कहा था न कि तुम हमारी बेटी जैसी हमारे घर में रहोगी। हमें मौका दो कि हम तुम्हें बेटी के रूप में एक बार फिर शादी के जोड़े में अपने घर से विदा करें'।

कमली सिर झुका कर सारी बातें सुन रही थी। उसकी आँखें डबडबाई हुई थीं। उसने अविनाश के पापा को कहा-

'पापा मैं आपलोगों की बात समझ रही हूँ, लेकिन मुझे अभी इन सब की कोई इच्छा नहीं है। मैंने अपने बारे में सोचना छोड़ दिया है। मैं आगे का नहीं जानती हूँ। ऐसा कभी कुछ हुआ, तब आपलोगों को जरूर बताऊँगी। अभी फिलहाल मैं यहाँ गाँव में रह कर जो काम कर रही हूँ, वह करती रहूँगी'।

अविनाश की मम्मी ने कहा-

'बेटा, दो वर्ष से ज्यादा हो गए हैं अविनाश और यश को गुजरे। अब समय आ गया है कि तुम उनकी याद से बाहर निकल कर अपने बारे में आगे की जल्दी सोचना शुरू करो। देखो, हमारा भी जवान लड़का चला गया, लेकिन हम लोग तुम्हें सोच कर अपनी जिंदगी को आगे बढ़ा रहे हैं। किसी के रहने न रहने से जिंदगी रुक नहीं जाती है। तुम कहो तो मैं तुम्हारे लिए कोई लड़का देखना शुरू करूँ'।

कमली ने कहा-

'मैंने आपलोगों को कहा न, मुझे अभी थोड़ा और वक़्त चाहिए। जब ऐसा मुझे लगेगा कि मैं फिर से नयी जिंदगी जीने के लिए तैयार हूँ, तब आपलोगों से बात कर कुछ फैसला लूँगी'।

अविनाश के पापा-मम्मी शाम में गाँव से वापस लौट गए। कमली फिर अपनी रोज की रूटीन में लग गयी।

इधर अतुल का बेटा यश हार्ट ट्रांसप्लांट के बाद ठीक हो गया था। उसे बीच-बीच में हर एक साल पर डॉक्टर के यहाँ जाकर दिखाना पड़ता था। अतुल ने इस बीच कई बार कमली से बात करने की कोशिश की थी, लेकिन उसका पुराना नंबर नहीं लगता था। नए नंबर की जानकारी अतुल को नहीं थी। उसे लगता कमली बड़े ओहदे पर जाकर उसे भूल गयी। उसे किरण से भी मुलाक़ात हुए दो वर्ष हो गए थे। अतुल भी अपने हॉस्पिटल के काम में व्यस्त रहता था। अब उसका बेटा पाँच साल का हो गया था और स्कूल जाने लगा था। उसकी देखभाल अतुल की माँ करती थीं। प्रिया के जाने के बाद अतुल ने फिर शादी नहीं की थी।

एक दिन अतुल अपने लड़के को लेकर सालाना चेकअप के लिए एम्स गया था। डॉक्टर ने यश को देख कर बताया कि नया हार्ट अब ठीक तरह काम करने लगा है। डॉक्टर ने यश की दवा लगभग बंद कर दी थी। अतुल ने पिछले दो वर्ष में कई बार डॉक्टर से यह जानने की कोशिश की थी कि उसके बेटे के हार्ट का डोनर कौन है, जिससे कि वह उस परिवार से मिलकर अपना शुक्रिया अदा करे। लेकिन हॉस्पिटल के नियमों के अनुसार किसी ने उसे इसके बारे में नहीं बताया। डॉक्टर के चैंबर से निकल कर जब अतुल नीचे जाने लगा, तभी सीढ़ियों पर उसकी भेंट किरण और राकेश से हो गयी। अतुल ने किरण को देख कर कहा-

‘अरे किरण कितने दिनों बाद तुमलोगों से मुलाक़ात हो रही है। इतने दिनों तुम लोग कहाँ थे’।

किरण ने कहा-

‘हमलोग यहीं एम्स में हैं। तुम बड़े आदमी हो गए हो, इसलिए कभी फोन भी नहीं किया’।

अतुल ने कहा-

‘कोई बड़ा आदमी नहीं हूँ, प्रिया के जाने के बाद यश की बीमारी से जूझता रहा। अब उसकी परवरिश करने में अकेले लगा रहता हूँ। उसका स्कूल, उसकी पढ़ाई, उसका खेलना, सभी में मुझे ही लगना पड़ता है’।

किरण ने कहा-

‘हमलोग खाना खाने के लिए कैंटीन जा रहे हैं, तुम भी हमारे साथ चलो, वहीं बैठ कर बातें करेंगे’।

अतुल ने कहा-

‘हाँ ये ठीक है, यश को भी भूख लग रही थी। मैं उसे कहीं खिलाने की सोच ही रहा था’।

सभी लोग कैंटीन चले गए। खाने का ऑर्डर दे दिया गया। अतुल ने इस बीच किरण से कहा-

‘तुम्हारी दोस्त लगता है बहुत ऊंचे ओहदे पर चली गयी है, इसलिए हम जैसों से बात करना नहीं चाहती है। आज दो साल से ज्यादा हो गए, उसने मुझे एक बार फोन नहीं किया। मैं उसके बच्चे से मिलना चाहता था, जिसका जन्म मेरे ही बच्चे के दिन हुआ है और दोनों का नाम यश है। लेकिन वो शायद अब मुझसे मिलना नहीं चाहती है। मैंने नहीं सोचा था कि कमली इतनी बदल जाएगी। अब मैंने भी सोच लिया है कि उसे कभी फोन नहीं करूंगा। एक दोस्त का रिश्ता था उसके साथ, अब वह भी खत्म हो गया। सोच लूँगा कि कमली कभी मेरी दोस्त थी ही नहीं’।

किरण सिर झुका कर अतुल की बात सुनती रही। कमली की सोच कर उसकी आँखें डबडबा गईं। फिर भी उसने आँसू पोछते हुए ज़ोर से कहा-

'बस करो अतुल, इतना भी किसी के बारे में बिना जाने समझे नहीं कहना चाहिए। कमली नहीं बदली है, परिस्थितियों ने उसे बदलने पर मजबूर कर दिया है। तुम्हें पता भी है कि इन दो वर्षों में कमली के साथ क्या हुआ है, उस पर क्या बीती है'।

अतुल किरण के इस तरह कहने से उसकी तरफ अचंभित हो कर देखने लगा और कहा-

'क्या हुआ कमली के साथ, मुझे कुछ नहीं पता'।

किरण ने रोते हुए कहा-

'इन दो वर्षों में कमली की पूरी दुनिया उजड़ गयी। एक एक्सिडेंट में उसके पति अविनाश की मौत हो गयी। फिर उसी एक्सिडेंट में घायल अपने बेटे यश को लेकर वह यहाँ दिल्ली आई, लेकिन उसे बचा नहीं सकी। इस सदमे को वह अब तक बर्दाश्त नहीं कर पायी है। वह अपने गागाजी के गाँव में साधारण-सी जिंदगी जी रही है। वह बाहरी लोगों से अब बात नहीं करती है। वह वहाँ गरीबों की सेवा कर रही है। मुझसे भी बात हुए कई महीने हो गए'।

अतुल अवाक होकर किरण की बात सुन रहा था। उसने कहा-

'इतना सब हो गया, मुझे कुछ पता नहीं चला। वह यहीं एम्स आई थी, अपने बच्चे को लेकर, उस वक़्त तुमने भी मुझे फोन कर नहीं बताया। हालाकि, मैं भी उस वक़्त अपने बेटे के ऑपरेशन के लिए परेशान था'।

किरण ने कहा-

‘उस वक़्त ऐसी परिस्थिति थी कि किसी से बात करने का भी वक़्त नहीं था। यश आखिरी सांसें ले रहा था और दूसरी तरफ अविनाश की चिता जल रही थी। तुम सोच सकते हो कमली पर क्या बीती होगी। हम दोनों उसकी छटपटाहट और उसके दुख के गवाह हैं’।

अतुल ने किरण से पूछा-

‘यह किस तारीख को हुआ था’

किरण ने अतुल को सोच कर तारीख बताई।

अतुल बहुत देर सोचने लगा, फिर बोला-

‘उस समय तो मेरा यश भी इसी हॉस्पिटल में एड्मिट था और जिस तारीख को कमली के बेटे की मौत हुई है, उसी दिन मेरे बेटे का हार्ट ट्रांसप्लांट हुआ है। कहीं ऐसा तो नहीं कि कमली के बेटे का हार्ट मेरे बेटे में ट्रांसप्लांट हुआ है। क्योंकि जिस वक़्त कमली के बेटे की ‘ब्रेन डेड’ होने से मौत हुई होगी, उसके थोड़ी देर बाद ही डॉक्टर ने मुझे कहा था कि डोनर मिल गया और ऑपरेशन तुरंत करना होगा। मुझे लगता है कमली का बेटा ही वह डोनर रहा होगा, जिसके बारे में डॉक्टर ने मुझे बताया। किरण तुम प्लीज बताओ, क्या यही हुआ था’।

किरण अतुल से नजरें चुराने लगी, फिर उसने कहा-

‘मैं तुम्हें यह नहीं बता सकती, मैं हॉस्पिटल के नियमों से मजबूर हूँ। तुम्हें खुद समझ लेनी चाहिए’।

अतुल ने कहा-

‘ठीक है तुम नहीं बोलो, लेकिन सिर को झुकाकर हाँ या ना बोल सकती हो। मैं तुमसे पूछता हूँ, क्या कमली के बेटे यश का हार्ट मेरे बेटे में लगाया गया है’।

किरण बहुत देर नीचे सिर झुकाकर बैठी रही। अतुल के दोबारा पूछने पर उसने अपना सिर हाँ में हिला दिया।

अतुल अचानक अपनी कुर्सी से तेजी से उठ गया और कहा-

'मुझे कमली से तुरंत मिलना है। मैंने उसके बारे में क्या-क्या कह दिया, लेकिन मुझे उसके दुख के बारे में कुछ नहीं पता था। अकेले कितना सहा होगा उसने। स्कूल के दिनों में कभी भी उसे कोई परेशानी होती थी, तब वह मेरे पास आती थी। मुझे अफसोस है, मैं दुख के वक़्त उसके साथ नहीं था। मैं अपने बच्चे को उससे मिलवाना चाहता हूँ। तुम्हें मुझे वहाँ उसके पास लेकर चलना होगा'।

किरण ने अतुल को हाथ पकड़ कर कुर्सी पर बिठाया और कहा-

'ठीक है, तुम धैर्य रखो, हम सब वहाँ चलेंगे। मुझे भी उससे मिले कितना वक़्त हो गया'।

किरण और राकेश ने आपस में बात की। किरण को मामाजी के गाँव के बारे में पता नहीं था, लेकिन राकेश ने बताया कि जब यश के साथ हॉस्पिटल में था, तब मामाजी भी वहाँ थे और यूं ही बैठे-बैठे उन्होने राकेश को अपने गाँव का नाम और उसके बारे में विस्तार से बताया था। इसलिए पटना से उस गाँव में जाने में कोई परेशानी नहीं होगी। एक दिन बाद दो दिनों की छुट्टी थी। सभी ने तय किया कि अगले दिन सुबह की फ्लाइट से अतुल और यश के साथ किरण और राकेश भी पटना जाएँगे। वहाँ से टैक्सी से वे गाँव चले जाएंगे।

अगले दिन सुबह की फ्लाइट से निकल कर दस बजे तक सभी पटना पहुँच गए। वहाँ एयरपोर्ट से टैक्सी लेकर वे लगभग साढ़े ग्यारह बजे तक गाँव पहुँच गए। अचानक इनको देख कर मामाजी चौंके। कमली अंदर क्लीनिक में मरीजों को देखने में व्यस्त थी। बाहर

मरीजों की भीड़ लगी थी। दूसरी डॉक्टर भी मरीजों को एक-एक कर देखने में लगी थी। मामाजी पहले उनलोगों को लेकर घर के अंदर गए। अतुल ने मामजी से कहा-

‘मामाजी मुझे कमली से मिलने की उत्सुकता हो रही है, मुझे जल्दी उसके पास ले चलिए’।

मामाजी ने कहा-

‘बेटा, जब वह मरीजों से घिरी रहती है, तब कोई बाहरी आदमी उसे डिस्टर्ब नहीं कर सकता है। वह नाराज हो जाती है। मैं भी अंदर नहीं जा पाऊँगा, लेकिन एक स्लिप पर तुमलोगों का नाम लिख कर उसे यहाँ बुलाने की कोशिश करता हूँ’।

मामाजी ने एक स्लिप पर लिखा और बाहर खड़े कमली के असिस्टेंट के हाथों स्लिप को अंदर भिजवा दिया। अतुल कमरे में बेचैनी से घूम रहा था। करीब आधे घंटे के बाद जब मरीजों की भीड़ थोड़ी कम हुई, तब कमली ने स्लिप देखी और क्लीनिक के अपने कमरे से बाहर निकली। बाहर मामाजी खड़े थे। वे कमली के साथ घर के अंदर गए। बाहर बैठकखाने में सभी लोग बैठे थे। यश बार-बार उठ कर इधर-उधर दौड़ने लगता। इसी बीच कमली बैठकखाने में घुसी। कमली को देख कर तीनों अचंभित रह गए। उन्होंने कभी सोचा नहीं था कि वे कमली को इस रूप में देखेंगे।

इसी बीच एक अजीब बात हुई। यश सोफ़े पर से अचानक कूद कर कमली से जाकर लिपट गया और ‘माँ, माँ’ कहकर रोने लगा। कमली थोड़ी घबड़ाई। यश के ‘माँ, माँ’ कहने का तरीका बिलकुल वैसा ही था, जैसा कमली का बेटा यश बचपन में कहता था। कमली ने उसे अपनी गोद में उठा लिया। उसके गाल चूमे। गोद में आते ही यश कमली के गले लग कर ज़ोर-ज़ोर से रोने लगा। वह रोते-रोते कमली के गाल को चूमने लगता और कभी उसके कंधे पर सिर रख

देता। कमली भी उसे अपने से चिपका कर खड़ी रही। उसने खड़े-खड़े अतुल को देखा। अतुल उसके नजदीक आया और बोला-

'कमली, मेरे पास बोलने के लिए शब्द नहीं हैं, पर मैं तुमसे नाराज हूँ कि तुमने एक बार भी मुझे कुछ नहीं बताया। मैं समझ सकता हूँ, तुम पर क्या बीती होगी। तुमने अकेले सारी परेशानी झेली। मुझे बहुत अफसोस है, उस वक़्त मैं तुम्हारे कोई काम नहीं आ सका'।

यश कमली को छोड़ नहीं रहा था। कमली उसे उसी तरह लेकर सोफ़े पर बैठी। किरण उसके नजदीक आकर उसके गले लगती हुई बोली-

'क्या हाल बना लिया है तुमने अपना। मैं तो तुम्हें पहचान नहीं पायी। क्यों अपने आप को कष्ट दे रही हो। तुमने सब से नाता भी तोड़ लिया है। अपनी सबसे अच्छी दोस्त को भी तुम भूल गयी'।

कमली ने थोड़ा रुक कर कहा-

'मैं क्या करूँ, मेरा अब किसी चीज में मन नहीं लगता है। यश को मैं नहीं भूल पा रही हूँ। मुझे लगता है, जैसे वह हमेशा मेरे आस-पास है। फिर मैं यहाँ गरीबों की सेवा कर रही हूँ। उनसे फुर्सत नहीं मिलती है कि अपने बारे में सोचूँ'।

यश कमली से लगातार चिपका रहा और बीच-बीच में उसे 'माँ' कहता था। कमली ने उससे बातें की। वह उसे चॉकलेट देना चाहती थी। उसे लाने के लिए वह उठी, लेकिन यश फिर उसकी गोद में आ गया। अतुल ने उसे अपने पास बुलाने की कोशिश की, लेकिन वह नहीं माना। कमली उसे लेकर घर के अंदर अपने कमरे में जाने लगी। किरण भी उसके साथ पीछे-पीछे गयी। कमली ने आगे बढ़ते हुए किरण से कहा-

'पता नहीं किरण मुझे यश को गोद लेने पर ऐसा लगा, जैसे मैंने अपने बेटे को गोद में लिया। मुझे अंदर से सुकून मिला'।

किरण ने कमली की बात का कोई जवाब नहीं दिया। वैसे उसके दिमाग में यह बात आ गयी थी कि क्यों यश कमली को बार-बार 'माँ' कह रहा है या क्यों कमली को यश को गोद में लेना अच्छा लग रहा है। हालाकि, वह इसे बस एक चमत्कार समझ रही थी।

कमली यश को लेकर अपने कमरे में गयी। किरण भी अंदर गयी। कमली यश को बिस्तर पर बिठा कर अलमारी में से चॉकलेट निकालने लगी। कमली के बिस्तर के सामने उसके बेटे यश की एक बड़ी तस्वीर लगी थी। बिस्तर पर बैठे यश ने जब मुड़ कर वह तस्वीर देखी, तब वह बिस्तर से कूद कर उस तस्वीर के पास गया और उसे देख कर रोने लगा। अचानक उसके मुंह से निकला-

'ये मैं हूँ'।

कमली अलमारी बंद कर पीछे मुड़ी। उसने यश को कहते हुए सुन लिया था। कमली ने फिर यश से पूछा-

'बेटा तुमने क्या कहा'

यश दौड़ कर कमली से लिपट गया और तस्वीर की तरफ इशारा कर कहा-

'माँ, ये मैं हूँ'।

उसके बाद यश रोने लगा। कमली आश्चर्य से किरण को देखने लगी। किरण कमली के नजदीक आई और उसका हाथ पकड़ कर बिस्तर पर बिठाया और कहा-

'मुझे नहीं मालूम भगवान का क्या चमत्कार है और यश इस तस्वीर को देख कर ऐसा क्यों कह रहा है, लेकिन शायद इस यश का दिल कह रहा है कि वह तस्वीर वाला यश है'।

कमली ने किरण की ओर देख कर कहा-

'तुम क्या कहना चाह रही हो, मैं कुछ नहीं समझी'।

किरण ने कहा-

'कमली, तुम्हारे पास तुम्हारा यश आया है। इतने दिनों तक मैंने तुम्हें नहीं बताया, लेकिन आज जब मैंने ऐसा करिश्मा देखा, तब मैं अपने आप को रोक नहीं पा रही हूँ। मैं तुम्हें सच्चाई बताती हूँ। जब तुम यश का अंगदान करने के लिए तैयार हो गयी थी, तब उस वक़्त ये यश उसी हॉस्पिटल में जिंदगी और मौत के बीच झूल रहा था। उसका हार्ट ट्रांसप्लांट होना था, लेकिन उसे कोई डोनर नहीं मिल रहा था। संयोग से तुम्हारे यश का हार्ट मिला, जो इससे मैच कर गया। डॉक्टर ने उसी दिन तुम्हारे बच्चे का दिल इस यश में लगा दिया। अब चूंकि तुम्हारे यश का दिल इसमें लगा है, इसलिए वह तुम्हें माँ कह कर पुकार रहा है। इसे और कुछ नहीं कुदरत का करिश्मा कहेंगे'।

कमली किरण की बात सुनकर अचंभित हो गयी। वह रोने लगी और रोते-रोते दौड़ कर यश के पास गयी। यश बिस्तर पर बैठा था। कमली ने उसके चेहरे को अपने दोनों हाथों में लिया और उसे गौर से देखने लगी। अचानक उसने उसे गोद में उठा लिया और उसके गालों को चूमने लगी। वह कहती जा रही थी-

'यश, मेरा बाबा। मेरा बाबा आ गया। कहाँ चला गया था, इतने दिनों से। तुम्हें अपनी माँ की याद नहीं आई'।

यश उससे चिपका रहा और सिर्फ 'माँ, माँ' कहता रहा। कमली ने उसे खाने के लिए चॉकलेट दिये और फिर दौड़कर अपनी अलमारी से यश के पुराने खिलौने निकाल कर उसे दिये। कमली कह रही थी-

'देखो बाबा, तुम्हारे खिलौने, मैंने इसे संभाल कर रखे हैं। ये खिलौने पुराने हैं, तुम्हारे लिए और नए लाकर दूँगी'।

तबतक अतुल कमली के कमरे के दरवाजे पर आ चुका था। वह सब कुछ देख रहा था। उसकी आँखें भी भर आई थीं। अतुल को देख कर कमली ने कहा-

'देखो अतुल मेरा यश आ गया, मेरा बाबा मुझे मिल गया। आज मैं बहुत खुश हूँ'।

अतुल ने कहा-

'हाँ कमली, इसका दिल तुम्हें अपनी माँ मान रहा है'।

कमली यश को गोद में लेकर बाहर बैठकखाने में आई। वहाँ मामाजी, मामीजी और राकेश बैठे थे। कमली ने उन्हें भी बताया कि उसे उसका यश मिल गया। उसके चेहरे से खुशी झलक रही थी, जो बहुत दिनों बाद दिखी थी।

मामाजी ने कमली को देख कर कहा-

'आज मेरी पुरानी कमली मुझे फिर से दिखने लगी है। बेटा तुम इसी तरह खुश रहा करो'।

कमली ने कहा-

'मुझे मेरी खुशी वापस मिल गयी है, इसलिए मैं आज इतनी खुश हूँ। अतुल, तुमने यश को यहाँ लाकर मुझ पर बहुत बड़ा उपकार किया है। लेकिन अब मैं इसे यहाँ से जाने नहीं दूँगी। यह अब मेरे पास ही रहेगा। अब मैं इससे अलग नहीं रह सकती'।

मामाजी कमली के नजदीक आए और कहा-

'कमली, यह अतुल का बेटा यश है, इसे तुम ज्यादा से ज्यादा दो-तीन साथ रख पाओगी, इसके बाद यह वापस अपने घर चला जाएगा। बीच-बीच में तुम इससे जाकर मिल लिया करना या ये छुट्टियों में तुम्हारे पास आ जाया करेगा'।

कमली ने कहा-

‘मामाजी, मैं अब इससे अलग नहीं रह पाऊँगी। मुझे इसमें अपना यश नजर आ रहा है। यह भी मुझे अपनी माँ समझ रहा है। मैं अपने यश के बिना अब और नहीं रह सकती’।

अतुल बहुत देर तक सोचता हुआ बोला-

‘कमली, यह कितनी अच्छी बात हुई है कि तुम्हें मेरे यश में अपना बेटा नजर आता है और इस बिना माँ के बच्चे को तुम में अपनी माँ नजर आ रही है। यह कोई साधारण मिलाप नहीं है। कहीं न कहीं ऊपर वाले ने तुम दोनों को इस तरह मिलाया है। यह वाकई चमत्कार है। मैं भी नहीं चाहता हूँ कि यश तुम्हें छोड़ कर रहे। इसलिए आज मैं तुमसे कुछ मांगना चाहता हूँ’।

सभी अतुल की तरफ देखने लगे। अतुल ने थोड़ा रुक कर फिर कमली की तरफ देख कर कहा-

‘कमली, मेरे मन में तुम्हारे प्रति प्यार और सम्मान स्कूल के दिनों से ही था। मेरे पापा-मम्मी भी चाहते थे कि हम दोनों एक हो जाएँ। लेकिन ऊपर वाले की कुछ और मर्जी थी। हम दोनों ने अलग-अलग लोगों से शादी कर ली। लेकिन उसके बाद भी हम दोनों अकेले रह गए। ये भी संयोग था कि तुम्हारे और मेरे बच्चे ने एक ही दिन जन्म लिया और दोनों का नाम एक ही पड़ा। उसके बाद तुम्हारे यश का दिल इस यश में लगना ऐसे ही नहीं हुआ है। ऊपर वाला हम दोनों को फिर से मिलाना चाहता है। वह जो हमलोगों का मिलना नहीं हो सका था, वह आज यश के कारण संभव होता दिख रहा है। इसलिए आज मैं सबके सामने तुमसे तुम्हारा हाथ मांगता हूँ, मेरी जीवन संगिनी बनोगी’।

कमली ने अवाक होकर अतुल की ओर देखा। तबतक मामाजी ने बीच में कहा-

‘बेटा, अतुल ठीक कह रहा है। यह कोई साधारण बात नहीं है। हर एक चीज का मिलना ऊपर वाले का संकेत है। तुम अतुल को बचपन से जानती हो। यह तुम्हारी आज भी उसी तरह कद्र करता है। तुम्हें इसके जैसा जीवन साथी नहीं मिलेगा। तुम्हें यश ने वैसे भी अपनी माँ मान लिया है’।

कमली अतुल की बात सुनकर यश को और प्यार करने लगी। थोड़ी देर बाद उसने कहा-

‘मुझे समझ में नहीं आ रहा है कि मैं क्या कहूँ। इतना सब कुछ अचानक हो रहा है। मैं इन सब चीजों के लिए अभी मानसिक तौर पर तैयार नहीं थी। फिर भी, मैं अतुल की बात समझती हूँ, लेकिन मैं यहाँ भी इन गरीब लोगों को बेसहारा छोड़ कर नहीं जा सकती हूँ। इसके अलावा अविनाश के पापा-मम्मी हैं, जिन्हें इन सब बातों की खबर होनी चाहिए। उनकी भी मंजूरी जरूरी है’।

मामाजी ने कहा-

‘तुम यहाँ की चिंता मत करो। यहाँ जो दूसरी डॉक्टर हैं वह सब संभाल लेंगी। इसके अलावा मैं कोई और डॉक्टर की भी तलाश कर लूँगा। उन सब से यहाँ का काम हो जाएगा। तुम्हारा ‘विमला-यश चिकित्सा केंद्र’ बिना रुके चलता रहेगा। जहां तक अविनाश के पापा-मम्मी की बात है, तब मैं उनसे अभी टेलीफ़ोन पर बात कर लेता हूँ। लेकिन उसके पहले तुम अतुल को खुल कर हाँ कहो’।

कमली बहुत देर तक चुप रही। मामाजी ने एक बार फिर उससे पूछा-

‘बताओ कमली, तुम्हारा क्या फैसला है’।

कमली अचानक मुस्कुराई और अतुल की ओर देख कर बोली-

‘अतुल तुमने मुझे बहुत बड़ी दुविधा में डाल दिया। मैंने इन सब के बारे में सोचना छोड़ दिया था। मैं अपनी अलग दुनिया में जीना सीख रही थी। लेकिन आज जो मैंने देखा, उससे मैं भी अचंभित हूँ। मैं तुम्हारी बहुत इज्जत करती हूँ। परिस्थितियों को देख कर अब मैं भी समझ रही हूँ कि ऊपर वाला हम दोनों को मिलाना चाहता है। यश से मिलने के बाद अब मैं इसके बिना भी नहीं रह सकती। मैंने इसे अपना खोया हुआ बेटा मान लिया है। इन सब कारणों से मैं तुम्हारी बात से सहमत हूँ और तुम्हारा हाथ थामने के लिए तैयार हूँ’।

कमली के हाँ बोलते ही सभी ने ज़ोर से ताली बजाई। कमली की मामीजी अंदर से दौड़ कर मिठाई ले आयीं और सभी को मिठाई खिलाई।

मामाजी ने अविनाश के पापा को टेलीफ़ोन किया और उनको सारी बातें बतायीं। वह सुनकर बहुत खुश हुए। उन्होंने कहा-

‘यह बहुत अच्छी खबर आपने सुनाई है। हमलोग भी अतुल के बेटे यश से मिलना चाहेंगे। अगर कमली को कोई ऐतराज न हो तब कल हम यहीं दोनों के फेरे करा देते हैं। आपलोग कल सुबह आइये, मैं तैयारी करता हूँ’।

मामाजी ने कमली को बात करने के लिए फोन दिया। अविनाश के पापा ने कहा-

‘बेटा, मैं तुम्हारे इस फैसले से बहुत खुश हूँ। सिर्फ मैं चाहता हूँ कि हम दोनों तुम्हें यहाँ से अपनी बेटी की तरह विदा करें। अगर तुम्हें कोई परेशानी न हो तब मैं कल ही तुम दोनों की शादी की तैयारी यहाँ कर लेता हूँ’।

कमली ने कहा-

'मुझे आप जैसे माता-पिता मिले, मैं धन्य हो गयी। पापा, आपको जो उचित लगे आप करें। अब जब आपने मुझे बेटी माना है, तब मैं अपने पिता की बात कैसे टाल सकती हूँ'।

कमली ने अतुल को अविनाश के पापा की बात बताई। अतुल के दिमाग में अपनी माँ का ख्याल आया। उसने अपनी माँ को फोन कर सारी बात बता दी। कमली ने भी अतुल की मम्मी से फोन पर बात की। उन्होंने कहा-

'कमली, मैंने तुमसे कहा था कि मैं तुम्हें अपने घर की बहू बनाना चाहती हूँ। देखो भगवान ने मेरी सुन ली। पहले न सही, लेकिन अब तुम मेरे घर की बहू बनने जा रही हो। एक ही अफसोस है कि मैं वहाँ तुम लोगों के साथ नहीं हूँ, लेकिन कोई बात नहीं, मेरा आशीर्वाद हमेशा तुम लोगों के साथ रहेगा। अब तुम दोनों जल्दी यहाँ आ जाओ। मुझे अपनी नयी बहू का चेहरा फिर से देखने की बहुत इच्छा है'।

रात भर सभी मामाजी के यहाँ रहे। यश कमली के साथ उसके कमरे में सोया। अगले दिन सुबह मामाजी ने गाँव से किराये पर एक और गाड़ी मँगवा ली। सभी सुबह-सुबह वहाँ से अविनाश के गाँव के लिए रवाना हुए। वहाँ से निकलते वक़्त कमली एक बार क्लीनिक में गयी। उसने दूसरी डॉक्टर से बात की। कमली ने कहा-

'मैं तुम्हारे भरोसे इस क्लीनिक को छोड़ कर जा रही हूँ। तुम इतने दिनों में सब कुछ सीख चुकी हो, जान चुकी हो। मुझे विश्वास है कि तुम अकेले इस क्लीनिक को चला लोगी। वैसे मामाजी एक और डॉक्टर की तलाश में हैं। सिर्फ इतना याद रखना कि कोई गरीब मरीज बिना इलाज के इस क्लीनिक के दरवाजे से लौटना नहीं चाहिए'।

कमली ने क्लीनिक में टंगी यश की तस्वीर उतार ली और अपने साथ ले ली। उसने अपने सामान को भी दो सूटकेस में रख

लिया। लगभग दो घंटे में सभी अविनाश के गाँव पहुँच गए। वहाँ पहुँचने पर कमली ने देखा अविनाश के पापा ने फिर से फूल के मालों से घर को सजवाना शुरू कर दिया है। बाहर अहाते में एक छोटा-सा मंडप तैयार हो रहा था। कई लोग काम में जुटे थे।

सभी ने बाहर लॉन में बैठ कर नाश्ता किया और शादी की तैयारी देख रहे थे। यश लगातार कमली के साथ था। अविनाश की मम्मी यश से मिलकर रोने लगीं। उन्होंने बहुत देर तक उसे गले से लगाए रखा। इधर किरण अतुल के साथ चुहलबाजी कर रही थी।

शाम के छह बजे का वक़्त तय हुआ था, शादी के लिए। पंडित जी आ गए थे। अविनाश की मम्मी ने कमली को फिर एक बार दुल्हन की तरह सजा दिया था। अतुल के लिए शहर से शेरवानी मंगा ली गयी थी। शहर से ही शहनाई वालों को बुलाया गया था। अविनाश के पापा ने सारा इंतजाम कम समय में कर लिया था। उनकी खुशी देखते बनती थी।

शादी की रस्म शुरू हुई। इस बार कन्यादान के लिए अविनाश के मम्मी-पापा बैठे। कमली यह देख कर भावुक हो गयी। कन्यादान के बाद सात फेरे हुए। उसके बाद अतुल ने कमली की मांग में सिंदूर भरा। सिंदूरदान के समय अविनाश की मम्मी रो रही थीं, जैसे उनकी अपनी बेटी विदा हो रही हो। मामाजी और मामीजी के भी आँखों में आँसू थे।

शादी खत्म कर सभी रात में वहीं रुक गए। अतुल ने रात में कमली से कहा-

‘कमली तुम नहीं जानती हो आज मैं कितना खुश हूँ। मुझे मेरी जिंदगी वापस मिल गयी और यश को अपनी माँ। तुम्हें वहाँ कोई तकलीफ नहीं होगी। तुम हमारे हॉस्पिटल को जॉइन करोगी।

मैंने अपने हॉस्पिटल में एक नया ब्लॉक गरीबों के मुफ्त इलाज के लिए खोला है। तुम्हें वहाँ भी काम कर अच्छा लगेगा'।

अगले दिन वापसी की तैयारी थी। राकेश ने पटना से दिल्ली की फ्लाइट की टिकट बुक करा ली थी। दोपहर एक बजे की फ्लाइट थी। विचार हुआ कि अविनाश के पापा-मम्मी और उनके साथ मामाजी और मामीजी भी पटना एयरपोर्ट तक कमली को विदा करने जाएँगे।

सुबह दस बजे के लगभग सभी तीन गाड़ियों से पटना के लिए रवाना हो गए। अविनाश की मम्मी ने विदाई में कमली को बहुत सारे गिफ्ट दिये थे। साथ में मिठाई और फल भी था। साढ़े ग्यारह बजे सभी एयरपोर्ट पहुँच गए। दिल्ली जाने वालों के अलावा बाकी लोगों ने भी अंदर जाने का टिकट ले लिया। राकेश ने सबके सामान वगैरह बुक कर दिये। सवा बारह बजे फ्लाइट की बोर्डिंग की घोषणा हुई। कमली अविनाश की मम्मी के गले लगी। उन्होंने कमली को कहा-

'बेटा अब हमारा घर तुम्हारा मायका हुआ और हमलोग तुम्हारे मम्मी-पापा हुए। साल में एक दो बार अपने मायके आती रहना, हमें भी लगेगा कि हमारी बेटी अपनी माँ के यहाँ आई है'।

कमली उनकी बात सुनकर ज़ोर से रो पड़ी और एक बार फिर उनके गले लग गयी। कमली मामीजी के भी गले लग कर रोई। उसने सभी को पैर छू कर प्रणाम किया। चारों ने हाथ हिला कर उन सब को विदा किया। ठीक एक बजे कमली की फ्लाइट निकल गयी।

अपने नए जीवनसाथी के साथ अपनी जिंदगी के एक नए सफर पर जा चुकी थी........कमली।

लेखक

राजीव रंजन मिश्र (राजीव रंजन), कोल इंडिया लिमिटेड की सहयोगी कंपनी, वेस्टर्न कोलफील्ड्स लिमिटेड (वेकोलि), नागपुर के सीएमडी रहे हैं। इस पद से उनकी सेवानिवृति दिसम्बर, 2020 को हुई।

उसके बाद श्री मिश्र गुरुग्राम आकर बस गए। वे अगले एक वर्ष तक कोयला मंत्रालय, भारत सरकार के वरीय सलाहकार रहे। संप्रति वे वर्ल्ड बैंक के वरीय ऊर्जा सलाहकार के रूप में फरवरी, 2022 से कार्यरत हैं।

वेकोलि के सीएमडी के रूप में अपने छह वर्ष के कार्यकाल के दौरान उन्होंने एक बीमार कंपनी को शिखर पर ले जाने का अद्भुत कार्य किया। मानव संसाधन के विशेषज्ञ और एक कुशल रणनीतिकार, श्री मिश्र ने अपने कार्यकाल के दौरान कोयला उद्योग के कर्मियों को मानव पूंजी की तरह सहेज कर रखा, उनके साथ-साथ चल कर उद्योग में रिश्तों की एक नयी परिभाषा लिखी। उन्होंने वेकोलि में मानव पूंजी प्रबंधन की सकारात्मक विचारधारा को लागू कर वेकोलि

को पहले 'टीम वेकोलि' और फिर 'वेकोलि परिवार' में परिवर्तित कर दिया।

श्री मिश्र को कई राष्ट्रीय एवं अंतर्राष्ट्रीय पुरस्कारों से सम्मानित किया गया है। श्री मिश्र एक अच्छे वक्ता और एक अच्छे लेखक भी हैं।

श्री मिश्र ने वेकोलि की अपनी यात्रा पर 2021 की शुरुआत में अपनी पहली किताब 'असंभव संभव' लिखी, जो अत्यंत प्रचलित हुई। उसे अमेज़न के बेस्टसेलर में स्थान मिला। कोयला उद्योग के कर्मियों पर लिखी 'आसमां में सुराख', उनकी अगली कृति हुई, जो अगस्त, 2021 में प्रकाशित हुई। इस किताब को भी अमेज़न का बेस्ट सेलर होने का गौरव प्राप्त है। कोयला उद्योग विषय पर तीन किताबों की आखिरी कड़ी के रूप में श्री मिश्र ने 'अंधेरा उजाला' लिखी, जिसका प्रकाशन अप्रैल, 2022 में हुआ। कोयला कर्मवीरों और कोयला उद्योग के इतिहास पर आधारित यह किताब भी अमेज़न की बेस्टसेलर बनी।

कोयला उद्योग शृंखला के बाद श्री मिश्र ने अपनी रुचि उपन्यास लेखन में दिखाई। 'कमली' उपन्यास, उसी रुचि का फल है। इस उपन्यास को श्री मिश्र ने हमारे देश की बेटियों को समर्पित किया है।

www.ingramcontent.com/pod-product-compliance
Lightning Source LLC
LaVergne TN
LVHW072309081026
849580LV00029B/1478